Karen ROSE

Niets te vrezen

De Fontein

Eerste druk oktober 2018
Vierde druk, eerste in deze uitgave, januari 2024

Oorspronkelijke titel *Nothing to Fear*
First published in 2007 by Headline Publishing Group
This edition is published by arrangement with Grand Central Publishing, New York, USA.
Vertaling Hans Verbeek
Omslagontwerp Studio Jan de Boer, Utrecht
Omslagillustratie © Sally Mundy/Plainpicture
Opmaak binnenwerk Text & Image, Assen
ISBN 978 90 261 7012 6
ISBN e-book 978 90 261 4371 7
NUR 332

www.uitgeverijdefontein.nl
www.karenrosebooks.com

Voor Martin, ik hou van je

Proloog

West-Florida, 5 juni 2004, 14.30 uur

Het was een traditionele begrafenis geweest. Een paar van de aanwezigen droegen groene golfbroeken, maar het merendeel was in het zwart gekleed, ondanks de loodzware luchtvochtigheid die een middag in Florida kenmerkte.

Vanaf haar gunstige positie vijf graven verderop kon Sue Conway de dominee het bekende 'stof zijt gij en tot stof zult gij wederkeren' horen uitspreken. Ze boog haar hoofd en richtte haar blik op de bloemen die ze op het graf van een onbekende had gelegd om de geërgerde uitdrukking op haar gezicht te verbergen. Die verrekte begrafenis zou al gauw voorbij zijn en ze had nog steeds niet degene gezien die ze had gehoopt te kunnen lokken.

De dominee deed een stap achteruit om de rouwenden in staat te stellen voor de laatste keer afscheid te nemen en weg te wandelen. De groep verkeerde nog steeds in een staat van geschokt ongeloof, zoals bleek uit de gefluisterde gesprekken, die Sue goed kon horen dankzij de afluisterapparatuur die ze in haar oor droeg.

'Ik voelde me altijd heel veilig,' zei er een.

'De gemeenschap zal nooit meer hetzelfde zijn,' zei een ander.

'Ik deed nooit mijn deur op slot. Maar dat ga ik vanaf nu beslist wel doen.'

Nooit eerder was er iemand uit hun omgeving vermoord. En om dan zo gewelddadig te worden omgebracht... dat was meer dan ze konden bevatten.

De moord was niet haar eerste geweest, maar hij had haar wel meer genoegen bezorgd dan welke ook. Het gekreun, het geluid van botten die in haar handen kraakten. Het bloed dat wegspoot toen ze sneed, met kleine stukjes tegelijk. Ze had er zo lang van gedroomd, had gefantaseerd over elke kreet, elke snee in vlees en bot, elke druppel bloed.

Dat was puur, onvervalst genot geweest. Daar kon ze zich in ieder geval aan vastklampen terwijl ze haar zoektocht voortzette.

Want zelfs na zulke extreme martelingen had haar slachtoffer haar niet gegeven wat ze verlangde. Ze zou haar zoektocht moeten voortzetten en wanneer ze haar ware prijs had gevonden... dan zou deze moord een fluitje van een cent lijken. Ze had jaren in te halen, een massa fantasieën in haar hoofd en een ongelooflijke hoeveelheid vergelding uit te delen. Maar er zou niets beginnen voor alle spelers zich op het toneel bevonden. Want zodra ze eenmaal begon, wilde ze niet meer ophouden.

Ze knielde. Haar houding was die van iemand die verzonken was in gebed terwijl de dienst ten einde kwam en de aanwezigen zich verspreidden. Er gingen een paar minuten voorbij voor ze de schorre stem van de opzichter hoorde.

'Laat maar zakken, mannen.'

Sue trok het oortelefoontje uit haar oor voor het versterkte geluid van de installatie die de kist liet zakken haar trommelvlies zou beschadigen. Ze slaakte een zucht. De show was voorbij en de eregast was niet komen opdagen. Ze kwam overeind, veegde het vuil van haar rok en liep in de richting van haar auto. Ze ging langzamer lopen toen ze vanuit haar ooghoeken een beweging waarnam.

Ze ging achter een groot grafmonument staan en keek toe terwijl een kleine auto met een sticker van Avis de weg in draaide naar dit deel van de begraafplaats. De auto stopte en de bestuurder stapte uit.

Sue's hart ging tekeer. Honderd verschillende gedachten kwamen tegelijk bij haar op. *Eindelijk*, was de gedachte die de toppositie innam. Met de grootste moeite wist ze wat een triomfkreet zou zijn geworden te onderdrukken.

De eregast was uiteindelijk toch gekomen. Nu kon de vergelding beginnen. Maar voorzichtig, en volgens het plan dat ze had gesmeed. Het zou niet vandaag gebeuren. Alle stukken moesten in positie zijn en de bestemming zorgvuldig gekozen.

Maar nu had ze alle troeven in handen. Ze had de leiding.

Sidder en beef. Ik kom eraan.

1

Wight's Landing, Isle of Wight Bay, Maryland, woensdag 28 juli, 02.00 uur

Au. Dat deed pijn. Het was zijn eerste vage gedachte toen vingers zijn schouder beetpakten en eraan schudden. Hard. Dat deed echt pijn. *Hou op.*

Het schudden ging door, maar hij wilde zijn ogen niet opendoen. Het kon nog geen ochtend zijn. Hij haalde diep adem, rook haar parfum. Het was niet eerlijk. Ze had beloofd dat hij de hele week vrij zou hebben. Geen les. Geen systeemkaarten. Geen stomme woordspelletjes of spraaktherapie. Alleen maar lol in de zon. Vissen, krabben vangen. Surfen. De hele nacht videospelletjes doen. Zo lang uitslapen als hij wilde. En toch was ze hier en schudde ze hem wakker.

Hij had wel geweten dat ze haar belofte zou breken. Dat deden ze vroeg of laat allemaal. Hij zou gewoon wachten tot ze ophield, net zoals hij bij al die andere logopedisten had gewacht tot ze ophielden. Vroeg of laat gingen ze wel weg. Cheryl had het langer volgehouden dan de meeste anderen. Dat moest hij haar nageven.

Hij sloeg haar hand weg en probeerde zich om te draaien, maar ze greep hem vast en trok hem aan zijn T-shirt overeind. Ze legde haar hand op zijn mond op het moment dat zijn ogen openvlogen. Op het moment dat hij haar gezicht zag, zo wit als een doek in het maanlicht, en haar donkere ogen, groot en vol angst. Niet zomaar angstig. Cheryl was doodsbang en op dat moment werd hij dat ook. Hij hield op zich te verzetten.

'Niets zeggen.' Ze zei het geluidloos. Hij knikte. Ze haalde haar hand van zijn mond, trok hem van het bed en stopte de processor in zijn hand. Normaal gesproken verzette hij zich ertegen om hem aan te doen en hield hij haar zo lang hij kon aan het lijntje. Nu stopte hij hem zonder iets te zeggen achter zijn oor.

En vertrok zijn gezicht toen het bulderen begon. Toen de processor 'zijn oren aanzette' zoals Cheryl het noemde en de rustige, stille wereld van zijn doofheid ogenblikkelijk veranderde in een luide, pijnlijke muur van geluid. Hij deed zijn best om het te negeren. Om te horen wat hij moest horen in deze zee van herrie. Op dit moment zei ze niets. Ze trok hem alleen maar mee door de kamer en duwde hem een kast in.

Ze dwong hem in een hoek van de kast op de grond te gaan zitten. Ze hurkte om hem aan te kunnen kijken.

'Er is iemand beneden.' Ze fluisterde en zei het tegelijkertijd in gebarentaal. Haar normaal gesproken zo soepele handen beefden. 'Paul is gaan kijken. Je mag er pas uit als ik je kom halen.' Ze pakte zijn kin beet. 'Begrepen? Blijf hier. Geen geluid!'

Hij knikte en ze schoot overeind, pakte de stapel reddingsvesten die zijn vader op de bovenste plank van de kast had opgeborgen. Toen werden ze over hem heen gelegd. Ze roken muf en stoffig. De deur ging dicht en hij bleef alleen achter in de duisternis.

Hij verstopte zich. Als een lafaard.

Woede begon in hem op te borrelen en vermengde zich met de angst. Hij was geen lafaard. Hij was verdomme bijna dertien. Ze had hem in de kast gepropt alsof hij een klein kind was. Hem bedolven onder een stapel stinkende reddingsvesten, terwijl Páúl op onderzoek uitging. Voorzichtig duwde hij een van de reddingsvesten ver genoeg opzij zodat hij de deur kon zien, ondertussen proberend te bedenken wat hij kon doen. Hij was niet van plan om hier maar gewoon te blijven zitten terwijl iemand in zijn huis aan het inbreken was. En hij gunde zeker Páúl niet alle eer omdat hij de indringers had verjaagd.

Er viel zwak licht door de kier onder de deur en al zijn moed verdween. Er was iemand in zijn kamer. Hij kromp ineen in de hoek van de kast en zijn hart ging zo tekeer dat hij meende het te kunnen horen. De haren in zijn nek gingen overeind staan. Hij werd overvallen door pijnlijke rillingen. *Dit gaat niet gebeuren. Ik moet iets doen.*

Er drong een gil door de zee van geluid. *Cheryl. Ik moet haar helpen.*

Maar zijn lichaam was verstijfd, verstijfd tot een nutteloze klomp in een kast onder een stapel reddingsvesten. Hij concentreerde zich, luisterde. Duwde het gebrul aan de kant, zoals Cheryl hem had geleerd. En hij luisterde.

Er was niets. Ze waren weg. Hij moest overeind komen. Dat zou hij moeten doen.

Toen klonk er een luide knal, zo hard dat het pijn deed. Zijn hoofd schoot achterover en raakte de muur achter in de kast. Die pijn vermengde zich met de andere pijn.

Een vuurwapen. Ze hadden een vuurwapen. Iemand had een wapen afgevuurd. Cheryl. Ze hadden Cheryl vermoord.

En ze zouden hem ook vermoorden. Of erger. *Doe iets. Doe iets.*

Wat? Hij had geen idee. Hij wist niet wat hij moest doen. *Pap.* Wat zou zijn vader doen?

Hij voelde een scherpe pijn in zijn borst. Hij was te oud om om zijn ouders te huilen, maar hij wenste dat ze hier waren. Wilde dat ze niet uitgerekend vanavond naar Annapolis waren gegaan. Het was hun trouwdag. Ze waren gaan dansen. En als ze terugkwamen zouden ze hem dood aantreffen. Mam zou huilen.

Hij knipperde met zijn ogen en besefte dat zijn gezicht nat was. Hij zat verstopt in een kast te huilen als een baby terwijl ze Cheryl vermoordden. En hij kon zich niet bewegen.

Hij kromp ineen bij het tweede schot, dat zachter klonk. Toen opnieuw gegil.

Ze gilde. Cheryl leefde nog. Ze gilde. Het geluid drong zijn hersenen binnen als duizend messen. Hij kon het horen. Voelen. Duizend messen die staken. Met kloppend hart en bevende handen rukte hij de processor vanachter zijn oor.

En het was stil. De minuten tikten weg in zijn hoofd. Toen ging de kastdeur open.

Hij maakte zich klein in de hoek, hield zijn ogen stijf dicht en zijn tanden op elkaar geklemd. Hij probeerde geen geluid te maken. Er werd een reddingsvest weggetrokken. Toen nog een. En nog een. De muffe geur prikte niet langer in zijn neus en hij kon de lucht op zijn gezicht voelen.

Hij dwong zichzelf zijn ogen open te doen. Hij voelde een jammerkreet in zijn keel blijven steken. Hij keek op.

Ze was lang, langer dan Cheryl. Groter. Haar haar was een woeste bos.

Haar ogen waren gek. Wit. *Ze heeft witte ogen.*

Haar mond vormde een glimlach, een kwaadaardige glimlach die maakte dat hij wilde gillen.

Maar dat deed hij niet. Want haar shirt zat onder het bloed en ze had een pistool in haar hand, dat ze op hem richtte.

Oostelijk West Virginia, donderdag 29 juli, 03.30 uur

Het schrille geluid van haar mobiele telefoon maakte haar meteen wakker. Ze sliep licht. Dat was niet altijd zo geweest, maar de gevangenis had voor een verandering in dat soort kleine dingen gezorgd. Ook al was ze inmiddels een halfjaar op vrije voeten, zulke dingen bleven toch hangen. De gevangenis was het eerste waar ze aan dacht als ze wakker werd.

Alleen al daarvoor zou er vergelding volgen.

Alleen haar broer Bryce kende haar mobiele nummer, maar toch was ze op haar hoede toen ze opnam. 'Ja?'

'Met mij.'

Ze ging rechtop zitten en vervloekte de stijfheid in haar rug. Op de achterbank van een kleine auto slapen was verre van ideaal, maar ze had beslist op slechtere plekken geslapen. 'Zijn ze thuis?' Haar mondhoeken krulden en haar hart begon een beetje sneller te kloppen. De Vaughns waren thuisgekomen. Hadden het geruïneerde huis aangetroffen. Het lege bed. Het briefje dat op het kussen zat gespeld. Het cadeautje dat ze voor hen in de schuur had achtergelaten. Ze zouden doodsbang zijn. Ze zouden huilen. Ze zouden machteloos zijn.

Machteloos. Het was bij lange na niet genoeg, maar het was een verrekte mooi begin.

'Ik w-w-weet het n-niet z-zeker.' Bryce bracht het stamelend uit. Angst klonk in elke stotterend uitgesproken lettergreep.

De beelden van triomf vervaagden onmiddellijk. 'Wat bedoel je?' vroeg ze, elk woord zorgvuldig uitsprekend. Als hij dit had verkloot, dan zou hem wat te wachten staan. 'Waar ben je?'

'In de bak.' Ze sloot haar ogen. Ze bracht zichzelf in herinnering dat het wegwerpmobieltje dat ze in Maryland had gekocht niet te traceren was. Maar desondanks bracht het idee dat hij haar vanuit een gevangenis belde haar bloed aan het koken. 'Ze hebben me gearresteerd voor een o-overval op een winkel. Je moet voor m-mijn b-borg zorgen.'

Ze lachte kort en kil. Ze stonden op het punt om miljoenen binnen te halen en hij had verdomme een winkel overvallen. 'Je wil dat ík voor je borg zorg? Je maakt een geintje zeker?'

'Verdomme,' siste hij. 'Ik heb jou gebeld omdat... Je weet wel. Ik h-had ook Earl k-kunnen bellen.'

Hij had gebeld omdat hij niet langer op zijn post was. Hij hield het strandhuis niet langer in de gaten om over de activiteiten van de Vaughns te kunnen rapporteren. Hij was niet langer in staat om haar te vertellen wanneer ze thuis waren gekomen en of ze die kutpolitie nou wel of niet hadden gewaarschuwd.

'Je bent pas zeventien. Je krijgt een tik op je vingers en jeugddetentie.'

'Nee.' Bryce' stem daalde tot een doodsbang gefluister. 'Ze z-zeggen dat ze me als een v-volwassene gaan aanklagen. Ze stoppen me i-in de g-gevangenis. Alsjeblieft,' smeekte hij op zielige toon. 'Haal me hieruit.'

Dat Bryce en zij uit hetzelfde nest kwamen leek onmogelijk. En zelfs het feit dat dat wel zo was, was op dit moment niet voldoende om haar nek voor hem uit te steken. Maar ze moest hem wel uit de gevangenis zien te krijgen voor een of andere gladde aanklager hem zover kreeg dat hij zijn mond opendeed. Dat Bryce zijn stotterende kop zou houden onder zelfs maar de meest humane verhoortechnieken was te veel om op te hopen. Opgroeien bij oom Earl had pap gemaakt van zijn hersenen. Opgroeien bij tante Lucy had pap gemaakt van zijn wil. Het was eeuwig zonde dat zij er niet was geweest om zijn opvoeding ter hand te nemen, maar ze was daar... niet toe in staat geweest. Opgesloten. En nu ging het met Bryce dezelfde kant op. Hun vader moest zich in zijn graf omdraaien als een kip aan het spit.

'Ik bel Earl wel,' snauwde ze. 'Ik zal zeggen dat ik een medewerker van de gevangenis ben.' Dat haar oom haar stem zou herkennen was niet erg waarschijnlijk, aangezien ze elkaar in geen jaren hadden gesproken. 'Waar ben je?'

'O-Ocean City.'

Hij was in ieder geval wel zo slim geweest om het niet in dat achterlijke gat Wight's Landing te doen. Ocean City lag een uur rijden verder. Niemand zou die twee met elkaar in verband brengen, zelfs niet als de Vaughns de politie inschakelden. 'Ik zal Earl bellen. Jij houdt je kop dicht en je ogen open.' Ze snoof minachtend lachend.

‘En als iemand een stuk zeep laat vallen, buk dan niet om het op te rapen.’

‘Dat is n-niet g-grappig, S-S-Sue.’

Toen ze hem haar naam hoorde stotteren, verdween de glimlach van haar gezicht. ‘Nee, het is niet grappig. En dat jij me uit die verdomde gevangenis belt is ook niet grappig.’ Met die woorden verbrak ze de verbinding en keek door het achterraam naar het duistere bos waar ze had geparkeerd om een beetje te kunnen slapen. Ze was ver van alle doorgaande routes en was dat al sinds ze de ochtend ervoor de oostkust van Maryland had verlaten. Ze was niet erg opgeschoten op de tweebaanswegen en ze had elke paar uur moeten stoppen om die knul in de kofferbak te drinken te geven zodat hij niet zou uitdrogen, maar ze zou voorlopig de snelwegen mijden. Ze wist niet zeker wanneer de Vaughns thuis zouden komen en hoewel ze hun had gewaarschuwd dat ze de politie niet mochten waarschuwen, kon het zijn dat ze dat toch hadden gedaan. Ze zou zich niet laten pakken. Er stond te veel voor haar op het spel. De beloning was gewoon te zoet.

Ze hees zich uit de auto en deed de kofferbak open. Ze bekeek de twee figuren die daar in foetushouding lagen. Ze waren er nog, precies zoals ze hen had achtergelaten. Nog steeds vastgebonden, precies zoals zij hen had vastgebonden.

Haar prijs. Haar vergelding.

Alexander Quentin Vaughn. Een grote naam voor zo’n scharminkel. Hij was twaalf jaar, maar hij zag er niet ouder uit dan tien. Bryce had het aardig samengevat toen ze voor het eerst een blik wierpen op dat snotjong dat in elkaar gedoken in de kast in dat strandhuis zat. ‘Die knul ziet er niet uit alsof hij een miljoen dollar waard is,’ had Bryce gezegd, en strikt genomen had hij gelijk gehad. Die knul was het vijfvoudige waard.

Maar geld was niet alles.

Soms betekende wraak veel meer.

En als je het allebei tegelijk kon krijgen... dat was gerechtigheid.

Alexander Quentin Vaughn. En zijn inwonende spraaklerares, die zich als een waanzinnige had verzet. De Vaughns waren Cheryl Rickman gevarengeld verschuldigd, aangenomen dat ze lang genoeg zou leven om het te incasseren en dat was niet het geval. Rickman wist dat ook, afgaande op de blik van verdoofde angst in haar ogen. Sue had Rickman alleen maar zo lang in leven gelaten omdat ze met het kind kon communiceren.

De jongen lag nu tranen weg te knipperen. Hij deinsde zo ver achteruit dat zijn magere lijf tegen dat van Rickman botste. Hem vastbinden was waarschijnlijk helemaal niet nodig geweest. Hij kon niet zwaarder zijn dan een kilo of zesendertig en zijn verzet had niets te betekenen. De prop in zijn mond was vermoedelijk ook overdreven, maar Sue wist niet of hij kon gillen. Dat hij doofstom was betekende nog niet dat hij niet kon gillen.

Dat hij doofstom was, was een verrassing geweest. In de categorie het-glas-is-halfvol. Hij kon mensen die ze onderweg tegenkwamen geen verhaaltjes vertellen, maar tegelijkertijd kon hij ook zijn ouders niet doodsbang smeken om het losgeld te betalen. Dat was verrekte jammer. Ze had zich erop verheugd om die knul die doodsbange smeekbede te horen doen. Maar het plan ontwikkelde zich verder.

Pas toe, pas aan en verbeter. Dat was een goed motto. Ironisch genoeg het favoriete motto van haar ouweheer. Ze kon de stem van de jongen niet gebruiken, dus zou ze gebruikmaken van zijn gezicht. Een foto zei meer dan duizend woorden.

Ze keek op hen neer, haar buit, en voelde de controle terugkeren. De arrestatie van Bryce had eerlijk gezegd niet heel veel veranderd. Zolang ze hem maar op borgtocht vrij kreeg voor hij zijn mond opendeed tegenover een overijverige officier van justitie, was het enige effect dat ze de Vaughns niet in het oog kon houden. Bryce uit de eerste hand horen vertellen over hun pijn en lijden zou heel fijn zijn geweest, maar uiteindelijk niet nodig. Weten of de afgelegen weg naar het strandhuis vol stond met politieauto's zou waardevol zijn, maar zelfs als de Vaughns de politie waarschuwden, konden ze haar nog niet vinden. Tegen die tijd zou ze al ver, ver weg zijn, veilig en heimelijk weggestopt in het huis van Earl. Daar hoefde ook geen verandering in te komen. Zeker wanneer Earl en Lucy naar Maryland gingen om Bryce op borgtocht uit de bak te krijgen. Sue zou een paar dagen het huis voor zichzelf hebben.

En wanneer ze dan terugkwamen uit Maryland, konden Earl en Lucy en zij de reünie houden die Sue met zo veel enthousiasme had gepland. Ze haalde haar telefoon tevoorschijn en koos Earls nummer terwijl ze zag hoe laat het was. Hij zou liggen slapen en groggy zijn.

Geen schijn van kans dat hij zou doorhebben met wie hij werkelijk sprak.

De telefoon werd bij de eerste keer overgaan opgenomen. 'Ja?' zei een zware stem lijzig.

Sue bleef roerloos staan en elke spier spande zich tot het uiterste. Hij was niet slaperig of groggy. Hij was Earl niet. Ze zei niets, kon niets zeggen. De stem grinnikte alleen maar.

'Spreek ik met Bryce?' *James.* Het bloed stolde Sue in de aderen. *Onmogelijk.* James was dood. Ze had hem zelf de keel doorgesneden. Duidelijk niet goed genoeg.

'Niet met Bryce?' zei hij op aangename toon. 'Dan moet het Sue zijn. Hoe gaat het toch met je, Sue?' Zijn stem kreeg een harde klank. 'Gratis advies. Als je iemand ombrengt, moet je er verdomd zeker van zijn dat hij dood is. Nou, wilde je met je oom Earl praten?' Er klonk gekreun op de achtergrond. 'Hij kan op dit moment niet aan de telefoon komen.'

Ze knarste met haar tanden. 'Vuile klootzak. Ze waren van míj.'

'Ik moet zeggen dat ik geschokt ben, Sue. Jij, het liefdevolle nichtje.' Hij klonk ook echt zo. Geschokt. 'Een tante en een oom beschermen die je haatte?'

'Niet om ze te beschermen, lul,' siste ze. *Ik had ze moeten vermoorden. Ik zou ze hebben laten kreunen en huilen en wensen dat ze dood waren. Ik had ze laten bóéten.* Ze had plannen gehad. *Laat hem de pest krijgen.*

James verslikte zich van het lachen. 'Je was van plan je eigen oom en tante te vermoorden, net zoals je die vrouw in Florida hebt vermoord. En ik ben je te snel af. Sue, je bent onbetaalbaar.'

Hij was op de hoogte van de moord in Florida. James Lorenzano wist veel te veel. Ze had moeten wachten om er zeker van te zijn dat hij dood was, maar er was iemand aan gekomen en ze was gedwongen geweest om te vluchten. Hem een tweede keer doden zou een stuk lastiger worden. Ze zou gewoon bij hem uit de buurt moeten blijven. 'Dank je.'

'Tot je dienst. Vergeet niet dat ik veel meer over jou weet dan jij over mij. Ik weet je te vinden, Sue. Je weet dat ik dat kan. En als het zover is, dan ben je dood.'

Er liep een koude rilling over haar rug. Hij was ertoe in staat. James wist hoe hij mensen moest opsporen. Dat was precies de reden geweest dat ze hem in dienst had genomen. Toen rechtte ze vastberaden haar rug. Ze was te ver gekomen om het nu op te geven. 'Nee, dat lukt je niet.'

Ze verbrak de verbinding en kookte inwendig van woede. James leefde nog. Dat was nogal een schok geweest. En hij was bij Earl en Lucy. Dit was meer dan het verlies van het genoegen om Earl en Lucy te zien vergaan van de pijn. Dit betekende dat ze een andere plek moest zien te vinden waar ze zich met de jongen kon verbergen.

Pas toe, pas aan en verbeter. Ze zou geen andere bestemming kiezen. Het moest Chicago zijn. Geen enkele andere stad zou voldoen. Geen enkele andere stad zou wraak betekenen.

Ze moest een andere plek zien te vinden om zich in Chicago te verbergen. Lang genoeg om haar geld en haar wraak te krijgen. Het geld zou haar het land uit helpen, weg van James.

De wraak... Nou, dat was levensonderhoud. Zonder zou er weinig reden zijn om te overleven en dat overleven zou maar weinig plezier opleveren.

Ze moest een plek zien te vinden om zich te verstoppen waar James nooit aan zou denken. Hij had in één ding gelijk. Hij wist meer van haar dan zij van hem. Hij zou al haar vroegere trawanten een bezoek brengen. De meesten van hen zouden hun moeder nog verkopen, dus ze kon geen van hen bellen. Nog niet, in ieder geval. Ze moest de jongen verstoppen, want zonder hem viel het hele plan in duigen. Ze staarde naar de jongen terwijl haar hersenen op volle toeren werkten. En zoals gebruikelijk vielen de stukjes keurig op hun plaats en ontstond er een nieuw plan.

James wist gelukkig niet alles.

Ze wierp bij het zwakke licht van de kofferbakverlichting een blik op haar horloge. Ze had dingen te doen. Ze greep met beide handen Rickmans shirt beet en sleurde haar moeiteloos uit de kofferbak. Keiharde bicepsen waren zo'n beetje het enige waardevolle wat ze had overgehouden aan de vrouwengevangenis van Hillsboro. Nou, dat was niet helemaal waar. Zonder Hillsboro zou ze nooit Tammy hebben leren kennen, en die kende James niet.

Ze sleepte Rickman tussen de bomen terwijl ze dacht aan haar voormalige celgenote. Tammy had vijfentwintig jaar tot levenslang gekregen voor de moord op haar echtgenoot, die haar had mishandeld.

En was Sue niet gedwongen geweest om haar daar elke godvergeten nacht over te horen huilen gedurende de vijf klotejaren dat ze hun cel hadden gedeeld? Maar eerlijk is eerlijk, zonder Tammy zou Sue nooit hebben gehoord over de plek die de komende weken haar toevluchtsoord zou worden. Een geheime plek in Chicago die openstond voor vrouwen in nood. *Ik ben een vrouw*, dacht Sue glimlachend. En ze zat absoluut in nood.

Pas toe, pas aan en verbeter. Het was een goed motto. Een plan was slechts zo goed als het flexibel was. Sue trok het pistool dat ze op haar rug in de band van haar broek had gestoken en pompte een kogel in het achterhoofd van Rickman. Het lichaam van de vrouw werd ogenblikkelijk slap. Een paar snelle passen brachten Sue terug bij de kofferbak, waar de jongen naar haar opkeek met doodsangst in zijn ogen. Ze legde de loop van het pistool een fractie van een seconde tegen zijn wang en knikte toen ze zijn gedempte kreet hoorde. Hij kón dus gillen. Dat was goed om te weten. Er verscheen een rode streep op zijn wang, een brandplek van het hete staal. 'Kom op, knul,' zei ze terwijl ze hem uit de kofferbak hees en hem naar de plek sleepte waar Rickman lag. De grond raakte al doorweekt met haar bloed. Tranen rolden over de wangen van de jongen en ze wist dat hij het idee van dood begreep. Op zijn twaalfde was dat de hoogste tijd. Zij had het toen zeker begrepen.

Chicago, donderdag 29 juli, 04.30 uur

Het was laat. Of vroeg, dacht Dana Dupinsky terwijl ze via de achterdeur de keuken van Hanover House binnenglipte. Hoe dan ook, het leek weinig zin te hebben om nu nog terug naar bed te gaan. De bewoners zouden over twee uur opstaan en de geluiden van hun ochtendrituelen in combinatie met de geur van versgezette koffie zouden het onmogelijk maken om nog te slapen.

Ze schoof de drie grendels voor de deur, die een zekere mate van bescherming boden – deels tegen de buurt, maar voornamelijk tegen degenen die op zoek waren naar de bewoners van Hanover House, de vrouwen aan wie ze haar leven wijdde, om dat van hen te beschermen. Dana vertrok haar gezicht toen de derde grendel gillend piepte. Die moest gesmeerd worden. Dat zou ze doen zodra ze tijd had.

'Waar zijn ze?'

Dana onderdrukte een gil en draaide zich met haar hand op haar hart met een ruk om. Haar schrik veranderde snel in een boze blik aan het adres van de jonge vrouw die aan de keukentafel zat. Haar gezicht baadde in het spookachtige licht van het scherm van haar laptop. 'Laat dat,' siste Dana.

Evie Wilson leek niet erg onder de indruk. 'Sorry. Ik dacht dat je me had gezien. Sst,' mompelde ze en ze keek naar haar schoot. 'Hij slaapt.'

Dana liep om de tafel heen en was niet verbaasd toen ze zag dat Evie de baby in haar armen hield, het zoontje van Ruby, een van de jongere inwoonsters. Ruby was amper achttien en ongetrouwd. Ze was doodsbang voor de vader van de baby en voor haar eigen vader. De blauwe plekken die Ruby had toen ze aankwam bevestigden haar verhaal. Maar na een paar weken in de veiligheid van Hanover House was Ruby vastbesloten een nieuw leven te beginnen. Dat was wat vrouwen hier deden. Ze begonnen een nieuw leven. Sommigen, dacht Dana, kregen een betere nieuwe start dan anderen.

'Hij was wakker geworden en Ruby was zo moe dat ik tegen haar heb gezegd dat ze moest proberen te slapen. Het geeft niet,' voegde Evie eraan toe terwijl ze naar haar laptop gebaarde. 'Ik moest toch nog dingen doen voor mijn online lessen.'

Dana onderdrukte een frons. Evie's online lessen waren een voortdurende bron van onenigheid tussen hen. 'Ik dacht dat je je zou inschrijven op Carrington?'

Evie keek even op en vervolgens weer naar het scherm. 'Dat was ik ook van plan, maar... ik ben van gedachten veranderd.'

Dana liet haar schouders hangen. 'Evie.'

Evie schudde haar hoofd. 'Niet doen, Dana. Gewoon... niet doen. Ik ben erheen geweest, echt waar. Ik ben zelfs uit de auto gestapt en naar het administratiekantoor gelopen, maar...' Ze maakte haar zin niet af.

Dana's hart kromp even samen, maar ze dwong zichzelf te zeggen wat ze wist dat gezegd moest worden. Wat ze al zo vaak had gezegd. 'Je kunt jezelf niet eeuwig hier verstoppen, schat.'

De helft van Evie's gezicht vertrok, terwijl de andere helft zo onbewogen bleef als een steen, de erfenis van een aanval door een dolleman twee jaar eerder. 'Dat weet ik.' Ze keek op en haar donkere ogen schitterden. 'Ga je me eruit gooien?' vroeg ze met een uitdagende toon in haar stem.

'Je weet dat ik dat niet zal doen.' Dana liet zich uitgeput op een van de keukenstoelen zakken. 'Jezus, Evie.' Dat ze het zelfs maar had gevraagd. Verdomme.

Het bleef lange tijd stil, tot Evie opnieuw sprak. 'Dus, om terug te keren naar mijn oorspronkelijke vraag, waar zijn ze?'

'Ze zijn niet komen opdagen. Ik heb drie uur staan wachten en er stapte niemand uit de bus die aan hun signalement voldeed.' Dana masseerde vermoeid haar nek. Ze vroeg er nooit naar hoe vrouwen op de hoogte waren gekomen van het bestaan van Hanover House. Ze wist dat er groepjes waren die over de informatie beschikten. Verpleegsters, politieagenten, andere slachtoffers. Soms belden vrouwen van buiten Chicago en dan ging Dana naar het busstation om ze op te halen, maar meer dan de helft van de vrouwen kwam niet opdagen. Zoals vanavond. 'Maar het was niet helemaal voor niks,' voegde ze eraan toe. 'Ik ben benaderd.' Een mondhoek ging omhoog. 'Een vent bood me vijftig dollar.'

'Dat zou de telefoonrekening van deze maand hebben gedekt,' zei Evie luchtig en ze kwam overeind. 'Hou jij Dylan even vast, dan zet ik koffie voor je. Je ziet eruit alsof je dat wel kunt gebruiken.'

'Dank je.' Dana legde de baby in een gemakkelijke houding tegen haar schouder en keek toe terwijl Evie met één hand met koffiefilters rommelde. De zenuwen in Evie's rechterhand waren beschadigd, het gevolg van de woeste aanval die haar gezicht verminkt had, waardoor ze niet meer in staat was om te glimlachen. Drie operaties verder waren de littekens iets minder zichtbaar, maar met haar hand zou het nooit meer helemaal goed komen. Toch vroeg Evie nooit om hulp. Wilde het niet aanvaarden wanneer het werd aangeboden.

Evie schepte koffie uit het blik. 'Ik dacht dat Caroline vanavond busdienst had.'

Caroline was Dana's allerbeste vriendin. Haar heel erg zwangere beste vriendin. Een succesverhaal van Hanover House. Caroline had een geweldig leven bewerkstelligd voor zichzelf en haar zoon Tom. Ze was nu twee jaar getrouwd en was nog zes weken verwijderd van de bevalling van een baby die haar echtgenoot Max en zij in liefde hadden verwekt. Veel mooier kon het niet worden.

'Nee, niet meer. Ze is officieel met zwangerschapsverlof.'

'En wat vond ze daar zelf van?' vroeg Evie droog.

'Wat je zou verwachten. Dat zwangerschap een natuurlijk iets is en dat ze zo gezond als een vis is. Ik heb gezegd dat ze moest ophouden. Max dreigde haar op bed vast te binden.'

'Zo is ze ook zwanger geworden,' zei Evie spitsvondig en Dana grijnsde.

'Klopt. Dus of ik het nou leuk vind of niet, de komende zes maanden heb ik busdienst.' Evie de vrouwen laten ophalen bij het busstation was geen optie. Ze had het een keer geprobeerd, maar die ervaring was voor geen van de betrokkenen prettig geweest en al helemaal niet voor Evie. Het kind van de cliënt was bang en uitgeput geweest en één blik op Evie's gehavende gezicht had hem in huilen doen uitbarsten. De vrouw weigerde met Evie mee te gaan en uiteindelijk was Dana zelf naar het busstation gegaan. Sindsdien ging Evie nooit het huis uit zonder een dikke laag beschermende make-up. Dana vond dat die er nog erger uitzag dan de littekens, maar het gaf Evie zekerheid, dus zei Dana er nooit een woord over. Dana zag aan de manier waarop Evie naar de druppelende koffie stond te kijken dat zij er ook aan dacht.

Dana veranderde van onderwerp en keek naar het scherm van Evie's laptop. 'Wat volg je precies?'

'Kinderpsychologie en statistiek. Statistiek is een vereiste voor een graad in de psychologie.'

Dana's ogen werden groot. 'Studeer je af in de psychologie?' De gedachte dat Evie in haar voetsporen trad gaf haar een verontrustend gevoel dat het midden hield tussen trots en bezorgdheid.

'Dat heb ik overwogen. Ik dacht erover om met kinderen te gaan werken. En ja,' voegde ze er boos aan toe, 'ik weet dat ik me hier niet eeuwig kan verstoppen. Ik weet dat de kinderen niet naar mij toe zullen komen.' Evie trok met een bruusk gebaar de kan uit de machine en schonk Dana als eerste in. 'Ik werk eraan.'

Dana verruilde zuchtend de baby voor een kop koffie. 'Dat weet ik, schat.' Ze kon wel tegen Evie zeggen dat haar littekens wel meevielen en dat zelf ook geloven, maar Evie geloofde het niet en daar ging het om. Dat was normaal, maar zo heel erg verkeerd. Het was niet goed dat een vrouw van twintig zich in een vrouwenopvanghuis verborg omdat ze bang was om de wereld onder ogen te komen.

Evie ging niet zitten, maar bleef staan en wiegde de slapende baby.

Het was geen geheim dat baby's Evie's favoriet waren en dat was al evenmin een groot mysterie. Baby's staarden haar niet aan, oordeelden niet. Deinsden niet terug. Ze knuffelden alleen maar en gaven onvoorwaardelijke liefde. Dat was nog eens een deal.

Dat was het echt. Evie drukte een kus op het voorhoofd van de baby. 'Je gaat al gauw weg,' mompelde ze.

Dana nam Evie over de rand van haar mok op. 'Je bent gehecht geraakt aan hem.'

Evie keek op. Haar gezichtsuitdrukking was plotseling ondoorgrondelijk. 'Als je denkt dat ik hem hier wil houden, dan heb je het mis. Dit is geen plek voor kinderen om op te groeien.'

Haar stem klonk zo hard dat Dana zich afvroeg of ze het over de baby of over zichzelf had. Evie was naar het opvanghuis gebracht door een van Dana's vriendinnen bij de politie toen ze nog maar vijftien was. Ze was een doodsbange wegloopster met een snelle geest en een brutale mond die zich snel een plekje in Dana's hart had verworven. Dana was Evie's wettelijke voogd geworden, al was Evie altijd meer een jongere zus geweest. 'Nee, schat, dat is het zeker niet.'

Evie bleef nog enkele ogenblikken staan wiegen. 'Hij gaat weg en dan zullen we nooit weten of hij veilig is. Of Ruby uit de buurt blijft van de vader van de baby of dat ze naar hem teruggaat.' Een pauze. 'Daar lig ik 's nachts wakker van, Dana. Lig jij er ook wakker van?'

'Alleen maar elke nacht,' antwoordde Dana droog en ze zag een van Evie's mondhoeken omhooggaan. 'Ik zou willen dat ik ze allemaal kon opnemen, maar dat gaat niet. Dus doe ik mijn best en hoop dat dat voldoende is.'

'Ruby zou veiliger zijn als ze uit Chicago wegging.'

Dana knikte. 'Dat is waarschijnlijk waar. Maar Ruby vindt dat idee maar niets, dat weet je.'

'Ze zou misschien ja hebben gezegd als ze had geweten dat ze nieuwe papieren kon krijgen.'

Nieuwe papieren. Sommige bewoners vertrokken inderdaad uit Hanover House met een betere start dan anderen. Een enkeling ging weg met een nieuwe identiteit. Nieuwe geboorteakte, rijbewijs en dergelijke. Met dank aan Dana Dupinsky, voltijds therapeute en deeltijds vervalser. En ze was in allebei verrekte goed. Haar documenten doorstonden al meer dan tien jaar nauwkeurig onderzoek.

Dana wist precies waar dit gesprek naartoe ging. Maar ze hield haar stem vriendelijk. 'Je kent de regels, Evie. Een cliënt moet om hulp vragen bij het verlaten van haar oude thuisstad voor we over de mogelijkheid van papieren beginnen.'

Evie's gezicht verstrakte. Aan één kant. 'Jóúw regels.'

Dana nam nog een slok van haar koffie. Ze was geïrriteerd, maar vastbesloten dat niet te laten merken. 'Mijn risico, mijn regels.' Wat ze deed was illegaal. Ze leverde vervalste documenten. Vervalste federále documenten. Haar redenen waren zuiver, maar ze betwijfelde of een rechter haar kant zou kiezen. Het was ongelooflijk belangrijk dat de vrouwen die ze verkoos op deze manier te helpen discreet waren, want zodra ze eenmaal de weg van een nieuwe identiteit bewandelden, was er geen weg meer terug. Als een van die vrouwen haar mond opendeed... *Dan vlieg ik de bak in. Niet Evie. Ik.*

Evie werd nijdig. 'Jóúw regels kunnen ónze cliënten in gevaar brengen,' zei ze boos. De baby jammerde en Evie ging verder met hem te wiegen waar ze stond. 'Hoe zit het met al die vrouwen hier in Chicago die geen idee hebben dat we hun leven kunnen veranderen?' fluisterde ze heftig. 'Hoe kun je ermee leven als hun iets overkomt?'

Dana haalde diep adem. Dat was geen gedachte die nog nooit bij haarzelf was opgekomen. Dat gebeurde elke dag. 'Evie, ik zeg dit maar één keer. Je overtreedt de regels niet. Je zult met geen enkele bewoonster van Hanover House beginnen over de mogelijkheid van nieuwe papieren. Duidelijk?'

Evie's woedende blik kon steen vermorzelen. 'Jazeker. Heel erg duidelijk.' Evie draaide zich abrupt om, waardoor Dylan wakker werd en luidkeels begon te brullen. Dana wierp een blik op de klok aan de muur terwijl uit de slaapkamers boven geluiden begonnen te klinken. Nee, het had absoluut geen zin om terug te gaan naar bed. De dag was officieel begonnen.

2

Wight's Landing, Maryland, vrijdag 30 juli, 19.00 uur

Ethan Buchanan ging in het strandhuis van de Vaughns aan de keukentafel zitten en wreef gefrustreerd met zijn handen over zijn gezicht. Hij onderdrukte de paniek. De kleine Alec was verdwenen, net als zijn inwonende doventolk en logopediste, Cheryl Rickman. *Weg.* De kleine Alec die niet meer zo klein was. Hij was twaalf. Oud genoeg om te weten wat er met hem gebeurde, om doodsbang te zijn. Maar toch te jong om terug te vechten.

En fysiek niet in staat om om hulp te roepen.

Ethan keek onderzoekend naar de verbijsterde gezichten van zijn beste vrienden en wenste dat hij wist wat hem te doen stond. Hij kende Stan Vaughn al vijfentwintig jaar en Stans vrouw Randi tien jaar. Toch leken de twee op dit moment vreemden. Hun zoon was verdwenen, maar desondanks hadden Stan en Randi niet de politie of de FBI gewaarschuwd. Randi zat met de telefoon tegen haar borst geklemd en Stan wekte de indruk dat hij Ethan zou aanvliegen als hij aanstalten maakte om zijn mobieltje te pakken.

Pas nadat hij had beloofd dat hij de politie niet zou bellen zette Randi de telefoon terug op zijn plek op het aanrecht. Stan was bij het raam gaan staan en keek uit over de baai. Ethan keek van Randi's bleke gezicht naar Stans stijve rug. En slaakte een zucht. 'Laten we nog eens van voren af aan beginnen. Wanneer beseften jullie precies dat Alec was verdwenen?'

Stilte. Ethan begon zijn geduld te verliezen. De klok tikte. 'Stan?'

Stan leunde vermoeid met zijn voorhoofd tegen de ruit. 'Halfvier vanmiddag.'

'Vijf over halfvier,' fluisterde Randi.

Stan wierp haar over zijn schouder een woedende blik toe en Randi keek uitdagend terug.

Ethan haalde ongemakkelijk adem. Dus zo zou het gaan. 'Waar waren jullie geweest?'

'Annapolis,' mompelde Randi. 'We waren woensdag tien jaar getrouwd.'

Er flitste een beeld door Ethans hoofd van gelukkiger tijden. Stan in zijn smoking; Stans broer Richard als getuige in gala-uniform; Randi, zo mooi in wit kant. Hijzelf had de wriemelende peuter Alec in zijn armen gehouden en gehoopt dat hij zijn eigen uniform vrij kon houden van plakkerige Cheerios-kruimels tot ze elkaar het jawoord hadden gegeven. Tien jaar. Zo snel voorbij.

Alec was inmiddels twaalf. En verdwenen, misschien uren, misschien dagen. Uren waarin Randi en Stan niets hadden gedaan. *Niets, behalve mij bellen.*

'We hadden gisteren terug moeten komen,' beet Randi kwaad. 'Je zei dat je Cheryl had gebéld, je zei dat je haar had gespróken.' Randi deed een stap naar voren. Haar lichaam beefde van woede. 'Je hebt tegen me gelógen om me in –' Ze brak haar zin af, draaide zich met een ruk om en wendde haar gezicht af.

Stans lippen vormden een streep. 'Ik heb een boodschap achtergelaten op het antwoordapparaat,' zei hij ruw. 'Hoe kon ik het weten? Verdomme, Randi, je doet net alsof dit mijn schuld is.'

'Val dood, Stan,' luidde haar antwoord. Rustig uitgesproken, maar heel erg gemeend.

Ethan kwam voorzichtig tussenbeide. Hij sloeg zijn arm om Randi's schouder en leidde haar naar een van de keukenstoelen, waar ze ging zitten met haar handen tussen haar knieën geklemd. Trillend. 'Wat gebeurde er toen jullie vandaag terugkwamen?'

Stan wuifde met zijn hand in de richting van het raam. 'We roken het meteen toen we uit de auto stapten. Het eerste wat we deden was naar Alecs kamer gaan. Er zat een briefje op zijn kussen gespeld.'

Het. De doordringende geur van rottend vlees waar hij bijna van was flauwgevallen toen hij uit de auto stapte. Stan wilde *het* niet benoemen. 'Wat stond er op het briefje?'

Stan aarzelde. Toen draaide hij zich met een ruk om en gebaarde Ethan dat hij hem moest volgen. 'Kom mee.'

Stan en hij gingen de achterdeur door, die naar het strand leidde. De stank werd heviger met elke stap over het zand in de richting van het schuurtje bij de steiger waar ze hun zomerspullen bewaarden. Stan deed de deur open. 'Kijk zelf maar.'

Ethan bleef in de deuropening staan. Zijn lege maag draaide om bij wat hij in het schuurtje zag. Het was een man geweest. Die ooit een hoofd had gehad. Een compleet hoofd. Wat er nu nog van over was, was bedekt met zoemende vliegen. Het lichaam was opgeblazen door de hitte en bijna onherkenbaar.

Geschokt dwong hij zich zijn blik omlaag te richten naar waar een jachtgeweer dwars over de naakte borst van de man lag. Nog verder omlaag naar een stuk touw dat van de trekker van het geweer over de boxershort van de man naar diens grote teen liep. De man had blijkbaar de loop van het geweer in zijn mond gestoken en met een beweging van zijn teen de trekker overgehaald.

Ethan draaide zich om naar waar Stan koppig naar de baai stond te staren. De serene schoonheid van het uitzicht stond in schril contrast met het gruwelijke tafereel in de schuur. 'Wie –' Ethans stem stokte en hij schraapte zijn keel. 'Wie was hij?'

Stan hield zijn blik strak op de horizon gericht. 'Paul McMillan. Hij was Cheryls verloofde.' Hij slikte en zijn adamsappel ging heftig op en neer. 'Het was geen zelfmoord.'

Nee, dat vermoeden had Ethan al. Maar het enige waar hij op dit moment aan kon denken was dat degene die dit had gedaan nu Alec in handen had. 'Wat stond er in dat briefje?'

Stan diepte een verkreukeld stuk papier op uit zijn broekzak en gaf dat aan Ethan. Hij kromp inwendig ineen bij de gedachte aan al het bewijsmateriaal dat Stan vermoedelijk had vernietigd. Ethan pakte het briefje bij een hoek vast. De brief was afgedrukt met een printer. Moeilijk, misschien wel onmogelijk om op te sporen.

'"We hebben je zoon,"' las hij. '"Laat de politie erbuiten, of we vermoorden hem. Als je aan ons twijfelt, kijk dan maar in je schuur. We hebben dit eruit laten zien als een zelfmoord voor het geval het lichaam wordt ontdekt en de politie vragen gaat stellen. Zorg dat ze geen antwoorden krijgen. We zullen contact opnemen om onze eisen kenbaar te maken. Waarschuw niet de politie of andere autoriteiten. We zullen het weten als jullie dat doen."'

Stan stond nog steeds naar de baai te staren. 'Snap je nu waarom we de politie niet hebben gebeld?' Zijn gefluisterde woorden gingen bijna verloren in de wind. 'We wisten niet wat we moesten doen.'

Bij die woorden draaide Stan zich om en in zijn ogen zag Ethan angst en wanhoop en hopeloze woede. En haat. Na twee jaar verachtte Stan Vaughn hem nog steeds. 'We hebben jóú gebeld,' zei hij nadrukkelijk, alsof hij elk woord uitspuugde. 'Jíj moet ons helpen Alec terug te vinden.'

'Stan...' Ethan stak zijn handen op. Paniek vermengde zich met de schok over wat Stan hem vroeg te doen. 'Ik heb een adviesbureau voor beveiliging. Ik zorg dat hackers niet in computersystemen kunnen. Ik zorg voor bewaking. Ik ben geen politieman.' Het enige uniform dat hij ooit had gedragen was dat van het United States Marine Corps. Wat wilde hij graag dat hij dat op dit moment droeg.

Stan schudde zijn hoofd. 'Je hebt een vergunning als privédetective.'

'Ja, omdat ik de achtergronden natrek van contractanten van mijn cliënten. Ik ben géén politieman.'

Stan keek hem met een ijzige blik aan. 'Je weet hoe je mensen moet vinden.'

De mensen die hij had opgespoord waren terroristen die zich schuilhielden in Afghaanse grotten, geen kleine jongens die ontvoerd waren door monsters. 'Stan, luister. Ik heb geen laboratorium. Ik kan geen forensisch onderzoek doen. Alles wat ik aanraak zou de verstoring van een plaats delict betekenen. Ik zou bewijsmateriaal vernietigen dat de FBI kan gebruiken om Alec te vinden. Waarschuw de FBI en laat die hun werk doen.'

In een oogwenk was Stan naar voren gestapt en had Ethan met beide handen bij zijn revers gegrepen. Stan schudde hem heftig door elkaar. Ethan onderdrukte een golf van misselijkheid en liet hem zijn gang gaan.

'Verdomme, je moet ons helpen. Degene die dit heeft gedaan heeft mijn zoon. Ze gaan hem vermoorden.' Hij liet Ethan los en liet zijn kin op zijn borst zakken met zijn gebalde vuisten langs zijn lichaam. Lange tijd zei geen van beiden iets. Toen Stan dat eindelijk deed, klonk zijn stem hard. 'Richard en jij hebben taliban opgespoord in de woestijn. Dat heeft hij me verteld. Je weet hoe je mensen moet vinden.' Hij keek op en de blik in zijn ogen was ontzettend kwaad. 'Ik zou het Richard wel vragen, maar hij is er niet.' Stan kneep zijn ogen samen en klemde zijn kiezen op elkaar. 'Mijn broer is niet thuisgekomen.'

Door jou. De woorden kwamen door alsof Stan ze ook echt had uitgesproken. Dat was uiteraard ook zo. De laatste keer dat ze elkaar hadden gezien.

'Dat is niet eerlijk, Stan,' zei Ethan rustig en Stan ontplofte.

'Dat kan me geen moer schelen. Die beesten hebben mijn zóón. Ze hebben dát gedaan.' Hij boog zich voorover en prikte met zijn vinger in de richting van het lichaam. 'Ze zullen hem vermoorden, Ethan.' Stan kwam langzaam overeind. 'Als je het niet voor mij wilt doen, doe het dan voor Richard. Dat ben je hem wel verschuldigd.'

Ethan haalde diep adem. Hij herinnerde zich die laatste ogenblikken voor hij het bewustzijn verloor nadat hun voertuig die mijn had geraakt op de weg in de buurt van Kandahar. Richard had hem daar moeten achterlaten en zichzelf in veiligheid moeten brengen. Maar dat had hij niet gedaan. Hij was gebleven en had gevochten. Zijn lichaam beschermde Ethan tegen de kogels van de vijand die in hinderlaag had gelegen. Richard was gebleven op een moment dat hij dat niet had moeten doen en zou dat voor iedereen hebben gedaan, niet alleen voor zijn beste vriend. Want zo'n man was Richard Vaughn geweest. Richard zou allang op zoek zijn geweest naar Alec.

Ethan draaide zijn hoofd in de richting van de obsceniteit die ooit een gezonde jonge man was geweest. Het lichaam was achtergelaten om ze zo veel angst aan te jagen dat ze verdoofd waren. En hoewel hij doodsbang was omwille van Alec, was Ethan niet verdoofd. Hij liet zijn adem ontsnappen. 'Oké. Maar ik ga dit niet alleen doen. Je moet goedvinden dat ik mijn partner bel. Clay zat bij de politie nadat hij het korps had verlaten. Hij weet wat er gedaan moet worden.'

Stan schudde heftig zijn hoofd. 'Néé. Geen politie. Hij zal het aangeven. Hij zal het vertellen.'

'Stan, luister. Ik ben specialist op het gebied van elektronica. Ik doe computerbeveiliging en bewakingsapparatuur. Versleutelde berichten, verdorie. Ik kan geen forensisch onderzoek doen, maar Clay heeft dat wel gedaan. Hij was politieman en een verdomd goede. Ik zou niet met het schuldgevoel kunnen leven als ik iets zou missen wat Alecs leven had kunnen redden. Clay zal Alec niet verder in gevaar brengen. Dat beloof ik.'

Stan sloot zijn ogen. 'Hoe snel kun je hem hier hebben?'

'Het is drie uur rijden vanuit D.C.'

'Bel hem dan maar. Zeg dat hij opschiet.'

Wight's Landing, vrijdag 30 juli, 22.30 uur

Ethan stapte de veranda op toen Clay Maynards auto de oprit op kwam. De wind was gedraaid en de stank was minder geworden. Het kon ook zijn dat hij eraan gewend begon te raken.

Clay stapte uit en vertrok zijn gezicht. Ethan kwam tot de conclusie dat het de tweede mogelijkheid was.

'Dit deugt niet, Ethan,' zei Clay en zijn stem had een harde klank.

'Ik weet het.' Hij had er in de uren sinds hij zijn partner had opgeroepen over nagedacht. Ze hadden samen een bedrijf en waren goed bevriend. Ethan zette beide zaken op het spel door Clay erbij te betrekken. 'Geef me mijn laptop en ga terug naar D.C. Ik doe het verder wel.'

'Shit.' Clay ging vermoeid met een hand over zijn gezicht, dat ondanks zijn gebruinde huid bleek zag in het licht van de maan. 'Dit gaat Richard niet terugbrengen. Dat weet je net zo goed als ik.'

Ethan klemde zijn kaken op elkaar om de woede te onderdrukken omdat Clay de hele situatie trivialiseerde en reduceerde tot niet meer dan een schuldgevoel. 'Dit gaat niet om Richard. Dit gaat om Alec. Nou, als je niet wilt helpen, geef me dan mijn laptop en kras op.'

Clay kwam dichterbij, bleef een paar passen van de veranda staan en keek woedend omhoog. 'Doe even normaal, Ethan. Dit is een karwei voor de FBI, niet voor ons. Elke minuut dat we er het zwijgen toe doen, wordt het gevaar voor Alec groter. Als je echt geeft om die knul, dan hou je op met deze waanzin en bel je de politie.'

Ethan haalde diep adem en rook McMillans rottende lichaam. Hij voelde opnieuw de angst opborrelen en daarmee ook kille woede. Hij stapte doelbewust de treden af tot hij Clay in de ogen kon kijken. 'Die knúl is mijn peetzoon.'

Clay's ogen fonkelden. 'Ik dacht dat hij Richards peetzoon was.'

'Dat klopt.' Hij dwong de woorden uit zijn mond. 'Hij was Richards peetzoon. Maar Richard is dóód en zoals je zelf al opmerkte, niets van wat ik doe kan hem terugbrengen. Toen hij stierf, heeft Randi me gevraagd zijn plaats in te nemen. En Stan zei nee, dat ik de verantwoordelijkheid niet waardig was. Maar Randi zei ja, dus nu ben ik het.' Zijn adem stokte toen hij terugdacht aan dat moment twee jaar geleden, een moment dat een einde maakte aan het weinige dat er nog over was van zijn vriendschap met Stan.

'Mijn péétzoon is ontvoerd door mensen die een onschuldige man hebben vermoord. Als we naar de politie stappen, zullen ze hem vermoorden.' Er verscheen twijfel in Clay's blik en Ethan slikte, niet in staat om uit zijn hoofd te zetten dat Alec in handen was van monsters. 'Hij is nog maar een jongen, Clay,' fluisterde hij hees. 'Hij zal doodsbang zijn, in de war.' *Niet in staat om hulp te roepen.*

Clay's blik verhardde opnieuw. 'Als hij nog in leven is.'

Alec kon op dit moment al dood zijn. Dat was een beeld dat Ethan zich moest dwingen uit zijn hoofd te zetten. 'Hij leeft nog. Dat moet wel. Luister, als iemand dit huis in de gaten houdt, dan geven we ze genoeg te zien. Blijf of ga weg, maar we kunnen niet hier blijven staan praten.'

Clay keek hem langdurig aan en pakte vervolgens met een zucht zijn sporttas en Ethans laptop van de passagiersstoel. 'Verdomme. Vertel me alsjeblieft dat ze airconditioning hebben.'

'Het is binnen beter,' bevestigde Ethan terwijl hij een beetje kalmeerde. Clay deed mee. Hij ging Clay rechtstreeks voor naar de keuken, waar Randi met de telefoon op schoot zat en Stan liep te ijsberen met een glas whisky in zijn hand.

Randi keek op toen ze binnenkwamen. Haar gezicht zag nog steeds bleek. 'Jij bent Ethans partner. Bedankt dat je bent gekomen.'

'Ik heb met Richard gediend,' antwoordde Clay simpelweg. En meer hoefde hij niet te zeggen. Mariniers zorgden voor elkaar. Ook wanneer ze niet langer het uniform droegen.

'Richard en ik hebben met Clay gediend tijdens onze missie in Somalië, toen we net van de academie kwamen,' verklaarde Ethan. Stan verstarde. Stan had Richards toewijding aan het Marine Corps nooit begrepen en het was een bron van verdeeldheid tussen de twee broers geweest. Dat het een extra band was tussen Ethan en Richard had er alleen maar voor gezorgd dat de kloof tussen Stan en Ethan breder was geworden. Richards dood had van die kloof een onoverbrugbare afgrond gemaakt.

'Goeie ouwe *Semper Fi*,' zei Stan bitter en hij sloeg wat er nog over was van zijn whisky achterover. 'Daar heeft hij nu lekker veel aan, aan al die broederschap en toewijding.' Hij zette het glas met een klap op het aanrecht en beende het vertrek uit.

Randi sloot haar ogen. 'Het spijt me.'

Ethan kneep even in haar schouder. 'Het geeft niet.'

Clay ging voor haar stoel op zijn hurken zitten. 'Randi, wie wist dat jullie hier op vakantie zouden zijn?'

Randi's ogen schoten open bij de onuitgesproken suggestie. 'O mijn god. Het kan iemand zijn die we kennen.' Ze sloeg haar hand voor haar mond. 'Ik weet het niet. Ik kan niet denken.'

Ethan wreef troostend over Randi's rug. 'Blijf hier zitten en probeer te bedenken wie geweten kan hebben dat jullie hier waren en, nog belangrijker, wie wist dat jullie de laatste paar dagen in Annapolis zouden zijn. Ik ga met Clay naar buiten en daarna zal ik die e-mail natrekken.'

Ze kromp ineen bij het woord 'buiten' maar ze knikte. 'Oké.'

Clay wachtte tot ze op het pad naar de schuur waren. 'Hebben ze een e-mail ontvangen? Wanneer?

'Die is donderdagochtend om kwart voor acht binnengekomen van Rickmans e-mailadres. Er stond in dat Alec nog leefde en ze waarschuwden nogmaals dat de politie niet ingelicht mocht worden. Er zat een bijlage bij.'

'Kwam hij van Rickmans e-mailadres?'

'Ja. Haar laptop is uit haar kamer verdwenen. Net als haar digitale camera.'

Clay keek hem van opzij aan. 'En de bijlage? Foto van Alec, gebonden en gekneveld?'

'Ja. Genomen terwijl het donker was tegen een achtergrond vol bomen die eruitzien als dennen.'

'Ethan, ik weet dat die jongen belangrijk voor je is, maar dit is een karwei voor de FBI. Dat weet je.'

Ethan wist het. Hij wist ook wat zich in de schuur bevond. 'Wacht nog heel even.' Na een minuut kwamen ze bij de kleine houten schuur. 'Er is geen licht.' Hij boog zich voorover om de zaklamp te pakken die hij naast de schuur had achtergelaten. 'Gebruik deze.'

Clay deed de deur open en een ogenblik lang klonk alleen het geluid van de nachtwind en het zachte klotsen van de golven tegen Stans boot die aan de steiger lag afgemeerd. Zijn partner scheen rond met de zaklamp en liet het licht op het lichaam binnen vallen.

'Hij heet Paul McMillan,' zei Ethan zacht. 'Hij was architect in Baltimore. Cheryl Rickman en hij wilden op Valentijnsdag gaan trouwen.'

Clay schakelde het licht uit. 'Enige kans dat Rickman hier iets mee te maken had?'

'Dat kunnen we niet uitsluiten, maar het lijkt niet erg waarschijnlijk. Randi zweert dat Cheryl Alec met haar leven zou verdedigen en er is een felle worsteling geweest in een van de slaapkamers. Lampen aan diggelen, lijsten van de muur geslagen. Er zit een kogel in de muur van de slaapkamer. Aan de omvang van het gat te zien komt hij van een negenmillimeter.'

'Het jachtgeweer dat ze bij McMillan hebben gebruikt is oud en verroest, maar ze hadden hier niet al te veel accuratesse voor nodig,' merkte Clay grimmig op. 'Ze zouden zo'n wapen niet voor zichzelf bij zich hebben gehad. Het is een nutteloos ding, behalve voor het doel waarvoor zij hem hebben gebruikt. Ze waren van tevoren al van plan om McMillan hier te laten en dat betekent dat ze wisten dat hij er was.'

'Hij logeerde hier met Cheryl terwijl Stan en Randi weg waren voor de viering van hun huwelijksdag. Als ze het huis in de gaten hielden, dan moeten ze hebben geweten dat McMillan hier was. Ze hebben Alec ontvoerd ergens tussen dinsdagavond acht uur en donderdagochtend kwart voor acht, toen die e-mail binnenkwam. Randi heeft dinsdagavond nog met Cheryl gebeld en tegen haar gezegd dat ze Alec welterusten moest zeggen. Hij gebruikt geen telefoon.'

Clay begon te lopen en Ethan kwam achter hem aan. Op de steiger bleven ze staan. 'Alec is doof, hè?'

'Onder meer. Toen Alec twee was kreeg hij hersenvliesontsteking, nauwelijks een maand nadat Randi en Stan waren getrouwd. Hij ging bijna dood. Uiteindelijk is hij er doof en epileptisch van geworden. Hij heeft medicijnen om de epilepsie onder controle te houden. Randi zegt dat de flesjes uit de badkamer zijn verdwenen. Alec is drie jaar geleden, toen hij negen was, geopereerd aan zijn doofheid. Ze hebben een cochleair implantaat bij hem ingebracht.'

'Leg uit,' zei Clay kortaf. 'In lekentermen, alsjeblieft.'

'In lekentermen is het een apparaat dat operatief wordt ingebracht in het bot achter het oor. Het vangt geluid op als een hoorapparaat, maar in plaats van dat te versterken, vertaalt het apparaat het geluid in signalen die de hersenen kunnen onderscheiden als spraak en andere geluiden. Alec heeft een ding achter zijn oor dat voor het opvangen en het vertalen zorgt. Ik heb het in de kast in zijn slaapkamer gevonden. Zonder dat ding is hij helemaal doof.' *En niet in staat om hulp te zoeken.* Ethan vertrok zijn gezicht. Hij moest ophouden zo te denken.

Clay gebaarde in de lucht. 'Waar is dat ding nu, dat... apparaat?'

'Nog steeds op de bodem van de kast. Ik ben nergens aan geweest. Ik dacht dat we misschien vingerafdrukken konden nemen.'

'Kan Alec praten?'

'Nee. Dat was Rickmans werk – hem leren het apparaat te gebruiken om te luisteren en te praten. Alec is niet zo dol op dat ding. Hij heeft heel lang gebruikgemaakt van gebarentaal.' Ethan dacht aan de e-mails die Alec had gestuurd waarin hij klaagde over het implantaat. 'Hij zegt dat het implantaat te luid klinkt, dat het geluid pijn doet in zijn hoofd. De artsen hebben tegen Randi gezegd dat hij eraan zou wennen. Dat is nog niet het geval. Hij heeft de laatste drie logopedisten weggejaagd.'

'Is hij een akelig jong?'

Ethan schudde zijn hoofd. 'Dwars misschien, maar niet slecht. Hij is heel attent. Toen we aan het front zaten, stuurde hij Richard elke week een e-mail. Hij mailde mij toen ik in het ziekenhuis lag.' Zijn keel werd dichtgesnoerd en hij schraapte hem heftig. 'Hij noemt me oom Ethan.'

'Het spijt me, Ethan. Ik had niet beseft dat jullie zo dik met elkaar waren.'

Terwijl hij over het stille water stond uit te kijken waar hij de beste jaren van zijn jeugd had doorgebracht, werd Ethan overmand door spijt en hij zuchtte. 'We zouden hechter moeten zijn, maar toen Richard stierf, leek alles gewoon uit elkaar te vallen en Alec werd de dupe. We mailen met elkaar, maar ik mag hem van Stan niet bezoeken. Ik wilde de kloof tussen Stan en Randi niet nog groter maken, dus ik heb niet aangedrongen. Ik had Alec gewoon moeten komen opzoeken.'

'Ethan, waarom heeft Stan zo de pest aan je?'

Ethan kreunde. 'Goede vraag. Hij zegt dat Richard nooit om uitzending naar Afghanistan had verzocht als ik hem dat niet had gevraagd, dat hij dan nog steeds in leven zou zijn. Maar Richard wilde gaan. Hij had zich daar zijn hele carrière op voorbereid. Hij sprak godbetert Farsi. We hadden hem nodig om communicaties te kunnen ontcijferen. Maar ik denk dat Stan al heel lang daarvoor een hekel aan me had. Toen we nog kinderen waren kwamen ze in de zomer op bezoek en dan waren wij de drie musketiers. Tegen de tijd dat we tieners waren had Stan andere interesses dan wij. Richard en ik zouden naar de Naval Academy gaan. Toen Stan van de middelbare school kwam kocht hij een motor en trok rond. Raakte in de problemen. Een misdrijf. Niet echt heel ernstig, maar zijn ouders waren vreselijk teleurgesteld. Stan kwam bij zijn vader in de zaak en Richard en ik gingen naar de academie. Daarna was niets meer hetzelfde. Stan zag Richard en mij als de "favoriete zoons" van zijn ouders.' Ethan haalde zijn schouders op. 'En ik was niet eens een zoon van zijn ouders.'

'Alec ook niet, hè?' vroeg Clay. 'Hij is niet de biologische zoon van Stan.'

'Niet biologisch,' antwoordde Ethan, opnieuw terugdenkend aan tien jaar eerder, aan gelukkiger tijden. 'Toen Stan Randi leerde kennen was ze een alleenstaande moeder die probeerde te overleven op een serveersterssalaris. Ze was nooit met Alecs vader getrouwd. Stan trouwde met Randi en adopteerde Alec.' Hij zuchtte. 'Ze waren ooit een gelukkig gezin, Clay. Echt gelukkig.'

Clay deed er lange tijd het zwijgen toe. 'Waarom hebben Stan en Randi zo lang gewacht met dat implantaat van Alec? Als hij op zijn tweede hersenvliesontsteking had, waarom hebben ze dan tot zijn negende gewacht?'

Dit kon Ethan zich nog helder voor de geest halen en hij was al begonnen conclusies te trekken. 'De operatie is kostbaar, meer dan vijftigduizend dollar, en het werd niet gedekt door hun verzekering. Stan en Randi hadden destijds helemaal geen geld. Stan werkte in de elektronicazaak van zijn vader en kon maar net de eindjes aan elkaar knopen. We deden allemaal ons best om bij te dragen aan de spaarrekening voor de operatie, maar Richard kon zich niet veel veroorloven. Hij had een gezin.'

'Drie meisjes, toch?'

Ethan dacht aan de drie meisjes die het fundament vormden van Richards leven. De kleine meisjes die zonder vader moesten opgroeien. Ethan voelde het verdriet opkomen, maar hij drukte het weg. 'Ja. Toen begon Stan de zaak van zijn vader uit te bouwen, nieuwe winkels te openen. Hij verdiende genoeg om Alec de operatie te laten ondergaan.'

'En heeft ergens onderweg een vijand gemaakt die hem voldoende haat om zijn zoon te ontvoeren?'

'Daar zat ik ook aan te denken. Stan heeft me een lijst van zijn klanten en leveranciers beloofd.'

Clay knikte even. 'Geloof je dat ze Alec zullen vermoorden als we op dit moment de politie inschakelen?'

Ethan had die vraag verwacht, had hem zichzelf al honderd keer gesteld sinds hij ermee had ingestemd om te helpen. 'Ze hebben al iemand vermoord. Ze hebben niet veel te verliezen. Ik weet dat Stan en Randi het geloven en ik wéét dat er geen schijn van kans is dat ze de politie bellen. Als de politie of de FBI erbij betrokken raakt, dan is dat omdat wij ze waarschuwen. Ik zou niet met mezelf kunnen leven als Alec zou worden vermoord omdat we dat hebben gedaan.'

'Hoe zit het met hem?' Clay maakte een gebaar met zijn hoofd in de richting van het schuurtje.

'McMillan? Stan moet melden dat hij hem heeft gevonden. Hij kan zeggen dat hij op zijn terrein een geval van zelfmoord heeft aangetroffen. Misschien dat de plaatselijke politie iets op zijn lichaam aantreft wat ons kan helpen.'

'Zal Stan dat doen?'

Ethan probeerde zijn beeld van Stan zoals hij zich dat herinnerde in overeenstemming te brengen met de man die hier op de steiger had gestaan en van plan was geweest het lichaam van een onschuldige man met zijn boot naar zee te brengen. 'Als hij onze hulp wil, dan zal hij wel moeten.'

Clay bleef nog lange tijd stil. 'Laten we dan die e-mail maar gaan natrekken.'

Chicago, vrijdag 30 juli, 22.45 uur

Dana stond in de schaduw bij de oostelijke uitgang van het busstation. Als je niet gezien wilde worden was dat de beste plek om te wachten. Ze was de tel kwijtgeraakt van het aantal keren dat ze daar in de loop der jaren had gestaan, maar ze was de vrouwen die ze daar had ontmoet nooit vergeten. Het gezicht van elke vrouw was onuitwisbaar in haar geheugen gegrift. Ze kwamen uit alle lagen van de bevolking, met verschillende achtergronden, woonplaatsen, leeftijden. Hun wegen zouden elkaar onder normale omstandigheden misschien nooit hebben gekruist, maar deze vrouwen leefden niet onder normale omstandigheden. Te veel van hen hadden nooit normale omstandigheden gekend. Ze waren allemaal beschadigd, sommigen erger dan anderen. De meesten droegen de bewijzen, die als je erop lette gemakkelijk waren te zien. Hun wonden en blauwe plekken zouden worden behandeld en in de loop van de tijd helen.

De littekens op hun ziel waren een stuk moeilijker te behandelen. Sommigen vonden de kracht om de draad weer op te pakken en door te gaan, anderen slaagden daar niet in. Zo eenvoudig en tegelijk zo ingewikkeld was het.

Vanavond stond ze op een vrouw te wachten die Jane Smith heette. Niet vreselijk origineel als schuilnaam, maar hij zou voorlopig volstaan. Jane kwam uit het zuiden van de staat en ze had een zoontje van tien dat Erik heette.

De kinderen waren voor Dana altijd het moeilijkste om persoonlijk mee om te gaan. De angst die ze in hun ogen zag, de absolute droefheid. De verslagenheid en de schaamte. De wetenschap dat ongeacht wat ze persoonlijk deed, elk kind zou opgroeien tot een volwassene die de inwendige littekens altijd met zich zou meedragen. Dat wist ze maar al te goed.

Ze ging rechtop staan en lette op. De bus was zojuist gearriveerd en de passagiers begonnen druppelsgewijs het busstation binnen te komen. Oude vrouwen, oude mannen. Een moeder met haar kind. Dana sloeg hen vanuit de schaduw gade en kwam al snel tot de conclusie dat ze niet de twee waren die ze zocht. De moeder glimlachte te gemakkelijk, de blik van het kind was te helder.

Toen zag ze hen. De vrouw was van gemiddelde lengte. Het was moeilijk vast te stellen hoe ze was gebouwd, aangezien ze een vormloze beige overall droeg. Ze hield haar hoofd gebogen en ze droeg een honkbalpet met een lange klep. Ze hield de hand vast van een mager, klein jongetje en trok hem met zich mee. Hij struikelde bijna en de vrouw sleurde hem zo'n beetje overeind.

Dana hoopte dat de sloomheid van het kind te wijten was aan het late uur en de lange reis en niet aan een of andere ziekte. De vrouw keek om zich heen. Haar gespannenheid was bijna tastbaar. Dana kwam tevoorschijn uit de schaduw en zag de spanning verdwijnen. 'Jane? Erik?'

De vrouw keek zo lang op dat Dana kon te zien dat ze een ernstig afgeleefd gezicht had voor ze haar blik weer naar de grond richtte.

Deze vrouw was recent mishandeld. Maar het kind baarde haar op dat moment meer zorgen. Hij weigerde op te kijken toen ze zijn naam riep, maar dat was op zich niet ongebruikelijk. Wat haar verontrustte was de intensiteit van zijn geslotenheid, alsof hij zijn uiterste best deed om geen oogcontact te maken. Ze liet zich op een knie zakken en probeerde haar vinger onder zijn kin te leggen, maar hij wendde zijn hoofd af. Hij beefde en zijn magere schouders waren zo heftig opgetrokken dat haar hart brak. Dat gebeurde altijd.

'Het is goed,' zei Dana zacht. 'Niemand zal je hier iets doen. Je hoeft niet meer bang te zijn.' Ze kwam overeind en raakte even de schouder van de vrouw aan. Ze voelde haar verstijven. Ze raakte de kin van de vrouw nog lichter aan en tilde haar gezicht omhoog. Felle beurse plekken en bulten van recente datum bedekten het, maar het waren de ogen van de vrouw die Dana deden terugdeinzen. In het zwakke licht leken ze bijna wit. Dana zette het kille gevoel van zich af en dwong haar mond tot een warme glimlach. 'Ik ben Dana. Welkom.'

Wight's Landing, vrijdag 30 juli, 23.00 uur

Ethan ging aan het bureautje zitten dat tegen de muur stond en bereidde zich voor om de e-mail na te trekken terwijl Clay de bovenverdieping bekeek. Hij werkte snel, verbond zijn computer met die van Randi en opende de mail met de verschrikkelijke bijlage. Op zijn eigen computer opende hij de software die nodig was om de e-mail te volgen.

'Doe je dit vaak?' mompelde Randi vanaf de bank.

'E-mails natrekken? Vaak genoeg.'

Ze stond op en ging achter hem staan. Ze sloeg haar armen over elkaar en trok haar schouders op. 'Ethan, wat doe je precies?'

Hij moest even glimlachen om haar aarzelende toon. 'Clay en ik werken met bedrijven om hun beveiliging te verbeteren. Ik zorg ervoor dat hackers niet in hun computersystemen kunnen komen om informatie te stelen. En ze houden hun personeel in de gaten, ook om diefstal te voorkomen.'

'Je wil zeggen dat je bazen helpt om hun mensen te bespioneren.'

'Daar komt het in wezen wel op neer, ja. Veel van onze klanten werken voor Defensie. Hun geheimen moeten geheim blijven. Hun betrouwbaarheidsverklaring van de overheid en de veiligheid van het land hangen daarvan af.'

'Wat doet Clay?'

'Hij traint hun bewakers. Soms traint hij politie in kleine plaatsen in het gebruik van aanvalswapens en persoonlijke verdediging.'

'En zijn jullie daar goed in?'

Dit keer glimlachte Ethan grimmig. 'Ja, Randi, dat zijn we.' Ze waren goed in wat ze deden, Clay en hij. Hij kon alleen maar hopen dat ze goed genoeg waren om Alec te vinden.

Hij voltooide het invoeren van de informatie en liet het programma doen waar het voor ontworpen was – het terugvolgen van e-mails naar de bron van herkomst. Hij voelde een golf van opluchting toen hij het resultaat zag. 'Nou, we hebben in ieder geval niet te maken met iemand die veel van servers afweet. Deze mail is rechtstreeks hierheen gekomen.' Een beter onderlegd persoon had de boodschap een paar keer kunnen omleiden voor ze op Randi's server belandde.

'Dus... dus dat is goed?' Randi zei het met een klein stemmetje, maar Ethan hoorde een sprankje hoop.

Hij keek over zijn schouder en keek haar aan. 'Ja, dat is goed.' Hij deed een omgekeerde zoekactie. 'Deze e-mail is verzonden vanuit... Campus Joe's Copy Store in Morgantown, West Virginia.' Hij draaide zijn stoel abrupt om. 'Ken je daar iemand?'

Ze schudde haar hoofd met een opgejaagde blik en grote ogen vol wanhoop. 'Nee. Ik ben daar nog nooit geweest.'

Clay kwam met een frons op zijn gezicht de trap af. 'Heb je iets gevonden?'

Randi stond haar handen te wringen. 'Hij komt uit West Virginia. Ze hebben Alec daar.'

Clay's frons werd dieper. 'Ze zijn onderweg.'

Ethan sloot zijn laptop. 'Ik moet naar Morgantown. Kun jij hier blijven voor het geval ze bellen met een eis voor losgeld? Heb je die koffer uit mijn kantoor meegenomen?'

'Die ligt in mijn auto.'

'Mooi. Voor ik vertrek zal ik volgapparatuur installeren op de telefoonlijn.'

Hij ging staan. Clay pakte hem met een bezorgde blik in zijn donkere ogen bij de arm. Hij wierp even een blik op Randi en keek vervolgens weer naar Ethan. 'Je werkt achttien uur per dag. Ik ga wel.'

Ethan deed zijn best om zijn ergernis niet te laten merken. Clay Maynard had dan wel het imago van harde jongen, maar hij behandelde hem als een moeder. 'Dank je, maar er is niets aan de hand.'

Clay liet zijn arm los. 'Prima,' mompelde hij. 'Krijg dan maar een aanval terwijl je achter het stuur zit.'

Ethan hield zijn toon vriendelijk. 'Ik heb er al in geen maanden een gehad en dat weet je.'

Randi stond hen achterdochtig gade te slaan. 'Wat is er aan de hand?'

Ethan klopte haar op de hand. 'Niets. Nu moet je goed naar me luisteren. Ik wil dat je eet, ook als je geen honger hebt. Ik wil dat je slaapt, ook als je een pil moet nemen om dat te doen, want je moet sterk zijn voor Alec, niet uitgeput. Oké?'

Terwijl hij sprak leek ze te krimpen. Ze knikte ernstig. 'Ethan, zul je hem vinden?'

Statistieken speelden door zijn hoofd en geen ervan was goed. De eerste paar dagen waren kritiek bij het opsporen van een prooi en die dagen waren al voorbij. Maar Randi keek met vertrouwen en tranen in haar ogen naar hem op en hij knikte ondanks zichzelf. Sprak de woorden waarvan hij hoopte dat ze geen leugen zouden zijn. 'Ik zal hem vinden.'

3

Chicago, zaterdag 31 juli, 17.45 uur

'Je breekt je nek nog.'

Dana schrok op uit haar gedachten en verstevigde haar greep op de zijkanten van de ladder. Ze keek vanuit haar hoge positie omlaag, ook al wist ze heel goed wie daarbeneden stond. David Hunter keek omhoog met zijn handen op zijn heupen en een geërgerde uitdrukking op een gezicht waar de meeste vrouwen ogenblikkelijk verliefd op werden. Dana had vaak aan haar eigen verstand getwijfeld omdat zij daar niet bij hoorde. In plaats daarvan was David een geliefde vriend, een van de weinige mensen die wisten wat ze hier deed, en hij stak een handje toe wanneer hij maar kon. 'Als je me zo aan het schrikken maakt wel, ja,' was haar reactie en ze ging verder met het inspecteren van de dakspanen. 'We hebben lekkage.'

'Verdomme, Dana, ik heb toch gezegd dat ik dat zou bekijken.'

'Je was druk aan het werk. Ik wist niet wanneer je in de gelegenheid zou zijn om langs te komen.' Maar de waarheid was dat ze op het dak zat omdat ze niet kon blijven stilzitten. Ze was al ongedurig sinds haar onenigheid met Evie en vroeg zich af of ze meer kon doen. Of ze meer móést doen.

'Nou, ik ben er nu,' zei David. 'Kom naar beneden en laat me het góéd repareren.'

Dana kneep haar lippen samen. 'Ik maakte de dingen al góéd lang voor jij erbij kwam, stoere jongen.'

'Klopt,' gaf hij toe. Het bleef even stil, toen zei hij plagerig: 'Ik kan onder je rok kijken.' Dana snoof lachend en trok aan een loszittende dakspaan. 'Je hoort me niet klagen, hoor,' ging David behulpzaam verder. 'Ik dacht alleen dat je het wel zou willen weten.'

'Ga weg, anders vertel ik je moeder dat je meisjes onder hun rokken probeert te kijken.'

'Ga je gang. Ma zal alleen maar tegen je zeggen dat je niet op een ladder moet klimmen als je een rok draagt.'

Daar had hij gelijk in. Maar daar zou Phoebe Hunter het niet bij laten. Ze zou afkeurende geluiden blijven maken over het feit dat Dana veel te onafhankelijk was. Als ze een man in haar leven zou hebben, dan zou ze haar eigen reparaties niet hoeven doen. En dat zou weer gevolgd worden door een betekenisvolle blik in de richting van David, haar enige nog ongetrouwde zoon. En David en zij zouden die blik glimlachend negeren.

Ze waren vrienden. David had zijn eigen leven, zijn eigen vriendinnen. En zij had haar leven en Hanover House was daar de spil van. Ze klom omlaag en keek hem fronsend aan toen ze de begane grond bereikte, ook al wilde ze altijd lachen wanneer ze David zag. Dat maakte deel uit van zijn charme. 'Je hoefde niet onder mijn rok te kijken.'

David keek haar gelukzalig glimlachend aan. 'Daar zijn we het niet over eens. Nou, laat mij eens even kijken.'

Ze keek toe terwijl hij de ladder op ging, blij dat hij was langsgekomen, hoe onuitstaanbaar hij ook was. Ze was in staat om allerlei kleine dingen te repareren, maar een dak was een grotere uitdaging dan ze bereid was op dit moment aan te gaan. 'Nou?'

'Er zitten er een paar los. Ik zal dakteer en spanen meenemen en het voor je in orde maken.' Hij klom weer naar beneden. 'Ik kom morgenmiddag terug.' Toen hij op de grond stond, keek hij haar indringend aan. 'Je hebt kringen onder je ogen. Wat is er aan de hand?'

Dana vertrok haar gezicht. 'Als je zoiets ziet, hoor je dat niet te zeggen. Dat is niet beleefd.'

Zijn scheve glimlach werkte bijna ontwapenend. 'Ben ik ooit weleens beleefd geweest? Ik ben degene die meisjes onder de rok kijkt.' Hij werd weer ernstig en keek naar de tenen van zijn werkschoenen voor hij vanuit zijn ooghoeken weer naar haar keek. 'Hebben Evie en jij ruzie gehad?'

Dana slaakte een zucht. 'Heb je met haar gepraat?'

'Dat was niet nodig. Ik vroeg waar je was en ze wees alleen maar zonder iets te zeggen. Wat is er gebeurd?'

Dana dwong zichzelf tot een glimlach. 'Evie vindt dat ik niet genoeg doe om het succes van onze cliënten te verzekeren.'

Davids gezicht betrok. 'In wiens wereld? Je doet eerder te veel dan te weinig.' Hij nam haar lange tijd op terwijl zijn gezicht verstrakte. 'Je vraagt je af of ze gelijk heeft, dus liep je te piekeren en te peinzen tot het een goed idee leek om in een rok en met sandalen aan een ladder op te gaan.'

Hij kende haar goed. 'Een beetje, misschien.'

'Nou, ze heeft ongelijk. Je doet meer dan genoeg. Je doet te veel.'

De gedwongen glimlach veranderde in een echte door de felheid van zijn verdediging. 'Dank je. Dat moest ik even horen. Laten we naar binnen gaan voor wat ijsthee. Het is hier veel te heet.'

David verroerde zich niet en bleef in de weg staan. 'Ik meen het, Dana. Je doet veel te veel en daar maak ik me zorgen om.' Hij keek om zich heen en dempte zijn stem. 'Ik weet dat wat je doet nodig is, van levensbelang. Maar dat zal niet helpen als je betrapt wordt.'

Ze liep om hem heen. Ze had vandaag geen zin in die discussie. Niet weer. 'Ik ben niet van plan om me te laten betrappen.' Hij pakte haar bij haar bovenarm en kneep er zachtjes in tot ze hem over haar schouder aankeek. Zijn grijze ogen stonden ernstig, bijna grimmig.

'Niemand is ooit van plan om zich te laten betrappen. Beloof me dat je ophoudt midden in de nacht naar het busstation te gaan.'

'Dat kan ik niet beloven, David. Dat weet je.'

'Dat *wil* je niet beloven, bedoel je.'

Ze vertrok haar mond in een halve glimlach. 'Een beetje van het een en een beetje van het ander?'

Hij beantwoordde haar glimlach niet. 'Het is niet grappig, Dana. Het is daar 's nachts gevaarlijk. Als je me het niet wil beloven, bel me dan in ieder geval, dan kan ik met je meegaan.'

'Nee. Je bent een geweldige vent, David, maar deze vrouwen zijn op de vlucht voor mannen. Ze zouden me niet vertrouwen als ik een man meenam. Zelfs jij. Nou, wat dacht je van die thee?'

Hij gaf het gefrustreerd hoofdschuddend op en liep achter haar aan naar de keuken. Hij deed de deur achter zich dicht en vertrok zijn gezicht toen de grendel knarste. 'Dat zal ik voor je regelen als ik het dak kom maken.'

'Dank je. Hij maakte vannacht een vreselijke herrie toen ik thuiskwam,' zei ze terwijl ze thee inschonk.

'Toen je midden in de nacht terugkwam van het busstation?'

'Ik was voor middernacht thuis.' Met Jane Smith met de vreemde ogen en verwondingen in haar gezicht en haar zoon Erik met de akelige brandplek op zijn wang en zijn weigering wie dan ook aan te kijken. Toen Dana zalf op zijn wang smeerde had de jongen zijn ogen stijf dichtgeknepen en op geen enkele vraag antwoord gegeven of iets te eten geaccepteerd. Hij was doodsbang geweest, ook al hield zijn moeder de hele tijd haar hand op zijn rug. Ze had Jane vandaag maar één keer gezien. Ze had een bord eten mee naar boven genomen en gezegd dat de jongen te moe was om alleen naar beneden te komen. Dat was niet bepaald gewoon, maar het was ook niet ongebruikelijk. Jane zou wel bijtrekken. Dana maakte zich zorgen om Erik.

'Nou, oké,' mopperde David. 'Voor middernacht is nog niet zo erg.'

'Ik ben blij dat je het goedvindt,' zei Dana droog. Vannácht zou ze midden in de nacht naar het busstation gaan, maar daar kon ze maar beter haar mond over houden. De vrouw die donderdag niet was komen opdagen had gebeld om te zeggen dat ze niet in staat was geweest om te ontsnappen, maar dat dat vanavond wel zou lukken. Dana geloofde niet dat ze zou komen, maar ze zou er uiteraard wel zijn voor het geval het toch zou gebeuren.

David bracht zijn thee naar zijn mond, maar stopte toen terwijl hij achter haar keek. 'Dana.'

Evie stond in de deuropening van de keuken met een uitdrukkingloos gezicht. De kleine blondine naast haar keek veel te ernstig en Dana voelde haar knieën knikken en haar hart op hol slaan.

'Mia.' Dana's stem was onvast. Het was nooit goed wanneer goede vriendinnen te ernstig keken, vooral wanneer die vriendinnen rechercheurs Moordzaken waren. 'Wat is er gebeurd?'

Dana en Mia hadden elkaar jaren eerder leren kennen toen Mia nog wijkagent was en Dana de nieuwe manager van Hanover House. Ze waren al snel bevriend geraakt. In de loop der jaren was een flink aantal van haar cliënten doorverwezen door Mia. Dana vroeg zich vaak af of Mia op de hoogte was van de papieren die Dana leverde, maar als dat zo was, dan had ze er nooit iets over gezegd.

Mia Mitchell was niet gekomen voor een beleefdheidsbezoek. Eén blik op Dana's bleke gezicht maakte haar duidelijk dat haar vriendin dat wist. Mia haatte deze bezoeken. Normaal gesproken begonnen die met 'Ik ben rechercheur Mia Mitchell' en eindigden met 'Mijn oprechte deelneming'. Het was al moeilijk genoeg om zo'n gesprek met een vreemde te voeren. Wanneer het om een goede vriendin ging...

'Dana, ik moet je spreken.' Mia keek veelbetekenend naar de lange, donkere man met de gereedschapsgordel. Het was ongebruikelijk om een man te zien in Hanover House. Ze dacht niet dat ze dat ooit had meegemaakt. 'Onder vier ogen.'

'Het geeft niet, Mia. Hij is op de hoogte. David, dit is rechercheur Mia Mitchell.'

Hij boog zich langs Dana en stak zijn hand uit. 'Ik ben David Hunter.'

'Caroline's zwager,' verduidelijkte Dana.

Mia trok haar wenkbrauwen op terwijl ze hem de hand schudde. De broer van Max Hunter. Ze had het meteen moeten zien, maar ze was... afgeleid. Ze stond op het punt om Dana nieuws te brengen waar ze kapot van zou zijn. 'Ik zie het. Aangenaam kennismaken, meneer Hunter. Hoe gaat het met Caroline?'

'Het is David en zij is enorm,' antwoordde David met zachte stem. 'Maar gezond.'

'Blij dat te horen.' Ze rechtte haar rug. 'Ik heb nieuws voor je, Dana, en het is geen goed nieuws. Je kunt misschien beter gaan zitten.'

Dana sloeg haar armen over elkaar, vastbesloten, maar trillend. 'Ik blijf staan. Wie, Mia?'

Mia zuchtte. 'Lillian Goodman.'

Bij de deur snakte Evie naar adem. 'Nee.'

Dana sloot haar ogen en alle kleur die ze nog had trok uit haar gezicht. 'Wanneer?'

'Donderdag. Een politieauto werd naar het appartement van haar moeder geroepen en de agenten troffen zowel Lillian als haar moeder dood aan.' Mia greep Dana bij haar schouders en kneep. 'Het spijt me, Dana. Ik wilde dat ik je dit niet had hoeven vertellen.'

'Hoe?' vroeg ze schor.

'Haar man heeft ze doodgeslagen. Zowel Lillian als haar moeder.'

Dana moest haar best doen om te kunnen slikken. 'De kinderen?'

'Die zijn allebei in leven.'

'Ze zijn hier vorige week vrijdag weggegaan,' zei Dana binnensmonds en ze wendde haar blik af. 'Lillian had werk gevonden. Ze zou het alleen gaan bolwerken. Ze heeft het nog geen week volgehouden.'

Mia wist dat het volgende voor Dana persoonlijk het moeilijkste zou worden om te verwerken. 'Een van de patrouilles reageerde op het telefoontje van de kinderen naar het alarmnummer. De oudste, Naomi, vertelde de agenten dat haar broertje en zij thuiskwamen nadat ze bij een vriendje hadden gespeeld en... haar toen vonden.'

Dana liet zich in een stoel zakken. David Hunter legde beschermend een hand op haar schouder. Evie, zag Mia, had geen stap verzet. Ze stond alleen, apart, terwijl de tranen over haar wangen rolden. Er was hier iets vreselijk mis.

'Waar zijn ze nu?' vroeg David met hese stem. 'Naomi en Ben?'

Hij kende ze ook, dacht Mia. En hij gaf om ze. 'Op een schuiladres.' Mia boog zich voorover en pakte Dana's kin. 'Als je ze wil zien, dan kan ik dat wel regelen. Maar wacht nog een dag of twee.'

Dana knikte verdoofd en liet Mia's woorden bezinken. Die kinderen moesten zich opnieuw verstoppen, dit keer bij vreemden. Toen ze zich in Hanover House verstopten, was dat bij Evie en haar geweest en met hun moeder. Die nu dood was. Ze kon zich nauwelijks voorstellen hoe bang ze op dit moment moesten zijn. Maar die dag, donderdag... Haar kapot gebeukte lichaam vinden... Dat hoefde Dana zich niet voor te stellen. 'Wanneer kan ik ze zien?'

'Ik zou graag willen dat je wacht tot we meneer Goodman hebben gearresteerd.'

Davids hand kneep in haar schouder. 'Wil je zeggen dat jullie hem nog niet hebben?' siste hij. 'Verdomme. Weet hij van Dana? Over deze plek?'

Mia kwam overeind. 'Dat weet ik niet. Ik geloof van niet, want ik denk dat hij al hier geweest zou zijn als hij het wist. Maar wees voorzichtig en hou je deuren op slot. Ik bel zodra ik meer informatie heb. Als jullie iets horen, laat me dat dan weten.' Mia gaf David een van haar kaartjes. 'Ik kom er zelf wel uit.'

'Mia.' Evie stak een hand op om haar tegen te houden. 'Wanneer is de begrafenis?'

Mia fronste haar voorhoofd. 'Morgen. Maar ik wil niet dat jullie komen. Als Goodman komt opdagen zou hij jullie hierheen kunnen volgen. Begrijp je? Ik ga nu. Dana, bel me als je me nodig hebt.'

Evie wachtte tot de voordeur achter Mia dichtviel voor ze zich met fonkelende ogen tot Dana wendde. 'Hij zou haar niet hebben gevonden als ze papieren had gehad.'

Dana's ogen werden groot. De woorden troffen haar als een fysieke stomp in haar maag. 'Evie, dat is niet waar.'

Evie's blik verhardde. 'Wat waar is, is dat Lillians man haar heeft vermoord alsof ze helemaal niets voorstelde.' Ze hield haar tot vuisten gebalde handen langs haar lichaam. 'Níéts. Als jij niet zo verdomde hooghartig en koppig was geweest over je verrekte regeltjes, dan zou ze nu misschien nog leven.'

'Evie, dat is genoeg,' snauwde David.

'Ze weigerde uit Chicago te vertrekken, Evie. Ik heb haar gesmeekt om weg te gaan, maar dat wilde ze niet.'

'Dat zou ze misschien wel hebben gedaan als ze geweten had dat ze echt voorgoed kon verdwijnen.' Evie maakte rechtsomkeert, maar bleef in de deuropening van de keuken nog even staan om terwijl de tranen over haar wangen stroomden een laatste verbale handgranaat te gooien. 'Maar dat zullen we nu nooit weten, hè?'

Het bleef stil in de keuken. Toen zette David een stoel naast haar en liet zich er met een plof op vallen. 'Dana –'

'Waag het niet,' onderbrak ze hem. 'Ga me niet vertellen dat dit niet mijn schuld is, David. Vertel me niet dat er niets was wat ik had kunnen doen.'

'Oké, dat zal ik niet doen. Ik geloof dat je het zojuist zelf al uitstekend onder woorden hebt gebracht.'

Hij sloeg zijn arm om haar heen en ze legde heel even haar hoofd op zijn sterke schouder. Heel even stond ze zichzelf toe te verlangen naar iemand voor zichzelf die haar midden in de nacht in zijn armen hield wanneer ze wakker werd uit haar nachtmerries. Vervolgens schoof ze alle zelfmedelijden aan de kant om zich op het ware probleem te concentreren. 'Die arme kinderen,' mompelde ze. 'Ze zullen nooit meer de oude worden.'

'Ik weet het.' Hij drukte haar even tegen zich aan. 'Wil je dat ik bij je blijf?'

Ze schudde haar hoofd. 'Nee, ga maar. Het komt wel goed.'

'Ik wil je niet alleen laten.'

'David, Mia heeft gelijk. Als Goodman van ons had afgeweten, dan was hij hier allang geweest. Hij zit waarschijnlijk ondergedoken bij zijn vrienden, dronken. Hij komt vroeg of laat wel tevoorschijn gewaggeld en dan pikt de politie hem wel op. Ik maak me meer zorgen om de kinderen. Ik weet niet wie nu voor ze zal zorgen. Lillian had behalve haar moeder verder geen familie. Ze bleef in Chicago om voor haar moeder te zorgen.' Dana slikte moeizaam. 'Daarom wilde ze de stad niet verlaten.'

'Maar je wacht tot Goodman is gepakt voor je ze gaat opzoeken, hè?'

Dana hoorde de waarschuwing in zijn stem en dwong haar lippen tot een glimlach. 'Natuurlijk. Ik ben niet achterlijk, David.' *Alleen maar hooghartig en koppig.* Die woorden hadden pijn gedaan. Veel pijn. Zoals Evie's bedoeling was geweest. Die wetenschap deed misschien nog wel meer pijn.

David ging staan en stopte Mia's kaartje in zijn portefeuille. 'Ik kom morgen terug om het dak te maken.' Hij aarzelde en flapte er toen uit: 'Heb je je revolver nog steeds?'

Dana huiverde. 'Ja. In mijn appartement.'

'Haal hem hierheen. Bel me als je me nodig hebt. Ik meen het. Het kan me niet schelen hoe laat.'

'Dat zal ik doen.'

'Tot morgen dan. Doe de deur achter me op slot.'

Dana liep achter hem aan naar de deur en schoof de drie grendels opzij. Ze schrok toen ze haar naam hoorde roepen, heel zacht. Ze draaide zich om en zag een vrouw in de deuropening van de keuken staan. 'Jane.' De vrouw die ze de avond ervoor had opgepikt. Ze keek onderzoekend naar het gezicht van de vrouw terwijl ze zich afvroeg of ze hen had gehoord, en zo ja hoeveel. Maar Jane knipperde alleen maar een paar keer met die ontzettend bleke ogen, die Dana de rillingen bezorgden.

'Ik wilde Benadryl halen voor Erik,' zei Jane bijna fluisterend. 'Hij heeft moeite met ademhalen. Allergie, denk ik. Maar als het nu slecht uitkomt...'

Dana dwong haar voeten in beweging te komen. Lillian was er niet meer en daar kon ze niets aan veranderen. Jane was nu hier en ze had haar hulp nodig. 'Het komt niet slecht uit.' Ze deed de kast van het slot waar ze zonder recept verkrijgbare medicijnen bewaarden en haalde er een fles Benadryl en een plastic bekertje uit. 'Erik weegt, wat, veertig, vijfenveertig kilo?'

Jane keek naar het bekertje. 'Ongeveer. En als dat niet genoeg is?'

Dana zag kans te glimlachen. 'Dan geven we hem meer. De regels in Hanover House zijn dat medicijnen per portie worden uitgedeeld.

Ik zou het vreselijk vinden als een kind ziek werd omdat we ergens een fles hebben laten staan waar ze die te pakken konden krijgen.'

Jane richtte haar blik op de grond. 'Ik begrijp het. Dank je.'

Dana keek toe terwijl ze het plastic bekertje aannam. Hoorde Jane's voetstappen toen ze de trap op liep. En leunde met haar voorhoofd tegen de kast toen ze die weer op slot deed. Regels. Zonder regels zou er chaos heersen.

Gedachten aan Lillian en Ben en Naomi kwamen in haar op en ze voelde een steek van verdriet. Lillian was zo dapper geweest, de kinderen zo vol hoop. Nu zouden die prachtige kinderen zonder iemand opgroeien. Er heerste blijkbaar sowieso chaos.

Ik ben zo moe. Ze zou gaan slapen, dacht ze, maar slechts een paar uur. Ze moest om vier uur vannacht terug zijn bij het busstation. Het leven ging verder. *En ik ook.*

4

Chicago, zondag 1 augustus, 05.30 uur

'Neem me niet kwalijk.' Ethan wenkte de bewaker. 'Ik moet de manager spreken.'

De jongeman trok zijn blonde wenkbrauwen op. 'Waarover?'

Ethan wilde zijn portefeuille pakken en stak geruststellend zijn hand op. 'Mijn papieren.' Hij had een vergunning als privédetective aangevraagd om onderzoek te kunnen doen voor zijn cliënten. Hij had nooit gedacht dat hij er net als in televisieseries mee zou lopen zwaaien, maar dat was precies wat hij had gedaan. Zes keer in de afgelopen zesendertig uur. Als de situatie niet zo ernstig was, zou hij zich belachelijk hebben gevoeld.

'Ik zoek een vrouw met een kleine jongen.' Hij haalde nonchalant zijn schouders op. 'Voogdijzaak. De moeder heeft het kind opgehaald van school en is vervolgens verdwenen.' De leugen kwam er gladjes uit. Dat was logisch, want het was de zesde keer in zesendertig uur dat hij hem gebruikte. 'Ze kan hier langs zijn gekomen en ik hoopte dat ik jullie bewakingsbeelden zou kunnen bekijken.'

Vervolgens hield hij zijn adem in. Wettelijk gezien hoefde niemand hem bewakingsbeelden te laten zien zonder een gerechtelijk bevel. Maar tot dusver had hij vijf keer geluk gehad. Hij bad in stilte om een zesde keer.

'Ik zal met de manager van dienst moeten overleggen,' antwoordde de bewaker.

Ethan leunde op de balie. Zijn elleboog droeg het gewicht van zijn hele lichaam. Vóór Kandahar had hij achtenveertig uur door gekund op vier uur slaap. Nu niet meer. Hij hoefde niet op zijn horloge te kijken om te weten dat hij sinds vrijdag niet meer had geslapen. De drumband die door zijn hoofd marcheerde was aanwijzing genoeg. Zijn mobiele telefoon zoemde in zijn zak en bracht hem bij de tijd. Het nummer dat belde was dat van Clay. 'Wat is er?'

'Waar zit je, Ethan?' vroeg Clay.

'In Chicago. Eindelijk.'

'En?'

Vanaf zijn positie aan de balie van het busstation zag Ethan de bewaker voorovergebogen met de man praten die in het kantoor van de manager zat. De man hief zijn hoofd en Ethan voelde van zes meter afstand de onderzoekende blik. 'Ik denk niet dat ze me de bewakingsbeelden laten zien voor ik me gedoucht en geschoren heb.'

'Ga dan naar een hotel en pak een paar uur slaap,' zei Clay scherp. 'Je raakt straks zo vermoeid dat je Alec nog mist als hij op die videoband staat.'

'Misschien.' *Waarschijnlijk.* 'Hebben we weer een e-mail gekregen?'

Clay's scherpte maakte onmiddellijk plaats voor bezorgdheid. 'Nee.'

Dat was niet goed. Geen van beiden had het hardop uitgesproken. Het was vier dagen geleden dat Alecs ontvoerder hem had meegenomen en al die tijd had hij maar één keer een mailtje gestuurd. Sindsdien geen woord meer. Geen eis voor losgeld. Geen telefoontjes, geen e-mails, niets.

'We moeten snel iets krijgen.' Ethan wreef over zijn pijnlijke voorhoofd. 'Ik moet alleen de stad zien te vinden waar ze daadwerkelijk is. Ik weet dat ze niet in St. Louis is,' voegde hij daar bitter aan toe.

'Je moet ophouden jezelf daar de schuld van te geven, Ethan. Je maakte een logische keuze.'

Ethan knarste met zijn tanden. 'Ik hoop alleen dat mijn lógische keuze niet Alecs dood wordt.'

'Hou op.' Clay's stem klonk nu weer scherp. 'Je hebt gedaan wat op dit punt menselijkerwijs mogelijk was. Je hebt haar de afgelopen zesendertig uur gevolgd van die kopieerzaak in Morgantown helemaal naar Chicago. Dat is iets, dus hou op jezelf te kastijden.'

Ethan haalde diep adem. 'Ik weet het, Clay.' Hij liet zijn adem ontsnappen en dwong zichzelf tot kalmte. 'Ik ben gewoon gefrustreerd. Ik zit al anderhalve dag achter die vrouw aan en ik heb nog steeds haar gezicht niet gezien.' Elk beeld van haar gezicht op elke bewakingscamera werd geblokkeerd door een pet met een grote klep. Niets opvallends aan die pet, behalve dat hij negentig procent van haar gezicht verborg.

'Omdat ze dat niet wilde,' zei Clay niet onredelijk. 'Hoe vaak heb jij me niet verteld dat je niet kunt zien wat de camera niet opvangt?'

'Je hebt gelijk. Ik weet dat je gelijk hebt.' Maar in zijn vorige leven was hij professioneel, zelfs afstandelijk geweest wanneer hij mails van terroristen natrok, luchtfoto's had bekeken met daarop wat een eindeloos doolhof van tunnels en grotten leek. Dit was zo heel anders. Dit keer ging het om Alec. 'Maar nu heeft ze een nog grotere voorsprong. Verdomme, wat haalde ik in mijn hoofd?'

'Dwing me niet om naar je toe te komen om je een schop onder je kont te geven, Ethan,' waarschuwde Clay. 'Ze heeft twee kaartjes naar St. Louis gekocht via Columbus in Ohio. Het was logisch dat je rechtstreeks naar St. Louis bent gegaan om iets van haar voorsprong af te knabbelen.'

'Dat was precies wat ze wilde dat we zouden doen. Ik ben minstens vijftien uur kwijtgeraakt aan die omweg.' Hij was gedwongen geweest Randi te bellen om te zeggen dat hij haar zoon was kwijtgeraakt en was daarna met Randi's gefluisterde smeekbedes nog in zijn oor naar Columbus, Ohio, gereden. In Columbus toonden de bewakingsbeelden dat de kidnapper met Alec was uitgestapt. Het kind maakte de indruk nog steeds in shock te verkeren en verdoofd te zijn. Dit keer kocht de vrouw twee kaartjes van Columbus naar Indianapolis. Ze betaalde beide keren contant. Geen enkele keer liet ze een identiteitsbewijs zien.

'Ze heeft dit gepland, Ethan. Ze heeft ons afgebluft. Je hebt haar gevonden in Indianapolis. En we weten nu in ieder geval dat ze beslist niet Cheryl Rickman is.'

De vrouw had de hele reis van Morgantown naar Columbus een vormloze overall gedragen en die ergens voor ze Indianapolis bereikte uitgedaan. Haar bouw was niet die van Rickman. Rickman was slank en fijngebouwd. Deze vrouw had goed ontwikkelde armspieren en had minstens cupmaat C. De loketbediende in Indianapolis had bevestigd dat ze kaartjes naar Chicago had gekocht. De volgende bus zou daar donderdagavond laat aankomen.

'Dat betekent dat Cheryl nog steeds vermist wordt en niet bij Alec is. Hoe heeft Randi op dat nieuws gereageerd?'

'Niet goed. Ik denk dat ze hoopte dat het Cheryl was, ook al heeft ze de hele tijd volgehouden dat dat onmogelijk was.'

'Want als het Cheryl was geweest, zou het voor Randi lastiger zijn zich te kunnen voorstellen dat ze Alec iets zou aandoen.' Dat gold ook voor hem, dacht Ethan grimmig. 'Nu is alles mogelijk.'

'Klopt. Maar nu moeten we een ander verband met een vrouw zoeken dan Rickman. Nadat je had gebeld om te zeggen dat het beslist Rickman niet was, heb ik Stan en Randi laten brainstormen over andere vrouwen die een reden konden hebben om een ontvoering op touw te zetten. Randi wierp één blik op Stans schuldige gezicht en ze ging helemaal los. Ze vloog Stan aan, sloeg hem en krabde zijn gezicht.'

Ethan knipperde verrast met zijn ogen. 'Beschuldigde ze hem ervan dat hij een verhouding had?'

Clay's zucht klonk gepijnigd. 'Telt "Vuile klootzak, kon je je lul niet gewoon in je broek houden?" ook?'

Ethan kuchte. 'Ja. Ik denk het wel. Wat heb je gedaan?'

'Ik heb Randi van Stan getrokken en haar iets laten innemen tegen de zenuwen. Ze had een flinke verzameling, tussen twee haakjes. Tranquillizers, antidepressiva, noem maar op.'

'Geweldig.'

'Toen hebben Stan en ik even gebabbeld. Hij heeft een hele lijst namen opgebiecht.'

'Namen?' Ethan vertrok zijn gezicht. 'Je bedoelt meer dan één affaire?'

'Ik bedoel meer dan tien,' zei Clay effen en zijn toon maakte zijn afkeer meer dan duidelijk. 'En dat waren nog maar de namen die Stan kende. Blijkbaar lijdt onze jongen aan een soort van verslaving. Hij had Randi verzekerd dat hij een tijdje geleden was gestopt, maar hij heeft gelogen.'

'Dat meen je niet,' mompelde Ethan. Hij was blij dat hij er niet bij was geweest met Stan. Hij zou Randi misschien hebben laten afmaken wat ze was begonnen. Verdorie, hij had het misschien zelf wel gedaan.

'Ik zal de financiële staat van die vrouwen nagaan en hun achtergrond natrekken om te zien of er eerder dergelijke zaken hebben gespeeld.'

'Hoe zit het met Stans zakenpartners?' Ze waren geïnteresseerd in iedereen die ontevreden was. Iedereen die financieel voordeel zou kunnen hebben van een ontvoering.

'Tot dusver niets. Ik ben nog steeds bezig een lijst af te werken van leveranciers en klanten. Dat zijn er heel veel. Ik laat je weten zodra ik iets heb.'

Ethan aarzelde over de volgende vraag. 'En hoe zit het met Alicia Samson?' Dat was de naam op de creditcard die de vrouw in de kopieerwinkel in Morgantown had getoond toen ze de e-mail verzond. Dat was de enige keer dat ze iets van een identiteit had getoond.

'Samson studeert aan de universiteit in Morgantown. Ik heb gisteren verschillende keren naar haar huis gebeld, maar ik krijg geen antwoord. Ik blijf het vandaag proberen, maar het ziet er niet goed uit.'

'Nee, zeker niet. Verdomme.' Nog een vermiste persoon op zijn geweten. Hij kon alleen maar hopen dat haar portemonnee was gestolen en dat ze die week ergens vakantie vierde. Het was per slot van rekening zomer. 'Kijk eens of je erachter kunt komen waar ze werkt en of ze sinds donderdagochtend nog is komen opdagen. Zo niet, dan moet je haar bij de plaatselijke autoriteiten als vermist opgeven. Anoniem, uiteraard.'

'Dat was mijn bedoeling al,' reageerde Clay. 'Ik heb een oude schuld geïncasseerd en heb een vroegere maat zover gekregen dat hij ballistisch onderzoek doet naar de kogel die in de muur van de slaapkamer zat.'

'Hoelang gaat die analyse duren?'

'Twee, drie dagen. Misschien vier.'

'Die maat van je, kunnen we erop vertrouwen dat hij discreet is?'

'Dat is ze altijd geweest.'

Ze. Nou, dat was logisch. 'Een oude vlam?'

'Eerder een vonkje. Maar we kunnen nog steeds prima met elkaar overweg, dus is ze bereid om dit voor me te doen.'

'En dat jachtgeweer uit de schuur, levert dat nog wat op?'

'Niet voor zover ik kan zien zonder de plaats delict te verstoren. Vaughn moet de autoriteiten waarschuwen, Ethan. Vandáág. Dat lichaam ligt daar te rotten. Geen mens zal geloven dat hij dat nog maar net heeft ontdekt.'

Stan had het de dag ervoor al zullen doen. Ethan was kwaad dat hij dat niet had gedaan. 'Zeg dat maar tegen hem. En als hij niet doet wat je zegt, meld het dan zelf, anoniem.' Het maakte deel uit van hun afspraak. Stan moest de vondst van McMillans lichaam aangeven bij de politie. Die jonge man was vermoord. Hij verdiende beter dan dat zijn lichaam in zee gedumpt werd.

'Misschien dat de lijkschouwer hier iets vindt,' mompelde Clay. 'We kunnen wel een aanwijzing gebruiken.'

'Als ik me goed herinner is de plaatselijke lijkschouwer een gepensioneerde patholoog uit Baltimore. Slimme oude baas. Hij kan ons misschien helpen.' Ethan kwam met duidelijke moeite overeind. De beveiligingsbeambte kwam zijn kant uit. 'Ik moet ophangen. Ik bel je later weer.'

'Ethan, zorg dat je slaap krijgt.' Clay aarzelde. 'Gaat het wel met je?'

Ethan liet ongeduldig zijn adem ontsnappen. 'Geen aanvallen, Clay. Noppes. Nada. Doei.' Hij veegde de frons van zijn gezicht en wendde zich tot de bewaker met de babyface.

'Het spijt me, meneer Buchanan,' zei de bewaker. 'De nachtmanager en ik zijn allebei nieuw. Hij zegt dat u terug moet komen als het hoofd van de beveiliging er is.'

Ethan masseerde de spierknopen in zijn nek, zowel gefrustreerd als dankbaar voor de gedwongen pauze. De vrouw die Alec had zou een nog grotere voorsprong krijgen. Alec kon werkelijk overal zijn. Maar hij was zo moe. Hij zou de tijd gebruiken om iets te eten en een kamer te nemen in een hotel om een beetje te slapen. 'Hoe laat begint de hoofdmanager?'

'Meestal na negenen, maar zijn kind heeft vanochtend een honkbalwedstrijd, dus dat wordt wel tegen de middag. U kunt –' De bewaker draaide zich met een ruk om toen er een gil door het busstation galmde. De bewaker rende in de richting van het geluid en trok zijn wapen.

Ethan liet zijn eigen wapen veilig in zijn nierstreek zitten en liep achter hem aan. Een plotselinge golf adrenaline stelde hem in staat om te rennen. Een jonge vrouw van begin dertig lag op de grond naast een van de metalen banken. Een dun straaltje bloed liep van haar slaap langs haar wang en vloekte met de koperkleur van haar kortgeknipte haar.

Een oude vrouw stond te jammeren terwijl een groepje geschokte reizigers zonder iets te zeggen naar de dichtstbijzijnde uitgang wees.

De bewaker rende in die richting, terwijl hij het incident bij de politie meldde.

'Ze is dood, ze is dood,' snikte de oude vrouw. 'Hij heeft haar vermoord en dat is mijn schuld.'

Ethan liet zich op zijn knieën naast de vrouw vallen, nam haar pols in zijn hand en slaakte een zucht van opluchting toen hij de gestage hartslag voelde. Hij had net zijn mobieltje gepakt om om hulp te vragen toen haar ogen openschoten. Ze waren groot en bruin en ze kregen een uitdrukking vol gealarmeerde verwarring toen ze hem zag, maar vervolgens maakte de verwarring plaats voor een vermoeide beoordeling terwijl ze zijn ogen en gezicht onderzocht. Toen, alsof ze aanvaardde wat ze daar zag, leek ze simpelweg... tot rust te komen.

En ongelooflijk maar waar... dat gebeurde ook met hem. Alles in hem, alle verontrusting en verwarring en angst... alles werd rustig en geconcentreerd. Het was alsof ze alles had weggehaald met een tastbare aanraking, ook al had ze tijdens het hele proces geen vin verroerd.

Hij ook niet. Hij had ook niet ademgehaald. Dat deed hij nu, terwijl ze langzaam overeind kwam en met een hand haar rok gladstreek, waardoor zijn blik naar haar lange, statige benen werd getrokken.

'Zeg tegen haar dat ik niet dood ben.' Haar stem klonk zacht en een beetje hees, alsof ze net wakker was geworden uit een diepe slaap, en het geluid bracht zijn blik weer omhoog, langs die lange dansessenbenen, langs gewelfde heupen, volle boezem, terug naar de warme, bruine ogen die hem bleven aankijken. Pas toen ze worstelend probeerde overeind te komen werd hij zich, alsof hij een klap met een hamer op zijn hoofd had gekregen, weer bewust van de situatie. Ze was gewond en hij zat haar als een idioot aan te gapen terwijl de oude vrouw bleef jammeren. 'Zeg tegen haar dat ik niet dood ben,' zei ze opnieuw, dwingender dit keer. 'Alstublieft.'

Ethan keek op en zag dat de oude vrouw dichterbij was gekomen en nu handenwringend een meter bij hen vandaan stond. 'Ze is niet dood. Rustig maar, alstublieft, mevrouw.' Hij keek weer omlaag en zag dat ze zich omhoog had geworsteld en op haar ellebogen steunde. Hij legde een hand op haar schouder. 'U moet stil blijven liggen,' zei Ethan rustig. 'Waar bent u gewond?'

Ze knipperde met haar ogen. 'Alleen mijn hoofd.' Ze voelde voorzichtig aan haar slaap en vertrok haar gezicht toen ze zag dat er bloed aan haar vingertoppen zat. 'Verdomme.'

'Dat vat het wel aardig samen.' Ethan stak twee vingers omhoog. 'Hoeveel?'

Ze knipperde opnieuw met haar ogen. De pupillen waren een beetje vergroot, maar niet alarmerend. Opnieuw keek ze hem aan en hield zijn blik gevangen. En zijn hart sloeg over.

'Twee,' zei ze. 'Wie bent u?'

Hij keek haar een ogenblik onderzoekend aan. Ze begon weer een beetje kleur te krijgen, haar ogen stonden helderder, haar blik werd scherper, met het moment intelligenter. Ze was aantrekkelijk, maar op geen enkele manier een klassieke schoonheid. Ze was... méér, en hij leek zijn ogen niet van haar af te kunnen houden. De lucht om haar heen vibreerde gewoon. Hij kon echt het bloed door zijn aderen voelen stromen. 'Ik ben Ethan. Ik was een omstander. De bewaker heeft degene die dit heeft gedaan weggejaagd. Hij heeft de politie gewaarschuwd.'

Er schitterde even iets in haar bruine ogen, maar dat was snel weer verdwenen. 'Verkeerde plek, verkeerde moment,' mompelde ze terwijl ze met een zacht gebaar zijn hand van haar schouder duwde en ging zitten. Vervolgens draaide ze voorzichtig haar hoofd in de richting van de oude dame die daar nog steeds handenwringend stond. 'Heeft hij u verwond, mevrouw?'

De vrouw schudde haar hoofd. 'Nee. Heeft hij u verwond?'

Ongelooflijk genoeg begon de vrouw die voor hem zat te glimlachen. 'Niet zo heel erg. Hij heeft me alleen maar omver gekegeld. Heeft hij uw tas te pakken gekregen?'

'Ja.' De lippen van de vrouw trilden en Ethan voelde een steek van woede toen hij zich realiseerde wat er was gebeurd. De woede werd gevolgd door ongeloof vanwege het feit dat de roodharige een overvaller de voet had proberen dwars te zetten.

Hij keek haar fronsend aan. 'Hebt u een tasjesrover proberen tegen te houden?'

Ze keek hem vriendelijk aan. 'Hij had zijn handen om haar nek. Ik maakte me niet zo heel erg druk om haar tas tot hij hem weggriste. Hebt u ook een achternaam, Ethan?'

Ethan ging op zijn hurken zitten. 'Buchanan. En u bent?'

'Dana Dupinsky. Denkt u dat u me overeind kunt helpen, meneer Buchanan?'

Hij deed zijn mond open om te zeggen dat ze beter nog even kon blijven zitten, maar deed hem meteen weer dicht. Hij wist nu al dat dit een vrouw was die alleen maar deed wat ze zelf wilde. 'Geef me uw hand.'

Ze aarzelde heel even en er flikkerde onzekerheid in haar ogen. Maar toen rechtte ze haar rug en stak haar hand uit. Hij wist het al voor hij haar aanraakte. Wist dat het meer zou zijn dan hij verwachtte. Wist dat zij het ook wist. En hij wist vervolgens dat hij het bij het rechte eind had gehad toen hij haar hand pakte en een schok voelde die tot in zijn tenen doortrilde. Zijn hart sloeg opnieuw over.

Verkeerde plek, verkeerde moment, had ze gezegd. Misschien, maar misschien ook niet. Maar hij wilde dat wel dolgraag zeker weten. Hij legde ter ondersteuning een hand op haar rug en trok haar overeind. Hij voelde hoe haar spieren zich spanden terwijl ze haar evenwicht zocht. Hij zag haar blik in haar ogen opnieuw veranderen. Opgewonden worden. Zij had het ook gevoeld, die elektrische lading tussen hen, en hij zag dat ze daar helemaal niet blij mee was. En dat intrigeerde hem meer dan wat dan ook.

Had ze iemand? Hij tilde met opzet haar linkerhand op en liet zijn blik naar de naakte vingers gaan. Ze was in ieder geval niet getrouwd. En als ze een vriend had, dan moest dat wel een ongelooflijke zak zijn om haar alleen naar het busstation te laten gaan. *Als ze van mij was, zou ik dat niet laten gebeuren.* Hij keek haar met opgetrokken wenkbrauwen aan en haar bruine ogen schitterden, alsof ze zijn gedachten had gelezen.

Ze maakte beleefd maar vastberaden haar hand los uit de zijne. 'Dank u, meneer Buchanan. Ik waardeer uw hulp, maar zoals u ziet, is er niets met me aan de hand. Ik zal verder geen beslag meer leggen op uw tijd.' Ze wendde zich tot de oude vrouw en sloeg een arm om haar magere schouders. 'U moet gaan zitten,' zei ze en ze leidde haar naar een rij onbezette stoelen. 'Hoe is uw hart? Gebruikt u medicijnen? Wacht u op iemand?'

Ethan liep bezorgd achter hen aan. Maar zijn nieuwsgierigheid was groter. Hij hoorde de dame zeggen dat haar hart net zo sterk was als dat van Dana en dat ze op de aankomst van haar kleinzoon stond te wachtten.

'Had u waardevolle spullen in uw tas?' vroeg Dana haar.

'Ik heb tegenwoordig nooit meer waardevolle dingen bij me. Er lopen veel te veel idioten rond.' Ze klopte op Dana's hand, een stuk kalmer nu. 'Ik vind het vreselijk dat die akelige vent je omver heeft gekegeld.'

'Nou, er is niets aan de hand, dus maakt u zich geen zorgen.' Ze kwam overeind en Ethan zag dat ze een paar seconden haar ogen dichtdeed. Toen ze die weer opende, zag hij pijn opkomen. 'De bewaker zal zo wel terugkomen, mevrouw. Ik hoop dat hij uw tas te pakken heeft gekregen.'

'Dank je.' De oude vrouw ving Ethans blik. 'Je barmhartige samaritaan staat te wachten.'

Dana keek even zijn richting uit en toen weer naar de oude vrouw. 'Ik moet nu echt gaan.' Ze nam een van de knoestige handen van de vrouw in de hare. 'Zorg goed voor uzelf.' Toen ging ze in één streep in de richting van de uitgang en Ethan moest zijn pas versnellen om haar bij te kunnen houden.

Hij hield haar bij de deur met een hand op haar arm tegen. 'Misschien zou u nog even kunnen blijven, mevrouw Dupinsky.'

Opnieuw flitsten haar bruine ogen. 'Bent u arts, meneer Buchanan?'

'Nee.'

'Advocaat?'

'Mijn hemel, nee.'

Ze glimlachte opnieuw, maar de glimlach reikte niet tot haar ogen. 'Mooi. We hebben nu vastgesteld dat er geen medische of wettelijke basis is voor uw mening. Ik ben nu gewoon moe en ik heb hoofdpijn. Wat ik zou kunnen gebruiken is een plek om me op te frissen en een kop koffie om een paar aspirines mee weg te spoelen.'

'Ik ben op weg hierheen langs een koffietent gekomen.' Hij wierp een blik op zijn horloge. 'Het is na zessen, dus ze zouden open moeten zijn.'

'Ik ken die plek. Die is vierentwintig uur per dag geopend, dus daar ga ik nu heen en dan kunt u verdergaan met wat u aan het doen was voor u omstander werd.'

Ze stuurde hem weg, beleefd, maar vastbesloten. Het vervelende was alleen dat hij niet in de stemming was om zich te laten wegsturen. Hij had op de een of andere manier zijn vermoeidheid van zich af gezet en zijn hoofdpijn was zo ver weggeëbd dat hij wilde zien waar deze toevallige ontmoeting toe zou leiden, al was het maar het komende uur. Daarna zou hij moeten gaan slapen, zodat hij terug kon keren om tegen het middaguur de videobeelden te kunnen bekijken. Hij was hier om Alec te vinden. Maar praktisch gezien moest hij ook eten. En terwijl hij at kon hij een besluit nemen over wat hij wilde met deze vrouw, die hem in vuur en vlam zette door hem alleen maar aan te raken. 'Ik ben hier voorlopig klaar met wat ik aan het doen was. Ik stond op het punt om weg te gaan toen ik u hoorde gillen.'

'Dat was ik niet.' Dat leek een kwestie van trots. 'Dat was zij.' Toen verzachtte haar blik en hij voelde zijn hart overslaan. 'Dank u voor uw hulp, meneer Buchanan. Er zijn tegenwoordig niet veel mensen die de tijd zouden nemen om een vreemde te helpen.'

'Dat deed u wel. En ik ook.' Hij zweeg even om de eenvoudige bewering te laten bezinken voor hij vervolgde: 'Mijn volgende halte zou ontbijt in dat koffiehuis zijn.'

Ze zuchtte en liet haar schouders hangen. 'Ik wil niet onbeleefd zijn, maar hoewel ik uw hulp waardeer, ben ik niet geïnteresseerd in wat voor relatie dan ook. Ik wil u niet op verkeerde gedachten brengen.'

Ethan voelde iets van sympathie voor de vrouwen die hem de afgelopen maanden hadden benaderd. Als hij ook maar een fractie zo afwijzend was geweest als Dana, dan had hij waarschijnlijk aardig wat vrouwelijke ego's gekwetst. Hij zou misschien ook gekwetst zijn geweest als hij niet had gemerkt dat ze net zo aangegrepen was door hun aanraking als hij. 'Ik vraag niet of u met me wilt trouwen, mevrouw Dupinsky.' Haar ogen werden groot vanwege zijn botheid, maar hij haalde zijn schouders op. 'Op dit moment is het enige wat ik wil lekker ontbijten en me ervan overtuigen dat u geen hersenschudding hebt. Ik kan allebei tegelijk doen, dus dat is een nuttige besteding van mijn tijd.'

Ze sloot haar ogen. 'Ik heb geen hersenschudding,' zei ze gespannen.

'Bent ú arts?' Hij liet een beetje humor doorklinken in zijn stem.

Ze deed haar ogen open en keek hem rustig aan. 'Nee, dat ben ik niet.'

'Hoe weet u dan dat u geen hersenschudding hebt? Hebt u honger?' vroeg hij voor ze met een nieuwe afwijzing kon komen.

Ze snoof even heel erg vermoeid en grinnikte zonder vrolijkheid. 'Ik kan wel wat eten.'

'Dan gaan we ontbijten zodra die bewaker terug is.'

Chicago, zondag 1 augustus, 06.15 uur

Dana deed de deur van het toilet in de koffiebar achter zich dicht en leunde tegen het geverfde spaanplaat. Haar hoofd deed pijn, een doffe, kloppende pijn, maar ze had geluk gehad.

Ze had in de schaduw staan wachten op de vrouw die donderdagavond al had moeten komen en had op het punt gestaan naar huis te gaan. Het was link geweest om in haar eentje op pad te gaan terwijl Mia haar had gewaarschuwd dat ze voorzichtig moest zijn, maar ze had de vrouw niet willen zeggen dat ze niet moest komen, zelfs als ze had geweten hoe ze met haar in contact kon komen. En dat wist ze niet. Ze had overwogen om David te bellen, maar had uiteindelijk besloten dat niet te doen. De vrouwen die ze oppikte wantrouwden mannen. Zelfs een lieve man als David Hunter zou hen op de vlucht doen slaan.

Dus was ze in haar eentje gegaan, schrikkend van elk geluid, zorgvuldig elk gezicht bestuderend, en had gewacht. Ze stond op het punt om weg te gaan toen ze de jonge man de oude vrouw zag benaderen. Hij had een waanzinnige blik in zijn ogen die ze helaas maar al te goed herkende. Haar eigen ex was veel te vaak zo thuisgekomen, een junkie, wanhopig op zoek naar zijn volgende shot. Hij had zijn handen om de keel van de vrouw gelegd en Dana had gewoon gereageerd. Het was niet heel slim of weldoordacht geweest en voor ze het wist vloog ze door de lucht en kwam ze met haar hoofd tegen een bank. Verdomme, het deed vreselijk pijn ook.

Ze had daar gelegen en geprobeerd bij haar positieven te komen terwijl de vrouw stond te jammeren. Toen had ze de warmte gevoeld van een groot lichaam dat naast haar neerknielde. En toen had ze in een paar rustige, groene ogen gekeken. Niet het felle groen van jade of smaragd, maar het zachte groen van jonge blaadjes na een lange winter. En alles binnen in haar, alle opwinding over Evie en Lillian en zelfs de oude vrouw... kwam tot rust. Het verdween niet, maar het was plotseling te behappen. En in dat ene moment was ze niet alleen.

Toen had hij haar hand beetgepakt en plotseling en onverwacht stond alles in haar op zijn kop. Zelfs nu was dat nog het geval. Zelfs nu ging haar hart nog tekeer en was haar huid bijna pijnlijk gevoelig. Ze kon zichzelf wijsmaken dat dat kwam door de schok van omver gekegeld te worden, maar Dana Dupinsky loog niet. In ieder geval niet tegen zichzelf.

Ze liep naar de wastafel en staarde naar zichzelf in de spiegel. Er zat geronnen bloed in haar haar, op haar gezicht, op haar polo. Er begon zich een blauwe plek te vormen op haar wang waar ze de klap had opgevangen. Die plek zou over een paar dagen minder worden. *Ik heb wel erger meegemaakt*, dacht ze. En dat was zo. Maar toch, ze had geluk gehad.

Met trillende handen draaide ze de kraan open en gooide water in haar gezicht. Ze pakte een papieren handdoekje en poetste het bloed van haar gezicht tot ze de wond had blootgelegd. Het was erger dan ze had gedacht. Ze zou waarschijnlijk gehecht moeten worden. Buchanan had gelijk gehad.

Buchanan. Hij zat daar te wachten, met zijn groene ogen en zachte handen. Op haar te wachten aan een van de tafels. Ze geloofde geen moment dat hij het had opgegeven en was vertrokken. En ze was er tot haar eigen ontzetting niet zeker van of ze wel wilde dat hij dat deed. Nee, ze mocht niet liegen en net doen of er niets was gebeurd toen hij haar hand vastpakte. Ze had het gevoeld. Verdorie, ze had dood moeten zijn om het niet te voelen. Het was alsof er een stroomstoot door haar lichaam was gegaan, sterk en heel echt. Dat was beslist niet iets wat haar elke dag overkwam.

Het was beslist niet iets wat haar ooit eerder was overkomen. Punt.

Dus had ze ingestemd met ontbijt. Dan was ze ervanaf en dan kon hij weer verder met waar hij mee bezig was geweest, dat hem nog voor het dag werd in het busstation van Chicago had doen belanden. Ze zou liegen als ze zei dat ze daar niet een klein beetje nieuwsgierig naar was. Waarom was hij om halfzes 's ochtends in dat busstation geweest? Waarom zag zijn pak eruit alsof hij erin had geslapen, terwijl zijn ogen de indruk wekten dat hij in geen dagen had geslapen? En waarom had hij de tijd genomen om haar te hulp te schieten? Er was maar één manier om daarachter te komen.

De koffiebar begon vol te lopen toen ze de eetzaal weer binnenglipte, maar het kostte maar een seconde om hem te vinden. Hij moest wel die goudkleurige reus van een man zijn die beleefd opstond bij het tafeltje tegen de muur. Die geduldig stond toe te kijken terwijl ze naar hem toe liep.

Ze kon het gevoel niet van zich af zetten dat ze dat al vaker had gedaan. Het was hetzelfde gevoel dat ze had gekregen toen ze vanaf de vloer van het busstation naar hem opkeek. Alsof ze hem al een eeuwigheid kende.

Hij ging niet zitten toen ze bij hem kwam, maar pakte in plaats daarvan zachtjes haar kin en trok haar dichterbij. Hij hield haar hoofd schuin in het licht. Dat gaf haar van dichtbij een blik op zijn sterke, gebruinde hals. Op de losgetrokken knoop van zijn stropdas. De zweem van goudkleurig haar bij zijn openstaande kraag. Ze kon de huivering die over haar rug liep niet onderdrukken. Zijn borst zette plotseling op toen hij diep ademhaalde. 'U moet gehecht worden,' verklaarde hij met hese stem.

'Zwaluwstaartjes,' reageerde ze. Onzeker. Ze zoog lucht naar binnen. 'Het bloeden is al een tijd geleden gestopt.' Al mocht het gezien de manier waarop haar hart tekeerging een wonder heten dat het er niet als een fontein uitspoot. Hij liet haar niet los. Integendeel, hij trok haar nog dichterbij.

'Het zal gaan ontsteken.' Het was nauwelijks meer dan een gefluister. Er liep opnieuw een rilling over haar rug.

'Ik ben... Ik haat naalden,' bekende ze.

Zijn borst bewoog opnieuw, dit keer van een geluidloze lach. 'Nou, ik denk dat ik daar niet veel tegen in kan brengen.' Hij liet haar los en ze wenste dat hij dat niet had gedaan. 'Ga zitten en eet,' zei hij zacht en hij schoof op het met vinyl beklede bankje aan zijn kant van de tafel. 'Je bent hier blijkbaar al een paar keer eerder geweest,' voegde hij er spottend aan toe terwijl hij naar haar plek wees, waar een bord dampende friet stond te wachten. Dana had er meteen spijt van dat ze deze zaak had gekozen. Het was zo dicht bij het busstation dat ze hier altijd kwam wanneer een bus met vertraging arriveerde. Ze had nooit meer geld dan voor een bord friet en een cola, dus dat was het enige wat ze ooit bestelde.

Dana wierp een blik in de richting van de toonbank, waar de eigenaresse van de koffiebar stond te grijnzen. Betty, vijftig plus en mannengek, liet haar wellustige blik over Buchanan gaan voor ze zich naar haar toe wendde en haar duim omhoogstak. Buchanan glimlachte alleen maar beleefd in de richting van de bemoeial en salueerde strak.

Dana sloeg haar ogen ten hemel en ging zitten. 'Let niet op die vrouw achter de toonbank, meneer Buchanan. Ze is alleen al dit jaar drie keer opgenomen.'

Zijn wenkbrauwen gingen omhoog terwijl hij zijn eieren rijkelijk bestrooide met zout. Hij wierp een nieuwsgierige blik in de richting van Betty, die hem openlijk zat aan te gapen. Niet dat Dana haar dat echt kwalijk kon nemen. 'Is dat zo?'

Ze kneep met een boos gezicht ketchup op haar bord. 'Nee. Ze is gewoon nieuwsgierig.'

Buchanan glimlachte en Dana zoog bij die aanblik opnieuw een diepe teug lucht naar binnen. De man bezorgde haar nog een hartverlamming. Zelfs met zijn gekreukte pak en ongeschoren wangen was hij verrukkelijk genoeg om elke vrouw met een hartslag de adem te benemen. En Dana merkte dat ze beslist een hartslag had, want haar hart sloeg onstuitbaar op hol.

'Nou, ik dacht al dat u hier tamelijk vaak moest komen, nog voor ze de friet bracht,' zei hij terwijl hij zijn vork in de biefstuk stak. 'Toen we binnenkwamen en u rechtdoor naar de toiletten liep, kwam ze aangebeend en gaf me op mijn duvel vanwege het bloed op uw gezicht. Ik moest vertellen wat er was gebeurd voor ik mocht gaan zitten. Maar ik geloof dat ze me nu wel aardig vindt.'

Dana keek woedend naar Betty, die alleen maar stond te glunderen. 'Laten we alstublieft over iets anders beginnen.' Ze doopte haar frietjes in de ketchup en keek toe terwijl hij enorme hoeveelheden eten naar binnen werkte, alsof hij in geen dagen had gegeten. 'Vertel eens, wat deed u om halfzes 's ochtends in het busstation?'

'Eh...' Hij slikte en veegde zijn lippen af aan het servet, wat haar blik uiteraard naar zijn mond deed gaan. Het was een heel, heel fraaie mond. Heel mooie lippen. 'Werk.'

'Wat voor soort werk?'

'Ik heb een adviesbureau.'

Dana fronste haar voorhoofd. 'Advies? Op het gebied van beleggen en zo?' Als hij iets met bankzaken te maken had, dan was zij de koningin van Engeland. Geen enkele bankier had zulke schouders.

Hij schudde zijn hoofd. 'Nee, op het gebied van computernetwerken. Ik help bedrijven hun computersystemen zo goed mogelijk bestand te maken tegen hackers. Ik installeer ook bewakingscamera's en help samen met mijn partner Clay bij het opleiden van beveiligers.'

Ze keek hem bedachtzaam aan. Nou, dat sloeg tenminste ergens op, zeker nu ze weer een beetje helder kon denken. 'Hebt u vaker gekleed in een gekreukt pak en met een baard van twee dagen in het holst van de nacht afspraken met mogelijke klanten?'

Hij kuchte. 'Scherpe waarneemster, hè?'

'Normaal gesproken wel, ja.'

'Waarom kon u dan toen de bewaker met lege handen terugkwam de vent niet beschrijven die u omver heeft gegooid?'

Dana keek hem recht in de ogen. 'Dat heb ik wel gedaan.'

'Uhuh. Lang, in de twintig, geen kleur ogen, bruin haar. De oude dame die daar stond te gillen gaf een betere beschrijving en zij had een bril met glazen zo dik als jampotbodems.'

De waarheid was dat Dana niet echt wilde dat die vent gepakt zou worden, want dan zou ze moeten getuigen en toegeven waarom ze om te beginnen op het busstation was geweest. Dat zou ze zeker hebben gedaan als ze gewond was geraakt of als er iets van waarde was gestolen, maar ze was niet gewond en er was niets van waarde gestolen. Dus hield Dana haar mond dicht. 'Het gebeurde allemaal veel te snel.'

Buchanan geloofde er niets van. 'Uhuh. En waarom was u zo laat in het busstation?'

Op deze vraag was ze in ieder geval voorbereid. 'Ik stond op de bus te wachten.'

'Waarheen?'

'Waarvandaan. Ik wachtte op een vriendin.'

'Die nu waar is?'

'Ze is niet uitgestapt, dus ik denk dat ze uiteindelijk toch niet komt.' Ze had twee uur op de cliënt van vannacht staan wachten, maar de vrouw was niet uitgestapt. Weer niet.

Hij trok een blonde wenkbrauw op. 'Onbeleefde vriendin.'

Dana haalde haar schouders op en legde het er nog een beetje dikker bovenop. 'Eerder een beetje grillig. Ze zegt dat ze komt en dan haalt ze de datums door elkaar. Ze zal morgen wel bellen en dan huilt ze tranen met tuiten terwijl ze haar excuses aanbiedt.'

'En die worden aanvaard.'

'Uiteraard, ze is mijn vriendin.'

Hij hield zijn hoofd schuin. 'Vertel eens, wat doe je als je niet bezig bent grillige vriendinnen op te halen van het busstation, Dana?'

'Ik ben fotograaf. Je weet wel, moeders met baby's, zulk soort dingen.' Dat was nog waar ook. Min of meer. Ze was bang geweest dat het voortdurende komen en gaan van moeders en kinderen bij Hanover House de ongewenste aandacht van de buren zou trekken. Het was Evie's idee geweest om een discreet bordje op te hangen waarop werd aangekondigd dat er gezinsfoto's konden worden gemaakt. Dana had al fotoapparatuur die ze gebruikte om nieuwe rijbewijzen te vervaardigen en het verklaarde al die vrouwen en kinderen, maar tot Dana's ergernis en Evie's plezier trokken ze soms echte klanten. Normaal gesproken voldoende om de telefoonrekening te betalen, maar niet zo veel dat het de werkelijke missie van Hanover House bedreigde, dus iedereen was tevreden.

Ze leunde achterover en nam hem aandachtig op. 'Nou, waaróm zocht u om halfzes 's ochtends klanten op in een gekreukt pak en met een baard van twee dagen?'

Eén kant van zijn zeer aantrekkelijke mond kwam omhoog en elke vierkante centimeter van haar huid begon te gloeien. Sommige vierkante centimeters meer dan andere. 'Leuk. Ik was net van plan u een voordeeltje te bezorgen.'

Ze onderdrukte een glimlach. 'Hou uw voordeeltjes maar. Geef maar gewoon antwoord.'

'Ik ben nog maar pas in de stad en ik wilde zien hoe de nachtploeg het deed voor ik overdag hun baas zou benaderen. Dat is de beste manier om nieuwe klanten te werven. Hun kwetsbaarheden evalueren en' – hij boog zich samenzweerderig voorover – 'iets beters aanbieden.'

Zijn stem was gedaald tot iets wat in de buurt kwam van kattengespin en het enige waar Dana aan kon denken was een grote, goudkleurige kat die zijn prooi besloop. Maar ze voelde zich niet bedreigd. Niet in de normale betekenis van het woord in ieder geval. Ze voelde zich... machtig, alsof hij haar een geheime sleutel had gegeven.

'Bent u mijn... kwetsbaarheden aan het evalueren, meneer Buchanan?'

Die rustige groene ogen glommen. 'Ethan.'

Ze aanvaardde zijn opmerking met een kort knikje. 'Ethan. Nou, ben je dat aan het doen?'

Hij zei enkele ogenblikken niets, keek haar alleen maar aan. Uiteindelijk leunde hij achterover en toen hij sprak was alle gladheid en pretentie uit zijn stem verdwenen. 'Wil je dat ik dat doe?'

Dat was niet het antwoord dat ze had verwacht en ze knipperde met haar ogen. 'Ik?'

'Ja, jij. Ik krijg de indruk dat je nooit iets zegt of doet wat je niet wil. En dat als iemand probeert meer over je te weten, je dat als een prof ontwijkt.'

Ze knipperde opnieuw. 'Wat een vreemde opmerking.' *En het komt aardig in de buurt van de waarheid.*

'Scherpzinnig, zou ik zeggen.'

Ze haalde diep adem en gaf hem het eerlijkste antwoord dat ze kon bedenken. 'Ik weet het niet.'

Hij knikte. 'Dat is redelijk, denk ik. Nog één vraag en dan laat ik je gaan.'

Ze voelde een steek van teleurstelling bij de gedachte dat hij zou weggaan. 'Oké. Vraag maar.'

'Heb je een vriend, echtgenoot of een wederhelft... van welke aard dan ook?'

Het was haar beurt om te verschieten van wat hij impliceerde. 'Geen echtgenoot of vriend op dit moment en ik ben hetero, dank je wel.'

Daar moest hij om lachen. 'Fijn om te weten. Mag ik aannemen dat je een ex-echtgenoot hebt?'

Ze dacht aan haar ex-man en aan de jaren dat ze had geleden onder zijn mishandelingen. De opluchting van het ontsnappen. Ze had nooit meer omgekeken. 'Heel erg ex. Zo ex dat hij uit het zicht verdwenen is. En jij?'

'Ex. Niet zo ex als die van jou. Ze is denk ik nog net aan de horizon.' Toen ze glimlachte boog hij zich weer voorover en zijn fraaie mond stond bloedserieus. 'Jij voelde het daarnet ook, hè?'

Ze werd meteen ernstig. Ze deed haar mond open om het te ontkennen, maar dat kon ze niet. 'Ja.'

Pas toen hij zijn adem liet ontsnappen, besefte ze dat hij die in afwachting van haar antwoord had ingehouden. Besefte ook dat hij net een van zijn kwetsbaarheden had getoond. Hij schoof zijn hand over tafel tot hij die van haar bedekte. 'Ik moet nu gaan. We spreken hier af. Morgen. Zelfde tijd.'

Het was geen verzoek. Het was een eis, dringend gebracht. Dana zat hem aan te staren en voelde het allemaal opnieuw, die plotselinge stroomstoot door de aanraking van zijn hand. En plotseling stond ze aan de rand van een afgrond. Ze wist dat haar antwoord heel belangrijk was. De behoedzaamheid waarmee ze elke dag van haar leven had geleefd stak de kop op. 'Ik denk niet –'

Hij onderbrak haar hoofdschuddend. 'Je bent voorzichtig, dat begrijp ik. Ik zal niet om je telefoonnummer vragen, of je sterrenbeeld of zelfs maar naar je favoriete kleur. Dat beloof ik.' Hij klemde even zijn kaken op elkaar en ontspande toen weer. 'Het leven is te kort, Dana. Veel te kort om kansen te laten liggen wanneer die zich voordoen.'

Er was iets veranderd. Verdwenen was de sluipende kat. Daarvoor in de plaats was een man gekomen die zo eerlijk was als ze nooit eerder was tegengekomen. *Het gaat alleen maar om friet en een cola. Hoe gevaarlijk kan dat zijn?*

Haar blik ging naar zijn hand die nog steeds op de hare lag. Nog steeds warm. Elektrisch geladen. Ze keek op en zag dat zijn blik op haar gezicht gefocust was. 'Groen.' Het woord was al uit haar mond voor ze het besefte.

'Wat?'

'Mijn lievelingskleur is groen.'

Hij leunde achterover met een blik van opluchting in zijn groene ogen. 'Morgen dus? Zelfde tijd?'

Zijn hand lag niet meer op die van haar en ze wilde hem terug. En omdat ze hem terug wilde, wilde ze op de vlucht slaan. 'Ik zal erover nadenken.'

Zijn blonde wenkbrauwen fronsten licht. 'Denk goed na. Ik zal er zijn.'

5

Wight's Landing, Maryland, zondag 1 augustus, 08.30 uur

Sheriff Louisa Moore schudde ongelovig haar hoofd. Haar ogen traanden van de stank van rottend vlees. Stan Vaughn had die ochtend, duidelijk in paniek, naar haar bureau gebeld. Hij had een lichaam aangetroffen, had hij gezegd. Nou, op dat punt had hij gelijk.

Lou bedekte haar mond en stak haar hoofd om de deur van het schuurtje. 'Iets gevonden, doc?'

Lijkschouwer John Kehoe keek op. De bovenste helft van zijn gezicht ging schuil achter een beschermende bril en de onderste helft achter een mondkap.

'Nog niet.'

Haar eerste partner destijds in Boston had gezegd dat ze wel gewend zou raken aan opgezwollen lichamen, maar tien jaar en een belangrijke carrièreswitch later was dat nog steeds niet het geval. 'Dan misschien een tijdstip van overlijden?'

John ging op zijn hurken zitten. 'Drie dagen, misschien vier. Ergens tussen woensdag en donderdag, zou ik zeggen. De insecten zullen het ware verhaal vertellen.'

Lou onderdrukte de aandrang om te kokhalzen. 'Insecten?'

'Zeker. Ik zal monsters van de insecten en hun larven naar het laboratorium sturen.' Hij ging op zijn knieën zitten. 'Geef me nog een halfuur, dan zijn we klaar om hem in te pakken. Ik heb je hier niet nodig, voor het geval je naar het huis wil.'

'Bedankt.'

Ze liep naar het huis en liet onderweg haar blik over het strand gaan. Haar hulpsheriffs hadden aan weerszijden van de vindplaats van het lichaam elke centimeter zand uitgekamd. Er was die donderdagnacht een zware storm geweest. Eventueel bewijsmateriaal buiten de schuur zou waarschijnlijk zijn weggespoeld.

Maar het zag eruit als zelfmoord, dus dat was waarschijnlijk niet zo heel belangrijk. Maar de boxershort zat haar dwars. Waarom zou een man naar de schuur van een vreemde gaan om slechts gekleed in een onderbroek zelfmoord te plegen? En waar was het briefje? En konden de Vaughns díé stank werkelijk bijna twee dagen hebben genegeerd? Ze liet zichzelf de keuken binnen. 'Meneer Vaughn?'

'We zitten in de woonkamer.'

Ze zaten naast elkaar op een oude bank. Lou nam de Vaughns even in zich op. Ze zagen allebei bleek. Dat was natuurlijk begrijpelijk. Het gebeurde niet elke dag dat vakantiegangers een lijk in hun schuur vonden. Maar toch was er iets aan deze twee wat haar dwarszat. 'Dr. Kehoe is op dit moment bezig met het onderzoek van het lichaam,' zei ze en de twee knikten. 'Kunt u me vertellen hoelang u hier al verblijft?'

'Ongeveer een week,' zei mevrouw Vaughn met trillende stem. 'We zijn zondag aangekomen, maar dinsdag weer weggegaan.'

Lou trok haar notitieboekje uit haar borstzak zonder het oogcontact te verbreken. 'Waarom?'

Meneer Vaughn legde zijn hand op die van mevrouw Vaughn. 'We zijn naar Annapolis gegaan om daar ons tienjarig huwelijksfeest te vieren.'

Als ze niet had staan kijken, zou ze het hebben gemist. Dan had ze niet gezien hoe mevrouw Vaughn terugdeinsde toen haar echtgenoot haar aanraakte. Aan de andere kant, de vrouw had in haar achtertuin iemand aangetroffen die zelfmoord had gepleegd en op een gruwelijke manier bovendien. 'Wanneer bent u teruggekomen?'

'Vrijdagmiddag,' antwoordde meneer Vaughn.

Alleen de feiten, mevrouw, dacht Lou. Ze glimlachte vriendelijk. 'Hoe laat?'

Mevrouw Vaughn bewoog haar schouders naar achteren en naar voren. 'Halfvier. Daaromtrent.'

'En waar verbleef u in Annapolis?'

Meneer Vaughn fronste zijn voorhoofd. 'Statehouse Hotel, maar waarom wilt u dat weten?'

Lou haalde haar schouders op. 'Ik ben gewoon informatie aan het verzamelen. Hebt u iemand hier zien rondhangen?'

Meneer Vaughn zat nog steeds fronsend te kijken. 'Nee.'

'Meneer Vaughn, mevrouw Vaughn.' Lou schudde haar hoofd en

vertrok meelevend haar gezicht. 'Ik vraag me af hoe u die stank anderhalve dag hebt kunnen negeren.'

'Dat is precies wat we hebben gedaan,' antwoordde meneer Vaughn glad. 'Soms ligt het strand na een storm bezaaid met dode vis. Een keer was er zelfs een kleine haai aangespoeld. Als het vloed wordt, dan spoelt alles weer weg. Het heeft donderdag gestormd. We namen gewoon aan...' Hij maakte zijn zin niet af en vertrok zijn gezicht. 'Ik moet zeggen dat mijn broer degene in de familie was met een sterke maag. Ik word al niet goed als ik aan dode dingen denk. Ik laat liever de baai het werk voor me doen. Maar dat gebeurde niet en we konden het niet langer verdragen, dus toen ben ik op onderzoek uitgegaan. En toen vond ik die arme man.'

Lou keek in haar aantekeningen, geïrriteerd door de gladde antwoorden. 'Nou, ik zal niet langer beslag leggen op uw tijd. Maar laat me alstublieft weten wanneer u van plan bent om naar huis te gaan.' Toen ze weer buiten was, bedekte ze haar mond met haar zakdoek en liep terug naar het schuurtje. Dr. Kehoe gaf aanwijzingen aan haar hulpsheriffs terwijl ze de brancard voortduwden waar de lijkenzak op lag.

Hij trok zijn masker weg. 'Ik bel je zodra ik iets weet.'

'En ik trek de lijst met vermiste personen na,' zei ze. 'Meer kunnen we op dit moment niet doen.'

Chicago, zondag 1 augustus, 08.00 uur

Dana rook het runderstoofvlees al voor ze de keuken van Hanover House binnenglipte. Caroline was er om zoals gebruikelijk op zondag zo veel eten voor hen te koken dat ze er vervolgens een week mee toe konden.

'Ik vroeg me al af wanneer je terug zou komen,' zei Caroline. Ze keek achterom en haar ogen werden groot. 'Wat is er gebeurd?'

'Ik had een ongelukje in het busstation.'

Caroline pakte de EHBO-doos en duwde Dana op een stoel. 'Je moet gehecht worden.'

'Een zwaluwstaartpleister is voldoende.'

'Dat zeg je altijd.' Ze begon de wond schoon te maken met peroxide. 'David is gisteravond nog langs geweest nadat hij hier was weggegaan. Hij heeft me over Lillian verteld. Ik vind het zo erg.'

Dana haalde huiverend adem. 'Ik ook.'

'David vertelde ook dat Evie en jij woorden hebben gehad.'

'Zo zou je het kunnen noemen, ja.'

'Dana, je weet dat Evie ernaast zit. Ik heb ook met Lillian gewerkt. Ze was echt niet van plan uit Chicago te vertrekken. Een nieuwe naam zou haar niet hebben geholpen.'

'Ik weet het.'

'Dan weet je ook dat je nu lang genoeg tijd hebt gerekt. Wat is er gebeurd, schat?'

Vanuit haar ooghoeken zag Dana dat Caroline de bruine fles met peroxide verwisselde voor de jodium. 'Gewoon een ongelukje. Aú. Dat doet pijn.'

Caroline hield Dana's gezicht in het licht en haar blauwe ogen stonden bezorgd. 'Je hebt ook een blauwe plek. Heeft iemands echtgenoot je dit aangedaan? Lillians man?'

'Nee. Het was echt een ongeluk. Een of andere junk probeerde een oude vrouw te beroven.'

Caroline zuchtte terwijl ze een stuk pleister lospeuterde. 'En jij ging er zomaar op af?'

'Het was een reflex. Hij gaf me een duw en ik kwam met mijn hoofd tegen een bank.' De tranen schoten haar in de ogen toen haar haar van de wond werd weggetrokken. 'Aú. Verdomme, Caro, dat doet echt pijn.'

'Sorry. Hoe laat was dat?'

Dana wierp een blik op de keukenklok. 'Ongeveer tweeënhalf uur geleden.'

Caroline deed verrast een stap achteruit. 'Waarom heeft het zo lang geduurd voor je thuis was?'

Dana aarzelde, maar haalde toen haar schouders op. 'Er was... een man.'

Caroline's hand bleef roerloos. 'Had die... mán ook een naam?'

'Ethan Buchanan.'

'Hmm. Leuke naam.' Ze drukte voorzichtig het verband op zijn plek.

'Zijn naam was niet het enige wat leuk aan hem was,' reageerde Dana droog en Caroline grinnikte terwijl ze voorzichtig haar zwangere lichaam op een stoel liet zakken.

Ze leunde achterover terwijl ze haar armen op haar ronde buik liet rusten. Haar ogen stonden ernstig. 'Vertel op.'

'Nou, het was vlak nadat die junk me had geraakt. Toen ik mijn ogen opendeed... was hij er.'

Caroline stak haar hand omhoog. 'Wacht eens even. Wil je zeggen dat je buiten westen bent geraakt toen je je hoofd stootte? En je bent niet naar het ziekenhuis gegaan? Ben je krankzínnig?'

'Als ik bewusteloos ben geweest, dan was dat maar een paar seconden. En ik ben niet naar het ziekenhuis gegaan omdat ik niet verzekerd ben. Niet iedereen heeft een rijke echtgenoot, weet je.'

Caroline keek pijnlijk getroffen. 'Je weet dat we je verzekering willen betalen, Max en ik.'

'En jij weet dat ik niets aanneem wat ik niet heb verdiend. Wil je dit horen of niet?'

'Dat weet je best. Dus híj was er, die Ethan Buchanan. En toen?'

Dana haalde ongemakkelijk haar schouders op. Nu ze het hardop moest zeggen, klonk het tamelijk stom. *Toen keek hij me aan.* Dat klonk zo kinderachtig. Maar hij had niet meer gedaan dan dat, in het begin. 'Ik weet het niet. Het is moeilijk uit te leggen.'

'Probeer het eens,' zei Caroline lijzig.

'Verdomme, ik weet het niet. Ik was kwaad en van streek en mijn hoofd deed pijn en toen was hij er plotseling. Hij... hij keek me aan. En toen...'

Blonde wenkbrauwen gingen omhoog. 'En toen?'

'Ik kreeg het gevoel dat alles goed zou komen. Alsof ik hem altijd al had gekend. Stom, hè?'

'Nee.' Caroline's stem klonk vriendelijk. 'Dat mag je niet eens denken. Dus wat gebeurde er toen?'

Dana haalde heel diep adem. 'Hij pakte mijn hand om me overeind te helpen en het was alsof er... een elektrische stroom doorheen ging. Zoiets als wanneer ze je hart weer op gang proberen te krijgen.'

Caroline's ogen waren groot geworden. 'Goeie genade.'

Dana moest grinniken om die ingehouden uitroep. 'Ja. Ik probeerde weg te komen voor de bewaker terug zou zijn nadat hij had geprobeerd om die junk te pakken, maar Ethan liet me niet gaan. Hij zei dat hij vreesde dat ik een hersenschudding had. Toen dwong hij me met hem te gaan ontbijten.'

'Dwong je, hè?'

Dana wierp haar een vuile blik toe. 'Je geniet hiervan, hè?'

'Met volle teugen. Dus, wat ga je nu doen?'

'Hij heeft gevraagd om hem daar morgen weer te ontmoeten. Ik zei dat ik erover na zou denken.'

'Betekent dat ja of nee?'

'Dat weet ik nog niet.'

Caroline raakte even haar hand aan. 'Wat zit je werkelijk dwars, schat?'

Dana liet haar adem ontsnappen. 'Ik weet het niet. Ik heb gewoon...' Ze wreef met haar hand over haar borst in een poging de druk daar een beetje te verminderen. 'Geloof je in het lot?'

Caroline vertrok geen spier. 'Ja. En nee.'

'Nou, dat is een duidelijk antwoord.'

Caroline glimlachte. 'Weet ik. Dat heb ik het laatste semester geleerd bij mijn rechtenstudie. Hoe Vragen Over Het Leven Te Ontwijken voor beginners. Ik had een tien.'

Dana moest ondanks zichzelf glimlachen. 'Ik meen het.'

'Ik ook.' Caroline werd weer een beetje ernstiger en vertrok haar gezicht. 'Dat was een snelle.' Ze ging anders op haar stoel zitten en wreef met de muis van haar hand over de zijkant van haar buik. 'Hij/zij is heel actief vandaag.' Ze leunde achterover. Haar ogen stonden scherp terwijl haar hand op haar ongeboren kind rustte. 'Hoe kan ik hier nou zitten en tegen je zeggen dat ik niet in het lot geloof? Ik heb Max precies op tijd ontmoet... voor ons allebei precies op tijd. Ik denk dat het lot een rol speelde toen we elkaar ontmoetten. Maar ik kan me het moment dat ik besloot om niet weg te lopen heel goed herinneren.' Haar blik verscherpte. 'Het lot is de gelegenheid. Keuze is wat je ermee doet.'

'Dat is precies wat ik ook al dacht,' zei Dana zacht.

Caroline hield haar hoofd schuin. 'Ethan Buchanan heeft behoorlijk indruk op je gemaakt, hè?'

Dana grinnikte vreugdeloos. Dat had hij zeker. Ze had alleen geen flauw idee wat ze daarmee aan moest. 'Ik dacht aan Max en jou en toen vroeg ik me af – stel dat ik iemand voor mezelf ontmoet?'

'Dana –'

Dana schudde haar hoofd. 'Nee, echt. En toen dacht ik, nou en, dan ontmoet ik iemand. Zou dat er iets toe doen? Zou ik weglopen bij wat ik aan het doen ben? Zou ik dat kunnen? Het is wie ik ben.'

'Je bent heel wat meer dan de directeur van Hanover House, Dana. Maar afgezien daarvan, waarom zou je op moeten geven wat je doet?'

'Alsjeblieft, Caroline. Ik woon praktisch in Hanover House. Ik slaap misschien één keer in de week in mijn eigen appartement. Ik zou nooit iemand de tijd kunnen gunnen die een relatie verdient.'

'Nou, dan denk ik dat dat de keuze is.' Caroline haalde diep adem en liet die weer ontsnappen. 'Is het ooit bij je opgekomen dat je niet eeuwig in Hanover House hoeft te werken?'

Dana's gedachten werden overspoeld door beelden van Lillians kinderen die het lichaam van hun moeder ontdekten. Zelfs terwijl ze wanhopig probeerde dat beeld weg te drukken, ging het naadloos over in het beeld dat er nog steeds in slaagde haar vanbinnen te verscheuren. Ze staarde naar de rug van haar handen, toen naar haar palmen. 'Nee, dit is iets wat ik moet doen. Het is... het is mijn leven. Dat is alles.'

Caroline pakte Dana's handen en masseerde de binnenkant met haar duimen. 'Kijk me aan, Dana. Kijk me aan.' Dana hief langzaam haar blik en zag dat Caroline's gezicht slechts één bedoeling uitstraalde. 'Je handen zijn schoon, Dana. Vind je niet dat je zelf recht hebt op een leven? Vind je niet dat je het verdient om gelukkig te zijn?'

De vraag kwam harder aan dan de bank had gedaan. Dana deed haar mond open, maar er kwam geen geluid uit en Caroline's blauwe ogen kregen een trieste blik. 'Ga slapen, Dana. De zaken worden misschien duidelijker wanneer je niet meer uitgeput bent.'

Zondag 1 augustus, 11.00 uur

Evie bleef voor de spiegel in de hal even staan en bestudeerde haar spiegelbeeld. Haar make-up was goed. Niets te zien van dat verrekte litteken. Er zou niet van haar verwacht worden dat ze glimlachte. In dat opzicht waren begrafenissen wel goed. Haar mond werd een streep terwijl ze naar zichzelf keek.

Ze mocht doodvallen als ze niet naar Lillians begrafenis ging. Als zij hun werk goed hadden gedaan, dan zou Lillian op dit moment nog leven. Ze zou achterin gaan zitten. Naar binnen glippen als de dienst al begonnen was en weer naar buiten voor het voorbij was.

Niemand zou haar zien en Dana's paranoia zou gehandhaafd blijven.

Ze draaide zich om naar de deur, maar schrok toen ze achter zich een zacht 'Ahum' hoorde.

'Jane.' Haar hartslag werd weer normaal en Evie nam de vrouw op die achter haar had gestaan. Ze was hier sinds vrijdag, de tiende Jane Smith die het afgelopen jaar was gearriveerd. Evie wilde dat hun cliënten wat meer creativiteit toonden bij het kiezen van een schuilnaam. 'Wat kan ik voor je doen?'

Jane wrong haar handen zenuwachtig. 'Het is niets. Ik wacht wel tot je terugkomt.'

Evie trok een mondhoek op in de driehoekige glimlach die ze voor de spiegel had geoefend. 'Ik blijf wel even weg. Ik moet naar een begrafenis. Wat heb je nodig?'

'Ik vroeg me alleen maar af of ik een beetje Benadryl kan krijgen voor Erik. Hij heeft kroep.'

Arme knul. Zo ineengedoken. Evie kneep haar lippen samen. Iemand zou moeten boeten voor wat het ook was dat er met dat jochie was gebeurd. 'Ga jij maar naar hem toe. Ik breng het wel.'

Zondag 1 augustus, 11.15 uur

Wat omstandigheden aanging waren deze perfect. Sue zat hier, op een plek waar James nooit aan zou denken. Ze ging naar het kamertje dat ze had gekregen toen ze vrijdagavond aankwam en trof het kind aan waar ze hem op het tweepersoonsbed had achtergelaten. Hij was bezig wakker te worden.

'Dat kunnen we niet hebben,' mompelde ze. Ze nam een pil van de jongen uit haar rugzak en dwong hem die in te nemen. Er hadden twee medicijnflesjes in de badkamer van de Vaughns gestaan. Ze had geprobeerd bijzonderheden over de medicatie van de jongen los te krijgen van Rickman, maar omdat ze zich nooit helemaal had hersteld van de aanblik van haar verloofde die de bovenste helft van zijn hoofd kwijtraakte, was ze geen geweldige hulp geweest.

Een snelle zoekactie op internet toen ze in Morgantown online was geweest had betere resultaten opgeleverd. Keppra was het krachtiger geneesmiddel, maar fenobarbital kon een kind verdoven wanneer het in een te grote dosis werd toegediend. Ze wilde dat het kind zou slapen. Ze wilde niet dat hij een epileptische aanval kreeg, waardoor ze te midden van andere mensen zouden opvallen. Of waardoor hij misschien zou komen te overlijden.

Sue had de jongen levend nodig. In ieder geval nog een week of zo. Dus gaf ze hem net genoeg van de Keppra en verdubbelde de dosis feno. Hij had de hele weg naar Chicago geslapen als een roos. Maar ze begon door beide middelen heen te raken.

Pas toe, pas aan en verbeter. Haar moeder had toen ze nog kinderen waren een variant van Benadryl zonder recept vermengd met wijn gebruikt om Bryce rustig te houden en als het goed genoeg was voor mam, dan was het goed genoeg voor haar. Ze zou de feno samen met de Benadryl gebruiken tot ze een herhaling van het recept kon krijgen. De andere moeders in het opvanghuis hadden haar verzekerd dat een herhaling geen probleem zou opleveren. 'Vraag maar gewoon aan Dana,' had de moeder in de kamer naast haar gezegd.

Dupinsky was de avond ervoor gierig geweest met de Benadryl. Ze had haar verdorie maar één dosis gegeven. Maar Scarface had haar die hele verrekte fles gegeven.

Dus nu liet Sue de pil volgen door een flinke lepel Benadryl. De jongen had zich eerst zwakjes verzet, maar ze hoefde maar even kwaad naar hem te kijken en hij gehoorzaamde. Ze zag zijn keel bewegen terwijl hij slikte, maar iets in zijn ogen, een kleine flikkering van opstandigheid, maakte dat ze het zeker wilde weten. Hij verzette zich, trok zijn gezicht weg toen ze hem wilde beetpakken en stikte bijna toen ze hem dwong zijn mond te openen en zag dat hij de rode vloeistof nog in zijn wang had.

'Slik door,' beval ze voor ze zich realiseerde dat het geen zin had om het kind met woorden te bedreigen. Terwijl ze zijn magere gezicht met één hand vasthield schreef ze een boodschap voor hem op het notitieblok dat iemand zo attent naast het bed had gelegd. Ze liet het hem zien.

Ze zag hem verbleken. Zonder een verdere flikkering in zijn ogen slikte hij alles door.

Ze knikte hem even toe, stak het briefje in haar zak en duwde zijn gezicht met kracht op het kussen. Stom kind. Denken dat hij haar te slim af kon zijn. Hij was verdorie twaalf. En hoe slim kon hij nu helemaal zijn? Afgaande op zijn vader en zo.

Ze bleef een ogenblik op de jongen staan neerkijken en dacht na.

Tegen de tijd dat het doek van het laatste bedrijf viel, zou hij dood zijn. Op zekere hoogte zou die gedachte haar moeten dwarszitten. Dat was niet zo.

Ze balde langzaam haar vuist. Haar hand was plakkerig van de Benadryl. Ze moest haar handen wassen. En ze was wanhopig toe aan een sigaret. Met een laatste waarschuwende blik in de richting van het kind pakte ze haar sigaretten en aansteker en liep naar de badkamer.

Alec zag dat ze wegliep, deed toen zijn ogen dicht en rolde zich op tot een zielig hoopje. Hij herinnerde zich de man die met haar naar het strandhuis was gekomen. De man die een pistool tegen Cheryls hoofd had gezet terwijl de vrouw met de witte ogen hem vastbond. Hij heette Bryce. Dat wist Alec inmiddels. Alec wist ook dat Bryce was achtergebleven om op zijn ouders te wachten. En Alec wist ook dat Bryce nu het pistool tegen zijn moeders hoofd gedrukt hield. Dat stond op het briefje.

Alec kon er niet op gokken dat de vrouw met de witte ogen loog.

Zijn moeder zou sterven. Net zoals Cheryl was gestorven. En Paul. Tenzij hij meewerkte.

Alec slikte opnieuw en dit keer voelde hij de tranen in zijn ogen branden. Hij lag als een stom klein kind te huilen terwijl zijn moeder zijn hulp nodig had. Hij had die trut hem laten verdoven terwijl zijn moeder zijn hulp nodig had.

Hij had geen idee waar hij was of wie al die mensen waren die hier rondhingen. De roodharige mevrouw deed aardig tegen de vrouw met de witte ogen. Zij moest dus ook slecht zijn. Voor het eerst verlangde hij wanhopig naar zijn processor. Hij zou hem achter zijn oor kunnen stoppen en luisteren, zoals Cheryl hem had geleerd. Dan zou hij weten of de roodharige mevrouw goed of slecht was. Maar hij had zijn processor niet. Cheryl was dood. En zijn moeder had zijn hulp nodig.

Maar door de medicijnen voelden zijn armen aan als lood en de binnenkant van zijn hoofd leek gevuld met stroop. Hij verzette zich tot het uiterste, maar uiteindelijk dreef hij toch weg.

Sue zat tevreden op de rand van een ouderwets bad in een al even ouderwetse badkamer. Ze viste een sigaret uit haar zak, hield de aansteker bij het uiteinde en nam een diepe trek. Ze haalde met een zwierig gebaar het briefje uit haar zak en hield het brandende uiteinde van de sigaret tegen het papier. Ze keek gefascineerd toe terwijl het smeulde en vervolgens in brand vloog. De rode rand van de vlam racete naar het uiteinde van het papier. Net voor de vlam haar vingers bereikte, liet ze het in het toilet vallen en trok de as door. Het briefje had het hem gedaan, het dreigement dat Bryce zijn moeder zou doden. Dat Bryce wegrotte in een of andere gevangenis in Maryland was iets wat de jongen niet wist, en wat de jongen niet wist kon hem en haar niet deren ook.

Ze zoog haar longen opnieuw vol rook en ontspande zich voor het eerst in dagen. Toen ging haar mobiele telefoon over en ze viel bijna van de rand van het bad. Ze diepte met kloppend hart het mobieltje uit haar zak. *Bryce. Of erger, James.* 'Ja?'

'Schatje. Met Fred.'

Ze blies geërgerd een rookwolk uit. 'Wat moet je?' siste ze.

'Nou, dat is toch geen manier om tegen je persoonlijke bezorgdienst te praten?' spotte hij.

Hier was ze bang voor geweest. Een verrekte dienst, dat was alles waar ze om had gevraagd. Een gunst waar ze net twee dagen geleden op meer dan één manier voor had betaald. 'Wat wil je?'

Hij grinnikte. 'Gewoon even kijken hoe het met je gaat, schat. Heb je die plek kunnen vinden?'

'Ja.'

'En? Geloofden ze je? Kon mijn werk ermee door?'

Sue bekeek haar spiegelbeeld in de spiegel boven de wastafel. De blauwe plekken die hij met zo veel genoegen op haar gezicht had aangebracht begonnen nu pas te vervagen. Maar ze waren noodzakelijk geweest, zowel om Dupinsky als om Tammy te overtuigen.

Ze had moeten weten hoe ze in contact kon komen met het opvanghuis waar Tammy haar zo vaak over had verteld tijdens de vijf jaar dat ze hadden samengewoond in Hillsboro, het opvanghuis waar Tammy zichzelf wekenlang had verstopt voor ze naar huis ging om haar echtgenoot te vermoorden. Tammy zou haar verhalen nooit hebben geloofd zonder de blauwe plekken. Ze zou haar nooit het telefoonnummer van Hanover House hebben gegeven als ze er niet van overtuigd was geweest dat Sue gevaar liep. Dat was het vervelende aan mensen die moordden in een uitbarsting van woede, zoals Tammy.

Zodra ze weer bij zinnen waren hadden ze de neiging om last te krijgen van... scrupules. Sue vertrok haar gezicht. Het woord alleen al was onsmakelijk. 'Ja, ze geloofden me. Ik moet ophangen.'

'Niet zo snel, schat. Ik deed vandaag mijn rondje en Tammy vroeg naar je. Ze wilde zeker weten dat alles in orde was met je.' Er klonk een lach door in zijn stem en ze wist dat wat er nu zou volgen niet goed zou zijn. 'Ik heb tegen haar gezegd dat ik me daar persoonlijk van zou overtuigen.'

Fred was de beste manier geweest om een boodschap bij Tammy te krijgen. Sue was niet van plan geweest om tijdens bezoekuren naar Hillsboro te gaan, zelfs niet als ze haar door de poort hadden gelaten. En dat zouden ze niet hebben gedaan, omdat ze een gevangene was die op borgtocht was vrijgelaten. Daar was Fred om de hoek komen kijken. Hij was een van de bewakers in haar cellenblok geweest, een betrouwbare leverancier van alles wat ze maar wilden hebben van buiten de gevangenismuren – tegen een prijs uiteraard. Fred was dan misschien geen filmster, maar hij was ook weer geen trol zoals sommige van de andere bewakers, dus de meeste meiden hadden geen bezwaar tegen zijn prijs. Sue wel. Elke keer weer.

De ochtend dat Sue werd vrijgelaten had hij haar even apart genomen in een voorraadkast voor, zoals hij het graag noemde, 'een gesprekje onder vier ogen' – bij wijze van afscheid. Toen hij klaar was had hij tegen haar gezegd dat als ze iets nodig had ze hem alleen maar hoefde te bellen.

Dus dat had ze gedaan. Ze had hem vanuit Columbus gebeld en gevraagd of hij naar haar toe wilde komen op het busstation van Indianapolis. Hij was echter niet komen opdagen, de lul, en ze had de eerstvolgende bus naar Chicago gemist terwijl ze op hem stond te wachten. Ze had uiteindelijk de bus van vrijdagochtend naar Chicago genomen, waar de jongen en zij waren overgestapt op de bus die vaste gebruikers de 'gevangenisexpres' noemden. Een taxirit later stond ze bij Fred op de stoep. Ze vertelde Fred dat ze overtuigende blauwe plekken in haar gezicht wilde hebben, een polaroidfoto waarop ze goed te zien waren en een brief met de foto die persoonlijk bij Tammy moest worden afgeleverd. Nadat ze de jongen in de badkamer hadden opgesloten, betaalde ze Freds prijs en beet op haar kiezen terwijl hij voldeed aan haar behoefte van blauwe plekken en wachtte terwijl hij zijn trip naar de gevangenis maakte.

Een paar uur later was hij terug. Tammy had het verhaal geslikt en Sue had het telefoonnummer dat ze nodig had. De jongen en zij waren weer op de bus naar Chicago gestapt en een paar uur later hadden ze Dana Dupinsky ontmoet bij het busstation. Al met al een glad verlopen operatie. Behalve Fred. Hij was een los eindje. Losse eindjes waren normaal gesproken een slechte zaak. Ze had hem die vrijdagmiddag in zijn appartement moeten neerknallen, maar hij was ook gewapend geweest.

'Zeg maar tegen Tammy dat alles goed is. Ik moet ophangen.'

'Niet zo snel.' Zijn stem kreeg een harde klank. 'Nu je daar zit, moet je me een dienst bewijzen.'

'Evie!'

Sue schrok van de kreet die van de andere kant van de deur was gekomen. 'Er komt iemand aan,' fluisterde ze. 'Ik moet gaan.'

'Denk eraan, ik heb het telefoonnummer ook, liefje. Eén telefoontje van mij en jij en dat jong, wie hij ook is, zijn erbij. Bel me later terug.'

Verdomme. Ze moest met hem afrekenen en snel ook. Ze liet de sigarettenpeuk in de toiletpot vallen en trok door.

'Evie! Waar zit je?' Er werd zacht geklopt. 'Evie?'

Sue nam haar rol weer aan, deed de badkamerdeur open en stond oog in oog met een heel zwangere vrouw die ze nog niet had ontmoet. Haar blonde haar was veel te glanzend, haar ogen schitterden te veel en haar gezicht was veel te sereen om een 'cliënt' te kunnen zijn, zoals Dupinsky de vrouwen noemde die ze opnam. Blondie moest een van de verzorgsters zijn. De wenkbrauwen van de vrouw gingen verrast omhoog. 'Ik vermoed dat Evie ergens anders uithangt,' zei de vrouw met een licht lijzig accent en een vriendelijke glimlach. 'Jij moet Jane zijn. Dana zei dat je gisteren pas bent aangekomen. Ik ben Caroline.'

Sue sloeg haar ogen neer en keek door haar oogharen op. Zag kans bevend te knikken. 'Dat klopt,' mompelde ze. 'Mijn zoon en ik.'

'Erik, hè?' Caroline had nog steeds die zachte glimlach. 'Volgens Dana is hij tien.'

'Dat klopt.' Dat was wat ze tegen Dupinsky had gezegd. De jongen was zo mager dat Sue bang was geweest dat ze erop zouden staan een dokter te waarschuwen als ze had gezegd dat hij twaalf was. 'Werk je hier?'

Caroline glimlachte. 'Soms. Ik ben op zoek naar Evie. Heb je haar al ontmoet?'

Evie was Scarface, degene die de avond ervoor uit de keuken was gevlucht. Ze had bij de deur staan luistervinken en gehoord hoe de kleine blonde politievrouw hun het nieuws vertelde over de moord op de vrouw. De ruzie tussen Dupinsky en Evie was het aanhoren meer dan waard geweest, en de korte blik in de keuken nadat Evie was weggestormd was het aanzien meer dan waard geweest – Dupinsky in de armen van een heerlijk exemplaar van een man. Zelfs nu begon Sue bijna te kwijlen wanneer ze aan hem terugdacht.

'Ze... eh... ze is een uur of zo geleden weggegaan.' Om naar de begrafenis te gaan, wat Dupinsky en die agente zoals Sue had gehoord expliciet verboden hadden. 'Ze zei dat ze naar een begrafenis moest.' Vanuit haar ooghoeken zag Sue het gezicht van Caroline even betrekken, toen was de boosheid alweer verdwenen en de kalmte hersteld.

'Dank je, Jane. Is er nog iets wat Erik en jij nodig hebben?'

Een computeraansluiting voor mijn laptop, dacht Sue. Het was de hoogste tijd om weer een bericht naar de Vaughns te sturen. Twee uur ongestoord met die adonis die de avond ervoor met Dupinsky in de keuken was geweest... Ze boog haar hoofd. 'Nee. We hebben niets nodig.'

Caroline legde haar hand even op Sue's schouder en ze moest zich inhouden om hem niet weg te slaan. Ze had echt de pest aan maatschappelijk werkers. Probeerden altijd in je hoofd te komen.

'Alles komt goed, Jane,' zei Caroline. 'Je bent hier veilig.'

Sue produceerde een paar tranen en liet haar lip trillen. 'Dank je,' fluisterde ze.

'We werken later vandaag aan het dak. Denk je dat Erik last heeft van het gehamer?'

Erik zou nog niet eens iets merken van een kernexplosie. Zelfs als hij niet was verdoofd. Hij was zo doof als een kwartel. Sue had al vaak geprobeerd om hem erop te betrappen dat hij zijn doofheid voorwendde, maar dat was niet het geval. 'Nee. Erik heeft daar geen last van.' Ze fronste haar wenkbrauwen. 'Wie gaat het werk op het dak doen?'

Caroline's glimlach was een tikkeltje te vrolijk en Sue zag dat er onder dat kalme uiterlijk iets broeide. Ze was nog steeds kwaad op Evie. Uitermate geweldig. Afleiding onder het personeel zou Sue uit de spotlights houden.

'Mijn zwager, David. Hij is de betrouwbaarste man die ik ken. Dat wil zeggen, na mijn echtgenoot, uiteraard. Hij zal niet lang werk hebben, dus je zult vanavond rustig kunnen slapen.'

Was die adonis haar zwager? Als haar man er maar half zo goed uitzag als de broer, dan was dat een reden te meer om de pest te hebben aan Caroline. Sue sloeg haar ogen neer naar het versleten tapijt dat op de vloer lag. 'Dank je. Ik moet nu weer naar Erik.'

'Natuurlijk. O, Jane?'

Sue draaide zich om en zag dat Caroline nog steeds breed stond te glimlachen. 'Ja?'

'Ik kon er niets aan doen dat ik de geur van rook in de badkamer opmerkte. We willen niet dat er gerookt wordt in Hanover House. De kinderen hebben er last van en dan is er nog het gevaar voor brand. Het is een oud huis. Eén vonk...' Ze liet haar woorden wegsterven met een vriendelijke grimas. 'Oké?'

Sue haalde diep adem. Ze stopte de woede weer weg waar die vandaan was opgeborreld. *Stomme trut, mij een beetje vertellen wat ik moet doen.* Sue knikte tegen het tapijt. 'Het spijt me.' Ze perste de verontschuldiging er knarsetandend uit en deed haar uiterste best om de misbruikte Jane terug te vinden.

'Geen probleem. Ik moest het alleen even tegen je zeggen. Ik zie je nog wel.'

Sue knikte kort. 'Tot kijk.' Ze ontsnapte snel naar haar kamer en wierp onderweg een blik in de spiegel aan de muur. Caroline stond haar nog steeds met een bezorgde trek op haar gezicht na te kijken in de gang. Sue deed de deur achter zich dicht, zachtjes.

Ze moest zichzelf weer onder controle krijgen. *Je moet kalmeren.* Ze bleef abrupt staan toen ze zich realiseerde dat ze met korte, stevige passen door het kleine vertrek liep te ijsberen. Ze haalde diep adem.

Ik heb maar een week nodig, dacht ze terwijl ze naar de jongen keek die vredig lag te slapen. Maar eerst had ze nog dingen te doen. Ze diepte de digitale camera die ze van Rickman had gestolen op uit haar rugzak en maakte een foto van de slapende jongen. Niets dramatisch, gewoon een herinnering aan de Vaughns dat ze nog steeds alle troeven in handen had. Ze pakte haar laptop uit de rugzak en drukte op de knop om hem aan te zetten. Ze zou hun nu haar voorwaarden vertellen. Ze moesten vijf miljoen overmaken naar een buitenlandse rekening. Ze had in de gevangenisbibliotheek alles geleerd over buitenlandse bankrekeningen.

Ze fronste haar voorhoofd. Het scherm van de laptop bleef leeg. Shit. De accu was leeg.

De computer was meer dan voldoende opgeladen geweest toen ze de eerste e-mail vanuit Morgantown verstuurde. *Ik moet vergeten hebben hem uit te zetten toen ik klaar was*, dacht ze kwaad en begon in haar rugzak te rommelen. Maar ze vond geen oplader. Kut. Die idioot van een Bryce had hem in zijn rugzak gestopt en die lag nu ergens bij de politie van Maryland. Haar hart stond stil. Had ze hem aangeraakt? Nee, ze wist zeker van niet, dus wat dat betrof zat ze goed. Ze moest gewoon een andere manier vinden om in contact te komen met de Vaughns.

Zondag 1 augustus, 14.00 uur

Dana deed de deur van haar kantoortje dicht en vertrok haar gezicht toen ze de deur van Evie's kamer met een klap hoorde dichtgaan, hard genoeg om het hele huis te laten schudden. Caroline had haar wakker gemaakt en haar verteld dat Evie naar Lillians begrafenis was gegaan. Dana had geprobeerd haar te onderscheppen, maar was te laat gekomen. Dus had ze gewacht tot Evie de kerk uit kwam. Haar tranen hadden diepe sporen getrokken in de dikke laag make-up. De rit terug was niet aangenaam geweest. Ze hadden hevig ruziegemaakt en Evie's tranen waren weer gaan vloeien – tot een blik in de spiegel in de zonneklep een abrupt einde maakte aan Evie's beschuldigingen.

Zonder make-up was Evie iemand met littekens. Met make-up vond Dana haar er onecht uitzien. Maar wanneer het zo van haar gezicht droop... Dana moest toegeven dat Evie er dan angstaanjagend uitzag. Zoiets als het Spook van de Opera. Dana had begrip voor Evie's wanhoop en stopte bij haar appartement om Evie in de gelegenheid te stellen haar make-up bij te werken zodat verder niemand haar zo zou zien. En daarna had Evie haar mond niet meer opengedaan.

Dana ging aan haar bureau zitten en deed haar ogen dicht. Haar hoofd deed nog steeds pijn van die ochtend. En ze had honger. Friet bij Betty samen met Ethan Buchanan was al een tijd geleden. Ethan Buchanan. Hij wilde haar de volgende dag weer zien. Daar had ze over nagedacht terwijl ze bij Lillians begrafenis op Evie zat te wachten. Ze wist niets van de man, behalve zijn naam en het feit dat hij haar met een blik kon kalmeren en haar zenuwen kon laten knetteren met een aanraking. Maar ze kon meer te weten komen. De bronnen van internet waren maar een muisklik verwijderd.

Ze keek naar haar slapende computerscherm. Ze kon hem opzoeken, maar dat leek onbeleefd. Een aantasting van zijn privacy. Ze tikte met haar vinger tegen de muis.

En slaakte een zucht toen de zoekpagina van Google verscheen. Een van hun bewoonsters, Beverly, zou deze week naar het westen vertrekken en Dana was de avond ervoor op zoek geweest naar goedkope woonruimte in Californië. Het leek een teken. Als haar scherm wakker was geworden met een spelletje patience, zou ze het hebben weggelachen en verder zijn gegaan met haar werk. Maar het zoekscherm wenkte. Ze typte aarzelend zijn naam in. En drukte op ENTER.

Dana staarde naar de resultaten op het scherm. Er was niets wat direct haar aandacht trok. Ze zat stom te doen. Maar de pijltjes onder aan de pagina wenkten en ze klikte naar de volgende pagina, en de volgende. Ze stond op het punt om het op te geven toen haar oog viel op een paar dikgedrukte woorden. Ze snakte naar adem. De woorden *Kandahar* en *slachtoffer* knalden van het scherm. Ze dacht aan het strakke saluut dat hij Betty die ochtend had gegeven. Hij zat in het leger. Of had erin gezeten. Ze klikte met haar zwetende handpalm op de muis. En keek toe terwijl haar langzame telefoonmodem de pagina laadde van wat een nieuwsbrief leek. Heel langzaam.

Er werd zacht op de deur van het kantoor geklopt en Caroline stak haar hoofd om de deur. 'Heb je gegeten terwijl je weg was?' Zonder op antwoord te wachten zette ze een kom runderstoof op het bureau. 'Wat zoek je?'

Dana keek haar dreigend aan. 'Eén lach, één keer grinniken en je gaat eraan, Caro.'

Caroline trok met grote ogen een stoel bij. 'Ik zou niet durven. Daar is het veel te belangrijk voor.'

'Het is van een mariniersbasis in Californië,' mompelde Dana. Er ging opnieuw een minuut voorbij, die wel een uur leek te duren terwijl er een foto werd geladen. Dana keek opnieuw in die rustige, groene ogen, die haar dit keer ernstig aankeken vanonder de klep van een uniformpet. Haar hart sloeg opnieuw op hol. Haar hart klopte ergens in haar keel. Hij was precies zo mooi als in haar herinnering. Hij was marinier geweest. Hij was gewond geraakt. Maar hij was weer in orde. Dik in orde. Heel erg levend. En dat was precies zoals zij zich op dit moment voelde. *Levend.*

'Is hij dat?' vroeg Caroline.

Of hij het was. 'Ja, dat is hem.'

Caroline kneep even in haar schouder. 'Jouw Ethan Buchanan is zo te zien een oor-logs-held.'

Dana moest glimlachen om Caroline's zuidelijke accent terwijl ze haar ogen over het artikel liet gaan. 'Hij maakte deel uit van de Marine Expeditionary Unit die na 9/11 naar Afghanistan is gestuurd.'

'Hij is gewond geraakt. Is hij helemaal hersteld?'

'O, zeker.'

'Zoek dan eens wat hij nu allemaal doet.'

Dana verfijnde haar zoekopdracht en zocht naar beveiligingsadviseurs en knipperde met haar ogen toen de zoekactie zijn website opleverde. 'Maynard en Buchanan. Hij heeft inderdaad een beveiligingsbedrijf.'

'Dus hij is wie hij zegt dat hij is. Je dacht niet dat dat zo was, hè?'

'Toen ik daar met hem zat te praten geloofde ik het wel. Later begon ik te twijfelen.'

Caroline stak haar hand uit en pakte de muis. 'Laten we het personeel eens bekijken.' Ze klikte en begon instemmend te neuriën toen er een recentere foto van Ethan verscheen, dit keer zonder de uniformpet. 'Hij is blond. Dat had je niet verteld.'

Dana sloeg haar armen over elkaar in een poging om haar woest bonzende hart te beteugelen. Ze herinnerde zich dat goudblonde haar bij zijn openstaande kraag. 'Hij is blond, oké?' *Hij is overal blond.*

'En goedgebouwd. Dat heb je me ook niet verteld.'

Dana weerhield zich ervan om zichzelf koelte toe te wuiven. De foto deed hem geen recht. 'Ja, hij is goedgebouwd.'

Caroline's ogen twinkelden. 'En hier staat een telefoonnummer van zijn kantoor.'

'Het is zondag. Daar zal nu niemand zijn. Bovendien, wat zou ik moeten zeggen als er iemand opnam? Hoi, ik ben Dana en ik wil graag weten of je baas een moordzuchtige gek is?'

'Dat heeft wel wat.' Ze wendde zich met een lichte frons weer naar het scherm. 'Maar je hebt gelijk. Als je voorzichtig gaat doen, dan is hij wel het type om voorzichtig mee te zijn.'

'Waar heb je het over. Hij is verdomme een oor-logs-held. Dat zei je net zelf.'

Caroline tikte op het scherm naast zijn foto. 'Kijk eens voorbij dat knappe smoeltje en die rij medailles, Dana.'

Dana gehoorzaamde met de grootste moeite en zag wat ze bedoelde. 'Verdorie. Hij heeft hersenen ook.'

'Elektrotechnisch ingenieur, elektronicaspecialist, communicatie-expert...'

Dana keek verongelijkt, ze werd verscheurd tussen bewondering en ergernis. 'Hij kan alles over me te weten komen wat hij maar wil.'

'En dat is anders dan wat jij net hebt gedaan?' vroeg Caroline ironisch.

Dana beet op haar lip. 'Klopt, maar hij kan niet de bak in vliegen voor wat hij doet.'

Caroline zuchtte. 'We worden veel te oud voor dit spionnengedoe, Dupinsky.'

'Ik weet het.'

6

Chicago, zondag 1 augustus, 17.15 uur

Ethan keek op toen er een kop koffie voor hem op tafel werd gezet. 'Bedankt.'

Manager Bill Bush van de beveiliging gromde. 'Ik kan niet geloven dat je nog steeds naar dat scherm zit te staren.'

'Ik ook niet,' zei Ethan droog. Zijn ogen brandden, hij had hoofdpijn en zijn maag knorde. De sandwich die hij drie uur eerder uit de automaat had getrokken was allang verteerd.

'Iets gevonden?' vroeg Bush niet onvriendelijk.

'Niets.' Ethan nam een slok koffie en vertrok zijn gezicht. De koffie was heet en sterk, maar kon niet op tegen zijn vermoeidheid. De paar uur slaap die hij had gehad nadat hij Dana die ochtend had achtergelaten waren lang niet voldoende. Vooral omdat hij het grootste deel van die tijd had liggen woelen. Elke keer dat hij zijn ogen sloot, zag hij dat lichaam in het schuurtje. Of Alec, weggedoken. Of Dana. Ze speelde voortdurend in zijn achterhoofd terwijl hij naar Alec zocht door stukje voor stukje de banden te bekijken. 'Ik wilde alleen dat ik zeker wist dat de moeder van het kind die bus heeft genomen. Ze heeft me al eens eerder het nakijken gegeven.'

Bush ging achter zijn bureau zitten, waar alleen de plaquette stond die hij had gekregen toen hij met pensioen ging bij het politiekorps van Chicago. 'De chauffeur heeft morgen pas weer dienst. Ik zal je een seintje geven als hij zich meldt.'

'Ik waardeer het dat je dat voor me hebt nagetrokken.'

Bush knikte met een grimmig gezicht. 'Ik heb kleinkinderen van die leeftijd. Wij waren bang dat de ex van mijn dochter de kinderen zou meenemen. Niet omdat hij ze zo graag wilde, maar om haar pijn te doen.'

Ethans verhaal over het voogdijschap was opnieuw zonder vragen aanvaard. Hij was blijkbaar één privédetective in een lange rij die om dezelfde reden toegang wilde tot de bewakingsbeelden. Hij wilde dat hij open kaart kon spelen met Bush, die een fatsoenlijke vent leek. Maar hij had het Stan beloofd. Geen politie, en ook al was hij met pensioen, Bill Bush bleef een politieman. De ellende was dat het bekijken van de banden een stuk sneller zou gaan met meer ogen dan alleen die van hem. 'Ik geloof dat ik even moet pauzeren en een frisse neus moet halen voor ik nog meer beelden bekijk. Ik ben zo terug.'

Ethan nam afscheid en knipperde met zijn ogen tegen het zonlicht toen hij buitenkwam. Hij keek naar de koffiebar aan de overkant. Dacht opnieuw aan Dana, aan hoe ze precies onder zijn kin paste. Aan de manier waarop ze het goed had gevonden dat hij haar tegen zich aan trok, alsof ze hem haar hele leven al kende. Hij dacht aan de manier waarop ze huiverde, hoe haar stem hees en ademloos klonk toen hij even haar haar aanraakte. Ze werd fysiek net zo tot hem aangetrokken als hij tot haar. Maar er was zo veel meer geweest. De humor en intelligentie in haar blik. De warmte.

Dana Dupinsky had hem, simpel gezegd, geïntrigeerd.

Hij knipperde heftig met zijn ogen toen het zweet erin droop. Hij was in de augustuszon blijven staan staren naar de ramen van een koffiebar die de hele nacht open was. Hij haalde zijn mobieltje tevoorschijn en belde Clay terwijl hij begon te lopen.

'Als je het eerstkomende halfuur niet had gebeld, zou ik jou hebben gebeld,' zei Clay streng.

'Sorry. Ik heb de afgelopen vijf uur naar de bewakingsbeelden van het busstation zitten kijken.'

'Niets?'

'Nog niet. Mijn ogen begonnen een beetje raar te doen, dus heb ik even pauze genomen. Iets te melden van jouw kant?'

'Nou, Stan heeft eindelijke de plaatselijke politie gewaarschuwd en ze zijn gekomen en ze zijn McMillans lichaam komen halen.'

'Wanneer?'

'Vanochtend, vlak nadat jij en ik ons telefoongesprek hadden beëindigd.'

'Was jij er toen ze kwamen?'

'Nee, ik wilde niet dat de politie zou vragen waarom ik daar was, dus ben ik een eindje gaan rijden... nou ja, nadat ik Stan ervan had overtuigd dat hij moest bellen. Ik heb gewacht tot de kust vrij was voor ik terugging naar het strandhuis.'

Clay liet een heleboel ongezegd. 'Wat is er gebeurd?'

'Ik hoorde Stan vanochtend zijn boot starten. Ik beschuldigde hem ervan dat hij van plan was McMillans lichaam naar het midden van de baai te brengen, waar hij hem overboord kon zetten. Stan ontkende.'

Ethan liet zijn schouders hangen. 'Maar hij was het wel van plan, hè?'

'Natuurlijk was hij dat van plan. Stan wilde per se níét de politie waarschuwen. Hij beschuldigde ons ervan dat het ons niet kon schelen wat er met Alec gebeurde. Toen wreef Randi hem zijn affaires weer onder de neus. Het was... onaangenaam.'

'Het spijt me dat je hierbij betrokken bent, Clay. Stan is niet meer degene die hij ooit was.'

'Voor wat het waard is, ik weet niet zeker of hij ooit wel de man is geweest die je dacht dat hij was. Mensen veranderen niet, Ethan, niet zo. Hij staat nu onder druk en dat verklaart misschien waarom hij de moord op McMillan niet wilde melden. Het verklaart zelfs misschien waarom hij het lijk van die arme man in de baai probeerde te dumpen, maar het verklaart niet de vrouwen. Verdomme, als je Randi's gezicht eens had kunnen zien toen ze de lijst zag die ik aan het afwerken was.'

Ethan werd woedend. 'Klootzak. Ze moet zich onmiddellijk laten testen.'

'Ik geloof niet dat dat het eerste is waar ze op dit moment aan denkt,' zei Clay op vriendelijke toon.

Alec. 'Nee, dat denk ik ook niet.' Ethan kwam op een kruispunt waar het zonlicht tussen de hoge gebouwen door scheen en hij vertrok zijn gezicht toen het felle licht in zijn ogen kwam. Hij stond peinzend naar het verkeerslicht te staren en de realiteit van de situatie drong tot hem door. 'Dit is onmogelijk. We zoeken verdomme naar een speld in een hooiberg. Ik had me nooit door Stan moeten laten overhalen. Wat dacht ik eigenlijk?'

'Dat je niet wilde dat het met Alec net zo af zou lopen als met Paul McMillan,' zei Clay effen. 'Luister, als het een troost betekent, we doen precies hetzelfde wat de politie ook zou doen.'

'Behalve in het hele land Alecs foto ophangen.'

'Dat zouden zij misschien ook niet hebben gedaan, Ethan. Niet als ze bang waren voor eventuele gevolgen. Degene die Alec heeft ontvoerd heeft geen aanwijzingen achtergelaten, afgezien van McMillans lichaam, en dat heeft de politie in handen. We moeten afwachten. Ga iets eten en een paar uur slapen.'

'Doe me een plezier. Trek William Bush eens na. Gepensioneerd brigadier van de politie in Chicago. Hij doet nu de beveiliging op het busstation. Ik wil weten wat voor soort politieman hij was. Mijn gevoel zegt dat hij een uitstekende hulp zou zijn, maar mijn gevoel is op dit moment heel moe.'

'Komt voor elkaar. Heb je nog meer namen die ik moet natrekken als ik toch bezig ben?'

'Ja.' *Dana Dupinsky*. Ethan deed zijn mond open om haar naam te noemen en deed hem toen met een klap weer dicht. De gedachte aan Clay die haar verleden natrok was op de een of andere manier te... persoonlijk, te intiem. Nee, als hij besloot dat Dana moest worden nagetrokken, dan zou hij dat zelf doen. 'Laat maar. Bel me zodra je iets weet over Bush.'

Zondag 1 augustus, 20.15 uur

Dana stond in de deuropening van de kamer van hun nieuwste cliënt. Evie zat op Eriks tweepersoonsbed zijn haar te strelen. Jane was nergens te bekennen.

'Hoe gaat het met hem?' zei Dana zacht en Evie's rug verstijfde. Ze hadden geen woord gewisseld sinds ze uren eerder waren teruggekeerd van Lillians begrafenis.

'Hij slaapt nog steeds. Jane zei dat hij het grootste deel van hun reis wakker was geweest, dus dat hij gewoon bezig is slaap in te halen.'

'Geen enkel gezond kind heeft zo veel slaap nodig,' zei Dana met een bezorgd gezicht. Er was iets vreselijk mis met deze kleine jongen. 'En al die herrie die David op het dak heeft gemaakt was genoeg om de doden tot leven te wekken. Ik zal morgen dokter Lee bellen en vragen of hij Erik wil komen onderzoeken.'

Evie ging door met zachtjes over de rug van het kind te wrijven. 'Dank je.'

‘Waar is Jane?’

‘Buiten om te roken.’

Dana zuchtte. ‘Waren Naomi en Ben vandaag op Lillians begrafenis?’

Evie’s donkere hoofd ging heen en weer. ‘Ik heb ze niet gezien, maar ik ben achterin gebleven. Mia was er. Als het je een beetje geruststelt, ze keek me recht in het gezicht en ze herkende me niet.’

‘Jawel, ze herkende je wel. Ze heeft me vanmiddag gebeld. Ze deed net alsof ze je niet herkende voor het geval Goodman de boel in de gaten hield. Ze wilde hem niet op ons spoor brengen. Evie, je bent oud genoeg om na te denken voor je iets doet. Je hebt vandaag het leven van elke vrouw en elk kind in dit huis in gevaar gebracht door niet te doen wat Mia en ik hebben gezegd.’

Er volgde uitsluitend een diepe, diepe stilte.

‘Ik heb Mia gevraagd naar de mogelijkheid om Ben en Naomi te bezoeken,’ zei Dana ten slotte en Evie draaide haar hoofd half om, niet meer dan een lichte aanwijzing dat ze nog steeds deelnam aan het gesprek. ‘Ze zei dat ze haar best zou doen om te regelen dat we ze over een dag of twee mogen opzoeken, ook als ze Goodman nog niet te pakken hebben.’

Nog meer stilte.

‘Ik zal morgen dokter Lee bellen over Erik. Je moet vanavond hier blijven. Ik ben gebeld door de vrouw die ik vanmorgen zou ophalen. Ze komt vanavond met de bus van halftwaalf.’

Evie’s rug werd nog een fractie rechter. ‘Dus jij gaat en staat waar je wil, ook al loopt Goodman daar nog steeds ergens rond, maar ik moet hier blijven, opgesloten in dit... húís,’ fluisterde ze fel. ‘Is dat hoe we het spelletje gaan spelen, Dana?’

Dana klemde haar kaken op elkaar. ‘Je bent vrij om te gaan wanneer je maar wil, Evie. Dat ben je altijd geweest.’

‘Misschien doe ik dat ook wel. Ergens anders kan ik tenminste echt werk doen, tegen een echt loon.’

De wetenschap dat Evie toesloeg vanuit haar eigen pijn maakte de steek niet minder pijnlijk. Dana deed haar best om haar stem kalm te houden en zei zacht: ‘Het staat je vrij om ander werk te zoeken wanneer je maar wil. Laat het me alleen wel op tijd weten, dan kan ik een andere assistent zoeken.’

Evie’s zachte lach liep over van onvrede. ‘Dus ik ben niet meer dan een assistent. Heb je misschien ook *regels* die betrekking hebben op mij?'

Dana zuchtte. 'Je weet dat ik dat niet bedoel. En je weet ook dat je meer bent dan een assistent. Je bent...' *Mijn vriendin. Mijn zus.* Maar terwijl ze naar Evie's stijve rug keek, kon ze die woorden niet uit haar mond krijgen. 'Je bent belangrijk voor me. Ik maak me zorgen om je.'

'Nou, dat hoeft niet,' zei Evie bitter. 'Ik heb een hel doorgemaakt en die overleefd. Verder is alles gewoon een makkie. Zelfs Goodman. Ik zou zeggen, laat hem maar komen. Ik ben niet bang voor hem.'

Dana deinsde achteruit toen ze het gif in Evie's stem hoorde. Ze had geen idee hoe ze dat onschadelijk moest maken. 'Evie...'

'Wat?' Evie kwam abrupt overeind en draaide zich om. Eén kant van haar mond was een vastberaden streep, terwijl de andere kant omlaaghing. 'Doe niet zo bitter? Sorry, daar kan ik niets aan doen. Doe verder geen stomme dingen meer? Dat zal wel lukken, denk ik. Ik zal het je laten weten als ik ervoor kies om te vertrekken. Voorlopig...' Ze maakte haar zin niet af toen haar blik zich op een plek achter Dana richtte en haar uitdrukking plotseling ongemakkelijk werd. 'Hoi, Jane.'

Dana draaide zich om en zag Jane in de deuropening staan. Ze had rode plekken op haar wangen en haar blik schoot van Dana naar Evie naar haar slapende zoon op bed. 'Jane, Evie en ik wilden gewoon even zien of alles in orde was met Erik.'

Jane liet haar adem ontsnappen, haar schouders gingen hangen en ze richtte haar blik op de vloer. 'Ik schrok gewoon toen ik jullie hier zag,' mompelde ze. 'Ik was maar heel even weg.'

Dana waagde het om even in Jane's hand te knijpen, maar liet die meteen weer los toen ze voelde dat de vrouw verstijfde. 'Erik is hier veilig,' zei ze zacht. 'Ik maakte me alleen zorgen toen hij maar niet wakker werd. Hij slaapt al heel erg lang. Moeten we een dokter bellen?'

Jane schudde haar hoofd. Ze had haar blik nog steeds op het tapijt gericht. 'Hij is het grootste deel van de nacht wakker geweest. Hij is gewoon van slag door de reis. Hij... hij is niet zoals andere jongens.'

Dana keek weer naar de slapende jongen. 'Wat bedoel je, Jane?'

'Hij zit soms uren voor zich uit te staren. Dat heeft hij gisteravond ook gedaan.'

‘Heb je hem ooit laten onderzoeken?’ vroeg Evie terwijl ze zachtjes over zijn haar streek.

‘Een paar keer. Ze zeggen altijd hetzelfde. Ze wisten niet wat er aan de hand was. Ze wilden altijd meer tests uitvoeren, maar die konden we ons niet veroorloven. Dus dan nam ik hem maar weer mee naar huis.’ Ze keek op en haar merkwaardige ogen stonden vol tranen. Dana onderdrukte de reactie die inmiddels instinctief leek. Daar zou ze aan moeten werken. Ze kon niet elke keer achteruitdeinzen wanneer ze in de melkachtige ogen van de vrouw keek.

‘Ik kan wel even rondbellen, als je wil.’

Jane schudde haar hoofd. ‘Over een tijdje misschien. Ik wil eerst dat we een beetje gesetteld zijn.’

Evie probeerde haar driehoeksglimlach. ‘We proberen alleen maar te helpen.’

Jane aarzelde. ‘Dank je,’ bracht ze ten slotte uit en ze richtte haar blik weer op het versleten tapijt terwijl ze zich langs Dana drong en de kamer binnenging. ‘Ik ben moe. Ik denk dat ik ga slapen.’

Evie liep achteruit de kamer uit en Jane duwde de deur voor hun neus dicht. Dana gebaarde Evie dat ze naar de andere kant van de gang moest gaan. ‘Wat je ook besluit, ik sta achter je, Evie. Dat weet je. Maar help me zolang je hier nog bent een oogje op Erik te houden. Ik was ook het grootste deel van de nacht op en ik heb hen niet gehoord. Ondanks wat Jane zegt, zit het me niet lekker dat hij nog steeds niet wakker is geworden en die brandplek op zijn wang is tamelijk vers. Ze heeft niet eens om iets ervoor gevraagd.’

‘Ik heb er vanmiddag een beetje ontsmettende zalf op gesmeerd,’ zei Evie zacht. ‘Ik zal morgen wel zien of ze me er weer iets op laat smeren. Ik ben ook moe. Ik kruip er ook maar in.’

Toen de deur van Evie’s kamer langzaam dichtging, bleef Dana alleen in het volle huis. Ze slaakte een zucht en liep de trap af. Er was niet genoeg tijd tussen nu en het moment dat ze weer op het busstation moest zijn om te proberen te slapen, maar ze had nog werk dat haar zou bezighouden. Beverly zou woensdag vertrekken en ze moest Beverly’s papieren nog in orde maken.

Ze sloot zichzelf op in haar kantoor, trok een paar witte handschoenen aan en pakte haar gereedschap uit een bureaula. Pennen, scheermes, lamineerfilm. Ze fronste haar voorhoofd. Caroline’s woorden spookten al de hele dag door haar hoofd. *Heb ik er ooit over na-*

gedacht dat ik niet voor eeuwig in Hanover House hoef te werken? Dana wist dat het er niet toe deed waar ze wel of niet over nadacht. Dit was haar leven. Ze had het recht op een ander leven verspeeld. Uiteindelijk zou het werk overblijven en dat moest voldoende zijn.

Ze schudde het ontastbare ongenoegen resoluut van zich af en begon Beverly's rijbewijs samen te stellen. Ze knipperde met haar ogen toen het gezicht dat haar van de foto aanstaarde niet dat van Beverly was, maar Ethan Buchanans ernstige gezicht onder de klep van zijn uniformpet. Ze vroeg zich of hij het miste. Het miste om marinier te zijn.

Hij was een heel aantrekkelijke man. Dat had Caroline haar echt niet hoeven vertellen. Alleen al de gedachte aan hoe aantrekkelijk hij was bezorgde haar klamme handen in haar witte handschoenen. En het was al een hele tijd geleden. Ze mocht dan geen eigen leven hebben, maar ze had wel behoeftes. Behoeftes waar heel erg niet aan werd voldaan. Hij leek geïnteresseerd. En hij woonde niet hier. Wanneer zijn zaken gedaan waren, zou hij terugkeren naar huis. Terug naar Washington. En dan zou ze hem nooit meer terugzien. Hij zou nooit meer iets van haar nodig hebben. Het zou kunnen werken.

Ze sloot haar ogen en legde haar gehandschoende handen plat op haar bureau. Een korte affaire. Ze dacht werkelijk aan een korte, hevige affaire. Ze slikte toen de realiteit van de situatie tot haar doordrong. Ze overwoog een affaire met een man die ze nauwelijks kende. Een man die haar hart sneller deed kloppen en haar huid deed tintelen en die allerlei beelden bij haar opriep van rotzooien op verwarde lakens. Lange worstelpartijen vol hete, zweterige seks. Ze kneep haar dijen tegen elkaar en haalde heel diep adem. Het was al heel lang geleden dat ze überhaupt aan seks had gedaan, zweterig of anderszins. En ze miste het. Verrekte veel.

Ze was ervan overtuigd dat hij er vreselijk goed in zou zijn. Goed genoeg om haar tank weer voor lange tijd te vullen. Want wie kon zeggen wanneer er weer een man als Ethan Buchanan langs zou komen? Wat voor man hij ook mocht zijn.

Ze overwoog een scharrel met een man die ze nauwelijks kende. *Nou, leer hem dan beter kennen*, drong een stemmetje in haar hoofd aan. Ze schoof de rand van haar handschoen opzij om op haar horloge te kunnen kijken. Minder dan tien uur tot het ontbijt. Wanneer het hem leren kennen een aanvang zou nemen. Dan zou ze beslissen. Voorlopig had ze nog een rijbewijs te vervalsen.

Sue's handpalmen deden pijn toen de nagels van haar gebalde vuisten in haar huid drongen. De pijn vormde een welkome afleiding. Het zou zo'n genoegen zijn geweest als ze tegen die twee bemoeizuchtige trutten had kunnen zeggen wat ze met hun hulp konden doen. Het zou een nog veel groter genoegen zijn geweest om die glimlach van hun gezicht te vegen. Permanent. Maar dat kon niet. Niet vandaag. Vandaag had ze hen nog nodig, hoe akelig ze het ook vond om dat toe te geven. Het maakte niet uit hoe erg zij de pest aan hen had.

Sue haatte maatschappelijk werksters. Ze was tot vandaag vergeten hoe erg. Ze waren bemoeizuchtig, zeiden dat je moest stoppen met roken en kwamen bij je kind kijken alsof je niet slim of goed genoeg was om dat zelf goed te verzorgen. Ze voelden zich boven iedereen verheven en staken hun neus waar die niet gewenst was. Ze keek naar de deur die ze in Dupinsky's gezicht had dichtgeslagen.

Schijnheilige trutten, stuk voor stuk. Haar moeder had kans gezien ze jaren op afstand te houden. Was van het ene armzalige appartement naar het andere verhuisd als ze zich geen weg kon liegen uit de aanbeveling van een 'goedbedoelende' buur of leraar of een of andere bemoeial met te veel tijd. Ze redden zich prima. Tot de dag dat een maatschappelijk werkster met de politie hun appartement was binnengedrongen en hen had weggehaald. Haar moeder was te stoned geweest om te protesteren. Bryce was nog maar een baby toen ze hem krijsend weghaalden.

Zij was twaalf geweest. Dezelfde leeftijd als Alexander Quentin Vaughn. Sue draaide zich bij de deur om en keek minachtend naar de slapende jongen. Een paar lullige dreigementjes en hij kromp in elkaar als een geslagen hond. Zij was op haar twaalfde al hard geweest. Ze was het pleegtehuis met al zijn regeltjes ontvlucht en had haar vader opgezocht, die net zo de pest had aan maatschappelijk werkers als zij.

Samen hadden ze Bryce teruggehaald en ze waren gaan zwerven. Tot haar vader op een avond op het lumineuze idee kwam om een winkel te overvallen terwijl zijn kinderen in de auto zaten. Zo vader, zo zoon, dacht ze en ze vroeg zich af hoe open en mededeelzaam Bryce tegen de politie was geweest. Ze herinnerde zich hoe open haar vader was geweest, letterlijk, nadat de winkeleigenaar hem aan flarden had geschoten met het geweer dat hij achter de toonbank bewaarde.

Bryce en zij waren toen bij Lucy en Earl gaan wonen. Ze waren beter af geweest bij hun moeder. Ze keek onaangedaan naar het kind. Dat gold ook voor hem.

Ze was nu een beetje gekalmeerd en overwoog wat haar te doen stond. Ze was hier op een plek die, zo had Dupinsky haar verzekerd, 'veilig' was. Er zat een grappige kant aan die ironie, ook al moest ze Dupinsky een paar dagen verdragen. Maatschappelijk werksters die haar beschermden. Het was gerechtigheid.

Nu was het tijd voor nog wat gerechtigheid. Ze haalde een papier uit haar rugzak. Elke naam op de lijst bracht herinneringen naar boven. Slechte herinneringen. Vaughns naam stond er uiteraard op, of in ieder geval de naam die ze destijds had gekend. De volgende was Vickers, de slijmbal die tegen haar had getuigd. Ze had tien jaar gekregen wegens drugshandel, net als alle jongens – behalve Vickers, die een deal had gesloten. Hij had tegen Sue getuigd in ruil voor een verminderde straf. Dat ze veroordeeld zou worden voor drugshandel stond vast. Ze had het gedaan. De politie vond de bewijzen. Dat ze was gearresteerd lag niet aan Vickers. Maar zijn verhaal ging niet zomaar om drugshandel. O, nee.

Ze had koeriers gebruikt, zei Vickers in het getuigenbankje. Drugskoeriers. Maar die had ze niet alleen gebruikt, ze had er een vermóórd. Dat konden ze niet bewijzen. Ze hadden geen lichaam gevonden want er was verdomme géén moord geweest. Maar de openbaar aanklager was vastbesloten een veroordeling te krijgen en zag kans nog eens vijf jaar aan haar straf te plakken vanwege 'roekeloos in gevaar brengen'. Vijftien jaar was haar straf, langer dan die van alle anderen, met dank aan die kuttenkop van een Vickers. Ze zou hém eens roekeloos in gevaar brengen, dacht ze woedend. Hij zou boeten, en snel.

Er waren nog een paar anderen die een belangrijke rol hadden gespeeld. Een vroegere buur. De politieman die haar had gearresteerd. Die verdomde aanklager. Ze hadden allemaal samengespannen om haar van die jaren van haar leven te beroven. En ze zouden daar voor de week voorbij was voor boeten.

Dan waren er nog andere namen, die betere herinneringen opriepen. Haar partners bij het vervoeren van de voorraad. Hun product was zo goed geweest. Ze zorgden zelf voor de import. Ze waren zo langs de honden op het vliegveld gewandeld in de wetenschap dat de politie hun bergplaats nooit zouden vinden en in de wetenschap dat ze hadden gewonnen... Wat een kick was dat geweest. Maar toen werden ze verraden. Gepakt.

Wat Sue betrof waren Vickers en de anderen slechts bijzaak. De hoofdzaak, het middelpunt van de wraak, was degene die hen had verraden, degene die het allemaal in gang had gezet. Degene die hun handel had vernietigd. Hun leven. *Laten we eens zien of jij net zo sterk hecht aan onze gemeenschappelijke band als ik.* Donnie Marsden was hun leider geweest en heel lang geleden haar minnaar. Donnie had zeven van de tien jaar waartoe hij was veroordeeld uitgezeten. Hij was nu bookmaker, maar volgens de geruchten zat hij nog steeds met zijn vingers in de snoeppot. Ze draaide zijn nummer en hoorde het geluid van een hoop activiteit op de achtergrond. 'Donnie. Met Sue.'

Er viel een verbijsterde stilte die net even te lang duurde en toen zuchtte Donnie. 'Verdomme, Suze, wat heb je gedaan?'

Ze knarsetandde. *James.* 'Je hebt bezoek gekregen van mijn maat. Hoeveel heeft hij je geboden?'

'Vijftien.'

Ze wist niet goed of ze geërgerd moest zijn of beledigd. 'Shit.'

Donnie grinnikte. 'Niet pruilen, Suze. En maak je geen zorgen, ik verdien genoeg om niet voor vijftien over de brug te komen. Zestien misschien, maar je vriend gaf geen krimp.'

'Goed gedaan, Donnie,' zei Sue droog. 'Ik kan je niet zeggen hoezeer ik dat waardeer.'

'Waarom bel je nu pas, Suze? Ik heb gehoord dat je maanden geleden al op vrije voeten bent gekomen.'

'Hoe zou je het vinden om dat vogeltje dat jou in je kooi heeft gestopt in handen te krijgen?'

Donnie's stem was doodernstig en kil. 'Weet je wie ons erbij heeft gelapt?'

Ze had het altijd geweten. Maar ze had het geheim gekoesterd en gewacht tot ze op haar eigen manier wraak kon nemen. *Nu heb ik de touwtjes in handen.* 'Jazeker. Heb je interesse?'

'In afrekenen met de klootzak die zeven jaar van mijn leven heeft gestolen? Nou en of. Wat is je plan?'

'Dat vertel ik later wel. Zorg dat je agenda dit weekend leeg is.'

'Prima. Oké, ik wacht. Maar Suze, wees voorzichtig. Die vriend van je wil je echt te pakken krijgen. Wat heeft hij met dit alles te maken?'

'Niets. Ik moet hem alleen uit de weg blijven tot het achter de rug is.' Tot het spel gespeeld was. *Tot ik win.*

Zondag 1 augustus, 22.45 uur

Dana trok zich terug in de schaduw en leunde vermoeid tegen de muur van het busstation. De bus was een uur te laat. Dat kon ze nou net gebruiken vanavond. Haar schouders voelden stijf aan doordat ze de hele tijd gebogen had gezeten boven Beverly's rijbewijs, maar erger was de ijzige houding van Evie.

'Waar bleef je nou, schat?'

Dana schrok van de geamuseerde, lijzige toon en knalde bijna met haar hoofd tegen de muur. Caroline stond een meter bij haar vandaan. 'Wat doe jij hier?'

'Ruby heeft je tegen Evie horen zeggen dat je hierheen ging en Ruby heeft het Beverly verteld, die mij heeft gebeld. Gezien de omstandigheden vonden we dat je er niet meer in je eentje opuit kon gaan.'

Dana keek met een onheilspellende blik naar Caroline's omvangrijke middel. 'Dus jij gaat me tegen Goodman beschermen? Waarmee? Een buikstoot of zo? Of ga je hem beetgrijpen en de baby hem laten schoppen?'

Caroline trok haar wenkbrauw een fractie op. 'Ik ben niet alleen gekomen.' Ze keek in de richting van de wachtkamer, waar Dana een bekende wandelstok zag en een lange man die de krant zat te lezen.

'Je bent met Max,' mompelde Dana. 'Je bent gek, weet je dat?'

'En jij niet? Hier 's nachts in je eentje komen? Denk je dat je kogelvrij bent of zo?'

Dana liet met een zucht haar hoofd tegen de muur rusten. 'Nee. Ik ben niet kogelvrij.'

'Je kunt niet Evie de les lezen omdat ze naar Lillians begrafenis is gegaan en dan zelf in je eentje 's nachts gaan lopen ronddwalen. Als je dan niet aan je eigen veiligheid wil denken, denk dan in ieder geval aan de mijne.' Ze sloeg haar armen om haar buik. 'Al die stress is slecht voor me. Ik ben heel broos.'

Dana snoof. 'Ja hoor.' Ze draaide haar hoofd opzij om naar Caroline te kunnen kijken. 'Evie is weer kwaad op me.'

'Ik zou zeggen dat ze dit keer gelijk heeft. Waarom heb je me niet gebeld?'

'Omdat je zo broos bent,' was Dana's weerwoord en er verscheen een kuiltje in Caroline's wang.

'Touché.' Ze werd ernstig. 'Ga naar huis. Ik zal deze opvangen en haar veilig afleveren.'

'Ze zal bang zijn voor Max.'

Caroline schudde koppig haar hoofd. 'Dat zeg je altijd. Ik denk dat we het wel redden.'

'Nee.' Dana liet vermoeid haar ogen dichtvallen. 'Einde discussie.'

'Maar –' Caroline maakte haar zin niet af, maar stond met opengesperde ogen te staren. 'Goeie genade. Daar heb je hem.'

Dana deed haar ogen open en sperde die nog verder open dan Caroline had gedaan. 'Krijg nou wat.' Hij was het. Ethan Buchanan in levenden lijve die het kantoor van de beveiliging uit kwam met de man van wie ze wist dat hij het hoofd van de bewaking was. Ethan schudde Bush de hand en liep hun kant op. Hij was op weg naar de uitgang waarnaast zij zich schuilhielden.

Dana trok haar uit de schaduw. 'Kom mee. Ik wil niet dat hij denkt dat ik me altijd op donkere plekken verstop. Jij en ik zijn hier om een vriendin af te halen die zo warrig is dat ze me vanochtend de verkeerde bus heeft opgegeven. Dat is de reden dat ik hier vanochtend was en nu weer. Gesnapt?'

'Ik snap het. Au. Niet zo hard trekken.' Caroline grinnikte. 'Ik ben broos.'

'Verdomme.' Dana bleef bij een rij stoelen staan. 'Ga zitten dan.' Ze keek op en zag dat Ethan haar al had gezien. Hij stond te staren en opnieuw had ze het gevoel dat zijn blik zo tastbaar was als een aanraking. Hij ging over haar huid en maakte die van top tot teen aan het tintelen.

Hij begon weer te lopen en overbrugde de afstand tussen hen met grote, doelbewuste passen. En haar hart sloeg over. Ze vroeg zich af wat ze moest zeggen en voelde vervolgens haar wangen rood worden bij de gedachte aan haar dagdromen over een affaire van eerder die dag.

En toen was hij daar, op een paar centimeter afstand. Hij keek omlaag naar haar met die rustige, groene ogen. En verdomd als ze niet wilde gaan zwijmelen. 'Hoi.'

Hij glimlachte. 'Jij ook hoi. Ben je me aan het stalken, Dana?'

Dana glimlachte terug, ook al zinderde elke zenuw in haar lichaam. 'Nee, geen sprake van een vooropgezet plan, vrees ik. Mijn vriendin belde terug, zoals ze altijd doet.'

Hij keek over haar schouder naar Caroline. 'Ze ziet er in mijn ogen niet zo warrig uit.'

Caroline grinnikte. 'Hijs me eens overeind, Dana, zodat ik een beetje waardig kennis kan maken met je oor-logs-held.'

De manier waarop zijn ogen groter werden terwijl hij zijn hand uitstak om Caroline te helpen opstaan ontging Dana niet. 'Rustig alstublieft, mevrouw. Ik heb al veel dingen gedaan in mijn leven, maar weeën en een bevalling horen daar niet bij.'

Caroline streek haar positiekleding glad en schudde vervolgens de haar toegestoken hand. 'Ik ben niet de warrige vriendin. Haar bus is een uur te laat. En ik ga ook niet bevallen. Ik ben Caroline Hunter, Dana's niet-warrige vriendin.'

'Misschien,' mopperde Dana. 'Dat staat nog te bezien. Caroline, dit is Ethan Buchanan.'

'Aangenaam kennismaken, meneer Buchanan.'

'Noem me alsjeblieft Ethan.' Hij keek Dana aan en ze kon de schaduwen van vermoeidheid zien die op zijn gezicht lagen. Maar het was meer dan alleen maar vermoeidheid. Er viel ook bezorgdheid en iets wat in de buurt kwam van wanhoop van af te lezen. De glimlach die nog steeds zijn lippen deed krullen bereikte bij lange na zijn ogen niet. 'Dus er is echt een warrige vriendin. Ik moet toegeven dat ik zo mijn twijfels had.'

Ze wilde dolgraag haar hand naar zijn gezicht optillen en de zorgen wegstrijken. Maar dat deed ze niet. Ze hield haar handen gebald langs haar lichaam en de toon van haar stem luchtig. 'Dus je bent echt een beveiligingsconsulent. Ik moet toegeven dat ik mijn twijfels had.'

'Je bent vandaag druk geweest,' merkte Ethan op. 'Je hebt me nagetrokken.'

'Dat is alleen maar verstandig. Ik ben een alleenstaande vrouw. Ik kan niet voorzichtig genoeg zijn.'

Hij leek verrast door die gedachte. 'Ik denk dat je gelijk hebt. Kon ik ermee door?'

'Voorlopig. Je ziet er moe uit, Ethan. Heb je de hele dag gewerkt?'

'Niet de hele dag. Nadat ik je vanmorgen alleen had gelaten heb ik een paar uur geslapen en daarna nog wat telefoontjes gepleegd.' Hij gebaarde met zijn hoofd in de richting van het kantoor van de beveiliging. 'Ik had een afspraak met het hoofd van de beveiliging hier.'

'Om halfelf 's avonds?' vroeg Caroline. Dana was bijna vergeten dat ze er was.

Ethan haalde zijn schouders op. 'Je neemt de gelegenheid te baat wanneer die zich voordoet.'

Caroline nam hem onverholen op. 'Dus je bent gewond geraakt in Kandahar?'

Ethans wenkbrauwen gingen omhoog. 'Daar ergens, ja.'

Caroline nam hem van hoofd tot voeten op en toen weer terug. 'Waaraan ben je gewond geraakt?'

Nu grijnsde hij, een trage, zelfverzekerde grijns die elk greintje gevoel naar een plek tussen Dana's benen stuurde. 'Niks waar ik niet zonder kan.'

Caroline lachte en werd toen weer serieus. 'Wat zijn je bedoelingen, Ethan?'

Dana liet gegeneerd haar adem ontsnappen. 'Caroline,' bracht ze uit. 'Niet doen.'

Caroline wierp haar alleen maar een blik toe. 'Stil.' Ze wendde zich weer tot Ethan, die een beetje onthutst stond te kijken. 'Nou?'

'Ik zal me als een heer gedragen, als dat is wat je bedoelt. Is dat wat je bedoelt?'

Caroline leek tevredengesteld. 'Het komt in de buurt. Zie je die man daar? Die achter die krant?'

Ethan keek achterom en toen weer naar Caroline. 'Die grote?'

'Ja. Hij heeft twee broers die bijna net zo groot zijn als hij. Dana hoort bij onze familie.'

Zijn heel aantrekkelijke lippen krulden en dit keer kroop de glimlach tot in zijn ogen. Dana's knieën begonnen te knikken bij de aanblik. 'Ik ben blij dat Dana familie heeft die om haar geeft. Je zult ze niet op me af hoeven te sturen. Dat kan ik je garanderen.'

Caroline beantwoordde zijn glimlach. 'Mooi. Dana, heb je al gegeten?'

Dana kuchte. 'Nee. Caroline, ik –'

‘Stil. Ethan, heb jij al gegeten?’

Ethan wierp Dana even een glimlach toe. ‘Nee, nog niet. Ik was net van plan ergens een hamburger te gaan halen.’

‘Nou, Dana is dol op hamburgers. Zorg dat ze ook sla eet. Ik zweer je, als ik haar niet dwong om groente te eten, dan zou ze binnen een week scheurbuik hebben. Die vrouw leeft op patat.’

Ethans mond vertrok even. ‘Scheurbuik wordt veroorzaakt door gebrek aan vitamine C.’

Caroline knikte kort, niet van haar stuk gebracht. ‘Zorg dat ze dat ook binnenkrijgt. Dana, geef me je autosleutels. Ik breng onze vriendin naar huis.’ Ze stak haar hand uit en knipte met haar vingers. ‘Nou, kom op, ik heb niet de hele avond de tijd en Ethan heeft nog niet gegeten. Kom op met die sleutels.’

Dana fronste haar voorhoofd. ‘Ethan, wil je ons even excuseren?’ Ze sleurde Caroline mee naar de plek waar Max nog steeds zijn krant zat te lezen. ‘Waar ben je mee bezig?’

‘Jou helpen. Je zei dat je niet wilde dat de cliënt van vanavond bang zou worden voor Max, dus dat is prima. Ik breng haar met jouw auto naar Hanover House en Max kan in onze auto achter me aan komen. Ik zorg dat ze onderdak komt en daarna kan Evie het overnemen.’

‘Hoe kom ik thuis?’

‘Neem de metro. Of pak een taxi.’ Ze dook in haar tas en haalde twee briefjes van twintig tevoorschijn. ‘Voor de taxi. Dana, geen gemaar. Ga lekker uit eten met die man.’

Dana duwde Caroline’s hand weg. ‘Hou je geld maar. Ik heb genoeg voor een hamburger en dan hou ik voldoende over voor een metromuntje. Waarom doe je dit? Hij kan wel een seriemoordenaar zijn.’

Caroline snoof. ‘Hij heeft nog niet eens een parkeerboete op zijn naam staan. De man is zo schoon als wat.’

Dana keek haar achterdochtig aan. ‘En hoe weet je dat zo goed?’

Caroline’s blik maakte een rondgang langs het plafond. ‘Mia heeft hem nagetrokken.’

Dana drukte haar vingers tegen haar inmiddels kloppende slaap. ‘Nagetrokken.’

Caroline grinnikte. ‘Dat was verstandig. Je bent een alleenstaande vrouw. Je kunt niet voorzichtig genoeg zijn. Sleutels, alsjeblieft.’

Max liet zijn krant zakken. ‘Dana, doe het nou maar gewoon. Ik heb geen zin om haar de hele weg naar huis te horen zeuren omdat je het niet hebt gedaan.' De krant ging omhoog voor ze kon protesteren.

Dana propte de sleutels in Caroline's hand. 'Ze heet Shauna Lincoln.'

'Ik zorg voor alles.' Caroline omhelsde Dana. 'Bel me morgen.'

Dana beantwoordde de omhelzing, eerder dankbaar dan boos. Het was een stap waar ze uit eigen beweging de eerstkomende dagen misschien niet toe zou zijn gekomen. Als het al ooit zou zijn gebeurd. 'Flik me dit niet nog een keer.' Ze ritselde even aan de krant van Max. 'Bedankt, Max.'

'Eet geen uien, voor het geval hij je wil kussen.'

Dana sloeg haar ogen ten hemel en liep weg met het geluid van Caroline's gegrinnik in haar oren. Ethan stond toe te kijken terwijl ze dichterbij kwam en zijn ogen gingen langzaam omhoog naar de hare. Op hetzelfde moment werd haar lichaam warm. Hij had naar haar borsten staan staren. Dat idee alleen was voldoende om ze gevoelig te maken en Dana hoefde niet omlaag te kijken om te weten dat haar heel bescheiden poloshirt haar zeer stijve tepels tentoonstelde. Ze sloeg bijna haar armen over elkaar, maar besloot toen dat niet te doen. Hij was duidelijk geïnteresseerd en dat gold ook voor haar. Affaires waren niet iets wat verlegen vrouwen overkwam.

Hij slikte moeizaam toen ze voor hem stil bleef staan. Probeerde te glimlachen. De vermoeidheid en zorgen waren nog steeds aan hem af te lezen, maar er lag nu een scherpte in zijn ogen die er eerder niet was geweest. Misschien konden ze ervoor zorgen dat hun wederzijdse zorgen even naar de achtergrond werden verbannen. En hoeveel kwaad kon dat nu helemaal?

Hij wierp een blik in de richting waar Dana wist dat Caroline stond toe te kijken. 'Probeerde ze je te betalen om met mij uit eten te gaan?'

Dana schudde haar hoofd. 'Gekkengeld,' zei ze met een stem die hees was geworden.

'Je hebt het niet aangenomen.'

'Ik neem nooit geld van haar aan. Bovendien heb ik genoeg om met de metro naar huis te gaan.'

'Ik breng je wel naar huis.'

Zijn stem daalde tot een streling en ze huiverde. 'Dat zien we nog wel. Wat dacht je in de tussentijd van een echte Chicago-ervaring?'

Zijn mondhoeken gingen omhoog. 'Hebben ze daar groente? Ik zou niet willen dat je scheurbuik opliep.'

'Friet is groente. Kom mee. Laten we naar Wrigleyville gaan. We nemen de metro.'

'Ik heb mijn auto hier.'

Ze schudde haar hoofd. 'We nemen de metro.' Ze wachtte af of hij geërgerd zou zijn.

Maar hij keek haar aan met die rustige, groene ogen en zette daarmee haar verwarming een paar tandjes hoger. 'Alleenstaande vrouw. Voorzichtig. Ik snap het. De metro dus.'

7

Chicago, zondag 1 augustus, 22.45 uur

Sue deed zachtjes de deur van het kantoor achter zich dicht. Dupinsky was weg om een nieuwe cliënt op te halen en Scarface had zichzelf opgesloten in haar kamer, waar ze zat te mokken. Dupinsky had een goed slot op deze deur. De meeste sloten kreeg ze in tien seconden open. Deze had elf seconden in beslag genomen.

Sue kon een nieuwe identiteit krijgen als ze erom vroeg. Dupinsky dacht blijkbaar dat het een goed bewaard geheim was, maar volgens haar ex-celgenoot Tammy was iedereen ervan op de hoogte. Uit loyaliteit tegenover Dupinsky zei niemand iets. Niemand wist waar Dupinsky de valse identiteitsbewijzen vandaan had, maar afgaande op het lamineerplastic en de scheermesjes op het bureau, had Sue wel een aardig idee.

Ze kreeg het slot van het bureau gemakkelijk open. Erin lag een voltooid rijbewijs. Sue trok haar wenkbrauwen op. Dupinsky kon hier grof geld mee verdienen als ze dit als beroep zou doen. De vrouw had talent. Sue herkende de foto op het rijbewijs. Het was Beverly van twee deuren verderop in de gang. Er lag ook een paspoort met een heleboel stempels. Opnieuw voorzien van Beverly's foto. Dus Dupinsky kon ook paspoorten maken. Dat was goed om te weten. Sue zou er een nodig hebben als dit allemaal achter de rug was en het losgeld van de Vaughns veilig op een buitenlandse bankrekening stond. Ze zou niet in de ouwe trouwe VS willen blijven, waar ze altijd over haar schouder zou moeten kijken. Ze zou naar de andere kant van de oceaan gaan. Parijs klonk goed. Ze was van plan geweest een paspoort te kopen, maar als de paspoorten van Dupinsky net zo goed waren als haar rijbewijzen, nou...

Ze bestudeerde Beverly's rijbewijs. De structuur van haar gezicht leek op die van Sue. Met een beetje make-up, contactlenzen en geverfd haar... Het zou kunnen werken. Volgens Ruby zou Beverly deze week naar Californië vertrekken. De timing was perfect, net als de omstandigheden. Zodra Beverly Hanover House had verlaten zou niemand verwachten de daaropvolgende dagen iets van haar te horen. Misschien wel nooit. Niemand zou een vermissing aangeven of de mortuaria langsgaan.

Zondag 1 augustus, 23.45 uur

Het was een sportbar. In alle hoeken hing een tv, met elk een ander programma. Dat was een welkome afleiding van de wazige video waar Ethan negen van de afgelopen tien uur naar had zitten staren. Hij was wanhopig aan een pauze toe om zijn ogen rust te gunnen. Hij had net toestemming van Bush gekregen om later terug te komen en was op weg geweest naar de uitgang toen hij haar zag. Hij dacht heel even dat hij het zich maar verbeeldde, zo moe was hij.

Toen keek ze hem aan en het was precies zoals het die ochtend was geweest. Elektriciteit in de lucht waardoor al zijn haren overeind gingen staan en de plotselinge stoot adrenaline die hem voortstuwde door de hal. En net als die ochtend had zij het ook gevoeld. Hij had het kantoor van Bush verlaten op zoek naar afleiding, een manier om zijn hoofd weer helder te krijgen zodat hij fris en scherp zou zijn als hij terugkeerde om weer naar Alec te zoeken. Hij had beslist gevonden waar hij naar op zoek was geweest.

Misschien wel in meer dan één opzicht.

Overal stonden fans van de Chicago Cubs, arme, misleide zielen. Er leken er wel een paar honderd samengepakt in de bar, maar hij klaagde niet. De beperkte ruimte zorgde ervoor dat Dana's rug strak tegen zijn borst werd gedrukt en haar welgevormde achterste tegen zijn kruis. Maar zelfs zo dichtbij moest hij nog schreeuwen om zich verstaanbaar te maken. 'Ik neem aan dat je een fan van de Cubs bent, of niet soms?'

Dana keek om en de grijns die ze hem toewierp was eerder waarschuwend dan geamuseerd. 'Zeker, en als jij dat niet bent, dan zou ik dat hier niet hardop zeggen als ik jou was. De menigte is opgefokt.' Ze draaide zich weer om en wees naar het scorebord boven de bar. 'We hebben vanavond gewonnen.'

Ethan bracht zijn mond vlak bij haar oor. 'Geniet er maar van. Het kan wel even duren voor dat weer gebeurt.'

Ze draaide met een ruk haar hoofd om. Haar samengeperste lippen waren maar een paar millimeter van de zijne. Na een verbijsterde fractie van een seconde werden haar ogen groot en haar blik vulde zich met heet bewustzijn. Haar lippen ontspanden, gingen zacht en vochtig een fractie uit elkaar. Dat was een van de meest uitdagende en uitnodigende beelden die hij ooit had gezien. En zijn lichaam, toch al half opgewonden door de aanblik van hoe ze op dat verrekte busstation op hem af was komen lopen met haar tepels die tegen de zachte stof van haar shirt drukten, gaf nu vol gas. Er was maar een minieme beweging voor nodig en hij zou weten hoe het aanvoelde om haar te kussen. En ze wilde dat hij dat deed. Daar was hij van overtuigd.

Maar ze kneep haar ogen samen en haar lippen, die om te zoenen waren, plooiden zich tot een zelfgenoegzaam lachje. Haar woorden drongen nauwelijks door de herrie in de bar en de mist van zijn eigen lust. 'Ik denk dat we dit voor je eigen bestwil maar beter mee naar buiten kunnen nemen.' Ze ging naar de bar en liet hem voorovergebogen achter, zo hard als een steen. Hij kwam met een niet geringe inspanning overeind en liep achter haar aan. Zonder iets te zeggen betaalde hij de barkeeper voor het bier dat over de bar kwam aangegleden. Dana pakte beide pullen en gebaarde met haar hoofd in de richting van een deur achterin. 'Naar buiten.'

Hij liep opnieuw achter haar aan en zag meer dan één man haar belangstellend opnemen. Hij moest de neiging onderdrukken om ze allemaal de ogen uit te steken, alleen omdat ze keken. Maar hij kon het hun niet kwalijk nemen. Met rondingen op de juiste plekken was ze pure sensualiteit in haar mouwloze shirt en effen katoenen rok.

Hij wilde haar. Zo simpel was het. En tegelijk zo gecompliceerd. Hij had zichzelf beloofd dat hij tijd zou vrijmaken om te eten. Maar hij had geen tijd voor iets anders. Ongeacht hoe graag hij het wilde en hoelang het ook geleden was. Hij zou eten, en haar daarna naar huis brengen. En dan was het weer tijd voor de videobanden. Tot het tijd was om weer te gaan eten.

Daar zat iets symbolisch in, op veel te veel niveaus.

Ze veroverde een tafel aan de rand van de binnenplaats, die op een warme zomermiddag in de schaduw van Wrigley Field zou liggen.

Hij nam zijn bier uit haar hand en hief die in een toost. 'Op wat een serie overwinningen kan worden,' zei hij en ze moest glimlachen.

'Hou je van honkbal, Buchanan, of vind je het gewoon leuk om de underdog te pesten?'

'Weet je dat niet? Ik dacht dat je me had nagetrokken. Dat wil zeggen mij en mijn... gekwetste delen.'

Haar wangen werden rood. 'Op je website staat niets over je voorkeuren op het gebied van honkbal.'

Hij nam bedachtzaam een slok van zijn bier terwijl hij haar aankeek. 'Fan van de Orioles.'

Ze vertrok haar gezicht. 'Ah, ja. Je woont in D.C. Baltimore moet het dichtstbijzijnde team zijn.'

'Ik woon nu in D.C. maar ik ben altijd Orioles-fan geweest. Kom jij altijd op voor de underdog?'

Er veranderde iets in haar blik. 'Ja,' zei ze zacht. 'Ik geloof van wel.' Toen plooide ze haar volle lippen weer tot een glimlach. 'Nou, als D.C. gewoon de plek is waar je woont, wat is dan je thuis?'

'Maryland. 'n Klein stadje aan de oostkust dat Wight's Landing heet.' En in zijn hoofd verscheen onmiddellijk het beeld van het lichaam in de schuur. Gevolgd door het beeld van Alec, vastgebonden en gekneveld aan de rand van de weg. Ethan liet zijn blik rusteloos over de lichten van de wolkenkrabbers gaan die in de verte omhoogstaken en vroeg zich af of hij zelfs wel in de goede stad was. Was Alec hier wel, of was hij duizend kilometer verderop? Als Alec gewond was... of vermoord... *Dan vergeef ik mezelf dat nooit.*

Hij schrok toen Dana haar hand op die van hem legde. Hij had zich niet gerealiseerd dat hij die in een vuist had gebald. Hij keek in warme bruine ogen die hem onderzoekend aankeken. Merkte opnieuw dat de maalstroom in zijn ziel tot rust kwam. 'Wat is er aan de hand, Ethan?' vroeg ze zacht.

En hij overwoog werkelijk het haar te vertellen. 'Niets waar een van ons op dit moment iets aan kan doen.'

Ze hield haar hoofd scheef zonder het oogcontact te verbreken. 'Ik kan heel goed luisteren. Als je wil praten.'

Er was iets aan de manier waarop ze dat zei. Het was geoefend. Niet vals of namaak, maar alsof ze redenen had gehad om het vaak, heel vaak eerder te zeggen. En plotseling wilde hij praten. Haar laten luisteren. Misschien alleen maar om die warme blik op zich gericht te houden en om haar zachte stem te horen. Gewoon om die kalmte in de storm te voelen. Dus haalde hij zijn schouders op. En begon te praten. 'Altijd als ik aan thuis denk, dan denk ik aan twee vrienden van me. Broers.'

Haar wenkbrauwen gingen omhoog. 'Jouw broers?'

'Nee. Zij waren broers. Ik ben bij mijn grootmoeder in Wight's Landing opgegroeid en zij kwamen elke zomer uit Baltimore. Richard en Stan.'

'En waar zijn ze nu, Richard en Stan?'

Ethan klemde zijn kaken op elkaar. 'Richard is dood. Vijandelijk vuur buiten Kandahar.'

'Waar jij gewond bent geraakt,' zei ze zacht. 'In de nieuwsbrief die ik heb gevonden stond dat je voertuig op een landmijn is gereden en dat jullie terechtkwamen in vijandelijk vuur. Ik neem aan dat Richard het niet heeft gered.'

'Hij is gestorven terwijl hij mij beschermde.' Ethan wendde zijn blik af. 'We werden uit het voertuig geslingerd en ik was buiten westen, maar Richard niet. Hij had terug kunnen kruipen en de Humvee als dekking kunnen gebruiken tot de hospikken kwamen om ons op te pikken.'

'Maar dat deed hij niet. Hij bleef bij je.' Ze tikte op zijn vuist tot hij haar aankeek. 'Precies zoals jij zou hebben gedaan als de situatie omgekeerd was geweest. Maar dat weet je wel, hè?'

'Ja,' zei Ethan bitter. 'Dat weet ik.'

'Maar 's nachts komt het nog steeds terug. Het kan moeilijk zijn om degene te zijn die overleeft. Schuldgevoel en al die extra verantwoordelijkheid... Je bent gespaard. Hij niet. Dat doet een heleboel mensen zich afvragen waarom, zorgt ervoor dat ze op zoek gaan naar een doel waar ze eerder niet over nadachten.'

Ethan knipperde met zijn ogen. 'Je klinkt als de psychiater in het ziekenhuis.' Beter, eerlijk gezegd. De psychiater was opgehouden bij schuldgevoel. De verantwoordelijkheid was iets waar hij in zijn eentje mee geworsteld had.

Ze haalde een schouder op. 'Zat Stan samen met jou en Richard bij de mariniers?'

Ethans glimlach was grimmig. 'Nee. Stan had nooit zo veel op met discipline.'

'Zie je hem nog wel?'

Alleen als hij iets nodig heeft. 'We kunnen niet meer zo goed met elkaar overweg sinds Richard is gestorven.'

'Hij gaf jou de schuld.' Het werd zachtjes binnensmonds gezegd.

'Dat kun je wel zeggen.' Ethan nam een flinke slok van zijn bier. 'Dat heeft hij trouwens ook gedaan.'

Ze wreef met haar handpalm over zijn vuist tot hij die ontspande. 'Dat was... niet aardig.'

Ethan lachte schril terwijl hij dacht aan het vreemdgaan van Stan, het verbieden van Alecs bezoekjes en zijn poging om het lichaam van die arme Paul McMillan in zee te dumpen. 'Nou, dat is Stan ten voeten uit. Niet aardig.'

Haar vingertoppen streelden de rug van zijn hand. 'Was Richard ook supporter van de Orioles?'

Ethan keek op en zag dat ze nog steeds glimlachte. 'Ja, dat was hij zeker. We misten nooit een wedstrijd op tv. En als we in de gelegenheid waren, dan kochten we kaartjes voor de bovenste ring.' Ze zei niets en in de stilte staarde hij naar de buitenmuren van Wrigley. Hij zag zichzelf en Richard als jonge jongens die naar de goedkope plaatsen in het oude Memorial Stadium in Baltimore klommen en zo geld uitspaarden om hotdogs te kunnen kopen. Hij glimlachte toen er een bijna vergeten herinnering opborrelde. 'In 1985 ving Richard een afzwaaier. Ik was zo jaloers, maar ik stond toch samen met hem bij de ingang voor de spelers te wachten tot Eddie Murray naar buiten zou komen om hem te signeren.'

Haar mondhoeken gingen omhoog. 'Steady Eddie. '85 was zijn beste jaar. Hij maakte, wat... honderdvijfentwintig binnengeslagen punten?'

Hij trok zijn wenkbrauwen op. 'Honderdvierentwintig. De meeste vrouwen die ik ken volgen het honkbal niet.'

'Ik kende de statistieken beter dan alle jongens in mijn klas. Nou, heeft hij het gedaan? De bal gesigneerd, bedoel ik.'

'Hij en nog vier andere spelers.'

Ze glimlachte opnieuw. 'Jullie moeten in de wolken zijn geweest.'

'Dat waren we, maar tegen de tijd dat we terug waren in Wight's Landing voelde Richard zich schuldig. We waren halverwege de wedstrijd van plaats verwisseld omdat hij met een meisje wilde praten. Als we dat niet hadden gedaan, had ik de bal misschien gevangen.'

'En jij was niet geïnteresseerd in dat meisje?' vroeg ze.

'Neuh. Toen niet. Cal Ripken stond in het veld.'

'Ik begrijp het heel goed,' zei ze. 'Meisjes verbleekten vergeleken bij hem.'

'Nou ja, toen misschien. Richard was altijd een beetje sneller met die dingen dan ik. De eerste die een meisje kreeg, de eerste die –' Hij onderbrak zichzelf, maar haar zachte lach maakte hem duidelijk dat ze er al achter was. 'De eerste die tróúwde, wilde ik gaan zeggen.' Hij schudde glimlachend zijn hoofd. 'Hoe dan ook, tegen de tijd dat we thuis waren maakten we ruzie over wie de bal mocht houden. We deden kruis of munt.'

'En jij won?'

Ethan moest zijn keel schrapen voor hij verder kon. 'Nee.' Hij slikte moeizaam, ontsteld dat de herinnering hem zo aangreep. 'Hij won. De rest van de zomer heeft hij zich elke dag weer verontschuldigd, tot het punt dat ik hem een dreun wilde verkopen.'

Haar vingers knepen in zijn hand. 'En het meisje? Wat is er met haar gebeurd?'

'Ze kregen die herfst vaste verkering en trouwden acht jaar later, meteen toen we waren afgestudeerd aan de Naval Academy.' Zijn keel werd opnieuw dichtgesnoerd. 'Ik was zijn getuige.'

'En de bal? Wat is er met de bal gebeurd?'

'Die staat in een glazen kastje op een boekenplank in mijn slaapkamer. Hij had hem aan mij nagelaten.'

'Misgunde je hem die bal, Ethan?'

Er was iets in haar stem, een autoriteit die hij niet kon negeren. 'Nee.'

'Maar jullie hadden van plaats gewisseld. Hij had jouw plek.'

Er gebeurde iets vanbinnen. 'Richard was op het juiste moment op de juiste plek.'

'Dus omgekeerd, jij zat op het verkeerde moment op de verkeerde plek. Net als op die dag.'

Die dag. Zo noemde hij het in gedachten ook altijd. 'Toen ik op het verkeerde moment op de verkeerde plek was.' De woorden waren eruit voor hij wist dat ze zouden komen.

'Echt?' Haar wenkbrauwen gingen omhoog. 'Wilde je dood?'

'Nee.' Hij was nu kwaad en duwde zijn bier naar het midden van de tafel. 'Ik wilde niet dood.'

'Denk je dat Richard jou je leven zou misgunnen?'

'Er is een groot verschil tussen een verrekte bal en een leven.'

'Ja, dat klopt. Maar zou hij dat doen?'

'Nee.' Hij liet zijn adem huiverend ontsnappen. 'Daar was hij de man niet naar.'

'Ethan... Sommige mensen vinden in hun hele leven niet zo'n vriend. Jij wel.'

Zijn hart verwarmde toen hij dacht aan de vriend die Richard was geweest. 'Is Caroline zo'n vriendin voor jou?'

Ze glimlachte. 'Dat is ze. Maar Caroline zou geen genoegen hebben genomen met een muntje één keer opgooien. Het zou de beste uit twee moeten zijn en dan drie uit vijf. Ze is maar een heel klein beetje koppig.'

'Dat vermoedde ik al. Ik moet zeggen dat ik niet meer bedreigd ben door de familie van een vriendinnetje sinds mijn tijd op de academie. Ik kwam tot de conclusie dat het meisje het risico niet waard was.'

'En vanavond?'

Hij draaide zijn hand om en vlocht zijn vingers door de hare. Hij besefte dat een heel leger broers hem niet bij haar weg kon houden. 'Ik ben hier, toch?'

Ze liet haar blik naar hun verstrengelde handen gaan en keek alsof het beeld haar volkomen vreemd was. Toen keek ze op en knikte. Langzaam. 'Ja. Ja, dat is zo.'

De blik in de bruine ogen die hem zo bemoedigend hadden aangekeken werd plotseling kwetsbaar en onzeker. Verdrietig. En hij wist niet goed wat hij moest zeggen om haar hetzelfde gevoel van rust te geven als zij hem had weten te bezorgen.

Maar ze knipperde één keer met haar ogen en de blik was verdwenen. Ze keek opgewekt glimlachend over zijn schouder naar hun serveerster, die een grote schaal kippenvleugeltjes en twee enorme hamburgers op tafel zette. Dana pakte een slappe stengel selderij van de schaal vleugeltjes.

'Groente,' zei ze. 'Ik kan nu met mijn hand op mijn hart tegen Caroline zeggen dat ik groente heb gegeten.' Ze viel enthousiast aan op de pikante vleugeltjes en zuchtte toen ze de eerste hap doorslikte. 'Ik had meer honger dan ik dacht.'

Terwijl Ethan zijn bord volschepte dacht hij aan de trieste blik die hij had gezien. Hij vroeg zich af wat die had opgeroepen. En waar ze het had weggestopt. Ze beweerde dat ze een goede luisteraar was en dat was beslist het geval. Hij vroeg zich af of ze net zo goed was in praten.

Maandag 2 augustus, 01.00 uur

Sue glipte de kamer van Scarface binnen en bleef even naar het slapende meisje staan kijken. Het zou zo gemakkelijk zijn om van die parasiet van een maatschappelijk werkster in opleiding af te komen. Maar hoewel dat heel bevredigend zou zijn, zou een dergelijke actie buitensporig veel aandacht trekken en dat kon ze zich niet veroorloven.

Sue liet de dikke make-up van Scarface in haar zak glijden. Die had ze nodig om een paar opvallende kenmerken te maskeren voor ze de volgende ochtend op pad ging om de laatste e-mail naar de Vaughns te sturen. Ze wendde zich af van het meisje in bed. Haar dag zou binnenkort komen, net als die van Dupinsky en die lieve Caroline. Maar eerst moest ze contact krijgen met de Vaughns.

En daarna had ze een afspraak. Haar bloed begon al te bruisen. Het zou de eerste naam zijn op haar lijstje die ze kon afvinken. Leroy Vickers.

Maandag 2 augustus, 01.45 uur

Het was een van die banale dingen, maar zo waar, concludeerde Dana somber terwijl ze naar Ethan Buchanan zat te kijken die in de trein naast haar zat te slapen. Ze was niet zo'n soort meisje. Ze had hem beter leren kennen en nu kon er geen sprake meer zijn van een affaire. Geen snelle, hete vrijpartij.

Geen bevrijding van die lichte jeuk die een groot verlangen werd naarmate de nacht vorderde. Verdomme, wie hield ze eigenlijk voor de gek? Er was nooit sprake geweest van lichte jeuk. Het was in het busstation al begonnen als bliksemflitsen en het was sindsdien alleen maar erger geworden. En dat ene moment dat ze in die sportbar tegen hem aan gedrukt had gestaan... *Mijn god.* Alleen de gedachte aan zijn keiharde opwinding terwijl hij tegen haar achterste geperst stond was genoeg om haar nu, uren later, te doen huiveren. Ze had hem toen moeten zoenen, op dat moment, meteen na zijn halfslachtige pesterijtje over de Cubs. Ze zouden zijn ontvlamd, een kamer hebben gezocht om te neuken als konijnen. Dan had ze hem uit haar systeem kunnen krijgen en haar tank laten volgooien. Maar dat had ze niet gedaan.

O nee, ze had zich teruggetrokken. Ze was gaan zitten en had met de man gepraat. En was erachter gekomen dat hij goed en vriendelijk en... eerbaar was. Niet het soort man dat een vrouw voor zijn eigen seksuele genoegens gebruikte en haar vervolgens aan de kant zette. *In ieder geval niet deze vrouw.* Shit. Hij had zich blootgegeven en haar verteld over zijn beste vriend. Hij had haar vertrouwd. Haar hart kromp opnieuw ineen bij de gedachte aan de ellende die ze in zijn ogen had gezien. Twee jaar en hij voelde zich nog steeds schuldig over Richards dood. Maar er zat geen verjaringstermijn op een dergelijk schuldgevoel. Dat wist Dana maar al te goed.

Maar over zijn vriend praten had geholpen, zoals ze had geweten, en gedurende de rest van de maaltijd was hij gewoon praatgraag geweest. Hij hield van honkbal en films, net als zij. Hij hield van *Die Hard* en *Terminator* en kende het slaggemiddelde van alle spelers in de honkballeague. Ze bekeek zijn gezicht, dat er ontspannen uitzag terwijl hij lag te slapen. Dat wilde zeggen, van elke speler tot twee jaar geleden. Uit de recente periode wist hij niets. Aanvankelijk vroeg ze zich af of hij geheugenverlies had door zijn verwondingen.

Maar de reden was een stuk banaler. Nadat hij uit het ziekenhuis was ontslagen, was Ethan begonnen met zijn adviesbureau en had zich gewoon uit de naad gewerkt. Bezig blijven hield het schuldgevoel op afstand. Shit, ze was getuige van zijn obsessie voor zijn werk terwijl hij hier in die versleten treinstoel zachtjes zat te snurken. Hij had gisteravond gewerkt en het grootste deel van de zondag voor hij met haar uit eten was gegaan. Hij had erop gestaan haar naar huis te brengen in plaats van rechtstreeks terug te gaan naar het busstation om zijn auto te halen. Maar hij had het in de metro nog geen vijf minuten volgehouden. Zijn ogen waren onmiddellijk dichtgevallen door het zachte wiegen van de trein. Hij was uitgeput.

Hij was ook adembenemend. En hoewel haar vingers jeukten om hem aan te raken, was hij verboden terrein.

Gelukkig naderden ze haar station. 'Ethan.' Ze schudde hem aan zijn schouder. 'Wakker worden.'

Ethan ontwaakte met een schok en schoot overeind in zijn stoel. Zijn hart ging als een wilde tekeer.

'Je bent in slaap gevallen,' zei ze. 'Nog geen vijf minuten nadat we uit Wrigleyville waren vertrokken.'

Hij had geslapen. Gedroomd. Over Richard en McMillan en Alec, maar al die tijd was Dana er geweest. Ze had zich naar hem toe getrokken, had hem in zich genomen, had hem rust laten vinden in de zachtheid van haar lichaam. Hij had zich in haar bewogen, erin en eruit, een langzaam, gemakkelijk ritme...

Hij herkende het ritme nu als het geschommel van de trein. Hij was wakker en ze keek hem aan met die warme bruine ogen. Hij onderdrukte een kreun. Hij had een geweldige erectie.

'Ik ben er bijna,' zei ze.

Ethan knipperde met zijn ogen. Haar woorden leken een surrealistische voortzetting van zijn droom. 'Pardon?'

Ze gebaarde naar het raam terwijl de trein het station binnenreed. 'Mijn halte. Ik moet er hier uit.'

'Oké.' Hij maakte aanstalten om op te staan, maar ze duwde hem zachtjes weer op zijn stoel.

'Je hoeft niet uit te stappen. Het is van het station maar een klein stukje naar mijn huis.'

Hij stond op en vertrok bijna zijn gezicht van de scherpe pijn in zijn kruis. 'Ik breng je naar huis, Dana,' zei hij door opeengeklemde kaken en ze keek hem aan.

'Prima. Je hoeft niet boos te worden.' Hij liep achter haar aan de trein uit. Hij strompelde bijna van de pijn.

'Ik ben niet boos.' De trein reed verder en hij kreeg voor het eerst een indruk van Dana's buurt. 'Je maakt een geintje,' zei hij ruw, want hij had nog steeds pijn.

Ze was al begonnen te lopen en hij haastte zich om haar in te halen. Zijn seksuele ongemak verdween snel door zijn toenemende ongerustheid. De meeste ramen waren dichtgetimmerd en hij hoefde geen politieman te zijn om de symbolen van bendes te herkennen in de graffiti die de muren bedekte.

Hij pakte haar bij haar arm en hield haar tegen. 'Je woont hier echt, hè?'

Haar wangen werden rood en haar ogen schitterden. 'Ja, dat klopt.'

'Waarom?'

Ze maakte zich los. 'Het spijt me dat het geen penthouse is, maar dit is wat ik me kan veroorloven.'

Hij had haar in verlegenheid gebracht, terwijl dat het laatste was wat hij wilde. 'Dana, sorry. Ik wil niet een fijne avond verpesten. Kijk me aan, alsjeblieft.' Hij kneep even in haar armen toen ze haar ogen neergeslagen hield. 'Ik neem alle akelige dingen terug die ik over de Cubs heb gezegd.'

Een mondhoek ging omhoog. 'Echt alles?'

Hij deed alsof hij aarzelde. 'O, oké. Alles.' Hij tilde haar kin op en haar wimpers gingen omlaag, zodat haar ogen nog steeds verborgen bleven. 'Het spijt me. Het was niet mijn bedoeling om zo lomp te doen.'

'Het geeft niet,' mompelde ze. 'Ik investeer het meeste van mijn geld weer in de zaak. Er blijft niet veel over voor tierelantijnen.'

Hij zou de eerste beginselen van bescherming geen tierelantijnen willen noemen. 'Je fotografiebedrijf?'

'Dat is de enige zaak die ik heb,' zei ze langzaam. Bijna behoedzaam, vond hij.

'Je zaak is belangrijk voor je.'

Ze trok een wenkbrauw op. 'En dat zegt de man die het grootste deel van de afgelopen vierentwintig uur aan het werk is geweest.'

Als ze eens wist. 'Touché.' Hij stak zijn hand uit. 'Mag ik je nu naar huis brengen?'

Na een korte aarzeling legde ze haar hand in de zijne en begon de straat in te lopen. Ethan was vastbesloten geen woord meer te zeggen, maar voelde zijn voornemen wegebben toen ze voor een aftands uitziend gebouw bleef staan. Twee dronken figuren sliepen vlak bij de deur hun roes uit, terwijl een derde wegschoot in de schaduwen. *Verdomme*, dacht hij. Ze komt elke avond híérheen.

'Dank je, Ethan,' zei ze alleen maar. 'Ik heb een heerlijke avond gehad.'

Hij keek omhoog naar het gebouw en toen weer naar haar. 'Laat me met je meelopen naar boven.'

'Dat is niet nodig.'

'Voor mij wel.' Hij probeerde haar een glimlach te ontlokken. 'Mijn oma heeft me netjes opgevoed.'

Met een zucht ging ze hem voor de trap op. Het toenemende aantal zwervers en junkies dat rondhing in de gangen hield gelijke tred met zijn stemming. Dat ze haar eigen zaak had was één ding. Maar dat ze zichzelf elke keer dat ze van haar werk thuiskwam in gevaar bracht was een heel ander verhaal.

Ze draaide met een automatisch gebaar de sloten van haar voordeur open. Ze leek niet eens te zien dat nog geen anderhalve meter verderop een stinkende dronkenlap opgerold lag te slapen. 'Dank je, Ethan.' Haar lippen vertrokken tot een volledig valse glimlach. 'Je oma zou trots op je zijn. Welterusten.'

De warme, meelevende vrouw die nog geen twee uur eerder zulke emoties had opgewekt was volledig verdwenen. En hij wilde weten waarom. 'Mag ik alsjeblieft binnenkomen?'

Dana's ogen schoten naar de gang. Ze zag het uitschot en hoorde de onvermurwbare toon in zijn stem die zei dat hij zich niet zou laten tegenhouden. Door de inspanning van het verborgen houden van haar seksuele frustratie in combinatie met de vrees voor zijn reactie vertrok haar gezicht in een uitdrukking van vermoeide overgave.

'Kom binnen, alsjeblieft.' Ze zag hoe hij de woonkamer in zich opnam. Wist wat hij dacht. Hoe kon ze zo leven? Slechts een paar vertrouwelingen kenden de reden. Het was niet iets wat ze van plan was een man te vertellen die ze waarschijnlijk nooit meer zou zien.

Dit was wat ze gehoopt had te kunnen vermijden. Ethans reactie op deze plek. Maar ze had hem uiteraard niet mee kunnen nemen naar Hanover House en hij had erop gestaan haar naar huis te brengen. Hij stond nu voor haar oude televisietoestel. 'Ik heb sinds ik een kind was geen binnenhuisantenne meer gezien,' zei hij. Hij ging met zijn vingers voorzichtig over een van de sprieten.

Ze vroeg zich af hoe het zou zijn om zijn vingers op die manier over haar te voelen gaan en haar mond werd droog. 'Ik kijk niet vaak genoeg televisie om het de moeite waard te maken om kabel te nemen.'

Hij wierp haar vanuit zijn ooghoek een snelle blik toe. 'Je stopt al je geld in je zaak.'

Ze leunde met haar achterhoofd tegen de deur. 'Dat klopt.'

'Dat welterusten daarbuiten klonk meer als vaarwel. Zeg je vaarwel tegen me?'

'Dat zou het allemaal zeker een stuk gemakkelijker maken,' zei ze binnensmonds.

Zijn schouders verstijfden en hij zette de antenne weer op de televisie. 'Toen we weggingen uit het restaurant liep je nog te lachen. Toen ik wakker werd in de metro lachte je niet meer.' Hij stak met twee lange passen de kamer door en ging voor haar staan. 'Ik weet dat ik snurk, maar dat is tot nu toe nooit genoeg geweest om een vrouw op de vlucht te laten slaan,' voegde hij er op plagerige toon aan toe in een poging haar aan het glimlachen te maken.

Dat deed ze ook, in weerwil van zichzelf. Ze schudde haar hoofd. 'Ethan.'

Hij legde zijn voorhoofd tegen het hare, zo zachtjes dat ze wel kon huilen. 'Dana.' Hij legde zijn hand op haar wang en liefkoosde die met zijn duim. 'Ik kan ook goed luisteren. Geef me een kans.'

En dat was nou precies het probleem. Ze wilde deze man wanhopig graag een kans geven. Ze keek hem met een blik vol berusting aan. 'Ik ben niet uit op een relatie, Ethan. Dat heb ik tegen je gezegd.'

Hij ging rechtop staan en zijn ogen fonkelden terwijl hij haar aankeek. 'Ja, dat klopt. Waarom niet?'

Ze slikte moeizaam. 'Je woont ergens anders. En ik heb andere prioriteiten.'

Zijn mond werd een streep. 'Je fotografiebedrijf.'

'Onder andere.' Ze sloot haar ogen. 'Al heb ik wel een affaire met je overwogen.'

Ze voelde hem verstijven, ook al raakte hij haar nu nergens aan. 'Echt waar?'

'Echt waar. Het is al even geleden voor me en...' Ze ademde zorgvuldig uit. 'Je bent heel aantrekkelijk.'

Hij schraapte zijn keel. 'Dat is zo.' Het was geen vraag of instemming. Ze wist niet goed wat het wel was, dus deed ze haar ogen open. En snakte naar adem omdat zijn groene ogen fonkelden en brandden. Smeulden. Haar toch al gevoelige huid schroeide.

'Dus je wilde misbruik van me maken en me dan dumpen,' zei hij met dikke stem.

'Nee.' Het woord kwam er als een hees gefluister uit. 'Ik zou misbruik van je maken en dan zou je naar huis gaan. Niets aan de hand. Geen banden.'

Zijn wangen werden rood en zijn ademhaling ging sneller. 'Waarom ben je van mening veranderd?'

Dana sloeg haar ogen ten hemel. 'Het is zo stom.'

‘Probeer het eens,’ zei hij lijzig en hij zette zijn handen op zijn heupen. De houding verried hoezeer haar woorden hem dwarszaten en ze sloeg haar armen over elkaar om haar handen onder controle te houden.

‘Je bent een aardige vent.’

Zijn wenkbrauwen schoten omhoog. ‘Dat is het?’

Ze keek verongelijkt. ‘Je bent een aardige vent en een oorlogsheld.’

Zijn mondhoeken trilden nu en ze wenste dat hij kwaad zou worden. ‘Dus je hebt liever een affaire met een laffe hufter dan met mij?’

Toen hij het op die manier uitdrukte kon ze wel door de grond zakken. ‘Ik zei toch dat het stom was.’

Hij ging met zijn tong langs zijn tanden. ‘Nee, ik geloof dat het eerlijk gezegd tamelijk opmerkelijk is. Dana, je hebt vanavond iets gezegd wat een snaar heeft geraakt. Dat degene die overleeft een verhoogd gevoel van verantwoordelijkheid krijgt. Weet je waar Richard en ik het over hadden vlak voor we op die mijn knalden? Het huwelijk. Met name zijn succes en mijn mislukking.’

‘Je zei dat je ex nog net niet achter de horizon was verdwenen,’ mompelde Dana.

‘Jill is een fantastische vrouw. We zijn alleen om de verkeerde redenen getrouwd. Richard was met Brenda getrouwd en Stan was net in het huwelijk getreden met Randi. Ik voelde me... buitengesloten. Dus ging ik op zoek naar een vrouw. Het probleem was alleen dat ik niet de tijd nam om verliefd te worden en ik denk dat dat ook voor haar gold. Ik wist vanaf de eerste dag dat het een grote vergissing was. Jill en ik groeiden al uit elkaar vanaf de dag dat we terugkwamen van onze huwelijksreis. Dat we op verschillende continenten werden gestationeerd hielp ook niet.’

‘Ze was dus ook marinier.’

‘Ze was piloot bij de marine.’ Er klonk trots door in zijn stem en Dana voelde even een knauw van jaloezie. Zijn eerste vrouw had een heroïsche carrière en hij dacht dat ze zich in armoede afbeulde voor een verrekt fotografiebedrijf. ‘Toen we ongeveer een jaar getrouwd waren belde ze om te zeggen dat ze iemand had ontmoet. Het was bijna een opluchting. Ik heb haar het beste gewenst en dat was dat.’

‘Is ze gelukkig?’

Zijn gezicht kreeg even iets zachts. ‘Ja, ze is gelukkig. En ik ben blij voor haar. Toen we getrouwd waren ben ik nooit vreemdgegaan, maar na de scheiding...' Hij haalde zijn schouders op. 'Ik denk dat ik wat in te halen had. Ik was voorzichtig, maar ik was nooit een toonbeeld van toewijding. Richard was een paar weken eerder op de basis aangekomen en hij was...' Hij fronste zijn voorhoofd. 'Teleurgesteld in me. Gaf me vreselijk op mijn flikker. Zei dat ik al lang genoeg liep rond te klooien en dat het tijd werd om me te settelen, een gezin te stichten.' Hij knipperde heftig met zijn ogen. 'Een erfenis moest nalaten,' zei hij onzeker. 'Dat was het laatste wat hij tegen me heeft gezegd.'

De glans in zijn ogen deed haar opnieuw wankelen. 'Zulke laatste woorden zijn moeilijk na te leven,' zei ze zacht.

'Daar kwam ik ook achter. Ik stopte met rondklooien. Ik begon te wachten op een speciaal iemand.'

Paniek borrelde in haar op. 'Je mag niet denken dat ik speciaal ben,' zei ze. 'Dat ben ik niet.'

Hij haalde zijn schouders op. 'Misschien niet. Maar daar zou ik verdomd graag zelf achter willen komen.' Hij wierp haar een harde blik toe. 'Jij niet? Durf jij tegen me te zeggen dat je het niet voelt als ik je aanraak?'

'Dat is alleen maar lust, Ethan. Ik heb nog steeds mijn prioriteiten en jij woont nog steeds ergens anders.'

'Details, Dana. In het grote geheel zijn jouw zaak en mijn woonplaats niet meer dan details.' Ze zei niets en hij zuchtte. 'Het is al laat en we zijn allebei moe. Waarom zien we niet gewoon... hoe dit uitpakt? Spreek met me af voor het ontbijt en dan praten we verder.' Hij ging met zijn vingertop langs haar wang. 'Bekijk het eens van de zonnige kant,' zei hij hees. 'Misschien leer je me beter kennen en kom je erachter dat ik wel zo'n hufter ben en dan is de weg vrij voor je om met me de koffer in te duiken.'

Dana merkte dat ze stond te glimlachen. 'Het ontbijt is al over een paar uur.'

'Gebruik de tijd dan om te slapen. Kom morgenochtend om halfacht naar de koffiebar. Dan kun je van daaruit naar je werk.' Hij zakte door zijn knieën om in haar ogen te kunnen kijken. 'Nou?'

Ze slaakte een zucht. 'Oké.'

De opluchting was duidelijk af te lezen in zijn groene ogen. 'Mooi.' Hij aarzelde, pakte toen zachtjes haar kaak beet en drukte een kus op haar voorhoofd. 'Welterusten. Doe de deur achter me op slot.'

'Doe ik.' Dat deed ze en ze liet zich tegen de deur vallen. Ze voelde haar hartslag door haar hele lijf. Wat had ze gedaan? Ermee ingestemd hem weer te zien. Dat zou het alleen maar moeilijker maken om afscheid te nemen.

Maar stel dat ze geen afscheid zou hoeven nemen. Caroline's woorden weerklonken nog in haar hoofd. Stel dat ze niet langer de directeur van Hanover House zou zijn? Had zij niet ook recht op een leven?

Ze wierp een blik op de vloer van haar woonkamer, waar het kleed met opzet scheef lag. Toen keek ze naar haar handen. En de herinneringen kwamen weer boven. Ethan voelde zich na twee jaar nog steeds schuldig. Zij voelde hetzelfde na twaalf jaar. Dit was haar leven. En daarin was geen plaats voor Ethan Buchanan.

Ze wachtte vijftien minuten en verliet toen haar appartement. Ze draaide de drie sloten op slot. Ze haatte het om in haar appartement te slapen, waar dromen een zekerheid waren. Ze zou vannacht in Hanover House slapen. Bovendien had ze een nieuwe cliënt voor wie ze moest zorgen.

8

Chicago, maandag 2 augustus, 07.25 uur

Ethan zat in een compartiment in Betty's koffiebar. Hij voelde zich moe en energiek tegelijk. De uren tussen het moment dat hij Dana's appartement had verlaten en zeven uur die ochtend hadden eindelijk een beetje resultaat opgeleverd. Hij was teruggekeerd naar het kantoor van de beveiliging, opgefrist en klaar om weer aan de slag te gaan, en na nog een paar uur videobanden bekijken had hij een glimp opgevangen van Alec. Heel even maar.

Clay nam meteen op toen zijn mobieltje overging. 'Heb je hem op beeld gezien?'

'Ja. Alec zat donderdagavond niet in de bus van Indy naar Chicago. Daar had ik hem gezocht. Ik zag hem toen hij uit de bus van vrijdagochtend stapte.'

Clay slaakte een zucht. 'De hemel zij dank. Het is hier een lange nacht geweest. Randi wil je spreken.'

'Ethan, heb je hem gezien?' Randi's stem klonk beverig. 'Vertel me alsjeblieft dat alles in orde is met hem.'

Ethan stelde zich voor hoe Randi de hele nacht naast Clay had zitten wachten tot zijn mobiele telefoon overging en zijn hart kromp samen van medelijden. 'Randi, ik heb op het beeld van de camera op het perron maar een glimp van hem opgevangen terwijl hij afgelopen vrijdag uit de bus stapte. Alec was versuft, maar hij leek niet gewond.'

Er klonk een gekwelde snik. 'Ethan, beloof me dat je blijft zoeken tot je hem hebt gevonden.'

Haar verdriet brak zijn hart. 'Ga slapen, Randi. Ik blijf zoeken naar je zoon.'

Clay nam de telefoon over. 'Wacht even. Ik moet even wat doen.' Een minuut later was hij er weer. 'Ik ben naar buiten gegaan zodat we kunnen praten,' zei hij. 'Randi volgt me al de hele nacht. Ze is een wrak.'

'Ik heb hem maar een paar seconden gezien, Clay. Hij wekte de indruk dat hij was verdoofd.'

'Je zou toch denken dat iemand het verdacht zou vinden als hij een twaalfjarige zag rondzwalken.'

Ethan zuchtte. 'Verdomme, driekwart van de mensen op het busstation leek onder de drugs te zitten. Vooral na die nachtbussen. Alec viel helemaal niet zo erg op. Het slechte nieuws is dat ze in de massa zijn verdwenen nadat ik ze op het perron had zien uitstappen. Ik heb de beelden uit de hal en van het station bekeken, maar ik kan ze niet vinden.'

'Hoelang heb je banden zitten bekijken, Ethan?'

Ethan haalde zijn schouders op en keek op zijn horloge. Het was nog een paar minuten voor halfacht. Hij liet zijn blik naar de deur gaan. Ze kon elk ogenblik arriveren. 'Waarschijnlijk veertien van de afgelopen achttien uur. Ik heb een paar uur geslapen, dus vraag het maar niet.' En hij had een paar uur de tijd genomen om zijn ogen rust te gunnen en te eten met Dana Dupinsky. Die uren hadden hem meer verkwikt dan slaap had kunnen doen.

'Ik moet naar je toe komen om te helpen die banden te bekijken.'

'Ik sta op het punt om daarmee in te stemmen. Ik kan niet langer dan een paar uur achter elkaar kijken zonder pauze te nemen. Mijn ogen beginnen te draaien. Ik heb van halfdrie tot zeven uur zitten kijken, maar ik moest weer ophouden. En tot ze weer een e-mail stuurt is dit het enige aanknopingspunt dat we hebben.'

'Ik kan het vliegtuig pakken en dan ben ik er rond lunchtijd.'

'Dat zou je kunnen doen, maar iemand moet daar blijven om het telefoontje na te trekken als die vrouw mocht bellen.'

'O, oké.' Clay klonk niet erg gelukkig bij dat vooruitzicht. 'O ja, ik heb je veiligheidsman nagetrokken, die Bush. Hij was een goede politieman. Hij zou een uitstekende plaatselijke bondgenoot kunnen zijn.'

'Mooi. Zoiets vermoedde ik al.' Ethan ging rechtop zitten toen het belletje van de deur van de koffiebar klingelde. Zijn hart kreeg zijn tweede adem toen Dana door de deur binnenkwam, precies op tijd. Precies... perfect. 'Ik moet ervandoor. Bel me als je me nodig hebt.'

'Ethan, wacht even. Ik ben nog niet klaar. Gaat het goed met je?'

'Het gaat prima.' Dat was zo. Hij voelde zich meer dan prima, alleen al door haar te zien, alleen al door met haar onder één dak te zijn. Hij voelde zich opnieuw als herboren, zijn bloed stroomde sneller en zijn hoofd was helderder. Ze keek rond in de koffiebar, op zoek naar hem. Ze was lang en statig en sterk en een belachelijk moment lang werd hij herinnerd aan de scène in *The Natural* waarin Robert Redford Glenn Close overeind zag komen in het publiek en daardoor de magie vond die hij nodig had om de bal het stadion uit te slaan. Dat betekende Dana nu voor hem en nu, op dit moment, meende hij dat hij tot alles in staat was. Op dit moment leek zelfs Alec vinden een beetje meer mogelijk.

Zonder nadenken kwam hij overeind. 'Mijn ontbijt is er, Clay.' *En mijn lunch en mijn avondeten*, dacht hij. Ze was net... levensonderhoud. 'Ik moet gaan.'

'Je kunt met me praten terwijl je zit te eten,' zei Clay geërgerd.

Ethan wist precies op welk moment ze hem zag. 'Gaat wat je wil zeggen over Alec?' vroeg hij toen ze in zijn richting begon te lopen met haar ogen strak op de zijne gericht. Zijn longen hielden halverwege een ademhaling op, als een lift die tussen twee verdiepingen blijft hangen. Net als de avond ervoor, toen hij haar aan de andere kant van het busstation zag. Zoals de ochtend daarvoor toen ze hem voor het eerst in de ogen keek.

'Nee, het gaat om Stetson.' Hun recentste klant. 'We moeten beslissen wat we tegen hem gaan zeggen als je hun netwerk deze week niet afkrijgt. Dat zou weleens contractbreuk kunnen worden.'

'Clay, ik beloof dat ik je later terugbel en dan kunnen we het over al onze klanten hebben. Over een uur. Laat me weten als er iets met betrekking tot Alec gebeurt. Tot straks.' Hij brak Clay's gefrustreerde kreet af, liet zijn telefoon in zijn zak glijden en stak zijn hand uit in haar richting. Ze was vrijwel net zo gekleed als zes uur eerder het geval was geweest. Een schoon, mouwloos poloshirt viel om borsten die elke man als een geschenk zou beschouwen en opnieuw een eenvoudige katoenen rok die benen omhulde die eindeloos leken. Het water liep Ethan bijna in de mond bij de aanblik van haar. Zijn lichaam was bij het eerste klingeltje van de deurbel al in actie gekomen. Het was een pavlovreactie, maar dat kon hem niet schelen.

Mensen keken om toen ze langsliep, maar ze leek het niet te merken. Haar bruine ogen waren op de zijne gericht en ze aarzelde niet. Ze pakte zonder enige aarzeling zijn hand en het was net als eerst. De schok, de flits van bewustzijn. Haar andere hand ging naar zijn gezicht en haar vingertoppen streken over de stoppels op zijn wang. Haar ogen stonden bezorgd.

'Wat is er aan de hand?' vroeg ze en opnieuw hadden ze die verbintenis bereikt, dat gevoel dat ze altijd al samen waren geweest. 'Je bent niet teruggegaan naar je hotel om te slapen, hè?'

De ontkenning stierf op zijn lippen. 'Ik heb slecht nieuws van thuis gekregen.'

'Wat erg.'

Hij bracht de hand die hij vasthield naar zijn lippen, drukte een kus op de binnenkant. Zag de bezorgde blik in haar ogen verhit worden, het adertje in de holte van haar keel sneller gaan kloppen en haar borsten op en neer gaan door haar snelle ademhaling. Toen keek hij naar de toonbank, waar Betty stond, opnieuw vol verwachting. 'We kunnen maar beter gaan zitten. Ik zou niet verantwoordelijk willen zijn voor Betty's vierde opname dit jaar.'

'Ik weet zeker dat ze met een glimlach op haar lippen zal gaan.'

Ze gingen zitten, hun handen in elkaar verstrengeld op tafel. Ethan ging met zijn duim over haar knokkels en wenste dat hij de avond ervoor meer had gedaan dan alleen een kus op haar voorhoofd drukken. Maar hij was tegelijkertijd blij dat hij dat niet had gedaan. Hij was bezig haar te leren kennen, beetje bij beetje. Gaf haar de tijd om hem te leren kennen.

Ze trok een roodbruine wenkbrauw op. 'Nou, ga je nog ontbijt voor me bestellen of niet?'

'Ik weet het niet. Scoor ik daar punten als aardige vent mee?'

'En als dat het geval is?'

'Dan sta je er alleen voor. Ik kan me niet meer punten veroorloven in de kolom "aardige vent".'

Daar moest ze om lachen en Ethan verschoof op zijn zitbank. Hij was al opgewonden vanaf het moment dat ze binnen was gekomen, maar de aanblik van die weelderige mond die glimlachte maakte hem harder dan de hardste kei. 'Staat genoteerd, meneer Buchanan.' Ze wenkte Betty en bestelde eieren met spek voor hen allebei. Toen ze weer alleen waren werd ze ernstig. 'Dat slechte nieuws van thuis... gaat het om je familie?'

'In de buurt. Het gaat eerlijk gezegd om de familie van Richard. Zij zijn de enigen die ik nog heb.'

'Je zei dat je bent opgegroeid bij je grootmoeder. Leeft ze niet meer?'

'Nee. Ze is een jaar nadat ik van de academie kwam gestorven.'

Waarom ben je bij je oma gaan wonen? Waar waren je ouders?'

'Mijn moeder overleed toen ik zeven was. Mijn vader zat ergens op de Noord-Atlantische Oceaan in een onderzeeër. Hij kon op zijn vroegst een maand later terugkomen, dus toen heeft oma me in huis genomen.'

Haar ogen werden opnieuw groot, dit keer van afschuw terwijl ze dacht aan een kleine jongen die helemaal in zijn eentje het verdriet van het verlies van zijn moeder moest verwerken. 'Dat is vreselijk.'

Opnieuw dat schouderophalen, een beetje verdedigend, dit keer. 'Mijn vader deed wat hij kon. Hij zat in een atoomonderzeeër en het was de tijd van de Koude Oorlog. Ze konden niet zomaar bovenkomen om hem bij de dichtstbijzijnde bushalte af te zetten.' Hij was geïrriteerd geraakt en dat was niet haar bedoeling.

'Ik wilde je niet van streek maken,' zei ze zacht. 'Ik had het niet over de marine of je vader. Alleen maar over jou als kleine jongen. Je moet zo bang zijn geweest en je zo alleen hebben gevoeld.'

Hij haalde diep adem, waardoor overduidelijk spanning op de knopen van zijn overhemd kwam te staan. 'Ik wilde ook niet van streek raken.' Zijn blik concentreerde zich onderzoekend op haar gezicht. 'Dat is me nooit eerder gebeurd.'

'Nooit?'

Ethan dacht zorgvuldig na over die vraag. 'Nou, niet vanwege mijn vader.'

Betty verscheen en zette hun ontbijt op tafel. 'Als jullie nog iets anders willen, geef je maar een brul,' zei ze en ze liep weg terwijl ze voortdurend achterom bleef kijken.

Dana wachtte tot ze buiten gehoorsafstand was. 'Dus je vader heeft je nooit kwaad gemaakt?' Ze zei het op een toon alsof ze daar niets van geloofde. 'En andere dingen? Wat voor dingen maken je wél kwaad?'

Dat was een heftige vraag, een die een weloverwogen antwoord verdiende. Hij keek op van zijn eieren. 'Weet je zeker dat je mijn sterrenbeeld, telefoonnummer en lievelingskleur niet wil weten?'

Haar mondhoeken gingen omhoog. 'Niet echt, maar als dat is wat je me wilt vertellen, dan neem ik daar genoegen mee.'

Zijn ogen gingen naar die volle lippen en opnieuw vroeg hij zich af hoe die zouden aanvoelen als ze tegen de zijne werden gedrukt. Toen ging zijn blik naar haar ogen en hij zag dat die van haar warm was en alert en plotseling leek haar vraag helemaal niet meer zo moeilijk. 'Leeuw, 202-555-8943 en blauw. Mensen die langzaam rijden op de snelle baan, mensen die zich niets gelegen laten liggen aan de vlag en mensen die kleine kinderen kwaad doen.'

Ze haalde diep adem en liet die weer ontsnappen terwijl ze knikte. 'Oké. Moet je vanwege het slechte nieuws terug naar huis?'

'Op een gegeven moment wel. Als ze bellen.'

'Kan ik je niet helpen, Ethan?'

Hij schudde opnieuw geroerd zijn hoofd. 'Nee, niet hiermee. Maar bedankt dat je het vraagt. Doe je dat altijd?'

'Doe ik wat altijd?'

'Mensen helpen die je nauwelijks kent. Eerst gisteren die oude dame en nu mij.'

Haar glimlach was op een vreemde manier vol zelfverachting. 'Jij bent niet de enige die goede daden verricht. Bovendien had ik de indruk dat ik bezig was je beter te leren kennen.' Ze klopte hem luchtig op de hand voor ze de hare terugtrok. 'Hoelang is het geleden dat je hebt geslapen, Ethan? En dan heb ik het niet over dat dutje in de metro.'

Hij vertrok zijn gezicht. 'Een hele nacht? Ik denk dat dat donderdag was.'

'Ga dan slapen.' Ze keek hem onverstoorbaar aan. 'Ik ken een hotdogkraam in Wrigleyville, vlakbij waar we gisteravond hebben gegeten. De beste hotdogs van de hele stad.'

Dat maakte hem aan het glimlachen. 'Vraag je me mee uit? Zonder de hulp van Caroline?'

Ze beantwoordde zijn glimlach en zijn hart maakte even een vreugdesprongetje in zijn borst. 'Ik geloof van wel. Wat dacht je van zeven uur vanavond? Als je er niet bent, dan begrijp ik dat.'

'Hoe kan ik je bereiken als er iets tussen komt?'

Haar gezicht kreeg een pijnlijke, behoedzame uitdrukking. 'Word je boos als ik zeg dat je dan Betty moet bellen?'

'Nee,' zei hij en hij zag haar opluchting. Hij vroeg zich af wie in het verleden zo kwaad op haar was geworden dat ze in nauwelijks vijf minuten tot twee keer toe had gevraagd of hij kwaad werd. Hij haalde een visitekaartje uit zijn zak. 'Dat nummer dat ik je heb gegeven is van mijn mobiel. Bel me als dat nodig is.'

'Prima.' Ze keek op haar horloge. 'Ik moet nu naar mijn werk.'

'Ik loop met je mee naar je auto.'

Toen ze buiten stonden pakte hij haar hand en ze liepen ontspannen zwijgend naar haar auto, maar toen ze daar waren draaide ze zich met een behoedzame blik in haar ogen naar hem toe. 'Ik sta ervan te kijken dat je me helemaal geen vragen hebt gesteld of me hebt nagetrokken. Waarom niet?' Ze keek alsof die gedachte haar zorgen baarde.

'Gisteravond had ik geen tijd.'

'En vandaag? Ga je me vandaag natrekken?'

Hij wist hoe gemakkelijk dat zou zijn. Maar hij schudde zijn hoofd. 'Nee. Want voorlopig weet ik genoeg.'

'Voorlopig,' herhaalde ze. 'Oké. Zeven uur dus. Tenzij er iets tussen komt.'

'Dana, wacht.' Hij legde zijn handen op haar schouders en draaide haar voorzichtig naar zich toe. 'Eerlijk gezegd is er wel iets wat ik wil weten.'

Haar ogen flakkerden even. Ze leek opnieuw op haar hoede. 'Wat?'

'Alleen maar dit.' Zonder verdere waarschuwing boog hij zijn hoofd en nam bezit van haar lippen in een kus waarvan het de bedoeling was dat hij onderzoekend en zacht zou zijn, maar met een hees jammerkreetje veranderde ze alles. Ze opende haar mond en maakte van een kuis kusje een volledig seksuele zoen. Hij deed een stap naar voren, drukte haar lichaam tegen de auto. Ze sloeg haar armen om zijn nek en ging op haar tenen staan, waardoor ze ogenblikkelijk perfect tegen elkaar pasten. Hij duwde en zij drukte en voor hij het in de gaten had lagen zijn handen om haar borsten, wreven zijn duimen tegen haar tepels en verstijfde ze in zijn armen.

Dit was niet zoals hij het van plan was geweest. Het had gewoon een kus moeten zijn, maar het gevoel van haar lichaam dat zich naar het zijne vormde had hem tot aan de grens van zijn zelfbeheersing gebracht. Binnen een minuut was het enige waar hij aan kon denken hoe hij diep in haar lichaam kon doordringen en voelen hoe haar warmte en strakheid hem omhulden. Maar verdomme, ze stonden op klaarlichte dag op een drukke straat. En het kon hem niets schelen.

Ethan raapte al zijn zelfbeheersing bij elkaar en deed een stap achteruit. Liet zijn handen langs zijn lichaam vallen. Hij wachtte tot zijn hart weer een beetje normaal klopte en het pijnlijke gevoel in zijn kruis afnam. Hij zag haar behoedzaam met het puntje van haar tong over haar lippen gaan terwijl haar borsten op en neer gingen in het simpele mouwloze shirt dat zo zacht had aangevoeld. 'Het spijt me,' mompelde hij.

Haar ogen waren groot en haar blik turbulent, maar ze keek hem zonder schroom aan. 'Mij niet.'

Hij bracht zijn vingertoppen naar haar vochtige lippen en volgde hun contouren. Hij had willen weten hoe het zou zijn om haar te kussen. Nu wist hij het. Hij wist ook dat hij nooit tevreden kon zijn met alleen een simpele kus. Shit, daar was niets simpels aan geweest. Hij haalde diep adem. 'Dana?'

'Ja?'

'Dit wilde ik gisteravond echt heel erg graag doen. En ik wil dat echt heel graag nog een keer doen.'

'Ik ook.'

De adem die hij had ingehouden ontsnapte sissend. 'Maar ik heb op dit moment niet genoeg tijd.'

'Ik ook niet.' Ze glipte in haar auto en keek toen naar hem op. Hij balde zijn vuisten toen hij de hete drang in haar ogen zag. 'Ik zie je om zeven uur.'

Hij bleef aan het asfalt genageld staan kijken terwijl ze de parkeerplaats af reed en de straat in draaide. Ze was net uit het zicht verdwenen toen zijn telefoon overging.

'Ben je klaar met ontbijten?' vroeg Clay zuur.

Ethan slaakte een zucht. 'Ja.'

'Dan kun je misschien nu weer aan het werk.'

Iets in Clay's toon deed zijn nekharen overeind komen. 'Ben je gebeld?'

'Weer een e-mail. Je moet een plek zien te vinden waar je hem voor me kunt natrekken.'

Ethan ging op een holletje op weg naar zijn auto. Zijn hart ging sneller tekeer dan een paar minuten geleden toen hij Dana Dupinsky in zijn armen had gehouden. 'Geef me een kwartier om op mijn hotelkamer te komen. Wat staat erin?'

'Alec is nog in leven.'

'Ik zou ook niet verwachten dat ze zouden zeggen dat hij dood is. Zat er een bijlage bij?'

'Alec op een tweepersoonsbed. Het dekbed had een patroon van voetballen en honkballen.'

Ethan fronste zijn voorhoofd. 'Ik ken geen enkel hotel dat zulke overtrekken gebruikt. Het lijkt erop dat ze hem ergens in iemands huis heeft ondergebracht.'

'Dat zat ik ook te denken. Pal onder Alecs hand ligt een stuk van een krant – datum van gisteren. Het bovenste stuk met de naam van de stad is eraf geknipt.'

Alec was tot gisteren nog in leven. Ethans bloed steeg naar zijn hoofd. 'Kan het in de foto zijn gemonteerd?'

'Dat zul jij moeten beoordelen. Ik heb de e-mail naar je doorgestuurd. Ze complimenteerde de Vaughns ook met het feit dat ze niet naar de politie zijn gestapt en ze heeft een eis voor losgeld gedaan. Als ze hem ooit nog terug willen zien, dan moeten ze vijf miljoen ophoesten. Bijzonderheden volgen nog.'

Ethan bleef abrupt bij zijn auto staan. 'Zo veel geld heeft Stan helemaal niet.'

Clay aarzelde. 'Jawel, maat, dat heeft hij wel.'

'Wil ik weten hoe hij eraan is gekomen?'

'Ik ben er nog mee bezig, maar ik denk dat het antwoord nee is.'

'Verdomme.'

Maandag 2 augustus, 07.30 uur

Het versturen van de e-mail was soepel verlopen. Ze had niet eens Rickmans laptop nodig gehad. Het was verrekte eenvoudig geweest om een Yahoo-mailaccount te openen op de openbare computer bij de kopieerwinkel, waar de bediende te veel in beslag genomen was geweest door haar schommelende borsten in het strakke topje om goed naar haar ID te kijken. Dat was maar goed ook, want niet alleen was Alicia Samson zo'n twaalf centimeter korter dan Sue, maar volgens de krant van Morgantown was ze sinds de dag ervoor opgegeven als vermist. Haar identiteitsbewijs was van nu af aan onbruikbaar.

Nu stond ze buiten bij het bedrijf waar Leroy Vickers werkte te wachten tot hij naar buiten zou komen. Het zou Vickers' tweede bezorgronde van die ochtend worden. Dat wist Sue omdat ze de gangen van alle mensen op haar lijst was nagegaan. Ze had hen allemaal op eigen houtje gevonden, behalve Vaughn. Om Vaughn te vinden had ze de hulp van James nodig gehad. Hij had de oude vrouw opgespoord in Florida en Sue was in staat geweest het van daaruit op te pakken. Ze had hem niet meer nodig en ze wenste nu dat ze hem ombrengen net zo grondig had aangepakt als ze bij de oude vrouw had gedaan. *Want nu zal James zich door niets laten tegenhouden om mij dwars te zitten.*

Ze keek nerveus om zich heen en vervloekte toen haar paranoia. James was in Chicago geweest en had geprobeerd haar oude handlangers te betalen om haar verblijfplaats te weten te komen. Maar Donnie Marsden had niets meer van hem gehoord sinds de dag dat hij bij Earl en Lucy was geweest. En Sue was sowieso niet van plan om Donnie of een van de anderen te laten weten waar ze was. Gewoon, voor het geval ze hebzuchtig zouden worden.

Nou ja, gaf ze toe, ze zou Leroy Vickers wel laten weten waar ze was. En snel. Nadat ze zich ervan had overtuigd dat de kust veilig was, glipte ze achter in de bestelbus waarmee Vickers wasgoed rondbracht. Zijn baantje was een schrale troost. Nadat hij uit de gevangenis was vrijgelaten was het hem niet gelukt om een fatsoenlijke, legale baan te houden en in de drugswereld wilde niemand hem nog met een tang aanpakken. Want hij had gepraat. Had zich tegen een van zijn eigen mensen gekeerd. Als hij Donnie had verraden, dan was hij misschien in de gevangenis gestorven. Sue had in die tijd nog niet zo veel macht.

Nu wel.

Hij kwam eindelijk naar buiten en liet zich op de bestuurdersstoel ploffen terwijl hij iets akeligs mompelde over zijn baas. Hij had in de loop der jaren niet goed voor zichzelf gezorgd. Slappe armen en benen. Zij daarentegen had ter voorbereiding op dit moment en andere die nog zouden volgen met gewichten lopen stoeien. Sue wachtte tot hij een ventweg in was gedraaid, bracht toen haar armen om de stoel en drukte de punt van haar mes tegen zijn keel. Ze had het mes in haar rechterhand en in haar linker had ze een stuk tape. Ze plakte de tape op zijn mond en legde hem zo het zwijgen op.

'Gewoon doorrijden,' zei ze. Ze genoot van de spanning in zijn lichaam. 'Beide handen op het stuur.' Hij slikte en het mes beet in zijn huid. 'Ik ben weer terug, Vickers,' spinde ze. 'Ben je niet blij me te zien?' Zijn enige reactie bestond erin dat hij zich tegen de rugleuning van zijn stoel perste, weg van het mes. Sue verhoogde alleen maar de druk. Met haar linkerhand trok ze het pistool uit de band van haar broek en zette dat tegen zijn slaap.

'Ga die steeg daar in.' Hij gehoorzaamde. Zijn lichaam beefde nu zo erg dat het leek alsof hij een toeval had. 'Wat vind je dat je verdient, Vickers? Wat denk je dat vijf jaar van mijn leven waard is?' Ze vroeg het op kalme toon, ook al ging haar hart tekeer bij het vooruitzicht van wat er komen ging. 'Wat denk je dat je me schuldig bent, Leroy? Maak je geen zorgen. Ik ben hier om te incasseren. Met rente. Zet de bestelwagen in de parkeerstand.'

En in één beweging die ze speciaal voor dit moment had geoefend joeg ze een kogel in zijn polsen, eerst in de ene, toen in de andere. Hij gilde het uit van pijn, maar de steeg bevond zich achter een lagere school die in deze tijd van het jaar verlaten was. Niemand kon hem horen. Hij drukte zijn armen tegen zijn borst. Zijn handen waren nu nutteloos. Het bloed stroomde uit zijn polsen. Als ze meer tijd had gehad zou ze daar zijn blijven zitten tot hij verzwakt zou zijn door bloedverlies. Maar ze had de tijd niet. Ze moest terug naar het opvanghuis voor Dupinsky besefte dat ze weg was. Voor het kind wakker werd.

'Nu moet je even goed luisteren, kleine klootzak,' zei ze boven zijn gekreun uit. 'Ik ga het mes weghalen. Ik wil dat je je van je stoel laat rollen, op je knieën.' Er was net genoeg ruimte tussen de twee voorstoelen om hem in staat te stellen te gehoorzamen. 'Daarna wil ik dat je achterin kruipt, op je knieën.' Ze drukte het pistool tegen zijn slaap. 'Nou, kom op.'

Hij rolde en landde als een vis tussen de twee stoelen. Ze ging achter in de bestelwagen zitten. 'Kruipen, Vickers. Als de laffe hond die je bent.'

Hij keek op met een wilde blik in zijn ogen, vol pijn en hopeloze angst. En hij kroop. 'Ga liggen.' Ze wees met haar pistool naar een stapel wasgoed. 'Het is maar goed dat je je hebt laten ontslaan bij de delicatessenzaak en bij de supermarkt,' zei Sue op geamuseerde toon. 'Deze wasserijwagen is een stuk handiger. Ik kan me hier ter plaatse schoonmaken.' Zijn ogen werden groot en hij kromp ineen tegen de waszakken, met zijn armen voor zijn borst geslagen. 'Ja. Ik heb je de afgelopen zes maanden in de gaten gehouden en op dit moment gewacht. Jij was de enige van ons die is doorgeslagen, Vickers. De enige van ons die de gemakkelijke uitweg koos. Ik sta ervan te kijken dat de anderen niet al met je hebben afgerekend. Maar aan de andere kant, niemand heeft zo lang gezeten als ik.'

Ze pompte snel twee kogels in zijn dijen, toen in zijn knieën. Hij kon niet lopen en zijn handen waren onbruikbaar. Hij lag op zijn rug te kronkelen en het gedempte gekreun van pijn klonk haar als muziek in de oren. Ze legde het pistool weg en hield het mes omhoog zodat hij het kon zien. 'Je zat daar in die rechtszaal en vertelde ze alles. Echt álles,' siste ze. 'Je bent een gecastreerde worm. Figuurlijk gesproken, uiteraard.' Ze ging met haar vinger langs het lemmet. 'Nu zul je er ook letterlijk een worden.' Ze gunde hem even de tijd om het tot zich te laten doordringen en toen zijn ogen zich vulden met een blik vol afschuw kwam ze in actie. Ze plantte het mes in zijn kruis. Hij gilde. Het geluid klonk gedempt. Ze wilde dat ze het aandurfde om de tape weg te halen. Om hem te kunnen horen gillen. In plaats daarvan trok ze het mes terug en stootte opnieuw. En opnieuw. De sensatie, het gevoel van macht, trok door haar heen. Het was bedwelmender dan een orgasme en twee keer zo krachtig.

Hij was nu stil, zijn ogen waren achterover gerold. Maar hij was niet dood. Nog niet. Nu ze half werk had gemaakt van James, was ze niet van plan die vergissing nog eens te maken. Ze veegde haar mes af aan de donzige handdoeken die hij had moeten afleveren en leegde de rest van het magazijn van haar negenmillimeter in zijn hoofd. Nú was hij dood.

Ze had net genoeg tijd om zichzelf schoon te maken en terug te gaan naar het opvanghuis. Misschien zou ze zelfs een pakje sigaretten kopen. Eén gedaan, nog vier te gaan. Met Vaughn als de grande finale.

Wight's Landing, maandag 2 augustus, 09.00 uur

Sheriff Louisa Moore bleef staan bij de deur van het kantoor van de lijkschouwer. Kehoe zat over een microscoop gebogen. Ze tikte zachtjes op het glas en hij gebaarde dat ze binnen moest komen.

'Je had gelijk, Lou,' zei Kehoe. 'Je onbekende van het strand heeft geen zelfmoord gepleegd.'

Lou leunde met haar heup tegen zijn bureau. Ze was niet verrast. 'Het was niet logisch dat een man in zijn onderbroek naar de schuur van een vreemde zou gaan om zelfmoord te plegen. Wat heb je bij de autopsie aangetroffen?'

'Onderhuidse beschadiging rond de polsen en enkels. Het was aan het huidoppervlak niet te zien omdat het lichaam te opgezwollen was, maar de foto's liegen niet.'

'Dus ze hebben hem vastgebonden voor ze hem door zijn hoofd schoten.'

Kehoe keek haar aan over zijn brillenglazen. 'Daar lijkt het wel op.'

'Kun je al iets nauwkeuriger zijn over het tijdstip van overlijden?'

'Woensdagochtend, ergens tussen één en vier uur 's nachts.'

Lou was onder de indruk. 'Dat is een behoorlijk nauwkeurig afgebakende periode.'

'Ik heb monsters van de insecten naar iemand gestuurd die ik ken, een forensisch entomoloog aan de Georgetown University. Afgaande op het stadium van ontwikkeling van de larven is dat de periode waar we het over hebben.'

'Stan en Randi Vaughn waren woensdagochtend nog steeds in Annapolis,' peinsde Lou. 'Hun hotel heeft bevestigd dat ze vrijdag aan het eind van de ochtend zijn uitgecheckt, rond een uur of elf.'

Kehoe knipperde even met zijn ogen. Ze kregen iets uilachtigs door de dikke brillenglazen. 'Dacht je dat ze ermee te maken hadden?'

Ze haalde haar schouders op. 'Ze waren gisterochtend toen ik hun verklaring opnam nogal nerveus.'

'Jij zou misschien ook wel een beetje zenuwachtig zijn als je op vakantie was geweest en bij terugkomst die vent in je schuur had aangetroffen,' zei Kehoe op vriendelijke toon. 'Ik meen me te herinneren dat twee van jouw hulpsheriffs gisterochtend bij de steiger van Vaughn hun ontbijt aan de vissen hebben gevoerd.'

'Het was inderdaad nogal een ontdekking, dat moet ik toegeven,' zei ze, 'maar ik heb nog steeds het gevoel dat meneer en mevrouw Vaughn heel wat meer wisten dan ze kwijt wilden.'

'Nou, dat is jouw pakkie-an, sheriff. Ik kan je wel vertellen dat de ouders van Stan Vaughn het zout der aarde zijn. Ik ken ze al jaren.'

'Huxley zei dat de ouders altijd in de zomer komen.' Huxley was Lou's eerste hulpsheriff, een ware wandelende encyclopedie als het ging om het stadje en zijn inwoners. Lou was verder onder water geweest dan Huxley zich ooit van Wight's Landing had begeven, maar aan de andere kant, dat was tamelijk normaal voor deze kleine plattelandsgemeente.

'Dat was de afgelopen jaren wel het geval. Maar de laatste tijd gaan ze op reis, nu Stan de zaak heeft overgenomen.'

'Wat voor zaak heeft Stan Vaughn eigenlijk?' Dat was meer dan nieuwsgierigheid van haar kant. Nu deze zelfmoord een moord was geworden was haar gevoel over de jongere Vaughns belangrijk geworden.

'Dick had een elektronicawinkel in Baltimore, maar Stan heeft die de afgelopen jaren uitgebreid naar, o, ik weet het niet precies, een stuk of twintig zaken aan de kust, van Virginia tot New York. Hoe dan ook, de zaak is zo'n succes dat Dick met pensioen is gegaan en Edna en hij reizen de hele wereld af. Ik heb net nog een ansichtkaart uit Londen gekregen.'

'John, heb je bij de autopsie iets gevonden wat ons kan helpen bij de identificatie van het lichaam?'

'Anders dan die onderhuidse verwonding heeft de autopsie niets aan het licht gebracht met betrekking tot zijn dood. De doodsoorzaak was vrijwel zeker het schot uit het jachtgeweer. De onbekende was een jaar of vijfentwintig. Zijn vingerafdrukken zitten niet in het systeem en zijn mond is kapotgeschoten, dus gebitsherkenning is ook onmogelijk. Als we hem in verband kunnen brengen met een vermiste, dan kan ik uiteraard het DNA bekijken. Maar zonder vergelijkingsmateriaal kan ik je niet helpen bij de identificatie.'

'Ik heb gisteravond de lijst met vermiste personen doorgenomen en vanochtend weer. Geen overeenkomsten.'

'Nou, als hij op vakantie was, dan wordt hij misschien pas vermist wanneer hij niet thuiskomt.' De telefoon op zijn bureau ging over en hij stak zijn hand uit om op te nemen. 'Mortuarium. Met Kehoe... Ja, ze is hier.' Hij gaf Lou de telefoon. 'Het is voor jou.'

'Met sheriff Monroe.'

'Goedemorgen, sheriff. Ik ben rechercheur Janson en ik ben van de afdeling Moordzaken in Morgantown in West Virginia. Ik hoop niet dat ik u bij iets belangrijks stoor.'

'Ik had een bespreking met onze lijkschouwer, maar we waren bijna klaar. Wat kan ik voor u doen?'

'Ik ben bezig met een onderzoek en ik hoopte dat u me wilt helpen.'

Lou ging op de armleuning van een van Kehoe's stoelen zitten terwijl haar nekharen overeind gingen staan. 'Natuurlijk.'

'We hebben vrijdagochtend het lichaam van een jonge vrouw aangetroffen in de bossen langs onze belangrijkste doorvoerweg. Het tijdstip van overlijden was tussen middernacht en zes uur 's ochtends op de donderdag ervoor.'

'Doodsoorzaak?' vroeg Lou gespannen.

'Negenmillimeterkogel in het hoofd. Hoezo?'

'Omdat ik een onbekende dode heb die ongeveer vierentwintig uur voor die van u is doodgeschoten. Is het goed als ik u op de speaker zet? Ik ben hier alleen met de lijkschouwer, John Kehoe.'

'Uiteraard.' Janson wachtte tot ze de luidspreker had ingeschakeld voor hij verderging. 'Mijn onbekende heeft inmiddels een naam, sheriff. Dat is de reden dat ik bel. We hebben aan de hand van vingerafdrukken kunnen vaststellen dat het om Cheryl Rickman gaat. Mevrouw Rickmans vingerafdrukken stonden geregistreerd in het onderwijsdistrict van Baltimore. Ze was spraaklerares op een lagere school daar. Toen we haar ouders op de hoogte brachten, zeiden ze dat ze deze week op vakantie zou zijn in Wight's Landing.'

Kehoe verstijfde toen Janson het over een spraaklerares had. 'Op vakantie?' vroeg hij.

'Ja. Ze had een baantje aangenomen als privélogopediste en haar werkgever had haar gevraagd mee te gaan naar hun strandhuis. Ze werkte voor een familie die Vaughn heet. Kunt u ons helpen hen te vinden?'

'Jazeker, dat kunnen we.' Lou wendde zich tot Kehoe, die een geschokte indruk maakte. 'Waarom zouden de Vaughns een logopediste in dienst nemen, John? Geen van beiden heeft een spraakgebrek.'

Kehoe haalde diep adem. 'Nee, die was voor hun zoon, Alec. Hij is doof.'

Lou kneep haar ogen tot spleetjes. 'Er was gisteren geen kind te vinden in dat huis, John.'

'Misschien hebben ze hem in Baltimore achtergelaten bij vrienden, of ze zijn alleen op vakantie gegaan.'

'Waarom zouden ze dan een logopediste vragen om mee te gaan?'

Kehoe schudde zijn hoofd. 'Ik heb geen idee.'

'Janson, we zijn er nog maar net achter dat onze onbekende is vermoord. Degene die dat heeft gedaan heeft het op zelfmoord willen doen lijken. We hebben het lichaam aangetroffen in een schuur op het terrein van de Vaughns. Ik stond net op het punt om daarheen te gaan. Wilt u dat ik ze naar Cheryl Rickman vraag?'

'Zijn ze verdachten in uw moordzaak?'

'Ze hebben een alibi voor zowel woensdag als donderdag,' zei ze, 'dus niet direct, nee.'

Lou hoorde het geritsel van papier aan Jansons kant. 'Misschien dat we elkaar kunnen helpen, sheriff. Cheryl Rickmans ouders zeiden dat ze verloofd was. De verloofde heet Paul McMillan. Ik probeer hem te vinden om hem te ondervragen over de verdwijning van mevrouw Rickman.'

'Laat me raden,' zei Lou. 'Blanke man, vijfentwintig jaar, 1 meter 80, tachtig kilo?'

Janson zuchtte. 'Klopt helemaal. Ja, praat met de Vaughns. Misschien kunnen zij licht werpen op waar dit stel mee bezig was dat aanleiding kan zijn geweest voor hun dood.'

'Ik hou u op de hoogte.' Lou verbrak de verbinding en wendde zich tot Kehoe. 'Het spijt me, John.'

Kehoe klemde zijn kaken op elkaar. 'Ik ken Stan al sinds hij een kind was. Hij is geen moordenaar.'

Aangezien Vaughn een waterdicht alibi had, bestreed ze dat niet. Voorlopig.

Chicago, maandag 2 augustus, 09.45 uur

Ethan liet zich op de stoel in zijn auto zakken en rukte aan zijn stropdas terwijl hij zijn telefoon tegen zijn oor hield. 'Shit. Ik heb haar gemist, ik was twee uur te laat. Dat hadden net zo goed twee dagen kunnen zijn.'

'Heb je dit keer haar gezicht gezien?' vroeg Clay met een harde klank in zijn stem.

'Nee, diezelfde verrekte pet. De winkelbediende heeft me een signalement gegeven, maar hij lette niet op haar gezicht.' Ethan startte de auto en zette de airco hoog. 'Ze kwam binnengewandeld in shorts en een strak shirt. Ze zorgde er wel voor dat die arme sukkel achter de toonbank alles goed zag wiebelen.'

'Ze verblindde hem met haar koplampen, hè?'

'Verdomme, ze had een rubberen masker kunnen dragen en dan had die gast het nog niet gezien. Hij wist alleen maar te vertellen dat ze jonger dan veertig was. De bewakingsvideo leek wel een pornofilm.'

'Ik neem aan dat er nergens op haar huid iets van tatoeages of iets anders kenmerkends te zien was.'

'Misschien. Ze had iets op haar schouder. Het was me bijna niet opgevallen omdat ze het met make-up had weggewerkt, maar toen ze zich over de toonbank boog om geld in zijn hand te stoppen, gleed het bandje van haar shirt weg en toen zag ik dat er iets te zien was.'

Clay klonk instemmend. 'Goed gezien.'

'Dank je.' Ethan vertrok zijn gezicht. 'Mijn ogen voelen aan alsof ze met zand zijn uitgespoeld.'

'Nou, hou ze nog even open. Is deze nieuwe e-mail verstuurd van Rickmans laptop?'

'Nee, ze heeft een nieuw mailaccount geopend. Ze had geen laptop bij zich.'

'Ik vraag me af waarom. Hoe zit het met een identiteitsbewijs?'

'Ze gebruikte weer de creditcard van Alicia Samson. De bediende zei dat ze niet wilde dat hij haar kaart gebruikte omdat ze bijna aan haar limiet zat. Hij hield hem gewoon in bewaring terwijl zij de computer gebruikte. Ze betaalde contant. Dat heeft ze in Morgantown ook gedaan.'

'Dus als de kaart als gestolen is aangegeven kan niemand die met haar in verband brengen. Kunnen we vingerafdrukken nemen?'

'Ze heeft het toetsenbord ervoor en erna afgeveegd. Ze heeft verder niets aangeraakt.'

'Kut. Nou, wat doen we nu?'

'Ik ben op weg naar een elektronicawinkel om apparatuur te halen waarmee ik video's kan kopiëren. Ik heb die knul honderd dollar gegeven om me die band lang genoeg te lenen om een kopie te maken. Ik ga proberen die te bewerken om te zien of wat ze probeerde te verbergen tevoorschijn komt.' Ethan snoof vermoeid. 'Ik ga die verrekte apparatuur kopen, een kopie maken van die verrekte band, het origineel terugbrengen naar die bediende, die hem waarschijnlijk zal blijven afdraaien tot hij eelt op zijn handen heeft, en dan ga ik terug naar mijn hotel om te slapen.'

Clay deed er even het zwijgen toe. 'Dat is een prima plan. Bel me als je weer wakker bent.'

Er was meer. Angst maakte zich van Ethan meester, zwaar en verstikkend. 'Wat is er, Clay?'

Clay zuchtte. 'Cheryl Rickman is dood, Ethan.'

Hij werd overmand door spijt. De vrouw had haar leven gegeven om Alec te beschermen. 'Ik wist dat dit zou komen. Maar toch hoopte ik... Hoe ben je het te weten gekomen?'

'Vlak nadat jij klaar was met het natrekken van die laatste e-mail kwam de nieuwe sheriff opdagen. Sheriff Louisa J. Moore. Ze had bericht gekregen van de politie in Morgantown dat ze vrijdag het lichaam van Cheryl hebben gevonden. Daarom weet ze nu dat het lichaam dat ze uit de schuur heeft gehaald dat van Paul McMillan is.'

'Was jij daar?'

'Ja. Ze overviel ons. Ik kreeg de kans niet om weg te gaan. Ik zei dat ik een vriend was, maar daar trapte ze niet in. Ze wist dat ik politieman was. En ze weet dat Stan en Randi iets verbergen.'

'Heeft ze iets gezegd?'

'Nee, maar ik merkte het. Ze vroeg waarom Cheryl niet hier bij Paul was. Stan zei tegen haar dat ze Cheryl de week vrij hadden gegeven omdat ze Alec naar zijn ouders hadden gestuurd. De sheriff kreeg een bepaalde blik in haar ogen en zei: "Londen is een geweldige plek voor een jongen van zijn leeftijd."'

Ethan werd misselijk. 'Zitten Stans ouders in Engeland? Verdomme. Dat heeft Stan ons nooit gezegd.'

Clay gniffelde humorloos. 'Stan heeft ons een heleboel niet verteld, E, maar daar hebben we het later wel over. Toen keek Moore me recht in de ogen. Ze zei dat haar lijkschouwer bevriend was met de Vaughns en dat hij nog maar vorige week een ansichtkaart had ontvangen. Ze wilde dat ik wist dat ze doorhad dat Stan stond te liegen. Dat deed hij overigens heel goed. Geen zweetdruppeltje te zien.'

Ethan drukte zijn duimen in zijn oogkassen. 'Geweldig.'

'Het was nogal een voorstelling. Toen zei Moore heel rustig dat ze bewijzen had dat McMillan geen zelfmoord had gepleegd. Stan deed alsof hij verbijsterd was, maar Randi werd doodsbleek. En toen keek

Moore me recht in de ogen en vroeg of ze het huis mocht doorzoeken.'

Dat was wat ze hadden gewild toen ze erop stonden dat Stan de vondst van McMillans lichaam zou aangeven. Ze hoopten dat de plaatselijke politie iets zou vinden wat hen naar de moordenaar zou leiden. Maar de gedachte aan een troep politieagenten die neerstreek op het strandhuis maakte Ethan misselijk. Hij kon alleen maar vermoeden wat dat met Randi had gedaan. 'En wat zei jij?'

'Ik zei dat ik er te gast was. Dat de beslissing bij de huiseigenaren lag, bij de Vaughns. Maar tóén vroeg Randi, zo kalm als wat, vond ik, of Moore een huiszoekingsbevel had. Dat verraste me volledig. Moore zei alleen maar nee, maar dat ze er wel een kon krijgen. Randi bracht haar heel beleefd naar de deur.'

Ethan wist niet goed wat hij moest zeggen. 'Ik wist niet dat Randi dat in zich had.'

'Ze hield het ook niet lang vol. Nadat Moore was weggereden rende Randi naar de badkamer om over te geven. Stan ging maar tekeer dat het Alecs dood zou worden omdat ik hem had gedwongen de vondst van McMillans lichaam aan te geven.'

'Mijn god, ik hoop van niet,' mompelde Ethan.

'Ik denk het niet, E. Toen Moore weg was, heb ik snel haar achtergrond nagetrokken. Ze zat bij Bijzondere Slachtoffers in Boston voor ze hierheen kwam. Het ligt voor de hand dat ze weleens met een paar kinderontvoeringen te maken heeft gehad. Ik denk dat het tijd is om haar erbij te betrekken.'

'Clay, die vrouw die Alec heeft weet dat we niet naar de politie zijn gestapt. Dat schreef ze in die e-mail van vanmorgen. Ze zou iemand op dit moment het huis in de gaten kunnen laten houden. We weten dat ze in staat is tot moord. Er zijn al twee mensen dood. Ik zou er echt niet mee kunnen leven als ze Alec ook vermoordt.'

'Ze heeft misschien online de plaatselijke krant gelezen en weet zo dat de politie niet is ingeschakeld,' opperde Clay. 'Of misschien was het gewoon een goede gok. Hoe dan ook, we weten niet dat ze hem niet sowieso zal vermoorden.'

Ethan dacht na over die kwestie en ging bij zichzelf te rade. Ze zouden het de politie moeten vertellen. Dat zouden ze echt moeten doen. Toen zag hij in gedachten Alec voor zich terwijl de vrouw hem uit die bus sleepte. Hij was versuft geweest, waarschijnlijk verdoofd, maar in leven. En de bijlage vandaag toonde dat stukje van de krant van de dag ervoor. Op dat moment was hij nog steeds in leven. Het feit bleef dat Alec nog steeds in léven was. Ethan moest dat zo zien te houden. 'Ben jij bereid om Alecs leven in de waagschaal te stellen?'

Een lange, lange stilte hing tussen hen in. Toen zuchtte Clay. 'Nee.'

'Als iemand het bekendmaakt, dan moeten het Randi en Stan zijn. Ik wil niet nog meer dode Vaughns op mijn geweten hebben.'

'Richard was niet jouw schuld, Ethan,' zei Clay ruw. 'Als de situatie omgekeerd was geweest, zou jij degene zijn die nu dood was.'

'Dat weet ik,' zei Ethan bitter. Toen dacht hij aan de woorden van Dana van een paar uur geleden. *Het kan moeilijk zijn om degene te zijn die overleeft.* 'Ik weet het,' herhaalde hij, vermoeid dit keer.

'Je bent moe. Ga je kopieerapparatuur kopen en ga dan slapen. Neem een pil als dat nodig is.'

Pillen. Er drong zich een gedachte aan Ethan op. 'Kun je uitzoeken hoeveel pillen fenobarbital nodig zijn om Alec te verdoven? Niet aan Randi vragen. Ik wil haar niet bang maken.'

Ethan kon bijna horen dat Clay rechtop ging zitten. 'Randi zei dat er maar een paar meer in het flesje zaten dan hij nodig had voor de vakantieperiode. Als die meid hem heeft volgestopt met dope, dan zal ze snel nieuwe nodig hebben.'

'Dat zat ik ook te denken. Ik zal navraag doen bij de apotheken in de buurt van waar ze vanochtend was. Misschien dat ze daar een herhaalrecept heeft gehaald.'

'Dat klinkt als het eerste proactieve plan dat we hebben sinds deze hele nachtmerrie is begonnen.'

'Je hebt gelijk. Ik bel je zodra ik in de gelegenheid ben geweest om die video te analyseren.'

'Wácht. Ik laat je nog niet gaan. Ontbijt, maat. Waar ging dat allemaal over?'

Ethan haalde diep adem en zijn hartslag ging omlaag. Alleen al de gedachte aan Dana Dupinsky's ernstige bruine ogen was genoeg om zijn slechte stemming te verjagen. 'Eieren met spek.'

'Geen geintjes. Ga je me nog over haar vertellen?'

'Hoe weet je dat het om een vrouw gaat?'

'Omdat ik je ken, Ethan. Nou?' Clay's stem had een onaangename klank gekregen.

'Waarom ben je ineens zo geïnteresseerd in mijn ontbijt?'

'Omdat je je nooit eerder door je ontbijt hebt laten afleiden van je prioritéíten.'

'Ik kén mijn prioriteiten, Clay,' zei Ethan scherp. 'Alec is mijn prioriteit.'

Een gefrustreerd gesnuif. 'Het is alleen heel, heel lang geleden dat je hebt ontbeten, maat.'

Ethan keek geërgerd. Hij wist precies hoelang geleden het was dat hij had 'ontbeten'. Tot op de minuut. Die wetenschap had zich een paar uur geleden nadrukkelijk opgedrongen op het moment dat hij tegen de warmte van Dana Dupinsky's rijpe lichaam aan stond gedrukt.

Ethan bleef er het zwijgen toe doen en na een pijnlijke stilte ploeterde Clay verder. 'Je had een tamelijk regelmatige stroom vrouwen na Jill. Toen kwam je terug uit de woestijn en... toen werd je een kluizenaar, denk ik. Je moet toegeven, Ethan, je hebt al twee jaar geen relatie meer gehad en ineens kom je iemand tegen op een moment dat je je volop moet concentreren. Het is lastig te begrijpen.'

Ethan zoog zijn wangen naar binnen. 'Mijn relaties zijn jouw zaken niet.'

'Je bent mijn vriend, Ethan. Ik wil niet dat je gekwetst wordt.'

'Ze zal me niet kwetsen.'

'Niet expres. Maar als ze je zo afleidt dat je Alec niet vindt, dan zul je jezelf haten.'

Dat nam hem de wind uit de zeilen. 'Clay, het ligt gecompliceerd. Ze is...' Hij zocht naar een parallel. 'Ben je ooit in een zware storm terechtgekomen terwijl je op zee was? Zo zwaar dat je geen idee had of je daar ooit levend uit zou komen?'

'Een of twee keer.'

'Heb je ooit meegemaakt dat de zee plotseling kalm werd? Alsof het nooit had gestormd?'

'Nee.'

'Ik ook niet, tot gisterochtend.' Hij reed weg van de parkeerplaats van de kopieerwinkel. 'Ik moet gaan. Die elektronicawinkel gaat zo open.'

9

Chicago, maandag 2 augustus, 10.00 uur

'Je wilde me spreken?'

Dana keek op van haar computer, zag Jane Smith daar staan en toverde een warme glimlach op haar gezicht. 'Ga zitten.' Jane gehoorzaamde terwijl ze haar blik strak op de grond gericht hield. 'Ik wilde je een paar dagen de tijd geven om te wennen voor we even konden babbelen. Ik wil graag goed begrijpen waar je vandaan komt en waar je naartoe wil.'

'Waarnaartoe? Ik... ik ben hier net.' Jane's stem beefde van angst. Ze zat voorovergebogen met haar handen stijf tussen haar knieën gevouwen.

'Nou, niet meteen vandaag, Jane. Maar op een bepaald moment zul je toch weg willen om een leven voor jezelf en Erik op te bouwen. Heb je al nagedacht over wat voor soort leven je zou willen?'

Er ging een schouder omhoog. 'Ik wil gewoon niet meer in elkaar geslagen worden.'

Dat was een maar al te bekend refrein. 'Dat is een goed uitgangspunt. Wil je me over je leven hiervoor vertellen?'

'Mijn man dronk. Hij sloeg me als ik iets deed wat hem niet aanstond en dat was zo'n beetje elke dag.'

'Hoe zit het met Erik?'

'Hoe zit wat met Erik?'

Hoe zit wat met Erik? Wat een vraag. 'Hij is een jongen met problemen.'

Ze keek op met een kille blik in haar merkwaardige ogen. 'Zijn vader... heeft hem dingen aangedaan.'

Dat wilde Dana graag geloven. Het kind had in de twee dagen dat hij hier was nog geen enkele keer oogcontact gemaakt. Elke keer dat ze bij hem was gaan kijken had ze hem tot een bal opgerold op zijn bed aangetroffen. De enige keer dat ze geprobeerd had hem aan te raken was hij teruggedeinsd alsof ze met een gloeiende pook op hem afkwam. En iemand had dat ook gedaan. Recent nog. 'Wat, Jane? Wat heeft zijn vader hem aangedaan?'

'Hij sloeg hem soms. Hij heeft zijn gezicht verbrand. Daarom ben ik ervandoor gegaan.'

'Ik wil graag met Erik praten.'

'Nee.' Het kwam er abrupt en verhit uit. 'Hij heeft genoeg doorgemaakt.'

Dana leunde achterover en bestudeerde de ineengedoken vrouw tegenover haar. 'Ik begrijp dat je niet wil dat hij nog meer gekwetst wordt, Jane, maar Erik heeft hulp nodig. Misschien wel meer dan ik hem kan geven.'

Ze keek op en het kostte Dana al haar wilskracht om niet terug te deinzen toen Jane tranen in haar ogen kreeg. Haar pupillen waren leeg, tegen een verder witte achtergrond. 'Laat hem met rust. Alsjeblieft.'

Dana knikte verontrust. 'Oké. Ik zal nog niet met hem praten. Maar een dokter moet hem onderzoeken, Jane. Als zijn vader hem dingen heeft aangedaan, dan moeten we hem onderzoeken.'

Jane's ogen fonkelden. 'Niemand komt met zijn vingers aan mijn kind.' Het was bijna een grom en ze schrok, alsof ze zichzelf net zo had verrast als ze Dana had gedaan. De vrouw richtte haar blik weer op de vloer. 'Erik is nooit... helemaal in orde geweest,' ging ze verder. Ze klonk nu kalmer. 'Hij heeft toevallen.'

Het is Eriks moeder die niet helemaal in orde is, dacht Dana. 'Wat voor toevallen, Jane?'

'Epileptische aanvallen. Hij krijgt medicijnen. Ik heb binnenkort nieuwe nodig. Anti-epilepticum en fenobarbital.'

'Heb je de flesjes nog?'

'Nee. Die heb ik laten staan zodat mijn man ze niet zou missen en dan door zou krijgen dat we weg waren.'

'Nou, ik zal dokter Lee vragen om een herhaalrecept. Wat deed je voor je hierheen kwam, Jane?'

Jane's gezicht verstrakte even. 'Wat bedoel je?'

'Ik bedoel, had je werk buitenshuis, heb je een vak geleerd?'

'Hoezo?'

Dana liep om het bureau heen en ging op de rand zitten in een poging te voorkomen dat Jane zich geïntimideerd voelde. 'Hanover House is geen plek waar je voor altijd kunt blijven. Vrouwen komen hiernaartoe en als ze tot rust zijn gekomen gaan ze weer weg. Onze huisregel is een maximaal verblijf van drie weken.' Waar ze routinematig van afweken, uiteraard. Op de een of andere manier voelde Dana er niets voor om dat feit te vermelden.

'Maar ik durf niet weg te gaan,' fluisterde ze. 'Hij zal me vinden en dwingen terug te gaan.'

Mij. Niet *ons. Mij.* 'Waarnaartoe terug, Jane?' vroeg ze en de vrouw verstijfde.

'Je begrijpt het niet. Jij bent de enige die ik kan vertrouwen. Dit is de enige plek waar ik veilig zal zijn.'

Ik veilig zal zijn. Niet *wij.* Niet *mijn zoon. Mij. Ik.* Er tekende zich een patroon af dat Dana niet aanstond. 'Terug waarheen, Jane?' herhaalde ze.

Haar wenkbrauwen kwamen koppig samen. 'Doet er niet toe. Ik ga daar toch nooit meer naar terug.'

'Dat is goed voor Erik en jou. Maar Erik heeft een thuis nodig. Om dat mogelijk te maken moeten we werk voor je vinden. Had je een baan voor Erik werd geboren?'

'Ik was zeventien.' Het klonk verdedigend en Jane sloeg haar armen over elkaar. En bij die beweging zag Dana Jane's littekens. Ze liepen klein en oppervlakkig kriskras over de binnenkant van haar arm, van haar pols tot aan haar elleboog. Het was maar een glimp. Maar het maakte Dana een heleboel duidelijk over de vrouw die tegenover haar zat.

Jane had zichzelf ooit verminkt. Niet in een poging om zelfmoord te plegen, maar aanvankelijk als een kreet om aandacht. Later om controle te kunnen uitoefenen over het enige waar ze op dat moment controle over had. Haar eigen lichaam. Dana had dit meer dan eens gezien in de jaren dat ze als therapeute werkte. Nu stond Jane's wereld opnieuw op zijn kop. Stress was er vaak de oorzaak van dat mensen in oude patronen terugvielen. Ze zou zowel Jane als Erik nauwlettend in de gaten moeten houden.

Dana concentreerde zich op het heden. Jane wilde niet aan werk denken en dat was niet ongebruikelijk. De meeste vrouwen hadden tijd nodig om alles te overdenken wat ze moesten doen nu ze er echt alleen voor stonden. Voor velen was dat de eerste keer in hun leven.

'Weet je wat? Waarom kijk je niet eens in de personeelsadvertenties? Dan kun je later vanmiddag meedoen met de groepstherapie. Jane, je hebt een heel grote stap gezet toen je bij je man wegging. Dat was dapperder dan wat de meeste mensen ooit van hun leven doen. Het is mijn taak om je te helpen alles te halen uit de tweede kans die je jezelf hebt gegeven.'

Jane knikte kort. 'Kan ik nu gaan? Ik laat Erik niet graag zo lang alleen.'

'Natuurlijk.' Dana reikte haar de krant aan. Ze moest de neiging onderdrukken om die in Jane's handen te proppen toen ze er alleen maar naar zat te staren. Uiteindelijk nam Jane de krant aan, ging staan en liep het kantoor uit.

Dana staarde haar na. Haar gevoel gilde dat er iets niet klopte. Maar ze had ook geleerd dat geen twee vrouwen hetzelfde reageerden op misbruik. Ze ging zitten en maakte haar aantekeningen af. Ze was diep in gedachten toen ze met een ruk weer bij de werkelijkheid werd gebracht.

'Goedemorgen,' zei Caroline vanuit de deuropening. 'Mag ik binnenkomen?'

'Kan ik je tegenhouden?' vroeg Dana droog.

Caroline deed grinnikend de deur achter zich dicht. 'Waarschijnlijk niet.' Ze liet zich in een stoel zakken. 'Nou, wat is er gisteravond gebeurd?' vroeg ze zonder omwegen.

Dana deed haar best om haar onbewogen aan te kijken. 'Je had gewoon kunnen bellen om dat te vragen.'

Caroline grijnsde. 'En missen hoe je op dit moment zit te blozen? Echt niet.'

'Ik bloos niet.'

Caroline hief haar ogen naar het plafond. 'Ontkenning is altijd de eerste fase.'

Dana haalde haar schouders op. Ze probeerde nonchalant te doen, maar ze wist dat ze hopeloos faalde. 'Je hebt gelijk.'

Caroline keek haar achterdochtig aan. 'Heeft hij iets verkeerds gedaan?'

'Nee, dat is het niet. Hij heeft zich als een heer gedragen.' *Behalve toen hij zijn handen op mijn borsten legde. En dat was echt een kick.* Dana plantte haar ellebogen op haar bureau en legde haar kin op haar vuisten. 'We zijn uit eten gegaan en hij heeft me over zijn ongeluk verteld.

Zijn vriend sneuvelde en daar rouwt hij nog steeds om, maar erover praten leek te helpen. We hebben kippenvleugeltjes gegeten. En ik heb groente genomen.'

Caroline trok een wenkbrauw op. 'Eén zielig stengeltje selderij telt niet, Dana. En toen?'

'Toen wilde hij me naar huis brengen. Ik heb nee gezegd.'

'Verstandig,' reageerde Caroline.

'Maar hij gaf niet op, dus toen heb ik hem mee laten lopen naar mijn appartement.'

Caroline vertrok haar gezicht. 'Dat was zeker een hele openbaring?'

'Hij was niet erg onder de indruk, nee. We hebben nog een beetje gekletst en toen is hij weggegaan.'

'Hij is weggegaan.' Caroline ging met haar tong over haar tanden. 'Je laat me elk detail er met een kromme haak uit trekken, hè?'

Dana ging met haar vingers door haar haar. 'Verdorie, Caroline. We hebben gepraat. Hij heeft me een kus op mijn voorhoofd gegeven. Dat is alles. Geen woeste romance.' *Geen wilde seks om aan mijn trekken te komen.* 'Het spijt me dat ik je teleur moet stellen.' *Je hebt geen idee hoe erg me dat spijt.*

'Oké. En wanneer zie je hem weer?'

Dana bestudeerde het plafond. 'Twee uur geleden.'

Caroline's grijns verlichtte de hele kamer. 'Nu komen we ergens, Dupinsky. Wat is er toen gebeurd?'

Dana moest lachen om de blijdschap van haar vriendin. 'We hebben nog meer gepraat. Toen is hij meegelopen naar mijn auto. En hij heeft me gezoend. Op mijn mond.'

'En?'

Dana sloot haar ogen. Haar wangen gloeiden en haar hart ging tekeer bij de herinnering aan die kus. Haar lippen tintelden uren later nog. 'O mijn god.'

'Dus hij is écht niets kwijtgeraakt waar hij niet zonder kan,' zei Caroline spottend.

Dana dacht aan die harde bobbel die klopte op de plek waar ze hem het hardste nodig had. 'O, nee.'

'En wanneer zie je hem weer?'

'Vanavond om zeven uur. Als Evie druk is, zou jij dan een paar uur hier kunnen blijven?'

‘Voor jou, hiervoor? Natuurlijk. Nou, ik had nog een andere reden om hierheen te komen, behalve het verslag over Buchanan.’ Ze wierp een blik in de richting van de deur en dempte haar stem. ‘Jane.’

Dana keek met gefronst voorhoofd naar haar aantekeningen. ‘Wat is er met haar?’

‘Ze baart me echt zorgen, Dana. Gisteren betrapte ik haar erop dat ze in de badkamer stond te roken. Ik was helemaal niet boos, ik vroeg haar alleen maar of ze dat niet meer wilde doen. Maar ze was woedend. Ze kreeg zo’n beheerste uitbarsting. Ik zag dat ze dat helemaal niet wilde en dat ze haar uiterste best deed om weer te kalmeren.’ Caroline keek bezorgd. ‘Ze deed me heel even denken aan Rob.’

Dana knipperde met haar ogen. Caroline’s ex-echtgenoot was een monster geweest. ‘O, Caroline, kom op.’

‘Ik meen het. En later, toen David het dak kwam repareren? Toen was ze naar buiten gegaan om te roken en ik zag haar naar David staren.’

‘David is een knappe vent. De meeste vrouwen kijken naar hem.’

‘Niet op deze manier. Dit was akelig. Wellustig. Berekenend.’ Ze huiverde. ‘Ik vond het maar niks.’

Dana zuchtte. Haar eigen instinct was één ding, maar dat Caroline hetzelfde dacht was iets wat ze niet zomaar kon negeren. ‘Wat vind je dat we moeten doen, Caroline? Die blauwe plekken die ze had toen ze hier aankwam waren echt. Erik heeft ernstig trauma doorgemaakt.’

‘Ik weet niet wat er moet gebeuren. Mijn hart breekt om haar jongen. Maar... hou haar gewoon in de gaten, oké?’

‘Dat zal ik doen.’

Sue deed de deur van haar kamer achter zich dicht. Ze was buiten adem omdat ze een ogenblik voor Caroline de deur van Dupinsky’s kantoor opendeed de trap op was gerend. Ze keek naar de jongen die op bed zat, groggy, maar bij de tijd. Dupinsky kon maar beter snel over de brug komen met dat recept. Ze moest zorgen dat de jongen niet aanspreekbaar bleef, aangezien ze er geen ogenblik aan twijfelde dat Dupinsky zou proberen met hem te praten. Dat was een typische reactie van maatschappelijk werkers – praten, praten, praten. Dat Dupinsky haar al zo snel dwong om werk te gaan zoeken was een schok geweest. Ze had verwacht een beetje vertroeteld te worden, een beetje vriendelijkheid te krijgen. Ze gooide de krant en miste het hoofd van de jongen op een haar. Ze zag hem wegduiken.

Ze kon het zoeken naar een baan in ieder geval in haar voordeel gebruiken. Vanmorgen was ze weggeglipt om haar laatste e-mail aan de Vaughns te versturen en die brave Leroy Vickers te vermoorden. Maar als ze op zoek was naar werk, dan hoefde ze niet meer stiekem te doen. Ze zou nog steeds voorzichtig moeten zijn en er nog steeds voor moeten zorgen dat ze wegbleef van de plekken waar ze vroeger rondhing en waar iemand haar zou kunnen herkennen. James hing nog steeds ergens rond. Daar twijfelde ze geen moment aan.

Ze had de jongen gedwongen nog een van zijn pillen te nemen en die weg te spoelen met antihistamine toen een beweging op straat haar aandacht trok. Het was Caroline die naar haar auto liep. Die vrouw was gevaarlijk. Sue had elk woord gehoord dat ze hadden gewisseld. Vroeg of laat zou Dupinsky acht slaan op die opmerkingen en ondanks het gebrek aan vertroetelen was dit een uitstekende plek om zich te verbergen. Er moest worden afgerekend met Caroline.

Ze haalde haar mobieltje uit haar rugzak. Fred nam op nadat de telefoon drie keer was overgegaan. 'Ik begon me een beetje zorgen te maken, Susie Q. Ik had niet verwacht dat je me terug zou bellen.'

'Nou, dat doe ik wel. Luister, ik zal doen wat je van me vraagt, maar ik wil dat je me nog een dienst bewijst.'

'De diensten stapelen zich op, hè Susie? Ik weet het niet.'

'Geloof me, hier zul je van genieten.'

Maandag 2 augustus, 16.30 uur

Ze was heet en nat en voortdurend soepel in beweging. Ze kwam hem tegemoet als een golf in de zee. Ze had haar lange, lange benen om hem heen geslagen, haar hese stem fluisterde zijn naam en haar bruine ogen waren vervuld van lust. Hij duwde dieper en ze kreunde en –

Ethan werd met een schok wakker. Hij tilde ogenblikkelijk zijn hoofd op van het kussen. De wekker stond hinderlijk te piepen. Hij liet zich met een kreun weer op het kussen vallen. Zijn hoofd deed nog steeds pijn, maar zijn lichaam deed nog meer pijn, sommige delen erger dan andere. Het was een droom geweest. Alleen maar een droom. Maar zo echt en zo verrekte lekker. Hij was keihard en stond op het punt klaar te komen, alleen door een droom. Hoe zou het zijn als hij haar werkelijk aanraakte? Want dat zou gebeuren. Dat had hij al gedacht toen ze de ochtend daarvoor in het busstation naar hem had opgekeken, maar na die zoen bij haar auto wist hij het zeker. Ze was in zijn armen tot leven gekomen en het was alsof... *Alsof ze voor me gemaakt was, alleen voor mij. En ik zie haar over een paar uur weer.* Zijn maag rommelde, maar hij zou niet eten. Niet tot hij haar bij de hotdogkraam zag. Hij moest eten. Hij moest haar zien. Allebei tegelijk doen was de enige manier waarop hij zijn geweten kon sussen, want zoals hij tegen Clay had gezegd, hij wist waar zijn prioriteiten lagen.

Die lagen nu bij het monteren van de apparatuur die hij had gekocht en bij het bekijken van de kopie van de bewakingsbeelden van die kopieerwinkel. Hij sleepte zichzelf uit bed en zette de tv aan op een sportzender, waar hij het laatste deel van een wedstrijd van de Orioles meepikte terwijl hij dozen openmaakte en kabels aansloot. Hij vroeg zich af of Dana naar wedstrijden van de Cubs luisterde terwijl ze foto's nam van moeders met hun baby's.

De O's stonden twee punten voor toen hij klaar was met het overzetten van de videobeelden in een digitaal bestand en hij verplaatste zijn concentratie naar het beeld op zijn computerscherm. Hij zoomde in op de schouder van de vrouw en rommelde met contrast en kleur in een poging te zien wat de make-up verborg.

Een halfuur later leunde hij achterover. Op haar linkerschouder zat een tatoeage, maar het enige wat hij kon zien was een hoofdletter P, in een stijl die overeenkwam met de eerste letter van een handgeschreven middeleeuwse tekst. De rest bleef hardnekkig verborgen onder de dikke laag make-up. 'Beter dan wat we vanochtend hadden, maar nog steeds niet goed genoeg,' mompelde hij terwijl hij met zijn handen over zijn gezicht ging. Hij moest douchen en zich scheren. En eten. Maar het eten moest wachten op de beste hotdogs van de stad. En op Dana.

Hij had nog werk te doen voor hij haar die avond zag. Hij zou maar een paar minuten blijven, want hij kende zijn prioriteiten en die bestonden op dit moment uit een twaalfjarig jochie dat recht had op elk moment dat hij wakker was.

Maandag 2 augustus, 17.45 uur

Mam. Alec was thuis. Zijn moeder streelde zijn haar en hij was thuis. Het was een akelige, akelige droom geweest. Hij zou haar erover vertellen, er een grap van maken. Maar ze zou bij hem blijven en zijn haar strelen tot hij weer in slaap viel. Dat deed ze altijd.

Hij zou haar alles vertellen zodra hij zijn ogen opendeed. Maar dat was lastig. Het was moeilijk om zijn ogen open te krijgen. Hij deed zo zijn best, zo vreselijk zijn best. Hij wilde haar zien, moest haar zien. Ze streelde zijn haar en er was niets wat ooit zo lekker had gevoeld.

Hij worstelde met zijn oogleden, voelde ze trillen. Kreeg ze net ver genoeg open om haar gezicht te zien. Vage beelden liepen door en over elkaar heen en kwamen toen weer langzaam samen. *Mam.*

De gil bleef in zijn keel steken. Ze was het niet. Dit was niet zijn moeder. Het gezicht van zijn moeder was ongeschonden en mooi. Dit gezicht... Er liep een lang, rood litteken over dit gezicht. De mond glimlachte niet. Hij snakte naar adem. *Mam.*

Maar de hand ging door met zijn haar strelen en hij haalde diep adem. *Niet mijn moeder. Geen droom.* Wie was zij? Haar mond zonder glimlach bewoog op een vreemde manier en hij begreep dat ze tegen hem zat te praten. Haar hand bleef strelen. Zijn oogleden vielen weer dicht. Hij vocht hard, verzette zich tegen de stroom die hem onder trok. Het was zwart en donker. *Nee. Niet weer. Mam.*

Evie keek op toen er een schaduw over de jongen viel. 'Hij slaapt weer,' mompelde ze.

Jane fronste, maar ontspande toen ze zag dat alles in orde was met haar zoon. 'Was hij wakker?' fluisterde ze hoopvol.

'Nee, niet echt. Hij lag te draaien en te woelen in zijn slaap.' Evie had een uur lang bij Erik gezeten en zijn haar gestreeld in de hoop dat hij een teken zou geven dat hij in orde was. Hij had op een gegeven moment zijn ogen geopend en er was sprake geweest van herkenning, een teken dat hij wist waar hij was. Ze streek nog een keer bij wijze van afscheid over Eriks haar en stond op. 'Ik kwam even kijken of alles goed was met hem. Hoe ging het in de groep?'

Jane haalde gespannen haar schouders op. 'Het ging wel.'

Evie klopte even op haar arm. 'Maak je geen zorgen, alles zal goed komen voor jou en Erik.'

'Dat is precies wat Dana daarnet zei in de groep.' De vrouw liet een dappere glimlach zien, die door Evie's ziel sneed. 'Het is moeilijk te geloven dat mensen zo aardig kunnen zijn na al die...'

'Ik weet het. Ik weet nog dat ik hier voor het eerst kwam. Je vraagt je steeds af wanneer er weer iets akeligs zal gebeuren. Maar dat gebeurt niet, niet hier. Hier heb je niets te vrezen. Luister, als je wil dat ik bij Erik kom zitten zodat jij een ogenblik weg kunt, laat me dat dan even weten.'

'Heel aardig van je,' mompelde Jane en ze sloeg haar ogen neer. 'Dank je.'

Evie aarzelde, maar sloeg toen even haar arm om Jane. 'Graag gedaan.'

Vanonder haar wimpers zag Sue de getekende vrouw op blote voeten haar kamer uit lopen. Die vrouwen moesten eens leren wanneer het genoeg was. Dupinsky met haar voortdurende geklets, Caroline met haar verdomde regels en nu Scarface die veel te veel belangstelling had voor het kind. Sue deed de deur van haar kamer dicht, zette twee stappen naar het bed, greep het kind bij de schouders en tilde hem omhoog. Ze schudde hem hard door elkaar en heel even gingen zijn ogen open. Maar er was geen vonk, geen opstandigheid. Alleen maar lethargie.

En dat was precies zoals ze het wilde. Ze had nu al verschillende keren bij Dupinsky het zaadje geplant dat de jongen geestelijk niet in orde was. Erik was epileptisch en autistisch. Niemand leek aan haar woorden te twijfelen en als dat wel zo mocht zijn, nou, verdorie, zij was toch zeker geen dokter. Ze was gewoon een simpele vrouw van het platteland die op de vlucht was voor haar klootzak van een echtgenoot.

Ze liet het kind weer op bed vallen. Nog steeds geen reactie. Mooi. Ze bleef even alleen maar naar hem staan kijken. Ze wachtte op een flintertje medeleven voor de jongen die ze van zijn bed had gelicht en dagenlang onder de drugs had gehouden.

Vervolgens knikte ze kort toen dat medeleven niet kwam. Ze was even bang geweest dat al dat weekhartige gedoe besmettelijk was. Daar had ze zich geen zorgen over hoeven maken. Want wraak lag binnen handbereik en dat kind was de wortel. Het aas. De prijs.

Haar aandacht werd getrokken door het geluid van stemmen in de steeg achter het opvanghuis, Caroline en Dana stapten in verschillende auto's. Dana was duidelijk op weg naar haar afspraakje. Caroline wilde ervoor zorgen dat ze er goed uitzag. Daarna zou Dupinsky naar haar afspraak gaan en Caroline zou Fred gaan ontmoeten. Maar dat wist ze niet. Niet tot het te laat was.

10

Chicago, maandag 2 augustus, 18.15 uur

Ethan sprong vloekend onder de douche vandaan. De hoteltelefoon ging over. 'Ja.'

'Ik heb naar je mobiel gebeld, maar je nam niet op,' klaagde Clay.

'Ik stond onder de douche. Wat is er gebeurd?' vroeg Ethan terwijl hij zich intussen afdroogde.

'Geen nieuwe mails, maar ik heb wel informatie over Stan. Ik heb zijn boekhouding doorgenomen.'

'Wat voor boekhouding? Stan heeft nooit de boeken bijgehouden. Dat was altijd Randi's werk in de winkel.'

'Niet meer. Stan heeft een accountant in de arm genomen... en is zijn eigen boekhouding gaan bijhouden.'

'Verdomme.'

'Zeg dat wel. Het staat allemaal op zijn laptop, die hij me aanvankelijk niet wilde laten zien.'

Ethan pakte een boxershort uit de la. 'En wat staat er dan op zijn laptop?'

'Het lijkt op een ouderwetse witwaspraktijk. Zo te zien is Stan alleen maar een tussenpersoon. Hij verkoopt iets aan een klant, neemt een hele bak geld aan, draait zich om en koopt van iemand anders. Je moet voor me in de legale boeken op de server van zijn bedrijf kijken om dat te bevestigen.'

Ethan hees zich in een overhemd. 'Kan Randi dat niet voor je regelen?'

'Ik wil het haar niet vragen voor ik het zeker weet. Bovendien is ze een soort van... verdoofd.'

Ethan zuchtte. 'Laat me me even aankleden en een andere telefoon pakken. Dan log ik in.'

Tien minuten later zat Ethan in Stans bedrijfsserver dankzij het bestand dat Clay op Stans laptop had gevonden met alle inlognamen en wachtwoorden. Stan vertrouwde blijkbaar zijn geheugen niet. Het was ontstellend, maar helaas maar al te gewoon. Ethan had meegemaakt dat CEO's van grote bedrijven hun wachtwoorden opschreven zodat ze die niet konden vergeten. Wanneer dat gebeurde was de veiligheid in gevaar. Zoals op dit moment, terwijl Ethan gemakkelijk doordrong in het computersysteem van Stans bedrijf. 'Ik ben binnen. Geef me datums van transacties uit Stans boeken.'

Dat deed Clay, maar niet één van Stans handeltjes kwam overeen met de officiële boeken.

Ethan zuchtte. 'Hoelang is dit al aan de gang?'

'Het begon precies rond de tijd dat hij drie jaar geleden de derde winkel opende in Philadelphia.'

'Toen Alec zijn operatie onderging. Verdomme. Nu weten we hoe hij aan het geld kwam.'

'Het lijkt pas de normale gang van zaken te zijn geworden toen hij uitbreidde in de staat New York.'

'En dat was toen hij succes begon te krijgen,' merkte Ethan grimmig op. 'Ik vermoed dat hij het nadat de operatie was betaald prettig vond om contant geld te hebben. Randi zal hier kapot van zijn. Alec wordt vermist en ze weet niet of Stan daar iets mee te maken heeft. Hij gaat de bak in.' Ethan drukte zijn knokkels in zijn oogkassen. 'Is het mogelijk dat Stan eruit wilde stappen en dat dit bedoeld is om hem ervan te overtuigen dat niet te doen?'

'Als dat zo is, dan zegt hij er niets over. Maar ik denk dat nu wel duidelijk is waarom hij niet wilde dat we naar de politie zouden stappen. Dit zou allemaal zijn uitgekomen en dat wilde hij niet laten gebeuren.'

Ethan slaakte een zucht. 'Ik geef er nog steeds de voorkeur aan om te denken dat dat bijzaak is. Dat zijn hoofddoel was om Alec veilig te houden. Ik kan niet geloven dat hij iets afweet van Alecs ontvoering.'

'Dat begrijp ik, E, maar we kunnen ons niet veroorloven dit te negeren. Al zijn transacties zijn met mensen uit het gebied New York-New Jersey. Hij heeft wel een paar contacten in Chicago, maar daar was geen geld mee gemoeid. Ik blijf zoeken. Ben je al wat verder met de tietendame?'

'Ik heb een paar goede beelden van haar lichaam, maar niet van haar gezicht. Ik heb die lijst van apotheken geprint waar we het over hadden. Ik zal daar morgenochtend rond het tijdstip dat zij er was langsgaan en ook bij andere winkels in de buurt van die kopieerzaak. Op dat moment waren er niet veel zaken geopend, dus hopelijk hebben de winkels die dat wel waren iets gezien.'

'Het zou heel wat beter zijn als je hun haar gezicht kon laten zien,' zei Clay weifelend.

'Ik ben van plan om vanavond terug te gaan naar het busstation om nog meer beelden te bekijken. Als ik haar gezicht zie, dan heb ik morgen nog meer om te laten zien. Maar eerst ga ik iets eten. Ik verrek van de honger.'

Wight's Landing, maandag 2 augustus, 19.50 uur

Lou liet zich in haar stoel vallen en masseerde haar slapen. Patholoog John Kehoe klopte haar onbeholpen op de rug.

'Ik heb altijd de pest aan identificaties,' zei hij. Ze nam aan dat hij er meer dan genoeg had gedaan in de dertig jaar dat hij lijkschouwer was. Ze had er zelf al veel te veel gedaan. Eén was al te veel.

'Ik ook. John, waarom hou je het voor vandaag niet voor gezien? Ga lekker naar de steiger.'

Hij kwam onzeker overeind. 'Misschien doe ik dat wel. En jij?'

'Ik heb nog een beetje administratie te doen. Ik zie je morgen.'

Ze was nog maar net aan de stapel papier begonnen toen de telefoon overging. Dora verscheen in de deuropening. 'Sheriff, rechercheur Janson uit Morgantown is op lijn één.'

'Dank je.' Lou nam de hoorn van de haak. 'Janson, met Moore. Mijn lichaam is door zijn ouders officieel geïdentificeerd als Paul McMillan.' Ironisch genoeg dankzij het litteken van de blindedarmoperatie die hem een jaar eerder het leven had gered. 'De Vaughns hebben geen idee wat hij in hun schuur deed. Ze zeiden dat ze Rickman vrijaf hadden gegeven omdat hun zoon met zijn grootouders naar Europa ging.'

'Gelooft u hen?'

'Nee. Ik weet dat de grootouders in Europa zijn en ik heb geprobeerd contact met ze te krijgen, maar Vaughn beweert dat hij niet precies weet waar ze uithangen. Ik heb een verzoek ingediend bij de douane om erachter te komen of die knul werkelijk het land heeft verlaten, maar dat neemt een paar dagen in beslag. Stan Vaughn en zijn vrouw weten iets, maar ze hebben een waterdicht alibi.'

Helaas was hun alibi zo goed dat ze niet in staat was geweest om de rechter ervan te overtuigen dat ze een huiszoekingsbevel moest hebben. Dat zat haar behoorlijk dwars. In Boston zou de openbaar aanklager haar binnen een uur een huiszoekingsbevel hebben bezorgd. Maar dit was Boston niet en de rechter kende Stans vader al jaren en kon net zo moeilijk geloven dat Stan erbij betrokken was als John Kehoe had gedaan. Eén telefoontje van Stan had haar poging om een bevel te krijgen al laten ontsporen, nog voor ze een verzoek had ingediend.

'Ze hebben op de avond dat McMillan is vermoord gebruikgemaakt van de roomservice,' vertelde ze Janson. 'De twee dagen daarna zijn ze allebei gezien door verschillende personeelsleden. Het zou lastig voor ze zijn geweest om naar Morgantown en terug te rijden. Dat is heen en weer een reis van twaalf uur.'

'Dat was mijn volgende vraag, want ik zal die rit morgen gaan maken.'

Lou ging rechtop zitten. 'Wat is er aan de hand?'

'De ouders van Rickman hebben gebeld. Ze zijn gebeld door de sheriff in Ocean City. Volgens internet is dat ongeveer een uur rijden bij jullie vandaan. Ze hebben een zeventienjarig schoffie opgepakt voor de gewapende overval op een supermarkt rond middernacht op woensdag.'

'Dat is tussen onze moorden in. Hij kan McMillan hebben gedaan, maar niet Rickman.'

'Klopt, maar het wordt nog beter. Die knul had de voeding van een laptop in zijn rugzak met de vingerafdrukken van Cheryl Rickman erop. De sheriff van Ocean City heeft Rickmans ouders gebeld om te vragen over die voeding en de ouders hebben mij gebeld. Ik had net de sheriff van Ocean City aan de lijn. Die knul houdt zijn mond stijf dicht. Ik ben daar morgenochtend om tien uur. Hebt u zin om met me af te spreken bij de gevangenis?'

Lou leunde met een tevreden glimlach achterover. 'Bedankt. Ik waardeer het dat u me erbij betrekt.'

'We willen allebei degene te pakken krijgen die dit jonge stel heeft vermoord. Ik zie u morgen.'

Lou hing op. 'Hé, Dora, is Huxley al naar huis?'

'Nee, hij is op patrouille en ik heb hem al gebeld. Hij is op weg hierheen om met je te praten.'

Lou zou Huxley het strandhuis van de Vaughns in de gaten laten houden. En terwijl ze wachtte, zou ze eens nagaan wie die man was die bij de Vaughns op bezoek was. Alles aan die man schreeuwde politie. Ze tikte zijn naam in het zoekscherm. 'Clay Maynard'.

Dat Maynard in Wight's Landing op vakantie was, was een regelrechte leugen en het was overduidelijk dat hij Stan Vaughn absoluut niet mocht. Dat kon Lou hem niet kwalijk nemen. Die gladjanus had overal een antwoord op. Ze trok haar wenkbrauwen op toen de zoekresultaten verschenen. Hij was achtendertig jaar en woonde in D.C. Voormalig politieman. Dat was geen verrassing. Acht jaar bij de politie van Washington, onderscheiden. Voormalig marinier. Logisch. Had op dit moment zijn eigen zaak, samen met Ethan Buchanan. Beveiligingsadviesbureau.

Nou, waarom hadden de Vaughns een beveiligingsadviseur nodig? Dat was een goede vraag. Stan Vaughn zou ongetwijfeld een verrekte goed antwoord hebben. Het vervelende was dat zij de waarheid wilde.

Chicago, maandag 2 augustus, 19.10 uur

Ethans neus bespeurde de hotdogstand al voor zijn ogen dat deden. Er stond een rij van een man of twintig te wachten op de beste hotdogs van de stad. Hij liet zijn blik langs de groepjes mensen gaan, op zoek naar degene van wie hij hoopte dat ze nog steeds op hem stond te wachten. Hij slaakte een diepe zucht van opluchting toen hij zag dat dat het geval was. En bleef vervolgens stokstijf staan en keek alleen maar. Zoog het beeld van haar op.

Ze stond midden in de menigte, maar op de een of andere manier er los van. Keek toe terwijl alle anderen plezier hadden. Ze had zich voor hem mooi aangekleed en die wetenschap deed zijn hart sneller kloppen, ook al voelde hij zich gefrustreerd door de wetenschap dat de eenvoudige zwarte jurk en de stilettohakken vergeefse moeite waren. De jurk kwam tot halverwege haar dijen, waardoor haar benen nog langer leken. Hij accentueerde haar lichaam op de juiste plekken en zijn handen jeukten om elke centimeter en elke ronding aan te raken. Hij kon van vijftien meter afstand de elektriciteit in de lucht voelen. Ze benam hem gewoonweg de adem.

Hij zag een groepje tieners op skateboards. 'Hé, willen jullie tien dollar verdienen?'

Ze keken elkaar onderzoekend aan. 'Wat moeten we daarvoor doen?'

'Voor mij in de rij gaan staan en hotdogs en friet en cola voor me halen.'

Een van de jongens keek hem achterdochtig aan. 'Waarom ga je zelf niet in de rij staan?'

Ethan wees naar Dana. 'Zie je die dame daar? Ik heb ongeveer twintig minuten om met haar te eten en ik wil die tijd niet verspillen aan in de rij staan. Snap je?'

De jongens keken in de richting waarin zijn vinger wees en er verscheen een begrijpende glimlach op hun gezicht. 'Ik geloof van wel,' zei de eerste jongen. Hij stak zijn hand uit. 'Vooraf betalen.'

Ethan haalde een paar bankbiljetten uit zijn zak. 'Dit is voor de hotdogs. Jullie krijgen betaald als ik mijn eten krijg. Stop nu je tong maar weer in je mond en schiet op.'

Dana voelde hem naderen voor ze hem zag. Ze dacht dat ze dit keer voorbereid was, maar de schok van bewustzijn benam haar opnieuw de adem terwijl ze hem vastberaden dichterbij zag komen. Hij torende boven het merendeel van de mensen uit en zijn haar glansde goudkleurig in het licht van de ondergaande zon. Hij stak met zijn brede schouders en smalle heupen af tegen de mensen die hij passeerde, net als zijn pak en stropdas tegen hun shorts en T-shirts. Het was een ander pak dan hij die ochtend had gedragen. Hij had geslapen, zag ze. Zijn ogen hadden niet langer die blik van uitputting. In plaats daarvan stonden ze helder en opvallend. *En op mij gericht.*

De woorden die ze had geoefend werden uit haar hoofd verdrongen toen hij bij haar kwam en in één soepele beweging haar gezicht in zijn handen nam en zijn lippen op de hare drukte, een simpele welkomstkus. Het geroezemoes van de mensen vervaagde en werd vervangen door het woeste ruisen van haar bloed in haar hoofd. Haar handen kwamen als vanzelf omhoog om zijn polsen te pakken en zich vast te klampen. Hij maakte er een einde aan met een kuise beweging van zijn lippen die haar duidelijk maakte dat er meer zou volgen.

Hij richtte zijn hoofd op en deed een stap achteruit. Hij liet zijn blik snel over haar lichaam gaan. 'Je ziet er fantastisch uit.' Hij glimlachte. 'Maar ik denk dat je dat wel wist.'

Ze had het gehoopt. Toch voelde ze haar wangen rood worden. 'Caroline stond erop dat ik me een beetje op zou knappen.' Dana zag weer voor zich hoe Caroline een uur eerder bezit had genomen van haar kledingkast. Deze jurk was de enige fatsoenlijke die ze bezat. 'Ze kan heel overtuigend zijn.'

'Zeg maar dat ik haar dankbaar ben.' Hij keek achterom naar de mensen die in de rij stonden voor hotdogs en keek haar toen weer fronsend aan. 'Ik vind het akelig om te moeten zeggen, maar ik kan niet lang blijven.'

Teleurstelling stak de kop op, maar ze hief haar kin en plakte een glimlach op haar gezicht. 'Ik begrijp het.' Visioenen van een avond praten, gevolgd door meer van wat er die ochtend bij haar auto was gebeurd vervaagden. Hij had in ieder geval het fatsoen om het persoonlijk tegen haar te zeggen.

Hij bracht hun samengevouwen handen naar zijn lippen en drukte er zacht een kus op. 'Nee, dat denk ik niet. Ik heb weer nieuws gekregen van thuis. Dat familiegedoe waar ik je over vertelde.'

Op een ander moment, bij een andere persoon, zou ze misschien hebben doorgevraagd, maar er blonk pijn in zijn ogen en zijn kaken vertoonden een hardheid die haar duidelijk maakte dat dit onderwerp taboe was, dus hield ze haar mond. 'Ik ben blij dat je gekomen bent, ook al kun je niet blijven.'

'Ik moest je zien.'

Het werd eenvoudig gezegd en het raakte haar hart. 'Ik heb de hele dag aan je gedacht,' zei ze zacht. Ze bracht haar vingers naar zijn gezicht en streek met haar duim onder zijn ogen, waar die ochtend nog donkere kringen waren geweest. 'Je hebt geslapen. Mooi.'

Zijn ogen fonkelden en ze voelde een golf van warmte tot aan haar tenen trekken. 'Ik heb van je gedroomd.'

Het hese timbre van zijn stem deed haar moeizaam slikken en ze zat plotseling zonder woorden. Ze kon alleen maar naar hem opkijken, gefascineerd en gecharmeerd. En ongelooflijk opgewonden. Als het zomaar een zin was geweest, dan was het wel een geweldige zin. Maar zijn ogen stonden helder en eerlijk en oprecht en ze wilde geloven dat het waar was.

Zijn mondhoeken gingen omhoog. 'Dus ik heb je eindelijk verrast.'

Haar hart maakte een sprongetje in haar borst toen ze zijn glimlach zag. 'Dat geloof ik ook.'

Hij pakte haar handen en kuste de binnenkant. 'Het spijt me dat ik te laat was. Ik kon geen plek vinden om te parkeren.'

'Daar had ik je voor moeten waarschuwen. Ik ben met de metro gekomen.'

'Ik ben blij dat je hebt gewacht.'

Ze zocht opnieuw naar woorden. 'Het is... het is een fijne avond. Ik vind het leuk om naar mensen te kijken.'

'Dat weet ik.' Het werd gezegd met een plagende grijns, waardoor zijn hele gezicht oplichtte en hij jaren jonger leek. Zorgeloos.

'Je hebt naar me staan kijken,' zei ze beschuldigend, van de wijs, omdat ze... van de wijs was. Die sensatie was nieuw voor Dana Dupinsky en ze kwam tot de conclusie dat ze het prettig vond. Ze stond te flirten en was van de wijs en ze merkte dat zij zich ook jonger voelde. Zorgeloos zelfs.

'Heel even maar. Ik kon er niets aan doen. Ik kwam de hoek om en daar stond je, een plaatje.' Hij liet een van haar handen los en speelde even met het haar vlak boven de pleister op haar hoofd terwijl hij haar gevangen hield met zijn onderzoekende blik. 'Geneest het goed?'

'Het gaat goed.' Maar het ging zo veel beter dan goed. Haar hart ging als een razende tekeer en elke zenuw stond in brand. 'Maar ik denk wel dat ik moet gaan zitten.' Haar knieën waren slap. 'Deze schoenen worden mijn dood nog.'

Zijn blik schoot naar haar benen en bleef daar even hangen voor hij weer naar haar gezicht ging. 'Ik wou dat ik kon zeggen dat je ze niet had moeten aantrekken, maar ik ben verdomd blij dat je dat wel hebt gedaan.' Toen grijnsde hij en ze wist dat haar gezicht rood was geworden. 'Je bent leuk als je bloost.'

Dana sloeg haar ogen ten hemel, een klein beetje opgelucht dat het moment voorbij was. Ze dacht niet dat haar hart het nog langer had aangekund om in die intense groene ogen te kijken. 'Laten we een bankje opzoeken.'

Zo gezegd, zo gedaan, en ze zaten met hun gezichten naar elkaar toe. Zijn arm lag nonchalant op de rugleuning en zijn andere hand hield de hare vast. En opnieuw waren zijn ogen gefocust. *Op mij.*

'Vertel me eens over je zakenpartner,' zei ze plotseling.

Zijn ogen werden groot van verbazing. 'Waarom?'

'Omdat je werk belangrijk voor je is, dus dat zal dan ook wel opgaan voor je zakenpartner.' Ze liet haar blik op hun verstrengelde handen vallen en dwong zichzelf vervolgens om hem aan te kijken. 'En ik probeer je beter te leren kennen.'

Hij deed er even het zwijgen toe, keek alleen maar naar haar, en ze kreeg het onaangename gevoel dat hij in haar hoofd probeerde te kijken. Het ongemak nam toe toen ze het vermoeden kreeg dat hij daartoe ook in staat zou zijn. 'Ik heb gisteravond al de hele tijd gepraat en je over Richard verteld.' Hij hield zijn hoofd schuin. 'Je kunt goed luisteren. Vertel me over jezelf, Dana, en laat mij ook een goede luisteraar zijn.'

Ze vond het nooit gemakkelijk om over zichzelf te praten, zelfs niet met Caroline. Maar nu kwam ze tot de conclusie dat ze wilde dat ze het kon. Ze wenste dat ze haar grootste geheimen kon vertellen aan een man die nauwelijks meer was dan een vreemde. En omdat ze dat zo graag wilde, wist ze dat ze het niet zou moeten doen. 'Dat is niet zo gemakkelijk voor me,' mompelde ze en hij boog zich voorover om haar woorden te kunnen verstaan. Een ogenblik lang bleef hij zo zitten, hun gezichten centimeters van elkaar. Ze dacht dat hij haar zou kussen. Ze had al bijna haar ogen gesloten bij dat vooruitzicht toen hij sprak. Zo zacht. Zo kalm.

'Mijn partner heet Clay. Ik heb hem leren kennen tijdens mijn eerste uitzending meteen na de academie. Richard en ik hadden een verzoek ingediend om samen te worden uitgezonden en ik was blij dat we dat hadden gedaan, want Clay maakte de eerste paar weken voor mij tot een hel. Ik was blij dat Richard er was.'

Hij had het begrepen. Ze kon alleen maar verbijsterd staren terwijl hij dicht bij haar bleef zitten en verderging met zijn verhaal. 'Clay gaf ons allemaal een bijnaam. Ik was Goudlokje.'

Dana bevochtigde haar lippen. 'Knap waardeloos voor je imago van harde jongen.'

Zijn prachtige mond vormde een glimlach. 'Dat kun je wel zeggen. Maar Clay en ik raakten bevriend. Hij verliet het Marine Corps na zijn uitzending naar Somalië en ging bij de politie. Maar we hielden wel contact en toen ik terugkwam uit Afghanistan kwam hij me opzoeken in het ziekenhuis. Hij maakte die eerste weken thuis een stuk gemakkelijker. Ik had gedacht dat ik het korps nooit zou verlaten, echt nooit. Hij hielp me in te zien dat mijn leven niet voorbij was omdat ik geen marinier in actieve dienst meer kon zijn.'

'Bedankt dat je me dat hebt verteld.' Ze beet op haar onderlip, zich bewust van het feit dat zijn ogen op de hare gericht waren, te dichtbij en toch niet dichtbij genoeg. 'De volgende keer zal ik vertellen.'

Hij kwam dichterbij en ze hield haar adem in. 'Daar hou ik je aan.' Toen lagen zijn lippen op de hare, warm en beweeglijk, en opnieuw verdween de menigte naar de achtergrond en waren ze alleen met zijn tweeën, zoenend op een warme zomeravond. Als een gewoon stel. De hand die op de rugleuning van de bank had gelegen vlocht zich in haar haar, trok haar dichter en steviger naar hem toe, en toen het puntje van zijn tong haar lippen aanraakte deed zij ze voor hem van elkaar. De hand die de hare vasthield kneep hard, liet haar toen los en ging langs haar arm omhoog, een spoor van vuur op haar huid achterlatend. Zijn vingertoppen vonden haar schouder onder de stof van haar jurk. Hij streelde haar daar. Dana voelde het geneurie diep in haar keel en voelde zijn vingers in een reactie hun greep verstevigen.

Ze hoorde het ongeduldige schrapen van een keel boven hen. Ze rook uien en gebakken aardappelen. De keel werd opnieuw geschraapt. 'Jezus, man. Beheers je of zoek een kamer.'

Ethan maakte zich met een ruk los uit de omhelzing en keek met een kwaad gezicht op. Dana hoorde het bonzen van zijn adem in haar oor en het duurde even voor ze de tegenwoordigheid van geest had om ook op te kijken naar waar een tiener stond met een ondiepe doos vol blikjes frisdrank, friet en de beste hotdogs van de stad met alles erop en eraan.

'Kom nu maar op met die tien dollar.'

Ethan boog zich voorover en vertrok zijn gezicht terwijl hij zijn portefeuille uit zijn achterzak trok. 'Ik zou geld in moeten houden vanwege je brutale mond. Hier is je tientje. En nou opgedonderd.'

Dana grinnikte toen de jongen wegliep en het bankbiljet bestudeerde. 'Er is geen fatsoenlijk personeel meer te krijgen tegenwoordig.' Ze pakte een van de hotdogs en nestelde zich tegen de rugleuning van de bank. Ze was blij toen Ethan zijn arm om haar schouder sloeg.

Blij. Tevreden. Op een bankje een hotdog eten met de arm van een man om je heen. Ze wist zeker dat dat elke dag talloze mensen overkwam. *Maar het is al zo lang geleden dat het mij is overkomen.* Al veel te snel verfrommelde Ethan de lege doos.

'Ik vind het vreselijk om te moeten zeggen, maar ik moet ervandoor. Kunnen we –' Ethan sprong op en stak toen zijn hand uit naar achteren, waar haar zwarte tasje klem was komen te zitten. 'Hij zoemde.'

'Mijn pieper. Die zit meestal in mijn zak.' Ze bekeek de boodschap en Ethan voelde haar hele lichaam verstijven. Ze keek op met een frons op haar voorhoofd. 'Ik moet een telefoon zoeken.'

Ethan kneep even in haar schouder, maar ze stond al overeind en trok de zoom van haar jurk naar beneden. 'Dana, wacht. Heb je geen mobieltje?'

Ze keek met een gespannen gezicht rond op zoek naar een telefooncel. 'Kan ik me niet veroorloven. Verdomme.'

Ethan ging staan en pakte haar zacht, maar vastberaden bij haar bovenarm. 'Gebruik die van mij maar.'

Dat deed ze. Ze deed een paar stappen bij hem vandaan om het nummer te kiezen en hield haar gezicht discreet afgewend. 'Met mij,' hoorde hij haar zeggen. 'Een mobiele telefoon van een vriend. Wat is er aan de hand?' Haar schouders schokten toen ze even naar adem snakte. 'O nee. O god, nee. Max.' Haar stem beefde en haar hand schoot omhoog om haar mond te bedekken. 'De baby?'

Ethan kwam achter haar staan, legde zijn handen op haar schouder en trok tot ze toegaf en tegen hem aan leunde. Ze stond te trillen, dus wreef hij over haar bovenarmen.

'Ik ben kalm,' zei ze in de telefoon. 'Waar zijn jullie, dan kom ik eraan.' Toen ze het gesprek had beëindigd, haalde ze een paar keer diep adem voor ze de telefoon over haar schouder aan hem teruggaf. 'Het gaat alweer,' zei ze, maar haar stem beefde nog steeds. Ze draaide zich om en zag kans een glimlach te produceren, die er gekweld uitzag. 'Bedankt dat je me overeind hebt gehouden.'

'Caroline?' zei hij zacht en ze knikte.

'Ik moet naar het ziekenhuis. Ze is gewond.'

Ze zag bleker dan toen ze de ochtend daarvoor gewond was geraakt aan haar hoofd. 'Wat is er gebeurd?'

'Ze ging boodschappen doen nadat ze bij mij thuis was weggegaan.

Ze liep met haar karretje naar haar auto toen een of andere idioot over het parkeerterrein racete en... haar raakte.'

'Hoe ernstig is ze eraan toe?'

'Dat weten ze nog niet. Shit, die klootzak is niet eens gestopt.' Ze deed haar ogen dicht en hij zag dat ze worstelde om zich te kunnen concentreren. 'Ik moet naar huis om mijn auto te halen.'

'Ik breng je wel,' zei hij en hij leidde haar naar zijn auto.

Maandag 2 augustus, 19.45 uur

Ze had nog geen woord gesproken sinds hij haar in de passagiersstoel van zijn auto had geholpen. Ze staarde alleen maar uit het raampje en beet op haar lip. Elke paar minuten mompelde ze iets onverstaanbaars. Een gebed, vermoedde hij. Hij deed ook even een schietgebedje voor de pittige, kleine vrouw die Dana een dag eerder zo'n beetje had gedwongen met hem uit eten te gaan. Hij vond dat hij Caroline Hunter veel verschuldigd was. Hij pakte haar hand en haar greep was verpletterend.

'Ik weet dat je van streek bent,' zei Ethan zacht, 'maar als je zo gespannen bent, maak je haar alleen maar van streek.'

'Je hebt gelijk. Ik zal proberen me te beheersen.' Dana had het gevoel alsof er een steen op haar maag lag. Ze had niet meer zo'n pure angst gevoeld sinds ze twee jaar eerder Evie's gebroken lichaam had ontdekt, gewurgd en neergestoken. Voor dood achtergelaten. En nu was Caroline geraakt door een auto en voor dood achtergelaten. Een dag na de begrafenis van Lillian.

Dana's bloed stolde in haar aderen. Hit-and-run. Het kon Goodman zijn geweest. Hij kon Caroline hebben gevolgd vanaf Dana's appartement. *Maar hij weet niet waar ik woon*, dacht ze wanhopig. Tenzij... *Tenzij hij me gisteren gevolgd heeft vanaf Lillians begrafenis nadat ik Evie had opgepikt. Stomme meid.* Ze voelde een golf van woede door zich heen trekken, die haar schokte. Woede zou niemand helpen en haar angst al evenmin. Ze volgde een van haar eigen lessen in omgaan met angst en stelde zich voor hoe ze de angst in een doos stopte. Die stevig dichtdeed. En wegliep.

Denk aan iets anders. Iemand anders. 'Heb je nou nog een opdracht binnengehaald bij Bill Bush?'

Ethan wierp haar een zijdelingse blik toe. 'Nog niet. Maar ik heb het nog niet opgegeven. Je ziet er iets beter uit.'

Ze voelde zich kalmer. 'Dank je. Ik moet Evie bellen over Caroline. Ik wilde haar niet bellen toen ik zo van streek was.'

'Wie is Evie?'

'Ze is mijn...' Wat? Wat was haar relatie tot Evie geworden? 'Ik ben haar voogd.' Ze naderden hun afrit. 'Je moet deze afslag nemen.'

Hij knikte instemmend. 'Waarom ben je haar voogd? Wat is haar relatie met jou?'

Dana overwoog hoe ze zou antwoorden. Hem de waarheid vertellen zou niet al te gevaarlijk zijn. Dat kon zelfs van pas komen als ze hem ooit de hele waarheid zou vertellen. *Als.* 'Evie was weggelopen. Nu is ze familie.'

Ethan viste zijn mobieltje uit zijn zak. 'Bel haar. Vertel haar over Caroline.'

Daar hoefde Dana niet eens over na te denken. Ze was niet van plan om Hanover House te bellen met Ethans mobieltje. 'Laat maar. Ik wacht wel tot ik in het ziekenhuis ben.'

Maandag 2 augustus, 20.15 uur

'Het is gedaan.'

Sue zat op het bed met haar telefoon tegen haar oor geklemd haar teennagels te lakken. Ze glimlachte. 'Ik weet het.' Het nieuws was via Evie gekomen, die doodsbleek zag en stond te trillen. En zo kwaad was dat ze bijna ontplofte. Ze was er blijkbaar helemaal klaar voor geweest om naar het ziekenhuis te gaan, maar Dana had gebeld en gezegd dat ze moest blijven waar ze was. Ruby had Evie's kant van het gesprek opgevangen en Ruby zorgde er graag voor dat iedereen van alles op de hoogte bleef.

'Je had niet gezegd dat ze zwanger was.' Fred klonk vol afschuw.

'Jawel, dat heb ik wel.'

'Oké, prima, maar je hebt niet verteld dat ze elk ogenblik kon bevallen.'

Sue was geamuseerd. 'Heb je een of ander Madonna-complex, Fred?'

Er viel een geprikkelde stilte. 'Terg me niet, Susie,' waarschuwde hij. 'Ik heb gedaan wat je me vroeg. Nu is het jouw beurt.'

'Je hebt maar voor de helft gedaan wat ik vroeg. Ze leeft nog. Maar ik zal aardig zijn en je die dienst sowieso bewijzen. Ik weet wat me te doen staat. Ik zal er morgen voor zorgen.' Terwijl ze op pad was om 'werk te zoeken'. Ze draaide het dopje op het flesje nagellak en gooide het in haar rugzak. 'Ik zie je om twaalf uur.'

Haar glimlach werd breder. Rond het middaguur zou ze nog verschillende dingen van haar lijstje kunnen schrappen. Ze koos Donnie Marsdens nummer. Het was tijd om alles in gereedheid te brengen voor de finale. 'Donnie, met mij.'

'Ik begon al te denken dat ik je gedroomd had. Ben je zover om me te vertellen over dat plan?'

'Nog niet helemaal, maar dat komt wel.' *Ik zal klaar zijn zodra ik klaar ben.* 'Heb je de jongens gebeld?'

'Ja, iedereen, behalve Vickers. Ik kan hem niet vinden.' *Dat is geen verrassing*, dacht Sue glimlachend. De bestelbus met het lichaam van Vickers stond in een bos achter een lagere school. Iemand zou hem wel vinden – uiteindelijk. 'De jongens willen allemaal meer weten,' ging Donnie verder. 'Ze hebben geen zin om in een val te lopen. Dat kan ik ze niet kwalijk nemen.'

'Zeg maar tegen ze dat de enige persoon die in de val gelokt wordt ons kleine vogeltje is.'

'Hoe?'

'Ik heb iets wat ons vogeltje terug wil hebben.'

'En dan?'

Sue wriemelde met haar pas gelakte tenen. Wraak, dacht ze, was zoiets persoonlijks. 'Dan krijgen jullie allemaal een halfuur om tekeer te gaan. Wees zo creatief als je maar wil. Ik heb tien jaar de tijd gehad om over mijn wraak na te denken. Jullie hebben vier dagen de tijd om hetzelfde te doen.'

Het bleef even stil. 'Hoe ver kunnen we gaan?'

'Ik mag het karwei afmaken,' zei Sue alleen maar. 'En ons vogeltje moet weten dat ik het ben die er een einde aan maakt en mag dus het bewustzijn niet verliezen. Verder is het aan jullie. Als je het goed plant, dan kunnen dertig minuten heel lang duren.'

'Wat levert dit jou allemaal op, Suze?' Donnie's stem klonk zacht.

Sue dacht aan elke dag van elk van die tien jaar die ze achter de tralies had doorgebracht. Elke verjaardag was ze ouder geworden, elke dag had ze gevangengezeten in een sleur die een ander had bedacht. Ze vertrok haar gezicht. Elke keer dat Fred haar dwong de bezemkast binnen te gaan voor een 'gesprek onder vier ogen'. Het vuur dat in haar binnenste sluimerde werd aangewakkerd tot een laaiend vuur.

'Ik mag toekijken.'

Maandag 2 augustus, 20.15 uur

Dana concentreerde zich op het schermpje van de lift. 'Je hoeft niet met me mee te komen. Het gaat wel weer.'

'Dat geloof ik niet, maar daar ga ik niet over bekvechten,' antwoordde Ethan soepel en hij zag een bezorgde rimpel in haar voorhoofd verschijnen. Het ging helemaal niet, dacht hij. Ze liep nog steeds te trillen van de ruzie die ze via een openbare telefoon in de hal van het ziekenhuis met Evie had gemaakt. Ze had Evie met afgemeten stem bevolen te blijven waar ze was voor ze de hoorn met een klap op de haak gooide. Elke andere dag zou hij hebben doorgevraagd, maar hij wist dat dit niet het moment was. Bovendien had ze beloofd dat ze de volgende keer over zichzelf zou vertellen en hij was vast van plan haar aan die belofte te houden.

Het belletje van de lift klonk, de deuren gleden open en de verpleegstersbalie van de kraamafdeling werd zichtbaar. Een verpleegster verwees hen naar een wachtkamer toen Dana naar Caroline vroeg.

Ethan pakte haar bij de arm voor ze kon wegrennen. 'Ik moet nu gaan. Ik wilde me niet opdringen. Ik wilde alleen zeker weten dat alles in orde was met je.' Hij boog zich voorover, gaf haar een kus op haar wang en had al een stap achteruit gedaan toen haar hand naar voren schoot en hem bij zijn revers pakte.

'Blijf alsjeblieft,' zei ze zacht. 'Ik weet dat je weg moet, maar ik zou het heel fijn vinden als je nog een paar minuten kunt blijven.'

Haar stem klonk volkomen kalm, maar er was sprake van een ondertoon vol verlangen die onmogelijk te negeren was. Ethan nam haar in zijn armen en liet haar zich aan hem vastklampen. Dat deed ze zonder iets te zeggen. Haar omhelzing was zo stevig dat hij bijna blauwe plekken op zijn rug kreeg. Uiteindelijk liet ze hem met een sidderende zucht los en keek hem aan. 'Dank je. Ik heb je toch geen pijn gedaan, hè?'

Ethan keek glimlachend op haar neer. 'Ik denk dat ik het wel overleef.' Hij veegde een haarlok van haar voorhoofd en legde een hand op haar wang. 'Hoe kan ik je helpen, Dana?'

Haar lippen trilden en een fractie van een seconde dacht hij dat ze zou gaan huilen, maar ze kreeg zichzelf snel onder controle en dwong haar mond tot een glimlach. 'Gaan we morgen samen ontbijten?'

'Afgesproken.' Hij boog zijn hoofd om haar een afscheidskus te geven, toen een harde stem Dana's naam riep en hij zijn hoofd met een ruk weer omhoogbracht. Een lange donkere man kwam met een grimmig gezicht op hen af.

'We hebben overal naar je gezocht.'

Dana naast Ethan verstijfde. 'Is alles in orde met haar?'

'Ze slaapt. De baby is nu stabiel.' De man wierp een boze blik in Ethans richting. 'We moeten praten, Dana. Onder vier ogen.'

'Oké. Ethan, mag ik je voorstellen, Caroline's zwager David Hunter. David, dit is Ethan Buchanan.'

Ethan knikte in de richting van David. Die knikte met een strak gezicht terug. De bezitterigheid in de blik van de man was overduidelijk. Ethan gaf toe aan de puberale drang om zijn terrein af te bakenen en sloeg een arm om Dana's middel. 'Het duurt maar even,' zei Ethan.

Hunter wees met zijn kin naar opzij. 'Ik zit in de wachtkamer met de anderen.'

Ethan wachtte tot hij was weggegaan en trok een wenkbrauw op. 'De anderen?'

'De familie,' zei Dana zacht. 'Ze komen altijd samen wanneer er sprake is van een crisis. Neem het David alsjeblieft niet kwalijk. Hij is van streek vanwege Caroline. Normaal gesproken is hij niet zo onbeleefd.'

Hunter was van streek, dat zag Ethan ook wel. Maar waardoor was iets waar ze het misschien niet over eens waren. Maar omdat Hunter net een schok te verwerken had gekregen, liet Ethan het maar zo. 'Ik heb morgenochtend vroeg een paar afspraken.' Hij wilde een begin maken met het onderzoek in de buurt van waar die ochtend de e-mail was verstuurd. Dat wilde hij doen rond het tijdstip dat Alecs ontvoerder die had verzonden. 'Kunnen we om zes uur afspreken? In de koffiebar?' Dat was in de buurt van het busstation. Hij zou daar de hele nacht bewakingsbeelden bekijken als dat nodig was.

'Ik zal er zijn. Dank je, Ethan. Voor alles.' Ze ging op haar tenen staan, sloeg een arm om zijn nek en kuste hem zacht. 'Ik ben blij dat je bij me was.' En daarmee liep ze in de richting van de wachtkamer, hem naar veel meer verlangend achterlatend. Hij drukte op de liftknop terwijl hij stond te peinzen. De deuren gleden open, toen hij werd getroffen door een gedachte.

In de auto had ze hem gevraagd of hij een opdracht had binnengehaald bij Bill Bush. Hoe kende zij de naam van het hoofd van de beveiliging van het busstation? Hij keek achterom terwijl hij de lift in stapte, maar ze was al weg. Hij had de eerste keer dat hij haar ontmoette al geweten dat er heel wat meer achter Dana Dupinsky stak dan je op het eerste gezicht zou denken. Het werd tijd om erachter te komen wat dat 'meer' inhield.

David kwam de wachtkamer uit voor Dana door de deur naar binnen kon gaan. 'We moeten praten,' zei hij gespannen. 'Maar niet met de anderen erbij.' Hij bracht haar naar de speelhoek, die op dat tijdstip verlaten was. 'Het gaat wel met haar,' zei hij voor ze het kon vragen. 'Ze heeft een been gebroken en er zit een scheurtje in de placenta. De levensfuncties van de baby waren zwak toen ze haar hier binnenbrachten, maar ze zijn erin geslaagd hen allebei stabiel te krijgen. De dokter zegt dat als ze rust houdt en stress vermijdt, ze haar zwangerschap kan voldragen.'

Kan. Dana huiverde. 'Godzijdank.' Maar hij gaf geen teken van instemming en ze keek op. Zijn grijze ogen stonden hard.

'Die bestuurder heeft nooit geprobeerd om te remmen, Dana. Geen remsporen, geen piepende banden.'

'Jij denkt dat het Goodman was.'

Zijn ogen flikkerden. 'Jij niet dan?'

'Ik heb er wel aan gedacht toen ik in de auto hierheen zat. We moeten het tegen Mia zeggen.'

Hij knarste met zijn tanden. 'Verdomme, Dana, is het bij je opgekomen dat dit jou had kunnen overkomen?'

Ze keek hem zonder een spier te vertrekken aan. 'Jazeker wel. Ik ben voorzichtig.'

'Voorzichtig, hè? Oké. En waar heb je die vent ontmoet?'

Dana kneep haar ogen samen bij de gedachte alleen al aan een vergelijking tussen Ethan Buchanan en de man van Lillian. 'Busstation, zondagavond.'

'Dus je was midden in de nacht op straat, nog maar een paar uur nadat rechercheur Mitchell tegen je had gezegd dat je moest zorgen dat je deuren op slot zaten, en dat noem jij voorzíchtig?'

Ze begon boos te worden. 'Dat noem ik mijn werk, David.'

'Jouw wérk is de reden dat Caroline daarbinnen ligt en mijn broer doodsbang is.'

Zijn woorden kwamen hard aan. Ze wilde ze weerspreken, maar hij had gelijk. *Caroline is gewond omdat een dolgedraaide echtgenoot kwaad op me is.* Er welde schuldgevoel bij haar op en daarmee de angst voor wat Goodman verder nog zou proberen. Met de angst kon ze wel omgaan, die kon ze in dat doosje in haar hoofd stoppen, maar het schuldgevoel zat diep vanbinnen en maakte haar misselijk. Ze zuchtte, plotseling doodmoe. 'David, we zijn allebei vreselijk geschrokken. Laten we even een stapje terugdoen, Mia bellen en uitzoeken wat we nu moeten doen.'

David wendde zijn blik af. 'Prima. Bel maar.'

Wight's Landing, maandag 2 augustus, 21.45 uur

Wight's Landing promootte zichzelf met de pittoreske uitzichten en James Lorenzano moest toegeven dat ze niet hadden overdreven. Vanwaar hij zat te genieten van zijn biertje en krabkoekjes kon hij de pittoreske barjuffrouw Pattie bezig zien, die in een strak wit topje martini's stond te schudden, tegelijk met haar borsten, die zomaar echt zouden kunnen zijn. Nog niet zo lang geleden had hij gedacht nooit meer in staat te zullen zijn te genieten van simpelweg de aanblik van mogelijk echte borsten in een strak wit topje, toen hij in een plas van zijn eigen bloed lag terwijl de ambulancebroeders reageerden op het telefoontje naar de alarmcentrale dat was gepleegd door een voorbijganger die volkomen toevallig op tijd was langsgekomen om Sue op de vlucht te doen slaan voor ze haar werk kon afmaken.

Hij was stom geweest dat hij het niet had zien aankomen, maar hij was te druk geweest met genieten van Sue's heel erg echte borsten.

Het was zijn gewoonte om het nooit met klanten te doen, maar Sue was zo verleidelijk geweest. Ze had hem er die avond in laten lopen, had hem een beetje traag gemaakt door iets in zijn drankje te doen. Dat was ironisch genoeg champagne geweest ter beloning. Zij trakteerde. Een feestelijke picknick. Hij had haar geheimzinnige vrouw opgespoord in Florida en ze was zo vreselijk dankbaar geweest.

Ze zouden weleens zien hoe dankbaar ze zou zijn als hij haar te pakken kreeg.

Sue naar Wight's Landing volgen was echt een kutklus geweest. Hij was uit het ziekenhuis gekomen en naar haar op zoek gegaan. Zijn eerste halte was haar appartement. Leeg. Zijn tweede halte was het huis van haar oom en tante geweest. Hij had niet verwacht haar daar te zullen aantreffen, maar hij had gehoopt dat haar broer een idee had van waar ze uithing. Haar broer bleek zijn oom te hebben gebeld tijdens zijn uitstapje met Sue. Ze reisden in oostelijke richting, was alles wat Sue tegen Bryce had gezegd en Bryce op zijn beurt zijn oom had verteld. James had dat nog uit de oom weten te krijgen voor die zijn laatste adem uitblies. James wist meer te halen uit zijn contactpersoon bij de telefoonmaatschappij – het adres van de openbare telefoon die Bryce had gebruikt om zijn telefoontje te plegen. Van dat stadje was hij langzaam oostwaarts getrokken langs nog meer kleine stadjes, tot hij het nieuws opving over de gruwelijke zelfmoord op een strand.

Hij wist dat dat Sue's werk was. Want het was een techniek die ze van hem had geleerd. Een van die bedmomentjes waar hij nu zo'n spijt van had. Ze was daar geweest. Het probleem was alleen dat hij haar niet kon vinden, en haar broer ook niet. Dus daar zat hij nu, informatie proberen te vergaren op de ouderwetse manier. De mannen in het blauw af te luisteren die hun lange dag afsloten met een pul bier.

Achter hem zat een tafel vol met Wight's Landings keurtroepen, net klaar met hun dienst. Het politiekorps van de stad was blijkbaar aan de kleine kant, dus wanneer een hulpsheriff werd weggeroepen van zijn patrouille, moest een andere voor hem invallen. Dat was het probleem van hulpsheriff Billy, die zat te klagen dat hij zijn vrije dag had moeten opofferen om in te vallen voor iemand die Huxley heette omdat de sheriff een afspraak had met een rechercheur uit West Virginia bij de gevangenis in Ocean City. En dat had blijkbaar te maken met het lijk in het schuurtje. En dat had weer alles te maken met Sue.

James zou de sheriff naar de gevangenis volgen om erachter te komen wie hun interesse had gewekt. Alsof hij dat niet kon raden. Het verklaarde waarom het spoor van Sue hier in Wight's Landing zo plotseling doodliep. Wat het niet verklaarde was waarom. Waarom dit plaatsje? Wat was het verband tussen de oude vrouw die ze in Florida had vermoord en dit stadje aan het strand? Daar zou hij wel achter komen. En dan zou hij Sue te pakken nemen.

11

Chicago, maandag 2 augustus, 20.45 uur

Mia hield haar penning omhoog voor de verpleegster achter de balie, maar de vrouw fronste alleen maar haar voorhoofd. 'Mevrouw Hunter heeft al een verklaring afgelegd. Ze slaapt nu.'

'Ik wil haar niet lastigvallen, zuster Simmons,' zei ze. 'Ik ben hier voor Dana, haar vriendin.'

Zuster Simmons wees in de richting van een ruimte aan het einde van de gang. 'Die kant op.'

'Die kant' was de speelhoek. David Hunter en Dana waren daar alleen, David zat met een grimmig gezicht op een stoel voor volwassenen. Dana zat op een kinderstoel aan een plastic tafel. Ze droeg een adembenemende zwarte jurk en schoenen met hoge hakken. Ze zat met zenuwachtige gebaren een toren te bouwen van gekleurde legosteentjes. Zelfs als ze niet op de hoogte was geweest van wat er met Caroline was gebeurd, had ze geweten dat Dana bang was. Dana kon haar handen niet stilhouden wanneer ze bang was. 'Leuke jurk, meid.'

Dana keek op en Mia zuchtte. De ogen van haar vriendin stonden vol schuldgevoel en Mia wist dat niets ter wereld sterk genoeg was om dat weg te poetsen. Dana stelde andere mensen gerust, hielp andere mensen omgaan met hun schuldgevoel en schaamte. Die van haarzelf werden gewoon diep weggestopt.

'En?' vroeg Dana. Ze zat de legosteentjes heen en weer te schuiven alsof ze bezig was met balletje-balletje.

'Ik heb onderweg hierheen de agent gesproken die als eerste ter plaatse was. Geen remsporen, getuigen hebben geen banden horen piepen. Het merk en het model van de auto komen niet overeen met die van Goodman, maar hij kan er een hebben gestolen. Hoe kan hij haar hebben gevonden?'

'Caroline was in mijn appartement.' Ze plukte aan haar jurk. 'Ze hielp me deze uit te zoeken.'

Mia keek naar Hunter. 'Belangrijk afspraakje?'

'Nee.' Het enkele woord kwam aan als een goederentrein. Met koelwagons.

Dana drukte haar vingertoppen tegen haar slapen. 'Ik was met Ethan Buchanan.'

Toen drong het tot Mia door. 'Die achtergrondcheck die ik gisteren van Caroline moest doen.'

'We hadden vanavond een afspraakje.' Dana had een stapel rode blokjes apart gelegd en was met nerveuze gebaren bezig een nieuwe toren te bouwen. 'Ik heb Evie gisteren na de begrafenis nog even meegenomen naar mijn huis. Als Goodman ons heeft gevolgd, dan weet hij waar ik woon. Als hij vanavond de boel in de gaten hield, dan heeft hij Caroline en mij in haar auto zien weggaan. Ze heeft me bij het metrostation afgezet.'

'Nou, dat lijkt in ieder geval logisch.' Mia ging op een van de kinderstoelen zitten en legde haar handen op die van Dana toen ze aan een blauwe toren begon. 'Hou op. Ik word er gek van.'

Dana's handen bleven werkeloos liggen en haar schouders schokten van een diepe zucht. 'Sorry.'

'Het geeft niet. We vinden hem wel, Dana. Tot die tijd zul je gewoon voorzichtig moeten zijn.'

'Nou, dat helpt,' zei Hunter zuur en Mia wierp hem een koele blik toe.

'We hebben een opsporingsbericht voor hem uitgezonden. Mijn partner en ik gaan weer bij zijn geliefkoosde plekken langs.'

'Hij is nu al vier dagen spoorloos.' Hunter sprong overeind. 'Waarom hebben jullie hem nog niet gevonden?'

'David,' zei Dana op vermoeide toon. 'Ze doen wat ze kunnen.'

Hunter draaide zich om en bood hun uitzicht op een heel gespierde, gespannen rug. 'Nou, dat is niet goed genoeg.'

Mia zuchtte. 'U hebt gelijk. Het is niet genoeg. Maar het is het enige wat we kunnen doen, meneer Hunter. Tenzij u een andere suggestie hebt.'

Hunter liet zijn schouders hangen en draaide zich om. In zijn grijze ogen lag een verontschuldigende blik. 'Het spijt me, rechercheur. Ik ging mijn boekje te buiten. Kunt u haar dan in ieder geval vertellen dat ze dat verrekte opvanghuis moet sluiten? Of tegen haar zeggen dat ze op moet houden met midden in de nacht naar dat verdomde busstation te gaan?'

Ze keek hem aan. Ze zag wat Dana duidelijk nooit had gezien en ze vroeg zich af hoelang Hunter al verliefd op haar was. Ze had medelijden met iedere man die van een vrouw hield die met kettingen die sterker waren dan alleen maar medemenselijkheid verbonden was aan haar werk. Door schuldgevoel bezeten maatschappelijk werksters en politievrouwen. Wat een stel waren Dana Dupinsky en zij. 'Dat zou ik kunnen doen. Maar ze zou net zomin naar mij luisteren als ze naar u luistert.'

Hij moest iets in haar stem hebben bespeurd, een medeleven dat hij niet wilde, want hij draaide zich met een ruk om. 'Dit zou allemaal nooit zijn gebeurd als ze dat verdomde opvanghuis niet had. Dan zou Caroline gezond en wel zijn en dan zou er niet een of andere maniak achter ze aan zitten.'

Dana keek met een bleek gezicht op. 'David, dat is niet eerlijk.'

Dat was het ook niet, maar Mia kon hem niet kwalijk nemen dat hij het zo voelde. Dat hij het zei, misschien wel. Maar het voelde, nee. 'Ik denk dat Caroline het daar niet mee eens zou zijn,' zei ze binnensmonds. 'Ga slapen, jullie allebei. Dana, ga vanavond niet naar huis. Geef me je sleutel, dan kan ik je appartement controleren.'

'Kijk wel uit dat je je nek niet breekt over de dronkenlappen en de junks,' zei Hunter bitter.

Omdat Mia begrip had voor Hunters gevoelens, maar uiteindelijk ook begreep waarom Dana dat appartement aanhield, kwam ze overeind en legde een hand op zijn arm. 'Meneer Hunter, laat het nou maar.'

Hij schudde haar hand van zich af. 'Ik breng mijn moeder naar huis, Dana. Ik kom straks terug.'

Dana ging weer verder met het opstapelen van blokjes. 'Hij is kwaad op me,' zei ze toen hij weg was. 'Daar heeft hij alle recht toe. Goodman zou het zonder mij nooit op Caroline gemunt hebben gehad.'

Dana zag de ware reden voor Hunters boosheid niet. 'Vertel me eens over Ethan Buchanan.'

Dana's mond vormde een glimlach die haar ogen deed oplichten. 'Hij is echt een aardige vent, Mia.'

Die arme David Hunter had geen schijn van kans. Mia trok Dana overeind. 'Abe zal zo hier zijn, maar laten we voor dat het geval is naar de cafetaria gaan en friet bestellen. En dan moet je me alles vertellen, meid.'

Dana wierp haar een berekenende blik toe. 'Ik zal je alles vertellen, als jij ervoor zorgt dat ik Lillians kinderen kan bezoeken. Snel.'

Mia keek verongelijkt. 'Snel. Nou, kom op, ik wil sappige roddels. Ik kom zwaar tekort.'

Dinsdag 3 augustus, 01.45 uur

Het was donker, maar er brandde licht in de badkamer verderop in de gang. Alec tilde zijn hoofd van het kussen, voorzichtig, zodat hij haar niet wakker zou maken. Zij, de vrouw met de ogen waarvan hij nu wist dat ze helemaal niet wit waren. Ze waren blauw, maar zo licht dat het bijna onzichtbaar was. Hij haalde diep adem en liet die weer ontsnappen. Een probeersel. Maar ze werd niet wakker.

Hij had zo'n honger en dorst. Ze gaf hem een beetje water – net voldoende om te voorkomen dat hij dood zou gaan. Hoeveel dagen was hij nu al weg? Het was lastig om de tel bij te houden. Ze had hem gedwongen twee keer zo veel van zijn medicijn te nemen als de dokter had voorgeschreven. Ze hield hem zwaar verdoofd. Maar ze begon door de pillen heen te raken. En hij begon tolerantie te ontwikkelen. Zo noemde de dokter het. Wanneer dezelfde hoeveelheid medicijn haar werk niet meer deed.

Maar hij had vanavond net gedaan of hij sliep, voorgewend dat hij verdoofd was. Hij had op bed gelegen, zich afvragend wie ze was en waarom ze dit deed. Het ging om geld, dat wist hij. Zijn ouders hadden geld. Ze mocht het allemaal hebben, dacht hij. Hij wilde alleen maar naar huis, terug naar zijn ouders.

Als ze nog leven. Die gedachte deed hem even naar adem snakken en hij onderdrukte die aandrang. Hij mocht geen geluid maken. Dat was frustrerend, want hij had geen flauw idee of hij dat deed. Hij dacht aan al die keren dat hij ruzie had gemaakt met Cheryl omdat hij die spraakprocessor niet wilde, die zee van hard, heel hard geluid niet wilde. Hij was bang geweest, dacht hij. Bang voor het geluid. Bang een stomme indruk te maken. Stom te klinken. Hij wenste nu dat hij beschikte over die kleine processor. Dan had hij hem kunnen gebruiken om erachter te komen wat er allemaal aan de hand was.

Maar hij had hem niet, dus moest hij een andere manier bedenken. Maar eerst moest hij iets te eten zien te vinden. Ze had eten voor zichzelf meegenomen naar de kamer. Een paar keer had ze hem een stuk brood gegeven. Eén stukje kaas. Als hij niet gauw iets te eten vond, dan gíng hij ook dood.

Alec liet zich van het bed glijden. En wachtte. Ze werd niet wakker.

Hij leefde. En hij ging dood van de honger. Hij kon alleen maar hopen dat zijn maag niet zo hard begon te rommelen dat ze er wakker van werd, zoals Cheryl er weleens wakker van was geworden. *Cheryl.* Hij voelde pijn in zijn borst en een deel van hem wenste dat hij nog steeds onder de medicijnen zat. Dan zou hij niet aan Cheryl hoeven denken. Haar in zijn gedachten hoeven zien. Cheryl was dood. Hij had haar lichaam gezien. Ze had Cheryl langs de kant van de weg gedumpt alsof ze een zak huisvuil was. Hij was zo... zo verschrikkelijk kwaad geweest. Nu hij eraan terugdacht begonnen zijn ogen te prikken. Aan hoe hij niet bij machte was geweest iets te doen om haar tegen te houden.

Hij moest iets doen om haar tegen te houden. Hij moest iets doen. Wat dan ook.

Maar eerst moest hij iets eten, anders zou hij van zijn stokje gaan. Hij deed voorzichtig een stap. Wachtte. Hij wist dat houten vloeren in oude huizen vaak kraakten, maar hij wist niet of dat hier ook het geval was. Hij nam aan dat hij er ook niet vlug genoeg achter zou komen als ze wakker werd. Maar ze werd niet wakker, dus deed hij nog een stap, en nog een, tot hij in de gang stond, de badkamer voorbij was en tot boven aan de trap kwam.

Hij hield zich stevig vast aan de leuning en ging stapje voor stapje naar beneden. Hij was duizelig en hij viel bijna een keer, maar hij bereikte de onderkant van de trap en slaakte inwendig een juichkreet. Het was donker hierbeneden, maar er scheen licht aan het einde van de gang. Niet van een lamp.

Het was een computer. Iemand had een computer en die stond aan. Hij kon er op zijn minst achter komen welke dag het was. Hij deed zijn best om zachtjes te lopen. Hij ging de gang door en gluurde naar binnen.

Het was de keuken. Er stond een laptop op tafel. En iemand maakte er gebruik van. Shit. Hij moest een geluid hebben gemaakt, want de persoon keek op.

Hij hield zijn adem in. Zij was het, de dame uit zijn droom. Of nachtmerrie. Hij wist niet goed welke het was. Hij was een paar keer wakker geworden en zij had naast hem gezeten en zijn haar gestreeld. De eerste keer had hij gegild. Lang en hard in zijn hoofd, waar alleen hij het kon horen. Ze had een litteken. Een akelig, rood, angstaanjagend litteken. Maar ze had geglimlacht. Min of meer. En ze had zijn haar gestreeld, net als zijn moeder deed. Dus de volgende keer dat hij wakker werd was hij een beetje minder bang geweest en de keer daarna nog minder. Ze werkte misschien samen met die gekke vrouw, maar ze had vriendelijker ogen.

Ze zat nu ook te glimlachen, die merkwaardige halve glimlach, en ze hield haar vinger tegen haar lippen terwijl ze naar haar schoot wees. Alec keek naar haar, keek naar de koelkast. Hij moest iets te eten hebben en snel ook. En ze leek niet boos, dus sloop hij naar binnen. Hij bleef in de buurt van de kastjes tot hij kon zien waar ze naar zat te wijzen. Een baby. Ze had een baby. Hij keek op, keek in haar ogen. Zag haar lippen bewegen. Ze praatte tegen hem, maar hij kon geen woord verstaan van wat ze zei.

Dat haatte hij. Hij haatte het wanneer hij niet wist wat mensen zeiden over hem.

Cheryl zei dat hij veel te achterdochtig was, dat mensen niet over hem praatten. Hij geloofde haar niet, maar dat was nu geen probleem meer, toch? Cheryl was er niet meer en als hij niet snel iets te eten kreeg, zou dat ook voor hem gelden. Alec wees naar de koelkast en de dame met het litteken knikte. Hij stond vol met plastic schaaltjes. En een bord vol kippenpootjes. Hij dacht dat hij ze allemaal wel op kon. Hij pakte er een, terwijl hij een blik in haar richting wierp. Ze keek niet naar hem, ze had alleen aandacht voor de computer. Dus verslond hij de kippenpoot en pakte er nog een. En nog een. Toen werd hij echt misselijk.

Hij had te veel en te snel gegeten. Hij moest water hebben. Nu. *O, nee. Néé.*

Evie concentreerde zich op het scherm in een poging hem niet te laten schrikken. Probeerde geen aandacht te schenken aan de manier waarop hij drie kippenpoten verslond alsof hij in geen dagen had gegeten en geen idee had wanneer hij weer iets te eten zou krijgen. Dat was een gevoel dat ze zich maar al te goed herinnerde. Ze gunde hem zijn privacy en vermeed zorgvuldig naar hem te kijken tot hij zwaar begon te ademen en er verstikte geluiden uit zijn keel kwamen. Toen keek ze net op tijd op om drie kippenpoten weer uit zijn mond te zien komen. Erik zakte met een doodsbleek gezicht in elkaar.

Dinsdag 3 augustus, 02.00 uur

Ethan schrok toen zijn mobiele telefoon in zijn borstzak begon te trillen. Hij had maar een paar minuten geslapen, dus hij zou niet veel van de bewakingsvideo's van het busstation hoeven terug te spoelen. De beller was Clay; die had vast geen goed nieuws. 'Het is twee uur 's nachts. Wat is er gebeurd?'

'Hier is het drie uur,' antwoordde Clay vermoeid. 'Ze hebben Alicia Samson gevonden.'

Ethan keek verslagen. Het identiteitsbewijs dat was gebruikt in de kopieerwinkel in Morgantown. 'Is ze dood?'

'Ja. Verdomme, ik hoopte dat ze gewoon met vakantie was. Ik heb het restaurant gebeld waar ze werkte om te vragen of ze was komen opdagen. Haar baas had het nieuws net vernomen en hij was bijna hysterisch. Een groepje kinderen heeft Samson ergens in de bossen gevonden. Ze is al sinds dinsdagochtend dood.'

'Toen onze vrouw Samsons ID gebruikte om de eerste e-mail te versturen. Doodsoorzaak?'

'Kogel in het hoofd, net als bij Cheryl Rickman. Ethan, we moeten de autoriteiten waarschuwen.'

'Ik weet het.' Ethan drukte met zijn duim tegen zijn bonzende slaap terwijl hij de mogelijkheden overdacht. Er waren al drie mensen dood vanwege een vrouw die in staat leek te zijn om naar believen te verdwijnen. Een vrouw die Alec nog steeds had. 'We hebben geen idee waar ze is, of zelfs maar wie ze is. Het zou absoluut een stuk beter zijn om naar de politie te stappen met een foto of een idee van haar identiteit.'

'Hoe groot is de kans dat we haar op die busvideo vinden?'

'Ik zit al uren beelden te bekijken. Ik heb ze nog niet gevonden.'

'Ze kunnen niet zomaar zijn verdwenen.'

De pijn achter Ethans ogen werd erger. Snel. Hij voelde het opkomen en klopte wanhopig op zijn zakken, op zoek naar het pakketje pillen dat hij altijd bij zich had wanneer hij de deur uit ging. Hij had in geen maanden een aanval gehad. *Verdomme*. 'Dat blijven we maar zeggen.' Hij vond het doosje en worstelde met de sluiting terwijl alles donker werd. 'Shit. Blijf hangen.' Ethan legde een pil achter op zijn tong en wachtte.

'Ethan!' Er klonk pure, onverholen angst in Clay's stem.

De pil was opgelost. 'Even wachten, Clay. Het komt goed. Gewoon een beetje hoofdpijn.'

'Kun je zien?'

'Over een paar minuten wel weer.' Hij wist het, maar toch sloeg de paniek toe en daarmee een hulpeloze woede. Deze black-outs waren de reden dat hij op medische gronden was afgekeurd. De reden dat hij niet ergens in een of andere woestijn op missie was. De reden dat hij hier was. Hier, op zoek naar Alec. Hij was op dit moment Alecs enige hoop. Die gedachte maakte hem tegelijkertijd nederig en bang. *Juiste plek, juiste tijd of verkeerde plek op het verkeerde moment?* vroeg hij zich af terwijl hij dacht aan de manier waarop Dana die twee de avond ervoor had omgedraaid. Het hing af van hoe je het bekeek. En hoe je het bekeek had te maken met je houding. En je houding... die kon het verschil betekenen tussen succes en falen.

'Ik hoorde geen scheurend metaal, dus ik neem aan dat je niet achter het stuur zat.'

'Nee, dat klopt.' Er verschenen twinkelende lichtjes aan het einde van een donkere tunnel en Ethan begon eindelijk te ontspannen. 'Ik zit hier in het kantoor van de bewaking van dat verrekte busstation.'

'Kun je weer zien?' vroeg Clay met schorre stem.

'Clay, er is niets aan de hand. Luister, ik moet verder met die videobanden.'

Clay zuchtte. 'Wees voorzichtig.'

'Zal ik doen.' Ethan verbrak de verbinding. Hij was zich er heel goed van bewust dat ze niets hadden opgelost. Een man en twee vrouwen waren dood en Alec werd nog steeds vermist. Hij zou de politie moeten waarschuwen. En dat zou hij ook doen. Hij had alleen een beetje meer tijd nodig.

Dinsdag 3 augustus, 02.30 uur

Sue trok hardhandig een schoon shirt over het hoofd van de jongen, trok zijn armen door de mouwen en duwde hem op bed. Ze hield een briefje voor zijn neus.

Dat was heel stom.

De jongen knikte toen hij het briefje las. Hij had zich opgerold tot een bal en hij transpireerde en beefde. Ze had hem schoon moeten maken. Ze had het braaksel van zijn gezicht moeten poetsen. Sue krabbelde woedend een zin op het papier en dwong hem ernaar te kijken. Ze zag hem nog bleker worden; de tranen biggelden over zijn wangen.

Je moeder zal boeten.

De jongen merkte blijkbaar niet zo veel van de pillen als ze had gedacht. En ze had nog maar twee pillen over. Ze zou tot de ochtend moeten wachten voor ze hem die gaf zodat hij zou slapen terwijl zij op pad was om haar karweitje voor Fred op te knappen. Ze zou de pillen laten volgen door nog meer antihistamine. Dat leek meer effect te hebben. Maar de jongen kon niet langer vierentwintig uur per dag onder verdoving worden gehouden. Niet terwijl Scarface hem helder had meegemaakt. Kut.

Ze moest een andere manier zien te vinden om hem in het gareel te houden. Ze dacht aan de volgende dag. Over haar plannen met Fred. Met de Vaughns. Over het pakketje dat de gehoorzaamheid van de Vaughns zou verzekeren. Dat zou de jongen ook meegaand maken.

Pas toe, pas aan en verbeter. Dat was een verrekte goed motto.

Dinsdag 3 augustus, 05.00 uur

Ethan wreef gefrustreerd in zijn ogen. Hij had dezelfde beelden telkens opnieuw bekeken, zonder resultaat. Urenlang video's en geen teken van Alec. Alec en de vrouw kwamen op vrijdagochtend aan en waren in elk opzicht opgegaan in de massa. Ethan legde de video's die hij de hele nacht had zitten bekijken keurig op een stapel. Een twaalfjarige jongen kon niet zomaar in rook opgaan, dus er moest een andere verklaring zijn. Alec was ergens op die beelden te zien. *Ik heb alleen nog niet de juiste plek gevonden om te kijken.* Hij zou terugkomen om nog meer beelden te bekijken zodra hij zijn rondgang had gemaakt in het gebied bij de kopieerwinkel die Alecs ontvoerder de dag ervoor had gebruikt.

Maar nu moest hij pauzeren. Een eind hardlopen zou zijn hoofd wel helder krijgen. Maar hij moest over minder dan een uur weg voor zijn afspraak met Dana, dus dat hardlopen moest nog even wachten.

Dana. Ethan keek naar zijn laptop, die opgeborgen in de tas naast de videomonitor lag. Bush had hier draadloos internet, dus Ethan kon het internet op wanneer hij maar wilde. Dana kende Bush. Ze had de bewakingsman de avond ervoor bij naam genoemd. Ze at vaak genoeg in Betty's koffiebar om de eigenaresse zich haar favoriete maaltijd te laten herinneren.

Ze bracht blijkbaar veel tijd door in en om het busstation. Meer dan hij dacht dat ze nodig had om een wazige vriendin op te pikken. Ethan klapte met gefronst voorhoofd zijn laptop open en startte de browser. Hij had dit bijna de hele nacht uitgesteld, omdat hij een beetje bang was voor wat hij zou vinden. Ethan ging naar de database die hij het vaakst gebruikte om mensen na te trekken en stopte met zijn hand boven het toetsenbord. Als hij dit deed, dan was er geen weg terug mocht hij iets aantreffen wat hem niet aanstond. Maar toen dacht hij aan Dana's ogen, zo vertrouwd en wijs. Ze deed echt niet iets wat niet door de beugel kon, daar was hij van overtuigd. Dus tikte hij haar naam in en wachtte.

En knipperde met zijn ogen toen de resultaten in het zoekscherm begonnen te verschijnen. Ze was zo te zien fotografe. Min of meer. Ze had het afgelopen jaar 2867 dollar opgegeven aan de inkomstenbelasting. Als fotografe was ze waardeloos. Het was maar goed dat de fotografie een bijbaantje leek. Haar naam kwam op als directrice van een non-profitorganisatie. Een opvanghuis voor weglopers. Ethan dacht aan wat ze over Evie had gezegd. *Evie was weggelopen. Nu is ze familie.* Nu was haar armoede logisch. Ze stopte haar geld terug in de zaak, had ze gezegd. Dat betekende dat ze weinig tot geen salaris ontving zodat er meer overbleef voor de mensen die ze opving.

Hij had gelijk gehad. Ze kon veel te goed luisteren om het geen belangrijk onderdeel te laten zijn van wie ze was. Hij werd overspoeld door een gevoel van opluchting en tegelijk een zekere trots. Ze was precies wie hij had gedacht dat ze zou zijn. Een vrouw die de noden van anderen voor die van zichzelf plaatste.

Het laatste onderdeel van de zoekactie was een verrassing. Dana Dupinsky had blijkbaar ook een strafblad. Een veroordeling voor een poging tot autodiefstal. Meer dan dertien jaar geleden. Zo te zien had ze haar leven op de rails gekregen. En meer dan dat.

Hij dacht aan de manier waarop ze leefde, haar gebrek aan geld, de plek die ze thuis noemde. Daar kon hij het komende halfuur niets aan veranderen. Maar hij kon haar leven wel een beetje veiliger maken door ervoor te zorgen dat ze de middelen had om om hulp te roepen in het geval dat een van die junks een beetje te dichtbij kwam voor ze de tijd had om de drie sloten op de deur van haar flat op slot te draaien.

Hij had voor het ontbijt met haar nog net genoeg tijd om een prepaid mobieltje voor haar te kopen in een winkel op de hoek. Ethan stopte zijn laptop in de tas. Die zou hij in de kofferbak van zijn auto leggen, samen met het pistool dat hij op zijn rug in zijn broeksband had gestopt. In dat geval zou ze als ze besloot haar handen over zijn lijf te laten gaan hém aanraken, en niet het wapen waarvoor hij nog steeds niet bereid was een verklaring te geven.

12

Chicago, dinsdag 3 augustus, 06.00 uur

Ethan stond dit keer op het trottoir op haar te wachten. Toen ze hem daar zag was ze verbaasd en niet op haar hoede. Hij droeg dezelfde kleren als de avond ervoor.

Zij ook.

Hij ging rechtop staan toen ze naderde en bestudeerde haar gezicht terwijl ze dichterbij kwam. Hij moest hebben gezien wat ze zo geprobeerd had te verbergen. Dat ze bang was en kwaad en zich schuldig voelde. Hij spreidde zijn armen en ze gaf zich onmiddellijk over aan zijn omhelzing. Ze voelde zijn armen om zich heen. Ze liet haar armen onder zijn jasje glijden en spreidde haar handen plat op de gespannen spieren van zijn rug. Voelde voor het eerst een flintertje rust sinds... sinds de laatste keer dat ze in zijn armen had gelegen.

'Wat is er gebeurd?' zei hij zacht. Hij legde zijn wang op haar hoofd. Omhulde haar.

'Ze heeft de hele nacht weeën gehad.'

Ethan drukte zijn lippen tegen haar slaap en dat ontlokte haar een zucht. 'Hoeveel te vroeg zou ze zijn?'

'Zes weken.'

'Niet ideaal, maar te doen.' Zijn stem rommelde en de trillingen kietelden aan haar wang.

'Je zei dat je geen arts was,' zei ze en ze voelde zijn stille lach.

'Richard heeft dit ook een keer doorgemaakt.' Hij schraapte zijn keel. 'Met zijn middelste dochter.'

Richard die was gestorven toen hij dat niet deed. Ze klemde zich nog iets steviger aan hem vast. 'Was alles goed met haar?'

'Aanvankelijk niet. Brenda's bloeddruk schoot omhoog en ze moesten de baby zeven weken te vroeg halen. De baby heeft weken in het ziekenhuis gelegen maar toen mochten ze naar huis. Ze is nu oké. Gezond en... Nou, gezond.'

Zijn stem was tegen het einde schor geworden en dat deed haar pijn aan haar toch al gepijnigde hart. Ze boog zich achterover en keek hem in het gezicht. 'Hoeveel kinderen heeft Richard gekregen?'

'Drie. Allemaal meiden.' Hij veranderde abrupt van onderwerp. 'Je hebt niet geslapen, hè?'

'Heel even. Op de bank in de wachtkamer. Ik pak nog wel een paar uur als ik terug ben in – thuis.' Dana zweeg, beheerste zich. Ze beet op haar tong. Ze had bijna *Hanover House* gezegd. Ze moest vermoeider zijn dan ze zelf wel wist. 'Ik heb geen hap meer gegeten sinds die hotdogs van gisteravond. Waarom gaan we niet naar binnen?' Ze probeerde zich los te maken, maar hij hield haar stevig vast.

'Zo dadelijk.' Een grote hand vlocht zich in haar haar en vouwde zich om haar achterhoofd terwijl de andere haar nog dichter naar hem toe trok. Haar dijen wreven tegen de zijne. Ze voelde hem tegen haar onderlijf, hard en kloppend. Volledig opgewonden. Hij wilde haar. Die gedachte maakte haar licht in het hoofd. 'Nog heel even.' Zijn stem was zachter gaan klinken, lager. Strelend. Haar hart maakte een sprongetje en haar knieën knikten terwijl haar handen naar zijn gezicht gingen. Zijn onmogelijk knappe gezicht. 'Ik heb aan je gedacht,' zei hij zacht. 'De hele nacht.'

Ze werd helemaal week vanbinnen. 'Ik heb ook aan jou gedacht. Het was een lange nacht.'

Hij ging even met zijn lippen langs de hare en ze begon bijna zachtjes te jammeren. Te smeken. 'Ik dacht aan toen ik je gisteren bij de auto zoende,' zei hij en er liep een rilling over haar rug. 'Hoe je aanvoelde zo tegen me aan. Hoe ik je weer tegen me aan wilde voelen.'

Hij stond haar met woorden en fluisteringen te verleiden. Maakte dat ze zo veel meer wilde. Ze liet haar armen om zijn nek glijden en ging op haar tenen staan. Ze kon hem nu voelen, dik en hard. Niet langer kloppend tegen haar onderlijf, maar tegen de plek waar het zo veel beter voelde. Vastbesloten zich staande te houden ving ze zijn blik en hield die gevangen. Hem uitdagend. 'Doe dat dan.'

Zijn ogen schitterden en zijn vingers verhoogden de druk op haar rug. Hij zoog adem naar binnen. 'Niet hier. Ik kan hier niet doen wat ik graag wil.'

O god. De woorden alleen al riepen een scala aan beelden bij haar op, het ene nog erotischer dan het andere. 'Wat wil je?' Het was een fluistering, een hese fluistering diep vanuit haar keel.

Hij staarde haar intens aan. Leek lang na te denken over zijn antwoord. Toen liet hij zijn hoofd zakken zodat zijn lippen tegen haar oor streken. 'Ik wil ervoor zorgen dat je je eigen naam vergeet.'

Toen jammerde ze werkelijk. Haar heupen bogen zodat ze nog steviger tegen hem aan gedrukt stond. Elke zenuw in haar lichaam stond in brand. Haar hart klopte sneller dan wanneer ze werkelijk seks had gehad. En hij gebruikte alleen nog maar woorden. Hij ging rechtop staan en liet zijn blik zakken naar waar haar borsten in hoog tempo rezen en daalden onder het zwarte jurkje. Toen keek hij haar in de ogen. En trok een blonde wenkbrauw op. Het was haar beurt.

Dus dit is nou voorspel, dacht ze. Dat had ze nog nooit meegemaakt. Niet in een slaapkamer en zeker niet op straat. Maar ze was een snelle leerling. Ze rekte zich uit en likte zijn mondhoek. Maakte hem aan het kreunen, een prachtig geluid dat diep uit zijn keel kwam en haar tot aan haar tenen deed tintelen. 'Het is maar een korte naam.' Ze likte de andere kant van zijn mond en zijn hand kwam uit haar haar en sloot zich al knedend om haar achterste. Ze voelde hem trillen. Trillen. 'Het zijn maar vier letters. Je zult goed je best moeten doen om me die te laten vergeten.'

Zijn ogen glinsterden. Gevaarlijk, vond ze. Maar ze was absoluut niet bang. 'O, ik denk dat ik die taak wel aankan,' zei hij met fluwelen stem.

Haar mondhoeken gingen omhoog. 'O, dat geloof ik ook.'

Toen glimlachte hij en benam haar daarmee de adem. 'Goedemorgen, Dana.'

'Goedemorgen, Ethan. Hoe gaat het?'

'Nu ik bij jou ben een stuk beter.' Toen zoende hij haar, diep en rijk en vol, en toen hij zijn hoofd ophief zuchtte ze. Hij kuste het puntje van haar neus. 'En jij?'

'Ik voel me door jou ook beter,' zei ze. 'Ik weet niet hoe je dat flikt, maar het is zo.'

'Daar ben ik blij om. Ben je toe aan ontbijt?'

'Nou en of. En ik heb echt veel honger. Die hotdogs zijn al een hele tijd geleden.'

Dat was zeker zo, dacht Ethan terwijl hij de deur voor haar openhield. Zijn hart begon eindelijk weer in een normaal tempo te kloppen. Hij had gedacht dat het pardoes uit zijn borst zou springen toen ze hem vroeg wat hij wilde. Hij had het luchtig gehouden omdat hij dacht dat wat hij werkelijk wilde haar doodsbang zou maken, maar nu wist hij dat niet meer zo zeker. Hij was vast van plan daarachter te komen zodra hij Alec veilig en wel thuis bij Randi had afgeleverd.

Betty keek hen nieuwsgierig aan toen ze aan een tafeltje schoven. 'Zijn jullie uit geweest?'

Dana glimlachte en opnieuw sloeg zijn hart op hol. 'Niets van dat al, vrees ik. Ethan moet er al snel vandoor, dus kun je alsjeblieft zijn ontbijt snel klaarmaken?' Ze wachtte tot Betty weg was en boog zich toen voorover. 'Laten we het er maar niet over hebben dat Caroline in het ziekenhuis ligt. Dan maakt Betty zich maar zorgen en Caro heeft met Max en zijn familie al genoeg mensen die zich zorgen maken.'

'Dat begrijp ik. Clay – je weet wel, mijn partner – hij is net zo met mij.'

Ze trok een wenkbrauw op terwijl ze hem onderzoekend aankeek. 'Je maakt anders een behoorlijk gezonde indruk.'

Zijn ogen schitterden. 'Nu wel. Maar dat is niet altijd zo geweest.'

Na een moment van aarzeling vroeg ze: 'Waar bén je aan gewond geraakt in Afghanistan, Ethan?'

'Richard en ik werden uit ons voertuig geslingerd toen we op een landmijn reden. Ik kwam op mijn hoofd terecht.' Hij haalde zijn schouders op. 'Ik raakte bewusteloos. Ik kwam in het ziekenhuis weer bij met een zwelling in de hersenen. Het heeft heel lang geduurd voor ik weer drie woorden samenhangend op een rijtje kreeg. De woorden waren er wel, maar net buiten bereik. Dat was... frustrerend.'

Hij was zo'n intelligente, welbespraakte man. 'Dat kan ik me voorstellen,' zei ze zacht terwijl ze hem bleef aankijken.

'Ik heb af en toe nog steeds hoofdpijn. De artsen noemen dat migraine met visuele aura.'

'Dan kun je een tijdje niets zien. Ik heb een cliënt gehad die dat ook had. Het is niet fijn, maar er valt mee te leven.'

Het was helemaal niet zo moeilijk geweest om haar over de hoofdpijn te vertellen. Ze leek het kalm op te vatten. Daar kon hij respect voor opbrengen. Hij leunde achterover en keek alleen maar naar haar, omdat hij daarvan genoot. Ze zag er verfomfaaid uit en alle make-up was allang verdwenen, maar toch vond hij haar mooi en fascinerend. Zeker nu hij wist wie ze werkelijk was. Hij vroeg zich af waarom ze het geheim had gehouden. 'Was dat een klant in je fotozaak?'

Ze knipperde met haar ogen. Eén keer heel langzaam. 'Die cliënt? Nee.'

Hij wachtte, maar ze zei verder niets. Betty kwam met de koffie en toen ze weer weg was zuchtte Dana. 'Je vroeg gisteravond naar mij. Ik zei toen dat ik het je zal vertellen en dat doe ik ook. Misschien niet alles tegelijk, want sommige dingen zijn moeilijk voor me om over te praten. Je zult geduld moeten hebben.'

'Dat kan ik zo af en toe wel opbrengen, hoor,' antwoordde Ethan droog. 'Ga je gang.'

Ze haalde diep adem, alsof ze zich wilde vermannen. 'Ik ben hier in Chicago geboren. Ik ben Illinois nooit uit geweest.'

Ethans ogen werden groot. 'Wil je zeggen dat je nog nooit de zee hebt gezien?'

'Nog nooit.' Ze nam nadenkend een slok van haar koffie. 'Ik heb nooit echt gemist... wat ik heb gemist. Pas sinds kort. Ik weet niet goed waarom ik dat de laatste tijd wel lijk te doen.' Ze peinsde een ogenblik en ploegde toen abrupt voort. 'Mijn vader was alcoholist en mijn moeder werkte als kamermeisje in een hotel om eten op tafel te kunnen zetten.' Ze trok een wenkbrauw op. 'Valt dat je tegen?'

Ze wilde de schijn wekken dat het haar geen moer kon schelen of hij dat nou wel of niet deed, maar Ethan zag dat zijn antwoord belangrijk was. 'Nee.'

'Prima. Mijn vader stierf toen ik tien was. Mijn moeder hertrouwde toen ik twaalf was. Hij was nog erger dan mijn vader.'

Ethan kreeg een misselijkmakend gevoel, dat van zijn gezicht af te lezen moest zijn geweest, want ze wuifde met haar hand en schudde haar hoofd. 'Nee, zo was het niet. Hij misbruikte ons niet. Hij sloeg ons alleen maar helemaal verrot. En haar. Mijn moeder. Ik haatte hem en hij haatte mij. Ik werd opstandig en toen ik veertien was ben ik van school gegaan en weggelopen.'

'Ons?'

'Ik heb een zus.' Maar aan de trek om haar mond was duidelijk te zien dat dat het einde was van dat onderwerp.

'Maar je ging niet weg uit Chicago.'

Ze lachte. 'Verdorie, ik ging niet eens weg uit de South Side. Ik raakte verzeild bij slecht volk en...' Ze zweeg even. Dacht na. Trok een schouder op. 'En ik werd opgepakt voor een diefstal. Ik heb een tijdje in de jeugdgevangenis gezeten. Valt dat je tegen van me?'

Dat was niet de informatie die hij had gevonden, maar aan de andere kant, dat kon ook niet, omdat het om jeugddetentie ging. 'Nee.'

'Oké. Ik kwam uit de jeugdgevangenis en ze stuurden me naar huis. Mijn stiefvader tuigde me een paar weken achter elkaar af en op een dag had ik er genoeg van. Ik had wel iets geleerd op straat. Bijvoorbeeld wat je allemaal met een mes kunt doen.'

Ethans ogen werden opnieuw groot. 'Heb je hem neergestoken?' *Goed gedaan, meid.*

'Niet zo heel erg. Ik had moeten wachten tot ik geleerd had hoe ik meer schade kon aanrichten met een mes. Ik kreeg hem wel te pakken, maar niet zoals ik had gewild. Hij had eigenlijk gehecht moeten worden.' Ze glimlachte, alsof ze oprecht geamuseerd was. 'Maar hij was bang voor naalden. Best ironisch, hè?'

'Je zegt *was*. Is hij dood?'

Haar ogen fonkelden. 'Nog niet. Maar ik denk wel binnenkort. Hij is ziek en oud en hij heeft zich zo ver teruggetrokken dat niemand hem meer tevoorschijn zal trekken. Zeker ik niet. Valt dát je tegen van me?'

Die vraag begon hem een beetje te irriteren. 'Nee. Leeft je moeder nog?'

Nu fonkelden haar ogen niet zomaar een beetje. Ze schitterden van een pijn die zo intens was dat het hem de adem benam. Toen sloeg ze haar ogen neer en nam een slokje van haar koffie. 'Nee. Mijn moeder is overleden.'

'Dat spijt me.'

Haar mondhoeken gingen omlaag. 'Mij ook.' Ze rechtte haar rug. 'Maar terug naar mij.'

Hij stak een vinger op. 'Wacht.' Betty kwam de keuken uit met hun ontbijt en hij vermoedde dat Dana liever niet had dat ze luisterde. Ze wachtte tot Betty weer weg was voor ze het zoutvaatje pakte en zout over haar eieren strooide.

'Nadat ik hem had neergestoken ben ik weer weggelopen, want ik wilde niet weer naar de gevangenis. Dit keer wist ik hoe ik kon voorkomen dat ik gepakt zou worden voor zakkenrollen. Ik leerde snel, weet je.'

Hij zei niets, omdat hij geen idee had wat hij moest zeggen. Zijn eigen jeugd was, hoewel eenzaam, in vergelijking met die van haar idyllisch geweest.

'Ik leerde hier wat en daar wat. Dingen die een brave burger eigenlijk niet hoort te weten. Ik heb mensen opgelicht. Ik heb nooit iets met drugs gedaan, dat kan ik je wel vertellen. Nou ja, een beetje wiet, maar ik heb nooit geïnhaleerd en dat blijf ik volhouden. Gelukkig heb ik nooit te maken gekregen met de akelige kant van het weglopen. Maar op een dag werd ik betrapt toen ik een auto wilde stelen. Ik heb dat gedoe met die draadjes nooit onder de knie gekregen. Ik vermoed dat ik een waardeloze elektricien zou zijn geweest. Helaas was ik toen al achttien. Nu heb ik een strafblad. Val ik je al tegen?'

Ethan schudde zijn hoofd, zo ongelooflijk geraakt door het feit dat ze dit met hem deelde. Hij wist donders goed dat hij haar nooit zou vertellen dat hij al op de hoogte was. 'Nog niet. Je zult met meer dan dat moeten komen, Dana.'

'Ik ontmoette een knul terwijl ik zat te wachten op een afspraak met mijn reclasseringsambtenaar. Charlie heette hij. Die knul. Niet de ambtenaar. Charlie had een Harley.' Nu twinkelden haar bruine ogen opnieuw van wat oprechte geamuseerdheid leek. 'Ik was ongeveer een jaar lang een echte bikerchick. Ik heb zelfs een tatoeage,' voegde ze er op overdreven lijzige toon aan toe. 'Eet, Ethan.'

Hij moest snel eten. Hij was ironisch genoeg op jacht naar een vrouw met een tatoeage. 'Waar zit die?' vroeg hij en hij slikte de eieren door, die in zijn keel dreigden te blijven plakken. 'Je tatoeage.'

Ze wiebelde met haar wenkbrauwen. 'Daar kom je misschien ooit nog wel achter.' Ze werd weer ernstig. 'Daarom heb ik het je verteld. Als je mij zou natrekken zoals ik bij jou heb gedaan, dan zou je mijn strafblad vinden.'

'Nou en? Heb je je schuld aan de samenleving voldaan?'

'Ik heb een deal gesloten. Dertig dagen gevangenis en twee jaar voorwaardelijk. Ik heb nauwelijks lang genoeg gezeten om hoofdluis op te lopen.'

'Je was een kind.'

'Ik was een meisje van achttien met meer lef dan verstand. Als het iets wil zeggen, ik ben later teruggegaan en heb mijn excuses aangeboden aan de persoon van wie ik die auto probeerde te stelen.' Haar mond vertrok in een vreugdeloos lachje. 'Ze zei dat ik naar de hel kon lopen, maar ik heb het geprobeerd. Om het goed te maken, niet om naar de hel te gaan.'

'Dat vermoedde ik al,' zei Ethan droog. 'Wat is er van Charlie geworden?'

Ze slikte schouderophalend een hap door. 'Ik ben met hem getrouwd. Dat ging ongeveer zo goed als je zou verwachten van een huwelijk dat bij de reclassering tot stand kwam. Charlie, zo bleek, had heel veel gemeen met mijn vader en stiefvader. Wanneer hij dronken was werd hij gewelddadig. Op een dag belandde ik op de spoedeisende hulp, waar ze met naalden in me porden, en ik dacht: Dit is waardeloos. Dus toen ben ik bij hem weggegaan.'

Er was nog heel veel wat ze niet vertelde, maar hij drong niet aan. Niet nu, in ieder geval. 'Dat is de reden dat hij zo ex is dat hij nog na de y en de z komt.'

Ze glimlachte droevig. 'Je snapt het.'

'Nou, ik denk nog steeds niet slecht over je en ik wil écht graag je tatoeage zien.'

Haar grijns kwam snel. 'Je bent een aardige man, Ethan. Ik zal mijn best doen om je daar niet op af te rekenen.'

Hij schoof hun borden aan de kant en stak zijn hand uit over de tafel en pakte de hare. 'Ik vind jou een aardige vrouw, Dana. Ik geloof dat je een stuk strenger bent voor jezelf dan voor anderen.'

Haar blik werd een klein beetje verdrietig. 'Het is al laat, Ethan. Je moet gaan.'

'Wacht.' Hij was de mobiele telefoon die hij voor haar had gekocht bijna vergeten. 'Er staan vijfhonderd belminuten op.'

Ze trok een wenkbrauw op terwijl ze naar zijn uitgestrekte hand keek, maar maakte geen aanstalten om de telefoon aan te nemen. 'Ik neem niets aan wat ik niet heb verdiend, Ethan.'

Dat zou hij tot dat moment misschien niet hebben begrepen. 'Je vindt het wel goed dat ik je ontbijt betaal. Pak die verdomde telefoon nou aan, Dana.'

'Het ontbijt kost nog geen zeven dollar. Een mobieltje kost heel wat meer.' Ze schudde haar hoofd. 'Ik vond het niet goed dat Caroline er een voor me kocht, dus waarom zou ik het wel goedvinden dat jij dat doet?'

'Omdat Caroline niet degene is die je tatoeage wil zien,' wierp hij tegen en ze moest lachen. 'Hier. Pak aan. Het is de enige manier waarop ik met je in contact kan komen. Mijn nummers staan erin, zowel van mijn mobieltje als dat van het hotel waar ik verblijf. Ik weet niet wanneer ik vandaag tijd heb en ik wil je later zien. Om uit eten te gaan.' Hij schoof de telefoon over de tafel en keek toe terwijl ze hem bekeek. 'Er is geen gedoe met draadjes nodig, Dana. Je hoeft alleen maar op die mooie cijfertjes te drukken. Luisteren doe je met het bovenste stuk en praten in het onderste. Je hoeft echt geen elektricien te zijn, geloof me.' Hij ging staan en trok zijn das recht.

Ze keek hem meesmuilend aan. 'Wat zijn we grappig. Oké, ik zal die telefoon voorlopig van je aannemen, maar wanneer jij teruggaat naar D.C., dan gaat die telefoon mee.'

Zijn hart schoot in zijn keel. Wanneer hij terugging naar D.C. Ze zei het op een manier alsof het haar niet kon schelen of hij ging of niet. Maar hij zou teruggaan. Dat had ze goed gezien. Zodra hij Alec had gevonden zou hij teruggaan en zijn oude leven weer oppakken. Dat leek nu nog leger dan het eerder al had geleken. Hij schoof zijn verwarring terzijde en boog zich voorover om een harde kus op haar lippen te drukken. 'Ga naar huis en ga slapen. Bel me als je me nodig hebt. Ik zie je vanavond.'

Dinsdag 3 augustus, 06.45 uur

Sue had niet veel tijd. Dupinsky had vanuit het ziekenhuis naar het opvangcentrum gebeld om te zeggen dat ze om halfacht terug zou zijn. Dat gaf Sue minder dan een uur de tijd om aan een nieuw identiteitsbewijs te komen en op tijd terug te zijn in het opvanghuis. Het zou op dit tijdstip van de ochtend gemakkelijker zijn om een prooi te vinden, voor de bevolking van de stad de straten overspoelde. Zeker wanneer degene van wie het ID-bewijs was net van haar werk kwam en te moe was om voorzichtig te zijn. Ze ging sneller lopen toen een acceptabele kandidaat uit de metro kwam.

Ze ging in de pas lopen. 'Neem me niet kwalijk.' De vrouw was jong, een beetje te dik, en ging gekleed in een Winnie de Poeh-schort waar wat bloedspetters op zaten. Wat toepasselijk. Ze keek met een achterdochtige uitdrukking op haar gezicht achterom en liep toen met snelle pas door. Sue hield de vrouw bij en wachtte op het moment waarop ze zou toeslaan. 'Mevrouw, ik ben niet van hier. Kunt u me helpen dit adres te vinden?'

'Sorry,' mompelde de vrouw en ze bleef doorlopen. Verstandig, vond Sue. Maar uiteindelijk toch niet verstandig genoeg. Met een schouderduw waar een ijshockeyer zich niet voor zou hoeven schamen schoof ze de vrouw het volgende steegje in. Ze trok in één vloeiende beweging haar pistool en zette dat tegen het hoofd van de vrouw. Het leek verdomme wel ballet.

'Geen woord,' zei Sue. Ze zag de ogen van de vrouw groot worden van angst.

'Neem mijn tas,' smeekte de vrouw schor fluisterend. 'Doe me niets.'

Sue rolde met haar ogen. Ze luisterden nooit. Ze zeiden altijd iets. Soms een hele serie woorden. Een lichte druk op de trekker, het geluid van een kogel die in contact kwam met bot en simsalabim, de bloedspetters op het Winnie de Poeh-schort waren plotseling enorm in aantal toegenomen. De geluiddemper was echt een goede aankoop geweest. De vrouw zakte zonder een geluid te maken op de grond en Sue pakte haar tasje en vond haar portefeuille.

Vandaag was ze Kristie Sikorski, kinderverpleegkundige, moeder van drie kinderen.

Dinsdag 3 augustus, 07.30 uur

Dana voelde haar lippen nog steeds tintelen toen ze een uur later de steeg achter Hanover House in draaide. Ze raakte zelfs van die korte zoenen helemaal ondersteboven. Maar nog veel verbijsterender was de blik op zijn gezicht geweest vlak voor hij haar kuste. Ze had zichzelf gedwongen het te zeggen. *Wanneer jij teruggaat naar D.C.* Ze had zichzelf gedwongen zich erbij neer te leggen dat hij geen permanente aanwezigheid was. Het gebaar van die mobiele telefoon was zo lief geweest... zo huiselijk. Ze mocht niet vergeten dat wat ze samen hadden slechts zo lang zou duren als ze in dezelfde stad waren. En zodra zijn zaken gedaan waren, zou hij weer vertrekken.

Ze had verwacht dat hij zou grinniken. Ze had niet verwacht dat hij zou kijken alsof ze hem in zijn maag had gestompt. Alsof hij vergeten was dat hij weer terug zou gaan. Alsof hij uiteindelijk niet dacht dat wat ze hadden tijdelijk zou zijn. En alleen al bij de gedachte dat hij dat had gedacht sloeg haar hart over.

Haar gevoel veranderde in ergernis toen ze tegen de achterdeur duwde en merkte dat die niet op slot zat. Evie vergat altijd om die verrekte deur op slot te doen. Met een bezorgd gezicht duwde ze de deur dicht en schoof de drie grendels ervoor. De bovenste piepte niet. David had hem voor haar gesmeerd toen hij de zondag ervoor het dak kwam repareren.

David. De frons werd een boze blik. Hij was gisteravond te ver gegaan. Maar hij had wat één ding betrof wel gelijk gehad. Ze had Caroline en verder iedereen in gevaar gebracht.

'Je bent gisteravond helemaal niet teruggekomen.' Die kalme constatering vanuit de richting van de koffiepot kwam van Beverly, hun bewoonster die op het punt stond het nest te verlaten. De volgende dag was haar datum van vertrek. Vandaag zou haar laatste dag in Hanover House worden.

'Nee. Ik ben de hele nacht in het ziekenhuis geweest.'

'Hoe gaat het met Caroline?' Beverly schonk een kop koffie voor Dana in en gaf die aan haar.

'Vooralsnog wel goed. Dank je.' De koffie was sterk, zoals Evie die zette. 'Is Evie hier?'

'Ze is boven met de nieuwe kinderen.'

Shauna Lincoln, de moeder die Caroline zondagavond had afgehaald. Shauna was eindelijk aangekomen, met twee peuters op sleeptouw, die allebei last hadden van hun amandelen en de vorige dag voortdurend hadden gehuild.

Beverly huiverde en sloot even haar ogen. 'Die kinderen hebben de hele nacht gehuild.'

Dana klopte Beverly even op haar schouder. 'Er zal waarschijnlijk de hele weg naar Californië een krijsende baby bij je in de bus zitten.' Ze moest lachen toen Beverly haar gezicht vol afschuw vertrok. 'Ben je er klaar voor, Beverly?'

'Zo klaar als ik maar zijn kan. Dana, dank je wel. Als jij er niet geweest was zou ik nu waarschijnlijk dood zijn. Ik zal je missen.' Beverly omhelsde haar kort en rende toen aangedaan de keuken uit naar haar kamer. Dat was een zeer welkome bevestiging. Dana wist dat haar werk belangrijk was. Van levensbelang. Maar ze wist ook dat het gevaarlijk was. Er moest iets veranderen.

Maar eerst moest Dana de zaken gladstrijken met Evie. Hun telefoongesprek van de avond ervoor was allesbehalve vriendelijk geweest. Dana trof haar aan in haar slaapkamer, waar ze op de rand van haar bed een van de zieke kinderen zat te wiegen. Evie's donkere ogen keken op. 'Caro?'

'Vanochtend iets beter.'

'Mooi.'

'Ze heeft een gescheurde placenta.' Dana zag Evie verbleken, maar ze hield niet op met wiegen. 'Ze moeten de baby misschien eerder halen als ze niet stabiel wordt.'

'Hmm,' was haar enige reactie. Toen: 'Erik is vannacht om een uur of twee beneden gekomen voor eten.'

Dana's ogen werden groot. 'Erik? Dat is geweldig.'

'Nee, niet echt.' Evie ging door met wiegen en haar stem klonk ijskoud. 'Hij was helder. Bijzonder helder. Heldere blik, zekere bewegingen. Tot hij binnen twee minuten drie kippenpoten verslond. Toen gaf hij over op de keukenvloer.'

Dana haalde diep adem en liet die zuchtend weer ontsnappen. 'Jane heeft zijn maaltijden mee naar hun kamer genomen. Hij heeft daar blijkbaar niet genoeg van gekregen.'

'Blijkbaar niet. Hoe dan ook, ik had deze hier op dat moment in mijn armen en hij slaakte een gil. Jane kwam de trap af gestormd alsof het huis in brand stond. En ze was heel boos op Erik. Heel, heel erg boos.'

Dana's ogen werden spleetjes. 'Heeft ze hem geslagen?'

'Nee. Ze heeft hem alleen maar schoongemaakt. Niet al te zachtzinnig. Ik wilde later kijken hoe het met hem was, maar ze zei dat hij lag te slapen.'

'Dokter Lee komt later vandaag. We moeten hem vertellen wat er is gebeurd.'

'Ik heb het genoteerd in het logboek.' Evie kwam overeind met het slapende kind op haar arm en pakte met haar vrije hand de deurkruk beet. Een duidelijke aansporing om te gaan.

'Ik ga nu even bij hem kijken,' zei Dana. 'O, Evie? Goodman loopt ergens rond. Wil je alsjeblieft de deur op slot houden? Alsjeblieft.'

Evie's donkere ogen stonden uitdrukkingloos. 'Ik zal het noteren.' En de deur ging voor Dana's neus dicht.

Dana zuchtte opnieuw toen ze op Jane's deur klopte. Jane verscheen in de deuropening en haar doorschijnende ogen werden groot toen ze Dana zag staan. Jane droeg geen beha onder haar topje en was verder gekleed in een heel korte broek. Ze zag er eerder uit als een stripper dan als een misbruikte moeder van een tienjarig kind. Dana sprak zichzelf bestraffend toe vanwege die gedachte. Een vrouw had in de privacy van haar eigen kamer het recht zich te kleden zoals ze wilde. En het was ondraaglijk warm buiten. 'Hoi, Jane. Ik kwam even kijken of alles in orde is. Vanwege vannacht.'

Jane draaide zich om en keek naar Erik, waardoor Dana even een glimp opving van een tatoeage op haar schouder. Een hoofdletter P piepte onder het schouderbandje van het topje uit. 'Hij slaapt,' zei ze zacht. 'Ik denk dat die kip niet zo goed gevallen is.'

'Of zijn maag kon er niet tegen om vol te zijn na een tijdje honger te hebben geleden,' zei Dana kalm. De littekens op Jane's armen, de tatoeage... Het leek allemaal niet in overeenstemming met de verslagen vrouw die voor haar stond. 'Heb je voldoende te eten gehad voor jullie hierheen kwamen, Jane?'

Jane sloeg haar ogen neer. 'Niet altijd. Soms hadden we niets. Ik probeerde zo lang mogelijk te doen met het eten dat we hadden. Maar soms heeft Erik geen eetlust vanwege zijn medicijnen. Ik probeer hem goed te laten eten sinds we hier zijn.'

'Je was vannacht boos. Waarom?' Dana sloeg haar scherp gade. Heel scherp. Als ze dat niet had gedaan zou ze misschien hebben gemist hoe Jane haar tanden op elkaar klemde. Want het was zo voorbij, sneller dan het was begonnen, en ervoor in de plaats kwam vastbesloten wanhoop.

'Ik geneerde me. Ik was niet kwaad.'

'Soms doen we door stress dingen die we normaal gesproken niet zouden doen,' zei Dana, die haar nog steeds gadesloeg. 'Soms halen we zonder dat we het willen uit naar degenen die ons het dierbaarst zijn.'

'Ik... ik weet niet waar je het over hebt.'

Dana pakte zachtjes een van Jane's armen beet en ging net zo zachtjes met haar vingers over de vage littekentjes. 'Soms wanneer we gestrest zijn doen we onszelf iets aan. Verwonden we onszelf. Soms verwonden we degenen van wie we houden.'

En toen zag Dana wat Evie had bedoeld. Er vond een kleine, beheerste explosie plaats in Jane's ogen en een fractie van een seconde vlamde er haat, pure, dodelijke woede. Dana deed onwillekeurig een stap naar achter terwijl Jane haar arm losrukte en haar armen over elkaar sloeg. 'Ik zou mijn zoon nooit iets aandoen.' De woorden kwamen er sissend uit.

'Dat geloof ik ook niet,' suste Dana. Haar blik werd getrokken door Jane's handen, die als uit zichzelf in haar ontblote bovenarmen knepen. En toen zag ze de kleinere tatoeage, vlak onder de knokkel van de ringvinger van haar linkerhand. Een kruisje. Een gevangenistatoeage. Ze keek op. Ze zag dat Jane wist waar ze naar had staan staren.

'Wat heb je gedaan?' vroeg Dana zacht.

Jane's borst ging op en neer als een blaasbalg. 'Dat gaat je geen donder aan.'

Dana wierp een blik over haar schouder op de slapende jongen. Ze zou het hier met dokter Lee over moeten hebben. Ze moesten erachter zien te komen of ze jeugdzorg moesten inschakelen om Erik bij zijn moeder weg te halen. Maar dat moest gebaseerd zijn op gedrag dat ze nu zag. Niet op gedrag dat eerder had plaatsgevonden. Mensen begingen fouten. Voldeden hun schuld. Gingen verder met hun leven. Dana had dat gedaan. Ze wilde graag geloven dat Jane Smith ook een van die mensen was.

'Je hebt gelijk. Wat belangrijk is, is het welzijn van je zoon. Zijn we het daarover eens, Jane?'

Jane knikte kort. 'Ja.' Toen ging voor de tweede keer in tien minuten een deur zachtjes voor haar neus dicht.

'Shit,' mompelde Dana. Ze keek op haar horloge. Nog veertien uur tot het avondeten.

Toen ging de telefoon en Evie verscheen in haar deuropening. Haar gezicht leek uit steen gehouwen. 'Dat was Max. De monitoren van de baby zijn op hol geslagen en Caroline vraagt of je wil komen.'

Dinsdag 3 augustus, 09.00 uur

Evie ging met een bezorgd gezicht naast Erik op bed zitten. Jane had het deel van de zondagkrant met de personeelsadvertenties meegenomen en was op zoek naar een baan. Ze streelde over het haar van de jongen en ze voelde vuil en vettigheid. Niet iedere vrouw die naar

Hanover House kwam was een zorgzame moeder, maar Jane Smith was een van de nalatigste. Ze was ook een van de minst sociale. Ze zagen haar maar zelden. Ze at ook maar zelden samen met de anderen. Ze volstond meestal met de mededeling dat ze het eten voor Erik en haar mee naar hun kamer nam. Evie dacht aan de manier waarop hij die kippenpoten naar binnen had gepropt – alsof hij in geen dagen had gegeten. Ze vroeg zich af hoeveel eten die jongen werkelijk binnenkreeg.

Iemand moest voor dit kind zorgen. 'En dat kan net zo goed ik zijn,' mompelde ze. Ze haalde een paar handdoeken. Ze zou het haar van dat kind wassen, desnoods terwijl hij daar lag als dat nodig was. Hij was godbetert nog steeds bezweet en smerig van het overgeven van de avond ervoor.

Daar maakte ze zich vooral zorgen over. Zijn blik was zo helder geweest, zo alert. Zo hadden ze hem nog niet eerder gezien. Het had in niets geleken op hoe zijn ogen nu stonden. Ze had zijn dossier bekeken en wist dat hij wachtte tot dokter Lee langs zou komen met nieuwe medicijnen tegen zijn epilepsie. Ze vroeg zich af of Jane hem wel de juiste dosering gaf. Hij was zo mager. Misschien gaf ze hem te veel.

Dat zoiets niet per ongeluk gebeurde was wel bij Evie opgekomen, maar dat was niet iets wat je hardop kon zeggen zonder bewijs. De juiste dosis bepalen was iets waar ze het vanmiddag met dokter Lee over zou hebben. Eriks abnormale honger en zijn misselijkheid van de avond ervoor was een tweede onderwerp.

Ze tilde zijn hoofd op om de handdoeken onder hem te leggen, maar toen ze haar hand weghaalde, was die rood en plakkerig. Ze schrok, heel even. Toen besefte ze dat het geen bloed was. Het was zoet en plakte als snoepgoed. Ze bracht haar vingers voorzichtig naar haar neus.

Nee, het was geen bloed. Het was Benadryl, de antihistamine. Ze herinnerde zich dat Jane zondag om de fles had gevraagd, kort voor Evie naar Lillians begrafenis ging. Normaal gesproken gaf Evie maar een enkele dosis tegelijk uit, maar ze was die dag een beetje in de war geweest. Jane had de fles gehouden. Ze waste voorzichtig Eriks gezicht en hals en hij bewoog, deed zijn ogen open.

'Praat alsjeblieft met me, Erik,' zei ze zacht. 'Je hoeft niet bang voor me te zijn.'

Maar Erik keek haar alleen maar met een lege blik aan, deed zijn ogen dicht en ging weer slapen.

Met een zucht belde Evie naar Dana's pieper. Ze vond het vreselijk om te moeten toegeven, maar ze moest hulp hebben.

Ocean City, Maryland, dinsdag 3 augustus, 10.00 uur

Lou Moore liep naar de balie van de gevangenis van Ocean City op hetzelfde moment dat Janson zich daar meldde. Hij rolde met zijn schouders vanwege de lange rit die hij achter de rug had. 'Rechercheur Janson, ik ben sheriff Moore.'

'Aangenaam kennis te maken, sheriff,' zei Janson terwijl hij haar de hand schudde. 'Onze overvaller heet Bryce Lewis. Volgens zijn rijbewijs is hij zeventien en komt hij uit Chicago. Verder hebben we vanochtend vroeg Cheryl Rickmans auto gevonden. Iemand had de kentekenplaten verwisseld, zodat hij ons aanvankelijk niet was opgevallen. De auto is twee straten van het busstation aangetroffen.'

'Dus misschien heeft degene die Rickman heeft vermoord de bus genomen om de stad uit te komen.'

'Daar heb ik ook aan gedacht. We trekken het na bij de busmaatschappij, maar aangezien we geen idee hebben wie we zoeken, verwacht ik daar op dit moment niet veel van.'

Ze zag een agent die een geboeide jongen meevoerde. 'Wordt Lewis als gewelddadig gezien?'

Janson haalde zijn schouders op. 'Hij trok een kaliber tweeëntwintig in de supermarkt en richtte dat op de winkeleigenaar, die op zijn beurt een pistool tevoorschijn haalde. Lewis verstijfde blijkbaar als een konijn in de koplampen en de winkeleigenaar gaf hem uiteindelijk een klap op zijn kop met een zak wisselgeld die hij naast de kassa had liggen.'

'Heeft hij gezegd hoe hij aan dat laadsnoer van Rickmans laptop is gekomen?'

'Nee. Hij heeft geen woord gezegd, afgezien van zijn ene telefoontje. Hij zei dat hij een familielid had gebeld, maar er is niemand gekomen om hem op borgtocht vrij te krijgen. Hij is voorgeleid voor die overvalpoging op vrijdag.'

Ze gingen een kleine verhoorkamer binnen en gingen tegenover de norse jongeman aan de andere kant van de tafel zitten. Het was Jansons verhoor, dus Lou leunde achterover om te luisteren.

'Ik ben rechercheur Janson van de politie in Morgantown in West Virginia,' zei hij. 'Ik doe moordzaken.' Hij liet die opmerking even bezinken, maar Lewis keek verveeld. 'Dit is sheriff Moore. Zij is de sheriff van Wight's Landing.'

Een fractie van een seconde spande Lewis zijn schouderspieren. Zijn advocaat, dat moest gezegd worden, vertrok geen spier. 'Ik ben Stuart Fletcher, pro-Deoadvocaat. Kunnen we dit kort houden?'

Janson haalde zijn schouders op. 'Ik heb een lichaam in het mortuarium liggen. Een vrouw, zesentwintig jaar.'

'Wanneer vermoord?' vroeg Fletcher.

Janson zoog een wang naar binnen. 'Donderdagochtend jongstleden, tussen middernacht en zes uur.'

De verdediger lachte smalend. 'Mijn cliënt is híér om middernacht gearresteerd, een autorit van zes uur van dat lijk van u. Ik geloof dat we hier een aardig waterdicht alibi hebben, rechercheur.'

Janson liet zich niet van zijn stuk brengen. 'Toen uw cliënt werd gearresteerd was hij in het bezit van iets wat mijn slachtoffer toebehoorde.'

'En wat mag dat dan wel zijn?'

'Een oplaadsnoer van haar laptop.'

Fletcher snoof. 'Vertel me alstublieft dat u met meer dan dat helemaal uit West Virginia bent gekomen.'

Er viel een langdurige stilte, tijdens welke Janson en de advocaat het oogcontact niet verbraken. Lou wist dat Fletcher iets wist. *Verschoningsrecht, je zuster.* De jongen had hem iets verteld en Fletcher was niet van plan daar ook maar iets van te vertellen.

'Paul McMillan,' zei Lou en ze zag de jongen opnieuw terugdeinzen. 'Vaughn,' voegde ze eraan toe, en de jongen viel bijna van zijn stoel. Ze keek naar Janson, en hij knikte ingenomen. 'Ik zit ook met een lichaam,' zei ze, 'waarvoor het alibi van uw cliënt niet geldt. Het lichaam van mijn slachtoffer is dat van de verloofde van het slachtoffer van rechercheur Janson. Een interessant toeval, moet ik zeggen.'

'Tijdstip van overlijden?' vroeg Fletcher ongeduldig.

'Afgelopen woensdagochtend, tussen één en vier uur 's ochtends.'

Fletcher hield zijn hoofd schuin. 'Exact.'

'Mijn patholoog heeft de insecten geanalyseerd die zich tegoed deden aan wat er over was van Paul McMillans hoofd.'

Lewis sprong op, struikelde over zijn enkelboeien, viel op de grond en gaf over.

Fletcher knipperde niet eens met zijn ogen. 'Het eten is hier waardeloos,' merkte hij kalm op. 'En dit verhoor is voorbij. Wacht, wilt u meneer Lewis alstublieft terugbrengen naar zijn cel?' Hij boog zich voorover, fluisterde Lewis iets in het oor, kwam vervolgens weer overeind en keek hen met een glimlach aan. 'Ik hoop dat u een goede reis terug naar West Virginia heeft, rechercheur.'

Toen ze weg waren, fronste Lou haar voorhoofd. 'Hij moet met iemand hebben samengewerkt.'

'Dat is de enige manier waarop de moord op Rickman verklaard kan worden,' stemde Janson in. 'Ik laat het u weten als het onderzoek van Rickmans auto iets oplevert. Als we kunnen aantonen dat Bryce Lewis in die auto heeft gezeten, dan kan dat misschien voldoende zijn voor een aanklacht. Dat zou hem misschien voldoende van zijn stuk brengen om zijn partner te noemen. Zolang hij alleen maar terecht hoeft te staan voor die overval heeft hij niets te verliezen door zijn mond te houden.'

Lou schudde hem ten afscheid de hand. 'Tot nu toe heeft niemand de borgsom voor hem betaald, dus we hoeven ons in ieder geval niet druk te maken dat we hem uit het oog verliezen. Dat geeft ons wat tijd.'

Dinsdag 3 augustus, 11.30 uur

James Lorenzano zat aan de andere kant van het glas geduldig te wachten. Sue was hier niet, maar haar broer wel. Had zich laten oppakken voor de overval op een supermarkt. James moest glimlachen toen hij voor zich zag hoe Sue op dat nieuws moest hebben gereageerd. Wat haar plannen ook geweest mochten zijn, haar broer had ervoor gezorgd dat die helemaal de andere kant op gingen. Hij hoopte dat ze toepaste, aanpaste en verbeterde. Waar ze ook mocht uithangen.

James wist dat Moore en haar rechercheur vergeleken met zijn eigen vaardigheden niet meer waren dan goedwillende amateurs. De jongen zou praten. Misschien niet vandaag, maar beslist wel morgen.

Bryce Lewis ging aan de andere kant van het glas zitten en keek hem alleen maar aan.

'Ik kom van het huis van je oom,' zei James, een formele introductie overslaand. Hij zag een sprankje hoop, dat hij met één klap zou doven. 'Hij is dood.'

Schok. Een beetje verdriet. Voornamelijk angst. 'Waarom?'

James glimlachte. 'Ik denk dat je dat wel weet. Waar is ze, Bryce?'

Bryce ging met zijn tong langs zijn lippen. 'Waar is wie? Ik heb geen idee waar je het over hebt.'

James kwam overeind. 'Prima. We zullen het spelletje vandaag op jouw manier spelen. Ik kom morgen terug en dan doen we het op mijn manier.'

Chicago, dinsdag 3 augustus, 11.00 uur

Dana liet zich op de bank in de wachtkamer zakken. Ze was uitgeput. Fysiek. Emotioneel.

David ging op de plek naast haar zitten. Stijf. Hij zag er net zo vermoeid uit als zij, vermoedde ze. Hij droeg nog steeds dezelfde kleren als de avond ervoor. Zij was er in ieder geval voor Max belde nog in geslaagd om in Hanover House te douchen en schone kleren aan te trekken. Tegen de tijd dat ze in het ziekenhuis was aangekomen was de crisis al over haar hoogtepunt en lag Caroline te rusten. De gespannen glimlach die Caroline had weten op te brengen toen Dana binnen kwam stormen deed meer pijn dan de aanblik van het afgetrokken gezicht van Max, waar tranen hun sporen hadden achtergelaten. Het enige wat Dana had kunnen denken was dat dit allemaal haar schuld was. *Het is allemaal mijn schuld.* Want zo was het.

David zat voorovergebogen met zijn gebalde vuisten tegen zijn ogen gedrukt en zuchtte diep. 'Het spijt me, Dana.'

Ze keek verrast in zijn richting. 'Wat?'

Hij liet zijn handen slap tussen zijn knieën hangen, maar zijn rug bleef gebogen. 'Alles, denk ik. Ik ging gisteravond te ver. Jij hebt dit niet veroorzaakt. Ik was alleen kwaad en bang.'

Dana leunde tegen hem aan en legde haar hoofd tegen zijn schouder. 'Het spijt mij ook. Je had gelijk. Dit is geen spelletje en ik heb Caroline en Evie en verder iedereen in gevaar gebracht. Je moet weten dat ik daar echt serieus over nadenk. Ik weet nog niet wat ik eraan ga doen, maar ik ga dingen veranderen.' Ze had er de hele nacht over nagedacht. En gedurende de vreselijke afgelopen drie uur.

Haar werk was belangrijk. Van levensbelang. Caroline was daar net zo sterk van overtuigd als zijzelf. En Dana wist dat Caroline het nooit vrijwillig zou opgeven. Caroline had te veel te danken aan Hanover House. Dat was een schuld die Caroline tot aan haar dood zou proberen terug te betalen.

Dana slikte moeizaam. Slechte woordkeuze. Of misschien ook niet. Haar beste vriendin had de dag ervoor wel kunnen doodgaan en als dat was gebeurd, dan zou Dana iets hebben verloren wat groter was dan zijzelf. Daarom was ze ergens gedurende de afgelopen uren tot de conclusie gekomen dat de enige manier om Caroline buiten dat werk te houden, het werk buiten bereik van Caroline te houden was.

Ik vertrek uit Chicago. Het was een angstaanjagende gedachte om alles achter te laten wat ze kende. Nu begreep ze hoe haar cliënten zich voelden. Dat was een deemoedig stemmend besef.

David was de hele tijd stil gebleven. 'Heb je me gehoord?' vroeg ze. 'Ik ga dingen veranderen, Caroline en Evie zullen geen gevaar meer lopen.'

Toen draaide David zich naar haar toe met een trieste blik in zijn ogen. 'Ik heb je gehoord,' zei hij zacht. 'Ik weet wat je voor Caroline hebt gedaan en voor vrouwen zoals zij. En ik ben dankbaar voor mijn broer en mijn familie. Maar niet voldoende om jou gekwetst te zien worden, of erger. Een dezer dagen zal het Evie of ik of, wat God verhoede, Caroline zijn die jóú doodgeslagen aantreft op de vloer van je woonkamer.'

Dana deinsde terug. Het beeld dat hij met opzet had opgeroepen kwam veel te dichtbij. 'Je gaat te ver, David.'

'Ik ben je vriend, Dana. Ik mag te ver gaan.'

'Niet zo ver.'

Hij ging met een strak gezicht staan. 'Nou, nu weet ik in ieder geval waar ik aan toe ben.'

'David, wacht.' Maar hij gebaarde dat ze haar mond moest houden en liep in de richting van de deur.

'Nee, laat maar, Dana. Ik ga een tijdje naar huis. Wil je dat tegen Max zeggen als hij me zoekt?'

En weg was hij, haar alleen achterlatend in de wachtkamer. De pieper op haar heup ging weer en ze keek vermoeid naar het nummer. Het was Evie, weer. Ze had haar de afgelopen drie uur vijf keer opgepiept, maar nooit met de code voor een noodgeval, dus had Dana gewacht tot Caroline's crisis voorbij was.

Met een zucht haalde ze Ethans mobiele telefoon uit haar zak. Ze staarde naar de mooie cijfertjes. Toetste het nummer van Hanover House in. Luisterde aan de bovenkant en sprak tegen de onderkant. En bij die herinnering glimlachte ze weemoedig. 'Evie, met Dana.'

'Waar bel je vandaan?'

Nummerweergave. Evie zou nu in ieder geval het nummer hebben. 'Met mijn.... mijn nieuwe mobiele telefoon.'

Evie lachte ongelovig. 'Hoe kom je aan een mobiele telefoon, mevrouwtje Gierig?'

De toon was niet grappig. Evie en zij hadden een paar dingen die uit de weg geruimd moeten worden. 'Het was een cadeau. Je kunt voortaan naar dit nummer bellen als je me nodig hebt.'

'Alles in orde met Caro?'

'Ja. En de baby ook.' Voorlopig. 'Wat is er aan de hand?'

'Het gaat om Jane en Erik.'

Dana zuchtte. 'Wat is er met ze?' En ze luisterde terwijl Evie haar deelgenoot maakte van haar zorgen. Toen Evie het laatste feit vertelde fronste ze haar voorhoofd. De vermiste antihistamine.

'Ik had haar niet meer dan één dosis moeten geven, maar ik was overstuur vanwege Lillian. Dat is geen smoes.'

'Het geeft niet. We maken allemaal weleens een fout. Is hij nu wakker?'

'Niet echt. Hij is van de wereld en hij kijkt me aan alsof ik niet tot hem doordring. Ik heb geen idee hoeveel ze hem heeft gegeven. Maar zijn hartslag lijkt normaal.'

Dana keek op haar horloge. 'Dokter Lee komt vanmiddag langs. Waar is Jane nu?'

'Op banenjacht.'

'Bel dokter Lee en vraag of hij een beetje vroeger kan komen. Ik wil graag dat hij Erik onderzoekt zonder Jane erbij. Hij zou medicijnen meenemen voor Erik voor zijn epilepsie. Misschien is dat de reden dat Jane die Benadryl heeft gebruikt – omdat ze door zijn medicijnen heen was.'

Evie zweeg een paar tellen. 'Denk je dat echt?'

Dana zuchtte opnieuw. Dacht aan de kleine littekens op Jane's armen en de vijandige, explosieve blik in haar doorzichtige ogen, die hard was geworden toen ze besefte dat Dana ze had gezien. Ze waren unaniem over Jane, Caroline en zij en nu Evie. 'Nee. Zeg dat ook tegen dokter Lee. O, en, Evie? Goed gedaan. Echt heel goed gedaan.'

Opnieuw een stilte, dit keer van verrassing. 'Dank je. Dat moest ik even horen. Dana, je klinkt moe. Ik handel dit hier wel af. Waarom ga je niet naar huis om wat te slapen?'

'Mia wil niet dat ik terugga naar mijn flat voor het geval Goodman daar rondhangt. Ik slaap hier wel.'

'Eh... Dana, heb jij mijn make-up gepakt? De spullen liggen niet in mijn kamer en zonder kan ik niet naar buiten.'

Evie's make-up was haar schild. Dana veronderstelde dat ze allemaal hun eigen schild hadden. Dat van Evie zat gewoon in een plastic doosje. 'Evie, je weet best dat ik nooit aan je make-up zou komen. Maar ik kan wel nieuwe voor je halen. Ga even bij Erik kijken. Ik zie je straks.'

Dana verbrak de verbinding en legde haar hoofd op de bank. Sliep. En droomde.

13

Chicago, dinsdag 3 augustus, 12.40 uur

Je kon wel zeggen dat hij dit niet had zien aankomen. Want Fred was een stomme klootzak. Nu had ze hem waar ze hem hebben wilde én zijn prachtige halve pond coke bovendien.

Waar ze hem hebben wilde, was gekneveld met zijn eigen stinkende sokken, geboeid aan een bed met zijn eigen handboeien, armen en benen gespreid en voorbereid op het ergste. Haar ergste zou inderdaad heel erg worden. Hij had haar afgeperst, gechanteerd. Haar behandeld als een hoer. Als zijn eigen slaafje.

Sue was niemands slaaf. Dat was een les die Fred op het punt stond te leren.

Ze had hem stipt om twaalf uur in de motelkamer die hij had uitgekozen ontmoet met de cocaïne die ze voor hem had opgehaald in haar rugzak, samen met haar wapens, de papieren voor de buitenlandse bankrekeningen die ze pas had geopend en verschillende andere leuke dingen die deel uitmaakten van haar plan.

Ze had ook het laatste beetje poeder bij zich dat ze had gekocht om James in slaap te brengen bij die feestelijke picknick van al die weken geleden. Ze had James genoeg gegeven om hem totaal buiten westen te krijgen. Ze had Fred net genoeg gegeven om een tijdje te slapen. Ze wilde Fred wakker hebben, bij de tijd. Ze wilde dat hij precies wist wat hem stond te gebeuren. Ze wilde dat hij elk sneetje zou voelen, elke kleine siddering van pijn.

Ze had de blik van wellustig genoegen in Freds ogen gezien toen ze een kanten niemendalletje uit haar rugzak haalde. Ze had zijn ogen zien glinsteren toen ze een kleine fles bubbels en twee koude flûtes uit de koeler had gepakt die ze speciaal voor deze gelegenheid had gekocht. Ze hadden wat te vieren, had ze gezegd. Het begin van wat een vruchtbare zakenrelatie beloofde te worden.

Hij was er met open ogen in getuind. Na twee glazen van de goedkope wijn stond hij te zwaaien op zijn benen. Voor hij in staat was geweest om te protesteren, had ze hem al op bed met zijn handen vastgebonden aan het hoofdeinde met de plastic boeien die ze uit zijn eigen zak had gehaald. Ze wist uit ervaring dat hij altijd minstens een stuk of zes van die boeien bij zich had. Ze zagen eruit als binders voor een vuilniszak, maar ze waren supersterk. Fred had ze bij haar meer dan eens gebruikt tijdens hun 'gesprekjes onder vier ogen' in Hillsboro. Gewoon, omdat hij dat kon.

Nou, nu was zíj degene die het kon doen. En ze deed het ook. Een van de voordelen van de plastic boeien was dat ze de huid niet beschadigden, zoals normale metalen boeien deden. Sue grijnsde toen ze de schoenen en sokken van zijn voeten trok en vervolgens zijn voeten over de rand van het bed trok en die stevig aan de poten van het bed vastmaakte met heel sterk touw. De plastic boeien mochten dan misschien geen wonden veroorzaken, maar zij was beslist van plan dat wel te doen.

Ze was oorspronkelijk niet van plan geweest Fred bij haar wraak te betrekken, maar hé... *Pas toe, pas aan en verbeter.* Ze kon zich geen waardiger ontvanger van haar wraak voorstellen en ze wist dat er in Hillsboro honderden vrouwen waren die ervoor zouden betalen om op dit moment in haar schoenen te staan.

Want op dit moment was Fred bezig wakker te worden en hij was pisnijdig. Hij rukte aan de boeien, maar die waren te sterk en hij was veel te zwak door de wijn met het slaapmiddel. Hij tilde zijn hoofd op en keek haar eerst woedend aan, toen trok hij vol verwachting zijn wenkbrauwen op. Ze stond naakt voor hem. Fred, de suffe lul, dacht dat hij mazzel had. Sue wilde haar kleren niet ruïneren met zijn bloed. Ze was van plan een douche te nemen als ze klaar was.

Sue haalde het mes uit haar rugzak en liet dat aan hem zien. Ze kon precies zien op welk moment hij besefte hoe erg hij in de knoei zat. De wellustige blik in zijn ogen maakte plaats voor doodsangst.

Ze lachte, niet in staat om het pure plezier binnen te houden. Toen zette ze de televisie aan en koos een luidruchtige zender. 'Laten we eens even een gesprekje onder vier ogen houden, Fred.' Ze ging op het bed zitten en maakte zijn riem los. 'Weet je nog, je dwong ons altijd om dit te doen, daar in Hillsboro.' Ze trok de riem uit de lussen van zijn broek. 'Je riem losmaken, bedoel ik. Ik bedacht dat je op de een of andere zieke manier in staat was om jezelf ervan te overtuigen dat als wij je riem en je broek losmaakten' – ze maakte zijn broek los en trok de rits omlaag – 'en je rits omlaagdeden, dat het dan met een soort van wederzijds goedvinden was. Nou, je zult wel blij zijn om te horen dat ik het vandaag eindelijk goedvind.' Ze sneed met haar mes de stof van zijn lichaam. 'Ik geloof dat jij er anders over denkt.' Hij bokte als een wilde mustang in een poging om weg te komen.

Stomme eikel. Hij kon niet wegkomen. 'Stil blijven liggen, Fred. Je wil toch niet iets belangrijks daar kwijtraken, hè?' Hij stopte met zijn wilde bewegingen alsof de stekker eruit was gehaald. 'Dat dacht ik al. Uiteraard zal dat toch wel gebeuren. Maar zaken gaan voor het meisje.' Ze zette de koeler die ze speciaal voor deze gelegenheid had gekocht op het nachtkastje. 'Ik moet je vingers hebben, Fred. Maak je geen zorgen, het is voor een heel goed doel.' Zijn ogen werden groot en hij trok zijn handen terug, maar dat had uiteraard geen enkel effect. Sue pakte zijn eerste vinger en sneed die eraf. Zijn brul van pijn werd twee keer gedempt, een keer door de sokken in zijn mond en nog een keer door het geluid van de tv. Sue concentreerde zich op haar taak en herhaalde de procedure negen keer, tot Fred daar rillend en bevend en kreunend lag te jammeren.

En lag te bloeden. Hij bloedde verrekte veel. Sue liet de afgesneden vingers in een plastic zak vallen en stopte die in de koeler. De vingers zouden een leuke aansporing vormen voor de Vaughns om te doen wat zij van hen verlangde. Welke ouder zou niet over de brug komen om hun kind een dergelijk lot te besparen? Het was verrekte briljant bedacht, al zei ze het zelf.

Maar ze moest opschieten, want Fred begon in shock te raken en ze wilde niet dat hij de laatste snee zou missen. Om het zo maar uit te drukken. 'Dit was zakelijk, Fred.' Hij keek haar alleen maar aan met ogen die dof waren van de pijn. 'Nu komt de lol. Jij hebt jouw pleziertjes gehad. Als ik goed heb geteld achtennegentig keer in tien jaar tijd. Daar zit afgelopen vrijdag bij inbegrepen, uiteraard. Nu is het mijn beurt, Fred.' Ze nam zijn slappe piemel in haar hand, sneed, en werd beloond met een zacht gekreun. Ze keek minachtend naar zijn lid. En gooide het in de vuilnisbak.

Ze douchte zorgvuldig en maakte de badkamer schoon. Ze zorgde ervoor dat elk oppervlak werd schoongewreven. Ze kleedde zich aan en keek naar hem zoals hij daar op het bloedige bed lag, stil. Maar niet dood. Ze schoot een kogel in zijn hoofd. Nu was hij dood.

Ze pakte de koeler, haar rugzak en zijn portefeuille. Ze bleef even staan om nog een laatste keer te kijken. Toen zette ze de tv uit, hing het bordje NIET STOREN aan de deurknop en reed in Freds auto terug naar de stad. Al met al was het een productieve ochtend geweest. De bankrekeningen openen, nog een e-mail versturen naar de Vaughns. Freds halve pondje coke oppikken voor ze zijn verschillende aanhangsels afsneed. Ze was moe, maar ze moest nog één stop maken.

Ze had een pakketje dat echt absoluut vannacht naar Wight's Landing moest worden verstuurd. Volgende halte, FedEx, dan terug naar het opvanghuis voor die dokter van Dupinsky kwam om Erik te onderzoeken. Dokter Lee zou om drie uur komen, had Scarface tegen haar gezegd voor ze die ochtend wegging met de personeelsadvertenties in de hand. Misschien had Sue zelfs nog even tijd voor een dutje voor hij kwam.

Dinsdag 3 augustus, 13.30 uur

Rechercheur Mia Mitchell keek op toen er een schaduw over het lichaam van de dode vrouw viel. Vanuit haar geknielde positie moest ze behoorlijk ver omhoogkijken. Haar partner was een grote man. 'Schotwond in het hoofd, vlak achter een oor, Abe. Uittredewond in de slaap. Haar tasje is verdwenen, geen papieren. Afgaande op de schortjas zou ik zeggen dat ze verpleegster is.'

Abe Reagan ging op zijn hurken zitten. Zijn blik stond scherp en zijn handen waren net als die van haar gestoken in rubberhandschoenen. 'Kinderverpleegkundige,' zei hij. 'Schort met Winnie de Poeh.' Hij keek op. 'De verpleegster in de praktijk van Kara's kinderarts draagt dezelfde.' Kara was het zeven maanden oude dochtertje van Abe.

'Ken je deze verpleegster?'

'Nee.' Hij wierp een blik op de medewerker van de lijkschouwer die klaarstond met een lijkenzak. 'Hoelang ligt ze hier al?'

'Niet meer dan zeven tot acht uur,' zei de lijkschouwer. 'Kan ik haar al meenemen?'

'Nog een paar minuten.' Mia haalde haar mobieltje tevoorschijn, belde naar de afdeling Vermissingen, en binnen een minuut hadden ze hun antwoord. 'Ze is Kristie Sikorski,' zei ze tegen Abe. 'Haar echtgenoot heeft haar vanochtend als vermist opgegeven nadat ze niet thuis was gekomen van haar werk.' Ze liet de telefoon in haar zak glijden. 'Hij komt naar ons toe zodra zijn ouders er zijn om op hun drie kinderen te passen.'

Abe bekeek haar handen. 'Geen sporen van een vechtpartij.'

'Nee, maar die wondjes in haar gezicht doen vermoeden dat ze tegen deze muur is gesmeten.'

'Ze heeft nog steeds haar diamanten ring om.'

Mia fronste haar voorhoofd. 'Dat heb ik gezien. Degene die haar heeft overvallen heeft wel haar portefeuille meegenomen, maar haar sieraden achtergelaten.'

Abe kwam overeind en ging met zijn handen over zijn broekspijpen. 'Ik weet nog niet zo zeker of het wel een beroving is. Ik heb heel wat executieachtige moorden gezien die er precies zo uitzagen.'

In zijn tijd bij de afdeling Narcotica, wist Mia. 'Nou, laten we maar eens met de echtgenoot gaan praten. Misschien kan hij ons verder helpen.'

Dinsdag 3 augustus, 13.30 uur

Ethan liet zich op de stoel in zijn auto ploffen en draaide de airco hoog. Niets. Zes uur alle winkels en steegjes in een straal van anderhalve kilometer van de kopieerwinkel van de dag ervoor uitkammen had absoluut helemaal niets opgeleverd. Niemand had haar gezien. Hij was op een dood spoor beland en hij kon nergens heen. Pas als zíj besloot weer contact op te nemen. Ze waren aan haar overgeleverd. Dat gold ook voor Alec.

Hij kreunde toen zijn mobieltje in zijn zak begon te zoemen. Dat kon nooit goed nieuws zijn.

'Weer een e-mail,' zei Clay gespannen.

Ethan voegde in het verkeer in. 'Ik ben op weg terug naar mijn hotel. Wat stond erin?'

'Ze wil voor morgen twaalf uur een storting van vijfentwintig mille als teken van goede wil. Het gaat om een buitenlandse bankrekening. We hebben het nummer.'

'Dat is dan alles wat we hebben. Mijn zoektocht van vandaag heeft niets opgeleverd.'

'Verdomme,' mopperde Clay. 'Maar ik heb wel nieuws over die kogel die we uit de muur hebben gepeuterd. Er waren plaatselijk geen overeenkomsten, maar mijn oude maat heeft weer een vriend bij de FBI en die hebben het nagetrokken. De kogel komt overeen met een kogel die ze in een oudere dame hebben gevonden die ongeveer zes weken geleden is doodgeschoten tijdens een woninginbraak in Florida.'

Ethan wreef over zijn hoofd. 'Dat slaat nergens op.'

'Ik weet het,' antwoordde Clay. 'Maar pistolen gaan over in andere handen. Misschien is er helemaal geen verband.'

Ethan zuchtte. 'Ik ben het zo verrekte beu om geen aanknopingspunten te hebben. Ik bel je als ik terug ben in mijn hotel.'

Dinsdag 3 augustus, 14.35 uur

Dupinsky is de volgende. Dat was het enige wat Sue kon denken toen ze terugliep naar Hanover House en een vreemde auto in de steeg zag staan met een stapel post op de passagiersstoel waaruit bleek dat de auto toebehoorde aan dokter George Lee. Hij zou pas om drie uur komen. Maar hij was vroeg en Sue twijfelde geen moment aan de reden en hoe dat zo gekomen was.

Dupinsky. Bemoeizuchtige trut. De dokter vroeg laten komen om het kind te onderzoeken terwijl ze nadrúkkelijk had gezegd dat dat niet mocht. Als dit achter de rug was, zou Dupinsky boeten. Caroline uitschakelen was zakelijk geweest. Dupinsky bijbrengen dat ze zich nergens mee moest bemoeien was persoonlijk. De geur van Freds bloed hing nog in haar neus en heel even stond ze zichzelf toe te fantaseren over Dupinsky die vastgebonden en gekneveld lag te bloeden. Haar knevel zou de enige manier zijn om dat wijf de mond te snoeren. Maar voorlopig had ze nog andere, grotere problemen. Het was mogelijk dat de brave dokter op dit moment ontdekte dat de kleine Erik helemaal geen blauwe plekken had. Geen sporen van lichamelijk geweld vertoonde. O, de brave dokter zou van alles ontdekken over Erik als ze hem niet tegenhield.

Sue sloop achterom en glipte naar binnen door de keukendeur, die

Dupinsky als enige altijd op slot deed. En daar was de dokter bezig Erik te onderzoeken. Evie en Dupinsky waren nergens te bekennen. Iemands kind huilde boven de longen uit zijn lijf, dus Sue vermoedde dat Evie ook boven was. Dupinsky was waarschijnlijk nog in het ziekenhuis bij die lieve Caroline.

Dokter George Lee was een kleine man. Niet langer dan 1 meter 65. Misschien zestig kilo. Hij was heel oud, minstens zeventig. Ze kon hem wel aan. Gemakkelijk.

Sue trok haar pistool en schraapte haar keel. De dokter keek op en ze zag in een oogwenk dat hij de situatie juist inschatte. Hij haalde langzaam de stethoscoop uit zijn oren. 'Jij moet Jane zijn.'

Ze glimlachte. 'Kom mee, dokter,' zei ze. 'Pak je tas.'

'Ik kan het op een schreeuwen zetten.'

'En dan maak ik jou en het kind af en ga ervandoor voor iemand hier kan zijn.' Ze hield het pistool schuin. 'Mooie geluiddemper. Hij doet echt waar hij voor gemaakt is. Nou, kom mee, voor ik dat jong afmaak.'

Lee keek naar de jongen. 'Je hebt hem vergiftigd. Hem uitgehongerd.'

'O, een beetje maar.' Ze kwam een stap dichterbij en greep de dokter bij zijn overhemd terwijl ze het pistool tegen de slaap van de jongen zette. Vanuit haar ooghoeken zag ze een glazige blik van angst in zijn ogen verschijnen. 'Ik heb deze week zes mensen gedood, dokter Lee. Tenzij je wilt dat dit kind nummer zeven wordt, kom je nu in beweging. Nú.'

De dokter pakte met trillende handen zijn tas. 'Ik kom al. Je gaat hier –'

'Niet mee wegkomen, ik weet het, ik weet het. Dat zegt iedereen. Wacht. Bij nader inzien, schrijf een briefje. Op dat kleine notitieboekje van je.' Met heftig bevende handen pakte hij zijn pen. 'Slimme man. Schrijf dat je bent gebeld over een noodgeval en dat je weg moest. Dat de jongen alleen maar last heeft van posttraumatische stress. Schríjf.' Hij begon te krabbelen. Zijn handschrift was nauwelijks leesbaar. 'Heb je epilepsiemedicijn voor het jong meegebracht?'

De dokter haalde diep adem. 'Ja, dat heb ik.'

'Leg dat dan op het briefje. Nou, kom op.' Ze zette het uiteinde van de geluiddemper tegen de slaap van de dokter terwijl hij naar de deur schuifelde. Ze bleef even staan en keek de jongen strak in zijn ogen. Toen maakte ze de drie tekens die ze geleerd had uit het boek over gebarentaal dat ze had doorgebladerd toen ze die ochtend in de boekwinkel was die ook dienstdeed als internetcafé. Ze kon zijn ouders een eis voor losgeld sturen en tegelijk leren hoe ze hun kind kon bedreigen. En dat allemaal onder één dak. En nog een verrekt lekkere dubbele mocha latte drinken ook terwijl ze daarmee bezig was. Over meerdere vliegen in één klap gesproken. *Mam... gaat... dood.*

De jongen trok wit weg en ze nam aan dat ze de gebaren goed genoeg had uitgevoerd.

Ze liep met de dokter naar zijn auto, dwong hem achter het stuur te gaan zitten, controleerde het adres op zijn brieven en dwong hem naar een punt een paar straten van zijn huis te rijden. Daar liet ze hem een steeg in draaien, waar ze hem dwong uit te stappen en tegen de muur te gaan staan. Ze nam zijn portefeuille en zijn autosleutels af en trok voor de lol de bril van zijn gezicht. Daarna draaide ze hem met zijn gezicht naar de muur en schoot hem in zijn achterhoofd. Ze schopte tegen zijn tas tot die openging en smeet de inhoud op de grond. Ze pakte de paar flesjes met medicijnen die hij bij zich had. Het zou eruitzien als een overval voor drugs. Maar al te vaak voorkomend, vermoedde ze.

Over een uur of zo zou ze terugkeren naar het opvanghuis, ogenschijnlijk uitgeput van haar banenjacht. Dat was ze ook. Uitgeput. Ze had sinds ze de jongen had ontvoerd niet meer zo'n drukke dag gehad.

Dinsdag 3 augustus, 17.15 uur

'Ik haat identificaties,' mompelde Mia terwijl ze tegen het observatievenster van het mortuarium leunde. Haar ogen prikten en ze wreef er stevig in. 'Ze worden nooit gemakkelijker.'

Abe zuchtte met opgetrokken schouders. 'Ik moet naar huis om mijn vrouw een kus te geven en met mijn baby te spelen.' Hij wierp een blik op de jonge echtgenoot van Sikorski, die alleen op een bank zat met zijn hoofd in zijn handen. Hij zat zachtjes te huilen. 'Ik zal zorgen dat hij veilig thuiskomt. Jij moet ook naar huis, oké?'

'Dat doe ik ook. Beloofd,' zei ze erachteraan toen hij haar aankeek met een blik vol ongeloof. 'Ik heb een afspraakje vanavond, dus geen schijn van kans dat ik blijf hangen om de administratie bij te werken.' Ze boog haar hoofd achterover en sloot haar ogen. 'Ik moet nog wel even bijkomen.'

Abe kneep even in haar schouder. 'Veel plezier met je afspraakje vanavond.'

Ze forceerde een grijns. 'Hij is brandweerman. Wat kan het anders worden dan plezier?' Ze keek toe terwijl hij wegliep, meneer Sikorski overeind hielp en hem ondersteunde terwijl de twee mannen het mortuarium uit liepen. Weg van het levenloze lichaam van Kristie Sikorksi. Drie kleine meisjes hadden geen mama meer en het was Mia's werk om te zorgen dat iemand daarvoor boette.

Maar op sommige dagen was het gewoon te veel. Te veel lijden en verdriet. Er werd op het glas achter haar getikt en Mia sprong op en draaide zich geschrokken met een ruk om. Vervolgens keek ze kwaad naar Julia VanderBeck, de patholoog, die haar vanachter het raam met een niet-begrijpende uitdrukking op haar gezicht aankeek. Julia gebaarde dat ze het vertrek binnen moest komen en Mia gehoorzaamde terwijl ze op haar lip beet.

'Is Abe naar huis?'

'Ja, hoezo?'

'Omdat ik iets heb wat ik jullie twee wil laten zien,' zei Julia en ze ging haar voor langs het lichaam van Sikorski naar een ander lichaam dat bedekt was met een laken. 'Deze man is een halfuur geleden binnengebracht. Hij is in een steeg gevonden.'

De haren in Mia's nek gingen overeind staan. 'Negenmillimeter in het hoofd?'

'Ja. Weet je nog het patroon van de geluiddemper dat ik je op Sikorski's schedel heb laten zien? De manier waarop de huid van de intredewond weg golft?' Ze trok het laken weg en er werd een oudere Aziatische man zichtbaar. 'Zelfde patroon, zelfde plek. Ik durf te wedden dat zal blijken dat het om hetzelfde wapen gaat.'

Mia keek op het label dat aan een teen was bevestigd en fronste haar voorhoofd. De man had iets bekends. 'Lee.'

'Dokter George Lee,' zei Julia. 'Zijn portefeuille is weg, maar hij heeft een SOS-armband.'

Mia liet het label los. 'Shit. Ik ken deze man. Hij werkt gratis voor een vriendin van me die een opvanghuis runt.' Ze keek naar Lee terwijl ze de stukjes in elkaar probeerde te passen. 'Dit is de afgelopen twee dagen al de tweede persoon die voor mijn vriendin werkt en wordt aangevallen.'

'Te veel om toeval te zijn,' mompelde Julia. 'Is die andere persoon neergeschoten?'

'Nee, aangevallen met een auto. Hit-and-run. Herinner je je Lillian Goodman nog, het dodelijke slachtoffer van huiselijk geweld van vorige week?'

Julia vertrok haar gezicht. 'Die zal ik niet snel vergeten. Hebben die allemaal met elkaar te maken?'

'Misschien. Maar het neerschieten van Sikorksi slaat helemaal nergens op. Verdomme, ik moet Dana op de hoogte brengen over dokter Lee. Ze zal er kapot van zijn.'

Dinsdag 3 augustus, 18.00 uur

'Dana, Dana, wakker worden.'

Dana werd met een schok wakker, krabbelde geschrokken overeind en staarde naar haar handen. Er was zo veel bloed geweest. Overal. Bloed aan haar handen. *Mijn god.* Maar haar handen waren schoon en Max Hunter stond met een meelevende blik op haar neer te kijken. Hij was een van de weinigen die de inhoud van haar dromen kenden. Nog steeds als verdoofd staarde ze naar hem op.

Max raakte haar bovenarm aan. 'Met Caroline is alles in orde, maar je lag te dromen.' Dat wilde zeggen dat ze in haar slaap hardop dingen had gezegd waarvan ze niet wilde dat anderen die hoorden. 'Het is etenstijd.'

Ze keek op haar horloge en slaakte een kreet. 'Het is al zes uur.' Ethan had gezegd dat hij nog zou bellen over het avondeten. In haar hoofd begonnen alle gedachten weer op een rijtje te komen. Ze pakte het kleine mobieltje uit haar zak en drukte op knoppen tot bij ze de gesprekkenlijst kwam... Hij had niet gebeld. Teleurstelling kreeg de overhand. Maar hij had gezegd dat hij niet wist wanneer hij tijd zou hebben.

Max staarde naar de telefoon. 'Hoe kom je daaraan?'

Ze voelde haar wangen rood worden. 'Het was een soort cadeautje. Ja. Hoe gaat het met Caro?'

'Ze is wakker en wil een *chili dog*. Ga met haar praten. Ze kan wel wat gezelschap gebruiken.'

Caroline lag plat op haar rug naar het plafond te staren.

'Hoi, schat,' zei Dana op lijzige toon en Caroline grinnikte. Dana ging op de rand van het bed zitten. 'Nou, gaan ze een keizersnede doen?'

'Daar ziet het niet naar uit. We zijn sinds die akelige gebeurtenis van vanochtend stabiel, maar ze zeiden dat ze me nog een dagje willen houden. Misschien dat ze me morgen naar huis laten gaan, maar ik zal in bed moeten blijven tot de baby geboren is.' Ze haalde haar schouders op. 'Dus we wachten maar af. Ik kan je wel vertellen dat ik het beu ben om in dit bed te liggen. Ik heb Max erop uitgestuurd voor een hotdog. Hij zal hem misschien stiekem moeten brengen, dus dek me.'

'Dat heb ik gehoord,' zei Mia vanuit de deuropening. 'Een samenzwering om voedselcontrabande het ziekenhuis binnen te smokkelen.' Ze wierp hun een brede glimlach toe. 'Hoe gaat het, Caroline?'

'Ik heb honger, ik verveel me. Mijn kont doet pijn. O, en ik heb via teleshopping al mijn kerstaankopen vandaag gedaan. Mijn creditcards zitten aan de max, maar ik ben klaar voor december. Hoe gaat het met jou, Mia?'

'Niet slecht.' Ze kwam de kamer binnen met een pakket onder haar arm. 'Ik heb iets voor je meegenomen. Ik hoop dat je het leuk vindt. Dana, wil jij het openmaken?'

Dana scheurde het papier van het platte pak en er kwam een olieverfschilderij tevoorschijn van bloemen die van een balkon neerhingen. Overal scheen de zon. Ze voelde zich er bijna beter door. 'Het is prachtig.'

'De vrouw van mijn partner schildert in haar vrije tijd. Ik bewaar haar verjaardagscadeau voor hem in ruil voor een paar schilderijen, dus mijn kerstaankopen zijn ook bijna gedaan.'

'Met dit schilderij is het net of je een venster hebt,' zei Caroline. 'Wat is het cadeau voor je partner?'

'Ze heeft net hun kelder opgeknapt dus ze heeft een pooltafel voor hem gekocht. Mijn hele appartement staat vol, verdorie.' Ze kneep in Caroline's hand. 'Ik heb je niet veel nieuws te vertellen. We hebben de auto gevonden die je heeft aangereden. Die was gestolen. De forensische recherche is hem aan het bekijken.'

Caroline's stem klonk klein. 'Dus jullie hebben de man van Lillian nog niet gevonden?'

Mia schudde haar hoofd. 'Het gerucht gaat dat hij in Detroit zit. We blijven zoeken tot we hem hebben gevonden. Tot die tijd moeten jullie twee heel voorzichtig zijn.' Ze ging het vertrek uit, maar bleef in de gang staan en gebaarde Dana dat ze mee moest komen. Er was dus meer. Meer dan Mia wilde dat Caroline zou horen.

Dana haalde haar mobieltje uit haar zak bij wijze van excuus om de kamer uit te gaan. 'Caro, ik moet Ethan even bellen. Ik moet weten of we nog plannen hebben voor het eten.'

Caroline's ogen werden groot. 'Heb je dat van hem aangenomen? Het moet wel serieus zijn.'

'Ach, hou op. Ik ben zo terug.' Ze liep snel naar de wachtkamer, waar Mia liep te ijsberen. Haar maag kromp samen. 'Wat?'

'Ik kon het je daarbinnen niet vertellen. Ik wil haar niet nog meer stress bezorgen. Dana, ga zitten.'

Dana gehoorzaamde. Haar angst was bijna tastbaar. 'Wie nu?'

Mia zuchtte. 'Dokter Lee. Hij is dood.'

'O, god.' Haar verbijsterde kreet werd gevolgd door een scherp naar adem snakken dat fysiek pijn deed. 'Nee, Mia. Hij was zo lief en oud. Wie zou hem nou iets aandoen?'

'Het spijt me, Dana. Dokter Lee is gevonden in een steegje een paar straten bij zijn huis vandaan.'

'Evie zei dat hij vandaag in het opvangcentrum was, maar dat hij een briefje had achtergelaten met de boodschap dat hij was gebeld en weg moest.'

Mia's blik was scherp. 'Het lijkt erop dat hij op weg van het centrum naar zijn huis misschien autopech heeft gehad. Toen hij uitstapte om te kijken wat er aan de hand was is hij beroofd. Maar gezien de omstandigheden mogen we Goodman niet uitsluiten.'

Dana's hoofd tolde terwijl ze de gebeurtenissen in gedachten voor zich zag. 'Heeft hij geleden?'

Mia schudde haar hoofd. 'Nee. De lijkschouwer zei dat hij op slag dood was.'

Ze werd overvallen door een gedachte die haar de adem benam. 'Mia, als het Goodman was, dan heeft hij dokter Lee gevolgd vanaf het opvanghuis. Hij weet waar we zitten. Ik moet de boel ontruimen. Waar moet ik ze allemaal onderbrengen?'

Mia ging naast haar zitten. 'Geen paniek. Dit heeft misschien helemaal niets te maken met jou en het opvangcentrum. Trouwens, als Goodman hem bij jullie vandaan heeft zien komen, dan zou hij hem dichter bij het opvangcentrum hebben vermoord en daarna op zoek zijn gegaan naar jou. Dat heeft hij niet gedaan. Dokter Lee is een paar straten van zijn huis vermoord. Als Goodman erbij betrokken was, dan ligt het eerder voor de hand dat hij dokter Lee apart heeft opgespoord. Is er een manier waarop Goodman Lillian in verband kon brengen met dokter Lee?'

Dana's hoofd bonsde. 'Ja. Dokter Lee heeft Naomi's schouder goed gezet toen ze er net was. Die lul van een vader van haar had haar arm uit de kom getrokken. Hij gaf Naomi iets om haar te helpen slapen. Dokter Lee betaalde de medicijnen altijd uit eigen zak en zijn naam stond op de etiketten.' En nu was die goedgeefse man dood. Omdat hij haar had geholpen. 'Als een van die flesjes in Lillians appartement was...'

'Dan is dat de meest waarschijnlijke manier waarop Goodman hem heeft gevonden.' Mia vertrok haar gezicht. 'Bekijk het eens van de positieve kant. Als Goodman al achter iemand aan zit, dan ben jij dat en je bent op dit moment niet in de buurt van het opvangcentrum. Het is niet waarschijnlijk dat hij naar het ziekenhuis komt, dus misschien moet je hier vannacht maar blijven.'

Dana keek haar alleen maar aan. 'Je maakt een geintje, zeker?'

Mia haalde haar schouders op. 'Nee, dat doe ik niet. Ik heb voor alle zekerheid geregeld dat surveillancewagens met enige regelmaat bij jouw appartement en het opvangcentrum langsrijden. En ik zal daar vanavond langsgaan om me ervan te overtuigen dat Evie alles heeft afgesloten. Jij moet vanavond ergens anders blijven.' Mia omhelsde haar even en ging toen weg.

Dana bleef even zitten piekeren. Dokter Lee was dood. En dat was al dan niet haar schuld. Caroline was gewond. Waarschijnlijk haar schuld. Ze voelde zich van streek, grimmig. Niet betrokken. Verwijderd. En ze was alleen. Ze wilde niet alleen zijn. Ze wilde Ethan. Ze verlangde naar de manier waarop hij haar met één blik tot rust kon brengen. De manier waarop hij haar met een andere blik wist te verleiden. Alleen al bij de gedachte aan hem ging haar bloed sneller stromen. Overal. Maar hij had niet gebeld.

Ze zou hem moeten bellen. Hij had het nummer van zijn hotel in haar telefoon gezet. Ze raapte al haar moed bij elkaar en drukte op de mooie cijfertjes en hoorde de receptie aankondigen dat ze het Chicago Sheraton had bereikt. Ze verbrak snel de verbinding. Ze wilde niet met hem praten. Ze wilde hem zien. Hem vasthouden. *Me door hem laten vasthouden.* Ze liep terug naar Caroline's kamer om afscheid te nemen en trof haar vriendin slapend aan, dus liet ze een briefje achter. En dwong zichzelf weg te gaan voor ze van gedachten kon veranderen.

Dinsdag 3 augustus, 18.30 uur

De jongen was wakker en bij de tijd. En zat ineengedoken in een hoekje als een dier in de val. Ze stak hem een bord met kip, een glas water en een briefje toe.

Eet langzaam.

Hij bekeek het eten langdurig, nam het toen aan en begon met kleine hapjes te eten. Hij bleef de hele tijd naar haar kijken en tussen het wegduiken door zag Sue flitsen van minachting, dus nam ze de bril van de brave dokter uit haar rugzak en zette die met veel vertoon op haar neus. Ze zag dat hij meteen begreep wat dat betekende.

Slimme knul. Dat had hij zeker niet van zijn ouweheer. De minachting verdween uit zijn blik alsof die er nooit geweest was. Ze pakte het briefje terug en schreef er een zin bij.

Als je vanavond deze kamer uit gaat, maak ik je morgen dood.

Nog zo'n middernachtelijk wandelingetje kon alles verpesten.

Voorlopig was ze hier veilig. Van Caroline en haar verdenkingen was ze af. De dood van dokter Lee werd toegeschreven aan een overval. Vaughn had het rekeningnummer en hij zou binnen de komende vierentwintig uur een proefstorting van vijfentwintigduizend dollar doen en nog eens vijf miljoen in de achtenveertig uur daarna. En het identiteitsbewijs dat ze zou gebruiken om het land uit te komen lag in de bovenste la van Dupinsky's bureau.

Alles in aanmerking genomen verliepen de zaken voorspoedig.

Dinsdag 3 augustus, 19.15 uur

Weer een. Dat was het enige wat Ethan kon denken terwijl hij aan het tafeltje in de woonkamer van zijn hotelsuite zat en de videobeelden bekeek van de plek waar de laatste e-mail was verzonden. Dat was een combinatie van internetcafé en boekhandel geweest. Hij had de beelden digitaal opgepoetst, ze beeld voor beeld geanalyseerd, tot hij duidelijk de creditcard kon zien die ze de bediende als onderpand had gegeven terwijl zij de computer van het internetcafé gebruikte. Ethan pakte de foto en staarde met een gevoel van toenemende wanhoop naar de naam op de kaart. Hij stond op naam van Kristie Sikorski.

Hij was erachter gekomen dat Kristie Sikorski kinderverpleegkundige was, met drie kinderen. Ethan had niet veel hoop dat ze haar nog levend zouden vinden. Hij had helemaal niet veel hoop, punt. Die trut droeg nog steeds die verrekte pet, zodat ze haar gezicht niet konden zien. Ze had één keer even opgekeken, zo ver dat hij de onderste helft van haar gezicht kon zien, maar de vergroting van die beelden liet alleen maar een dikke laag make-up zien en donkerrode lippenstift die de vorm van haar mond verborg. Ze waren nog geen stap dichter bij het terugvinden van Alec.

Ze was dit keer wel brutaler geweest. Ze was gaan zitten en had een kop koffie genomen voor ze de e-mail verzond. Ze had een boek over gebarentaal zitten lezen. Die aanblik deed zijn haren overeind gaan staan. Ethan nam de foto en staarde naar het boek in de handen van de vrouw. Een paar minuten voor ze de e-mail met de losgeldeis verstuurde, had ze gebarentaal zitten bestuderen. *Wat kil.*

De foto die ze als bijlage met de e-mail had meegestuurd toonde Alec die opgerold op hetzelfde bed lag. Hij moest liggen te slapen, hield Ethan zichzelf voor. Maar hij leek dood en Ethan vermoedde dat de vrouw dat wist. Dat ze dat gebruikte om de angst van de toch al doodsbange moeder verder aan te wakkeren. Ethan wenste dat hij Randi's angst kon wegnemen. Dana zou dat wel kunnen. Dana kon tegen Randi zeggen dat het niet haar schuld was dat haar zoon was ontvoerd en ervoor zorgen dat ze het geloofde ook, want in de korte tijd dat hij haar kende had Dana ervoor gezorgd dat hij ook dingen geloofde.

Hij had haar nodig, besefte hij. Hij had behoefte aan de steun die hij van haar kreeg door alleen maar bij haar te zijn. Hij zou haar bellen. Vragen of ze een uurtje kon vrijmaken. Hij had aan een uur genoeg om genoeg energie te krijgen om weer op pad te gaan en verder te zoeken. Naar een kind dat letterlijk overal kon zijn in een stad van drie miljoen mensen. Ethan zette zijn ellebogen op tafel en legde vermoeid zijn voorhoofd op zijn gebalde vuisten.

Hij schrok van de klop op de deur. Hij legde de foto's snel op een stapel en schoof die voor hij de deur opendeed onder het grote boek waarin de diensten vermeld stonden die het hotel bood.

En hij kon alleen maar staren. Dana keek naar hem op en haar anders zo kalme bruine ogen waren opengesperd en hadden een wilde blik. Ze had haar lippen stevig dichtgeknepen en haar gebalde vuisten hingen langs haar lichaam. En in zijn hoofd zakten zijn gedachten gewoon als een kaartenhuis in elkaar.

Dana kon hem alleen maar aanstaren. Hij stond daar met roodomrande ogen en zijn haar in de war, zijn overhemd hing open, waardoor een overvloed aan spieren en al dat gouden haar zichtbaar was. Haar ogen gleden omlaag naar de verbleekte spijkerbroek die strak om zijn heupen zat. Dichtgeritst, maar de bovenste knoop open. Hij was blootvoets. En alles binnen in haar werd week van verlangen. Ze likte haar lippen en probeerde woorden uit haar keel te krijgen. Ze kwamen er uiteindelijk schor uit. 'Ik heb je wakker gemaakt. Sorry.'

Hij schudde zijn hoofd. 'Ik sliep niet.' Hij deed met een voorkomend gebaar een stap achteruit om haar binnen te laten. Ze gehoorzaamde al even beleefd.

Maar de zachte klik van de deur die dichtviel maakte een einde aan alle voorkomendheid die ze bezat en ze lag in zijn armen met haar handen in zijn haar. Haar pijnlijke borsten persten verlangend tegen al die harde spieren. Hij deed twee passen en ze stond plat tegen de deur. Zijn lichaam stootte tegen het hare. Toen werd ze nog dichter tegen hem aan getrokken, omdat zijn handen zich om haar achterste sloten en hij haar hoger tegen zich aan tilde en ze hem kon voelen. O god, ze kon hem voelen. Hard en kloppend.

Ze kwam hem gulzig tegemoet en hun monden verzwolgen, verslonden elkaar en ze voelde op een bepaalde manier dat hij dit net zo nodig had als zij. Zijn lippen lagen heet op de hare, kwamen gevaarlijk dicht bij pijnlijk in hun intensiteit. Toen hij zijn kracht besefte maakte hij zich los, ging met zijn geopende mond langs haar hals, zwaar hijgend alsof hij net een paar kilometer had hardgelopen. Zachtjes drukte hij een kus op de holte bij haar keel. Hij drukte zijn gezicht in de kromming van haar schouder en slaakte een sidderende zucht.

'Ik had je zo nodig,' fluisterde hij en haar hart sloeg over. 'Hoe wist je dat?'

Ze streelde met trillende vingers zijn haar. 'Dat wist ik niet. Ik wist alleen dat ik vannacht niet alleen wilde zijn. Dat ik bij jou wilde zijn.'

'Heb ik je pijn gedaan?'

'Sst. Nee.' Ze kon zijn triestheid voelen, sterker dan op welk moment eerder ook. Maar niet zomaar triestheid. Het was wanhoop. Wat de aanleiding ook was geweest waarom hij hierheen was gekomen, het was erger geworden. Veel erger. 'Wat is er aan de hand, Ethan? Kun je me je niet laten helpen?'

Hij kwam overeind, trok haar weg van de deur en tegen zich aan. Ging met een hand langs haar rug omhoog en legde hem in haar nek. Trok haar stevig tegen zich aan zodat haar gezicht tegen zijn naakte borst werd gedrukt. Het ruwe haar kriebelde haar huid. 'Blijf gewoon bij me. Een tijdje maar.'

Een tijdje maar? Dana vroeg zich af of dat voldoende zou zijn. Voor hen beiden. 'Oké.' Dus bleef ze staan, wreef met haar wang tegen zijn borst. Ze sloeg haar handen om zijn nek. Ze wiegden nauwelijks waarneembaar. Langzaam dansend zonder muziek. Ze maakte zich een beetje los, ver genoeg om zijn gezicht te kunnen zien. Ze zag de pijn in zijn ogen, de grimmige trek om zijn mond. En ze wist dat alle lichamelijke bevrijding waar ze op had gehoopt zou moeten wachten. 'Heb je gegeten?'

'Nee.' Terwijl hij haar aankeek veranderde de intensiteit van de blik in zijn groene ogen. De pijn was er nog steeds, maar die kreeg nu gezelschap van hetzelfde bewustzijn dat ze telkens had gezien wanneer ze samen waren, en diep vanbinnen voelde ze opwinding flakkeren. 'Ik wilde je bellen om je mee uit te vragen. Maar nu denk ik dat we beter roomservice kunnen laten komen.'

'Dan zouden we gewoon hier kunnen blijven tot het eten wordt gebracht, hè?'

'Dat zouden we kunnen doen.' Een van zijn mondhoeken trilde. Hij ging niet echt omhoog, dus het was geen echte glimlach. Maar de grimmigheid verzachtte een beetje. Dana ging op haar tenen staan en kuste zijn mondhoek.

'Dat is beter.'

Hij zuchtte. 'Jij ziet er niet uit alsof jouw dag zo veel beter is geweest dan die van mij. Gaat het niet goed met Caroline?'

'Jawel. Maar...'

'Maar wat?'

Ze merkte dat ze het hem dolgraag wilde vertellen. Alles eruit wilde gooien, dan haar hoofd op zijn schouder leggen en hem horen zeggen dat alles goed zou komen. Om dit keer niet degene te hoeven zijn die zich zorgen maakte. Maar dat kon ze niet. Niet alles, in ieder geval. Het was eerlijk gezegd grappig en ooit zou ze er misschien om kunnen lachen. Ze was hier vanavond naartoe gekomen met de vaste bedoeling hem in bed te sleuren. Ze zou haar lichaam eerder prijsgeven dan haar geheimen. *Ik ben een tamelijk verknipt mens.*

Ze zuchtte en vertelde wat ze kon vertellen. 'Een vriend van me is vanavond vermoord. Het lijkt erop dat hij is beroofd.' Ze hoopte dat het alleen maar een beroving was geweest. Dat hoopte ze echt.

Zijn handen kwamen onmiddellijk omhoog en sloten om haar gezicht terwijl hij met zijn duimen haar wangen streelde. 'O, Dana. Wat erg. Wie was het?'

'Een bevriende dokter. Hij was een goed mens. Hij verdiende het niet om zo te sterven.'

Hij leidde haar naar de bank, ging zitten en trok haar op schoot. 'Vertel me over je vermoorde vriend. Hoe heb je hem leren kennen?'

Haar hele levensverhaal lag op het puntje van haar tong. Maar dat zou de geheimen van anderen kunnen openbaren en dat was iets wat ze na nog maar drie dagen niet kon doen. Dus bedacht ze een geloofwaardig alternatief. 'Ik werk als vrijwilliger met mensen die weggelopen zijn.' Dat was in alle opzichten de waarheid. Het was al zo lang geleden dat ze een volledig salaris had gehad dat ze eerder vrijwilliger was dan werknemer en haar cliënten waren stuk voor stuk bij iemand weggelopen. 'Dokter Lee verleende gratis medische zorg.'

'Ik vind het heel erg.'

Ze legde haar hoofd op zijn schouder. Zuchtte diep. 'Ik ook.'

Hij drukte een kus op haar haar. 'Ik geloofde ook niet echt dat je fotografe was.'

Haar hoofd kwam met een ruk omhoog. Haar ogen waren groot

en haar rug kaarsrecht. 'Ik zei dat ik als vrijwilliger met weglopers werk. Foto's maken van baby's is hoe ik in mijn dagelijks brood voorzie.'

Ethan liet zijn hoofd achterovervallen om haar gezicht te kunnen zien. Hij was opnieuw geroerd. Ze had weer een stukje van haar leven gedeeld waarvan hij het gevoel had dat het strikt privé was, al begreep hij niet goed waarom. Haar werk met weglopers was iets waar ze trots op zou moeten zijn. 'Je verdient je brood dan misschien met fotograferen' – *zij het niet erg dik belegd* – 'maar waar haal je meer voldoening uit? Kiekjes maken van baby's of weggelopen kinderen helpen?'

Ze aarzelde geen seconde. 'Het tweede.'

'Dan is dat wie je werkelijk bent. Het maakt niet uit hoe je je geld verdient.' Hij ging traag met zijn vingertoppen over haar buik en voelde haar spieren in een reactie trillen en samentrekken. Hij zag haar borsten rijzen en dalen onder het mouwloze poloshirt dat tot haar standaarduitrusting leek te behoren. Zag haar in het oneindige staren.

'Wat een wijze observatie,' zei ze zacht. 'Hoe zit het met jou? Wie ben jij?'

Hij dacht erover na. Het was een goede vraag. Hij overwoog hoe hij zou antwoorden, want het was een belangrijk antwoord. 'Ik denk dat ik het niet erg vind om beveiligingsadviseur te zijn, maar ik zal altijd marinier blijven, want dat is waar mijn hart ligt.'

Haar blik veranderde, werd warmer. Hij dacht dat hij de hele dag in haar ogen kon kijken. 'Je mist het,' zei ze zacht. 'Het Marine Corps.'

'Elke dag weer.'

'Het moet vreselijk voor je zijn geweest om dat achter je te laten.'

'Het was het moeilijkste wat ik ooit heb moeten doen. In het begin, toen ik in het ziekenhuis lag, maakte ik mezelf wijs dat ik zou herstellen. Terug zou gaan.' Hij sloot zijn ogen bij de herinnering.

'Maar is het gemakkelijker geworden om niet datgene te doen waar je van houdt?'

'Na verloop van tijd. Ik word nog steeds weleens wakker en dan denk ik dat ik in de woestijn zit. Dat het tijd is om op te staan, mijn bepakking om te doen en op pad te gaan. De ventilator aan het plafond en de airco zijn uiteraard altijd de eerste aanwijzingen dat ik me in de beschaafde wereld bevind.' Hij glimlachte. 'En het ontbreken van zand. Sommige gasten vulden flesjes met zand om mee naar huis te nemen, maar ik vond dat ik voor de rest van mijn leven al genoeg zand in mijn mond en andere vitale lichaamsopeningen had gekregen.'

Ze vertrok haar gezicht. 'Dank je voor dit levendige beeld.'

Zijn vingertoppen gingen naar haar zijdezachte blote arm. Hij voelde haar huiveren wanneer hij haar huid aanraakte. 'Het zand mis ik echt níét. Maar de rest... de uitdaging, de opwinding...'

Ze keek hem aan. 'Het volbrengen?' vroeg ze met zachte stem en hij wist dat ze het begreep. Net zoals hij al had geweten vanaf het moment dat ze met haar bruine ogen naar hem had opgekeken vanaf de vloer van het busstation, eerst beoordelend, daarna met een blik van kalme berusting.

'Ik denk dat dat het belangrijkste is. Ik maakte deel uit van iets wat groter was dan ikzelf. Ik deed iets belangrijks. Ik maakte gebruik van alles wat ik had geleerd om mijn land te verdedigen. Om een verschil te maken in de wereld. Sommige mensen vinden dat achterhaald en banaal.'

Ze slikte moeizaam, maar verbrak het oogcontact niet. 'Ik niet.'

'Dat had ik ook niet gedacht.'

'Wat geeft je nu het gevoel belangrijk te zijn?'

Hij zoog diep lucht naar binnen, die in zijn longen leek te branden. *Niet veel*, dacht hij. *Zeker niet Alec vinden.* 'Ik weet het niet.'

Ze zei lange tijd niets. Toen boog ze zich voorover en kuste zijn lippen. 'Dank je.'

Ze was dichtbij. Zo dichtbij dat als hij zijn hoofd bewoog hij haar weer zou zoenen. 'Waarvoor?'

'Dat je het mij vertelt. Ik ben zo blij dat ik vanavond gekomen ben. Je zorgt dat ik me beter voel, Ethan.'

Er was iets veranderd. 'Ik zou je een nog beter gevoel kunnen geven.'

Haar weelderige mond krulde tegen de zijne. Vluchtige kussen. 'Ik meen me te herinneren dat een zeker iemand heeft beloofd ervoor te zullen zorgen dat een zeker ander iemand haar eigen naam zou vergeten.'

Hij trok zijn wenkbrauwen op. 'En?'

'Da-na. D-A-N-A Dana Danielle Dupinsky. Ik weet al mijn namen nog.'

Zijn handen gleden omhoog en stopten naast haar borsten. Van zo dichtbij kon hij haar ogen donker zien worden en haar hart sneller horen kloppen. En zijn plagerige dreigement werd nu zo veel meer. Ze was hier gekomen om zich beter te voelen en ze zou niet weggaan voor het zover was. Tot ze zich allebei beter voelden. Hij ging met zijn vingers langs de onderkant van haar volle borsten en ging met zijn duimen over haar tepels, één keer maar. En hij hoorde haar adem stokken.

'DDD,' mompelde hij.

Haar slikken was hoorbaar in de stilte van het vertrek en haar antwoord klonk hees. Opgewonden. 'Dat had je gedroomd, Buchanan.'

'Dat klopt. Daar heb ik over gedroomd. Maar ik ben het hartstikke beu om te dromen.'

Een fonkeling in haar ogen was de enige waarschuwing die ze gaf voor ze abrupt een andere positie innam. Ze gooide haar been over zijn schoot zodat ze schrijlings op hem zat. 'Wakker worden dan.' En toen ze haar mond op de zijne perste gehoorzaamde elke zenuw in zijn lichaam aan dat commando.

Met een grom dook hij voorover, greep haar achterste beet, trok haar omlaag en schoof tegelijkertijd haar rok omhoog zodat zich niets meer tussen hen bevond behalve spijkerstof en glad, vochtig nylon. Dat was nog steeds veel te veel. Haar handen lagen op zijn borst, op zijn schouders, plukten aan zijn overhemd, en hij rukte zijn armen uit de mouwen. Ze trok haar shirt over haar hoofd en gooide het weg terwijl zijn vingers worstelden met de haakjes van haar beha. Toen was ook die verdwenen en haar borsten drukten tegen hem aan, haar tepels zo hard als spijkers. Ze verstijfde bij dat eerste, heerlijke contact, haar ogen gesloten, haar hoofd achterover alsof ze het gevoel van hen samen wilde opzuigen. Alsof het een eeuwigheid geleden was dat ze dit had gevoeld.

'Dana,' hijgde hij. Haar kin kwam langzaam omlaag en ze opende haar ogen, waarin een slaperige en smeulende blik lag. 'Hoelang is het geleden?'

'Vijf jaar.' Zonder haar ogen af te wenden schoof ze met haar heupen, schuurde tegen hem aan, en hij kreunde opnieuw. 'Vijf lange jaren.'

Zijn hart bonkte tegen zijn ribben en hij vlocht zijn vingers in haar koperkleurige haar. Hij trok haar mond weer naar de zijne. Zijn andere hand vulde zich met een fantastische borst en hij kuste haar en hij kuste haar.

En hij kuste haar. Het was meer dan waar ze op had gehoopt, meer dan ze had verwacht. Meer dan ze had gedroomd. Ze maakte haar lippen los van de zijne en kuste zich een weg over zijn gezicht terwijl ze op haar knieën ging zitten. Hij mompelde een protest bij het verlies van contact tot ze zijn haar beetpakte en zijn mond naar haar borst trok. Ze sloot opnieuw haar ogen toen hij zich tegoed deed en zoog en likte. Felle stroomstootjes gingen door haar lichaam, rechtstreeks naar de plek die om hem huilde en ze drukte zich tegen het harde oppervlak van zijn borst in een poging ontlading te vinden van die ontzettende behoefte die deze man bij haar had wakker gemaakt.

Toen trokken zijn handen aan haar slip en zijn vingers vonden haar, gingen diep naar binnen en duwden haar naar adem snakkend over de rand. Ze gilde het uit toen ze haar hoogtepunt naderde. Ethan onder haar verstijfde, zoog aan haar andere borst met een woestheid die bijna pijn deed en zijn duim ging door met haar binnenkant te strelen, waardoor ze nog verder ging, tot ze haar rug kromde en zijn naam riep toen haar wereld in miljoenen stukjes uiteenspatte. Ze zakte uitgeput tegen hem aan, zwaar hijgend terwijl haar hart als een wilde tekeerging in haar borst.

Met een grom kwam hij overeind. Hij hield haar in zijn armen met haar benen nog steeds om zijn middel geslagen. Zonder iets te zeggen liep hij door de kleine suite naar de slaapkamer en in één soepele beweging liet hij haar op het bed vallen en trok haar slip omlaag. En toen was die verdwenen. Ze deed met moeite haar ogen open en keek toe terwijl hij met een moeilijk gezicht zijn rits omlaagdeed. Ze zag zijn erectie tevoorschijn springen.

Ze haalde diep adem, deels vanwege de waardering, deels vanwege het vooruitzicht. Hij was een reus van een vent. In alle opzichten. Hij rukte zijn spijkerbroek omlaag en boog zich vervolgens voorover om een condoom uit zijn broekzak te pakken. 'Doe je rok uit.'

Ze gehoorzaamde zonder haar ogen van hem af te wenden. Ze steunde op haar hakken en tilde zichzelf omhoog zodat ze de rokband kon losknopen en de rits naar beneden kon trekken. Hij rukte ongeduldig en de rok belandde bij zijn spijkerbroek op de vloer. Toen hing hij boven haar, zijn handen naast haar hoofd, een knie naast haar heup en zijn andere voet op de vloer. 'Is dit wat je wil?' bracht hij uit en ze knikte geluidloos. Hij stopte het condoom in haar hand. 'Doe hem dan om.'

Met trillende vingers gehoorzaamde ze. Ze voelde zijn hele lichaam schokken toen ze hem voor het eerst aanraakte. Hij stootte sissend zijn adem uit. 'Verdomme, Dana, schiet op.' Dat deed ze en ze keek hem aan. Ze voelde haar hart even overslaan. Hij was heet. Klaar. Voor haar.

Hij liet zich langzaam tussen haar dijen zakken. En kreunde. Hij ging nog langzamer bij haar binnen en vertrok zijn gezicht toen zij even ineenkromp. 'Het spijt me,' bracht hij uit. Het zweet parelde op zijn voorhoofd.

Ze hield zijn blik gevangen met die kalme, bruine ogen van haar. 'Mij niet.'

Dat was wat ze had gezegd toen hij haar voor het eerst kuste. Hij kuste haar nu ook, woest en met open mond. Hij moest alles hebben wat ze bereid was te geven en sommige dingen waartoe ze misschien niet bereid was. Hij duwde en bewoog zijn heupen tot hij zo diep in haar zat als hij maar kon. Hij kreunde opnieuw toen ze haar knieën optrok om hem nog dieper in zich te nemen. 'Je voelt zo verdomde lekker aan.'

Ze neuriede van genot. 'Mijn middelste naam begint een beetje vaag te worden, Ethan, maar mijn eerste naam is nog glashelder.'

Met een hese lach begon hij te bewegen. Zijn stem begaf het toen ze hem met haar inwendige spieren omklemde en hem streelde. 'Meer.' Het kon hem niet schelen dat hij smeekte. 'Alsjeblieft.'

Dus dat deed ze, en hij ook, en zo bereikten ze een ritmisch tempo. Ze was strak en ze was nat en hij wenste dat hij voor altijd zo in haar kon blijven. Maar toen veranderde haar uitdrukking en haar adem stokte. Haar handen omklemden zijn schouders en ze begon zachtjes te jammeren. 'Ethan.'

Het geluid van haar stem sleurde hem mee en zijn heupen stootten, namen alles wat ze te geven had. Haar handen lagen op zijn billen en haar nagels trokken diepe sporen. Ze lag onder hem te bokken en toen kromde ze opnieuw haar rug terwijl ze zijn naam riep en hem meesleepte in de maalstroom, de donkere, gezegende maalstroom, en hij liet los.

Viel. Met gespannen armen, brandende longen en ontblote tanden kwam hij zo heftig klaar dat hij sterretjes zag. Maar er was geen duisternis. Geen paniek. Alleen maar vredigheid.

Hij liet zijn hoofd op haar schouder vallen en zijn hart ging zo hevig tekeer dat het uit zijn borst leek te springen. Haar handen waren slap en haar armen gleden op het bed alsof er geen bot meer in zat. Een volle minuut lang klonk alleen maar het geluid van raspende ademhaling.

'Ethan?'

'Hmm?'

'Wie ben ik?'

De lach om zijn mond stierf weg toen het besef tot hem doordrong. *Van mij. Je bent van mij.* Hij hees zich op een elleboog om naar haar te kunnen kijken. Alle snedige opmerkingen, zo daar al sprake van was, verdwenen uit zijn gedachten. Hij kon alleen maar in die bruine ogen kijken en zien hoe ze naar hem terug staarden. Haar glimlachende mond werd ernstig en ze ging met haar vingertop langs zijn lippen.

'Wat moeten we nu?' vroeg hij zacht.

Het puntje van haar tong kwam even naar buiten om haar lippen te bevochtigen. 'Ik heb geen idee.'

Maar zijn lichaam wel, dat kwam tot leven, en haar ogen werden groot terwijl haar adem stokte. 'Misschien toch wel,' fluisterde ze terwijl ze zich tegen hem aan drukte.

'Dat bedoelde ik niet, Dana.'

Haar heupen hielden op te bewegen. 'Dat weet ik. Maar voorlopig kan het toch wel?'

Hij bleef liggen, nog steeds in haar. En probeerde haar woorden geen pijn te laten doen. Ze had hem meteen aan het begin al gezegd dat ze niet op zoek was naar een relatie. *Shit.* Ze had er een gevonden, of ze nu wilde of niet. Ze had net een vriend verloren. De dokter. En een nieuwe gevonden. *Mij.* Hij drukte een kus op haar voorhoofd. 'Voorlopig gaan we slapen.'

14

Chicago, dinsdag 3 augustus, 22.15 uur

Ethan werd met een schok wakker omdat haar rug tegen zijn borst bonkte en haar voeten over het laken slipten in een poging achteruit te lopen. Ze droomde, realiseerde hij zich. Een nachtmerrie.

Hij sloeg zijn arm om haar middel. 'Dana.'

Ze bleef onmiddellijk stil liggen. Haar lichaam was voor de tweede keer die avond bedekt met een dun laagje zweet. Haar hart bonkte tegen zijn hand. Hij drukte een kus op haar oor. 'Sst. Het was maar een droom. Wil je erover praten?'

'Nee.' Het was een beverig geluid en hij drukte zich omhoog op zijn elleboog om haar gezicht te kunnen zien. Ze zag bleek in het licht dat door het raam naar binnen viel. 'Sorry. Ik wilde je niet wakker maken.'

'Dat geeft niet, Dana.' Hij kuste haar slaap. 'Ik ben uitgehongerd. Ik ben er niet aan toegekomen om roomservice te bellen.'

Ze glimlachte beverig. 'Ik heb ook wel honger.'

Hij leunde achterover en deed het licht aan, pakte de telefoon en belde roomservice. 'Ze zeiden dat het minstens drie kwartier zal duren. Kun jij iets bedenken waar we ons de komende drie kwartier mee bezig kunnen houden zodat we niet weer in slaap vallen?'

Haar gezicht kreeg weer kleur. 'Ik kan misschien wel een paar dingen bedenken.'

'Hmm.' Meer zei hij niet. Toen rukte hij zonder enige waarschuwing het laken weg, waardoor ze naar adem snakte.

'Ethan!'

'Omdraaien, Dupinsky.' Hij gaf haar een duwtje. 'Onmiddellijk.'

Ze keek hem aan alsof ze bij hem allemaal op de loop waren. 'Wat?'

'Ik wil je tatoeage zien.'

'O, dat.' Ze draaide zich gehoorzaam op haar buik en hij lachte hardop.

'Dat is zo passé, Dana. Op je achterste.' Op elke bil één, om precies te zijn.

Ze keek hem boos aan. 'Wat, dacht je dat ik ze op mijn schouders zou zetten?'

Hij knipperde met zijn ogen toen hij aan de vrouw op de video dacht. 'Nee, dat zou een slechte plek zijn voor een tatoeage.'

Ze dook met haar voorhoofd in het kussen. 'Trouwens... ik kon de aanblik van de naald niet verdragen.'

Hij gleed omlaag, naar haar ronde achterste. 'Dat meen je niet.'

Ze liet haar adem ontsnappen. 'Charlie speelde in een band. Ze noemden zich Born2Kill.'

Hij plantte een kus pal naast een schedel met een mes tussen zijn tanden. 'De vlinder is lief.'

'De vlinder staat symbool voor het leven.' Ze draaide zich om en wilde het laken naar zich toe trekken. Ze sloeg haar ogen ten hemel toen hij het buiten haar bereik hield. 'Ik heb het koud.'

Hij liet zich op zijn zij vallen en trok haar naar zich toe tot ze neus aan neus lagen. 'Symbool van het leven?'

Haar blik veranderde, werd ernstig. 'Ik heb hem genomen op de dag dat ik de echtscheiding aanvroeg.'

'In dat geval vind ik de vlinder het mooist.' Hij kuste haar en voelde haar in zijn armen ontspannen.

'Je hebt maar drie kwartier, Ethan,' mompelde ze met haar mond tegen zijn lippen. 'Aan het werk.'

Woensdag 4 augustus, 08.15 uur

Dana stak haar arm uit en raakte een leeg kussen. Ze haalde diep adem, eigenlijk niet bereid om haar ogen open te doen. Maar de dag was allang begonnen. Ze kon de zon al op haar gezicht voelen.

Ze tilde haar hoofd op en vertrok haar gezicht toen haar lichaam haar eraan herinnerde dat ze geen jonge meid meer was. Maar zelfs als ze jong was geweest zou ze pijn hebben gevoeld na een nacht zoals zij die hadden beleefd. Ze opende haar ogen en zag dat de klok 08.15 uur aangaf en een leeg kussen waar een briefje op lag. Toen herinnerde ze zich dat hij had gezegd dat hij vroeg weg moest vanwege nog meer afspraken.

Ze kwam stijf overeind, pakte het briefje en grinnikte.

Lieve Dana,

had hij geschreven,

Ik hoop dat je tegen de ochtend weer weet hoe je heet. Zo niet, je bent Dana Danielle Dupinsky en je bent geen fotografe. Wat de 'Born2Kill'-tatoeage op je bil betreft, kan ik alleen maar zeggen: 'Serieus?!?' Ik bel je later. Slaap lekker. Ethan.

Ze liet zich uit bed glijden. Ze had dezelfde eeuwige nachtmerrie gehad, maar na die ene had ze voor het eerst in jaren zoete dromen gehad. Een van de laatste dromen was dat Ethan in haar was gedrongen, maar toen was ze wakker geworden en het bleek werkelijkheid. Voor de derde keer die nacht bracht hij haar naar een climax die zo intens was dat de enige naam die ze zich kon herinneren die van hem was.

Maar nu werd het tijd om aan het werk te gaan. Ze was een volle dag niet in Hanover House geweest. Ze moest vandaag de familie van dokter Lee bellen, dacht ze ernstig. Haar hulp aanbieden bij het regelen van de uitvaart. En Beverly vertrok naar Californië. Ze had beloofd dat ze Beverly naar het busstation zou brengen. Dat was een van haar favoriete karweitjes, vrouwen wegbrengen die een nieuw leven tegemoet gingen.

Mia had tegen haar gezegd dat ze niet in de buurt van het opvangcentrum mocht komen omdat het zou kunnen dat ze werd gevolgd. Maar Dana weigerde de bezigheid waar ze het meest van genoot op te geven. Ze zou met Beverly moeten afspreken op een plek in de buurt van het busstation. Dana pakte de telefoon op het nachtkastje. 'Evie?'

'Waar heb je gezeten?' barstte Evie uit. 'We hebben je overal gezocht. Ik heb doodsangsten uitgestaan.'

'O, het spijt me.' Dat was ook zo. Ze had er nooit aan gedacht dat iemand naar haar op zoek kon zijn. Gezien wat er gebeurd was met dokter Lee en Caroline en Goodman had ze dat wel moeten doen.

'Evie, dat was heel stom van me. Ik wilde je niet ongerust maken. Er is niets met me aan de hand.'

'Ik heb naar dat mobiele nummer gebeld dat je me hebt gegeven en hij bleef maar overgaan.'

Dana keek nadenkend, toen herinnerde ze zich dat Ethan de avond ervoor haar rok op de bank in de andere kamer omhoog had getrokken. Haar mobieltje was waarschijnlijk uit haar zak gevallen. 'Ik moet hem in een andere kamer hebben laten liggen. Ik heb bij een vriend overnacht.'

'Welke vriend?' vroeg Evie achterdochtig. 'Mia zei dat je niet bij haar hebt geslapen.'

Dus ze hadden inderdaad stad en land afgezocht. 'Een vriend die je nog niet hebt ontmoet.'

Verbijsterde stilte. 'Je hebt een vríéndje en je hebt hem nog niet voorgesteld?'

'Jij en ik stonden de afgelopen week niet bepaald op goede voet,' zei Dana wrang.

'Nee, dat geloof ik ook.' Evie klonk net zo zuur. 'Nou, zo gauw we dit gesprek beëindigen moet je David bellen. Hij is doodongerust en hij liegt al de hele nacht tegen Caroline dat hij je heeft gesproken en dat ze zich dus geen zorgen hoeft te maken. Je hebt ons allemaal ziek van ongerustheid gemaakt.'

Dana zuchtte. Het zat er wel in dat hij zich zorgen had gemaakt. 'Dat zal ik doen. Evie, Mia wil niet dat ik in de buurt van het centrum kom voor het geval Goodman naar mij op zoek is. Ik wil ook niet dat jij het huis uit gaat en hou de deuren op slot. Zeker de keukendeur. Die vergeet je altijd.'

'Die zal ik vandaag niet vergeten. Hoe zit het met Beverly? Ze staat gepakt en gezakt klaar.'

'Laat haar over een uur naar me toe komen in Betty's koffiebar. Ik zal daarvandaan met haar naar de bus lopen. Haar papieren zitten achter slot en grendel in mijn bureau. Je weet waar de sleutel ligt. Geef ze maar aan haar.'

'Zal ik doen. Dana, over dokter Lee... Ik vind het zo erg.'

Verdriet welde op en Dana slikte het weg. 'Ik weet het. Ik ook. Evie, ik heb spijt van een heleboel dingen. Ik weet dat ik het niet vaak genoeg zeg, maar ik hou van je.'

Dana hoorde Evie haar keel schrapen. 'Ik ook van jou.'

Woensdag 4 augustus, 09.00 uur

Chef Beveiliging Bill Bush zette een kop koffie naast de monitor waar Ethan nu al uren naar zat te staren. 'Je bent de meest vasthoudende privédetective die ik de laatste tijd ben tegengekomen.'

'Dank je.' Ethan nam de koffie dankbaar aan. 'Ik ben tot de conclusie gekomen dat natuurwetten uitsluiten dat deze vrouw naar wie ik zoek zomaar is verdwenen, dus moet ze op een andere bus zijn gestapt, want ze heeft het station vrijdagochtend niet verlaten.'

'Dat lijkt me een redelijke veronderstelling.' Bush ging in zijn krakende stoel zitten.

'Ik weet dat ze op maandagochtend in Chicago was, want ze heeft een e-mail naar de vader van het kind gestuurd.' Ethan had zijn verhaal in zijn hoofd keurig op een rijtje. Ze hadden Bush wijsgemaakt dat ze op zoek waren naar een moeder die de voogdijregeling aan haar laars had gelapt. Ze waren nadrukkelijk niet op zoek naar het gezicht van de vrouw. Ze hoorden te weten hoe ze eruitzag en Bush was slim genoeg om dat op te merken. 'Ik wil beelden van haar dat ze met het kind weggaat, zodat we daarover beschikken als we haar voor de rechter dagen wegens het overtreden van de voogdijregeling. Misschien dat de vader van de jongen de volledige voogdij kan krijgen.'

Bush nam hem nauwlettend op. 'Weet je zeker dat de moeder niet de betere ouder is?'

'O, zeker. Hoe dan ook, aangezien we weten dat ze maandag hier in Chicago was, ga ik ervan uit dat ze hier ergens tussen vrijdagochtend en maandagochtend langs moet zijn gekomen. Ik heb alleen maar de beelden van de uitgangen bekeken. Ik ben nu aan vrijdagavond kwart over negen.'

'Je zou even moeten pauzeren. Je maakt een geprikkelde indruk.' Je hoefde geen genie te zijn om de langdurige blik die hij Ethan toewierp te ontcijferen. Bush wist dat er iets niet in de haak was. 'Een van de dingen die ik in mijn vijfentwintig jaar als politieman heb geleerd, is dat het niet verkeerd is als je zo nu en dan hulp nodig hebt. Dat maakte je geen slechtere...' Hij liet zijn woorden even bezinken. 'Politieman.'

'Ik ben niet van de politie,' zei Ethan.

'Dat ben je zeker niet,' stemde Bush in. 'Soldaat misschien. Maar geen politieman.'

'Ook geen soldaat,' antwoordde hij iets te bruusk. Dat was een automatische reactie. Mariniers waren geen soldaten. Mariniers waren mariniers. Uit de reactie van Bush viel af te leiden dat dat precies was wat hij verwacht had dat Ethan zou zeggen. Hij had de oude man in de kaart gespeeld.

Bush grinnikte. 'Waar heb je gediend, Buchanan?'

'Afghanistan.'

Bush trok een vies gezicht. 'Zand.'

Ethan knikte grimmig. 'Dat kun je wel zeggen.'

'Ben je uit het Marine Corps gestapt?'

Ethan schudde zijn hoofd. 'Op medische gronden. Een landmijn, gevolgd door een aanval van sluipschutters.'

'Ik heb in Vietnam gezeten. De overheid heeft het merendeel van ons in de jaren zeventig laten afzwaaien. Toen ben ik bij de politie gegaan.'

'Net als mijn partner. Bij de politie gaan, bedoel ik. Ik zou nu waarschijnlijk niet eens slagen voor de ogentest.'

'Shit, man. Ik zou nu voor geen enkele test van de academie slagen. Ik ben veel te oud. Maar ik heb zolang ik kon gediend en ik ben trots op wat ik heb gedaan. Dat geldt ook voor jou en jij zou ook trots moeten zijn.'

Ethan aarzelde en ging toen af op zijn instinct. 'Ik zoek deze vrouw, maar ze ziet kans om me steeds een paar stappen voor te blijven. Ik heb foto's van haar van haar nek en lager, maar niets van haar gezicht.'

'Heeft de vader van dat jochie geen foto's van haar gezicht?'

Ethan keek Bush zonder met zijn ogen te knipperen aan. 'Ze ziet er nu heel anders uit.'

Bush kreunde. 'Daar zijn vrouwen goed in. Weet je zeker dat zij de kwaaie pier is, Buchanan?'

'Heel zeker.'

'Heb je die foto's bij je?'

Ethan klopte op zijn aktetas. 'Hier.'

Bush sloeg zijn ogen ten hemel. 'Wacht je op een officiële uitnodiging of zo? Laat zien.' Hij veegde zijn handen af en nam de foto's aan. Liet een zacht gefluit horen.

'Ja, zedigheid lijkt niet haar sterkste kant.'

'Verstopt zich in het volle zicht,' merkte Bush op. 'Ze heeft een tatoeage.'

'Dat weet ik. Ik heb er een paar opnames van. Begint met een P.'

'Ik heb het niet over die daar. Ik heb het over deze hier.' Bush hield een close-up van haar hand in het licht. 'Gevangenistatoeage, hier op haar ringvinger. Zie je dat kruisje pal onder de knokkel? Dat wil zeggen dat ze in de bak heeft gezeten.'

Ethan zat niet naar haar knokkels te kijken. Hij zat naar haar handen te kijken. Die het boek over gebarentaal vasthielden. De gladde omslag van het boek weerkaatste het licht. Ze droeg geen handschoenen. Er moesten vingerafdrukken zijn. En als ze in de gevangenis had gezeten, dan zouden haar afdrukken in het systeem zitten. Hij was er zo op gebrand geweest haar gezicht te zien dat hij niet meer aan haar handen had gedacht.

Misschien hadden ze nu eindelijk iets om mee naar de politie te stappen. Hij moest met Clay overleggen.

Woensdag 4 augustus, 09.00 uur

Nou, Ruby had het dit keer bij het verkeerde eind, dacht Sue terwijl ze door het raam naar de straat voor het opvangcentrum keek. Evie stond Beverly te omhelzen, de vrouw die vandaag naar Californië zou vertrekken. Ruby had haar verzekerd dat Dupinsky de vertrekkende cliënten altijd met een hoop vertoon wegbracht van Hanover House. Maar Dupinsky had het zo te zien te druk gehad met haar nieuwe vriendje. Wat lief.

Maar Beverly zou vandaag niet '*California, here I come*' gaan zingen. Ze draaide zich om naar de jongen die lag te slapen. Ze was ervan overtuigd dat ze hem de dag ervoor meer dan genoeg angst had aangejaagd. Ze pakte haar rugzak en glipte het opvanghuis uit.

Alec wachtte lange tijd tot de geur van verschaalde sigarettenrook minder was geworden. Toen deed hij zijn ogen een klein stukje open. Ze was weg. En ze had haar rugzak meegenomen. Hij huiverde opnieuw bij de gedachte aan wat hij erin had aangetroffen. Hij moest zijn best doen om niet over te geven en haalde diep adem tot hij zichzelf weer in de hand had. Ze had de nacht ervoor geslapen en hij wilde weten wat ze in die rugzak had. Afgezien van de bril van de dokter.

Nu wist hij het. Behalve de bril van de dokter had hij een kleine koeler gevonden, zo'n plastic geval als zijn moeder gebruikte wanneer ze naar het strand gingen. Hij voelde koud aan. Alec slikte de gal weg die in zijn keel brandde. Hij was gevuld met drie zakken ijs. En een plastic zak vol vingers. Ze leken op attributen voor Halloween, maar ze waren heel, heel erg echt. Alec haalde diep adem, kokhalsde. Maar hij hield het in.

Ze had die dokter vermoord. En hij leek zo aardig. Ze had hem vermoord en zijn vingers... Hij kokhalsde opnieuw. Zoog grote teugen lucht naar binnen. Hij transpireerde. Hij was doorweekt. Hij keek naar zijn handen, bewoog zijn vingers om geen andere reden dan om te zien dat ze het nog deden.

Ze had Paul vermoord, en Cheryl, en nu die dokter. En ze zou hem ook doden. Dat wist hij zeker. Hij had de hele nacht aan niets anders kunnen denken. Ze had gezegd dat ze zijn moeder zou vermoorden. Alec zoog zijn longen vol tot ze pijn deden. Hij kon niet weten of ze dat niet al had gedaan. Zijn moeder kon op dit moment al dood zijn. Maar zijn moeder zou niet willen dat hij ook doodging.

Hij moest iets doen, anders zou hij sterven. Alec rekte zijn vingers. Of erger. Hij wilde niet eens denken aan een leven zonder vingers. Dan was hij nog liever dood. Maar hij wilde niet dood. *Dus doe iets. Doe het nu.*

Voorzichtig pakte hij het enige andere voorwerp dat hij in de zak had gevonden, het voorwerp dat hij onder zijn lakens had verborgen. Een plastic zak met wit poeder. Hij wist wat het was. Hij had genoeg op internet gezien om precies te weten wat hij in zijn handen hield. Cocaïne. Meer dan iemand in een week kon gebruiken, dacht hij. Dit was cocaïne om te verkopen. Het wijf dat hem had ontvoerd was een drugsdealer.

Alec wist dat zijn moeder niet van het woord 'wijf' hield. Maar zijn moeder was er niet. Hij was helemaal alleen. Nou, misschien niet helemaal alleen. Er waren nog de dame met het rode haar en het meisje met het litteken.

Het meisje met het litteken was aardig. Ze had de avond ervoor zo vreselijk gehuild en hij had geweten dat het was omdat de dokter dood was. Alec had het briefje gelezen dat de dokter had achtergelaten. De dokter had meegewerkt met de vrouw met de witte ogen om Alec te redden. Het meisje met het litteken had geen idee dat dat wijf haar vriend de dokter had gedood.

Maar ze had door haar tranen heen naar hem geglimlacht. Ze had de ochtend ervoor zijn gezicht gewassen en had de dagen daarvoor zijn haar gestreeld. Hij kon haar vertrouwen. Hij boog en strekte zijn vingers opnieuw en dacht aan de koeler, aan de vingers. Hij had niet veel keuze.

Hij raapte zijn moed bij elkaar en hoopte dat zijn ouders trots op hem zouden zijn. Hij nam de zak met het witte poeder en ging op zoek naar het meisje met het litteken. Zodra ze het poeder zag zou ze de politie bellen. En als de politie kwam zou Alec pen en papier krijgen en hun vertellen wat hij wist. Hij wist dat de politie te vertrouwen was. Dat had zijn moeder hem verteld.

En als het meisje met het litteken de politie niet belde en het witte poeder voor zichzelf hield... Nou, dan wist hij in ieder geval dat hij haar toch niet kon vertrouwen.

Ocean City, Maryland, woensdag 4 augustus, 10.00 uur

James zat aan de andere kant van het glas geduldig te wachten. Vandaag zou hij erachter komen waar Sue uithing. Wat voor spel ze speelde. Haar broer moest zo onderhand heel erg bereid zijn om te praten.

Hij hield zijn hoofd scheef terwijl Bryce Lewis de bezoekersruimte binnenstrompelde. Zijn gezicht was één grote blauwe plek. James vermoedde dat hij op andere plekken ook bont en blauw zou zien. Hij was niet heel erg specifiek geweest. Hij wilde dat hij pijn zou lijden, maar niet zo erg dat hij in de ziekenboeg terechtkwam.

Lewis ging in de stoel tegenover hem zitten. Hij was stijf en zijn gezicht het toonbeeld van stoïcijnse acceptatie. 'Ze is in Chicago,' zei de jongen zonder omhaal.

'Waarom?'

'Ze heeft een kind met zich meegenomen. Hij heet Alexander Vaughn.'

Een verband. De Vaughns waren eigenaren van het strandhuis waar het lichaam was gevonden. Ze had hun kind ontvoerd. Nu moest hij erachter komen hoe de Vaughns in verband stonden met de vrouw die hij in Florida had opgespoord. De vrouw die Sue had gedood. 'Hoeveel losgeld vraagt ze?'

'Een miljoen dollar.'

'En jouw aandeel?'

'De helft.'

James lachte. 'Ze geeft je nooit de helft. Waar houdt ze zich verborgen in Chicago?'

'Ze zou zich in het huis van mijn oom verstoppen.'

'Onmogelijk. Hun huis is tot de grond toe afgebrand. Ze hadden een heel slechte gewoonte, roken in bed.'

'Het waren onschuldige oude mensen,' zei Lewis met hese stem. 'Waarom?'

Lewis kreeg tranen in zijn ogen en James stond op. 'Om dezelfde reden als je zus een oude vrouw in Florida heeft gepakt en die vent in de schuur. Omdat ze het kon en ik kan het ook.'

Sue was in Chicago met een kind. Ze zou stapelgek worden als ze zich te lang verborgen moest houden. En als ze haar neus buiten haar schuilplaats zou steken, dan zou hij staan te wachten. Hij keek op zijn horloge. Hij kon voor etenstijd vanavond in Chicago zijn.

Chicago, woensdag 4 augustus, 10.00 uur

Evie zat naar de zak cocaïne te staren die op tafel lag. Erik had hem haar gebracht. Hij zei absoluut niets, maar zijn ogen stonden ernstig, alert. Zo oplettend. Alsof hij alleen maar stond te wachten op wat zij nu zou gaan doen. Ze had Dana meteen gebeld. Op dat nummer van die nieuwe mobiele telefoon die een cadeautje was geweest. Maar opnieuw bleef hij maar overgaan. Ze had het nog een keer zonder succes geprobeerd. Ze kreeg alleen maar de ingeblikte boodschap die bij die telefoon hoorde. Ze liet een boodschap achter voor Dana. Drie keer. Ze had ook nog eens drie keer naar Dana's pieper gebeld.

Ze had Mia gebeld, maar Mia had geen dienst en was ook niet oproepbaar. Of ze een boodschap wilde achterlaten, had de telefoniste van de politie gevraagd. Nee, dat wilde ze niet. Ze kon niet met Caroline bellen. Niemand mocht op dit moment Caroline belasten en Evie vermoedde dat dit als een grote belasting gold. Het belangrijkste was om Erik uit Hanover House te krijgen en hem ergens op een veilige plek onder te brengen. Ze masseerde haar slapen. Ze wilde dat ze wist wat ze moest doen.

Toen herinnerde ze zich de vrouw die met Dana samenwerkte wanneer ze jeugdzorg moesten inschakelen. Dana vertrouwde haar. Ze heette Sandra Stone.

Evie bereikte haar meteen de eerste keer en ze dacht dat dat het lot moest zijn. 'Mevrouw Stone, u spreekt met Evie Wilson. Ik werk samen met Dana Dupinsky.'

Er viel een afwachtende stilte, toen: 'Wat kan ik voor u doen, mevrouw Wilson?'

Evie keek naar Erik, met zijn grote, ernstige ogen in dat smalle gezicht. Ze wierp hem een glimlach toe waarvan ze hoopte dat die geruststellend was terwijl hij kauwde op een boterham met pindakaas die ze voor hem had gemaakt. 'Ik zit met een probleem, mevrouw Stone, en ik hoopte dat u me kunt helpen.'

Woensdag 4 augustus, 10.45 uur

Ethan wilde net aan de volgende bewakingsvideo beginnen toen zijn mobiele telefoon in zijn zak begon te zoemen. Hij had Clay meteen gebeld nadat hij had gezien dat de vrouw het boek over gebarentaal vasthield, maar had alleen de voicemail bereikt.

Ethan maakte geen woorden vuil aan een begroeting en zei kortaf: 'Waar zat je?'

'Ik had het een beetje druk.' Clay's stem klonk afgetobd. Gespannen. 'Dus we hebben eindelijk iets?'

'Eindelijk, ja. Toen ze gisteren in die boekwinkel was heeft ze een boek vastgehouden zonder dat ze handschoenen droeg. Ik vind dat we elk exemplaar van dat boek dat die winkel op de plank had staan moeten kopen. Dan kunnen we vingerafdrukken nemen. En we weten nu dat ze in het systeem moet zitten.'

'Hoe weet je dat?' vroeg Clay op merkwaardige toon. Bijna afstandelijk.

Ethan fronste zijn voorhoofd. Er zat iets heel erg scheef. 'Ze heeft een gevangenistatoeage op haar vinger.'

Clay bleef even stil. 'Laat de politie dat bewijsmateriaal maar verzamelen.'

Ethan keek niet-begrijpend terwijl hij de video aanzette. 'Waarom?'

'Omdat we ze erbij moeten betrekken. Sheriff Moore weet dat Alec is verdwenen.'

Ethan liet zich achterover vallen in zijn stoel. 'Hoe?'

'Ze is een verrekt goeie politievrouw, daarom,' snauwde Clay. 'Ze geloofde Stans verhaal over dat Alec met zijn grootouders in Europa zat niet. Ze heeft het laten natrekken bij de douane en is er vanochtend achter gekomen dat er geen paspoort is uitgegeven voor Alec Vaughn. Dus kan Alec niet in Engeland zitten met zijn grootouders. Dus hebben we gelógen.'

'O, shit,' mompelde Ethan. 'Wat gebeurde er toen?'

'Stan hield zijn mond stijf dicht. Randi werd doodsbleek en ik stond daar maar en keek alsof ik geen idee had waar ze het over had. Wat kon ik anders? Toen werd Stan vervelend en vroeg of hij een advocaat nodig had. Moore zei van niet, maar dat ze het op prijs zou stellen als hij de stad niet zou verlaten. Toen ze naar buiten liep, vroeg ze of ik iemand kende die Johnson heet. Hij was mijn hoofdinspecteur toen ik in Washington bij de politie zat.'

'Dus ze weet al behoorlijk veel,' zei Ethan zacht. 'Wel verdomme.' Hij zat zwijgend naar de grijze figuren te kijken die door het beeld schuifelden. De beelden van de vrijdagavond ervoor. Er was net een groep passagiers gearriveerd met de bus van halfelf van ergens in het zuiden. Hillsboro, dacht hij afwezig.

Ze waren op de hoogte van vier doden. Kristie Sikorski was de dag ervoor in een steeg gevonden. Ze hadden een ontvoering, wat een misdrijf op zich was. Daarbij waren staatsgrenzen overgestoken, wat de FBI erbij betrokken zou hebben. En na vier dagen onverdroten zoeken hadden ze eindelijk iets om mee verder te gaan. Hij zou naar de plaatselijke politie moeten gaan en alles opbiechten. En hopen dat het niet te laat was.

Ethan zuchtte. 'Ik zal het aangeven, Clay. Zeg dat maar tegen Randi en Stan.'

'Het is het juiste om te doen, Ethan.'

'Ik denk dat het vrijdagavond al het juiste zou zijn geweest.' Ironisch, dacht hij. De band die hij momenteel zat te bekijken was ongeveer gemaakt op hetzelfde moment dat Clay en hij de eerste e-mail natrokken.

'Je hebt gedaan wat je dacht dat goed was. Ik was het met je eens. Ik zit er net zo diep in als jij.'

'Het spijt me.'

'Nergens voor nodig. Ga dit gewoon allemaal melden bij het CPD voor er nog iemand wordt vermoord.'

Ethan zag de mensen op de video van vrijdagavond zich verspreiden, toen verstijfde hij. 'Wacht.'

'Ethan –'

Ethan stond al overeind. 'Nee, serieus. Daar zijn ze. Ik zie ze. Het is Alec.'

Het was de vrouw. Ze had Alec bij zijn bovenarm beet en sleepte hem door het busstation. Ze tilde hem vrijwel van de grond toen hij struikelde. Ze had nog steeds die verrekte pet op, maar hij kon Alec duidelijk zien. 'Ze loopt in de richting van de uitgang aan de oostkant,' zei Ethan gespannen. Toen zag hij dat het tweetal bleef staan.

En zijn hart stond stil.

Want uit de schaduwen kwam een vrouw naar voren, gekleed in een mouwloos poloshirt en een katoenen rok. Ze liet zich voor Alec op een knie zakken en probeerde de jongen zover te krijgen dat hij opkeek. Ze gaf hem een aai over zijn hoofd toen hij dat niet deed. Ethan probeerde adem te halen.

Dat lukte niet.

'Ethan? Ben je daar nog?'

'Ja.' Hij dwong zichzelf het woord uit te spreken, perste het uit zijn keel.

'Verdomme, Ethan, wat is er in godsnaam met je aan de hand?'

Ethan liet zich weer op de stoel zakken. Keek toe terwijl Dana haar arm om de vrouw sloeg die een kind had ontvoerd en voor zover ze wisten vier mensen had vermoord. Hij zag hoe ze een vinger onder de kin van de vrouw legde en haar gezicht omhoogtilde. Hij knipperde met zijn ogen toen hij voor het eerst een glimp opving van het gezicht van hun ontvoerder. Het was bont en blauw en onherkenbaar. Hij zag de pijn op Dana's gezicht terwijl haar ogen elke blauwe plek inventariseerden.

Dat zij betrokken kon zijn bij zoiets gruwelijks was ondenkbaar. Onmogelijk.

Weglopers. Dana deed vrijwilligerswerk met mensen die waren weggelopen. Weggelopen vróúwen, geen tieners zoals hij had aangenomen. De verwondingen op het gezicht van de vrouw leken echt. Dana ving mishandelde vrouwen op.

'*Ethan.*' Clay snauwde het bijna. 'Wat is er gebeurd?'

Ethan zette de video stil bij het beeld van Dana die de vrouw zo'n warme glimlach toewierp, de vrouw die zijn peetzoon had gestolen. Dezelfde glimlach die ze hem nog maar een paar uur geleden had toegeworpen toen ze in zijn armen genesteld lag. In zijn bed. 'Ik weet waar Alec is.'

Woensdag 4 augustus, 12.00 uur

Ze had in het Sheraton een douche moeten nemen, dacht Dana terwijl ze haar haar afdroogde. Daar zou ongetwijfeld meer waterdruk zijn geweest dan het zielige stroompje van haar douche. Ze keek met kritische blik naar haar spiegelbeeld in de badkamerspiegel terwijl ze haar hoofd schuin hield. Ze zag in haar hals de vage contouren van een blauwe plek die Ethans mond daar had veroorzaakt. Ze slikte moeizaam. Wat een mond had die man. De gedachte aan die mond alleen al maakte dat ze weer naar hem verlangde.

Ze was rechtstreeks naar haar appartement gegaan nadat ze Beverly bij het busstation had afgezet. Ze kon niet naar de opvang en ze moest echt schone kleren hebben, dus had ze het gewaagd even naar haar flat te gaan. Ze had de hele tijd over haar schouder gekeken. Haar revolver lag op de stortbak van het toilet, gewoon, voor het geval dat. Maar, besefte ze terwijl ze haar rok in de overvolle wasmand propte, ze had zowel haar pieper als haar nieuwe mobieltje in Ethans kamer laten liggen. Dus had ze het hotel gebeld en een boodschap achtergelaten bij de receptie. *Bel me thuis.* Ze liet het nummer van haar vaste telefoon achter – iets wat ze nooit eerder bij een man had gedaan.

Nu zocht ze in de mand onder de wastafel en vond de fles parfum die Caroline haar met Kerstmis had gegeven. Ze had het nog nooit gebruikt. Ze zou het vandaag wel gebruiken, in de hoop Ethan daar een plezier mee te doen.

Ze bekeek opnieuw met een diepe zucht haar spiegelbeeld. 'Wat ga je doen als hij klaar is om naar huis te gaan?' mompelde ze. Gisteren had ze, gebukt onder een lading schuld en angst en shock, besloten weg te gaan uit Chicago. Vandaag wist ze nog steeds dat het de juiste beslissing was. Ze kon haar werk overal doen. Zelfs in Washington D.C.

Ze zou bij Ethan in de buurt kunnen wonen. Dat was een bedwelmende gedachte. Tenzij... Ze beet op haar lip. Tenzij hij haar daar niet zou willen hebben. Stel dat het voor hem gewoon een vluchtige affaire was? Was het voor haar meer? Dat was niet de bedoeling geweest, maar dat was het wel. En Dana loog zichzelf nooit voor.

Een harde klop op de deur deed haar bedachtzaam kijken. Er klopte nooit iemand overdag bij haar aan. Goodman? Ze trok haar badjas aan en liet de revolver in haar zak glijden. Ze liep vastberaden naar de deur, keek door het kijkgaatje en bleef een volle vijf seconden met open mond staan voor ze langzaam de deur opendeed.

Ethan stond met een grimmig gezicht voor haar. 'Dana, we moeten praten.'

Woensdag 4 augustus, 12.00 uur

'Ik ben meteen gekomen, zodra ik me kon vrijmaken.' Sandy Stone was een vrouw van in de veertig met grijzend haar en dikke brillenglazen. Haar blik was vriendelijk en Evie wist dat Dana haar vertrouwde.

'Dank u. Ik wist niet wat ik moest doen. Ik heb naar Dana's mobiele telefoon en naar haar pieper gebeld en zelfs naar de telefoon in haar appartement, maar die ging alleen maar over. Dus toen heb ik u gebeld.' Evie ging haar voor naar de keuken, waar Erik stilletjes zat. Zijn grote ogen stonden nog steeds waakzaam. 'Dit is Erik. Zijn moeder heet Jane Smith.'

Sandy zuchtte. 'Origineel.'

'Daar krijgen we er veel van,' zei Evie. Ze woelde even in Eriks haar en keek hem glimlachend aan. 'Eriks moeder is minder zorgzaam dan sommige andere moeders die hier komen. Ik maakte me zorgen dat Erik niet voldoende te eten krijgt en dat ze hem verkeerde doses medicijnen heeft gegeven. Maar vanochtend kwam Erik hiermee.' Evie tikte op de tafel naast de zak cocaïne. Ze weigerde hem aan te raken, vermeed het alsof hij een gifslang was die op het punt stond toe te slaan.

Sandy haalde heel diep adem. 'Was dit van je moeder, Erik?'

Erik keek hen alleen maar aan. Zijn ogen schoten van Evie's gezicht naar dat van Sandy. En hij zei niets.

'Als zijn moeder hem in de buurt van drugs heeft laten komen, dan kan ik hem nu meenemen en later terugkomen voor haar.' Sandy tikte met haar pen op de zak en Erik volgde haar bewegingen met zijn ogen. Toen vroeg Sandy opnieuw: 'Is dit van je moeder?'

'Ja, om eerlijk te zijn wel.'

Evie slaakte een kreet van schrik en draaide zich abrupt om. In de deuropening stond Jane. Maar niet de Jane die een paar dagen eerder gebroken en gebogen was gearriveerd. Deze Jane hield het hoofd hoog. En ze droeg Evie's make-up.

En deze Jane had een pistool in haar hand.

'Jullie bemoeizuchtige vrouwen kunnen de zaken niet op hun beloop laten,' zei Jane. Ze richtte het pistool op Evie en Evie werd even terug geslingerd in de tijd. Twee jaar. Ze was overgeleverd geweest aan een man met diezelfde kille, dodelijke blik in zijn ogen. Hij had haar verwond. Ze zou nooit meer dezelfde zijn. Die dag had ze niet kunnen terugvechten. Vandaag... Evie's hand klemde zich om Eriks magere schouder, voelde zijn botten toen hij dichter tegen haar aan kroop. Vandaag stond er heel wat meer op het spel. Ze dacht aan wat Dana zou doen, en dat gaf haar rust. Evie keek met een ijzige blik in Jane's slangenogen.

'Dat beschouw ik niet als een slechte eigenschap. Wie ben je?'

Jane glimlachte alleen maar en Evie's bloed stolde in haar aderen. 'Pak pen en papier,' zei ze. 'Nu.'

Evie keek naar Sandy, die een geschokte indruk maakte. 'Je moet doen wat ze zegt, Evie,' mompelde Sandy. Evie keek omlaag naar Erik, die bleek zag en zat te beven. Maar er sprak vastberadenheid uit zijn gezicht terwijl hij naar de vrouw met het pistool staarde.

Evie vond een stuk papier en een pen in een rommella en wenste uit alle macht dat Dana haar revolver in Hanover House bewaarde. 'Ik heb pen en papier.'

'Schrijf dit dan op: "We gaan weg. Als je je gedraagt, blijft Evie in leven." Schrijf!'

Evie keek naar Erik en toen drong het tot haar door. 'Hij is doof. Daarom...'

Jane keek geamuseerd. 'Jij mag nooit meer raden. Nou opschieten, ik wil hier weg.'

Evie schreef de woorden, wees vervolgens op haar neergeschreven naam en toen naar zichzelf.

Eriks ogen schitterden, zijn gezicht verstrakte en plotseling zag hij er een stuk ouder uit dan tien. En Evie begreep dat hij hetzelfde wist als zij. Geen schijn van kans dat Jane een van hen in leven zou laten. Ze liet haar mondhoek omhooggaan en het kon haar niet schelen dat het maar een halve glimlach was. 'Het komt goed,' zei Evie in de hoop dat Erik het zou begrijpen.

'Ik zou er maar niet te veel op rekenen,' zei Jane. 'Wie heeft die maatschappelijk werkster gebeld, jij of Dupinsky?'

Evie stak haar kin naar voren. 'Dat heb ik gedaan. Daar heb ik Dana niet voor nodig.' Het was een leugen, maar het was de enige manier die ze kon bedenken om Dana te beschermen. 'Bovendien hebben zij en ik al de hele week ruzie.'

Jane dacht even na en knikte toen. 'Dat is waar. Jij daar, maatschappelijk werkster, ik neem aan dat je ze op kantoor hebt laten weten waar je naartoe ging.'

Sandy aarzelde, er niet zeker van wat Jane wenste te horen. 'Dat is de regel,' fluisterde ze.

Jane lachte. 'Natuurlijk is dat de regel. Nou, om je een beetje gerust te stellen, je zou dezelfde prijs hebben gewonnen ongeacht welk deurtje je had gekozen. Ik kan hier hoe dan ook niet meer blijven en daar ben ik behoorlijk pissig over. Het bed is zo hard als steen, maar de runderstoofschotel was echt heel lekker. Op de grond, op je buik. Ik heb tussen twee haakjes echt vreselijk de pest aan maatschappelijk werkers,' voegde ze er op aangename toon aan toe. 'Ik dacht dat je dat wel wilde weten.'

Evie dacht niet dat ze de blik in Sandy's ogen ooit zou vergeten terwijl ze zich op de vloer liet zakken. De vrouw wist wat er stond te gebeuren en Evie wist ook dat niemand van hen iets kon doen om het te voorkomen. Het enige wat ze kon doen was Eriks gezicht tegen haar borst drukken zodat hij niet hoefde te zien hoe Sandy stierf.

15

Chicago, woensdag 4 augustus, 12.15 uur

Dana keek hem aan en haar maag draaide om. 'Waarom ben je hier, Ethan?'

Zijn blik verzachtte niet. 'Ik moet met je praten.'

'Nee, ik bedoel, waarom ben je in Chicago?'

Hij deinsde even achteruit, stak toen zonder zijn blik af te wenden zijn hand in zijn zak om zijn telefoon te pakken. 'Ja,' zei hij in de telefoon. 'Ik ben er.'

Dana deed een stap achteruit en hij deed een stap naar voren, zodat de afstand tussen hen beiden gelijk bleef, en op dat moment overwoog ze werkelijk om haar revolver te trekken.

'Nee, nog niet. Zeg dat ze geduld moet hebben.' Hij luisterde. Toen werden zijn ogen groot van afschuw en Dana zeg letterlijk alle kleur uit zijn gezicht verdwijnen. 'Lieve god.' Het was een fluistering. Een afschuwelijke fluistering. Ethans lippen trilden en hij kneep ze op elkaar. 'Van hem?' Hij liet een felle zucht ontsnappen. 'Ja. Zeg tegen ze dat ze moeten komen... Het Sheraton... Ja, bel me zodra je hier bent.' Hij klapte zijn telefoon dicht. 'Je hebt een vuurwapen in je zak, Dana. Waarom?'

Dana slikte. Hij was anders, deze Ethan. Dreigend en gevaarlijk. Hij leek in niets op de man die haar de nacht ervoor zo teder had bemind. 'Gevaarlijke buurt.' Ze hief haar kin. 'Waarom ben je in mijn appartement en wie is de *ze* die geduld moet hebben?'

'Ze heet Randi Vaughn. Ze is de echtgenote van Stan.'

'De broer van Richard.'

'Ja. Randi's zoon Alec is een week geleden ontvoerd.'

Dana vertrok geen spier, al wilde elke vezel van haar lichaam in beweging komen. 'Wat heeft dat met mij te maken?'

Woede spatte uit zijn ogen. 'Ik heb Alec hiernaartoe gevolgd, naar

Chicago. Ik heb bewakingsbeelden zitten bekijken in elk busstation tussen Maryland en Chicago. Daar was ik zondag mee bezig. Wat moest jij die zondag op het busstation, Dana?'

Hij weet het. 'Dat heb ik je verteld. Ik wachtte op een vriendin.'

Zijn ogen fonkelden. 'Waarom vertel je het me niet? Dana, dringt het dan niet tot je door? Ik weet wie je bent en wat je doet.'

Haar hart klopte veel te snel. 'Waarom ben je hier, Ethan?'

Hij boog zich een beetje verder naar haar toe. 'Verdomme, Dana. Vrijdagavond om kwart voor elf heb je een vrouw en een twaalfjarig jochie opgehaald. Zij heeft dat kind ontvoerd en jij hebt ze verborgen gehouden.'

Haar hart ging nu tekeer als een pneumatische hamer. Jane. Erik. Ze had geweten dat er iets niet klopte aan die vrouw. Aan de jongen. *Maar niet dit. Niet dit. Er moet sprake zijn van een misverstand. Hij moet zich vergissen. Dat kan ik niet hebben gemist. Niet dat.* Ze wendde haar ogen af, niet in staat om zijn priemende blik nog te verdragen. 'Tien,' mompelde ze. 'Hij is tien.'

'Hij is twaalf. Ik zou het moeten weten. Hij is mijn petekind.' Hij trok haar abrupt omhoog tot ze op haar tenen stond en hun ogen centimeters van elkaar verwijderd waren. 'Lééft hij nog?'

Dana knikte. Langzaam. Zijn petekind. Hij vergiste zich niet. *Mijn god.* 'Ja. Hij is zwak, reageert af en toe niet, maar hij is in leven.'

'Wat bedoel je met niet reageren. Is hij buiten bewustzijn?'

'Hij slaapt veel. En als je tegen hem praat, dan reageert hij niet.'

'Dat komt omdat hij dóóf is, verdomme. Wáár is hij?' Hij schudde haar even door elkaar. 'Verdomme, vertel me waar hij is.'

Ze vertrok haar gezicht van pijn toen zijn vingers in haar armen beten. *Erik is doof.* Dat verklaarde veel. 'Hij is in mijn opvangcentrum. Hij is daar veilig. Ethan, je doet me pijn.'

Ethan liet zijn handen vallen en ze masseerde haar bovenarmen. 'Waar is dat centrum van je?'

Haar ogen werden groot en achterdochtig. 'Nee. Dat vertel ik je niet.'

Ethan haalde diep adem, onderdrukte de woede die maakte dat hij haar opnieuw door elkaar wilde rammelen om haar te dwingen het te begrijpen. 'Je snapt het nog steeds niet. De vrouw die jij verbergt heeft een kind ontvoerd en eist een losgeld van vijf miljoen dollar. De vrouw die jij verbergt heeft de ouders van Alec net met de post een afgehakte vinger gestuurd.'

Ze stond hem aan te kijken met een gezicht dat zo bleek zag dat hij bang was dat ze zou flauwvallen. Hij greep haar armen beet toen ze in elkaar zakte. Hees haar weer op haar tenen. Dwong haar hem in de ogen te kijken. 'De vrouw die je verbergt heeft vier mensen vermoord, Dana. Niemand in je opvang is veilig.'

Ze zakte in elkaar als een marionet waarvan de touwtjes waren doorgesneden en ging op de bank zitten en keek met een blik vol afschuw naar hem op. 'O mijn god.' Vervolgens maakte de afschuw plaats voor geschokte paniek toen de waarheid tot haar doordrong en ze schoot overeind. 'Evie is er.' Ze greep zijn arm en trok zichzelf overeind. 'Ik kleed me aan. Wacht.' Ze vloog struikelend naar haar slaapkamer. Ethan liep achter haar aan en keek toe terwijl ze haar badjas liet vallen en ondergoed aanschoot. 'Ik had geen idee. Ik had geen idee.' Ze zei het met gedempte stem als een litanie, alsof de woorden haar de kracht gaven om te bewegen. Haar vingers friemelden aan haar beha en kregen het uiteindelijk voor elkaar.

Ethan had een shirt klaar en trok het over haar hoofd. 'Schiet op, Dana. Schiet alsjeblieft op.'

Ze trok een rok aan en keek naar hem op met haar bruine ogen vol vreselijk, verterend schuldgevoel. 'Ethan, ik had geen idee. Ik zweer het.'

Hij trok haar tegen zich aan voor een snelle, stevige omhelzing. 'Ik weet het, schat. Kom op.'

Wight's Landing, Maryland, woensdag 4 augustus, 14.00 uur

Dora stak haar hoofd om de deur van het kantoor. 'Sheriff, er is een sheriff Eastman voor je aan de telefoon op lijn twee.'

'Met sheriff Moore. Wat kan ik voor u doen?'

'Ik heb informatie voor u,' zei Eastman. 'Uw jongen Lewis heeft gisteren bezoek gekregen, vlak nadat Janson en u waren vertrokken. De man heet James Lorenzano. Ze hebben een paar minuten met elkaar gesproken en toen is Lorenzano weer weggegaan. Hij was er vandaag weer.'

'O?' Lou schreef de naam op. 'Lorenzano?'

'Ja. Ik heb mijn mensen zijn identiteit laten natrekken. Hij heeft losse banden met de maffia in New York. Lewis is in de periode tussen die twee bezoekjes van Lorenzano in elkaar geslagen.'

'Weet Janson hier al van?'

'Ik heb hem gebeld. Ik heb geprobeerd om met die knul te praten, maar hij houdt zijn mond stijf dicht. Ik hou u op de hoogte.'

'Bedankt.' Lou hing op met een nadenkende trek op haar gezicht. Beveiligingsadviseurs uit D.C. en gangsters uit New York? Een verloofd stel dat honderden kilometers van elkaar wordt vermoord? En dan de Vaughns nog. Ze kon ze maar niet uit haar hoofd zetten. Ze logen over waar hun zoon uithing.

'Sheriff,' riep Dora. 'Janson op lijn drie.'

Als je het over de duvel hebt... 'Hallo, Janson. Ik heb net met Eastman in Ocean City gesproken.'

'Hij heeft mij ook gebeld. Ik wilde u iets nieuws laten weten.'

'Forensisch onderzoek van de auto van Rickman?'

'De resultaten zijn nog niet binnen. Maar ik heb vandaag medewerkers van het busstation ondervraagd en ze vertelden me dat er vrijdagavond een man was die een heleboel vragen stelde. Hij hing een verhaal op over een kindervoogdijzaak. Ethan Buchanan.'

Lou noteerde de naam naast die van Lorenzano. 'Bedankt.' Lou wist precies waar ze Buchanans naam eerder had gezien. Ze legde de hoorn op de haak en riep de website van Clay Maynards bedrijf op. En jawel, daar was Buchanan, precies zoals ze zich herinnerde.

'Hij honkbalde altijd met mijn jongen,' zei Huxley, die was binnengekomen en over haar schouder meekeek. 'Zijn grootmoeder was Lucinda Banks. Heeft die jongen goed opgevoed. Hij is bij het Marine Corps gegaan.'

Huxley was haar belangrijkste bron van informatie, meestal of ze dat nou wilde of niet. Vandaag waren ze allebei blij. 'Hij zit niet meer bij de mariniers.'

'Gewond geraakt in Afghanistan. Hij was samen met Richard Vaughn. Vaughn heeft het niet gered.'

'Is dat de oudere broer van Stan Vaughn?'

Huxley's gezicht verstrakte. 'Ouder en beter. Stan komt niet in de buurt van zijn broer. Grote teleurstelling voor Dick en Edna. Die jongens renden hier de hele zomer rond. Mijn Zach speelde af en toe met ze. Maar Ethan en Richard waren dikke maatjes, beste vrienden, en uiteindelijk was Zach het beu om het vijfde wiel aan de wagen te zijn. Je weet hoe dat gaat met kinderen.'

Dus meneer Buchanan was bevriend met de Vaughns. En hij had vragen lopen stellen in Morgantown. 'Ik denk dat het weer eens tijd wordt voor een bezoekje aan de Vaughns.'

'Dat zal niet gaan,' zei Huxley.

Lou keek niet-begrijpend naar hem op. 'Hoezo niet?'

'Ze zijn net met Stans privévliegtuig vertrokken. Ik heb het nagevraagd bij de luchtverkeersleiding. Volgens het vluchtplan zijn ze op weg naar Chicago. Je zei dat ze niet onder arrest stonden, dus ik heb ze niet tegengehouden. Ze zijn met z'n allen gegaan. Stan en Randi en die logé van ze.'

Lou slaakte een gefrustreerde zucht. 'Ik vraag me af of ons budget voldoende is voor een ticket naar Chicago.'

Dora verscheen in de deuropening. 'Je vertrekt om vijf uur vanaf Reagan National. Door het tijdverschil kom je daar om zes uur aan. Ik heb een hotel voor je geboekt in de buitenwijken om een beetje te besparen. Je zult een huurauto moeten hebben. Durf je het aan om in Chicago te rijden, sheriff?'

Lou moest lachen. 'Ik weet niet hoe ik het in Boston heb gered zonder jullie.'

Dora stond alleen maar te stralen. 'Dank je, sheriff.'

'Als je me nou ook nog kunt vertellen waar de Vaughns verblijven, dan heb ik alles wat ik nodig heb.'

'Chicago Sheraton,' zei Huxley en hij trok een schaapachtig gezicht. 'De man die hun bagage heeft afgehandeld herinnerde zich dat mevrouw Randi dat had genoemd.'

Lou keek grijnzend naar hem op. 'Huxley, waarom ben jij hier niet de sheriff?'

'Omdat hij dan niet genoeg tijd zou hebben om te vissen,' wist Dora.

Huxley's gezicht was op een charmante manier rood geworden. Maar zijn gezicht verstrakte en hij keek ernstig. 'Nog iets, sheriff. Toen ik bij mijn bureau kwam lag er een pakje op me te wachten. Het is aan jou geadresseerd.'

Lou stond op, net zo ernstig als hij nu. 'Waar is het?'

'Waar het lag. Ik ben er niet aan geweest.'

Lou was de deur al uit. 'Waarom heb je me dat niet meteen verteld?'

Ze hoorde Huxley achter zich zuchten. 'Daarom ben ik hier niet de sheriff.'

Chicago, woensdag 4 augustus, 13.15 uur

Dana stak haar sleutel in het slot. Haar hart stond stil toen de deur al openging voor ze de sleutel had omgedraaid. 'Hij zit niet op slot. Evie had me beloofd dat ze hem op slot zou doen.' Ze zag allerlei beelden voor zich. Ze voelde het zuur in haar keel opkomen toen ze dacht aan hoe Evie twee jaar eerder daar had gelegen, opengereten en bloederig met een stuk touw strak om haar nek gesnoerd. Een maniak had haar vriendin daar ooit voor dood achtergelaten. *Dit keer heb ik de maniak zelf hierheen gehaald.*

Ze stond zo hard te trillen dat ze de deurkruk maar nauwelijks kon vasthouden. *Verman je, Dupinsky.* Misschien had ze gewoon weer vergeten de deur op slot te doen. Maar op het moment dat ze de deur openduwde, wist ze al dat dat niet het geval was. Toen zag ze de gestalte die uitgestrekt op de vloer lag en siste een vloek. Ze herkende haar onmiddellijk.

Binnen twee stappen was ze bij de vrouw, die in een plas bloed lag, en liet zich op haar knieën vallen. Draaide haar om. Het was onwerkelijk. Dit was haar ergste nachtmerrie.

Maar Dana was klaarwakker. Ethan viel naast haar op zijn knieën.

'Evie?' vroeg hij gespannen.

Dana schudde haar hoofd terwijl ze probeerde haar gedachten in toom te houden. Probeerde kalm te blijven. 'Nee.' Het was Sandy Stone. *Evie moet haar hebben gebeld,* was het enige wat Dana kon denken terwijl ze haar trillende vingers tegen Sandy's keel drukte. Ze voelde niets. Sandy was dood. Er was iets helemaal fout gegaan en Evie had Sandy gebeld om Erik weg te halen bij Jane. *Waar zijn Evie en Erik? Waar is Jane?*

Toen vroeg plotseling een stem vanuit de deuropening: 'Wie is ze, Dana?'

Dana keek met een ruk op en zag Mia daar staan met een frons op haar gezicht en een pistool in haar hand. Achter Mia verscheen de dreigende figuur van de grimmig kijkende David. Ethan, die naast Dana stond, verstijfde. Hij keek zo gespannen als een snaar naar Mia's pistool. 'Het is Sandy Stone,' zei ze met trillende stem tegen Mia. 'Ze is maatschappelijk werkster bij jeugdzorg.'

Mia nam Ethan Buchanan scherp op en liet toen haar wapen langs haar lichaam hangen. 'Nou, dan slaat dat briefje tenminste ergens op.'

'Briefje?' Dana probeerde zich te concentreren op Mia's gezicht.

'Het briefje van Goodman waarin hij verklaarde hoe erg hij de pest had aan maatschappelijk werkers en dat jij de volgende dode maatschappelijk werkster zou zijn. Dan laat ik verschillende minder vleiende opmerkingen maar even weg. Maar Goodman heeft dit niet gedaan, Dana. De politie van Detroit heeft hem sinds vanmorgen in de cel. Dus waarom ligt er een dode maatschappelijk werkster bij jou op de vloer?'

Dana keek weer naar Sandy's lichaam en vervolgens naar haar eigen bebloede handen. Sandy was dood. 'Waar is Evie?' vroeg ze met bevende, schorre stem.

'Ze is niet hier,' antwoordde David vanachter Mia. 'Toen Ruby thuiskwam lag Dylan te gillen, maar verder was er niemand. Ruby zag mijn telefoonnummer op de deur van de koelkast en heeft me gebeld. Ik heb rechercheur Mitchell gewaarschuwd.' Naast haar was Ethan volledig roerloos geworden.

'Waar is Alec?' vroeg hij kortaf.

David keek niet-begrijpend. 'Wie?'

Dana dwong zichzelf om overeind te komen. Dwong haar benen haar overeind te houden. 'Hij bedoelt Erik.'

Mia's blik vestigde zich op Ethan toen hij overeind sprong. 'Is dit Buchanan?'

Dana wierp een blik opzij. Ethan zag bleek. 'Ethan, dit is rechercheur Mia Mitchell. Ze is van de politie van Chicago. Ze is ook mijn vriendin. Mia, Ethan is op zoek naar een jongetje dat wordt vermist. Een vrouw die zichzelf Jane Smith noemde is hier vrijdagavond aangekomen. Ik heb haar opgehaald bij het busstation. Ze had een jongetje bij zich dat ze Erik noemde. Dezelfde jongen naar wie Ethan op zoek is. Jane zei dat Erik haar zoon was, maar dat is niet zo.'

Mia haalde haar aantekeningenboekje uit haar zak. 'Ze heeft die jongen ontvoerd? Waarom?' vroeg ze scherp.

'Voor het losgeld,' antwoordde Ethan met opeengeklemde kaken. 'Ze eist vijf miljoen dollar.'

Mia wierp hem een blik toe. 'Privédetective?'

'Ja,' zei Ethan bitter.

'En de jongen, wie is hij?'

'De jongen heet Alec Vaughn. Hij is mijn peetzoon.'

'Mia, Erik was de jongen die dokter Lee gisteren kwam onderzoeken.'

Ethan greep Dana bij haar schouder en draaide haar om zodat ze hem aankeek. 'De man die gisteren is vermoord?' wilde hij weten.

Dana knikte. Ze was zich nu volledig bewust van wat er was gebeurd.

'Denk je dat deze Jane dokter Lee heeft vermoord?' vroeg Mia.

Dana keek op naar Ethan en hij deed zijn ogen dicht. 'Ze heeft voor zover we weten vier mensen vermoord,' zei hij somber. 'Dokter Lee is nummer vijf. Deze maatschappelijk werkster is het zesde slachtoffer. Ik had tot een paar uur geleden geen idee dat ze hier was.'

Mia leek helemaal leeg. 'Zes moorden. Is ook maar één politiekorps hiervan op de hoogte?'

Ethan schudde zijn hoofd. 'Ze dreigde Alec te vermoorden als de politie werd gewaarschuwd.'

Mia zoog haar wangen naar binnen. Haar gezicht stond strak en haar ogen schitterden van onuitgesproken beschuldiging. 'Nou, laten we hopen dat we niet te laat zijn,' zei ze kortaf. 'Zo te zien heeft ze de jongen meegenomen, want hij is beslist niet hier. Ik heb het huis van onder tot boven doorzocht. Was Evie hier ook?'

Dana's maag kwam in opstand toen ze zichzelf eindelijk toestond om de woorden in haar hoofd toe te laten. *Jane heeft Evie.* Jane, die al zo veel mensen had vermoord. Jane, van wie al Dana's instincten hadden geschreeuwd dat ze een probleem vormde. *Ik heb haar hierheen gebracht. Ik heb iedereen van wie ik hou in gevaar gebracht.* 'Ja.' In haar oren klonk haar eigen stem als die van iemand anders. 'Evie zou Erik nooit in de steek hebben gelaten.' *Laat Evie niet dood zijn. Alstublieft.*

'Rechercheur,' zei Ethan bedachtzaam met een grimas op zijn gezicht. 'Had dokter Lee al zijn vingers nog toen jullie hem vonden?'

Dana drukte haar hand onpasselijk tegen haar mond.

Mia keek hem vol walging aan. 'Ja. Vertel me alsjeblieft niet...'

'Alecs ouders hebben vandaag een afgehakte vinger ontvangen, de vinger van een man. Ze zijn op ditzelfde moment onderweg naar Chicago.'

Mia liet haar adem ontsnappen. 'O, verdomme. Ik moet dit melden en mijn partner hierheen halen. Dana, ga zitten. Je ziet eruit alsof je op het punt staat flauw te vallen. Meneer Buchanan, we zullen eens even moeten praten en dat wordt niet aangenaam.'

Ethan trok een stoel vanonder de tafel en dwong Dana met zachte hand te gaan zitten. Hij had een glazige blik in zijn ogen terwijl hij naar de dode vrouw op de grond keek. 'Ik weet het,' zei hij grimmig. 'En ik moet de ouders van Alec bellen en hun vertellen dat ik hem kwijt ben.' Hij pakte een handdoek van het aanrecht en begon Dana's bebloede handen schoon te maken. 'Geloof me, rechercheur, ik praat veel liever met u.'

Woensdag 4 augustus, 16.30 uur

Rechercheur Mia Mitchell liep door de verhoorkamer te ijsberen terwijl haar partner aan de gehavende tafel zat. Rechercheur Abe Reagan had tot dat moment nog niet veel gezegd. Hij had hem alleen maar zitten observeren met doordringend blauwe ogen die Ethan het ongemakkelijke gevoel gaven dat hij een ongehoorzaam kind was.

Dana zat naast Ethan met haar handen om haar bovenarmen geslagen en haar ogen gesloten terwijl hij het verloop van de gebeurtenissen schetste. Ze kromp ineen toen hij hun vertelde over Paul McMillan, Cheryl Rickman en Alicia Samson. Ze maakte een vreselijk breekbare indruk en hij durfde haar gewoon niet aan te raken, uit vrees dat ze in stukken uiteen zou vallen. Dus hield hij zijn handen thuis, ook al was het enige wat hij werkelijk wilde haar vasthouden en haar een beetje troost bieden. En misschien zelf ook getroost worden.

Twee van haar vrienden waren dood en haar vriendin Evie werd vermist.

En Alec was weg. Ze waren een uur te laat gekomen. Hij had geprobeerd Clay en Randi te bereiken, maar hij werd op hun mobiele nummers doorgeschakeld naar de voicemail. Ze zaten nog in de lucht. Zodra ze waren geland zou hij hun de waarheid moeten vertellen. Het monster dat Alec had was hun opnieuw ontglipt.

'Wat gebeurde er toen u in Chicago aankwam, meneer Buchanan?' drong Reagan aan toen Mitchell alleen maar bleef ijsberen.

Ethan zuchtte en ging verder met zijn verhaal. 'Ik ben naar het busstation gegaan, net zoals ik in al die andere plaatsen had gedaan. Ik heb de beveiliging verteld dat ik een kind zocht dat aan de voogdij was onttrokken.'

Reagan trok een donkere wenkbrauw op. 'Met andere woorden, u hebt gelogen.'

Ethan keek hem aan. 'Ik heb gelogen. Ik heb de bewakingsvideo's stukje bij beetje bekeken. Toen ontvingen de Vaughns op maandagochtend weer een e-mail.'

Dana's ogen schoten open en ze wierp hem een blik van verwarring toe.

'Dat was vlak nadat we samen hadden ontbeten,' zei hij zacht. Hij ging rechtop zitten en vertelde verder. 'Daar stond in dat Alec nog in leven was en dat we er goed aan hadden gedaan om de politie niet te waarschuwen. Dat het losgeld vijf miljoen dollar bedroeg. Nadere bijzonderheden zouden volgen. Ik heb de mail weten te herleiden tot een kopieerwinkel. Het ging om dezelfde vrouw die ik op de beelden in Indianapolis en Columbus had gezien.'

Mia stopte met ijsberen. Ze draaide zich naar hem toe en keek hem met opperste verachting aan. 'En het kwam op dat punt niet bij u op om de politie in te schakelen?'

'Natuurlijk wel,' zei Ethan fel. 'Elk moment van de dag. Maar deze vrouw had Alec en ze wist dat we niet naar de politie waren gestapt. Verdomme, ik heb gezien wat ze heeft gedaan. Ik heb het lichaam van die man in de schuur gezien. Ze dreigde Alec te zullen vermoorden en ik geloofde haar.'

'Wanneer was u van plan geweest om naar ons te komen, meneer Buchanan?' vroeg Reagan met zachte stem.

Ethans lach was volledig humorloos. 'Op het moment dat ik iets had om jullie te geven. En dat leek met de dag minder waarschijnlijk te worden. Ik besloot jullie sowieso te bellen. Vanochtend. Maar toen zag ik Dana op die beelden en het enige waar ik aan kon denken was naar Alec gaan.'

Mitchell greep een van de stoelen en ging er met een snauw schrijlings op zitten. 'Wat voor e-mails hebt u verder nog ontvangen, meneer Buchanan?'

Good cop, bad cop, begreep Ethan. Mitchell en Reagan speelden hun rol perfect. 'De volgende dag, gisteren, kregen we er opnieuw een. Dit keer was hij verstuurd vanuit een internetcafé in een boekhandel. Hier stonden de bijzonderheden in van de rekeningen die de Vaughns moesten gebruiken wanneer ze het losgeld betaalden. Ze kregen tot vandaag de tijd om een proefstorting te doen, want anders zou het volgende pakketje kleiner zijn. We wisten niet wat dat te betekenen had tot de Vaughns vanmiddag het pakketje ontvingen – een bebloede vinger die had toebehoord aan een volwassen man.' Hij slikte. Hij kreeg een beeld voor ogen. Alecs handen. Zijn hele, ongeschonden handen. Zelfs de mogelijkheid was te erg om voor te stellen. 'Ik kan zelfs niet... God.'

Ethan sprong overeind en het zuur brandde hem in de keel. Hij huiverde en zette zich met zijn handen schrap tegen de tafel. Hij hief zijn hoofd en keek in Mitchells blauwe ogen met een uitdagende blik die geboren was uit wanhoop. 'Ze heeft mijn petekind, rechercheur. Hebt u enig idee hoe zijn leven eruit zal zien als ze zijn handen beschadigd? Hij is doof. Hij gebruikt zijn handen om te communiceren. Ik had jullie moeten waarschuwen. Ja, dat had ik moeten doen, maar het enige waar ik aan kon denken was Alec, doodsbang en hulpeloos.'

Er klonk geen geluid in het vertrek terwijl Mitchell en hij elkaar stonden aan te staren. De spanning was om te snijden. Toen, vanaf de plek naast hem, een plotselinge beweging toen Dana haar hand op de zijne legde. Ze zei niets, hield alleen maar zijn hand vast waarmee hij nog steeds de tafel omklemde. Hij huiverde opnieuw en liet zijn kin op zijn borst zakken. Zijn knieën knikten. Zo'n simpel gebaar, maar toch was hij nu degene die in stukken uiteen dreigde te vallen. Het duurde een volle minuut voor tot hem doordrong hoe koud haar handen waren. Ze zat te rillen en ze had haar vrije arm om zich heen geslagen. Ze had kippenvel op haar blote armen. Met een abrupt gebaar trok Ethan zijn jasje uit en drapeerde dat over haar schouders. Dit keer was zij degene die huiverde en haar ogen vielen dicht terwijl ze de warmte van zijn lichaam uit zijn jasje in zich opnam.

'Gaat het?' vroeg hij zacht en ze knikte kort.

'Welk identiteitsbewijs heeft ze dit keer gebruikt, meneer Buchanan?' vroeg Mitchell. Haar stem klonk nu rustig.

Ethan keek Mitchell opnieuw aan en zag dat de verachting bijna verdwenen was. 'De naam op het ID dat ze gisteren in de boekhandel gebruikte, was Kristie Sikorski.'

Mitchell en Reagan keken elkaar even aan. 'We hebben haar gistermiddag gevonden,' zei Reagan met zachte stem. 'Ze is dood.'

Ethan liet zijn schouders hangen. 'Ik weet het. Ik was van plan vanochtend naar jullie toe te komen. En toen zag ik haar op de video's van het busstation, samen met Alec, terwijl ze Dana ontmoette. Ik ben meteen naar Dana's appartement gereden en daarvandaan zijn we naar de opvang gegaan. De rest weten jullie.'

Reagan hield nadenkend zijn hoofd schuin. 'En u hebt geen idee wie die vrouw is?'

'Als ik een vermoeden had gehad, dan had ik dagen geleden de politie al gewaarschuwd. Ik weet niet wie ze is of waarom ze dit doet, afgezien van die vijf miljoen dollar.'

Reagan haalde zijn schouders op. 'Zo'n bedrag kan reden genoeg zijn.'

Mitchell wendde zich tot Dana, die tijdens het hele verhoor niets had gezegd. Ze had zitten luisteren en was bij elke nieuwe onthulling alleen maar bleker geworden. 'Dana, vertel ons eens over Jane.'

Dana haalde diep adem en probeerde zichtbaar haar zelfbeheersing te hervinden. 'Toen ik haar ophaalde, zag haar gezicht bont en blauw. Iemand had haar ergens in de afgelopen dagen behoorlijk toegetakeld.'

Reagan keek even naar Mitchell. 'Ik heb wel gehoord over mensen die zichzelf verwonden om een onderzoek af te wenden, maar het komt niet vaak voor.'

Dana's hand kwam vanonder zijn jasje tevoorschijn en ze drukte met een lichte zucht haar vingertoppen tegen haar slaap. 'Ik heb sporen gezien van zelfverminking. Van lang geleden, zo lang geleden dat de littekens nauwelijks nog zichtbaar waren. Maar jezelf in je gezicht slaan? Die verwondingen waren heftig. Ik weet niet of ze zichzelf dat kan hebben aangedaan.'

Mitchell dacht na. 'Kan ze een medeplichtige hebben, Buchanan?'

'In haar e-mails had ze het altijd over "we". Ik kon maar moeilijk geloven dat ze Paul McMillan zo gemakkelijk heeft kunnen overmeesteren, maar ik heb nooit iemand anders op de video's gezien, alleen Jane en Alec.'

'Had Alec ook blauwe plekken?' vroeg Reagan.

Dana schudde haar hoofd. 'Niet voor zover ik kon zien. Evie heeft later zijn rug nog bekeken toen hij lag te slapen en Jane naar buiten was om te roken en zij heeft ook geen blauwe plekken gezien. Jane heeft ons nooit de kans gegeven om verder te kijken.'

Reagans donkere wenkbrauwen gingen omhoog. 'En dat vond je niet verdacht?'

Dana's ogen fonkelden. 'Aanvankelijk niet. Onze cliënten hebben moeite om iemand te vertrouwen, zelfs ons.'

Reagan leek onaangedaan. 'Maar later? Kreeg je later wel achterdocht?'

Dana zakte een beetje ineen. 'Ja. Rond zondag. Caroline was de eerste die achterdochtig werd. Jane werd kwaad op haar toen Caroline tegen haar zei dat ze niet in de badkamer mocht roken. Caroline zei dat Jane haar aan haar ex-man deed denken.'

Mitchell keek verbaasd. 'Echt waar? Wanneer was dat?'

'Zondagmiddag, toen Evie bij de begrafenis van Lillian was.'

Mitchell en Reagan wisselden een blik. 'De timing is interessant,' mompelde Mitchell.

Dana's ogen werden groot. 'O, nee, Mia. Je denkt toch niet dat Jane... Maar Goodman –'

'Volgens de politie van Detroit is hij daar al vanaf de dag dat hij zijn vrouw vermoordde.'

Dana schudde haar hoofd. 'Maar Jane was in Hanover House toen ik Evie maandagavond belde. Dat weet ik zeker. Ik heb nadrukkelijk gevraagd of iedereen aanwezig was. Ik was bang dat Goodman achter onze bewoonsters aan zou gaan.'

Ethan herinnerde zich het telefoontje dat ze vanuit de hal van het ziekenhuis had gepleegd, hoe Dana het meisje bestraffend had toegesproken en tegen haar had gezegd dat ze moest blijven waar ze was en het huis in de gaten te houden. Nu klonk dat hele gesprek een stuk logischer. 'Wie is Goodman?'

Dana wierp hem een korte blik toe terwijl ze zijn jasje strakker om zich heen trok. 'Een van mijn voormalige cliënten is vorige week omgebracht door haar echtgenoot. We dachten dat het ongeluk van Caroline zijn wraak was. We dachten dat hij dokter Lee kon hebben vermoord.'

Hij dacht aan de onstuimige blik in haar ogen van de avond ervoor toen hij de deur van zijn hotelkamer had opengedaan en haar daar had zien staan. Nu leek dat ook logisch. Dat haar werk haar zo in gevaar bracht leek haar niet te deren. Dat haar vrienden ermee te maken kregen wel. Dat alleen al maakte hem kwaad, dat ze zo onverschillig deed over haar eigen veiligheid. Maar hij hield zijn stem vlak. 'Maar dat heeft Goodman niet gedaan.'

'Nee,' fluisterde ze. 'Dat heeft Jane gedaan. En ik heb haar hierheen gehaald.'

Mitchell leunde naast Dana tegen de tafel. 'Dacht je dat Jane een moordenares kon zijn?'

Dana schudde haar hoofd. 'Nee. Ik dacht dat ze een gevaar voor zichzelf kon betekenen. Evie dacht dat ze haar zoon misschien te veel medicatie gaf. Maar het idee dat ze kon doden? Dat is geen moment bij me opgekomen.'

'Dan is het niet jouw schuld. Caroline zou de eerste zijn om dat tegen je te zeggen. En Evie ook.'

'Caroline mag hier niets over horen, Mia, alsjeblieft.' Dana keek geschokt van Mitchell naar Reagan. 'Ze mag zich nergens over opwinden. Er is niets wat ze voor Evie kan doen.'

'Ik zal mijn best doen het voor haar verborgen te houden.' Mitchell kneep met een bemoedigende glimlach in Dana's hand. 'We moeten maar tegen Max zeggen dat ze naar dat teleshopkanaal moet blijven kijken en niet naar het nieuws, voor het geval dit uitkomt.' Ze zette zich af tegen de rand van de tafel en haar uitdrukking werd opnieuw streng toen ze weer naar Ethan keek. 'Waag het niet er zelfs maar aan te denken om de stad uit te gaan en zodra de Vaughns hier zijn laat u me dat weten.'

'Haal je de FBI erbij?' vroeg Dana. Haar stem klonk weer een tikkeltje krachtiger.

'Die beslissing is aan onze inspecteur,' antwoordde Reagan. 'Het is mogelijk, aangezien de jongen staatsgrenzen over is gebracht. Maar dit is ook een moordonderzoek en valt als zodanig binnen onze jurisdictie. We laten het je weten zodra wij wat horen.'

Ethan kwam overeind. Onzeker. Zijn hoofd bonsde en hij was al bijna achttien uur wakker na slechts de paar uur slaap van de nacht ervoor. Met Dana slapend naast zich. Dat leek inmiddels wel een leven geleden. 'Kunnen we gaan?'

'Ja.' Mitchell fronste haar voorhoofd. 'Gaat het wel, meneer Buchanan?'

'Niets aan de hand. Ik ben alleen maar moe.' Het was nog maar een kwestie van tijd voor zijn zicht op zwart zou gaan. Hij wilde geen pil hoeven slikken in een politiebureau als dat gebeurde. Hij trok Dana overeind, sloeg zijn arm om haar heen en voelde haar tegen zich aan leunen. 'We nemen een taxi naar mijn hotel, rechercheurs. Ik zal bellen zodra de Vaughns uit Maryland zijn aangekomen.'

Woensdag 4 augustus, 17.30 uur

'Dit is een nachtmerrie,' fluisterde Dana. Haar ogen waren gericht op de lichtjes van de lift terwijl ze naar de veertigste verdieping gingen, waar de Vaughns een suite hadden. Twintig verdiepingen hoger dan ze de avond ervoor was gegaan toen ze naar Ethan toe was gekomen omdat ze hem zo nodig had. Ze had hem nu ook nodig.

Er was iets veranderd tijdens de taxirit hierheen. Zijn mobieltje was overgegaan. Het was zijn partner Clay die belde. En Ethan had zich gedwongen de woorden uit te spreken. 'Ik ben ze kwijt. Zeg tegen Randi dat het me spijt.' Er was even een stilte gevallen, toen had hij zijn gezicht vertrokken. 'Nog niet,' had hij gezegd. 'Maar de avond is nog jong.' Hij had zijn telefoon dichtgeklapt en met een strak gezicht voor zich uit zitten staren.

'Wat?' had Dana gevraagd, bang voor het antwoord. 'Wat nog niet?'

'Clay wilde weten of de politie van plan was ons te vervolgen,' zei hij met een grimmig gezicht en zonder haar aan te kijken. Daarna had geen van beiden nog een woord gezegd, maar hoe dichter de taxi het hotel naderde, hoe nadrukkelijker de stilte was geworden, hoe bózer hij was geworden. Op een bepaald moment was hij heel erg stil geworden en had in zijn zakken naar pillen gezocht.

Hij had oogmigraine, had hij verteld. Hij kreeg daar in die taxi een aanval. Hij zat met dichtgeknepen ogen, gebalde vuisten, zijn hele lichaam gespannen. Hij trok zich terug, heel diep in zichzelf. Zelfs toen zijn zicht terugkwam zei hij niets. Nu stond hij apart in de lift, een krijger wiens harnas onzichtbaar was, maar het was er wel. Het was er beslist. *Het sluit mij buiten.*

'Ze zitten in suite 4006,' zei hij en hij liep de gang in.

Dana stond stil en keek toe terwijl hij wegliep tot hij een meter of vijf verder was en zich omdraaide. 'Kom je mee?'

Dana slikte moeizaam. 'Ik heb gezegd dat ik mee zou gaan. Ik heb gezegd dat ik Eriks moeder onder ogen zou komen.'

Er trilde een spiertje in Ethans wang. 'Aléc. Hij heet Alec.'

'Ik zei dat ik Alecs moeder onder ogen zou komen,' corrigeerde ze zichzelf en ze wenste dat ze zo kalm was als ze klonk. 'Ik weet dat ze kwaad op me zullen zijn. Ik weet dat ze daar alle recht toe hebben. Maar ik moet weten of jij samen met hen kwaad op me zult zijn. Als dat zo is, dan moet ik...' Wat? Hard weglopen? Als een snikkend hoopje op de grond zakken? Dat zou zeker niemand helpen, het minst van al Evie en Alec.

'Me daarop kunnen voorbereiden,' zei ze uiteindelijk. 'Ethan, ik snap dat deze mensen je vrienden zijn, dat je ze al het grootste deel van je leven kent. Ik verwacht niet dat je me ten koste van hen beschermt. Maar als ik daarbinnen alleen moet staan, dan wil ik dat wel graag weten.'

Ethan leek in elkaar te zakken en hoewel Dana dolgraag naar hem toe wilde rennen, handhaafde ze die vijf meter afstand tussen hen. 'Het spijt me,' zei hij schor. Hij deed onzeker een stap naar voren. Dana kwam ook in beweging en kwam hem halverwege tegemoet. En opnieuw lag ze in zijn armen en vond ze daar troost. 'Het spijt me zo.' Zijn stem beefde. 'Ik heb echt alles verkloot.'

Dana haalde diep adem, snoof zijn geur op. Voelde hoe ze gerustgesteld werd. Net genoeg. 'Ik zou zeggen dat we dat allebei hebben gedaan. Voor twee mensen die alleen maar het juiste wilden doen...'

'Als de politie tot vervolging overgaat...' Hij legde zijn wang boven op haar hoofd. 'Ik heb Clay er al bij betrokken. Ik wil jou niet ook nog eens met me meeslepen.'

Ze slaakte een zucht van verlichting. Ze wist op dat moment dat ze hem de waarheid zou vertellen. Binnenkort. 'Dat doe je niet. Dat kun je niet.' *Dat doe ik zelf wel.* 'Wat heb ik gedaan, Ethan?'

Zijn gezicht kreeg een wanhopige uitdrukking. Grimmig. 'Niets wat erger is dan wat ik heb gedaan. Randi weet dat we Alec kwijt zijn. Ze weet dat de politie er nu bij betrokken is. Laten we nu maar zorgen dat we dit achter de rug hebben.'

Gary, Indiana, woensdag 4 augustus, 17.30 uur

Alec had dat kiprestaurant eerder gezien. Het viel niet mee om een vijf meter hoge haan in honkbalkleding boven op het dak van het restaurant over het hoofd te zien. Ze reden rondjes. Dat deden ze al uren, zo leek het. Al vanaf het moment dat ze het huis van het meisje met de littekens hadden verlaten en waren weggereden in de auto van de dode mevrouw. Hij had papieren in de auto zien liggen, brieven waar bovenaan JEUGDZORG stond. Het meisje met de littekens had de politie niet gewaarschuwd. Ze had een maatschappelijk werkster gebeld.

Die nu dood was.

Door het hoofd geschoten. Hij had het niet zien gebeuren. Ze had zijn gezicht afgewend, het meisje met de littekens. Ze heette Evie. Dat stond op het briefje dat ze had geschreven. Nu wist hij dat hij haar kon vertrouwen. Nu was het te laat. Ze zaten gevangen bij de vrouw met de witte ogen wier naam hij nog steeds niet kende. Wier redenen nu nog net zo'n mysterie waren als ze waren geweest op de avond dat hij haar vanuit de kast in het strandhuis had gezien. Dat was zeven dagen geleden. Dat wist hij omdat hij die ochtend een krant had zien liggen op de keukentafel. De *Chicago Tribune.* Het was woensdag. Hij was al zeven dagen weg en hij wist niet of zijn moeder nog leefde of dood was.

Ze hadden een tijd rondgereden. Hij zat voorin en Evie op de achterbank. Hij had even stiekem achteromgekeken en ze zag er bang uit. Maar ze had hem die rare halve glimlach toegeworpen en geluidloos gezegd dat hij zich geen zorgen hoefde te maken. Hij kon woorden die met 'zo' begonnen goed raden als horende mensen die uitspraken, ook al vormde Evie's mond die woorden scheef.

Hij haalde diep adem, probeerde kalm te blijven, maar zijn hart bonsde bijna uit zijn borst. Hij was ontvoerd door een moordenares. Hij had gedacht dat hij de volgende zou zijn toen ze de auto van een oude dame een straatje in volgde en hem dwong uit te stappen. Hij was blij dat hij al een tijdje geen water meer had gedronken, want als dat wel het geval was geweest zou hij zeker in zijn broek hebben geplast, zo bang was hij. Maar ze had hem niet doodgeschoten. Ze dwong de oude dame uit te stappen en gaf haar een klap op haar hoofd. Toen duwde ze hem op de voorbank en sloot Evie op in de kofferbak.

Alec zag de haan op het dak in de zijspiegel verdwijnen en concentreerde zich toen op het volgende bekende gebouw, een oude middelbare school. Hij had het bord gelezen toen ze langsreden en de tekst in zijn geheugen geprent. Hij had alle gebouwen stuk voor stuk in zijn geheugen geprent, want hij moest weten hoe hij weg kon komen als hij eenmaal was ontsnapt. En dat zou hem lukken. Hij wist nog niet hoe, maar het zou hem lukken.

Hij hield zichzelf nu al dagen voor dat hij iets moest ondernemen, maar hij was zo moe geweest, te moe om in beweging te komen. Nu was hij bij de tijd, zijn hoofd was helder. Hij had sinds die ochtend geen feno-pil meer gekregen en die pil had hij weten uit te spugen toen Witoog zo overhaast was vertrokken. Hij maakte zich wel zorgen over het anti-epilepticum. Als hij daar niet genoeg van binnenkreeg, zou hij een aanval krijgen. Dat zou heel erg zijn. Maar daar zou hij zich later wel zorgen over maken.

Nu moest hij een manier bedenken om te ontsnappen en hulp te halen voor Evie. Hij moest iets doen.

Woensdag 4 augustus, 17.35 uur

Ethan zou liever oog in oog hebben gestaan met een vuurpeloton dan moeten aankloppen bij suite 4006. Hij stond lange tijd naar de deur te staren, tot Dana's arm om zijn middel gleed en ze hem even knuffelde. Toen klopte zij voor hem aan.

Clay deed de deur open en nam Dana zonder iets te zeggen van top tot teen op voor hij Ethan aankeek. 'Heb je de politie alles verteld?'

Ethan knikte. 'Alles. Ik heb jou er zo veel mogelijk buiten gehouden.'

Clay haalde zijn schouders op. 'Daar is nu niet veel kans meer op.' Hij stak zijn hand uit naar Dana. 'Ik ben Clay Maynard, de partner van Ethan.'

'Ik ben Dana Dupinsky.' Ethan zag haar kin een fractie van een centimeter omhoogkomen toen ze Clay de hand schudde en hij kreeg een gevoel van trots, dat zich vermengde met het akelige gevoel dat hem dreigde te verstikken. 'Ik leid een opvangcentrum voor vrouwen.'

'Kom binnen. We zaten op jullie te wachten.'

Randi zat op de bank, Stan in een leunstoel. Alle ogen waren op Dana gericht. Ethan voelde Dana's lichaam beven tegen het zijne, maar ze stond kaarsrecht, met haar arm nog steeds stevig om hem heen geslagen. Het was alsof ze zich op pure wilskracht staande hield.

Clay trok een stoel bij, maar Dana schudde haar hoofd. 'Nee, dank u. Ik blijf liever staan.'

'Dana,' zei Ethan zacht. 'Ga zitten voor je omvalt. Alsjeblieft.' Dus gehoorzaamde ze en Ethan ging achter haar staan, zowel letterlijk als figuurlijk. Hij legde zijn handen op haar schouders en kneep even zachtjes. 'Randi, dit is Dana Dupinsky. Alec was van vrijdagavond tot vanmiddag in haar opvangcentrum.'

Dana wilde achteruitdeinzen voor de blik die de vrouw haar toewierp. Ze had woede verwacht, maar ze was niet voorbereid geweest op het gif dat uit de ogen van de vrouw spoot. 'Mevrouw Vaughn.'

Randi Vaughns gezicht leek uit steen gehouwen. 'Je hebt dat monster in jouw huis verbórgen. Met mijn zoon.'

'Nee, mevrouw,' zei Dana rustig. 'Het is niet mijn huis, het is een opvangcentrum voor vrouwen die zijn mishandeld. Het staat open voor elke vrouw die er behoefte aan heeft. De vrouw die zichzelf Jane noemde, leek er behoefte aan te hebben.'

Ethan kneep opnieuw even. 'Ze was in elkaar geslagen toen ze aankwam, Randi. Ik heb de verwondingen in haar gezicht gezien op die video van het busstation. Dana had geen enkele reden om aan haar woorden te twijfelen.'

Randi keek hem woedend aan. 'Ze heeft dat mónster mijn zóón iets laten aandoen!'

Dana wist op de een of andere manier haar kalmte te bewaren. Ze bracht zichzelf in herinnering dat deze moeder de afgelopen week door een hel was gegaan. 'Dat monster heeft twee vrienden van me gedood en heeft mijn vriendin samen met uw zoon meegenomen. Ik weet niet of Evie nog wel in leven is.' Haar keel werd dichtgesnoerd en ze schraapte die terwijl Ethans handen haar schouders bleven strelen. 'Het spijt me dat dit allemaal is gebeurd, mevrouw Vaughn. U hebt geen idee hoe erg het me spijt, maar ik zou Jane nooit een kind iets hebben láten aandoen.'

'Ze verdoofde hem,' riep Randi uit en haar ogen vulden zich met tranen. 'Jij zou zogenaamd een professional zijn.' Ze spuugde het woord bijna uit. 'Had je dat dan niet in de gaten?'

Dana's lippen trilden en ze kneep ze snel op elkaar. Mevrouw Vaughn had een talent om de zere plekken te raken. 'Jawel. Ik heb een dokter gebeld die ik vertrouwde om uw zoon te komen onderzoeken. Jane kwam vroeger terug en nu is mijn vriend de dokter dood. Mijn assistente heeft jeugdzorg gebeld om uw zoon te komen halen en nu is mijn vriendin de maatschappelijk werkster ook dood en mijn vriendin is verdwenen.' Haar stem beefde en ze bracht hem met een uiterste inspanning onder controle zodat ze weer kon praten. Ethans handen lagen de hele tijd op haar schouders. 'We hebben alle normale dingen gedaan die we konden doen.'

'Maar dit is geen normale situatie,' maakte Clay op vriendelijke toon voor haar af en Dana wierp hem een waarderende blik toe. 'Mevrouw Dupinsky, u bent de enige die haar gezicht heeft gezien. Kunt u ons iets vertellen waar we verder mee kunnen?'

'Ik heb de politietekenaar een beschrijving gegeven. Ethan heeft de tekening.' Ze keek achterom en zag dat Ethan de tekening al uit zijn zak haalde en keek vervolgens weer naar Clay. 'Ze had een tatoeage op haar rechterschouder, ongeveer zevenenhalf bij tien centimeter. Ik heb hem nooit helemaal gezien. Ze had kleine littekens op haar armen. Ze heeft zichzelf lang geleden gesneden en dat was mijn eerste aanwijzing dat er iets niet klopte. Maar wat het ergste...' Dana wreef met haar handen over haar bovenarmen, omdat er opnieuw rillingen over haar huid liepen. 'Ze heeft van die enge ogen. Licht, lichtblauw. Bijna doorschijnend.'

Ethan gaf de tekening aan Clay, die die even bestudeerde en toen doorgaf aan Stan Vaughn, die nog geen woord had gezegd sinds Dana en Ethan het vertrek waren binnengekomen.

'Nou?' vroeg Clay, maar Stan schudde alleen maar zijn hoofd. Triest, vond Dana.

'Ik heb haar nooit eerder gezien,' verklaarde hij met zachte stem en hij gaf de tekening door aan zijn vrouw.

Dana zuchtte. 'Ze noemde uw zoon geen Alec. Ze noemde hem –'

'Erik,' fluisterde Randi. 'Ze noemde hem Erik.'

Ethans handen verstevigden hun greep op Dana's schouders terwijl alle ogen op Randi Vaughn werden gericht. De vrouw zag zo bleek dat Dana bang was dat ze flauw zou vallen. Haar handen beefden zo hevig dat de tekening trilde.

'Hoe wist je dat, Randi?' vroeg Ethan zacht.

Randi Vaughn keek nu op met een wilde en doodsbange blik in haar ogen. Elke spoortje gif was verdwenen. 'Omdat dat zijn naam is.'

Dana draaide zich om en keek op naar Ethan, maar zag dat hij net zo geschokt was als de anderen. Randi legde de tekening zorgvuldig weg en het werd doodstil in het vertrek.

Randi legde haar gevouwen handen in haar schoot. 'Omdat zij zijn moeder is.'

16

Chicago, woensdag 4 augustus, 18.15 uur

Jane ging op de rand van het motelbed zitten. Het zwarte metaal van haar pistool stond in schril contrast met de roestkleurige sprei. 'Ik ben buitengewoon geïrriteerd. Bind hem stevig vast, anders maak ik je af.'

Evie wierp vanuit haar ooghoek een snelle blik in Jane's richting terwijl ze worstelde om Eriks handen met paktouw vast te binden. De vrouw zag er inderdaad buitengewoon geërgerd uit. Dat was een vreemde omschrijving voor een vrouw die een maatschappelijk werkster voor hun ogen had neergeknald. 'Ik doe mijn uiterste best,' zei Evie op kalme toon. 'Mijn hand is misvormd.'

'O, ja.' Jane's mond vertrok in wat oprechte geamuseerdheid leek. 'Je confrontatie met een andere moordenaar van een paar jaar terug. Je hebt zo te zien wel erg veel pech, Evie.'

'Dat is een feit,' mompelde Evie. Ze streek over Eriks haar. 'Het spijt me,' mimede ze, nog steeds in de hoop dat hij haar kon begrijpen. Hij knipperde met zijn ogen. Twee keer, langzaam achter elkaar. Erik leek heel wat meer te begrijpen dan Evie aanvankelijk had gedacht. Ze herinnerde zich de blik in zijn ogen toen ze hem losliet uit de beschermende omhelzing waarin ze hem had genomen toen Jane Sandy neerschoot. Zijn uitdrukking was er toen een van grimmige acceptatie geweest, alsof Sandy niet het eerste dode lichaam was dat hij zag. 'Waarom, Jane?'

Jane trok een wenkbrauw op. 'Waarom ik jou en het kind heb ontvoerd?'

Evie was kalmer dan ze ooit had gedacht dat ze zou zijn. Twee jaar geleden had ze gesmeekt om haar leven en dat had haar niets opgeleverd. Rob Winters had haar gestoken, verkracht, gewurgd en voor dood achtergelaten. Het was alleen aan Dana's paniekerige telefoontje naar het alarmnummer te danken geweest dat haar leven was gered.

Dit keer was ze absoluut niet van plan om om haar leven te smeken. Ze had de afgelopen paar uur doodsbang opgerold in de kofferbak van de auto van een vreemde doorgebracht en dat had haar nergens gebracht. Jane hield haar nog steeds onder schot. Jane had nog steeds Erik, wie hij ook mocht zijn.

Jane zou haar doden. *Ik heb pijn doorgemaakt. Ik ben bijna doodgegaan door toedoen van Winters. Voor dit allemaal voorbij is, zal ik doodgaan door toedoen van Jane.* Die wetenschap was op de een of andere manier een troost. Er was nu niets meer om bang voor te zijn. 'Nee, ik verwacht niet dat je me vertelt waarom je Erik hebt gestolen,' antwoordde Evie kalm. 'Ik weet dat je me gaat vermoorden. Wat ik graag wil weten is waarom je me niet in Hanover House hebt vermoord zoals je met Sandy hebt gedaan.'

Jane nam haar aandachtig op. 'Je blijft wel heel koel onder druk. Daar heb ik respect voor. Als het zover is, zal ik het zo pijnloos mogelijk laten verlopen.'

Evie boog even haar hoofd. 'Dat waardeer ik. Ga je Erik vermoorden?'

Jane kreeg een geamuseerde uitdrukking op haar gezicht. 'Niet meteen, nee.'

Evie's hand op Eriks hoofd hield op met strelen. Ze probeerde een manier te bedenken om op zijn minst dit kind in veiligheid te brengen. 'Zul je het voor hem ook zo pijnloos mogelijk maken?'

Jane trok een wenkbrauw op. 'Dat hangt af van wat een andere persoon doet.'

'Waarom leef ik nog steeds, Jane?'

'Omdat het enige waar Dana Dupinsky om geeft, afgezien van die opvang van haar, Caroline en jij zijn. Met Caroline is voorlopig afgerekend. Dupinsky is de volgende.'

Evie haalde diep adem. Dus het was uiteindelijk toch niet Goodman geweest. Er viel een last van haar af. Twee dagen lang had ze zich gepijnigd met de gedachte dat zij degene was geweest die Goodman naar Caroline had geleid omdat ze aanwezig was geweest bij die begrafenis. 'Dus ik word het werktuig van jouw wraak.'

Jane glimlachte. 'Een ervan, ja. Nou, steek je handen uit, dan kan ik ze vastbinden. Ik moet eropuit en ik kan niet hebben dat je de held gaat uithangen terwijl ik weg ben. Daarna zal ik het kind opnieuw vastbinden. Ik heb al lang geleden geleerd dat als je iets goed gedaan wil hebben, je het zelf zult moeten doen.'

Chicago, woensdag 4 augustus, 18.15 uur

Stan kwam langzaam overeind en draaide zich om naar Randi. Zijn gezicht was een studie in ongeloof. 'Wat zei je daar?'

Randi haalde diep adem. 'Ze heet Sue Conway. Ze is de moeder van Alec.'

Ethan schudde niet-begrijpend zijn hoofd. 'Bedoel je dat je hem hebt geadopteerd?'

Randi sloot haar ogen. 'Nee. Ik heb hem gestolen.'

Er heerste absolute stilte in het vertrek. Toen liet Stan zich in zijn stoel vallen. 'Misschien moet je het maar even uitleggen, Randi,' zei hij bijtend. 'Zodat er geen misverstanden over bestaan wie hier schuld heeft.'

'Hou je kop, Stan.' Clay's stem duldde geen tegenspraak. Stan hield zijn mond.

Ethan ging in de stoel naast Dana zitten. Hij was volslagen in verwarring. 'Wie is Sue Conway?'

Randi deed haar ogen open en vestigde haar blik op Ethan, alsof hij haar enige hoop op redding was. 'Ik ben hier, in Chicago, opgegroeid. Niet zo heel ver van Lincoln Park. Mijn ouders waren aardige mensen. We woonden in een leuke wijk. Naast ons woonde de familie Lewis. Ze hadden zelf geen kinderen, maar op een dag kwamen hun neef en nicht bij ze wonen. Sue en Bryce. Sue was toen een jaar of twaalf, dertien. Bryce kan niet ouder dan twee of drie zijn geweest. Ik was een jaar of zestien. Ik paste altijd op als de Lewissen op zaterdag uitgingen. De ouders van Sue en Bryce waren gestorven. Het gerucht ging dat hun vader was gedood toen hij een winkel overviel.'

'Bespaar ons de bijzonderheden,' snauwde Stan. 'Ga door.'

'Hou je kop, Stan,' zei Clay zacht. 'Alsjeblieft.'

Vanuit zijn ooghoeken zag Ethan dat Dana de kamer rondkeek en elk gezicht in zich opnam. Hij kon bijna horen hoe ze in gedachten elke aanwezige beoordeelde en haar conclusies trok. Hij was plotseling vreselijk blij dat ze naast hem zat. Op dat moment voelde hij zich allesbehalve kalm en hij kon al evenmin logisch nadenken. Het leek alsof het leven op zijn kop stond.

'Ga verder, Randi,' zei Ethan en Randi knikte even.

'Een paar maanden nadat Sue en Bryce waren gearriveerd vroeg meneer Lewis me om elke dag na schooltijd te komen oppassen tot mevrouw Lewis en hij thuiskwamen van hun werk.' Randi sloeg haar ogen neer naar haar handen, die gevouwen op haar schoot lagen. 'Ik kon het geld goed gebruiken voor mijn studie, dus ik stemde ermee in. Wanneer ik uit school kwam, haalde ik Bryce op bij de dagopvang. Hij was zo'n lief jong. Sue was stuurs en ongehoorzaam, maar ik dacht dat alle tieners dat waren.'

'Dat zijn de meesten ook, mevrouw Vaughn,' zei Dana en Randi keek op, verrast door de vriendelijkheid in Dana's stem. 'Maar anders dan andere tieners, of niet?'

Randi knikte. 'Ik heb me altijd afgevraagd waarom ze mij betaalden om op te passen terwijl Sue oud genoeg was om dat te doen. Toen zag ik op een dag dat Sue in de badkamer zichzelf met een scheermes stond te snijden. In haar onderarmen. Er was overal bloed.' Randi ging met haar vingertoppen over haar eigen onderarm. 'Ik had nog nooit zoiets gezien.'

'Wat hebt u toen gedaan, mevrouw Vaughn?' vroeg Dana, alsof ze daar heel erg in geïnteresseerd was.

Randi bewoog rusteloos met haar schouders, duidelijk nog steeds van streek door de ontdekking. 'Ik nam haar het scheermes af en maakte haar schoon. Ze huilde en liet me beloven dat ik het niet tegen haar oom en tante zou vertellen. Ze zei dat haar tante een hekel aan haar had en een excuus zocht om haar weg te sturen. Dat ze mij een beetje als haar moeder beschouwde. Dat ik de enige was die om haar gaf.'

'Dat u de enige was die ze kon vertrouwen,' zei Dana zacht.

Randi schudde vol walging het hoofd. 'Ze had me door, hè?'

'Ze had mij ook door,' reageerde Dana met zachte stem. 'Ze speculeerde op uw tegenzin om nog meer pijn te veroorzaken, bij haar of bij haar tante. Dus u hebt het nooit aan iemand verteld?'

Randi sloot opnieuw haar ogen. 'Nee, ik heb het nooit aan iemand verteld. Sue werd ouder en wilder. Ik kon haar niet in de hand houden. De familie Lewis adopteerde Bryce en veranderden zijn achternaam. Ze probeerden Sue ook te adopteren, maar ze verzette zich daartegen en uiteindelijk gaven ze het op. Ze zwoer dat ze de naam van haar vader zou houden. Ik begreep het niet. De familie Lewis zou zo goed voor haar hebben gezorgd.'

'Sue moet wel heel hecht met haar vader zijn geweest.'

Randi knikte. 'Hij was een crimineel, maar ze aanbad hem. Toen kwam ik op een dag terug van school en trof haar aan terwijl ze seks had met een... een man. Een volwássen man, gewoon, op de bank van de Lewissen. Ik was pas zeventien. Sue kon toen niet ouder zijn geweest dan veertien.'

'En ze begon te huilen en zei dat haar tante haar op straat zou zetten als je het vertelde.'

'Dat klopt. Dus ik zei uiteraard geen woord.' Randi drukte haar vingers tegen haar voorhoofd. 'Mijn god, wat haalde ik me in mijn hoofd?'

'U was zeventien,' merkte Dana nuchter op. 'U deed het beste wat u kon bedenken. De volwassenen in haar leven konden al niet tot haar doordringen, dus hoe zou u dat hebben gekund?'

Randi zuchtte. 'Nou, de familie Lewis kon haar niet in de hand houden. Sue gebruikte drugs en ze ging naar wilde feesten. Ze konden haar nooit alleen laten. Echt nooit. Bryce was een lieve jongen, maar Sue... Ze was gewoon afschuwelijk. Toen raakte op een dag de ring van mijn moeder kwijt. Moeder droeg hem elke dag. De enige keren dat ze hem afdeed, was als ze bezig was met de afwas. Ze had een speciaal schoteltje waar ze hem altijd op legde tot ze klaar was, maar die dag hoorde ze de deurbel gaan. Er was niemand aan de deur, maar toen moeder terugkwam, was de ring verdwenen. Moeder was er helemaal kapot van. Ik wist dat Sue hem had gestolen. Ik was zo kwaad vanwege mijn moeder... Ik dacht helemaal niet na en rende naar het huis van de Lewissen, stormde Sue's kamer binnen en vond de ring in een la. Ze kwam binnen en betrapte me en ze ging helemaal door het lint. Ze begon te krabben en te bijten en te gillen dat ze het mij en mijn moeder ooit betaald zou zetten. Haar oom en tante belden de politie, die haar meenam. Ze werd opgesloten in de jeugdgevangenis. Toen ze vrijkwam is ze weggelopen en nooit meer teruggekomen. Het jaar daarop ging ik naar de universiteit.'

'Maar je ging niet naar de universiteit,' zei Stan. Hij klonk nu volledig van zijn stuk.

Randi kreeg een verdrietige trek om haar mond. 'O, jawel. Dat heb ik wel gedaan. Ik studeerde af als accountant toen ik tweeëntwintig was, nog voor ik jou ontmoette. Hoe denk je dat ik anders al die jaren de boekhouding voor je had kunnen doen, Stan? Ik heb een heel léven achter me gelaten vanwege Sue Conway. Ik had ouders, een carrière. Vrienden.'

'Wat is er gebeurd, mevrouw Vaughn?' vroeg Dana en Randi haalde opnieuw diep adem.

'Ik woonde in de stad en op een dag werd er op de deur van mijn appartement geklopt.'

'Het was Sue,' vermoedde Dana. 'En ze zei dat ze uw hulp nodig had.'

Randi knikte kort. 'Ze was acht maanden zwanger van Alec. Ze vertelde me dat een man haar had gedwongen. Ze huilde zo meelijwekkend. Ze kon niet naar haar oom en tante. Ik moest haar helpen, want het was allemaal mijn schuld.'

'Omdat ze door uw toedoen al die jaren eerder bij de politie was aangegeven.'

Randi's ogen gleden dicht. 'Ja. Ik was de oorzaak van alles wat fout was gelopen in haar leven, maar ik kon het goedmaken. Ze zei dat ze alleen maar een plek nodig had om te verblijven tot de baby was geboren.'

'Maar ze bleef niet, of wel?' vroeg Dana. 'U hebt voor haar spullen voor de baby gekocht en u hebt ervoor gezorgd dat ze een dokter bezocht, maar na een week of twee ging ze weer weg?'

Randi deed haar ogen open en Ethan las verbazing en respect in haar blik. 'Ja, dat klopt. Ik had vitamines voor haar gekocht en babykleertjes. Maar op een dag kwam ik thuis van mijn werk en ze had mijn sieradenkistje leeggehaald en drie paar schoenen van me gestolen.'

'En haar voeten hadden niet eens uw maat,' vermoedde Dana.

Randi knipperde met haar ogen. 'Hoe weet u dat?'

Dana glimlachte vriendelijk. 'Ik ben een professional, mevrouw Vaughn.'

Randi verbleekte. 'Het spijt me dat ik dat heb gezegd.'

'Het geeft niet. Ik herkende de mogelijkheid tot dergelijk gedrag toen ik de littekens op Sue's arm zag. Het is algemeen voorkomend gedrag bij mensen met een borderline-persoonlijkheidsstoornis. Het zijn vaak meesters in manipulatie. Ik was van plan dieper te graven in dit aspect van haar achtergrond, maar alles verliep zo snel en...' Ze aarzelde en de schouders die ze zo recht had gehouden zakten. 'Ik was op dat moment afgeleid.'

'Sue is behoorlijk druk geweest in de week dat ze in Dana's opvang verbleef, Randi,' zei Ethan zacht en hij pakte Dana's hand. 'De politie vermoedt dat Sue ervoor verantwoordelijk is dat Dana's zwangere beste vriendin maandagavond is aangereden door een auto.'

Randi's blik schoot van Ethan terug naar Dana. 'Is alles in orde met haar?'

'Ze heeft geluk gehad. Zowel zij als de baby is ongedeerd.'

Randi verbleekte. 'Het spijt me.'

Dana schudde haar hoofd. 'U hebt dit niet gedaan. Dat was Sue.'

Randi zuchtte, zo vreselijk vermoeid. 'Het spijt me, mevrouw Dupinsky. Ik was wreed en had het wat u betreft helemaal bij het verkeerde eind.'

Dana's greep op Ethans hand was pijnlijk, maar haar stem bleef kalm. 'Het is al goed. Dus, terug naar uw verhaal, ik vermoed dat er een paar weken voorbijgingen en dat u zich zorgen maakte om de baby. Toen dook Sue weer op, vol spijt dat ze had gestolen en huilend dat ze zo wanhopig en bang was.'

Randi knikte. 'Dat is precies wat er gebeurde. Ze smeekte me om haar te helpen met de baby – ze had weeën. Ik bracht haar naar een kliniek en bleef bij haar terwijl Alec werd geboren.' Ze slikte moeizaam. 'Ik was de eerste die hem mocht vasthouden. Hij was zo'n schatje.'

'En u zorgde voor hem, omdat Sue kwam en ging wanneer het haar uitkwam.'

Opnieuw een knik. 'Ik vond iemand die overdag voor hem zorgde wanneer ik naar mijn werk was en 's nachts... 's Nachts was het net alsof hij mijn baby was. Ik hield van hem en hij hield van mij. En ik leefde in angst dat Sue hem bij me weg zou halen.'

'En dat deed ze ook.'

'Een paar keer, telkens een paar dagen. Ze bracht hem altijd weer terug als ze het beu raakte om moedertje te spelen. Alec was altijd smerig of ziek of hij had honger. Een keer brak ze bij me in en liet hem gewoon achter. Gelukkig kwam ik die dag wat eerder thuis. Hij was uitgehongerd en hij had luieruitslag en...' Haar stem brak en de tranen biggelden over haar wangen. 'Toen kwam Sue een paar weken later terug. Ik zei tegen haar dat ik een maatschappelijk werkster zou bellen, dat ze niet geschikt was als moeder. Zodra ik de woorden "maatschappelijk werkster" had uitgesproken ging ze helemaal door het lint. Ze sloeg me zo hard dat ik op de grond viel. Vervolgens dreigde ze dat ze Alec mee zou nemen en nooit meer terug zou komen. Ik wist niet wat ik moest doen.'

Dana's greep om Ethans hand was wat losser geworden en nu liet ze hem helemaal los om even een klopje op Randi's knie te geven. 'Wat was de druppel die de emmer deed overlopen, mevrouw Vaughn? Drugs?' Randi knikte en Dana boog zich verder voorover. 'Gebruiken of verkopen?'

'Allebei.' Randi's onderlip trilde en ze beet er hard op. 'Ze bracht van die gasten mee naar mijn huis. Smerige, angstaanjagende kerels. Ik durfde niet eens in mijn eigen bed te slapen. Toen ving ik op een avond op waar ze het over hadden. Ze waren allemaal zo stoned als ik weet niet wat. Ze smokkelden drugs vanuit het buitenland. Dat was op zich al erg genoeg, maar ze hadden het erover om Alec te gebruiken.'

Dana's ogen werden groot. 'Wilden ze een baby als drugskoerier gebruiken?'

Ethans maag draaide om bij de gedachte. *Arme Alec. Arme Randi.*

'Dat hadden ze al minstens één keer gedaan, een van de keren dat Sue een paar dagen was verdwenen met Alec. Ze stopten blikken babypoeder vol met coke en wandelden de douane door met Alec in de armen. Niemand vond het gek dat er wit spul in blikken babypoeder zat.' Haar gezicht verstrakte. 'Het had Alecs dood kunnen worden.'

'Ik heb gelezen over zulke drugsbendes,' zei Clay. 'Daar zijn er veel van in New York.'

'Nou, in Chicago deden ze het ook niet slecht,' zei Randi bitter. 'Ik wist niet wat ik moest doen. Ik heb erover gedacht om naar de politie te stappen, maar ik wilde niet dat Alec in een pleeggezin zou belanden of terug zou moeten naar Sue. Ik wist niet zeker of mevrouw Lewis voor hem zou willen zorgen. Ze had echt de pest aan Sue. En ik wist ook dat als de politie zou komen, Sue er met Alec vandoor zou gaan. Dan zou ik nooit weten of het goed met hem ging.'

'Dus toen hebt u hem meegenomen,' zei Dana zacht. 'En liet uw leven achter u.'

Randi haalde heel diep adem. 'Ik heb hem meegenomen en mijn leven achter me gelaten.'

Dana stond op uit haar stoel en nam de lege plek op de bank naast Randi in. Ze nam Randi's handen in de hare. 'Ik zou hetzelfde hebben gedaan.'

Randi hief haar kin omhoog. 'En ik heb ze allemaal aangegeven bij de politie.'

Dana's mond vertrok in een bittere glimlach. 'Anoniem, uiteraard.'

Randi's glimlach was even bitter, maar vluchtig. 'Uiteraard. Ik ben naar het oosten gevlucht tot ik bij de oceaan kwam. Baltimore. Toen vond ik een baan als serveerster en volgde het proces in de kranten uit Chicago die ik in de bibliotheek las. Sue werd veroordeeld tot vijftien jaar wegens drugssmokkel en het in gevaar brengen van een kind. Ze wisten dat ze een kind had, maar ze kon hem niet tonen. Ze gingen ervan uit dat het kind iets was aangedaan, maar ze konden natuurlijk niet bewijzen dat hij dood was. Vandaar dat de aanklacht in gevaar brengen was. Ik heb er geen moment bij stilgestaan dat zij degene kon zijn die Alec nu had ontvoerd, want ze had nog in de gevangenis moeten zitten.'

'Ze is duidelijk vervroegd vrijgelaten,' zei Ethan, die het nog steeds allemaal niet kon geloven.

'Duidelijk,' stemde Randi met doffe stem in. Ze keek smekend van Ethan naar Clay. 'Nu we weten wie Alec heeft, wat zijn onze kansen om hem terug te vinden?'

Ethan wisselde een blik met Clay. Zijn vriend dacht precies hetzelfde. Hun kansen waren waardeloos. 'Ik weet het niet, Randi,' zei Ethan. 'We moeten het de politie vertellen.'

Randi's ogen vulden zich abrupt met tranen. 'O, god, Ethan, ze heeft mijn zoon.'

Ethan haalde met een grimmig gezicht zijn mobieltje tevoorschijn en gaf dat aan Dana. 'Zou jij rechercheur Mitchell willen bellen, Dana? Jij hebt haar nummer.'

Dana nam de telefoon van hem aan en liep in de richting van het raam om het telefoontje te plegen. Ethan kneep even in Randi's knie. 'Waar denk je dat Sue hem naartoe brengt?'

Randi schudde haar hoofd terwijl de tranen over haar wangen bleven stromen. 'Ik weet het niet.'

Toen deden ze er allemaal het zwijgen toe en het enige geluid was het gemurmel van Dana's stem.

Een felle klop op de deur deed hen allemaal opspringen. Clay ging naar de deur en er klonk nog meer gemurmel. Toen verscheen Clay weer. Hij had een blik van berusting in zijn ogen en een vrouw aan zijn zij. Haar donkere haar reikte net tot aan haar schouders en ze leek begin dertig. Haar gezicht was waarschijnlijk knap te noemen als ze niet kwaad keek, zoals ze op dit moment deed. Ze droeg een mooi gemaakt jasje dat er bijna in slaagde de bult van haar schouderholster te verbergen.

Clay zuchtte. 'Ethan, dit is sheriff Louisa Moore. Sheriff Moore, Ethan Buchanan.'

Ethan ging automatisch staan. 'Sheriff Moore.'

Ze knikte. 'Meneer Buchanan.' Ze keek nieuwsgierig naar Dana, die bij het raam het telefoongesprek voerde, en fronste toen ze Stan zag. 'Meneer Vaughn.' Ze wendde zich tot Clay. 'Ik heb het pakketje. Dat het bij mij is achterlaten is waarschijnlijk het enige wat jullie uit de bak houdt.'

'Daar rekende ik min of meer op.' Clay klonk droog, heel droog.

Ethan trok zijn wenkbrauwen op. 'Wat is er aan de hand?'

Sheriff Moore zoog op haar wang. 'Het is niet leuk om overal buiten te worden gehouden, nietwaar, meneer Buchanan?' Ze wendde zich weer tot Clay. 'Gaat u me nu vertellen wat hier allemaal aan de hand is?'

Clay knikte. 'Als u me vertelt van wie hij was.'

Moore dacht er even over na en knikte toen. 'Afgesproken.'

'Ethan, ik heb de afgehakte vinger bij de hulpsheriff van sheriff Moore achtergelaten voor ik op het vliegtuig stapte. De vinger was nog vers genoeg om er een afdruk van te krijgen.'

Het was een detail dat Ethan bijna was vergeten. 'Dat was het verstandigste.'

'Zo blij dat u ermee instemt, meneer Buchanan,' zei Moore uit de hoogte.

Ethan zuchtte alleen maar. 'En het slachtoffer, sheriff Moore?'

'Fred Oscola. Hij was bewaarder in de vrouwengevangenis van Hillsboro.'

Ethan keek omlaag naar Randi. 'Was dat waar Sue haar straf uitzat?'

Randi knikte. 'Dat klopt.'

'Nou, dat geeft ons in ieder geval een verband.' Ethan zag dat Dana zijn telefoon dichtklapte.

Ze liet het mobieltje in zijn hand glijden. 'Mia zei dat ze er binnen een halfuur kunnen zijn.'

Ethan gebaarde naar een lege stoel. 'Sheriff, ga zitten. Als u nog even geduld kunt opbrengen. Er zijn rechercheurs van het CPD onderweg. Het is beter om het hele verhaal in één keer te vertellen.'

'Als ik hier iets te eten kan krijgen, dan wil ik nog wel een halfuur geduld hebben.'

'Ik zal wel wat laten komen,' zei Clay.

'Ik betaal mijn eigen eten,' merkte sheriff Moore op en Clay knikte, nog steeds grimmig.

'Ik begrijp het,' zei hij en Ethan wist dat ze wat hun persoonlijke aansprakelijkheid betrof nog niet uit de gevarenzone waren, maar daar zou hij zich later wel druk over maken. Nu zag hij alleen maar dat Dana met de minuut bleker werd. Het was alsof ze al haar reserves had opgebruikt om Randi te steunen tijdens haar verhaal.

Dana's ogen vielen dicht. 'Niets voor mij. Ik denk niet dat ik een hap door mijn keel kan krijgen.'

Ethan sloeg zijn arm om haar schouder, trok haar zachtjes weg bij de anderen en liep naar het raam, waar Chicago aan hun voeten lag. Hij luisterde met een half oor naar de zware stem van Clay die met roomservice belde. Toen hij zijn lippen tegen haar slaap drukte voelde hij haar in zijn armen verslappen. 'Je was geweldig met Randi.' Een tweede kus op haar slaap veroorzaakte een huivering die door haar hele lichaam trok. 'Ik weet dat je je vreselijk zorgen maakt om Evie, maar je hebt gedaan wat gedaan moest worden. Nu moet je eten,' zei hij zacht. 'Je moet scherp zijn voor Evie.'

Bij het noemen van de naam van haar vriendin verstijfde Dana. 'Die vrouw is wanhopig en... kwaadaardig, Ethan. Misschien zien we Evie en Alec nooit meer terug.' Dat laatste kwam er nauwelijks verstaanbaar uit, maar was toch luid genoeg om een rilling over zijn rug te doen lopen.

'We zullen ze vinden,' fluisterde hij heftig. 'We moeten ze vinden. Daar moet je in geloven.'

Hij hield haar gewoon lange tijd tegen zich aan gedrukt en voelde dat haar lichaam langzaam zijn kracht herwon. Hij voelde zijn eigen reserves tegelijk met die van haar toenemen.

'Dank je, Ethan. Dat had ik nodig.' Ze deed een stap achteruit en klopte hem zachtjes op de wang. Haar ogen stonden weer kalm. 'Ga jij maar eten. Ik moet een paar telefoontjes plegen voor Mia en Abe hier zijn. Als je mij de sleutel van je kamer geeft, dan bel ik daar en dan kun jij bij je vrienden blijven.'

Ethan pakte haar bij haar arm en trok haar weer in zijn omhelzing. 'Niet zo snel, Dana. Als je deze kamer verlaat, dan ga ik met je mee. Ik wil je geen ogenblik uit het oog verliezen.'

Haar ogen werden groot. 'Ze durft niet zo dichtbij te komen, Ethan,' zei Dana. 'En als ze dat wel doet, dan maak ik haar af.'

Ethan twijfelde er geen moment aan dat ze elk woord daarvan meende. 'De factor gevaar speelt zeker een rol,' zei hij kalm, 'maar meer dan dat heb ik je hier bij mij nodig.' Hij legde zijn voorhoofd tegen het hare. 'Je moet me hierdoorheen helpen en dat kun je niet als je flauwvalt van de honger. Alsjeblieft. Ik heb je nodig.'

'Heb je me nodig?'

Ethan knikte ernstig. 'Wanhopig. Jij bent de Glenn Close voor mijn Robert Redford.'

Haar lippen vertoonden een trieste glimlach. '*The Natural*? Oké, ik eet wel wat. Maar ik weiger wit te dragen.'

Zoals Glenn Close deed vlak voor Redford de bal het stadion uit sloeg. 'Waarom?'

'Mijn tatoeage schijnt door.'

'Born2Kill.' Hij gaf haar een vluchtige kus op haar lippen. 'Dana, seriéús?'

Ze legde haar hoofd tegen zijn schouder en zuchtte. 'Niet tegen Mia zeggen, maar ik heb een paar keer wel geïnhaleerd. Born2Kill was een van die keren.'

Ethan glimlachte met zijn mond tegen haar haar. Het verbaasde hem dat hij kon glimlachen. Verbaasde hem dat zijn toekomst er zonniger uitzag door haar alleen maar vast te houden. *Verkeerde plek, verkeerde moment*, had ze die zondagochtend gezegd toen ze in het busstation op de grond lag. Hij dacht toen al dat ze het bij het verkeerde eind had. Daar was hij nu zeker van. 'Dana, ik ben zo blij dat je zondag geprobeerd hebt die tasjesrover tegen te houden.'

Ze drukte vermoeid een kus op zijn kaak. 'Ik ook.'

Woensdag 4 augustus, 19.30 uur

David nam meteen op toen zijn mobieltje overging. 'Waar zit je, verdomme?' gromde hij. 'Ik word helemaal gek van bezorgdheid.'

'Ik ben in het hotel van Ethan. Ik heb net Alecs ouders ontmoet. Ik ben de hele middag op het politiebureau geweest om met Mia en een politietekenaar te praten.' Haar stem brak. 'Ze is weg, David. Evie is verdwenen. En Jane... Jane heeft...' Ze drukte haar vingers tegen haar lippen in een poging zich alle slachtoffers voor de geest te halen. 'Zes mensen vermoord, David. Misschien wel meer.'

'Mijn god.' Er viel een verbijsterde stilte. 'Waarom?'

Dana probeerde een manier te vinden om het verhaal beknopt te vertellen. Die was er niet, dus gooide ze er alles maar zo goed en zo kwaad als ze kon uit.

'We moeten Evie vinden, Dana,' fluisterde David dringend. 'Dit maakt haar kapot.'

Dana kreeg tranen in haar ogen. 'Dat weet ik. Verdomme, David, dacht je dat ik dat niet wist? Je had gelijk. Ik heb risico's genomen en nu verkeert Evie in gevaar.'

'Dana, ik geef jou niet de schuld.'

'Nee, ik geef mezelf de schuld.'

'Nou, hou daarmee op. Luister, ik wilde je laten weten dat ik je bureaula heb leeggehaald voor ik rechercheur Mitchell waarschuwde. Al je instrumenten en je voorraad papier voor rijbewijzen en paspoorten zitten in een doos onder de stoel in mijn pick-up.'

Ze werd overspoeld door dankbaarheid. 'David, dat had je niet hoeven doen.'

'Jawel, Dana, dat moest ik wel. De enige dingen die ze op je harde schijf kunnen vinden zijn digitale foto's.'

'Daar had ik niet eens aan gedacht,' fluisterde ze.

'Ik weet dat je daar niet aan had gedacht, dus daarom heb ik dat voor je gedaan. Ik heb tegen Caroline gezegd dat er vanavond een nieuw gezin was binnengekomen dat al je aandacht opslokte. Max zorgt ervoor dat ze geen tv kijkt. Ik heb trouwens nog niets op het nieuws gezien. Ze zegt dat je kalm aan moet doen. Dag.'

En hij was weg. Ze legde langzaam de hoorn van de hoteltelefoon op de haak en bleef als verdoofd zitten tot Ethan ook op het bed kwam zitten. Hij nam haar op schoot en drukte haar tegen zich aan.

'Ik heb het verpest, Ethan. Ik vertrouwde haar en heb haar in mijn huis gelaten. En nu is Evie weg.'

'Dana, wat had je anders kunnen doen? Haar om referenties vragen? Wat zou er gebeuren als je al je cliënten om bewijs zou vragen dat ze inderdaad in elkaar zijn geslagen en misbruikt?'

'Dan zouden ze niet komen,' zei Dana bijna onhoorbaar.

'Nee, dan zouden ze niet komen. Hoeveel vrouwen heb je geholpen een gelukkig leven te leiden?'

Dana zuchtte. 'Meer dan honderd. Denk ik.'

'Meer dan honderd vrouwen en hun kinderen. Denk eens aan de levens die je hebt veranderd. Dana, je hebt een risico genomen. Ik kan niet zeggen dat ik er gelukkig mee ben dat je jezelf in gevaar brengt met mannen als die Goodman, maar je hebt dat gedaan voor iets waar je in gelooft. Dat maakt je in mijn beleving tamelijk bijzonder.'

Dana voelde een golf van trots zoals ze in lange tijd niet had gevoeld. Hij begreep het. Deze man, die zelf zo veel had moeten opgeven, begreep het. 'Dat heb jij ook gedaan. Jezelf in gevaar gebracht voor iets waar je in geloofde.'

'Ja, dat klopt. Ik geloofde in het verdedigen van ons land.'

'En in Alec redden. Je hebt je bestaan, je levensonderhoud op het spel gezet.'

Hij knikte ernstig. 'Een politieman die het volgens de regels speelt zou me kunnen vervolgen. Maar wat heb ik aan mijn baan als Alec niet veilig is? Hoe zou ik dan nog in de spiegel kunnen kijken, Dana? Hoe zou jij dat kunnen als je wist dat je iemand de hoop op een beter leven had ontzegd? Sue is het laagste van het laagste. Je hebt het zelf tegen Randi gezegd – ze is een manipulator. Dat je haar jouw opvang hebt binnengehaald ligt niet aan jou. En te oordelen naar wat je me over Evie hebt verteld is ze een overlever. Ze zal volhouden tot we er zijn. Waar dat ook is.'

En terwijl ze daar zo bij hem op schoot zat en in die kalme groene ogen keek, voelde ze iets van de pijn wegebben. Niet alles. Niet eens het grootste deel. Maar voldoende om haar door de daaropvolgende vijf minuten te helpen en misschien zelfs wel de vijf minuten dáárna. 'Dank je. Dat moest ik horen.'

Zijn duim ging in een zachtaardige liefkozing langs haar lippen. 'Laten we wat gaan eten en die toestanden met de politie zien op te lossen.' Hij ging staan met haar nog steeds in zijn armen en liet haar voorzichtig zakken tot haar tenen de vloer raakten. Tot ze in de kring van zijn armen stond, zijn lippen een ademtocht verwijderd van de hare, terwijl zijn ogen vroegen om iets wat zijn stem niet uitsprak. Ze antwoordde, overbrugde de afstand, ging op haar tenen staan en drukte haar mond tegen de zijne. Ze bood hem dezelfde troost als hij haar had gegeven. Zijn handen kwamen omhoog en omvatten haar kaken, zo zacht. Deze zoen was kuis, maar warm. Hij maakte er met een duwtje een einde aan en plantte een tweede kus op haar voorhoofd.

'Daar had ik behoefte aan,' bekende hij. 'Meer dan ik besefte.'

'Ik ook.' Ze slaakte een lichte zucht en rechtte haar rug. 'Ik ben er nu klaar voor. Kom op.'

Woensdag 4 augustus, 19.15 uur

James keek op van zijn maaltijd toen de man ging zitten. De man trommelde zenuwachtig met zijn vingers op de tafel. 'Dus,' begon James, 'jij werkt voor Donnie Marsden.' Donnie Marsden was al die jaren geleden tegelijk met Sue opgepakt. Ze waren destijds partners.

'Een jaar nu,' bevestigde de man. Zijn ogen waren schichtig en keken alle kanten tegelijk op.

'Je baas zegt dat hij Sue Conway niet heeft gezien. Liegt hij?'

'Ik weet niet of hij haar heeft gezien. Maar hij heeft haar wel een paar keer gesproken. Ik heb op de andere aansluiting meegeluisterd, precies zoals je had gezegd.'

James wilde glimlachen. Iedereen had zijn prijs. Marsden kon niet gekocht worden voor vijftienduizend dollar. Zijn loopjongen stortte voor vijfhonderd zijn hart uit. 'Nou, wat zeiden ze?'

Het zweet parelde op de bovenlip van de man. 'Hij heeft vanavond met haar afgesproken. Er staat iets te gebeuren, want Donnie heeft alle mannen opgetrommeld. Het wordt vrijdagavond.'

James glimlachte. 'Ik verdubbel je betaling als je me kunt vertellen waar en wanneer precies.'

De man kwam overeind. 'Doe ik. Bedankt.'

James keek toe terwijl de man het restaurant uit slofte. 'Nee, jij bedankt.'

17

Chicago, woensdag 4 augustus, 20.30 uur

Dana deed een poging om iets te eten. Ze zag kans een paar hapjes van een sandwich naar binnen te werken voor ze opstond en voor het grote panoramaraam begon te ijsberen. Randi zat op de bank zichzelf te wiegen. Stan zat alleen maar te kijken, met een uitdrukking vol dof ongeloof. Ondanks zijn stoere woorden kreeg Ethan geen hap door zijn keel. Gelukkig was de verstikkende stilte maar van korte duur. Er klonk een harde klop op de deur en toen Ethan de deur opendeed zag hij Mitchell en Reagan daar met een grimmig gezicht staan.

'Laat ons erin,' zei Reagan, 'dan kunnen we praten.'

Randi kwam overeind met een uitdrukking op haar gezicht die een hartverscheurende mengeling was van pure hoop en rauwe angst. 'Wat is er gebeurd? Hebben jullie Alec gevonden?'

Mia schudde haar hoofd. 'Nee, mevrouw. Ik neem aan dat u Alecs moeder bent. Of in ieder geval de vrouw die de afgelopen tien jaar als zijn moeder heeft opgetreden.'

'Dat heb ik ze verteld,' zei Dana. 'Ik wist niet of het verschil zou uitmaken voor het al dan niet erbij betrekken van de FBI.' Ze haalde ongemakkelijk haar schouders op. 'Want het is niet echt een ontvoering.'

Randi stak haar kin vooruit. 'Ik ben Alecs moeder.' Haar toon daagde hen uit haar tegen te spreken.

Reagan deed een stap naar voren. 'Voorlopig is dit waar het om gaat. Laten we eerst Alec maar zien te vinden en dan zoeken we de rest later wel uit. Ik ben rechercheur Reagan en dit is mijn partner, rechercheur Mitchell. Ga zitten, alstublieft, mevrouw Vaughn, en vertel ons wat u weet.'

Randi's moed leek als sneeuw voor de zon te verdwijnen terwijl ze achtereenvolgens van Reagan naar Mitchell naar Moore keek. 'Ze zei dat ze Alec zou vermoorden als we de FBI of de politie waarschuwden,' zei ze met onvaste stem.

Reagan duwde haar zachtjes in de richting van de bank en ging in een stoel naast haar zitten. 'Dit gaat allang niet meer alleen over Alec, mevrouw Vaughn. Deze vrouw heeft minstens zes mensen op meedogenloze wijze vermoord. Eén vrouw was moeder van drie kleine meisjes. Zij komt nooit meer naar huis naar haar kinderen. Onschuldige mensen met families die van hen hielden. We hebben besloten nog niet naar de FBI te stappen, maar u moet ons vertellen wat u weet. Wij zijn misschien nog de enige hoop dat u uw zoon ooit nog levend terugziet.'

De tranen liepen nu over Randi's wangen. 'U kunt het zich niet voorstellen.'

'Natuurlijk kunnen we dat niet,' zei Reagan, nog steeds op vriendelijke toon. 'Maar ik kan u wel zeggen dat ik ook vader ben.'

'Dan zou u dus alles doen om uw kind te beschermen,' fluisterde Randi heftig.

'Als, wat de hemel verhoede, er zoiets met mijn kleine meid zou gebeuren, dan zou ik willen dat rechercheur Mitchell die zaak op zich neemt. Ze is goed in haar werk. Dat geldt ook voor mij. U moet ons vertrouwen. Alstublieft.'

Ethan ging op zijn hurken naast haar zitten en nam Randi's ijskoude handen in de zijne. 'Je weet dat dit het enige is wat je kunt doen. We zijn er zo lang mogelijk mee doorgegaan, maar rechercheur Reagan heeft gelijk. Vertel hem alles.'

Randi weifelde zichtbaar. 'Eén meisje maar, rechercheur?'

Hij haalde zijn portefeuille tevoorschijn en sloeg hem open bij een foto van een engeltje met felrode krullen en bolle wangen.

'Ze is mooi,' fluisterde Randi.

'Net als haar moeder. Mevrouw Vaughn, praat alstublieft met me. Ik kan de feiten wel van Ethan of Dana horen, maar u hebt herinneringen die zij niet hebben. En die kunnen van levensbelang zijn om Alec op tijd terug te vinden.' Hij boog zijn hoofd en keek haar recht in de ogen. 'En tijd is iets wat we niet meer hebben.'

'Oké.' Randi ging rechtop zitten, klampte zich vast aan Ethans handen en vertelde het verhaal dat ze eerder ook al had verteld. 'Ik had nooit verwacht dat ze zoiets zou doen,' eindigde ze fluisterend.

'Ik dacht dat ze nog vijf jaar achter de tralies zou blijven. Ik weet niet eens hoe ze me heeft gevonden.'

Clay ving Ethans blik en trok zijn wenkbrauwen op. Ethan knikte en Clay schraapte zijn keel. 'Randi, weet jij iets van een vrouw die Leeds heet en in Florida woont?'

Het beetje kleur dat Randi nog op haar gezicht had trok weg. 'Sun City, Florida?'

Clay en Ethan keken elkaar aan. 'Ja,' zei Ethan. 'Wie was zij?'

Randi deed haar ogen dicht. 'Mijn moeder. Ze is zes weken geleden vermoord toen ze wakker werd en een inbreker verraste. Dat was geen inbreker, hè?'

'Bent u naar de begrafenis geweest, mevrouw Vaughn?' vroeg Reagan.

'Ik... Ja, ik kon niet anders. Ik had mijn moeder al elf jaar niet meer gezien. Ik had mijn ouders over Alec verteld en over wat Sue had gedaan. Dat ze was gearresteerd. Ik heb ze gesmeekt te verdwijnen en dat hebben ze gedaan. Maar ze moet hen hebben gevonden. Mijn vader is drie jaar geleden overleden en ik heb hem nooit meer gezien. Ik kon de begrafenis van mam niet ook nog missen. Ik ben naar het graf gegaan, maar ik stond ver weg. Niemand heeft me gezien,' zei ze een beetje wanhopig en ze zakte vervolgens in. 'Het was een val, hè? Mijn moeder is vermoord om mij te lokken.'

Ethan klopte op haar knie. 'Daar lijkt het wel op,' zei hij zacht.

'Maynard, hoe komt het dat u van die vrouw afweet?' vroeg Moore.

'Wordt dit gedekt door het schijfje?' vroeg Clay.

'Wat voor schijfje?' wilde Ethan weten.

'Het schijfje dat bij een stel spreadsheets zat waaruit viel af te leiden hoe meneer Vaughn aan zijn geld komt,' antwoordde Moore zonder haar ogen van Clay's gezicht af te wenden. 'Die zaten in de doos met de vinger. Waarschijnlijk wel,' zei ze in antwoord op Clay's vraag, 'maar het hangt af van wat u hebt gedaan.'

'Vuile klootzak,' barstte Stan uit terwijl hij overeind sprong. 'Je hebt me erbij gelapt.'

'Ga zitten, meneer Vaughn,' beval sheriff Moore met een stem die tegen de muren van de hotelsuite galmde. 'Anders sla ik u hier ter plaatse in de boeien.'

Randi's gezicht weerspiegelde haar schok terwijl Stan zich in zijn stoel liet vallen. 'Heb je hem aangegeven?'

Clay trok een wenkbrauw op. 'Ja. Stan heeft de wet overtreden. Ik was wettelijk verplicht hem aan te geven.'

'Maar dan gaat hij naar de gevangenis.' fluisterde ze.

Clay's gezicht verhardde. 'Beter hij dan Ethan en ik. We hebben persoonlijk risico's genomen om jullie te helpen. Ik zou vanwege dit mijn vergunning kwijt kunnen raken. Ethan misschien ook als deze rechercheurs besluiten ons te vervolgen. We gaan niet ook nog eens naar de gevangenis voor Stan.'

Rechercheur Mitchell ging als een verkeersagent met haar handen omhoog midden in de kamer staan. 'We zullen de persoonlijke aansprakelijkheid later wel uitzoeken,' zei ze met kalme stem. 'Ga er voorlopig maar van uit, meneer Maynard, dat de informatie die u sheriff Moore hebt gegeven u zal beschermen, want elke minuut die u aan onderhandelen besteedt, is tijd dat Conway op vrije voeten is.'

'Dus hoe bent u erachter gekomen, Maynard?' vroeg Moore opnieuw.

'Conway vuurde een waarschuwingsschot af in het strandhuis. Ik heb een vriend de ballistische gegevens laten natrekken. De kogel kwam overeen met een kogel die een maand geleden was gebruikt bij een overval in Florida waarbij een vrouw om het leven kwam.'

Moore zuchtte. 'Voor alle duidelijkheid, u hebt dus bewijsmateriaal weggehaald van een plaats delict.'

'Dat klopt.' Clay leunde achterover en sloeg zijn armen over elkaar.

Moore zuchtte opnieuw. 'Dat dacht ik al. Nu we toch bezig zijn verbanden te leggen, ik heb Bryce Lewis gevonden, de broer van Sue. Hij zit in hechtenis in Ocean City voor een poging tot een gewapende overval.' Ze vertelde hun over de rechercheur uit West Virginia en de vingerafdrukken van Rickman op het vermiste laadsnoer. 'Lewis heeft een alibi voor de moord op Rickman, maar niet voor die op McMillan.'

'Is Bryce Lewis al in staat van beschuldiging gesteld, sheriff?' vroeg Reagan.

'Voor de gewapende overval. We hadden meer bewijs nodig om hem ook aan te klagen voor de moord op McMillan. Maar hij wist er wel van af.' Moore knikte tevreden. 'Hoe dan ook, vlak nadat Janson en ik waren vertrokken kreeg Bryce bezoek van ene James Lorenzano. Hij heeft banden met de maffia in New York. Hij heeft Bryce vanochtend opnieuw bezocht. Tussen die twee bezoekjes door is Bryce compleet in elkaar geslagen.'

'Maar waarom ging Lorenzano bij Lewis op bezoek?' vroeg Mia met een frons op haar gezicht. 'Of zou hij op zoek zijn naar Sue. Buchanan, zei u niet dat u dacht dat er sprake was van een medeplichtige?'

Ethan knikte. 'Ze heeft ons afgeschud toen ze die kaartjes naar St. Louis kocht.'

'Misschien,' merkte Clay op, 'was Lorenzano degene die ze probeerde af te schudden.'

Ethan ging staan en liep naar het raam waar Dana stond. Ze was opnieuw alleen in een volle kamer. Hij sloeg zijn arm om haar schouder en voelde haar verstijven. 'Wat ik wil weten is hoe Sue jou heeft gevonden, Dana. Van alle opvanghuizen in Chicago, waarom dat van jou?'

Dana zweeg even. Ze was bang dat ze zowel het hoe als het waarom wist. Bang voor wat Sue verder nog wist. 'Iemand heeft haar duidelijk over ons verteld. Ze zat gevangen in Hillsboro. Mia, bel de gevangenis en vraag wie de celgenoten van Conway waren of dat er vrouwen zijn met wie ze contact had en die een achtergrond van mishandeling hadden.' Ze kauwde op haar onderlip. 'Vraag of Sue een vrouw kende die Tammy Fields heet.' Als dat het geval was, dan was dat het verband.

'Wie was Tammy Fields, Dana?' vroeg Ethan zacht.

Ze keek hem met een bezorgde blik aan. 'Een voormalige cliënte. Ze vertrok uit Hanover House met grootse plannen voor zichzelf en haar kinderen, maar ze werd bang en ging terug naar haar man. Ik zag op het nieuws dat ze hem had doodgeschoten. De verdediging probeerde aan te voeren dat ze een mishandelde echtgenote was, maar de jury trapte er niet in. Ze was een maand weg geweest. Doordat ze terugging leek ze met voorbedachten rade te handelen.'

'Hebt u getuigd, mevrouw Dupinsky?' vroeg Moore.

Ze draaide zich om naar Moore. 'Nee. Tammy heeft in haar verdediging met geen woord gerept over Hanover House of over mij. Ik ben haar voor het proces gaan opzoeken in de gevangenis. Toen heb ik zelfs aangeboden om voor haar te getuigen, maar ze zei dat ze iets vreselijks had gedaan en dat ze niet van plan was alles te verpesten voor al die andere vrouwen.' Ze wendde haar blik af. 'Ik moet toegeven dat ik opgelucht was.'

'Dus je hebt Jane vrijdagavond opgepikt,' drong Reagan aan. 'Je hebt ons verteld dat haar gezicht beurs was. Misschien heeft die Lorenzano geholpen die blauwe plekken daar te krijgen.'

'Misschien, maar het verklaart niet hoe ze aan ons nummer is gekomen. Als Tammy haar dat heeft gegeven, dan zou Sue een contactpersoon in de gevangenis moeten hebben gehad. Ik denk dat het meer voor de hand ligt dat ze contact heeft opgenomen met Fred Oscola om het nummer van de opvang van Tammy te krijgen. Sue dacht misschien dat we haar verhaal eerder zouden geloven dankzij de blauwe plekken.'

'Ik zal het dienstrooster van Oscola opvragen,' beloofde Mia. 'Meteen morgenochtend.'

'Wanneer is Sue weggegaan uit de opvang?' vroeg Abe. 'Probeer zo nauwkeurig mogelijk te zijn.'

'Voor zover ik weet is ze pas dinsdagochtend voor het eerst weggegaan uit Hanover House. Gisteren dus,' verduidelijkte Dana. 'Ik had tegen haar gezegd dat ze werk moest gaan zoeken. Ze zei dat ze daarom op pad was geweest.'

'Wanneer is ze gisteren teruggekomen naar de opvang?' wilde Reagan weten.

Dana aarzelde. 'Dat weet ik niet. Ik was er niet – ik was bij Caroline in het ziekenhuis.' En later hier, in bed met Ethan. *Ik was hier en beleefde de nacht van mijn leven terwijl...* 'Ik heb Evie alleen met haar gelaten. De hele nacht.'

Ethan legde zijn hand op haar rug. 'Je wist het niet, Dana,' zei hij met nadruk. 'Je wist het niet.'

'Ik had tegen haar gezegd dat ze niet terug moest gaan naar het centrum, Abe,' legde Mia uit. 'We dachten dat Goodman haar in de gaten hield. Dokter Lee was toen net vermoord.'

Dana knikte. Haar keel werd plotseling dichtgesnoerd bij de gedachte aan de laatste ogenblikken van dokter Lee. 'Evie zei dat hij plotseling was vertrokken zonder afscheid te nemen. Dat hij een briefje had geschreven om te laten weten dat hij een ander spoedgeval had en dat hij medicijnen voor Alecs epilepsie op tafel had achtergelaten.'

Mevrouw Vaughn keek bij die woorden op met een blik vol opluchting. 'Dus hij heeft zijn medicijnen?'

'Mijn vriend de dokter had nieuwe voor hem meegebracht.' Dana's lippen trilden en ze klemde ze vastberaden op elkaar. 'Nu is hij dood. En Sandy ook.'

Ethan trok haar tegen zich aan en ze verzette zich niet. Ze wist niet zeker of ze dat wel zou kunnen als ze het zou willen. En ze wilde niet. 'Het spijt me, schat,' fluisterde hij. 'We zullen haar vinden voor ze nog meer ellende kan veroorzaken.'

'Dana.' Mia's stem klonk zacht en in Dana's hoofd gingen de alarmbellen af. 'Een wijkagent heeft ongeveer twee uur geleden Sandy's auto gevonden.'

Dana's hoofd schoot met een ruk omhoog. Haar ogen waren groot en haar hart bonsde als een razende. Dat Mia dit, wat het ook te betekenen had, niet meteen had verteld, wilde zeggen dat het geen goed nieuws was. 'Vertel op.'

Mia had een gepijnigde blik in haar ogen. 'De agent trof een tweeënzeventigjarige vrouw aan op de achterbank van Sandy's auto. Ze was bewusteloos geslagen, maar ze is inmiddels stabiel. De auto van de oude dame is weg. Hij heeft dit ook nog gevonden op de achterbank.' Ze haalde een plastic zak uit haar jaszak en gaf die aan Dana. 'Niet uit het plastic halen, het moet naar de bewijsopslag.'

Dana nam het met trillende handen aan. 'Dat is van Evie,' bevestigde ze. Haar stem klonk net zo onvast als haar hand was. 'Dat is een medaillon van de heilige Lucas. Dat was twee jaar geleden een verjaardagscadeau van Caroline. Vlak nadat...' Ze slikte moeizaam. 'Vlak nadat ze uit het ziekenhuis was ontslagen.'

'Nadat Winters haar had aangevallen,' zei Mia tegen Abe, die zonder iets te zeggen knikte en alles opschreef.

Abe Reagans grondigheid had iets geruststellends, vond Dana terwijl ze de plastic zak teruggaf aan Mia. 'Ze deed dat medaillon nooit af, Mia. Echt nooit.' Ze slaakte een sidderende zucht. 'Ze wilde ons laten weten dat ze daar was.'

Ethan verstevigde zijn greep om haar schouders. Duwde haar kin omhoog. Er lag ook iets geruststellends in zijn blik en Dana laafde zich eraan, haalde troost waar ze het maar kon vinden. Hij concentreerde zich op haar gezicht. 'Dana, zoals ik ertegenaan kijk weten we op dit moment heel wat meer dan zij denkt dat we weten. Daar moeten we gebruik van maken.'

Dana keek naar hem op met een vastberaden trek op haar gezicht. 'Ze denkt dat we de schuld van Evie's verdwijning Goodman in de schoenen zullen schuiven,' zei ze en ze dwong zichzelf haar stem sterker te laten klinken. Ethan voelde een steek van trots.

Mia begon heen en weer te lopen. 'Conway heeft geen flauw idee dat wij afweten van de Vaughns.'

'We moeten langs alle plaatsen waar ze vaak kwam voor ze naar de gevangenis ging,' zei Reagan. 'We moeten het adres hebben van uw oude appartement, mevrouw Vaughn, en van het huis waar u bent opgegroeid. We zullen ook alle drugssmokkelaars natrekken die tegelijk met haar zijn opgepakt.'

Mia knikte, nog steeds ijsberend. 'We moeten erachter zien te komen wat ze van plan is. Het is niet waarschijnlijk dat ze al deze moeite zou doen tenzij ze iets groots gepland heeft.'

'Het zal symbolisch zijn,' wist Dana. 'Iets wat mevrouw Vaughn net zo laat lijden als zij heeft gedaan. En ik weet zeker dat Sue zelf vindt dat ze zwaar geleden heeft.'

'Ze heeft mijn zoon,' riep Randi uit. 'Is dat nog niet genoeg lijden?'

Dana schudde haar hoofd. 'Ik denk het niet, mevrouw Vaughn. Ik denk dat ze Alec heeft ontvoerd om u hierheen te lokken. Waarom zou ze anders zo veel moeite hebben gedaan om in Chicago terecht te komen en een veilige plek te vinden waar ze zich kon verbergen? Dit gaat niet zozeer om Alec, maar om u. U hebt haar verraden. Door u is ze in de jeugdgevangenis beland toen ze een tiener was en u hebt ervoor gezorgd dat ze in de gevangenis kwam toen ze volwassen was. In haar hoofd bent u verantwoordelijk voor al het slechte dat haar in haar leven is overkomen. Ik denk dat het voor u eerst nog erger wordt voor het beter wordt.'

Er viel een diepe stilte, toen dwong Ethan zich om hardop uit te spreken wat hij dacht. 'Dat geldt voor jou ook, Dana. Ze heeft Alec ontvoerd om Randi te pakken. Ze heeft Evie ontvoerd om jou te treffen.'

Dana keek op, ving zijn blik, en Ethans hart stond simpelweg stil. Ze wist dat ze op Sue's lijst alleen Randi voor zich had. En, typisch Dana Dupinsky, het kon haar niet schelen dat ze gevaar liep.

'Echt niet,' gromde Ethan terwijl hij haar schouder omklemde. 'Dat gaat echt niet gebeuren. Je mag er niet eens over denken.' Hij keek op en zag dat Mitchell hem kalm opnam. 'Zeg tegen haar dat het niet kan. Het is stom om er zelfs maar aan te denken.'

'Dana, dat kun je niet doen. Buchanan heeft gelijk.'

Dana maakte zich los uit zijn greep. 'Jullie kunnen me niet tegenhouden. Ze haat mij, niet Evie. De woorden die ze had geschreven op het briefje bij Sandy's lichaam waren voor mij bestemd. Dat weet ik gewoon. Ik weet ook dat ik alles zal doen om Evie ongedeerd terug te krijgen.' Ze draaide zich met opgetrokken wenkbrauwen naar Mia. 'Begrepen, Mia? Alles. Als ze wil ruilen, dan doe je dat.'

Mia schudde haar hoofd. 'Nee, Dana. Geen ruil. Ze vermoordt je.'

Dana liep naar het raam. Alleen in een volle kamer, net zoals ze maandagavond alleen had gestaan in het drukke park. 'Evie heeft hier helemaal geen schuld aan. Ik wil niet dat haar iets overkomt omwille van mij. Je zorgt dat die ruil er komt, Mia, anders doe ik het wel voor je.'

Na dat dreigement viel iedereen in het vertrek stil en dat was het moment dat er een mobiele telefoon overging. Iedereen greep tegelijk naar zijn mobieltje. Dana hield haar hoofd schuin en luisterde. 'Het komt uit jouw zak, Ethan.'

Hij viste de telefoon uit zijn zak. Zijn gezicht leek uit steen gehouwen. 'Het is de jouwe. Ik was vergeten dat ik hem had. Je hebt hem vanmorgen in mijn kamer laten liggen.'

Dana staarde naar de telefoon alsof hij zou beginnen te sissen om daarna toe te slaan. 'Alleen Evie heeft dat nummer.'

Mia kwam in actie. 'Stil allemaal. Als het Sue is met Evie, probeer haar dan zo lang mogelijk aan de lijn te houden. Denk erom, ze weet niet dat jij op de hoogte bent van Alec. Zij is Jane en haar kind heet Erik. En je biedt jezelf níét aan. Neem op.'

Woensdag 4 augustus, 21.35 uur

Sue leunde tegen de betonnen muur waarachter het theater van het winkelcentrum schuilging en nam een heerlijke, diepe trek van haar sigaret terwijl ze de hoorn van de openbare telefoon tegen haar oor geklemd hield. Er werd eindelijk opgenomen. Een bevende stem. Dupinsky had de maatschappelijk werkster dus gevonden. En het briefje. Het beeld dat daardoor bij haar opkwam was genoeg om een glimlach om Sue's mond te toveren.

'Hallo?'

Sue blies een grote wolk rook uit en fronste toen haar wenkbrauwen. 'Dana, ben jij dat?' vroeg ze met een stemmetje dat zo klein was als ze maar kon produceren.

'Spreek ik met... Jane? Mijn god. Ik ben doodongerust. Waar zit je?'

'Dana...' Sue haalde overdreven diep adem. 'Ik was zo bang... Ik ben gevlucht. Maar ik wilde dat je weet... Ik moest je vertellen...'

'Jane, was jij vanmiddag in het huis? Heb je gezien wat er is gebeurd, schat?'

'J-j-ja,' fluisterde ze. 'Ik zat in de huiskamer met Erik tv te kijken toen die man door de achterdeur naar binnen stormde. Ik dacht dat ik die op slot had gedaan toen ik terugkwam nadat ik buiten had gerookt, maar... Ik heb me verstopt, Dana. Het spijt me.' Sue slikte een paar keer achter elkaar in een poging haar stem dik te laten klinken. 'Ik wilde de politie bellen, maar ik was bang en ik heb me verstopt. Hij vermoordde die vrouw en ik verstopte me. Hij schoot haar... O, god, hij schoot haar dwars door haar hoofd.'

'Ik weet het, Jane.' Dupinsky's stem klonk troostend en dat irriteerde Sue diep vanbinnen. *Ik haat het als ze die stem gebruiken. Alsof ik een dier ben en ze me moeten kalmeren.* 'Probeer een beetje rustig te worden.' Sue knarste met haar tanden, zocht diep in zichzelf naar kalmte en dwong zichzelf om te luisteren. Er klonk iets door Dupinsky's kalmte heen. Ze kon het in haar stem horen. Dupinsky stond doodsangsten uit. 'Ik– ik heb Sandy Stone gevonden, Jane. Ze is dood. Ik moet precies weten wat je hebt gezien. Jij bent de enige getuige. Je moet ons helpen die man te pakken die dit heeft gedaan, anders is niemand in de opvang nog veilig. Wil je de politie vertellen wat je hebt gezien?'

'Nee. Ik wil niets met de politie te maken hebben, maar ik zal het jou vertellen en dan kun jij dat aan hen doorgeven.'

'Prima, Jane. Maar eerst wil ik weten of alles in orde is met Erik. Was hij erg bang?'

Eerlijk gezegd had Erik zich uitstekend gehouden, vond Sue nu ze erover nadacht. *Misschien is er toch nog hoop voor de jongen.* Jammer dat hij niet lang genoeg meer zou leven om erachter te komen hoeveel van haar bloed precies door zijn aderen stroomde. 'Het gaat niet zo goed met Erik. Hij was doodsbang en nu zit hij weer de hele tijd alleen maar te wiegen. Hij heeft een aanval gehad, een zware. Ik heb me met hem verstopt onder een paar dekens in een kast beneden toen die man binnenkwam, maar hij heeft helemaal niet gezocht. Hij zocht jou en Evie. Hij liep te schreeuwen en te tieren. Evie zei tegen hem dat je niet thuis was en hij sloeg haar hard. Ze bloedde, Dana. Echt heel erg. Toen sleurde hij haar mee door de achterdeur naar buiten. Hij bleef roepen dat als hij jou niet kon vinden, hij er wel voor zou zorgen dat jij naar hem toe kwam. Dat je zou boeten. Dat bleef hij maar zeggen, schreeuwen – dat je zou boeten.'

Ze hoorde Dupinsky's ademhaling sneller gaan. Bange schijterd. Dat was op zich al bijna opwindend. 'Ik wil dat je naar me luistert, Jane. En goed nadenkt. Leefde Evie toen hij haar meenam?'

Sue grijnsde toen ze de angst en de pijn in Dupinsky's stem hoorde. Toen veegde ze de grijns van haar gezicht. Het was lastig om bang te klinken terwijl je een grijns van oor tot oor op je gezicht had. 'Jawel, maar ze bloedde heel erg. Ze bleef maar om je roepen. Ik wilde tevoorschijn komen, echt waar, maar ik moest Erik beschermen.'

'Je hebt juist gehandeld, Jane. Je eerste verantwoordelijkheid is je zoon. Waar ben je nu? Ik kan je komen halen en je ergens onderbrengen waar je in veiligheid bent.'

Sue keek om zich heen naar het parkeerterrein van het winkelcentrum. Overal hingen jongeren rond die de zomeravond benutten om naar de film te gaan. Ze was daar veilig genoeg. 'Ik ga niet terug naar het centrum.' Ze zei het met een hikje, zodat het leek alsof ze had staan huilen. 'Ik waardeer wat je voor ons hebt gedaan, maar er overkomt te veel mensen uit jouw centrum iets. Je zei dat we daar veilig zouden zijn, dat niemand ons iets kon doen, maar het was er gevaarlijker dan thuis bij Eriks vader. Ik ga nu naar een andere stad, maar ik wilde je over Evie vertellen. Ze was lief voor Erik.'

'Jane, wacht even. Als hij je heeft gezien, dan zou je ook in gevaar kunnen verkeren.'

'Hij heeft me niet gezien. Hij wist niet eens dat ik daar was. Dank je voor alles. Ik zal je nooit vergeten.'

En met die woorden verbrak Sue de verbinding. Ze nam een diepe trek van haar sigaret terwijl ze in haar zak zocht naar de telefoonkaart voor interlokale gesprekken die ze nog maar een halfuur eerder had aangeschaft. *Eén gedaan, nog één te gaan. Vogeltjes, pas maar op. De kat komt eraan.*

Dana gaf met een vermoeid gebaar de telefoon weer aan Ethan. Haar mond vormde een dunne streep. 'Ze vertelde dat Goodman Evie heeft ontvoerd, dat ze het allemaal heeft gezien, maar zich had verstopt. Dat ze toen Goodman weg was er met Erik vandoor is gegaan.'

'Ze weet niet dat de politie van Detroit Goodman vanochtend heeft opgepakt,' merkte Mia op vanuit de deuropening van de slaapkamer. Ze liet haar eigen mobieltje in haar zak glijden. 'De forensische dienst doet zijn uiterste best om het telefoontje na te trekken, maar dat is lastig omdat het om een mobiele telefoon gaat. Waarom zou ze jou bellen, Dana? Wat schiet ze daarmee op?'

Dana haalde met een grimmig gebaar haar schouders op. 'Ze wilde horen dat ik leed, wilde bevestigd zien dat ik me zorgen maakte om Evie en dat ik machteloos stond. Ze deed het voorkomen alsof Goodman mij niet kon vinden, en Evie zou gebruiken om te zorgen dat ik naar hem toe kwam.' Toen Mia haar wenkbrauwen fronste zei ze: 'Ik weet het. Geen ruil. Ik hoorde je wel.'

'Maar je hebt niet gezegd dat je dat niet wilde proberen,' zei Ethan met een strak gezicht. Hij was nog steeds kwaad. Het straalde gewoon van hem af.

'Ze denkt nog steeds dat jij haar alleen maar kent als Jane,' kwam Reagan tussenbeide, waarschijnlijk net zo goed om de vrede te bewaren als om welke andere reden dan ook. 'Goed gedaan, Dana. Je bent niet één keer uit je rol gevallen.'

Op een ander moment zou die lof haar hebben doen gloeien van trots. Nu drong het maar nauwelijks tot haar door vanwege de woede die net onder de oppervlakte borrelde. 'Ik wil haar afmaken,' mompelde Dana. 'Langzaam en pijnlijk.' Ze keek achterom naar Randi Vaughn. 'Ze zei dat Alec een aanval heeft gehad, mevrouw Vaughn, maar het zou kunnen dat ze liegt. Maar als het waar is, brengt dat hem dan fysiek in gevaar?'

Randi haalde diep adem en Dana kon niet anders dan onder de indruk zijn van de manier waarop ze haar kalmte probeerde te bewaren. 'Dat hang ervan af hoe zwaar het was en hoelang die aanval heeft geduurd. Normaal gesproken duren ze maar een paar minuten, maar daarna is hij minstens een dag lang zo slap als een vaatdoek. Als ze weer belt, kunt u dan een manier bedenken om erachter te komen of hij zijn medicijnen inneemt?'

Dana wist een flauwe glimlach op te brengen voor de doodsbange moeder. 'Ik zal het proberen. Ze –'

Er ging een ander mobieltje over en sheriff Moore trok haar wenkbrauwen op. 'Nou, dat kunt u misschien zelf doen, mevrouw Vaughn. Ik heb de telefoon van het strandhuis door laten schakelen naar mijn mobieltje. Dit zou voor u kunnen zijn. Denk eraan, laat haar niet merken dat u weet dat ze in Chicago zit. U bent nog steeds in Maryland. Hou dat in gedachten. Probeer haar aan de praat te houden.' Ze legde het mobieltje in mevrouw Vaughns zichtbaar trillende handen. 'Succes.'

Randi klemde het in beide handen en ze begon een beetje groen te zien. Ethan ging naast haar zitten en sloeg zijn arm om haar schouder. Hij nam de telefoon uit Randi's bevende hand, klapte hem open en hield hem op zo'n manier tegen haar oor dat hij het gesprek kon volgen. Hij stootte haar even aan en knikte. *Zeg wat*, vormden zijn lippen.

'H-hallo,' stotterde Randi. Ze zat nu zo hard over haar hele lichaam te beven dat hij dacht dat ze in stukken uit elkaar zou vallen.

'Dag, mevrouw Vaughn. Enig idee wie dit is?'

Randi wierp een wanhopige blik op Ethan, doodsbang dat ze het verkeerde zou zeggen. Ethan schudde zijn hoofd. *Je hebt geen idee*, zei hij geluidloos.

'Nee. Met wie spreek ik?'

Een diepe lach deed Ethan de rillingen over zijn rug lopen.

'Heb je echt geen idee, Randi? En als ik je Miranda noem, helpt dat?'

Randi deed haar ogen dicht. 'Sue. Dus jij bent het.'

'Het doet me pijn dat je daaraan hebt getwijfeld, Miranda. Je hebt het tot dusver heel goed gedaan. Je bent blijven zitten waar je zat en je hebt de politie niet gewaarschuwd. Ik ben trots op je.'

Randi verstijfde en haar blik schoot van Reagan naar Mitchell naar Moore. 'Nee, ik heb de politie of de FBI er niet bij gehaald.' De wetenschap dat Sue dacht dat ze nog steeds meewerkte leek haar een opkikker te geven en ze ging rechtop zitten. 'Waar is Alec, Sue?'

'Ik wed dat je dat graag zou willen weten. Dat wilde ik ook weten toen ik in de cel zat terwijl de openbaar aanklager me veroordeeld probeerde te krijgen wegens moord. Jij wist het en je nam het kind. Je deed het voorkomen alsof ik hem had vermoord. Je wilde dat ik de elektrische stoel kreeg. Stomme trut die je bent.'

'Dat heb ik nooit gewild, Sue. Ik heb nooit tegen ze gezegd dat je Alec had vermoord.'

'Erik, Miranda. Hij heet Erik. Nee, je hebt nooit tegen ze gezegd dat ik het kind had vermoord, maar je hebt het wel zo geregeld dat hij verdwenen was. Het leek alsof ik hem had vermoord. Ik had gewoon mazzel dat de officier van justitie niet erg bekwaam was. Ik werd opgezadeld met roekeloos in levensgevaar brengen. Wist je dat?'

Er klonk rauwe woede in haar stem. En mensen die op de achtergrond spraken. Heel veel mensen. Toen het geluid van een claxon.

'Nee, dat wist ik niet. Het spijt me, Sue. Ik heb al die jaren geleden gedaan wat ik dacht dat goed was. Sue, Alec is ziek. Hij moet zijn medicijnen hebben. Breng hem alsjeblieft naar huis. Ik zweer je dat ik geen woord zal zeggen als je hem gewoon naar huis brengt. Ik geef je wat je maar wilt. De vijf miljoen. Ik zweer het je.' Ze begon te stamelen en haar stem brak. 'Laat hem alsjeblieft naar huis komen.'

Sue grinnikte. 'Ik heb hem thuisgebracht. Nu zul jij ook naar huis moeten komen als je hem tenminste ooit nog wil zien. Dit is wat je moet doen. Heb je pen en papier?'

Ethan pakte zijn pen en gebaarde dat Reagan hem zijn notitieboek moest geven. Hij knikte naar Randi, die huiverend inademde. 'Ja, die heb ik.'

'Schrijf op dan. Je moet naar Chicago komen, samen met je echtgenoot. Neem vlucht 672 van American Airlines van National naar O'Hare. Huur een auto. Dan gaan jullie naar het Excelsior Hotel. De kamer is al gereserveerd. Ga niet naar een ander hotel en doe geen poging om een andere kamer te krijgen, anders krijg je weer een vinger en deze zal een stuk kleiner zijn. Begrepen?'

Randi knikte bevend. 'Ja. Is Alec nog in leven? Alsjeblieft, Sue. Leeft hij nog?'

'Ja, hij leeft nog. Maar dat zal niet blijven duren als je niet precies doet wat ik heb gezegd. O, en check je e-mail. Je hebt die proefstorting op mijn rekening zo netjes gedaan. Nu zijn we klaar voor het echte werk. Check-in in het hotel is morgen om drie uur.'

Er klonk een klik in de telefoon en ze was weg. Randi bleef een ogenblik doodstil zitten, helemaal leeg, maar toen rechtte ze haar rug. 'Kunnen we mijn e-mail hiervandaan bekijken?'

Ethan was al bezig op zijn toetsenbord. 'We hebben een nieuwe.' Zijn ogen gingen heen en weer terwijl hij las en hij trok wit weg. 'Vijf miljoen, vrijdag om vijf uur 's middags, anders begint ze ons Alec in stukjes op te sturen.'

'Vinden jullie het goed dat wij die e-mail natrekken?' vroeg Clay gespannen. 'Dat scheelt jullie wat tijd.'

Reagan knikte kort. 'Ga je gang.'

Woensdag 4 augustus, 22.15 uur

Donnie Marsden was een beetje aangekomen, dacht Sue terwijl ze hem over het parkeerterrein van de bioscoop naar haar toe zag lopen. Ze glimlachte Donnie even toe toen hij zich vooroverboog en naar binnen keek door het geopende raam aan de passagierskant van haar meest recent verworven voertuig.

'Suze.' Hij keek geërgerd. 'Je was niet waar je zei dat je zou zijn.'

'De ezel en de steen, weet je wel.' Ze was niet van plan om als schietschijf te fungeren in het geval dat hij iemand had verteld waar ze zou zijn. 'Stap in. Het wordt tijd dat we het over de details gaan hebben.'

'Nog niet. Je had beloofd dat er geen valstrikken zouden zijn, maar je hebt Leroy Vickers vermoord.'

Sue glimlachte. Ze hadden de bestelwagen dus gevonden met het lichaam van Vickers erin. 'Is dat zo?'

Donnie keek geïrriteerd. 'Je moet geen spelletjes met me spelen, Sue. Je hebt Leroy vermoord. Je zou mij ook kunnen vermoorden.'

'Jij hebt niet tegen me getuigd, Donnie. De anderen ook niet. Ze lopen geen gevaar. Nou, stap in.'

Na een korte aarzeling stapte hij in en trok het portier dicht. Hij verstijfde toen hij de negenmillimeter zag die op haar schoot lag. 'Waarom die blaffer?'

'Verzekering, Donnie. Het is niet dat ik jou niet vertrouw, ik vertrouw gewoon niemand.' Ze stak haar hand onder haar stoel en haalde een lege schoenendoos tevoorschijn. 'Maak je zakken leeg en doe alles in die doos. Eén verkeerde beweging en je bent dood.'

Donnie gehoorzaamde mopperend en met een bleek gezicht. Als eerste gingen drie medicijnflesjes in de doos, gevolgd door zijn mes, zijn pistool – een P-11 – en een veelgebruikt rietje dat tot de gewenste lengte was ingekort. Sue fronste haar voorhoofd. 'Je blijft het hele weekend clean, begrepen?'

Donnie wierp haar een woedende blik toe. 'Dat is om de handelswaar mee te testen.'

'Oké, prima, wat jij wil. Maar tot zaterdag wordt er helemaal niets getest. Daarna kun je je neus vol gaten snuiven. Trek je broekspijp op.' Met een verongelijkt gezicht trok hij een Beretta uit zijn enkelholster en liet het wapen in de doos vallen. 'Shit, Donnie, je bent een wandelend wapenarsenaal.' Ze stopte de doos onder haar stoel en startte de auto. 'Ik word zenuwachtig als ik te lang stilsta. Rustig maar. Ik heb je te hard nodig om je erin te laten lopen.'

Donnie's kwade blik verergerde toen ze het parkeerterrein af reed en de feestende tieners achter zich liet. 'Waar gaan we heen?'

'Terug naar het verleden, mijn vriend. Maak je niet druk.'

'Waar gaat dit verdomme allemaal om, Suze? En ik hoop voor jou dat het iets heel goeds is.'

Sue glimlachte alleen maar. 'Want anders?' Ze liet de uitdaging voorbijgaan. 'Vrijdagavond, negen uur. Een van de jongens moet ons vogeltje oppikken.'

'Waar?'

'Excelsior Hotel. Kamer 2021. Hier is een loper.' Ze haalde de sleutelkaart uit haar zak en gaf die aan hem. 'Degene die haar ophaalt moet het uniform van een piccolo dragen.'

'Hoe kom je hieraan?'

'Gaat je niet aan. Wie van de jongens wil je sturen?'

Donnie liet de sleutelkaart in zijn zak glijden. 'Gregory. Hij heeft vaker in hotels gewerkt. Hij zou zijn uniform nog steeds moeten hebben en anders weet hij wel waar hij er een kan pikken. Wie is het vogeltje, Suze?'

Tijd voor de onthulling. 'Herinner je je dat appartement nog dat ik bij Central had?'

'Ja.' Hij grijnsde. 'Dat bed heeft mooie tijden beleefd, hè?'

'Ik sta ervan te kijken dat je je daar nog iets van herinnert,' antwoordde Sue droog. Donnie 'testte de handelswaar' vroeger ook al. Sue was ervan overtuigd dat er hele stukken van het begin van de jaren negentig waren die Donnie zich niet meer wist te herinneren. Maar hij was een verrekte goede zakenman geweest op de momenten dat hij nuchter was. Ze hadden dat eerste jaar bijna honderdduizend dollar verdiend, meer dan genoeg om een meisje het idee te geven dat ze verliefd was. Tegen het einde van het tweede jaar hadden ze er nog eens vijfenzeventigduizend bij. Al het contante geld werd uiteraard omgezet in nieuwe handelswaar en die was in beslag genomen toen ze zo onfortuinlijk waren opgepakt.

Donnie knipoogde. 'De seks weet ik nog wel. De andere details uit die tijd zijn een beetje wazig.'

Helaas kon Sue zich alle details herinneren. Donnie was, ondanks zijn jongensachtige charme, een ruwe klant. Hij had haar meer dan eens bont en blauw en bloedend achtergelaten, vooral wanneer hij high was. Maar hij was in die tijd de baas geweest, dus had ze net gedaan alsof ze ervan genoot. *Hoogmoed komt voor de val*, dacht ze. *Nu ben ik de baas.* Maar ze hoopte dat Donnie nog steeds ruw was. Of dat hij in ieder geval iemand kende die dat was. Ze moest schulden incasseren en de rente was inmiddels aardig opgelopen.

'Herinner je een meisje nog dat Miranda heette?'

Hij dacht na. 'De naam komt me niet bekend voor.'

'Ze bracht ons altijd bier,' zei Sue effen en Donnie begon opnieuw te grijnzen.

'Seks en bier weet ik nog.' Hij dacht even na. 'Miranda. Was zij niet degene van wie je de baby gebruikte om dope te smokkelen?'

Zoals ze al had gedacht waren hele stukken van de vroege jaren negentig verdwaald in het doolhof in Donnie's hersenpan. 'Zoiets, ja,' mompelde ze. Ze deed er verder het zwijgen toe terwijl ze de auto de snelweg op stuurde. Ze wist dat hij zich de zeven maanden dat ze na dat eerste lucratieve jaar weg was geweest niet echt herinnerde. Een wijkagent had haar opgepakt voor een kruimeldiefstal. De officier van justitie had daar een aanklacht wegens het bezit van verdovende middelen aan toegevoegd nadat onderzoek van haar lichaamsholten haar persoonlijke voorraad aan het licht had gebracht. Maar ze had niets gezegd, zelfs niet toen haar een voorwaardelijke straf werd beloofd in ruil voor de naam van haar leverancier. Ze had Donnie's geheim destijds bewaard en hij was niet eens nuchter genoeg geweest om dat te kunnen waarderen.

Vervolgens was ze erachter gekomen dat ze zwanger was toen ze twee weken vastzat. Horrorverhalen over abortussen in de gevangenis deden veelvuldig de ronde en uit angst volbracht ze de zwangerschap, uitgerekend een maand na haar vrijlating. Ze had een enorme buik en waggelde als een eend en ze wist dat Donnie zo niets van haar moest hebben. Dus wendde ze zich tot de enige persoon van wie ze dacht dat die stom genoeg was om haar te helpen. Wat had ze het bij het verkeerde eind gehad.

Miranda Cook – nu de rijke trut Randi Vaughn. Uiteindelijk helemaal niet zo stom. *Alleen een ongelooflijke pechvogel, want ik heb haar nu precies waar ik haar hebben wil.*

Donnie schudde zijn hoofd. 'Wil je zeggen dat die biermeid ons erbij gelapt heeft? Die muis?'

Sommige denkmachines hadden meer tijd nodig om op te warmen dan andere. 'Die muis heeft tienduizend ballen van me gejat en toen ze met dat verdomde kind de stad uit rende nog even snel het alarmnummer gebeld.'

'En dat is de reden dat ze dat kind nooit hebben gevonden.'

'En de hoofdprijs is voor jou,' reageerde Sue sarcastisch.

'Nou,' peinsde Donnie terwijl hij zich weer in zijn stoel nestelde. 'Dit wordt een heel ander verhaal over wraak. Dat ons vogeltje een vrouw is, bedoel ik.'

'Daar hoopte ik al op.'

'Dus, Suze, wat schiet jij hiermee op? Je doet al die moeite om die meid op te sporen en dan laat je ons alle lol beleven?' Hij keek haar achterdochtig aan. 'Wat zit hierachter?'

'Helemaal niets. Jullie zijn gewoon in staat om een heel ander soort schade aan te richten dan ik.'

Donnie's mondhoeken gingen omhoog. 'Ik begrijp wat je bedoelt.'

Sue nam de afslag van de snelweg en reed terug in de richting vanwaaruit ze was gekomen. 'Dat vraag ik me af.'

Hij draaide zijn hoofd en staarde uit het raam. Toen hij zijn hoofd terugdraaide, ving ze vanuit haar ooghoeken een glimp op van zijn gezicht en wist ze dat hij het werkelijk begreep. Heel goed begreep.

'Wat is jouw verhaal?' vroeg ze met zachte stem.

'Grote kerels die de nieuweling wilden laten zien wie de baas was. Shit, ik dacht dat ik een harde was. Ik had geen idee wat hard inhield. Ik heb een week in de ziekenboeg gelegen. Het is maar één keer gebeurd. Daarna was ik wijzer.'

Ja, je werd heel wat wijzer binnen de gevangenismuren. 'Ik voel met je mee.'

'Jij ook?'

'Vermenigvuldig dat met een paar honderd en dan zou ik zeggen dat je in de buurt komt.'

'Shit.' Hij staarde weer uit het raam. 'Kerels?'

'Voornamelijk. Maar er loopt er inmiddels eentje minder rond.'

'Goed gedaan, Suze. Ik had het lef niet. Ik wilde alleen maar vergeten en verdergaan.'

Ze schraapte haar keel. 'Hoe dan ook, Miranda komt morgen aan in Chicago.'

'Waarom doen we het dan niet morgen?' Hij begon opgewonden te raken. Ze hoorde het aan zijn stem. 'Waarom moeten we tot vrijdag wachten?'

'Omdat ze nog iets heeft wat ik hebben wil. Als ik dat krijg, krijg jij haar.'

De rest van de rit verliep in stilte tot ze de parkeerstrook voor de metro op draaide. Het station was dicht bij het winkelcentrum waar hij zijn auto had achtergelaten. 'Hier nemen we afscheid,' zei Sue. 'Ik kom niet meer in de buurt van dat winkelcentrum. Je kunt de metro terug nemen of een taxi pakken. Ik bel je vrijdagochtend om de plek door te geven waar we vrijdagavond ons feestje houden.' Ze pakte de doos vanonder haar stoel en gaf die aan hem. 'Je bent niet kwaad vanwege dit hier?'

'Nee. Ik denk dat ik het wel begrijp.' Hij stopte zijn wapens weer op hun plek en grabbelde de drie medicijnflesjes uit de schoenendoos. 'Ik begrijp een stuk meer dan je wel denkt.'

Ze besefte dat hij een van de flesjes zo hield dat ze het etiket kon lezen. En toen ze dat deed wist ze dat Donnie nog een reden had om Randi Vaughn te vermoorden. 'Hoelang heb je het al?' vroeg ze zacht.

'De diagnose is vijf jaar geleden gesteld. Grote kerels, super-aids. Ik heb echt wel een rekening te vereffenen met ons vogeltje, Suze. Een beste rekening.'

18

Chicago, woensdag 4 augustus, 23.30 uur

Drie paar ogen keken naar haar op toen Dana in een wolk van stoom Ethans badkamer uit kwam. Haar ogen werden groot en ze trok instinctief de badjas steviger om zich heen.

'We laten sheriff Moore onze bewakingsbeelden zien,' verduidelijkte Clay terwijl hij naar de salontafel gebaarde, die vol lag met papieren. 'Er zit koffie in de pot en er staat eten van de afhaalchinees in het koelkastje.'

Sheriff Moore glimlachte vriendelijk. 'Ik heb een van mijn trainingspakken voor u op het bed gelegd.'

Ethan zat op de stoel achter het bureautje en had zijn blik afgewend. Hij was nog steeds kwaad op haar omdat ze had aangeboden Evie's plek in te nemen. *Laat hem maar kwaad zijn*, dacht ze. Maar toch, het deed pijn.

Dana besloot eerst sheriff Moore af te handelen. 'Waar zijn mijn kleren?'

'Mitchell heeft een agent gestuurd om ze op te halen. Er zat bloed van mevrouw Stone op uw rok. Ze dachten dat ze het misschien nodig zouden hebben als bewijsmateriaal.'

Dana knikte kort. Dat er bloed op haar rok had gezeten was niet echt een verrassing. Haar handen hadden onder Sandy's bloed gezeten. Ze keek nu weer naar haar handen. Die waren schoon en haar vingers waren gerimpeld door het lange bad dat Mia haar gedwongen had te nemen.

Maar ze had desondanks bloed aan haar handen. Heel zeker dat van Evie. In zekere zin ook dat van Alec. Ze keek op en zag Moore en Clay bezorgde blikken wisselen.

'Er is niets aan de hand,' verzekerde ze. 'Ik ben gewoon...' *Wat? Gewoon wat?* 'Ik ben zo terug.'

Clay's stem rolde door het vertrek. 'Dana, als je wil rusten, doe dat dan alsjeblieft.'

Dana bleef in de deuropening even staan. 'Nee, ik heb genoeg tijd voor mezelf gehad. Ik moet helpen, anders word ik gek.'

Moore's trainingsbroek was een beetje te kort en het sweatshirt van de politie van Boston zat iets te strak om haar schouders, maar het was beter dan alleen de badjas van het hotel terwijl verder iedereen volledig gekleed was. Sheriff Moore drukte een kop koffie in haar hand toen ze een minuut later weer tevoorschijn kwam.

'We stonden op het punt om een duikteam naar binnen te sturen,' zei ze zacht met een glimlach.

Dana's wangen werden rood. 'Het spijt me. Ik ben in bad in slaap gevallen.' Ze wierp een verbaasde blik op de klok op de tv. 'Wauw. Ik had geen idee dat ik zo lang weg ben geweest.'

'U hoeft zich niet te verontschuldigen,' zei Moore bestraffend. 'U had uw rust nodig.'

Dana's blik schoot naar Ethan, die halsstarrig weigerde op te kijken. 'Jij moet ook slapen, Ethan. Je bent al vierentwintig uur op de been.'

'Ik slaap wel als we hier klaar zijn,' zei hij gespannen. 'Ga jij maar naar bed. We zijn hier zo klaar.'

Dat was een onverholen afwijzing, die iedereen leek te verrassen. Dana negeerde hem en ging zitten. 'Hebben Mia en Abe de plek gevonden vanwaar ze die laatste e-mail heeft gestuurd?'

'Ja, maar die tent is dicht,' antwoordde Clay. 'Ze proberen op dit moment de eigenaar op te sporen.'

'Om erachter te komen of ze de creditcard van een andere vrouw heeft gebruikt,' zei Dana grimmig. 'Dat zou betekenen dat er nog een vrouw dood is. Zijn er nog telefoontjes binnengekomen?'

Clay schudde zijn hoofd. 'Nee. Maar ze hebben het gesprek weten te herleiden tot de telefooncel bij de bioscoop op Camden Road.'

'Ze was in het winkelcentrum,' begreep Dana toen ze de situatie voor zich zag. 'Daarom was er zo veel achtergrondgeluid. Dat winkelcentrum is in de buurt van waar Randi is opgegroeid.'

'Dat zei Mitchell ook al.' Sheriff Moore liet zich achterover tegen de kussens van de bank zakken. 'Ze vertelde ook dat ze door Randi's oude wijk zijn gereden. De tante en oom van Sue zijn dood. Hun huis is tot de grond toe afgebrand.'

Dana fronste haar voorhoofd. 'Sue?'

'Nee,' zei Clay. 'Het huis van de familie Lewis is donderdagochtend vroeg, nog voor het licht werd, afgebrand. Op dat moment stapte Sue nog maar op de bus in Morgantown en Bryce zat in de bak in Maryland. Dit moet iemand anders hebben gedaan. We vermoeden die figuur Lorenzano.'

'Die is in Wight's Landing geweest,' voegde Moore eraan toe. 'Toen ik erachter was gekomen dat hij Bryce in de gevangenis had opgezocht, heb ik mijn hulpsheriffs op pad gestuurd met zijn foto. De uitsmijter van de plaatselijke bar herinnerde zich dat hij had aangepapt met onze plaatselijke stoute barkeepster. Pattie doet haar mond niet open.'

Dana nam een slokje van haar koffie en probeerde zich te concentreren. 'Sue is misschien van plan geweest bij haar oom en tante onder te duiken toen ze met Alec in Chicago aankwam. Of ze haar nou wilden of niet. Dat hun huis was afgebrand moet een flinke kink in de kabel zijn geweest.'

Clay keek op. Hij leek onder de indruk. 'Dat zou heel goed kunnen.'

Dana haalde een schouder op. 'Als ze Tammy kende van de gevangenis, dan is dat hóé ze in Hanover House is beland. Ik heb me suf zitten piekeren over het waaróm. Dat zou alleen ergens op slaan als ze werkelijk geen andere plek had om onder te duiken. Ze heeft zo veel moeite moeten doen. Ons vinden, zich bont en blauw laten slaan. Dat lijkt zelfs voor Sue een heleboel werk om alleen wraak te nemen op een paar maatschappelijk werkers. Maar als de familie Lewis haar eerste plan was en als ze bang genoeg was voor Lorenzano... Dat kan reden genoeg zijn geweest.'

'Zag ze ertegen op om zich in het openbaar te vertonen?' vroeg Moore.

'Dat geldt in het begin voor hen allemaal. Maar onze doelstelling is zelfstandigheid, dus ik stond erop dat Sue een baan zou zoeken. Dat doe ik bij alle nieuwe bewoonsters. Ze zei dat ze bang was dat haar man haar zou vinden. Maar daar zijn ze ook allemaal bang voor.' Dana zuchtte. 'De meesten van hen hebben een goede reden om bang te zijn.' Ze kwam overeind, plotseling weer vreselijk nerveus, en ze begon te ijsberen. 'Ik leer ze om te gaan met hun angst, om zichzelf elke dag voor te houden dat ze nergens bang voor hoeven te zijn. Dat in gedachten als een mantra te herhalen wanneer ze een paniekaanval krijgen.'

'Werkt het?' vroeg Moore, nog steeds met een vriendelijke glimlach.

'Soms.' Dana hield op met heen en weer lopen. 'Behalve wanneer ik moordenaars in huis haal.'

Ethan keek op. Eindelijk. 'Je wist het niet, Dana.' Hij keek haar recht in de ogen met een uitdagende blik in de zijne. 'Maar nu wel. Wat je eerder hebt gedaan, al die vrouwen die je in je opvang hebt verwelkomd, dat was een beredeneerd risico. De mannen die hen in elkaar sloegen waren gevaarlijker dan de vrouwen. Nu weet je dat het anders ligt. Je kent het gevaar. Je weet wat Sue Conway zal doen.'

Tranen knepen haar keel dicht. 'Ik weet dat ze Evie en Alec zal vermoorden als ik niets doe.'

Ethan schudde zijn hoofd. 'Je weet wel beter, Dana,' zei hij zacht. 'Ze heeft geen enkele reden om Evie en Alec te laten gaan. Ze hebben haar gezien. Als ze wordt gepakt, dan kunnen zij haar identificeren. Ze zal ze niet laten lopen, wat je ook doet. Iets, niets, het maakt niet uit.'

Moore ging staan en keek Dana aan. 'Hij heeft gelijk, Dana. Ik heb in mijn carrière met te veel ontvoeringen te maken gekregen. Je mag de ontvoerder nooit enige macht geven.'

'We moeten ons erop blijven concentreren om Conway levend te pakken, zodat ze ons naar Alec en Evie kan leiden,' voegde Clay eraan toe. 'Dat lukt niet als we ons voortdurend moeten afvragen wat jij zult doen. Of ze misschien nog een gijzelaar krijgt omdat jij je hebt overgegeven.'

'We hebben je nodig,' verklaarde Moore. 'Je hebt tijd met haar doorgebracht. We hebben jou nodig om ons te helpen begrijpen hoe ze denkt. Evie en Alec hebben je hier nodig, bij ons.'

Ze hadden gelijk. Ze was zelf al tot dezelfde conclusie gekomen toen ze in bad lag, waar ze bij zichzelf te rade was gegaan en haar beoordeling van de situatie nog eens kritisch had bekeken. Steeds aan zichzelf twijfelend. Maar deze groep had het volste vertrouwen in hun oordeel. Ze merkte dat ze jaloers op hen was, ook al raakte hun solidariteit bij haar iets diep vanbinnen. Ze waren betrokken. Oprecht.

'Jullie hebben dit voorbereid,' zei Dana onzeker terwijl ze haar blik van Moore naar Clay liet gaan. En toen naar Ethan, die daar zwijgend zat. Het kolkte in zijn groene ogen en hij had zijn lippen op elkaar geperst. Ze vroeg zich af wat hij zichzelf niet toestond te zeggen.

Moore was nuchter. 'Beloof ons dat je niets zult doen wat lijkt op jezelf ruilen, anders zal rechercheur Mitchell je in beschermende hechtenis nemen.'

Dana wist dat Mia dat zou doen ook. 'Ik geef jullie mijn woord.' Ze voelde hun gezamenlijke spanning verminderen. Ze hadden zitten wachten tot ze de badkamer uit zou komen om haar ervan te overtuigen dat ze niet iets misdadig stoms zou doen. 'Ik begrijp dat ik de zaken alleen maar erger maak als ik dat doe.'

Clay keek naar Ethan. 'Dat ging een stuk gemakkelijker dan je zei dat het zou zijn.'

Dana's blik schoot naar Ethan. 'Pardon?'

Moore sloeg haar ogen ten hemel. 'Maynard, weet je niet dat zwijgen soms goud kan zijn?'

Ethan keek woedend. 'Dank je, Clay.'

Clay's mondhoeken trilden. 'Graag gedaan.' Hij klopte op de lege stoel naast zich. 'Nou, kom zitten, Dana. Ik wil weten of je deze tatoeage op Sue's schouder hebt gezien.'

'Ik heb al tegen Mia en Abe gezegd dat ik de tatoeage op haar ringvinger heb gezien en een glimp heb opgevangen van die op haar schouder, maar laten we die andere foto's maar bekijken. Misschien dat het een herinnering oproept.' Dana bladerde door de afbeeldingen en schudde haar hoofd. 'Ze heeft die tatoeage bedekt met make-up, hè? Make-up die ze van Evie heeft gestolen. Evie wilde het huis niet uit omdat haar make-up kwijt was.' Ze slikte moeizaam. 'Evie dacht dat ik die had gepakt.'

'Waarom zou ze dat denken?' vroeg Ethan. Zijn stem klonk vriendelijk en Dana wilde dat hij zou opstaan en zijn armen om haar heen zou slaan, zoals hij eerder in de suite van de Vaughns had gedaan. Dat hij tegen haar zou zeggen dat het allemaal goed zou komen. Dat hij zou liegen als dat nodig was. Maar hij bleef op zijn stoel zitten en het bureau vormde een effectieve barrière tussen hen.

'Ik had tegen haar gezegd dat ze het huis niet uit mocht omdat ik dacht dat Goodman daar ergens rondzwierf. Maar de dreiging kwam van binnenuit en ik heb haar gedwongen daar te blijven.' Ze staarde opnieuw naar haar handen. Verkeerde plek, verkeerde moment. Verkeerde beslissing. *Mijn verkeerde beslissing.* En Evie zou daarvoor boeten.

'Dana, kijk me aan.' Ze gehoorzaamde en zag dat hij met een zachtere blik naar haar keek. Niet langer kwaad. Door die wetenschap ging er een golf van opluchting door haar heen. 'Weet Evie dat je van haar houdt?'

Dana's keel snoerde dicht. 'Ja. Dat heb ik tegen haar gezegd. Vanochtend, de laatste keer dat ik haar sprak.'

'Dan is dat voor haar voldoende om het vol te kunnen houden tot we haar vinden.'

Clay schraapte zijn keel en Dana besefte dat Ethan en zij van weerszijden van het vertrek naar elkaar hadden zitten staren. Ethan wendde zijn blik af en Dana voelde haar wangen opnieuw rood worden. 'Ik geloof dat we voorlopig klaar zijn,' merkte Clay op. 'We moeten allemaal gaan slapen.'

'Dit is het moment voor mij om afscheid te nemen,' zei Moore. 'Ik vlieg morgenochtend terug naar Maryland.'

Dana plukte aan het sweatshirt van de politie van Boston. 'Je kleren.'

'Stuur die maar met Maynard mee terug. Hij gaat samen met mij op bezoek bij de officier van justitie zodra hij terug is.'

Clay leek absoluut opgetogen bij dat vooruitzicht.

Dana fronste haar voorhoofd. 'Ze worden toch niet aangeklaagd, hè?'

'Nou, dat is aan de officier, maar ik waag het te betwijfelen. Ik ben van plan morgen nog eens op bezoek te gaan bij Bryce Lewis. Nu ik weet welke vragen ik moet stellen zal hij wel wat mededeelzamer zijn.' Ze bleef met haar hand op de deurknop even staan. 'Wanneer dit allemaal achter de rug is, moet je eens naar de baai komen. Het geluid van de golven heeft iets wat de pijn verzacht.'

Clay kwam overeind toen de deur achter Moore dichtviel. 'Het is mooi geweest voor vanavond,' zei hij. 'Ethan, wil je een bak van die *lo mein* uit de koelkast aangeven?'

Ethan keek naar de koelkast die op twee armlengtes afstand stond. Toen keek hij naar Clay. 'Pak het zelf, Maynard.'

Clay gehoorzaamde glimlachend. Bij het zien van Dana's verwarde gezicht grinnikte hij hardop. 'Welterusten.' Hij ging naar de aangrenzende kamer en Ethan en zij waren eindelijk alleen.

Dana voelde zich zo opgelaten als een tiener toen ze zich omdraaide naar waar Ethan nog steeds met een strak gezicht en met zijn handen gevouwen voor zich aan het bureau zat. 'Ga naar bed, Dana. Ik slaap hier wel.'

Dana deed een stap in zijn richting. 'Ethan, als je nog steeds boos op me bent –'

'Dat ben ik niet,' onderbrak hij haar. 'Ik heb gewoon heel veel aan mijn hoofd. Ik zie je morgenochtend.'

Hij maakte geen vermoeide indruk. Hij maakte een boze indruk. Maar hij was een volwassen man en ze zou hem alleen laten met de gedachten die zo belangrijk waren dat hij alleen moest zijn. 'Prima.' Ze smaakte in ieder geval de voldoening hem zijn gezicht pijnlijk te zien vertrekken toen ze dat zei. 'Welterusten.' Ze liep de slaapkamer binnen en deed de deur dicht. Ze verwachtte half en half dat hij binnen zou komen stormen om zijn verontschuldigingen aan te bieden voor zijn slechte humeur. Maar er gingen lange minuten voorbij en hij verscheen niet, dus gaf ze het op en ging alleen naar bed.

Donderdag 5 augustus, 00.15 uur

Sue sloop de trap van het oude flatgebouw op. De oude vrouw moest in vorm zijn, dacht ze, om op haar leeftijd in staat te zijn drie trappen te beklimmen. Ze heette Jackie Williams en ze was elf jaar eerder de buurvrouw van Randi Vaughn geweest. Ze was ook degene geweest die elf jaar eerder tegen de politie had gezegd waar ze Sue konden vinden. Randi Vaughn had aanvankelijk de politie gebeld en Sue had zich verborgen gehouden toen Donnie en de jongens werden gearresteerd. Sue had zich twee dagen schuilgehouden. Maar toen ze tevoorschijn kwam had Jackie Williams zitten kijken. Ze had zitten wachten om de politie te kunnen waarschuwen. En dat had ze gedaan ook.

Zij was de volgende op Sue's lijst. De wraak zou in overeenstemming zijn met de misdaad van de vrouw. Jackie Williams had gekeken en toen gepraat. Over een uur zou ze geen van beiden ooit nog doen.

Donderdag 5 augustus, 00.15 uur

Alec had geen flauw idee hoe laat het was. Het zou best nog woensdag kunnen zijn. Als het al donderdag was, dan zou het nog een tijd duren voor het ochtend werd. Het was nog steeds donker. Hij lag al een hele tijd alleen onder het bed. Ze had hem daar neergelegd nadat ze de touwen die Evie veel te los had laten zitten opnieuw had geknoopt. Hij dacht dat er iets mis was met Evie's hand. De onhandige manier waarop ze te werk was gegaan had die trut kwaad gemaakt. Ze had haar vastgebonden en daarna gedwongen de badkamer in te gaan. Toen was die trut teruggekomen met die kwaadaardige glimlach op haar gezicht. En Alec wist dat ze Evie ook had vermoord. Ze had zijn medicijnen uit haar rugzak opgediept. Die aan hem laten zien. Toen had ze alleen maar geglimlacht en alles weer teruggegooid. Hij had dat epilepsiemedicijn nodig. Zonder zou hij binnen een paar dagen aanvallen beginnen te krijgen.

Hij moest voor die tijd zien weg te komen.

Ze had zijn mond afgeplakt zodat hij niet kon gillen en hem vervolgens onder het bed gerold. Daar was het een stuk stoffiger dan in de kast onder de reddingsvesten waarmee Cheryl hem had proberen te verbergen. *Cheryl.* Hij moest ophouden met aan haar te denken. Hij kon niet gaan huilen. Met al dat stof zat hij al verstopt genoeg. Nog erger en hij zou stikken.

Hij was bang. Bang onder het bed, maar nog banger om eronderuit te rollen. Als zij er was... Ze had die vrouw gedood, die vriendin van Evie. Net zoals ze Cheryl had gedood. Net zoals ze de dokter had vermoord. Hij huiverde iedere keer wanneer hij aan de oude dokter dacht en aan de vingers in de koeler. *Ze gaat mij ook vermoorden.* Het was gemakkelijker om niet verder te denken, om niet te denken aan wat ze allemaal met dat mes kon aanrichten. Het mes was angstaanjagender dan het pistool.

Er kroop een spin over zijn gezicht. Dat was de derde al, dacht hij. Of misschien de vierde. Hij klemde zijn tanden op elkaar om het niet op een gillen te zetten en dwong zichzelf te denken aan dat stomme kaartje met de maf uitziende tekenfilmspinnen dat Cheryl had gebruikt om hem het woord te laten oefenen. *Spin-nun.* Keer op keer. *Niks zeggen*, had Cheryl gezegd en hij dacht nu dat hij begreep waarom. Die trut wist dat hij doof was. Maar ze wist niet dat hij kon praten. Zijn moeder wist het niet eens. Niemand had het geweten, behalve Cheryl. Ze boekten vooruitgang, had ze gezegd. Ze hadden geoefend. 'Big Mac, friet en een cola', zodat ze een McDonald's konden binnenstappen en hij zijn moeder zou kunnen verrassen door zijn eigen maaltijd te bestellen.

Maar hij had het nooit bij iemand anders geprobeerd. Had nooit geprobeerd zijn woorden te gebruiken. Hij wist niet hoe ze werkelijk klonken. Cheryl had gezegd dat er vooruitgang was, maar het kon best zijn dat ze had gelogen. Hij zou heel stom kunnen klinken, zodat niemand hem kon verstaan. Maar Cheryl loog niet. Ze was dapper geweest. Ze had geprobeerd hem te beschermen. En nu was ze dood. *Ik ben haar meer verschuldigd dan hier maar een beetje bang onder het bed te blijven liggen*, dacht Alec en hij bereidde zich voor op het ergste.

Hij rolde onder het bed uit, half en half verwachtend de trut daar te zien staan, op hem neerkijkend, zoals ze daar had gestaan en op hem had neergekeken toen hij in de kast lag. Maar er was niemand.

De lucht was frisser hier, maar hij kon nog steeds niet goed ademhalen. Vanwaar hij lag kon hij de badkamerdeur zien. Hij wist dat Evie erachter lag. Dood of levend, dat wist hij niet goed. Hij dacht dat hij met haar meer kans zou maken om weg te komen. En zij had hem ook beschermd. Als ze nog leefde, dan kon hij haar niet zomaar hier achterlaten. Als hij kans zag om tegen die deur te gaan staan, dan kon hij de deurknop omdraaien en kijken. Hij ademde door zijn neus en zoog zo veel lucht naar binnen als hij maar kon. En begon kronkelend aan zijn tocht naar de deur.

Donderdag 5 augustus, 00.30 uur

Dana wilde geen seks. Ze wilde intimiteit. De avond ervoor was er iemand geweest om haar in zijn armen te houden toen de nachtmerries begonnen. Vandaag was het haar gelukt om de nachtmerries op afstand te houden, al twaalf uur inmiddels, door wakker te blijven en bezig te zijn. Dus was ze maar blijven denken aan waar ze waren. Of ze ongedeerd waren. *Laat ze alstublieft ongedeerd zijn.*

Nu, in de stilte van de nacht, zouden de dromen komen. Dat deden ze altijd en vannacht had ze nieuwe dromen om aan de rij die al wachtte toe te voegen. Ze rolde op haar rug. Staarde naar haar handen. Ze had vandaag bloed aan haar handen gehad. Sandy's bloed. Als ze ging dromen, zou ze weer bloed aan haar handen hebben. En dan zou ze naar adem snakkend wakker worden en vanbinnen huilen.

En ze hoopte dat ze vanavond niet alleen hoefde te zijn wanneer ze dat deed.

Maar Ethan had er recht op om alleen te zijn als dat was wat hij wilde. Hij had die dag een hoop meegemaakt. Hij had Alec gevonden en was hem weer kwijtgeraakt. Hij was geconfronteerd met de wanhoop van zijn vrienden en hij had zijn zonden moeten opbiechten aan twee politiemensen en zijn... Wat was zij? Vriendin? *Misschien.* Scharreltje? *Waarschijnlijk.* Minnares?

Zeer beslist. En haar minnaar was van plan om alleen te gaan slapen, zonder kussen en zonder deken. Dat was het minste wat ze hem kon geven. Ze pakte twee kussens en de extra deken die in de kast lag en deed de deur van de slaapkamer open.

En bleef stokstijf staan, lamgeslagen door de aanblik van Ethan Buchanan die stijf rechtop midden in de kamer stond, slechts gekleed in zijn onderbroek. Hij had zijn ogen stijf dichtgeknepen en hij klemde zijn kaken zo hard op elkaar dat een spiertje in zijn wang trilde. *Hij heeft pijn*, dacht ze. Toen gleed haar blik over zijn perfecte lichaam en haar ogen werden groot van ontzag. Nee, hij heeft geen pijn. Hij heeft een boxershort. En die slaagde er bij lange na niet in om hem in bedwang te houden. Er drong zich slechts één woord aan haar op. *Allemachtig.*

Ethan had zijn ogen dicht, maar hij rook de zeep die ze had gebruikt toen ze in bad ging, net zoals hij die had geroken toen ze in een wolk geurige stoom uit de badkamer was gekomen. Hij hoorde haar even naar adem snakken. En hij wist dat het veel te laat was om zich weer achter het bureau te verschuilen.

'Sorry,' zei hij terwijl hij zich naar de deur draaide waar zij stond met een kussen en een deken. Een tweede kussen lag aan haar voeten. Ze had haar ogen opengesperd, haar ademhaling ging onregelmatig en hij walgde van zichzelf. Hij had haar laten schrikken, boven op wat ze allemaal al had moeten doormaken.

Ze slikte moeizaam. 'Waarom?' Haar stem klonk hees en laag en het stuurde stroomstootjes over zijn huid. Hij zou haar tegen de muur willen drukken om haar ter plekke te nemen. Net zoals hij de hele tijd had gewild terwijl zij in die verrekte badkamer naakt in die verrekte badkuip had liggen weken. Vervolgens naakt onder die verrekte badjas. Toen naakt onder Moore's veel te kleine trainingspak, dat elke ronding accentueerde.

'Ik... ik wilde je niet het gevoel geven dat ik je onder druk zet.'

Ze knikte bedachtzaam, nog steeds met grote ogen. 'Juist.' Ze vermande zich zichtbaar en boog zich voorover om het kussen van de vloer te rapen. 'Ik heb deze voor je meegebracht. De bank is tamelijk oncomfortabel.'

'Dank je.' Hij nam de deken van haar aan en hield die voor zich. Hij knarste met zijn tanden. 'Dana, ga naar bed.' *Voor ik je er zelf in sleur.*

Ze deed een stap achteruit. Bleef staan. Haar tong kwam tevoorschijn en streek langs haar lippen en hij knarste opnieuw met zijn tanden. 'Je...' Ze wees naar het bureau. 'De hele tijd?'

Hij knikte nog steeds knarsetandend. 'Het spijt me, Dana. Ik weet dat dit niet het juiste moment is, maar ik ben een vent. Zo zit ik nu eenmaal in elkaar. Ik kan je niet in de badkuip voor me zien zonder naar je te verlangen.' Hij deed een stap achteruit. Klemde de deken nog iets steviger tegen zich aan. 'Ga alsjeblieft naar bed. Het komt wel goed. Ga nou maar.'

Ze gehoorzaamde zwijgend en hij liet de adem die hij had ingehouden met een diepe zucht ontsnappen. Liet de handen die de deken vasthielden zakken. Het was nogal een dag geweest. Geen enkele ontspanning. Toen ging de deur open en de deken ging weer omhoog, een schild van likmevestje.

'Ethan, ik moet iets bekennen.'

Hij hield alleen maar afwachtend zijn hoofd schuin.

'Toen ik gisteravond hierheen kwam, was dat om twee redenen. In de eerste plaats had Mia tegen me gezegd dat ik niet terug mocht naar Hanover House omdat het daar niet veilig was. Maar het was vooral omdat ik bij iemand wilde zijn. Ik had net gehoord wat er met dokter Lee was gebeurd en ik had...' Ze wendde haar blik af. 'Ik kwam hier omdat ik behoefte had aan lichamelijk contact. Ik wilde dat je me vasthield. Ik wilde jou.' Ze haalde onhandig haar schouders op. 'Toen ik vannacht wakker werd, had ik een nachtmerrie.'

Hij dacht aan de kreetjes en aan hoe ze in haar slaap had liggen woelen. 'Dat weet ik.'

Haar blik schoot in plotselinge paniek naar de zijne. 'Dat weet je? Hoezo? Wat heb ik gezegd?'

Het idee dat ze in haar slaap had gepraat verontrustte haar. 'Je hebt niets gezegd.'

De paniek trok langzaam weg uit haar ogen. 'Nou, hoe dan ook, ik werd wakker en jij was er. Door jou vergat ik mijn nachtmerrie. Ik wilde je laten weten hoe erg ik dat heb gewaardeerd.' Ze legde de kussens op een stoel. 'Slaap lekker, Ethan.'

'Dana, als je vannacht weer nachtmerries krijgt...'

Ze glimlachte kort en gespannen, haar blik werd weer omfloerst. 'Waarom zou het vannacht anders zijn dan andere nachten? Andere bioscoop, zelfde film. Welterusten, Ethan.'

Het was zijn bedoeling om haar te laten gaan. Dat was echt zijn bedoeling. Hij keek toe terwijl ze de deur dichtdeed, legde zelfs de kussens op de bank. Ze had niet gezegd: *Ethan, ik wil je. Ethan, kom met me mee naar bed. Ethan, kom in me tot we geen van beiden nog pijn voelen.* Hij gooide met een zucht de deken op de bank. Nee, ze had hem bedankt omdat hij haar de nacht ervoor in zijn armen had gehouden. Hij had heel wat meer gedaan dan haar in zijn armen houden en dat wisten ze allebei. Hij had elke centimeter van haar verrukkelijke lichaam gelikt en gezogen en gestreeld, tot ze het telkens opnieuw had uitgeschreeuwd.

Maar vannacht was dat niet waar ze behoefte aan had. Hij deed de deur van de slaapkamer open en zag haar bij het raam staan, waar ze in de nacht stond te staren. Ze zag er zo vreselijk alleen uit. En bang. Ze draaide zich niet om toen hij binnenkwam en zei geen woord toen hij achter haar kwam staan.

Maar ze huiverde toen hij zijn armen om haar middel sloeg. Hij kuste haar in haar hals en wiegde haar zachtjes, er daarbij voor zorgend dat er onder de gordel geen lichamelijk contact was. Hij kon zich maar tot op zekere hoogte beheersen. 'We zullen haar vinden. Dat moet je blijven geloven.'

'Ze zal zo bang zijn,' fluisterde ze. 'Net als eerst. Ik wil niet dat ze bang is, Ethan.'

'Wat is er vroeger gebeurd, Dana?'

'Het was de ex van Caroline. Hij wilde Caroline en Tom treffen en hij gebruikte Evie. Ze was kwetsbaar en daar maakte hij misbruik van. Maar ze kwam erachter wie hij was. Dus toen...' Ze werd opnieuw overvallen door een hevige huivering. Ze was zo verstijfd dat hij dacht dat ze in stukken uit elkaar zou vallen.

'Het geeft niet. Je hoeft het niet te vertellen.'

'Hij verkrachtte haar, Ethan. Op een vreselijke manier. Toen sneed hij in haar handen, verminkte haar gezicht, kneep haar keel dicht en liet haar voor dood achter.'

'Wie heeft haar gevonden?' zei hij zacht, al dacht hij het antwoord wel te weten.

'Ik. Ze woonde destijds bij mij. Ze lag op het bed... Er was zo veel bloed.'

Hij dacht aan de manier waarop ze die middag naar haar handen had zitten staren, die onder het bloed van Sandy Stone zaten. Geschokte afschuw, had hij toen gedacht. Nu begreep hij het. 'Maar je hebt Evie gered.'

Ze lachte schamper. 'Zeker. Ik heb het alarmnummer gebeld en de ambulance kwam. Op weg naar het ziekenhuis is ze twee keer bijna overleden, maar ze wisten haar terug te halen.'

'Hebben ze hem gepakt? Winters?' *Zeg alsjeblieft dat ze hem hebben gepakt.*

'Ja.' Hij wist dat achter dat ene tevreden woord een schat aan informatie zat. Maar dat kwam later wel. 'Hij moest de gevangenis in en iemand heeft hem daar doodgestoken.'

'Gerechtigheid, dus.'

'Dat was het zeker,' zei ze bitter. 'Hij ging dood en Evie moest verder. Ze kreeg plastische chirurgie voor haar gezicht en hersteloperaties aan haar hand. Therapie. Fysiek en geestelijk. De helft van haar gezicht is nog steeds verlamd en ze kan nooit kinderen krijgen.'

'Maar ze gaat door.'

'Ja, in het donker. In huis. Ze gaat overdag niet naar buiten, dus ze komt niet in aanraking met mensen van haar eigen leeftijd. Ze volgt online lessen voor een carrière die ze nooit zal bereiken. Ze wil kinderpsychologe worden, maar de kinderen zijn bang voor haar. Ze zien dat litteken op haar gezicht en dan duiken ze weg.' Haar stem brak. 'Het is om wanhopig van te worden, Ethan. En nu is ze bij Sue. Weer een maniak met een mes. Kun je het me kwalijk nemen dat ik bereid ben alles te doen om haar daartegen in bescherming te nemen?'

Hij streek met zijn lippen over haar hoofd. Zijn hart brak voor haar. 'Nee, dat kan ik niet.'

'Ik weet dat het stom was om een ruil voor te stellen. Ik weet dat dat helemaal niets uithaalt. Maar als ik aan Evie en Alec denk en...' Er kwam een snik los en haar schouders begonnen te schudden. 'Ik kan er gewoon niet tegen.'

Hij draaide haar naar zich toe in zijn armen. 'Ik weet het, ik weet het.' Ze liet haar tranen nu de vrije loop. Dat was op de een of andere manier nog aangrijpender omdat ze steeds zo sterk was geweest.

'Ik weet dat ik egoïstisch aan het doen ben en dat jij je net zo veel zorgen maakt om Alec.' Haar handen lagen gebald tegen zijn borst. 'Ethan, hij is nog maar een kleine jongen. Als ik eerder iets had ondernomen –'

'Dan zou ze je hebben vermoord,' onderbrak hij haar streng. 'Ze is vastberaden haar plan uit te voeren, wat dat ook mag zijn. Je had haar niet tegen kunnen houden.'

Eén vuist stompte zwakjes op zijn borst. 'Ik had het kunnen probéren.'

'Dan was je nu dood geweest,' zei hij nuchter en ze bleef roerloos staan. En ze zei niets. Zijn hart stond stil toen de betekenis die hij in haar reactie las tot hem doordrong. 'Is dat wat je wilde, Dana?'

Ze week vermoeid achteruit. Veegde haar gezicht af met haar mouw. Wreef over haar voorhoofd. 'Nee. Ik ben misschien wel stom, maar ik ben niet suïcidaal.'

Nee, niet in de normale betekenis van het woord, dacht hij. 'Weet je waarom ik eerder zo kwaad werd?'

Ze zuchtte. 'Omdat ik tegen Mia zei dat ze een ruil moest regelen. Ik snap het, Ethan. De puzzelstukjes liggen op hun plek.'

'Nee, dat was het niet. Jezelf aanbieden voor een ruil was misschien dapper om te doen, een opoffering zelfs, als je er een negatieve kant aan had gezien.'

Ze keek naar hem op door haar wimpers zonder dat dat ook maar in het minst koket was te noemen. 'Wat?'

'Je bood jezelf automatisch aan. Alsof je geen moment had getwijfeld.'

'Dat was ook zo,' zei ze met opeengeklemde kaken. Hij maakte haar kwaad. Dat was dan maar zo.

'Waarom?'

Ze draaide zich met een ruk om en liep naar de badkamer. Hij kwam achter haar aan en keek toe terwijl ze koud water in haar gezicht gooide. 'Is je leven van zo weinig waarde dat je het zonder erbij na te denken aanbiedt?'

Haar handen bleven stil onder de waterstroom, toen draaide ze met bevende handen de kraan dicht en pakte een handdoek. 'Je kent me vier dagen, Ethan. Je kunt er niet echt over oordelen.'

Hij pakte haar bij haar schouders. 'Kijk me aan. Ik ken je vier dagen die in mijn leven wel vier jaar lijken. Het moment dat ik je ontmoette was je gewond geraakt bij het helpen van een vreemde. Daarna kom ik erachter wat je doet, namelijk vrouwen beschermen tegen gewelddadige mannen. Je brengt jezelf dagelijks in gevaar en ik moet me wel afvragen waarom. Je leeft in armoede en ik vraag me af waarom. Het is voor iedereen duidelijk dat je gelooft in wat je doet. Maar Dana, je hebt de blik in je ogen niet gezien toen je tegen Mia zei dat ze de ruil moest regelen. Er was geen triestheid, geen angst. Alleen maar verrassing omdat er iemand protesteerde. Dat maakte me bang en daarom werd ik kwaad.'

Ze deed haar ogen dicht. 'Ik ben moe, Ethan. Ik ga nu naar bed. Je kunt slapen waar je het lekkerst ligt.' Ze gleed onder zijn handen door en kroop in bed. Na een halve minuut kwam hij mopperend achter haar aan.

'Schuif op.' Hij stapte in bed en trok haar tegen zich aan zodat ze lepeltje-lepeltje lagen. Het zou een kwelling voor hem worden om de zachte ronding van haar billen tegen zijn kruis te voelen, maar als zij ertegen kon, dan zou hij het ook kunnen verdragen. 'En nog iets,' zei hij kortaf. 'Ik werd ook kwaad omdat je er alleen mee instemde om jezelf niet aan te bieden vanwege de problemen die het de anderen zou bezorgen.'

'Ga slapen, Ethan.' De woorden kwamen sissend tussen haar tanden door.

'Pas als jij me vertelt waarom. Waarom doe je dit? Waarom is jouw leven één grote boetedoening?'

'Dat is het niét.'

'Ja, dag.' Hij kwam overeind en steunde op een elleboog. Hij draaide haar op haar rug. Negeerde de pure woede die in die normaal gesproken zo kalme bruine ogen kolkte. 'Schat, ik ben katholiek opgevoed. Ik herken boetedoening echt wel. Is het omdat je een paar verkeerde beslissingen hebt genomen toen je jong was? Verdomme, geloof je niet dat je daar al een paar miljoen keer voor betaald hebt?'

Het vuur in haar ogen wakkerde nog verder aan. 'Jij' – haar vinger boorde in zijn borst – 'bent geen erkend therapeut. En jij' – opnieuw de vinger – 'hebt geen flauw idee waar je het over hebt. Dus jij' – de vinger prikte de derde keer zo hard dat er zeker een blauwe plek zou overblijven – 'moet je kop houden.'

Hij was nu dicht bij de waarheid. Hij pakte haar hand en hield die boven haar hoofd in bedwang. Greep de andere hand toen ze zich probeerde los te wurmen. Hij ging boven op haar liggen toen ze probeerde weg te rollen. 'Ik heb mannen leren kennen die plichtshalve hebben gedood en die hebben niet te kampen met een dergelijk schuldgevoel.' Ze kronkelde en schopte onder hem en hij moest al zijn gewicht in de strijd werpen om te voorkomen dat ze ontsnapte. 'Je hebt in de bak gezeten. Je hebt wiet gerookt. Maar het is niet zo dat je iemand hebt vermóórd.'

Ze staakte haar verzet alsof er een ballon leegliep. Haar lichaam werd slap en hij wachtte op het moment dat ze weg zou schieten zodra zijn greep verslapte. Maar dat deed ze niet. Ze lag daar alleen maar naar zijn gezicht te staren. Alsof hij haar een klap had gegeven. 'Mijn moeder,' fluisterde ze uiteindelijk. 'Ik heb mijn moeder vermoord. Heb je nu je zin?' Toen draaide ze zich om, sloeg op haar kussen en zei geen woord meer.

Donderdag 5 augustus, 02.00 *uur*

Wat bedden betrof had ze het weleens beter getroffen, dacht Evie. Maar ze had het beslist ook wel erger meegemaakt. De badkuip in dit smoezelige kleine motel was schoner dan ze had verwacht en als ze haar ledematen ontspannen hield, voelde ze zich niet al te stijf. De touwen waarmee haar polsen en voeten gebonden waren, waren vakkundig geknoopt. Geen schijn van kans dat ze die los zou kunnen krijgen. De tape waarmee haar mond was dichtgeplakt was een aansporing om niet te gaan huilen. Dan zou haar neus verstopt raken en zou ze stikken.

Ze had kans gezien te gaan zitten, maar was erachter gekomen dat Jane niet alleen haar handen en voeten had vastgebonden, maar de touwen van haar handen ook had vastgemaakt aan de veiligheidsbeugel aan de muur. Hard trekken had geen enkel effect gehad en ze vervloekte zichzelf dat ze zichzelf zo fysiek zwak had laten worden. Vóór Winters had ze aan gewichtheffen gedaan, had ze hardgelopen. Daarna... had ze zich alleen maar in het donker verstopt, precies zoals Dana had gezegd.

Ze probeerde zich geen zorgen te maken om Erik onder het bed, waar Sue hem had achtergelaten. Gebonden en gekneveld, net als zij. Het was wel duidelijk dat de jongen uiteindelijk niet Jane's zoon was. Dus Evie's gevoel was... nog niet zo slecht geweest. Ze was al tot de conclusie gekomen dat Jane maar één tree boven hamstermoeders stond die hun eigen jongen opvraten. Ze had er niet zo ver naast gezeten.

Ze probeerde zich geen zorgen te maken om Dana. Ze hoopte dat Dana besefte dat ze ook gevaar liep en er daarom voor zou zorgen dat ze in veiligheid was. En ze was plotseling heel erg blij dat ze die ochtend al waren begonnen het goed te maken. Dana had een vriend. Daar had ze uiteindelijk alle recht toe. Evie had nooit eerder iemand ontmoet die zo toegewijd was aan haar werk. *Want het is meer dan een baan*, dacht Evie en ze fronste haar voorhoofd toen tranen dreigden. Geen tranen. *Ademen is goed. Stikken is slecht.*

De bons op de deur deed haar uit haar gedachten opschrikken. Jane was terug. Ze bereidde zich erop voor om weer in die levenloze en kleurloze ogen te moeten kijken.

En ze kon alleen maar met haar ogen knipperen toen de deur openvloog en een uitgeputte Erik op de vloer zakte.

19

Chicago, donderdag 5 augustus, 03.30 uur

Overal zat bloed. Echt overal. *Spetters tegen de muren, diep ingedrongen in het tapijt. Haar schoenen maakten een soppend geluid terwijl ze rende.* Rende. *Ze viel op haar knieën naast het lichaam. Ze wist dat de vrouw dood was. Ze wist altijd dat de vrouw dood was. Toch pakte ze haar en haar handen glipten weg toen ze haar greep verloor. Zo veel bloed.* Het is een droom. *Dat wist ze. Ze kon hem alleen niet laten ophouden. Kon zichzelf niet tegenhouden. Kon haar hart niet laten ophouden tekeer te gaan uit angst. Ze draaide het lichaam en zette zich schrap voor het gezicht. Wie zou het vanavond zijn?*

De gil weergalmde in haar hoofd terwijl ze naar het gezicht staarde, verstijfd van afschuw op de plek waar ze geknield zat. Toen begon het bellen. Ze graaide naar haar telefoon, maar die glibberde uit haar vingers. Ze hield haar handen omhoog en de gil kwam opnieuw. Bloed. *Haar handen zaten onder het bloed. En de telefoon bleef maar overgaan.*

Ze werd wakker door het gerinkel van de telefoon. Dana ging bevend en misselijk op haar knieën zitten en schudde haar hoofd om de droom uit haar gedachten te verjagen. Ze tuurde op de wekker en herinnerde zich met een schok waar ze was. En met wie. En wat ze precies aan hem had onthuld. Ze pakte de telefoon naast het bed van de haak en keek niet-begrijpend toen ze alleen maar een kiestoon hoorde. Toen dacht ze aan de mobiele telefoon die ze de avond ervoor op het nachtkastje had gelegd voor ze ging douchen.

Evie.

Naast haar hees Ethan zich op een elleboog en deed de lamp aan zijn kant van het bed aan. Naast de lamp lagen haar mobieltje en zijn pistool. Hij hield zijn kalme, groene ogen op haar gericht terwijl hij de telefoon pakte. Ze voelde de spanning afnemen, net genoeg om het mobieltje van hem aan te nemen. Op te nemen. 'H-h-h-' *Ademhalen. Rustig ademhalen.* 'Hallo?'

'Mevrouw Dupinsky?'

Dana knipperde met haar ogen en schudde haar hoofd in de richting van Ethan. 'Ja, met Dana Dupinsky.'

'U spreekt met zuster Simmons van het Rush Memorial Hospital.'

Caroline. Dana's hart ging plotseling zo hard tekeer dat ze nauwelijks nog iets kon horen. 'Wat is er aan de hand met Caroline?'

'Ze... Haar toestand is erg verslechterd, mevrouw Dupinsky.' De verpleegster struikelde over haar woorden. 'Ze vraagt naar u. Kunt u alstublieft meteen komen?'

Dana snakte naar adem. 'Is het de baby? Of gaat het om Caroline?'

'Allebei. De baby is overleden en mevrouw Hunter vraagt naar u.'

'O god. O god.' Dana zwaaide haar benen over de rand van het bed. 'Zeg tegen haar dat ik onderweg ben. Een halfuur, hooguit. Dank u.' Ze liet de telefoon uit haar trillende vingers op de lakens vallen en probeerde te gaan staan, maar Ethan hield haar met zachte, maar vastberaden drang tegen. 'Laat me gaan, Ethan. Ik moet naar het ziekenhuis.'

'Dana, wacht.' Er lag een kalmte in zijn stem die door haar paniek heen drong. 'Je zei dat alleen Evie dit nummer heeft. Heb je het aan Caroline gegeven?'

Dana draaide zich langzaam om. Hij was kalm en zijn ogen stonden ernstig. Toen begreep ze het. 'Nee. Dat was ik wel van plan, maar het is er gewoon niet van gekomen. En Caroline dacht dat ze haar vanavond naar huis zouden laten gaan.'

'Bel Max. Dan kun je zelf horen of alles in orde is.' Zijn stem klonk nog steeds kalm, maar er was een harde ondertoon die haar duidelijk maakte dat hij kwaad was.

Met nog steeds trillende handen en een knoop in haar maag belde ze naar het mobiele nummer van Max.

'Dana, wat is er aan de hand?' Max klonk slaapdronken. Hij had liggen slapen. Ze liet haar adem ontsnappen.

'Dat weet ik nog niet. Vertel me de waarheid, Max, loopt Caroline gevaar? Is de baby gestorven?'

Het bleef heel even stil. 'Alles is in orde, Dana. Caroline is hier met mij in het huis van ma. De dokter zei dat het beter zou zijn als ze ergens verbleef waar geen trappen waren. Hoezo?'

Dana liet haar adem ontsnappen. 'O, Max. Godzijdank.' Ethans hand gleed over haar arm en kneep even in haar schouder. Ze waagde een dappere glimlach. 'Ik kreeg net een afschuwelijk telefoontje van zuster Simmons. Ze zei dat ik meteen naar het ziekenhuis moest komen.'

'Ze loog, Dana.' Max' stem klonk gespannen. 'Het was die vrouw die Evie heeft, hè?'

Haar hartslag was van opluchting lager geworden, maar liep nu snel weer op. Sue had geprobeerd haar te lokken. 'Dat zou kunnen,' fluisterde ze. 'Maar stel dat het echt zuster Simmons was, wat dan?'

'Ben je bij Buchanan?' vroeg Max kortaf.

Dana keek naar Ethan terwijl ze overvallen werd door een golf van angst. *Alstublieft niet nog een onschuldig slachtoffer.* 'Ja.'

'Geef hem. Nu.'

Ze gaf de telefoon aan Ethan. 'Het is Max Hunter.'

Ethan luisterde met zijn ogen strak op Dana's gezicht gericht. 'Zal ik niet doen. Maak je geen zorgen... Ik dacht niet dat ze erin zou trappen, maar het was het proberen waard... Natuurlijk. Dank je.' Hij beëindigde het gesprek. 'Bel Mia. Nu meteen.'

Dana's handen beefden erger dan eerst. Mia nam op toen de telefoon voor de derde keer overging. Haar stem klonk hees van de slaap. 'Mia, met Dana.'

Mia's reactie op het nieuws kwam overeen met die van Max. 'Ik duik erop. Ik zal de telefoongegevens van jouw mobieltje opvragen en misschien dat we dan kunnen achterhalen waar haar telefoontje vandaan kwam. Ik durf te wedden dat ze de ingang van het ziekenhuis in de gaten houdt en je opwacht. Ik bel Abe en dan gaan we zelf even kijken. Ben je bij Buchanan?'

'Ja,' antwoordde Dana met opeengeklemde kaken. 'En ik ga nergens alleen naartoe.'

Mia zuchtte. 'Het spijt me, Dana. Ik maak me gewoon zorgen om je. Ik ben je vriendin. Ik mag dat.'

'Probeer haar gewoon te vinden, Mia. En bel me als je zuster Simmons vindt. Alsjeblieft. Ik moet het weten.'

'Oké. Blijf waar je bent. Ik zal ervoor zorgen dat er elk uur een politieauto door de straat van de moeder van Max rijdt.'

Dana's hart stond stil. Stond gewoon... stil. 'Geloof je dat ze het nog een keer zal proberen?'

Mia aarzelde. 'Hoe denk je dat ze wist dat Simmons de verpleegster van Caroline was?'

Dana sloeg vol afschuw haar hand voor haar mond. Hulpeloos. 'Ze was in het ziekenhuis. In de buurt van Caroline.' Eén blik op Ethans grimmige gezicht maakte haar duidelijk dat hij al tot dezelfde conclusie was gekomen.

'We trekken het na,' beloofde Mia. 'Ga nergens alleen naartoe.'

'Beloofd.' Ze verbrak de verbinding. 'Simmons is dood, hè, Ethan?'

Ethan trok haar tegen zich aan, drukte haar wang tegen zijn borst op de plek waar zijn hart gestaag klopte. 'Misschien. Laten we niet voorbarig doen. Ik moet zeker weten dat Randi niet nog meer telefoontjes heeft gekregen.' Zonder haar los te laten koos hij het nummer van de kamer van de Vaughns en voerde een kort gesprek met Stan Vaughn. Hij deed het licht uit en liet hen samen onder de dekens glijden. Hij hield haar iets te stevig vast.

Het gaf niet. Zij klampte zich net zo stevig aan hem vast. De angst greep haar plotseling bij de keel. 'Ze probeerde me te lokken.'

'Ik weet het, schat.' De vriendelijke woorden stonden in schril contrast tot het spannen van zijn lichaam. 'Maar ze zal je niet krijgen.'

'Ze was zo dicht bij Caroline.' Dana hoorde de paniek in haar eigen stem.

Een hand kwam omhoog en omklemde haar kaken. 'Ze zal haar ook niet krijgen.'

Nee, dat gebeurt niet. Dat zal Max niet laten gebeuren. Mia zal het niet laten gebeuren. Caro is veilig. 'Wat zei Max?'

'Dat Caroline niet in dat verhaal is getrapt dat je het vanavond te druk had om te komen. Ze weet dat er iets aan de hand is. Max heeft haar de waarheid verteld.'

'Oké.' Ze merkte dat ze ademhaalde in het tempo van het bonzen van zijn hart.

'Wil je... wil je erover praten?'

Waarover hoefde niet te worden verklaard. De bom. Het enige wat ze nooit van plan was geweest te onthullen. Toch had ze dat gedaan en het moest worden uitgelegd. Maar de nachtmerrie was nog te vers. De verschijning van het gezicht te verontrustend om in haar huidige staat over na te denken. Dana had al lang geleden geleerd haar angsten in hokjes en doosjes weg te stoppen. Dat deed ze nu ook, maar ze wist dat het slot op het doosje niet al te sterk was. 'Nog niet. Wees alsjeblieft niet boos op me. Ik wil gewoon... Nog niet.'

'Ik ben niet boos, Dana.' Hij klonk eerder verdrietig en dat was nog erger dan boosheid. Toch was zijn triestheid beter dan zijn verachting. *In hokjes. Nieuwe focus. Nieuw onderwerp.*

'Is Randi nog gebeld?'

'Nee. Stan zei dat hij er eindelijk in geslaagd was haar een slaappil te laten nemen toen ze niet uit zichzelf in slaap viel, maar dat hij de wacht hield. Hij zei dat sheriff Moore haar hulpsheriff de telefoon in het strandhuis had laten doorschakelen naar het mobieltje van Stan in plaats van dat van haar.'

'Ik mocht sheriff Moore wel.'

'Ik zal haar nog veel meer mogen als Clay hier met zijn vergunning intact uit komt.'

'Waarom is Clay gestopt bij de politie?'

Zijn lichte zucht maakte haar duidelijk dat hij wist dat ze probeerde van onderwerp te veranderen, maar dat hij daar voorlopig in zou meegaan. Voorlopig. 'Hij beweerde dat hij een burn-out had. Ik denk dat hij het deels voor mij heeft gedaan. Hij zei dat hij er al een tijdje over dacht om bij het korps weg te gaan en aangezien ik toch niets omhanden had, konden wij samen wel in zaken gaan.'

Dana voelde een plotselinge dankbaarheid aan het adres van Clay Maynard. 'Ik vond Clay ook leuk.'

'Dat vinden de meeste vrouwen,' reageerde Ethan zuur en Dana tilde haar hoofd op om zijn gezicht te kunnen zien.

'Dat is niet wat ik bedoelde.'

Hij keek haar diep in de ogen. 'Mooi.'

Die ene gefluisterde lettergreep dwong haar blik naar zijn mond. Centimeters verwijderd van de hare. Ze kon er bezit van nemen. Zijn mond. Ze wist dat ze elke centimeter van hem in bezit kon nemen als ze dat zou willen. Wilde ze dat? Kon ze dat? Ze wist het niet. Ze wist alleen dat ze door zijn mond met die van haar te bedekken de angsten die op de loer lagen kon verjagen.

Zijn hand gleed in haar nek. Warm en sterk. Deed een sterke huivering over haar rug trekken. Maar zonder op welke manier dan ook dwingend te zijn. En dat was precies de aansporing die ze nodig had om de afstand tussen hen te overbruggen.

Hij schrok toen haar lippen de zijne raakten en zijn hele lichaam spande zich. Zijn hand trok haar in de zoen tot ze die van weerszijden lieten overgaan van zoet in sensueel. Hij omklemde haar gezicht nu met beide handen, duwde het eerst de ene kant op, toen de andere, en elke beweging zorgde ervoor dat ze beter pasten. Haar hartslag gonsde in haar oren en haar bloed kolkte. De kern van haar lichaam klopte. En hij raakte alleen maar haar lippen en haar gezicht aan.

Ze hief zwaar ademend haar hoofd. Ook zijn ademhaling ging moeizaam. Zijn ogen schitterden in de duisternis. Maar hij vroeg niets. Dat zou hij niet doen. Dat had hij duidelijk gemaakt. Hij wilde haar. Zo zat hij in elkaar. *De hemel sta me bij, ik hem ook.* Ze had hier behoefte aan. Voor even. Daarna zou ze de wereld weer tegemoet treden. De bedreigingen onder ogen zien, zowel de denkbeeldige als de werkelijke. Beide waren echt. Beide waren afschuwelijk. Ze zou een beetje rust stelen. *Voor even maar.*

Ze spreidde een hand op zijn borst. De gouden haartjes kietelden haar palm en zijn ogen fonkelden. Ze ging met haar hand omlaag, over de ijzeren ribbels van zijn buik, die bewogen toen zijn lichaam zich spande. Zijn hand bedekte die van haar. 'We hoeven dit niet te doen.'

Hij dwong haar dus het te zeggen. 'Alsjeblieft, Ethan.' Ze deed haar ogen dicht en legde haar voorhoofd tegen zijn kin. 'Ik wil niet weer gaan slapen. Dat kan ik niet. Nog niet.'

Hij kwam plotseling in beweging en rolde haar op haar rug. Hij hing dreigend boven haar. Zijn ademhaling deed zijn borst snel en heftig op en neer gaan. 'Weet je het zeker?'

'Heel zeker.'

Hij ging abrupt schrijlings op haar zitten en greep haar shirt in een vuist. 'Wat wil je?'

Haar opgewondenheid nam toe. Verdoofde haar. *Wat dan ook. Alles.* 'Jou.'

Hij rukte het shirt over haar hoofd. Smeet het op de vloer. En in één beweging gleed hij omlaag, voorovergebogen met zijn mond op haar borst. Gulzig. *Mijn hemel, zo gulzig.*

Ze slaakte een kreet. Drukte zich tegen hem aan, en toen hij harder zoog vloeiden pijn en genot samen in een ondeelbaar moment. Een moment dat hij liet duren. Alles begon van voren af aan toen hij zich over de andere borst boog. Haar vingers klauwden in zijn haar, trokken hem steviger tegen haar aan. Haar hakken persten zich in het matras en ze duwde haar onderlichaam tegen zijn keiharde buik. Ze pulseerde, ze verlangde. Ze had hem nodig. 'Ethan, alsjeblieft.'

Hij liet haar borst met rust en bewoog zich kussend en likkend langs haar lichaam omlaag. Elk stukje huid kwam in vuur en vlam te staan. Hij bereikte het elastiek van haar trainingsbroek en met opnieuw zo'n gracieuze beweging rolde hij van haar af, rukte de broek omlaag en rolde weer terug tussen haar dijen. En bleef daar hangen.

Ze kon de warmte van zijn adem voelen... op de plek waar ze hem wilde. 'Ethan.'

Hij hief zijn hoofd en keek haar aan. Zijn lippen bevonden zich slechts enkele millimeters van waar ze hem wilde. 'Ik wil dat je alles vergeet,' zei hij met hese stem. 'Alles, behalve mij.' Hij kuste het tere vlees van de binnenkant van haar dij en haar spieren trilden van de inspanning om zich in te houden. 'Denk alleen aan mij.' Hij kuste de binnenkant van de andere dij en ze kreunde.

Vervolgens bewoog het puntje van zijn tong even snel heen en weer en ze snakte naar adem.

En toen lag zijn mond op haar en ze vergat adem te halen. Het genot was... scherp, intens, het had klauwen die diep doordrongen. Het voerde haar niet-aflatend tot grotere en grotere hoogten, tot het enige wat ze nog kon horen haar eigen ademhaling was, die snikte en smeekte. De gloed werd steeds heftiger, tot hij veranderde in een verblindende flits en alles in een werveling van gevoel en licht en genot uit elkaar spatte.

Ze snakte naar adem toen het gewicht van haar benen verdween. Ze worstelde om haar ogen open te krijgen en zag hem bij het nachtkastje staan, waar hij aan de la stond te rukken. Er lag een pijnlijke grimas op zijn gezicht terwijl hij een condoom uit het doosje haalde. Haar blik werd naar de band van zijn boxershort getrokken, waar het topje van zijn erectie de vrijheid zocht.

Ze keek vol ontzag toe terwijl hij zijn onderbroek uitschopte en met bevende handen het condoom op zijn plek deed. Toen zat hij op handen en knieën op bed en hing boven haar. Zijn blik boorde in de hare. 'Kijk me aan,' zei hij zacht. 'Denk aan mij. Alleen aan mij.'

'Doe ik. Dat zal ik doen. Alsjeblieft, Ethan.'

Toen schoof hij in haar en huiverde van opluchting. 'O, god.' Hij haalde diep adem. Zijn schouders ontspanden terwijl zijn krachtige bicepsen zijn gewicht droegen. 'Ik had dit zo nodig. Ik had jou zo nodig.' Toen begon hij te stoten, drong dieper in haar door toen ze haar benen om zijn heupen sloeg, wat hem een kreun diep vanuit zijn binnenste ontlokte. Ze slaakte een verraste kreet van genot toen hij een golvende beweging begon te maken en daarmee haar spieren vanbinnen met uiterste precisie streelde.

Zijn glimlach was vlijmscherp. 'Vind je dat lekker?'

'Ja.' Haar stem leek die van een vreemde en klonk hees en zwaar. Toen deed hij het opnieuw en ze kon alleen maar kreunen. Dat leek voor hem aanleiding om in de hoogste versnelling te schakelen. Zijn heupen gingen zo hard op en neer dat ze zich alleen maar hulpeloos aan zijn schouders kon vastklampen terwijl de sensatie steeds sterker, hoger klom... en uiteenspatte. Ze zette haar hakken schrap op zijn dijen en boog haar rug precies op het moment dat hij stootte. En klaarkwam. Geluidloos. Majestueus. Spieren gespannen. Tanden ontbloot.

Hij zakte steunend op zijn onderarmen ineen en begroef zijn gezicht in de holte van haar schouder. Zijn hart ging wild tekeer en zijn borst ging op en neer tegen de hare in een worsteling om lucht. Er gingen minuten voorbij voor hij iets zei en toen hij dat deed klonk zijn stem als droog schuurpapier. 'Mijn god.'

Ze ging volledig uitgeput met een hand langs zijn harde rug. Drukte een kus op zijn schouder, zijn kaak. Overal waar ze bij kon zonder te bewegen. Op een bepaald punt zou er schuldgevoel ontstaan, wist ze. Schuldgevoel omdat ze zulk geweldig genot had beleefd terwijl iemand van wie ze hield leed. Maar op dit moment was er alleen maar uitputting. Uitputting en een zekere mate van rust.

Uiteindelijk hees Ethan zich overeind en verdween in de badkamer. Toen hij terugkwam trok hij haar tegen zich aan en sloeg zijn arm om haar heen in een gebaar dat ronduit bezitterig was. Zijn hand sloot zich om een borst en ze zuchtte, verzadigd.

'Ga slapen.' Hij drukte een kus op haar schouder. 'Niet dromen. Morgen vinden we ze.'

Ze zakte weg en bad dat hij gelijk had.

Donderdag 5 augustus, 04.30 uur

Sue hield vanuit haar auto, die ze aan de overkant van de straat had geparkeerd, de ingang van het ziekenhuis in de gaten. Haar irritatie groeide met elke minuut die verstreek. Dupinsky was niet komen opdagen. Die trut wist dat ze in de maling werd genomen. Met een frons op haar voorhoofd zag ze een auto over het parkeerterrein bij de hoofdingang rijden. Die auto was al eerder langsgekomen, dat wist ze zeker. Dat zorgvuldige langsrijden kon maar één ding betekenen – politie. Dupinsky had het niet alleen doorgehad, ze had ook nog de verrekte politie gewaarschuwd.

Met een grom reed Sue voorzichtig de weg op. Ze had gedacht dat Dupinsky waarschijnlijk niet naar het ziekenhuis zou bellen voor ze zich erheen zou haasten van de plek waar ze ondergedoken zat. De vrouw leek op haar gevoel te leven en had helemaal van slag moeten zijn toen ze hoorde dat de baby van die lieve Caroline dood was. *Verdomme*. En ze had nog wel gedacht dat ze zo overtuigend klonk.

Pas toe, pas aan en verbeter. Ze moest een andere manier zien te vinden om Dupinsky te pakken te krijgen, dat was alles. Tegen de tijd dat ze klaar was zou Dupinsky weten wat het wilde zeggen om gemanipuleerd te worden.

Donderdag, 5 augustus, 05.15 uur

Het joch was verrekte volhardend, dacht Evie. Nadat hij was komen binnenvallen was hij op de vloer in elkaar gezakt en ze dacht dat hij bewusteloos was. Dat zou ook geen wonder zijn. Het arme kind had in geen dagen echt goed gegeten. De laatste fatsoenlijke maaltijd die hij de afgelopen week had gehad was toen ze hem de vorige ochtend zelf te eten had gegeven terwijl ze op Sandy zaten te wachten. Ze had naar hem zitten kijken terwijl hij daar op de vloer lag, niet in staat om iets voor hem te doen. Maar Erik was niet flauwgevallen, of als dat wel was gebeurd, dan was hij weer bijgekomen.

Vervolgens was ze getuige geweest van het grootste vertoon van pure wilskracht dat ze ooit had gezien, toen hij zich langzaam, aan handen en voeten gebonden, naar de wastafel wurmde, waar hij kans zag door gebruik te maken van zijn neus en kin de kraan open te draaien. Hij liet nu al enige tijd het water over de tape die zijn mond bedekte stromen, af en toe even pauzerend om met zijn gezicht langs de rand van het planchet te schrapen. Telkens weer schraapte hij, tot de tape begon los te laten. Hij was een paar keer op de badkamervloer gevallen, maar dan was hij even blijven liggen, om zich vervolgens weer op zijn knieën te hijsen en langzaam overeind te komen tot hij stond. Eindelijk had hij een opening in de tape gemaakt die groot genoeg was om door te kunnen ademen, want ze kon zijn longen horen fluiten en reutelen. Toen dronk hij, luid klinkende gulzige slokken die haar eraan herinnerden hoelang geleden het was dat ze water had gehad.

Hij schraapte nog één keer langs de rand van het planchet en toen was zijn mond zichtbaar. De tape hing aan zijn kin. Hij draaide zich naar haar om en ze wilde glimlachen om de enorme trots die uit zijn ogen sprak. Maar de tape hield haar lippen stijf op elkaar, dus knikte ze hem heftig toe.

Hij liet zich naast de badkuip op zijn knieën zakken en fronste zijn voorhoofd in opperste concentratie. Hij beet hard op zijn onderlip. Toen deed hij zijn mond open.

En sprak. 'Ebie bijn?'

Evie knipperde verbijsterd met haar ogen. Hij sprak. Na zes dagen stilte praatte het kind. Bijn? *Pijn.* Haar ogen begonnen te prikken. Na alles wat hij had doorgemaakt, waren zijn eerste woorden om te vragen of ze gewond was. Ze schudde haar hoofd, boog zich voorover en stak haar kin wijzend in zijn richting. *Jij?*

Hij glimlachte grimmig, maar met diepe tevredenheid. Vervolgens schudde hij zijn hoofd. 'Nee.' Dat woord klonk luid en duidelijk en ze vroeg zich af waarom hij het niet eerder had gebruikt. Hij zette zich schrap, boog zich over de rand van de badkuip tot de bovenste helft op de rand rustte. Toen liet hij zich met een kreun van inspanning in het bad glijden. Hij kwam naast haar benen terecht, waar hij even bleef liggen uithijgen.

Even later zat hij op zijn knieën met zijn mond op haar wang. Zijn tanden schraapten aan de tape die haar mond bedekte. Na een paar seconden leunde hij achterover, terwijl zijn borst heftig op en neer ging. Maar zijn ogen stonden vastberaden. Ze kon alleen maar knikken ter aanmoediging, maar dat leek voldoende. Hij zette zijn tanden weer tegen de tape en na nog een paar pogingen zag hij kans een hoekje tussen zijn tanden te klemmen. Hij sloeg met een snelle beweging zijn hoofd achterover en rukte aan de tape.

En haar mond was vrij. De eerste diepe teug adem deed haar longen pijn, maar ze vond het de beste pijn die ze ooit had gevoeld.

'Hep,' zei hij. *Roep om hulp.*

Dus dat deed ze, luide brullen om hulp. En ze wachtten. Maar er gebeurde niets. Evie schudde verdrietig haar hoofd. 'Er is hier niemand, Erik.'

Zijn lichtbruine wenkbrauwen kropen naar elkaar toe toen hij dat aan haar lippen zag. 'Al... Alec.'

'Alec? Heet je Alec?'

Zijn blik was op haar mond gericht en toen hij opkeek schitterden zijn ogen. Hij knikte.

'Alec, weet je waar we zijn?' Ze had in de kofferbak gelegen terwijl ze uren hadden rondgereden. Ze had geen flauw idee waar ze waren. Maar hij had niet in de kofferbak gelegen.

Opnieuw kwamen zijn wenkbrauwen bij elkaar en werden zijn lippen een dunne streep. 'Guh...' Hij schudde gefrustreerd zijn hoofd.

Evie boog zich voorover en hield haar hoofd schuin zodat hij haar gezicht kon zien. Ze glimlachte warm. 'Probeer het, Alec.'

Hij sloot zijn ogen. 'Guh...ar... ie.' Hij deed vragend zijn ogen open.

Guh-ar-ie. Evie begon snel te ademen. 'Gary? Gary in Indiana?'

Hij knikte opgewonden. 'Sss... sch-school. Ki... ki...' Hij stopte weer gefrustreerd.

'Ki... kibb.'

Evie schudde haar hoofd. 'Het spijt me, Alec. Kibb?'

'Kuu... kuu... kuu.' Hij zei het met een hoger stemmetje en rekte de laatste lettergreep voor hij die weg liet sterven. Evie dacht wanhopig na en begon te glimlachen toen het tot haar doordrong. 'Kip. Kukelekuu.'

Hij haalde diep adem en glimlachte opnieuw. Toen schrok ze op en hij bleef roerloos zitten toen de deur van de motelkamer openging. En weer dicht. Ze zag de blik vol angst terugkeren in zijn ogen vlak voor Jane met getrokken pistool de badkamer binnenstormde. Haar gezicht stond woest en furieus.

Ze deed een stap naar voren en plukte Alec gewoon uit de badkuip alsof hij niets woog. Ze hield hem vast bij de voorkant van zijn shirt en duwde hem met een klap tegen de muur. Alecs schouders gingen hangen en er ontsnapte een zacht gekreun aan zijn keel.

'Doe hem geen pijn,' snauwde Evie, en Jane keek haar aan met een spottende en minachtende glimlach.

'Dat ben ik niet van plan. Maar jij… jij bent een heel ander verhaal. Ik zal jou met het grootste genoegen heel veel pijn doen.' Ze trok een tweede wapen uit haar broeksband. 'Herken je dit?'

Evie liet zich met haar rug tegen de wand zakken. Het was niet het wapen waarmee ze Sandy Stone had vermoord. Dat was zwart en elegant. Dit was zilverkleurig en zwaar. Dana's revolver.

Donderdag 5 augustus, 07.45 uur

Hij werd wakker van het gerinkel van de telefoon. Ethan tilde zijn hoofd op en stelde al snel vast dat het geluid van de hoteltelefoon kwam en niet van Dana's mobieltje. Hij boog zich over haar warme, slapende lichaam en nam op voor de telefoon een tweede keer kon overgaan. 'Ja?'

'Meneer Buchanan, met de receptie. Het spijt me dat we u wakker moeten maken, maar we hebben hier een pakketje voor mevrouw Dana Dupinsky dat is afgegeven door rechercheur Mitchell. De rechercheur zei dat het belangrijk was.'

Ethan liet zijn spieren ontspannen. Zijn eerste gedachte was geweest dat Sue Dana net zo'n pakje had gestuurd als dat wat ze de dag ervoor aan Stan en Randi had gezonden, maar toen besefte hij dat Sue geen enkele reden had om zoiets te doen. Zij dacht dat ze nog steeds geloofden dat Goodman verantwoordelijk was. 'Dank u. Wilt u iemand het naar boven laten brengen, misschien tegelijk met koffie?'

'We leveren het pakje binnen tien minuten bij u af. De koffie zou wat langer kunnen duren.'

Hij hing op, maar ging niet weer liggen. In plaats daarvan bleef hij waar hij was, over Dana gebogen en naar haar gezicht kijkend. Ze had de rest van de nacht geslapen en als ze al nachtmerries had gehad, dan waren die niet erg genoeg geweest om haar wakker te maken. Ze zei dat ze haar moeder had gedood. Ethan wist dat dat niet waar was. Maar in Dana's eigen gecompliceerde idee van verantwoordelijkheid had ze iets gedaan wat haar het idee gaf dat de dood van haar moeder haar toegerekend moest worden.

Hij had afgelopen nacht voor even een einde gemaakt aan haar pijn. Door hem was ze haar nachtmerries even vergeten, haar eigen naam vergeten. Hij had het haar in plaats daarvan laten uitroepen van genot. Hij huiverde. De herinnering aan hoe het aanvoelde om in haar te zijn was nog heel levendig. Net als hijzelf. Maar dat was te verwachten wanneer een man wakker werd naast een mooie, naakte vrouw.

'Wat moet ik nou met jou, Dana Danielle Dupinsky?' mompelde hij. Zou hij als dit allemaal achter de rug was zijn oude leventje weer oppakken alsof er niets was gebeurd? Kon hij dat? Hij was er vrij zeker van dat het antwoord daarop nee luidde, maar dit was niet het moment om zulke belangrijke beslissingen te nemen. Die konden wachten tot Alec en Evie gezond en wel terug waren. Hij streek het haar weg van haar voorhoofd en drukte een kus op haar slaap. 'Dan zullen we praten.'

Hij liet zich uit bed rollen, trok een spijkerbroek aan en deed de slaapkamerdeur zachtjes achter zich dicht. Zijn blik viel op de stapel dvd's op het bureau. Hij had alle videobeelden overgezet op dvd en de avond ervoor van alles kopieën gemaakt voor Mitchell en Reagan. De politie zou op het bureau nog eens met de stofkam door de beelden gaan. Maar toch...

Er knaagde iets aan hem terwijl hij het bovenste schijfje pakte. Dat bevatte de beelden uit de boekwinkel waar Sue een koffie had gedronken voor ze de e-mail van dinsdag verstuurde. Hij stopte het schijfje in zijn computer en liet zich in een stoel vallen. Hij startte het bestand en leunde achterover. Hij zag opnieuw hoe Sue het boek over gebarentaal zat te bestuderen, daarna de e-mail verzond, het toetsenbord zorgvuldig afveegde vóór- en nadat ze het had aangeraakt. Er was helemaal niets nieuws te ontdekken. Helemaal niets.

Er werd op de deur geklopt en Ethan deed open voor een piccolo die een plastic tas van Wal-Mart in zijn handen had. Een blik in de tas leerde dat er keurige stapels poloshirts en katoenen rokken in zaten.

'Er zit een briefje bij,' zei de piccolo terwijl hij de fooi van Ethan in ontvangst nam. 'Bedankt.'

Het briefje lag boven op de kleren, niet dichtgeplakt, dus Ethan liet er snel zijn blik over gaan. Mitchell wilde om halftien bij het station met hen afspreken. Dana kon nog even blijven liggen. Hij zette de tas met kleren weg en maakte aanstalten om het videobestand te sluiten, maar verstijfde met zijn vingers boven het toetsenbord. Hij had de video altijd stopgezet op het moment dat Sue de winkel uit liep.

Dat had hij niet moeten doen.

Er werd opnieuw geklopt, dit keer op de deur naar de aangrenzende kamer waar Clay sliep. 'Kom binnen,' zei Ethan opgewonden. De deur ging op een kier open en Clay stak zijn hoofd naar binnen.

'Ik hoorde iemand aankloppen,' zei Clay. 'Ik wilde even weten of alles in orde is.'

'Dat waren gewoon wat kleren voor Dana die Mitchell had gestuurd. Kom eens hier. Moet je dit zien.' Hij spoelde de video een paar minuten terug. 'Dit is Conway in die boekwinkel.'

'Waar ze dat boek over gebarentaal heeft gelezen,' wist Clay.

'Ja. Hier gaat ze weg...' Hij wees naar het beeldscherm. 'Let op de stapel boeken op Conways tafel.' Er verscheen een serveerster om de tafel af te ruimen en de stapel boeken te pakken.

Clay floot zachtjes toen het bovenste boek duidelijk in beeld kwam op de beveiligingscamera. '*Michelin's Guide to Paris*? Waarom leest ze – Shit. Neemt ze de benen naar Parijs?'

'Misschien. De EU weigert standaard om Amerikanen uit te leveren als de mogelijkheid bestaat dat ze de doodstraf krijgen.'

'En zowel Maryland als Illinois kent de doodstraf,' zei Clay grimmig. 'We moeten dit Mitchell en Reagan laten weten. Als ze van plan is het land uit te vluchten, dan heeft ze een paspoort nodig. Ze kunnen bulletins verspreiden op de luchthavens en naar haar uitkijken.'

'Mitchell wil ons om halftien spreken. We kunnen het haar dan vertellen. Die internationale vluchten vertrekken vroeg in de avond, dus we hebben nog tijd om de controle te organiseren.'

Clay's blik dwaalde zoekend door de kamer en zijn wenkbrauwen gingen omhoog toen hij Ethans overhemd en broek in een hoopje op de grond zag liggen naast de bank, waar de kussens en dekens nog lagen die Dana hem de avond ervoor had gebracht. Hij wierp een indringende blik op Ethan en Ethan voelde zijn wangen rood worden. 'Vraag maar niets.'

Clay grijnsde. 'Oké, zal ik niet doen.' In plaats daarvan raapte hij Ethans kleren op en legde die over de armleuning van de bank. Toen bukte hij om iets van de vloer te rapen. Toen hij weer overeind kwam had hij een nadenkende uitdrukking op zijn gezicht. 'Je pillen. Die moeten gisteravond uit je zak zijn gevallen.'

Toen Ethan zijn broek had uitgeschopt, gefrustreerd en opgewonden tot het punt dat het fysiek pijn deed. Hij had zijn broek door de kamer geslingerd. Geen wonder dat de strip eruit was gevallen. 'Dank je.'

Clay hield ze in zijn hand. 'Er mist weer een pil, Ethan.'

Ethan trok zijn wenkbrauwen op en voelde boosheid opkomen. 'Tel je mijn pillen?'

'Ja, dat doe ik. Want jij liegt tegen me. Ontken het maar niet. Wanneer is het gisteren gebeurd?'

Ethan sloot zijn ogen en telde tot tien. 'In de taxi, op de terugweg van het politiebureau.'

'Dus je zat niet achter het stuur.'

'Nee.' Hij deed zijn ogen open en keek recht in Clay's gepijnigde blik.

'Ethan, alsjeblieft, beloof me dat je niet meer rijdt. Dit is de tweede keer in drie dagen.'

Bij de gedachte dat hij het rijden moest opgeven ging er een golf van paniek door hem heen. 'Ik sta een beetje onder druk.'

'Ja, en dat wordt niet minder tot dit achter de rug is. Ethan, je leven is meer waard dan je zelfstandigheid. Elke keer dat we dit gesprek voeren wimpel je me af. Deze keer niet. Als je achter het stuur had gezeten had je nu wel dood kunnen zijn.'

'Ik voel het opkomen, Clay.' Ethan deed zijn best om redelijk te blijven. 'Ik kan langs de kant van de weg stoppen en –'

'Je had ook iemand anders kunnen doden,' onderbrak Clay hem en Ethan hield zijn mond. 'Hoe zou je je dan voelen, Ethan? Hoe moet ik zoiets uitleggen aan de familie van de degene die je hebt aangereden? Alsjeblieft. Beloof het me.'

Ethan deed er het zwijgen toe. Hij dacht aan hoe gefrustreerd hij de avond ervoor was geweest over Dana's minachting voor haar eigen leven. Hij zuchtte diep. Hij had het bij het verkeerde eind gehad, maar hij kon bijleren. 'Ik beloof het. Er wordt niet meer gereden tot dit allemaal voorbij is en ik minstens een week lang geen aanval heb gehad.'

'Een maand,' zei Clay uitdagend zonder een spoor van een glimlach.

'Dat laten we de dokter beslissen. Ik zal me aan zijn voorschrift houden, net als de vorige keer.'

'Het gaat meteen vanmorgen in. Als we straks naar het bureau gaan, rij ik.'

Donderdag 5 augustus, 08.15 uur

Evie tilde haar wang van de koude, harde badkuip toen het geroezemoes van de televisie haar oor bereikte. Jane zat wakker in de slaapkamer. Waar Erik was. Ze had geen geluid meer gehoord van de jongen vanaf het moment dat Jane hem daar naar binnen had gesmeten alsof hij een zak huisvuil was. Het was moeilijk te zeggen hoelang ze weg was geweest of hoelang ze terug was.

De deur ging open en Evie deed haar ogen dicht toen het licht aanging. Toen verscheen Jane, die voor de spiegel ging staan en kleur aanbracht op haar witblonde haar. Ze zei geen woord. Ze ging op de deksel van de toiletpot zitten en sloeg een krant open. Die van vanochtend. Jane bladerde van pagina naar pagina. Toen verkrampten haar handen om het papier. Ze liet de krant zakken en in haar lichtgekleurde ogen verscheen een woedende blik.

'Ik haal de tape van je mond. Als je een kik geeft zonder mijn toestemming of een antwoord geeft waar ik niet om heb gevraagd, dan maak ik de jongen af terwijl jij moet toekijken.' Evie kon een huivering niet onderdrukken en Jane glimlachte. Wreed. Dat was een angstaanjagend schouwspel. 'Akkoord?'

Evie knikte en Jane hees haar met één hand in een zittende positie. Met de andere hand rukte ze de tape eraf. Evie zoog lucht naar binnen en onderdrukte wat een kreet van pijn zou zijn geworden. Jane leek ondanks zichzelf onder de indruk. 'Dus je zit je af te vragen of ik je ga vermoorden.'

Evie knipperde met haar ogen. Ze zei niets. Jane grijnsde. 'Vraag je je af of ik je ga vermoorden?'

'Nee.'

'Echt niet? En hoe komt dat?'

'Omdat ik weet dat je dat gaat doen.'

'Nog steeds koel. Daar heb ik respect voor. Vraag je je af hoe het met het kind zit?'

Evie knikte één keer. Ze begreep hoe het spelletje werkte. 'Ja.'

'Hij leeft nog. Voorlopig. Waar woont Dupinsky?'

Evie beet op haar tanden. En gaf het adres. En opnieuw vertoonde Jane die angstaanjagende glimlach. 'Dat wist ik uiteraard al. Zo kom ik aan haar revolver. Maar dat wist je ook wel. Nu de echte vraag. Wie is Dana's nieuwe schatje?'

'Dat weet ik niet.' Jane keek haar vorsend aan. 'Ik weet het echt niet,' hield Evie op kalme toon vol. 'Zij en ik stonden deze week niet echt op goede voet. Ik zou ontslag nemen.'

Er gingen lange, kwellende seconden voorbij. Toen kwam Jane ontstemd overeind. 'Ik geloof je. Waar hangt ze verder nog uit? Ik moet adressen hebben.'

Dana was dus ondergedoken. Evie voelde iets van hoop. Dana wist dat ze voorzichtig moest zijn, dat ze ook gevaar liep. 'Bij Caroline thuis.'

Jane schudde vol walging haar hoofd. 'Daar is geen mens. Dat heb ik gecontroleerd. Ze zijn allemaal bij haar schoonmoeder en ze bewaken haar alsof ze de koningin van Engeland is. Waar verder?'

'Soms bij rechercheur Mitchell. Haar adres ken ik niet.'

'Hoe zit het met de zwager?'

'David?' Evie schudde haar hoofd. Probeerde nietszeggend te kijken. 'Hij is geïnteresseerd. Zij niet.'

Jane leek absoluut niet overtuigd. 'Wat, is ze lesbisch?'

'Niet dat ik weet,' antwoordde Evie kalm en Jane lachte luid.

'Je houdt je goed, Scarface.' Jane grinnikte toen Evie een reactie niet kon onderdrukken. 'Nog één voor ik hiermee ophoud. Wist je dat Goodman is gearresteerd?'

Evie keek geschokt. 'Nee.'

'Gisterochtend. Dat staat op pagina twintig. Weet je, ik denk dat dat iets is wat Mitchell wel tegen Dupinsky zou vertellen, of denk jij van niet?'

Evie slikte. 'Waarschijnlijk wel.'

'Dupinsky wilde me gisteravond doen geloven dat ze zich zorgen maakte vanwege mij, terwijl ze al die tijd wist dat Goodman dat briefje niet had achtergelaten. Ze probeerde *míj* in de val te lokken.' Ze ging staan en trok een stuk tape van de rol. Plakte dat op Evie's mond. 'Wij zijn voorlopig klaar.'

Donderdag 5 augustus, 09.30 uur

'Bedankt voor jullie komst,' zei Mia terwijl ze de deur van de vergaderzaal achter hen dichtdeed. Die was beslist minder intimiderend dan de verhoorkamer die ze de dag ervoor hadden gebruikt, vond Dana, die tussen Ethan en Clay zat. Randi zat naast Clay en Stan zag kans zo ver mogelijk bij hen vandaan te zitten, maar toch nog steeds aan tafel. Abe Reagan aan het hoofd van de tafel maakte het gezelschap compleet.

Mia keek naar Dana. 'Ik zie dat je de kleren hebt gekregen.'

'Jazeker, bedankt. Mia, hebben jullie zuster Simmons gevonden?'

Mia glimlachte. 'Ja, nog niet zo lang geleden. Ze is gezond en wel. Ze had de hoorn van de haak gelegd in een poging een beetje te kunnen slapen na haar dienst. We hebben uiteindelijk de deur ingetrapt. Het arme mens is zich doodgeschrokken. Ik hoop dat haar hartslag inmiddels weer een beetje normaal is.'

Dana zakte opgelucht onderuit. 'Dan moet Sue me zelf hebben gebeld.'

'We hebben het ziekenhuis een uur of twee in de gaten gehouden,' zei Reagan, 'maar als ze daar was, dan hebben wij haar niet gezien. Ze kan de boel vanaf een andere plek hebben geobserveerd.'

Dana haalde diep adem. 'Hebben jullie kunnen vaststellen of ze in het ziekenhuis in de buurt van Caroline is geweest?'

'Ja,' antwoordde Mia eerlijk. 'Ze bracht een bloemstuk naar de verpleegstersbalie, maar de naam op het kaartje kwam niet voor op hun patiëntenlijst. Terwijl de verpleegster van dienst erachter probeerde te komen naar welke verdieping ze haar kon sturen, heeft ze haar ogen opengehouden. Ze heeft Simmons zien praten met Max. Dat staat allemaal op de bewakingsbeelden.'

Dana werd misselijk bij de gedachte aan Sue die zo dicht bij Caroline was gekomen. Bij de gedachte aan Evie die nu in haar handen was. 'Ze heeft Max nooit ontmoet,' mompelde ze.

Mia haalde haar schouders op. 'Ze heeft David ontmoet. Dat komt aardig in de buurt. We hebben ook uw vroegere wijk onder de loep genomen, mevrouw Vaughn. Er is een grijze Olds 88 gezien die langzaam voorbij de ruïne van het huis van Lewis reed. De auto komt overeen met de auto die gestolen is van de oude dame die we in Sandy

Stone's auto hebben aangetroffen. De oude dame is herstellende, tussen twee haakjes. De Oldsmobile is later leeg teruggevonden.'

'Hoe zit het met het internetcafé waarvandaan ze gisteren die email heeft gestuurd?' vroeg Ethan.

Mia wierp een blik in de richting van Abe, keek toen weer naar Dana, en Dana voelde de haren in haar nek overeind gaan staan. 'Ze heeft een pinpas gebruikt,' zei Mia. 'De naam op de pas was Faith Joyce.'

Dana voelde al het bloed uit haar gezicht wegtrekken en ze kon Mia alleen maar aanstaren. Mia staarde terug met een blik van diep medeleven in haar ronde blauwe ogen. Dana schudde haar hoofd, niet in staat om te geloven wat ze zojuist had gehoord. 'Wat?'

Mia beet op haar lip. 'Het was dezelfde pas die gebruikt is om de kamer voor de Vaughns in het Excelsior Hotel te reserveren, Dana. Die reservering is gistermiddag rond een uur of drie gedaan.'

Alles werd geluidloos en het enige wat Dana kon horen was het bonzen van haar hart dat echode in haar hoofd. Het was niet mogelijk. Het kon niet waar zijn. Mia's handen duwden haar hoofd omlaag en iemand anders trok haar stoel bij de tafel weg. Ethan. Ethan knielde met een bezorgd gezicht naast haar. Toen begon zijn gezicht te draaien.

'Wie is Faith Joyce?' hoorde ze Clay vragen, maar Mia was druk bezig haar hoofd omlaag te drukken.

'Geef haar wat ruimte. Waag het niet flauw te vallen, Dana. Abe, wil je water voor haar halen?'

Dana haalde met diepe teugen adem en toen ze haar ogen opendeed stond de kamer weer stil. Ze verzette zich tegen de druk van Mia's handen. 'Laat me los. Je breekt verdomme mijn nek.' Mia haalde onmiddellijk haar handen weg.

'Kom dan maar overeind, maar langzaam. Wanneer heb je voor het laatst gegeten?'

'Gisteren.'

Mia keek kwaad. 'Shit, je hebt het verstand van een snotneus.' Ze keek woedend naar Ethan, die nog steeds naast haar geknield zat. 'Jij had ervoor moeten zorgen dat ze wat at, meneer Buchanan.'

Dana nam het water aan van Abe. 'Laat hem met rust, Mia,' zei ze vermoeid. 'Hij heeft het geprobeerd. Ik kon gewoon geen hap door mijn keel krijgen.' Ze nipte van het water. Beval haar maag zich rustig te houden. 'Het was Beverly. Ik heb haar gisteren naar het busstation gebracht.'

Mia slikte moeizaam. 'Verdomme,' fluisterde ze. 'Daar was ik al bang voor.'

Clay ging staan. Zijn gezicht was één groot vraagteken. 'Wie is Faith Joyce?'

Ethan tilde zachtjes haar kin omhoog zodat ze hem aankeek en gaf antwoord zonder zijn ogen van de hare af te wenden. 'Dana's moeder.' Toen ze hem alleen maar aanstaarde, aaide hij met zijn duim langs haar kin. 'Ik kon gisteravond niet slapen, dus toen heb ik het nagetrokken.'

'Ik begrijp het niet,' zei Randi zacht. 'Waarom zou Sue de pas van Dana's moeder gebruiken?'

Dana drukte haar vingers tegen haar trillende lippen. Ze concentreerde zich op Ethans kalme groene ogen, zoals ze inmiddels al zo vaak had gedaan. 'Wanneer vrouwen Hanover House verlaten om naar een andere stad te vertrekken geven we ze altijd een pinpas die ze kunnen gebruiken tot ze gesetteld zijn. Als ze lang genoeg bij ons blijven, dan kunnen ze met een baantje geld verdienen dat ze op de pas kunnen zetten. Zie het als een soort spaarplan. We gebruiken de naam Faith Joyce. Joyce was de meisjesnaam van mijn moeder.'

Ethan nam haar handen in de zijne en hield ze stevig vast. 'Ik heb erover gelezen, Dana. Ik weet wat er is gebeurd.'

Ze kneep in zijn handen en keek Mia aan. Ze was zich ervan bewust dat alle ogen in het vertrek op haar gericht waren. 'Beverly had bijna negenhonderd dollar verdiend.' Dana's stem brak en ze schraapte haar keel. 'Ik heb haar gisterochtend bij het station afgezet. Ze zou naar Californië gaan.'

Mia pakte Dana's schouder. 'Wat had Beverly bij zich, Dana?'

Dana ving vanuit haar ooghoeken Ethans vragende blik op. Dat deel had hij nog niet door, dacht ze, en ze keek naar Mia, die het wel doorhad. Die het misschien al die tijd al geweten had. 'Een rijbewijs. Een Social Security-pas.' Ze zweeg even. 'En een paspoort.'

Mia liet haar hoofd achterovervallen en kreunde zachtjes. 'Shit, kut, verdomme.'

Dana liet de adem die ze had ingehouden ontsnappen en boog haar hoofd. 'Mia, Beverly kan wel dood zijn. Wil je alsjeblieft iemand naar het busstation sturen om dat uit te zoeken? Ik zou het vreselijk vinden als ze daar zomaar lag.'

Het bleef stil rond de tafel terwijl Abe naar het busstation belde. Toen hij ophing hief Dana haar hoofd. 'Nou?' *Alstublieft, niet ook Beverly. Ze zou een nieuw leven beginnen.*

'Ze hebben haar vanmorgen gevonden toen ze de vuilcontainers kwamen legen. Ze was tussen de container en de muur gepropt.' Abe maakte een verdrietige indruk. 'Het spijt me, Dana. Ze hebben haar naar het mortuarium gebracht, waar ze als onbekende vrouw is geregistreerd. Wil jij haar identificeren?'

Dana knikte verdoofd.

'Welke naam staat er op die papieren, Dana?' vroeg Mia op gedempte toon.

'Carla Fenton,' fluisterde ze.

Stan Vaughn stond op en boog zich voorover. 'Dus als ik het goed begrijp,' zei hij op kille toon, 'dan beschikt de vrouw die Alec heeft ontvoerd over een paspoort waarmee ze het land kan verlaten.'

Mia draaide zich met een onheilspellende uitdrukking op haar gezicht naar hem om. 'U hebt haar vijfentwintigduizend dollar gegeven, meneer Vaughn. Als ze Beverly's papieren niet had gestolen, dan was dat meer dan genoeg om andere te kopen. Ga zitten, alstublieft, tot we dit hebben uitgezocht.'

Stan ging met een strak gezicht zitten.

Dana sloot haar ogen. 'Als ze van plan is Beverly's papieren te gebruiken, dan zal ze haar haar bruin moeten verven en bruine contactlenzen moeten hebben. Controleer de opticiens.'

'Heb je enig idee hoeveel opticiens er zijn in Chicago?' snauwde Mia. 'Verdomme, het is in ieder geval een plek waar ze nog niet is geweest in plaats van dat we komen aankakken als alles al achter de rug is.'

Abe kwam overeind en liep om de tafel heen. Hij ging op een knie voor Dana zitten. 'Ik zal een lijst maken, dan kunnen we beginnen. Maar eerst wil ik weten waar Beverly die papieren vandaan heeft.'

Dana slikte een snik weg, borg die diep vanbinnen op. Keek Abe Reagan recht in de ogen. En loog of het gedrukt stond. 'Ik heb geen flauw idee, Abe. Ik maak alleen maar de foto's voor de paspoorten.' *Dank je, David*, dacht ze uit de grond van haar hart.

'Je fotografiebedrijf,' mompelde Ethan en hij liet zich in zijn stoel vallen.

Ze draaide zich naar hem toe en zag dat hij het begreep. 'Ja.'

Abe keek met een spottende uitdrukking op naar Mia. Mia haalde haar schouders op. En zei verder niets. 'Laten we de opticiens langs gaan,' zei hij. 'We beginnen bij de zaken in het winkelcentrum waar ze gisteravond is geweest.' Hij ging staan. 'Maar laten we eerst bij onze onbekende vrouw gaan kijken. Misschien zitten we ernaast.'

Ethan hielp Dana overeind. 'Ik ga met je mee.'

'Dat hoef je niet te doen,' zei ze zacht.

Hij sloeg zijn arm om haar schouder. 'Jawel, dat moet ik wel.'

'Dus wij blijven gewoon hier?' wilde Stan weten.

Abe wekte de indruk dat hij op het punt stond zijn geduld te verliezen. 'Tenzij u mee wil naar het mortuarium, ja. Wanneer we klaar zijn, zal ik u naar het vliegveld brengen zodat u net kunt doen alsof u met die vlucht uit D.C. bent aangekomen. Iemand zal u elke minuut volgen tot u bij het hotel bent. We hebben vanmorgen al mensen in de kamer gehad die zich voordeden als huishoudelijk personeel. Ze hebben afluisterapparatuur geplaatst. Ik hoop dat u onze voorbereidingen kunt goedkeuren,' zei hij sarcastisch.

'O, er is nog iets,' zei Ethan met zijn arm stevig om Dana's middel geslagen. 'Op een van de dvd's zag ik Conway een boek over Parijs lezen. Als ze over een paspoort beschikt...'

Abe knikte Ethan onder de indruk toe. 'We trekken het na. Nou, Dana, laten we gaan.'

20

Chicago, donderdag 5 augustus, 10.30 uur

Ze had in haar carrière heel wat menselijk lijden gezien, dacht Mia. Maar er was niet veel dat in de buurt kwam van de pijn op het gezicht van Dana Dupinsky toen de assistent van Julia het gezicht van Beverly onthulde. Maar Dana wankelde geen moment. Ze stond daar bij het raam en knikte terwijl Buchanan zijn handen op haar schouders hield. Pas toen de assistent het laken weer had teruggelegd zag Mia Dana instorten. Mia had al een stap naar voren gedaan toen Buchanan Dana omdraaide en in zijn armen nam op het moment dat ze eindelijk brak en haar wiegde terwijl ze stond te snikken.

'Het komt wel goed,' zei Abe naast haar zachtjes. 'Ze is sterk.'

Mia moest slikken vanwege het geluid van Dana's snikken die werden gedempt door Buchanans schouder. 'Niemand is zó sterk, Abe.'

Abe zei even niets en vroeg toen met zachte stem: 'Hoelang weet je het al, Mia?'

Mia draaide zich om en keek hem met een nietszeggende uitdrukking aan. 'Wat, dat Dana pasfoto's maakt? Al een tijdje. Ze heeft die van mij ook genomen.'

Hij boog zijn hoofd verder in haar richting. 'Je weet wat ik bedoel.'

Hij zou intimiderend zijn overgekomen als ze niet had geweten wat voor man hij was. 'Abe, vergeet het. Alsjeblieft.'

Hij zuchtte en sloeg zijn ogen ten hemel. 'Prima. Je staat bij me in het krijt, Mitchell.'

Mia keerde zich weer om naar Dana, die nog steeds in Buchanans armen stond te huilen. Bij die aanblik begonnen haar ogen te prikken. In al die jaren dat ze elkaar kenden had Mia Dana nog nooit zien huilen. Niet op deze manier. 'Prima.' Mia rechtte haar rug toen de hoofdpatholoog uit het mortuarium kwam.

'Gaat het wel met je vriendin?' vroeg Julia.

Mia knikte even. 'Ja. En?'

Julia haalde haar schouders op. 'Die meid van jullie is in ieder geval consequent. Het wapen lijkt hetzelfde model als bij al die anderen, een negenmillimeter met een geluiddemper. Had deze vrouw familie?'

'Alleen Dana. Kun je het lichaam hier een tijdje bewaren, Julia? Tot dit allemaal achter de rug is? Dana zal de begrafenis willen regelen.'

'Ik zal mijn best doen, maar we zitten bijna vol.' Ze fronste haar voorhoofd. 'Jullie moeten hier een eind aan maken.'

'Dank je, Julia,' zei Abe droog. 'We zullen het in gedachten houden.'

Julia vertrok haar gezicht. 'Je weet wel wat ik bedoel.'

Abe gaf haar een kneepje in haar schouder. 'Ja, ik weet het. Je hebt het druk gehad.'

'Ik ben de afgelopen twee dagen niet langer dan tien uur thuis geweest.'

'Maar Jack regelt de zaken thuis, toch?' vroeg Mia terwijl ze keek naar Buchanan die een zakdoek tevoorschijn haalde en met een teder gebaar Dana's ogen depte. Het lukte haar niet om haar hoofd af te wenden toen Buchanan Dana's hoofd omhoogdwong en een kus op haar voorhoofd drukte. Misschien zou dit hele gedoe uiteindelijk toch nog iets moois opleveren.

Julia glimlachte. 'Jack en ik... dat zit wel goed.' Haar glimlach verflauwde. 'Ik ben gebeld door een verslaggever. Ik heb gezegd dat ik geen commentaar had. Maar het is slechts een kwestie van tijd voor dit allemaal uitlekt. Dit is een abnormaal aantal schotwonden, zelfs voor ons.'

Abe zuchtte. 'Dat bekijken we wel als het zover is.'

Buchanan boog zich voorover om zachtjes iets in Dana's oor te zeggen en ze verstijfde. Toen draaide ze haar hoofd, keek Mia aan en knikte onzeker.

'Het gaat nu wel weer met haar,' zei Mia. 'Laten we gaan. We moeten de Vaughns naar het vliegveld brengen.'

Abe trok een donkere wenkbrauw op. 'En als we daar toch zijn, laten we dan eens uitzoeken of ene "Carla Fenton" een ticket naar Parijs heeft gekocht.'

Donderdag 5 augustus, 11.15 uur

'Wat nu?' vroeg Clay, die aan het stuur zat. Dana en Ethan zaten achterin, haar hand stevig in de zijne geklemd. Ze leunde met haar hoofd achterover tegen de stoel en sloot haar ogen. Zo hard huilen had haar een knallende hoofdpijn opgeleverd, maar helemaal niets opgelost. Beverly was dood. Dokter Lee was dood. Sandy was dood. Evie zou op ditzelfde moment ook dood kunnen zijn.

'Hou op met piekeren,' zei Ethan zacht. Ze deed haar ogen open en zag zijn kalme groene blik op haar gezicht gevestigd. Tegen Clay zei hij: 'Ik moet iets te eten hebben.' Toen glimlachte hij, niet meer dan het ontbloten van zijn tanden. 'Dus gaan we naar dat internetcafé waar die e-mail van gisteravond is verzonden.'

Hij straalde een grimmige vastberadenheid uit die op een vreemde manier troost bood. 'Wat ga je doen?' vroeg Dana hem.

'Iets wat Mitchell daarbinnen zei heeft me aan het denken gezet. Dat Stan Sue vijfentwintigduizend dollar heeft gegeven waarmee ze paspoorten had kunnen kopen zo veel ze wilde.'

'Dat hoefde ze niet te doen,' mompelde Dana. 'Ik heb het vrijwel gratis aan haar gegeven.'

Ethan pakte haar kin stevig beet. 'Met ingang van nu wil ik geen "Ik had moeten" of "Ik had niet moeten" meer horen. Je wist het niet. Als je het wel had geweten, dan zou je haar nooit hebben opgenomen. Dan had je de politie gebeld om Alec te komen halen. Oké?'

Zijn grimmige vastberadenheid omwikkelde haar en ze rechtte haar rug. 'Ja.' Haar mondhoeken gingen even omhoog. 'Meneer.'

Hij glimlachte terug en ging met zijn duim over haar lippen. 'Dat is beter. Ik ben het beu om Sue Conway's slachtoffer te zijn. Het eerste wat we gaan doen is haar haar financiële vrijheid ontnemen.'

'Dat geld is allang verdwenen, Ethan,' protesteerde Clay. 'Het zal ons dagen kosten om bij haar buitenlandse bankrekeningen te komen.'

'Geen dagen.' Ethan bekeek de wegrestaurants aan weerszijden van de straat. 'Na de lunch ga ik cookies zoeken als toetje.'

Dana fronste haar voorhoofd. 'Waar heb je het over?'

Ethan leunde met een tevreden glimlach op zijn gezicht achterover. 'Dat is computernerdtaal. Elke keer dat je een website bezoekt laat je informatie achter. Dat heet een cookie.'

'Ik heb me altijd afgevraagd wat dat was,' zei Dana peinzend. 'Ik heb mijn computer zo ingesteld dat die ze niet accepteert omdat ik zo paranoïde ben.'

'Ik reken erop dat het internetcafé niet zo paranoïde is. Die publieke computers zijn net veelgevraagde hoeren. Je hebt geen idee waar ze zijn geweest of hoeveel mensen ze hebben gebruikt. In de e-mail van gisteravond zei ze dat we de proefstorting goed hadden gedaan. Dat betekent dat ze haar rekening heeft bekeken en dat heeft ze misschien wel online gedaan.'

Dana verwerkte die informatie terwijl ze de kloppende hoofdpijn negeerde. 'Dus toen Sue het nummer van haar bankrekening intoetste, is dat op de computer bewaard in een cookie.'

'Maar dan heb je nog steeds haar wachtwoord nodig,' protesteerde Clay, maar hij schudde meteen zijn hoofd. 'Laat maar.'

Ethan keek hem neerbuigend aan. 'Kinderspel. Als' – hij wierp een blik op Dana – 'ik een beetje informatie over haar achtergrond krijg. De meeste mensen gebruiken een wachtwoord dat een privébetekenis heeft, ook al zou je willekeurige letters en cijfers moeten gebruiken. Als jij me informatie over Sue kunt geven – meer dan Randi ons wist te vertellen – dan zou ik in staat moeten zijn om in te breken in haar bankgegevens.'

Dana keek toe terwijl Clay het terrein van een hamburgertent op reed. Ze voelde zelf ook iets van een grimmige vastberadenheid. 'Voor mij een burger met extra augurk. En een grote portie friet.'

Ethan trok haar even stevig tegen zich aan. 'Brave meid.'

Dana gaf zich over aan de omhelzing en besefte hoe ze in korte tijd heel erg op zijn kracht was gaan vertrouwen. Als dit voorbij was en hij weer naar huis ging... Ze maakte zich bruusk los. 'Gaan we apart, of blijven we bij elkaar?'

Ethan kneep zijn ogen samen. 'Als je denkt dat ik je uit het oog verlies, dan ben je gek.'

Hij was echt geschrokken toen ze zich van hem losmaakte. 'Ik bedoelde, wil jij naar dat internetcafé terwijl Clay me naar de sociale dienst rijdt? Ik ben niet achterlijk, Ethan. Ik heb beloofd dat ik nergens alleen naartoe ga en dat doe ik ook niet.'

'Waarom blijven we niet met z'n drieën bij elkaar?' kwam Clay soepel tussenbeide. 'Als Conway Dana in de gaten houdt, kan ik buiten blijven zitten en naar haar uitkijken terwijl jullie twee bij het internetcafé bezig zijn.'

'Daarna gaan we naar Sandy's kantoor,' voegde Dana eraan toe. 'Sue had zo vreselijk de pest aan maatschappelijk werkers dat er wel een dossier over haar moet zijn. Als het in Chicago is, dan zal ongetwijfeld iemand in Sandy's kantoor het hebben.'

'Misschien kun je die vragen beter door een rechercheur laten stellen,' opperde Clay met zachte stem.

Dana schudde haar hoofd. 'Als Sue's dossier verzegeld is, dan kunnen ze dat niet aan Mia geven zonder een dwangbevel. En na wat er gisteren met Sandy is gebeurd, denk ik dat er iemand kwaad genoeg zal zijn om zonder zo'n bevel met me te praten.'

Ethan keek bezorgd. 'Clay, ik sleep je hier steeds verder in mee. We kunnen wel alleen gaan.'

'Hou je kop, Ethan,' zei Clay goedmoedig en reed naar de drivein. 'Ik ga niet naar cookies speuren op een lege maag.'

Donderdag 5 augustus, 12.10 uur

'Het is niet perfect, maar het voldoet prima,' mompelde Sue terwijl ze een weg zocht door de rommel op de keldervloer van het verlaten appartementencomplex. De kelder was identiek aan die in het complex twee gebouwen verderop, dat ze eigenlijk had willen gebruiken. Helaas woonden er mensen in die appartementen twee gebouwen verderop. Maar hier had al heel lang niemand meer gewoond. Het slot op de deur was kapot en iedereen kon komen en gaan wanneer hun dat uitkwam. Ze gaf een schop tegen een leeg bierblikje, een van de vele. Onder een bergje afval zag ze gebruikte condooms liggen. Een paar naalden. Dat was goed. Het betekende dat de buren gewend waren aan wilde feesten hier. Het zou niemand opvallen als er een beetje harde muziek klonk. Of misschien een gil of twee.

Donnie en zij en de jongens – verdorie, ze waren hier prima op hun plek.

Ze verschoof een paar kartonnen dozen en een stel muizen zocht een goed heenkomen. Ze was aangenaam verrast toen bleek dat het licht het nog deed. Dat was ook heel goed.

Ze ging verder tot ze bij de achterste muur kwam achter de opslagkooien. Ze fronste haar voorhoofd toen de akelige herinneringen weer bovenkwamen. Dit was de plek waar ze zich had verstopt. Ze was weg geweest, aan het werk, maar toen ze terugkwam wemelde het van de politie, die Randi's huis, twee gebouwen verderop, aan het doorzoeken was. Ze was naar Donnie gevlucht, maar daar waren ze ook. Donnie werd geboeid afgevoerd. De politie nam alles uit Donnie's huis mee, al hun handelswaar. Dus was ze gevlucht. Terug naar Miranda's huis, twee gebouwen verderop. Daar had ze geld voor noodgevallen verstopt in een gat in de muur achter het fornuis. Ze had het bijna twee dagen volgehouden zonder eten of drinken, tot ze dacht dat de politie wel weg was. Ze was tevoorschijn gekomen, was naar het appartement geslopen, alleen maar om erachter te komen dat het geld verdwenen was. En er een politieman zat te wachten. *Waar is je baby?* Het ging alleen maar om dat verrekte kind. En Miranda. *Waar is Miranda? Heb je haar ook vermoord?* Ze hoorde het nog steeds in haar hoofd.

Tien jaar later was ze als vrij mens Hillsboro uit gewandeld. Behalve dat ze niet echt vrij was. Ze zou pas vrij kunnen zijn als Randi Vaughn wist wat het betekende om vol angst weg te kruipen. Om zonder eten en drinken te moeten. Gedwongen te zijn om zich over te geven aan de grillen van mannen wier enige verdienste was dat ze sterker en groter waren.

De volgende avond zou deze kelder Randi Vaughns eigen hel worden.

Maar voorlopig zou het een geschikte plek zijn om het meisje te verbergen. Geen schijn van kans dat ze die twee nog samen ergens zou achterlaten. Ze draaide zich om en keek naar Scarface, die op de vloer zat, haar handen en voeten nog steeds gebonden. Haar donkere ogen schitterden uitdagend boven de tape die haar mond bedekte. Om niet weer verrast te worden had Sue de tape helemaal om het hoofd van het meisje gewikkeld. Drie keer. Het zou dit keer een heel stuk lastiger worden om het los te krijgen. 'Ik hoop dat je niet bang bent voor muizen,' zei ze en ze smaakte het genoegen de opstandigheid te zien verminderen terwijl Evie's ogen heen en weer schoten. Ze dwong het meisje te gaan staan en sleepte haar achter wat ooit de verwarmingsinstallatie van de appartementen was geweest. 'Ik kom straks terug voor je.'

Ocean City, Maryland, donderdag 5 augustus, 14.45 uur

Rechercheur Janson zat op Lou te wachten in het kantoor van de sheriff van Ocean City en zowel hij als sheriff Eastman kwam overeind toen ze binnenkwam. 'Je bent mooi op tijd,' zei Eastman zonder verdere inleiding. 'We hebben een kwartiertje voor de advocaat van Lewis hier is.' Hij keek haar aan met een blik vol ongeloof. 'Begrijp ik het goed dat ze in Chicago met vier lijken zitten?'

Lou liet zich op de armleuning van een stoel zakken. 'Ja. In drie dagen. Allemaal schoten in het hoofd en allemaal met hetzelfde wapen.'

'Hetzelfde patroon als bij die twee van mij,' zei Janson. 'Rickman en Samson.'

'Maar niet hetzelfde als bij je mannetje in de schuur,' merkte Eastman op. 'Hoe ben je van plan om iets hiervan Lewis in de schoenen te schuiven?'

'Dat zijn we niet van plan.' Lou masseerde haar nek, die stijf was na de lange reis. 'We willen het gebruiken om hem te laten zien hoe kil zijn zus is. Ze komt hem echt niet halen. Ze heeft een paspoort en is van plan het land uit te glippen.' Een kort telefoontje naar Mitchell had die laatste informatie opgeleverd. 'De politie in Chicago kan geen verkochte tickets vinden, maar ze hebben aanwijzingen dat haar doel Frankrijk is. Ze laat Lewis opdraaien voor de ontvoering.'

'Haar eigen kind,' zei Eastman nadenkend. 'De verdediging zal dat met beide handen aangrijpen. Geen ontvoering, zullen ze zeggen.'

'Ik ben niet van plan om Lewis eerder te vertellen dat het kind zijn neefje is dan strikt noodzakelijk. En Lewis dacht op dat moment dat hij een misdaad beging. We kunnen hem pakken op opzet tot ontvoering.'

Eastman haalde zijn schouders op. 'Nou, er draait vanmiddag niets fatsoenlijks in de bioscoop, dus ik doe mee.'

Lou grinnikte terwijl ze haar aantekeningen pakte. 'Laten we maar eens even gaan babbelen met meneer Lewis.'

Een kwartier later zaten ze rond de tafel, Bryce Lewis en zijn pro-Deoadvocaat aan de ene kant en Janson en zij aan de andere kant. Sheriff Eastman leunde tegen de muur. Lewis zag eruit alsof hij betere tijden had gekend. De blauwe plekken begonnen weg te trekken, maar de vermoeidheid had toegeslagen. De voortdurende waakzaamheid die nodig was om ongewenste avances van medegevangenen af te weren eiste duidelijk haar tol.

'Laten we dit kort houden, oké?' zei Lou voor de advocaat dat kon doen. Lou keek Lewis recht in de ogen. 'Meneer Lewis, we weten inmiddels van uw zus, van de ontvoering en het losgeld.' Ze zag met voldoening dat Lewis verbleekte. 'We weten ook van de man die op bezoek is geweest. We weten ook dat hij het huis van uw oom en tante in brand heeft gestoken met hen erin.'

'Ho even,' zei de advocaat. 'Wat voor sprookjesboeken hebt u gelezen, want ik zie geen flintertje bewijs voor deze beschuldigingen.'

Lou's mondhoeken krulden. 'Maakt u zich geen zorgen. Dat komt nog wel. Meneer Lewis, het zal u misschien interesseren om te horen dat uw zus Chicago heeft bereikt, waar ze sinds maandag vier mensen heeft vermoord. Tel daar McMillan, Rickman en nog een moord in Morgantown bij op en ze zit aan zeven.'

Lewis schrok. Maar hij maakte geen aanstalten om ook maar iets te ontkennen.

'Wat is uw aandeel in het losgeld, meneer Lewis?' vroeg Janson oprecht nieuwsgierig. 'Een miljoen? Twee miljoen?'

Lewis' ogen fonkelden. Lou zag woede opkomen in zijn blik. 'Aha, dus zo zit het,' zei ze. 'Ze heeft u aanzienlijk minder beloofd. Zoiets vermoedde ik al.' Ze zocht in haar aktetas en haalde een kopie tevoorschijn van de e-mail met de bijzonderheden over het losgeld die Conway aan de Vaughns had gestuurd. 'Kijk maar eens goed, meneer Lewis. De vraagprijs voor de jongen die jullie samen hebben ontvoerd is vijf miljoen.'

Lewis zei nog steeds niets, maar zijn vingers omklemden zijn bovenarmen, stevig.

Lou boog zich voorover. 'Vroeg of laat zullen we kunnen bewijzen dat u in dat huis was, meneer Lewis. Ook al moet ik hoogstpersoonlijk elk oppervlak onderzoeken, ik zal uw vingerafdrukken vinden. Maar ik heb hulp. Ontvoering is een federaal misdrijf. Nu we weten hoe het allemaal is verlopen, kunnen we de FBI erbij roepen. En jullie hebben niet alleen de jongen ontvoerd, maar ook Cheryl Rickman. Die dood is teruggevonden.'

'We hebben al vastgesteld dat mijn cliënt een alibi heeft voor de moord op mevrouw Rickman,' zei de advocaat ijzig. 'Tenzij u een echte tenlastelegging heeft om te bespreken, zijn we nu klaar.' Hij ging staan, pakte de arm van Lewis en leidde hem naar de deur.

'Sue heeft een paspoort en een ticket naar Frankrijk,' loog Lou half, net op het moment dat Lewis op het punt stond over de drempel te stappen. Hij bleef staan. Draaide zich om. Zijn blik was ijs- en ijskoud.

'Ze laat u overal voor opdraaien, meneer Lewis,' zei Lou zacht. 'Laat haar daar niet mee wegkomen.'

Zijn advocaat fluisterde iets in zijn oor. Lewis knikte.

'Wat hebben jullie te bieden?'

Lou haalde haar schouders op. 'Hangt ervan af wat hij te vertellen heeft.' Ze klopte op de tafel. 'Praat met me, Bryce. Wij zijn je enige hoop, want we willen haar een heel stuk liever dan we jou willen.'

Lewis liet zich op zijn stoel vallen. 'Het was haar idee.' Hij keek op en de vermoeidheid in zijn blik streed om voorrang met de boosheid. Plotseling leek hij inderdaad niet ouder dan zeventien. 'Het was niet de bedoeling dat iemand iets zou overkomen.'

Lou haalde haar notitieblok tevoorschijn. 'We luisteren.'

Chicago, donderdag 5 augustus, 16.45 uur

Het bezoek aan de vrienden van Sandy was een emotionele ervaring. Ze waren overmand geweest door verdriet en woede, maar ze hadden geholpen en Dana toegang gegeven tot Sue's dossier. Dat was behoorlijk dik, aangezien ze in haar jeugd met verschillende maatschappelijk werksters in aanraking was gekomen. Het was moeilijk om te lezen in de wetenschap dat de vrouw die zo veel misbruik had doorgemaakt nu Evie en Alec in handen had. De maatschappelijk werksters waren behulpzaam geweest, maar discreet. Alleen Dana mocht het vertrek binnen waar de dossiers werden bewaard. Ethan was buiten gebleven, waar hij als een schildwacht heen en weer beende.

Nu, weer terug op hun hotelkamer, zat Ethan achter zijn laptop. 'Oké, ik ben op de website van Sue's bank. Ik heb twee cookies gevonden op de computer die ze gisteravond heeft gebruikt. Twee rekeningen. Ze zal het geld op de eerste rekening zetten en dan overboeken naar de tweede, waarvan ze denkt dat wij er niet van op de hoogte zijn.'

'Nu moet je nog achter haar wachtwoord zien te komen,' zei Dana.

'Vertel ons dan maar wat je gevonden hebt,' zei Clay.

Zodra ze het vertrek met de dossiers had verlaten was Ethan begonnen haar te ondervragen, maar ze moest er zo akelig hebben uitgezien dat hij was opgehouden. Maar het uitstel was voorbij. Tijd om te praten.

'Sue's moeder was een junk die er steeds in slaagde de rechtbank een paar stappen voor te zijn, maar op een dag kwamen mensen van jeugdzorg en die namen Sue en Bryce mee. Bryce was nog maar een baby. Haar moeder bekostigde haar verslaving door middel van prostitutie.' Ze keek naar Ethan. 'Haar moeder bood Sue soms tegen betaling aan, gaf haar af en toe weg als ze zich had misdragen. Haar straf, als het ware.'

Ethan verbleekte. 'Mijn god.'

'Dus al op jonge leeftijd leerde Sue dat seks macht betekende.'

'En straf,' zei Clay zacht.

Dana knikte. 'Ja. Haar moeder had haar ingeprent dat maatschappelijk werksters kwaadaardig waren en er alleen maar op uit waren hen te pakken te nemen. Ze verhuisden steeds om het systeem te ontlopen. Het komt allemaal overeen met de littekens die ik op haar armen heb gezien. Meisjes die zichzelf snijden doen dat omdat hun leven zo chaotisch is. Het is een manier om de controle te behouden. Als kind had ze zo weinig controle.'

'Ik zou zeggen dat ze dat wel iets heeft rechtgetrokken,' zei Ethan droog.

'Ja,' stemde Dana in. 'Dat kun je wel stellen. Sue was toen ze in een pleeggezin zat precies zoals Randi haar heeft beschreven. Suïcidaal, opstandig, gewelddadig. Ze beweerde dat haar pleegouders haar misbruikten, maar er waren geen bewijzen die haar klachten ondersteunden en de pleegouders stonden goed bekend. Voor Sue betekende seks macht en ze probeerde het ook zo te gebruiken. Uiteindelijk is ze weggelopen en heeft ze haar vader gevonden. Hij was net vrijgelaten uit de gevangenis.'

'Ik zie een patroon,' peinsde Clay.

'Dat is er meestal. Papa diende bij de rechtbank een verzoek tot voogdij over Sue in en kreeg die ook, maar niet over Bryce. Ze had bezoekrecht, dus ze wist waar Bryce woonde. Op een dag heeft ze hem gewoon meegenomen.'

Clay floot zachtjes. 'Dat lijkt op Randi.'

'Ik weet het. Het is gewoon eng. Papa had Sue en de baby in de auto, blijkbaar onderweg naar het zuiden, toen papa besloot een avondwinkel te overvallen, net als Bryce later.'

'Sommige appels vallen inderdaad niet ver van de boom,' zei Ethan.

Dana zuchtte. 'Papa wordt tijdens dat gedoe neergeschoten door de winkeleigenaar. Sue ziet hem neergaan en raakt als twaalfjarige in paniek, gaat achter het stuur zitten, probeert te ontsnappen, maar rijdt de auto in de prak. Maatschappelijk werk ontfermt zich over haar en Bryce, maar dit keer komt haar tante tussenbeide. Mama is gestorven aan een overdosis en Sue's tante Lucie besluit het juiste te proberen te doen.'

Ethan was bezig op zijn toetsenbord. 'Oké, ik heb hier haar eerste rekening. Geef me eens een paar namen.'

'Haar vader heette Walter,' zei Dana.

'Mooi. In welk jaar is hij geboren? Dit wachtwoord vereist letters en cijfers.'

Dana pakte haar notitieboekje uit haar tas. '1955.'

Een paar toetsaanslagen en Ethan maakte een triomfantelijk geluid. 'Verdorie, dit was te gemakkelijk. Walter1955. Geen geld op de eerste rekening. Laten we eens proberen of hetzelfde wachtwoord ook voor de andere tekening geldt.' Tik, tik, tik. 'Shit, ik heb ook nooit geluk. Wanneer is hij gestorven? Walter?'

Dana keek in haar aantekeningen. '1987.'

'Bingo.' Ethan trommelde met zijn vingers terwijl hij wachtte. 'En... het saldo is negentienduizend achthonderd. Recente overboekingen... Tweeënvijftighonderd naar Western Union.' Hij tikte snel een paar toetsen in en keek toen op. 'Die gevestigd is in het winkelcentrum waar ze gisteravond vandaan heeft gebeld.'

'We moeten dit doorgeven aan Mia en Abe,' zei Dana. 'Wat ga je met het geld doen?'

Ethan liet zijn adem ontsnappen. 'Ik zou dolgraag de rest pakken, alleen maar om haar op de kast te jagen, maar dan weet ze dat we haar op de hielen zitten. Mitchell en Reagan moeten die beslissing maar nemen. Bel ze, Dana, zeg dat we moeten praten.'

21

Chicago, donderdag 5 augustus, 18.00 uur

'Vertel,' zei Mia terwijl ze zich in de vergaderzaal van het hoofdbureau van politie in een stoel liet zakken.

Dana was bij loting aangewezen als de woordvoerder, dus gooide ze het er meteen maar uit. 'We hebben toegang tot de bankrekeningen van Sue.'

Abe begon te hoesten. 'Pardon?'

Mia wierp hun allemaal een vuile blik toe. 'Wil ik weten hoe je aan deze informatie bent gekomen?'

'We hebben niets illegaals gedaan,' beweerde Dana. 'Ethan heeft naar de harde schijf gekeken van de computer die ze gisteravond heeft gebruikt. Toen was hij in staat om haar wachtwoorden te raden.'

Mia masseerde haar voorhoofd. Toen ze sprak, deed ze dat met een nauwelijks ingehouden woede zoals Dana nog maar zelden had gezien. 'Hij heeft ze gewoon geráden? Is hij helderziende of zo? Misschien kan hij gewoon ráden waar Conway is, want wij weten dat in ieder geval niet.'

Dana keek naar Abe, die met zijn hoofd zat te schudden. 'Wat is er vandaag gebeurd?'

'We hebben de opticien gevonden,' zei Abe met een zucht.

'Wie?' vroeg Dana alleen maar.

'Een man in Lincoln Park. Zijn vrouw heeft hem tweeënhalf uur geleden gevonden. Hij lag dood op de vloer in zijn praktijkruimte. Controle van de voorraden heeft aangetoond dat er bruine contactlenzen worden vermist.'

Dana ging op de armleuning van Mia's stoel zitten en sloeg een arm om haar heen. 'Het spijt me.'

'Mij ook. En nu heeft de pers lucht gekregen van het verhaal.' Mia huiverde.

Dana's hart sloeg even over. 'Gaan jullie ze een foto van haar geven?'

'Onze inspecteur wil dat we dat doen,' gaf Abe toe. 'Wij willen Conway's identiteit niet breed uitmeten omdat we bang zijn dat ze anders doordraait en Evie en Alec iets aandoet. Maar het is te groot geworden. Hij geeft ons tot morgenmiddag de tijd. Als we haar dan nog niet te pakken hebben, maken we alles openbaar. Tot die tijd heeft hij nog twee rechercheurs op deze zaak gezet en zo veel geüniformeerde agenten als we denken nodig te hebben.'

Mia beet op haar lip. 'Er is nog meer. Er zijn vandaag opnieuw lichamen gevonden. Een oude vrouw in het gebouw waar Randi Vaughn elf jaar geleden woonde en een van haar voormalige partners. De lijkschouwer heeft bij beide slachtoffers hetzelfde patroon van de geluiddemper gevonden als we bij dokter Lee en Kristie Sikorski hebben gezien. De oude dame was Jackie Williams.'

Abe sloeg zijn notitieboekje open. 'Ik ben Williams tegengekomen in de oude processen-verbaal over Conway's arrestatie. Sue had zich een paar dagen schuilgehouden voor de politie, maar Williams hield alles in de gaten en toen ze zag dat Sue terugkwam naar Randi's appartement heeft ze de politie gewaarschuwd. De oude dame is gemarteld voor ze stierf. Er was bleekwater in haar ogen gegoten, waardoor ze blind werd. En haar tong was eruit gesneden.'

'Mijn god,' mompelde Ethan vol afschuw. 'Mijn god. En het tweede slachtoffer?'

Mia vertrok haar gezicht. 'Leroy Vickers heeft tegen Sue getuigd. Laten we het erop houden dat hij dat niet nog een keer doet.'

Abe zuchtte. 'We hebben de overige mensen die betrokken waren bij Conway's arrestatie in beschermende hechtenis genomen. De agent die de arrestatie heeft verricht, de openbaar aanklager.'

Het bleef stil, toen schraapte Clay zijn keel. 'Hebben jullie al iets gehoord van Lou Moore?'

Mia knikte. 'Ze heeft een paar uur geleden gebeld. Bryce Lewis heeft gepraat. Sue heeft een paar weken geleden zomaar ineens contact met hem opgenomen. Ze hadden elkaar in geen jaren gesproken. Hij mocht haar van de Lewissen niet in de gevangenis opzoeken en hij dacht dat ze nog steeds vastzat. Sue zei dat ze geld nodig had en hing een of ander zielig verhaal op, dus hij maakte geld over van de creditcard van zijn oom. Ze hebben elkaar hier in Chicago ontmoet en daarna zijn ze samen naar Maryland gereden. Hij beweert dat hij niets afwist van de ontvoering tot vlak voor het moment dat ze het strandhuis binnendrongen. Hij zegt dat ze had beloofd dat er niemand gewond zou raken, dat ze het geld voor de jongen zouden incasseren en hem daarna weer zouden laten gaan.'

'Moore zei dat Bryce Lewis niet de slimste van de klas lijkt,' voegde Abe eraan toe. 'Ze vermoedt dat hij een leerstoornis heeft, misschien beperkt is.'

Dana knikte. 'Dat klopt met wat ik weet over Sue's moeder. Ze was een junk en alcoholiste toen ze zwanger van hem was. Dat hij de gevolgen daarvan ondervindt is geen verrassing.'

'Hij wist van de tatoeage,' zei Abe. 'Sue citeerde blijkbaar graag haar vader, die zei: "Pas toe, pas aan en verbeter." Ik kon het niet thuisbrengen.'

Naast haar verstijfde Ethan. 'Het motto van de Ronde Tafel,' zei hij zacht. 'Het is een grap.'

Mia leek misselijk. 'Een gráp?' Ze had zelfs met het uitspreken van het woord moeite.

'Ik ben bang van wel. Monty Python maakte in de jaren zeventig een komische sketch. Een bankrover wil toeslaan, maar beseft dan dat hij in een lingeriewinkel staat. Hij zegt: "Pas toe, pas aan en verbeter, het motto van de Ronde Tafel," en pikt vervolgens ondergoed,' zei Ethan triest. 'Sue heeft dat de afgelopen week vaak gedaan, haar plannen aanpassen aan de omstandigheden.'

'Verdomme.' Mia kwam overeind en begon te ijsberen. 'We hebben elf doden en geen flauw idee waar die vrouw uithangt. Zij bepaalt de omstandigheden en het enige wat wij kunnen doen is achter haar aan hollen.'

Ethan stak zijn hand op. 'Ik dacht dat er tien doden waren. McMillan, Rickman, Samson, Sikorski, dokter Lee, Beverly, Sandy en de opticien, dat zijn er acht. Williams is nummer negen, Vickers maakt tien.'

'We hebben het lichaam van Fred Oscola gevonden,' zei Abe met een blik vol afkeer. 'Dat is vanmiddag in een hotelkamer gevonden. Sue had blijkbaar het bordje NIET STOREN op de deur gehangen toen ze wegging, dus de kamermeisjes hebben die kamer met rust gelaten.'

'Tot ze hem begonnen te ruiken,' voegde Mia eraan toe. 'We moesten zijn gebitsgegevens erbij pakken om hem te kunnen identificeren. Sue had verder niet veel overgelaten. Niet alleen waren zijn vingers verdwenen, ze heeft zijn penis ook afgesneden. Volgens Julia was hij op dat moment nog in leven.'

'Ze moet hem vreselijk hebben gehaat,' zei Dana. 'Het zou me niets verbazen als Oscola zijn macht als gevangenbewaarder heeft misbruikt om de vrouwelijke gevangenen tot seks te dwingen. Dat klopt helemaal met Sue's hele houding ten opzichte van seks. Seks is macht. Ze heeft een achtergrond van ernstig seksueel misbruik.' Dana schoof een pagina uit haar notitieblok over de tafel. 'Ik ben vandaag met vrienden van Sandy Stone gaan praten. Scheld me later maar uit, maar ik wist dat ze zonder een bevel van de rechter niet met jullie zouden willen praten. Ik heb een paar adressen die we kunnen natrekken.'

Abe pakte het papiertje op. 'We zouden dat bevel morgenmiddag hebben. We hebben het vandaag aangevraagd.'

Dana haalde haar schouders op. 'Dan heb je het nu een dag eerder.'

Abe knipperde met zijn ogen en concentreerde zich. Dana vroeg zich af hoeveel slaap Mia en hij de nacht ervoor hadden gehad. 'Het adres van haar pleeggezin ook.'

Mia hield lang genoeg op met ijsberen om een blik over Abe's schouder te werpen. 'Waarom?'

'We dachten dat Sue misschien terug zou kunnen gaan naar een huis waar ze zich alleen en geïsoleerd voelde om daar Evie en Alec te verbergen,' zei Dana. 'Wat ze allemaal aan het orkestreren is, is persoonlijk. Dus moet het decor ook persoonlijk zijn. Ze was misschien van plan om het huis van haar oom te gebruiken. Ze haatte die plek. Het ligt voor de hand dat de vervangende plek net zo gehaat wordt.'

Mia liet zich in de stoel naast Dana vallen. 'Wat heb je verder allemaal nog zitten denken, meid?'

Dana wist dat het haar vergeven was. 'Dat dit allemaal om wraak gaat. Randi heeft haar verraden, niet één keer, maar twee keer. Ze heeft tien jaar de tijd gehad om dit te plannen. Het zal symbolisch worden en alle pijn vertonen die zij beleefd heeft. Ik zou graag beter begrijpen wat die pijn was, echt of ingebeeld. Heb je al iets van de gevangenis gehoord?'

'Ja.' Abe sloeg een paar pagina's in zijn aantekeningenboekje om. 'Sue is vijf jaar lang de celgenote geweest van Tammy Fields, die vrouw over wie je het had.'

Dana vertrok haar gezicht. 'Dus dat is hoe ze ons gevonden heeft. En nu weten we van Fred Oscola.'

'Geen verrassing als je kijkt hoe we hem hebben aangetroffen,' zei Mia. 'Zijn vingers afhakken was zakelijk. Ze had ze nodig om de Vaughns de stuipen op het lijf te jagen.'

'Zijn zaakje afhakken was persoonlijk,' maakte Dana zuur af en elke man in het vertrek kromp ineen. 'Dus we weten dat ze in de gevangenis waarschijnlijk verkracht is. Hoelang zat Oscola daar?'

'Haar volle tien jaar,' zei Abe, die nog steeds ongemakkelijk keek.

'Dat is een lange tijd om zoiets te moeten verduren.' Dana keek met gefronst voorhoofd naar Mia. 'Begrijp me niet verkeerd, maar als ik tien jaar lang op zo'n manier gedwongen werd, dan zou ik degene die me daar heeft doen belanden hetzelfde willen laten ondergaan.'

'Dan had ze Oscola niet moeten vermoorden,' reageerde Mia.

'Misschien werd hij hebzuchtig,' antwoordde Dana. 'Dat weten we pas wanneer we haar vinden, maar ik zou zeker Randi Vaughn goed in de gaten houden. Wat het ook is dat Sue voor haar in petto heeft, het zal beslist niet aangenaam zijn.'

'Hoe zit het met jou, Dana?' vroeg Abe met zachte stem. 'Wat heeft ze voor jou in petto?'

Dana duwde haar gedachten in de doos. Het slot op de doos werd met de minuut zwakker. 'Niet veel beters. Ik ben elke maatschappelijk werkster die haar ooit bij haar ouders heeft weggehaald of haar gedwongen heeft ergens te wonen waar ze niet wilde zijn, haar liet doen wat ze niet wilde doen.'

Mia keek Ethan aan. 'Ben je gewapend?'

Ethan knikte met een strak gezicht. 'Binnen de grenzen van de wapenwet van Illinois, ja.'

Mia's ogen fonkelden. 'Juist. Dana, heb jij nog steeds die .38?'

Dana dacht aan haar revolver, die nog steeds in de zak van haar kamerjas zat, die ze op bed had gegooid toen ze zich de dag ervoor naar Evie haastte. Ze had nooit eerder haar revolver zo onzorgvuldig geladen achterlaten, buiten zijn gebruikelijke bergplaats. 'In mijn appartement. Kan ik daarheen gaan om hem op te halen?'

'Ik ga wel,' zei Ethan, geen tegenspraak duldend.

Mia keek naar Abe alsof Ethan niets had gezegd. 'Conway houdt het huis misschien in de gaten.'

'Ik ga wel,' zei Ethan met opeengeklemde kaken.

Abe aarzelde. 'Als ze de boel in de gaten houdt komt ze misschien tevoorschijn als ze Dana ziet.'

Ethan sprong overeind. 'Nee. Jullie gaan haar niet als lokaas gebruiken.'

Dana trok aan zijn arm. 'Ga zitten, Ethan. Alsjeblieft.'

Hij negeerde haar, bleef staan en priemde met zijn vinger in de richting van Mia. 'Gisteravond stond je nog op het punt om haar in beschermende hechtenis te nemen. Wat denk je nou helemaal?'

'Dat ik acht lijken in het mortuarium heb liggen, meneer Buchanan,' antwoordde Mia kalm. 'Dana is een van mijn beste vriendinnen. Denk je nou echt dat ik haar nog meer in gevaar wil brengen dan al het geval is?'

Ethan keek haar dreigend aan. 'Jullie gebruiken haar niet als lokaas.'

'Wij zijn er ook,' zei Abe. 'We houden alles vanaf de straat in de gaten.'

Ethan schudde zijn hoofd. 'En als Conway haar binnen opwacht?'

Abe gaf geen krimp. 'Dana kan een microfoontje dragen.'

Er verschenen twee donkerrode vlekken op Ethans jukbeenderen. 'Zodat je het kunt horen wanneer Conway achter haar opduikt en haar een kogel door het hoofd jaagt? Met alle respect, rechercheúr, vergeet het maar.'

'Meneer Buchanan,' zei Abe kalm. 'De vrouw heeft de afgelopen week elf mensen vermoord. Ze heeft twee mensen gegijzeld. Ik heb de Vaughns in het Excelsior zitten, maar tot dusver geen beet. We sturen agenten naar alle adressen op deze lijst om te waarschuwen en misschien krijgen we haar langs die weg te pakken, maar misschien ook niet. Ik zie dit als een acceptabele –'

'*Acceptabel?*' barstte Ethan uit.

'Een acceptabel, beredeneerd risico,' maakte Abe nog steeds kalm zijn zin af. 'Vooropgesteld dat Dana ertoe bereid is.'

'Dat ben ik,' zei Dana zacht. Ze ging staan en nam Ethans gezicht in beide handen. Zijn ogen fonkelden en spuwden vuur. Ze voelde hem beven. 'Ethan, dit is de juiste manier. Bovendien is het zo dat ze me vandaag op elk willekeurig moment had kunnen doden. Ze had me zelfs bij het politiebureau kunnen staan opwachten. Ik hou dit zo niet veel langer vol. Begrijp alsjeblieft dat ik dit moet doen, net zo goed voor mezelf als voor anderen.'

Ethan maakte zich los uit haar greep en keek Mia aan. 'Ga jij met haar mee?'

Mia schudde haar hoofd. 'Conway heeft me die eerste avond in Hanover House gezien. Ze weet dat ik bij de politie zit. Als ze iemand van de politie ziet, houdt ze zich gedekt. Dan zijn we nog nergens.'

Ethan gaf een rukje met zijn hoofd in de richting van Abe. 'Hij dan.'

Mia schudde opnieuw haar hoofd. 'Als ze Dana gisteravond heeft staan opwachten bij het ziekenhuis, dan heeft ze ons samen gezien. Hetzelfde verhaal.'

Ethans kaken bewogen krampachtig. Hij balde zijn vuisten en ontspande ze weer. 'Dan ga ik met haar mee.'

Dana keek naar Mia en Abe. 'Is dat oké?'

Hij keek Mia woedend aan. 'En ze krijgt een kogelwerend vest.'

Mia knikte kort. 'Akkoord.'

Het vertrek werd compleet stil terwijl Ethans zware ademhaling langzaam rustiger werd. Toen schraapte Clay zijn keel. 'We zitten nog met het probleempje van negentienduizend dollar die nog steeds op haar rekening staan. Wat wil je dat we daarmee doen?'

Abe stak met een grimmig gezicht zijn hand uit. 'Geef me die rekeningnummers. Ik zal een van mijn mensen dat geld laten pakken. Als we haar niet kunnen pakken, dan kunnen we haar in ieder geval een beetje dwarszitten.'

Ethans blik werd hard en leeg. 'Ik hoopte al dat je dat zou zeggen.'

Donderdag 5 augustus, 19.30 uur

'Dit is een achterlijk idee,' mopperde Ethan terwijl hij achter haar aan de smerige trap op liep.

'Sst.' Dana keek bestraffend achterom. 'Stil zijn.'

Omdat hij angst in haar blik zag deed hij zijn mond dicht. Ze deed de deur van het slot en duwde hem open. Liet haar adem ontsnappen.

'Zo te zien is alles veilig, Mia,' mompelde ze in het microfoontje dat aan haar shirt was vastgepind.

Ethan drong zich langs haar heen. Haar keuken en badkamer waren veilig, net als de tweede slaapkamer, waar helemaal geen meubilair in stond. Hij wierp haar een snelle blik toe, maar ze schudde alleen maar haar hoofd. 'Dit was Evie's kamer. Voor ze werd aangevallen.'

Haar slaapkamer zag er nog precies zo uit als een dag eerder toen ze zich zo overhaast had aangekleed. Toen ze doodsangsten uitstond om Evie. Het bed lag bezaaid met kledingstukken.

'Het lijkt allemaal veilig,' zei hij, maar zij fronste haar voorhoofd.

Ze bukte zich en pakte met twee vingers haar kamerjas. Die was van zijde en hing soepel omlaag. Hij herinnerde zich dat ze hem had gedragen. Hoe haar zak had uitgepuild. Daar was nu geen bult meer te zien.

'Mia,' zei ze met trillende stem in haar microfoontje. 'Mijn revolver is verdwenen.'

In minder dan een minuut stonden Mitchell en Reagan hijgend in het appartement. 'Geen sporen van braak bij de voordeur?'

'Nee. Evie had de sleutels, dus Sue heeft de sleutels.' Dana schudde zwakjes haar hoofd. 'Dat had ik eerder moeten bedenken.'

Mia sloeg haar arm om Dana. 'Heeft ze verder iets meegenomen? Zo te zien heeft ze er nogal een troep van gemaakt hier.'

'Nee, dat heeft Caroline gedaan.' Het was nauwelijks verstaanbaar en Mitchell keek niet-begrijpend.

'Caroline hielp haar kleren uit te zoeken voor ons afspraakje maandagavond,' verklaarde Ethan. 'Het zag er gisteren net zo uit toen ik hier kwam. Ze heeft zich toen omgekleed om terug te gaan naar de opvang omdat we dachten dat Sue daar nog steeds was. Ze heeft de revolver in de zak van haar kamerjas laten zitten, hier op het bed. Is er een manier om erachter te komen wanneer Sue hier was?'

'We zullen rondvragen of iemand iets heeft gezien,' zei Reagan, maar hij klonk niet erg overtuigd.

'Ethan, neem haar mee naar de woonkamer en laat haar gaan zitten,' beval Mia. 'Ze ziet eruit alsof ze elk moment kan flauwvallen.'

Dana liet de kamerjas op de vloer vallen waar ze hem had gevonden. 'Ik ga niet flauwvallen. Waarom zou ze mijn revolver hebben gestolen, Mia? Ze heeft een wapen. Dat weten we.'

'Staat je revolver op jouw naam, Dana?' vroeg Reagan.

Ze aarzelde. 'Nee.'

Mitchell sloot haar ogen. 'Shit.'

Reagan stak zijn kin naar voren. 'Op wiens naam staat hij dan?'

Dana slikte heftig. 'Die van mijn moeder.'

Reagan trok zijn wenkbrauwen op. 'Het wordt steeds mooier. Waarom staat jouw revolver op naam van je moeder?'

Dana blies het haar van haar pony uit haar ogen. 'Omdat ik veroordeeld ben voor een poging tot autodiefstal. Ik kon geen wapen op mijn naam krijgen en ik was bang voor mijn ex. Mijn moeder heeft haar naam op de registratie gezet.'

Reagan sloeg zijn ogen ten hemel. 'Mia, als dit straks achter de rug is sta je zo dik bij me in het krijt...'

'Daar kun je me aan houden,' zei ze kortaf. 'Buchanan, neem haar mee naar de woonkamer. Niets aanraken. We bellen de forensische dienst.'

Hij bracht haar naar de woonkamer, waar Dana voorzichtig op de rand van de oude bank ging zitten. Ze beet op haar lip. 'Ze gaat mijn revolver gebruiken, hè? Ze gaat iemand met mijn wapen vermoorden.' Wat ze nog aan kleur op haar gezicht had trok weg. 'Ze gaat Evie vermoorden met mijn revolver.'

Dat had Ethan meteen al gedacht, maar hij had haar niet ongeruster willen maken dan ze al was. 'Dat weet je niet zeker, schat. Misschien wilde ze er alleen maar zeker van zijn dat je haar er niet mee kon neerschieten.'

'Behandel me niet als een klein kind, Ethan.'

Hij ging naast haar op de bank zitten. 'Oké. Je hebt gelijk. Ik dacht hetzelfde.'

Ze bleef stil zitten met haar blik op het midden van de vloer gericht. 'Dit is erger dan mijn droom.'

'Wil je er nu wel over praten?' vroeg hij op vriendelijke toon, maar ze schudde haar hoofd zonder haar blik van hetzelfde plekje op de vloer af te wenden.

Hij volgde haar blik naar het midden van het lelijke oude vloerkleed dat uit het midden en scheef lag. Maar het had de dag ervoor ook schuin gelegen en zondagavond ook. Hij had maar een moment de gelegenheid om daarover na te denken voor Reagan verscheen en, ook haar blik volgend, aan de rand van het kleed bleef staan. Hij boog zich voorover en begon het op te rollen.

'Niet doen.' Dana sprong overeind, maar het was al te laat. In het tapijt onder het vloerkleed zat een grote bruine plek, zo breed als het kleed en zeker de helft ervan in lengte. Reagan nam het een ogenblik in zich op en hield zijn hoofd vervolgens schuin om Dana te bestuderen, die keek als een hert dat in het licht van koplampen gevangen was.

Ethan voelde zijn maag omdraaien en hij moest het zuur wegslikken, niet vanwege de aanblik van de grote bloedvlek, maar vanwege het begrip van wat die vlek wilde zeggen.

'Je bent nooit verhuisd, hè?' vroeg hij met schorre stem.

Ze weigerde hem aan te kijken. 'Nee.' Haar lippen vormden het woord, maar er kwam geen geluid.

Ze was hier gestorven, Dana's moeder. In het oude artikel dat hij had gevonden stond dat ze vreselijk mishandeld en bloedend was aangetroffen door haar dochter. Er werd geen adres genoemd of een dader. Hij herinnerde zich de blik in haar ogen op de ochtend dat ze hem over zichzelf vertelde en over het misbruik door eerst haar vader en daarna haar stiefvader. Hij had het artikel gelezen en aangenomen dat de stiefvader verantwoordelijk was. Dat werd voor hem bevestigd toen hij de naam van de stiefvader tegenkwam op de lijst van tot levenslang veroordeelden in de staatsgevangenis.

Hij had aangenomen dat ze was verhuisd. De meeste mensen zouden dat hebben gedaan. Dana Dupinsky hoorde niet tot de meeste mensen. Op de een of andere manier had ze het toneel van een zinloze, smerige misdaad omgevormd tot haar eigen persoonlijke, nooit eindigende hel. Elke keer dat ze thuiskwam moest ze het weer onder ogen krijgen, het opnieuw doormaken. Deze plek, met zijn junks en dopehandelaren, was één grote, verrekte boetedoening.

'Verdomme, Abe,' zei Mitchell vanachter hen.

Reagan kwam overeind. 'Laat me raden. Haar moeder?'

Mitchell wierp de doodsbleke, geschokte Dana een blik toe die zo vol was van zorg en liefde dat Ethan haar bijna vergaf dat ze Dana in gevaar had gebracht. 'Ja. Doe het kleed terug, wil je? Ethan, breng haar naar het hotel. Bel me als jullie daar zijn, oké?'

Donderdag 5 augustus, 23.00 uur

Er klopte iets niet. Sue zat in haar auto vanaf een straat verderop door de huizen een kleine, twee verdiepingen tellende woning te observeren. Dat was het huis van de agent die haar elf jaar geleden had gearresteerd. Taggart heette hij. Hij woonde alleen, maar ze zag schaduwen van andere mensen in huis. Haar instinct stond op scherp. De politie zat daar te wachten. *Op mij te wachten.*

Nou, zouden die even teleurgesteld worden, dacht ze. Sue tikte nadenkend op het stuur. De enige reden dat de politie hier was kon alleen maar zijn dat Randi ze had gewaarschuwd. Er was geen enkele andere logische verklaring waarom ze achterdochtig zouden zijn. Ze had gedacht dat het kind het verschil zou uitmaken. Dat Randi Vaughn de consequenties wel zou hebben geleerd van tegen de politie kletsen. Oude gewoonten waren blijkbaar moeilijk af te leren. Randi Vaughn zou een moeilijke, laatste les krijgen.

Nu Randi Vaughn de politie had ingelicht zouden ze zeker ook het hotel in de gaten houden. Dat betekende een aanpassing van de logistiek van de volgende avond. Zelfde feestadres, andere manier van het oppikken van de eregast. Ze zou Donnie morgen waarschuwen. Ze stopte bij een tankstation om de lege jerrycans in de kofferbak te vullen.

De logistiek van vanavond liep als een trein.

Donderdag 5 augustus, 23.45 uur

'Dana, je moet echt wat eten,' zei Ethan vanuit de deuropening naar de slaapkamer.

Ze kon Ethan zien in de weerspiegeling van de ruit terwijl ze omlaagkeek naar de heldere lichten van de stad. Hij probeerde haar al iets te laten eten vanaf het moment dat ze terug waren gekomen van haar appartement, maar de gedachte aan eten deed haar kokhalzen. 'Ethan, ik heb echt geen honger,' antwoordde ze op een geprikkelde toon die bedoeld was om hem af te weren.

Maar in plaats daarvan zag ze zijn spiegelbeeld dichterbij komen en ze huiverde toen hij zijn warme handen op haar koude schouders legde en een zachte kus op haar slaap drukte.

'Geef het niet op, schat,' zei hij zacht, maar in de weerspiegeling was de bezorgde blik in zijn ogen te zien.

'Doe ik ook niet,' antwoordde ze, maar ze hoorde de leugen in haar eigen stem. Sue had Evie en Sue had haar revolver. Sue had elf mensen vermoord en niemand wist waar ze uithing.

Hij trok even aan haar schouders. 'Je staat hier nu al twee uur uit het raam te staren, Dana. Kom naar bed. Je moet slapen.'

Ze maakte zich los van zijn handen. 'Nee. Ik wil niet slapen.'

'Want dan droom je.'

Ze knarste met haar tanden terwijl boosheid vlak onder de oppervlakte borrelde. Normaal gesproken kon ze die woede inhouden, wegsluiten in de doos. Vanavond niet. 'Zou je denken?' vroeg ze bijtend.

De man gaf geen krimp en ze kon hem wel wat doen. 'Ja, dat denk ik. Ben je eraan toe om me er nu over te vertellen?' Toen ze nog harder met haar tanden knarste legde hij alleen maar zijn handen opnieuw op haar schouders en begon haar te masseren. 'Weet je nog, die eerste avond in Wrigleyville? Je kreeg me aan het praten over Richard en ik voelde me beter. Je moet beginnen naar jezelf te luisteren.'

Ze lachte bitter. 'Dokter, genees jezelf?'

'Als die schoen past, schat.' Zijn handen gleden van haar schouders, langs haar armen, en sloten zich om haar middel. Ondanks haar pogingen zich daartegen te verzetten leek haar lichaam precies te weten hoe ze het beste pasten. Ze leunde tegen hem aan en liet haar achterhoofd tegen zijn schouder rusten.

'Waarom blijf je er maar op aandringen dat ik je over mijn moeder vertel?'

'Omdat je denkt dat dat het grootste deel van jou is.'

Dana knipperde met haar ogen en draaide zich om om hem te kunnen aankijken. 'Wat?'

'Dana, alles wat je van jezelf hebt gemaakt schrijf je toe aan één heel akelig moment.' Hij ging met zijn duim over haar wenkbrauwen en haar oogleden gleden dicht. 'De avond dat je moeder is vermoord. Niet door jou,' voegde hij eraan toe, 'ook al is dat wat je jezelf laat geloven.'

'Je hebt het nagetrokken,' zei ze vermoeid. Ze leunde met haar voorhoofd tegen zijn ontblote borst en de haartjes kietelden in haar neus. 'Je moet hebben gedacht dat er een kern van waarheid in zat, anders zou je het niet hebben nagetrokken.'

'Nee, ik heb nooit gedacht dat er iets van waar was. Jij zou geen ander menselijk wezen kunnen doden.'

'Ik zou Sue kunnen vermoorden,' zei ze heftig en zijn armen sloten zich met kracht om haar heen.

Hij trok haar hard tegen zich aan. 'Zoals ik al zei: geen ander menselijk wezen.'

Ze haalde diep adem, snoof zijn geur op. 'Daar heb je een punt.'

'Dana, praat met me. Vertel me wat er die avond is gebeurd. Ik moet het weten om je te kunnen helpen.'

Ze keek naar hem op, naar de blik in zijn ogen. Die kalme groene ogen die haar altijd aan de lente deden denken. Aan nieuw leven. 'Waarom?'

Zijn blik werd triest. 'Is het zo moeilijk te geloven dat ik misschien gewoon om je geef?'

Haar ogen prikten. 'Ja.'

Zijn vingers streken zachtjes het haar uit haar gezicht. 'Dana, heb je vrienden die je niet méér hebt geholpen dan zij jou? Vrienden bij wie jij de ontvanger bent in plaats van de gever?'

De vraag overviel haar. 'Dat weet ik niet.'

'Denk er eens over na.' Hij kuste haar mond, zo teder dat ze wel kon huilen. 'En denk er dan eens over om voor één keer de ontvanger te zijn. Mensen dingen voor je te laten doen. Zonder ze op de een of andere manier terug te hoeven betalen.' Hij sloeg zijn arm om haar heen en leidde haar naar het bed. 'Zoals op dit moment. Laat me je helpen slapen. Geen verplichtingen.' Zijn stem klonk zwaar en glad en hees en zijn handen waren zacht terwijl hij haar schoenen uittrok, haar shirt. Hij kleedde haar als een klein kind uit, trok toen een van zijn T-shirts over haar hoofd. 'Ga slapen. We praten morgen wel.'

Hij stopte haar in en deed het licht uit en ze hoorde hoe hij zich uitkleedde. Hij gleed naast haar en trok haar tegen zich aan. Ze voelde zijn erectie kloppend tegen zich aan, maar het was eerder geruststellend dan een verleiding. Hij was er. Hij zou er zijn wanneer ze midden in de nacht wakker werd. Want ze zou midden in de nacht wakker worden. Dat gebeurde altijd.

'Morgen, schat,' fluisterde hij in haar oor. 'Morgen zullen we ze vinden.'

'Dat zei je gisteravond ook.'

'En ik zal het morgen weer zeggen. Tot het waar wordt. Tot dit voorbij is.'

Ze begon weg te doezelen, veilig in zijn armen. 'En jij naar huis gaat.'

Zijn armen spanden zich en ontspanden toen weer. 'En ik naar huis ga. Wat ga jij doen? Wanneer het achter de rug is?'

Ze knipperde met haar ogen. Ze zag alleen maar duisternis, voelde alleen maar hem. 'Ik weet het niet. Ik weet wel dat ik het niet hier kan doen, wat het ook is.'

Hij tilde zijn hoofd op en ze voelde zijn frons meer dan dat ze hem zag. 'Hier?'

'In Chicago. Het is te gevaarlijk.' Ze geeuwde, versmolt met hem. 'Caro en Evie... moeten een veiliger manier vinden.'

'Maar jij niet,' zei hij te zacht en te laat besefte ze haar vergissing.

'Nee. Niet ik,' antwoordde ze oprecht.

'Waar ga je heen?'

'O, dat weet ik niet.' Haar stem sloeg over. 'New York, Atlanta... misschien Philadelphia.'

Een lange stilte. 'Maar niet D.C.?'

Ze zei niets, kon niets zeggen.

Zijn lichaam verstarde, maar zijn stem bleef zachtaardig. 'Ik kom te dichtbij, hè?'

'Ethan –'

'Ga slapen, Dana.'

Vrijdag 6 augustus, 03.00 uur

'Wakker worden.'

Evie's ogen schoten open van de plotselinge pijn toen Jane's hand tegen haar kaak knalde. Ze knipperde met haar ogen, probeerde zich te concentreren op de lange figuur die dreigend over haar heen gebogen stond. Ze onderdrukte een jammerkreet toen ze overeind werd gehesen. Ze deed haar ogen dicht toen koud, hard metaal onder haar kin porde. Het zou nu gebeuren. Ze zou haar nu vermoorden. Met Dana's revolver.

Jane grinnikte alleen maar. 'Nog niet, poesje. Je moet nog een paar dingen doen voor ik met je afreken. Ik ga het touw rond je benen lossnijden en dan wandel je hiervandaan. Je handen blijven gebonden en je mond dichtgetapet. Als je iets uithaalt, schiet ik je ter plekke neer. Begrepen?'

Evie bleef doodstil staan en Jane duwde de stompe loop van haar wapen nog harder tegen haar keel, waardoor ze geen lucht meer kreeg. 'Laat merken dat je me hebt gehoord,' snauwde ze kil. Evie knikte één keer en dat was blijkbaar voldoende, want de druk tegen haar luchtpijp nam af. Ze haalde snel adem door haar neus en Jane grinnikte opnieuw. 'Laten we aan de slag gaan. Ik moet terug om wat te slapen voor de tweede voorstelling vanavond begint.'

Vrijdag 6 augustus, 03.30 uur

'Néé.'

Ethans ogen vlogen open bij die meelijwekkende kreet en hij draaide zich met een ruk om om op de wekker op het nachtkastje te kijken. Het was het holst van de nacht en Dana lag te dromen. Hoe had hij het zo geraden? Hij deed de lamp naast de wekker aan en terwijl hij op zijn elleboog steunde schudde hij haar zachtjes. 'Wakker worden. Dana, word wakker.' Dat deed ze met een schok en de blik in haar ogen maakte duidelijk dat ze meteen wist wat er aan de hand was.

'Het spijt me.' Het was een scherp gefluister. Haar ademhaling kwam met korte, felle stoten en haar lichaam beefde. Haar lippen trilden alsof ze op het punt stond in huilen uit te barsten. Hij vroeg zich af of ze dat gedaan zou hebben als ze alleen was geweest.

'Dat zeg je steeds,' mompelde hij. 'Vertel het me nu. Wat gebeurt er in je droom?'

Ze deed haar ogen dicht. 'Dat weet je al.'

'Ik ken de kale feiten, Dana. Waarom vertrouw je me niet met de rest van het verhaal?'

Bij die woorden vlogen haar ogen open. 'Het heeft niets te maken met vertrouwen, Ethan. In hemelsnaam, ik lig naast je te slapen. Maakt dat niet duidelijk dat ik je vertrouw?'

'Je slaapt anders niet zo veel,' wierp hij tegen. 'Droom je elke nacht zo?'

Ze leek in de kussens te verdwijnen. 'Nee. Alleen als ik op normale tijden slaap.'

'En hoe vaak gebeurt dat?'

Ze haalde een schouder op. 'Een paar keer in de week. Soms ben ik op het busstation. Het grootste deel van de tijd zit ik op met een van mijn cliënten of hun kinderen.'

'Dus je vermijdt slaap.'

Ze zuchtte. 'Ik denk het wel.'

'Dat lijkt me emotioneel wel gezond,' zei hij droog. 'En werkt het voor je?'

Ze schudde langzaam haar hoofd. 'Duidelijk niet.'

'Nou, dan zijn we het in ieder geval ergens over eens.'

Ze beet op haar lip. 'Ik weet niet waar ik moet beginnen.'

'Ik zal je helpen. Leefde je moeder nog toen je met die motorjongen trouwde?'

'Ja. Ik heb Charlie nooit mee naar huis genomen, hoewel hij en mijn stiefvader een heleboel gemeen zouden hebben gehad.' Ze draaide zich abrupt om en propte het kussen onder haar hoofd. 'Ik haatte hem.'

'Charlie of je stiefvader?'

Ze bleef even stil. 'Allebei. Ik denk dat ik voornamelijk de pest had aan mijn stiefvader.' Ze zuchtte opnieuw. 'Maar als puntje bij paaltje komt, dan denk ik dat ik nog het meest de pest had aan mijn moeder.'

Hij ging met zijn vlakke hand over haar rug en voelde haar spanning afnemen. 'Waarom?'

'Omdat ze bij hem bleef. Ook omdat ze bij mijn echte vader was gebleven. Ik wenste altijd dat ze ons boeltje bij elkaar zou pakken en weggaan. Ergens naar een veilige plek, waar onze vader ons niet kon vinden. Toen ging hij dood en ik was zo blij. Heb je enig idee hoeveel schuldgevoel dat een kind bezorgt, blij zijn omdat je vader dood is?'

'Nee,' antwoordde hij eenvoudig terwijl hij haar rug bleef strelen. 'Maar ik kan me er wel iets bij voorstellen.'

'Ik denk dat je nog niet eens in de buurt komt,' zei ze bitter. 'Maar ik was gelukkig. Een paar maanden lang waren we alleen met ons drieën. We woonden bij mijn oma.'

'Had je een zus?'

'Die heb ik nog steeds ergens,' zei ze nog net zo bitter. 'Al zou

Maddie een heel ander antwoord geven. Ze zegt dat ze geen zus heeft.'

'Dus zij geeft jou ook de schuld van je moeders dood.'

'Ja.'

'Ik begrijp het niet. Je stiefvader heeft het gedaan. Hij zit een levenslange straf uit.'

'Dat heb je ook opgezocht, hè? Ja, levenslang. Hij heeft inmiddels kanker, dus hij zal er niet veel meer van uitzitten. Ik zal er geen traan om laten als hij doodgaat.'

'Dus je moeder kwam gewoon van de regen in de drup?'

'Daar komt het wel op neer. Ze nam die man mee naar het huis van mijn oma, herinner ik me. Ik mocht hem niet en dat zei ik ook tegen hem. Voor ik het wist lag ik op de grond.'

Ethan fronste zijn voorhoofd. 'Hij sloeg je neer en je moeder trouwde toch met hem?'

'Hij was een prima kostwinner,' zei ze op bijtende toon. 'We hoefden dan niet meer bij oma te wonen.'

'Ik geloof dat ik het begin te zien,' zei hij zacht en hij ging met zijn hand naar haar hoofd, waar hij met zijn vingers door haar haar ging.

'Toen ik wegging bij Charlie, wilde ik een echt leven,' ging Dana abrupt verder. 'Ik ging als serveerster werken om geld te verdienen om te gaan studeren. Ik volgde zo veel colleges als ik me maar kon veroorloven. Op een avond zag ik een pamflet over supportgroepen voor slachtoffers van misbruik, dus daar ben ik naartoe gegaan. De vrouw die de groep leidde, leidde ook een opvanghuis dat Hanover House heette.'

'Ik dacht dat jij de opvang was begonnen.'

'Nee. Dat was Maria.' Genegenheid gaf haar stem een warme klank. 'Zij was de eerste die ik ooit was tegengekomen die echt om me gaf. Zij is de reden dat ik psychologie ben gaan studeren. Ik wilde net als zij worden. Bovendien wilde ik mezelf oplappen,' voegde ze er wrang aan toe. 'Hoe dan ook, ik begon inzicht te krijgen in de vicieuze cirkel van huiselijk geweld. Ik haatte mijn moeder een beetje minder. Ik probeerde mijn moeder zover te krijgen dat ze met mij samen naar Maria's gespreksgroep zou gaan, maar dat weigerde ze. Ik denk dat dat het moment was dat ik begon in te zien dat ik zo'n afkeer had van het feit dat mijn moeder liever de weg van de minste weerstand koos dan voor ons te kiezen. Ze zou altijd van zichzelf vinden dat ze geen keuze had. Ik zag haar alleen maar als slap. Vond dat ze niet genoeg van ons hield. Maar ik gaf niet op. Ik bleef proberen haar mee te nemen naar de groep en haar zover te krijgen dat ze bij hem wegging. Hij bleef haar mishandelen. Toen was het op een dag zo erg dat ze bij de spoedeisende hulp belandde. Ze belde me.'

'En jij ging haar ophalen.'

'Natuurlijk. Ze was mijn moeder. Ik nam haar mee naar mijn appartement. Ik zei tegen haar dat ze daar zou logeren en ik geloof dat ze het gewoon opgaf zich tegen me te verzetten. Mijn stiefvader kwam naar de plek waar ik aan het bedienen was. Woest. En ik... ik denk dat er iets in me knapte. Ik gilde tegen hem dat hij een beest was en een kindermishandelaar. Ik zei tegen hem dat mijn moeder eindelijk voor mij had gekozen in plaats van voor hem.'

'En hij...'

'Hij ging helemaal door het lint. De manager van het restaurant moest hem eruit gooien. Ik werd in de gauwigheid ook nog bijna ontslagen. Ik dacht dat hij weg zou gaan om ergens zijn wonden te likken en daarna weer achter me aan zou komen.'

'Maar hij ging op zoek naar je moeder.'

'Hij heeft haar gevonden.' Er viel een lange stilte. 'Ik heb haar later gevonden.'

Zijn hand bleef stil op haar rug liggen. 'Leefde ze nog?'

'Nee.' Ze fluisterde het.

'Het spijt me zo.'

Ze zei lange tijd niets. Toen ze weer begon te praten waren haar woorden nauwelijks verstaanbaar. 'Er was zo ontzettend veel bloed. Overal. Ik... Er zaten bloedspatten op de muren. Het tapijt was ermee doorweekt. Ik... Het maakte een zuigend geluid. Als je erover liep.' Ze huiverde. 'Ik hoor het nog steeds.'

'In je dromen.'

Ze knikte en haalde vervolgens diep adem, alsof ze zich schrap zette om door te gaan. 'Ze lag in een hoopje op de grond. Hij had haar geslagen. En haar gestoken met een van mijn keukenmessen. Zo ontzettend veel bloed. Ik draaide haar om en begon te gillen toen ik haar gezicht zag. Ik kon haar gezicht niet eens herkennen. Ik schreeuwde maar dat iemand het alarmnummer moest bellen, maar niemand deed dat. Het was zelfs toen al een slechte plek om te wonen. Niemand kwam buiten als het niet strikt noodzakelijk was.'

Hij had zijn troostende massage hervat. 'Hoe is er dan hulp voor je gekomen?'

'Ik dwong mezelf om overeind te komen en de telefoon te pakken, maar die gleed steeds uit mijn handen en toen zag ik pas dat mijn handen onder het bloed zaten.'

Hij herinnerde zich hoe ze naar haar handen had zitten staren toen ze de avond ervoor onder de douche vandaan was gekomen. Hij kon niets bedenken om te zeggen. Dus zei hij niets. Bleef alleen maar over haar rug aaien.

'Ik belde het alarmnummer en ik wachtte een eeuwigheid. Ze arriveerden eindelijk en ik was... hysterisch. Dat vertelden ze me later. Ik moet tegen ze hebben gezegd dat ze Maria moesten bellen, want zij kwam en zorgde voor me terwijl ze mijn moeder weghaalden.' Ze vertrok haar gezicht. 'Maria zette me in de keuken en zorgde dat ik niet keek, maar ik hoor nog steeds het geluid van het dichtritsen van de lijkenzak. Maria begon me schoon te maken en dat was het moment dat de telefoon ging.'

Ze zei verder niets meer en uiteindelijk vroeg hij: 'Wie was het?'

'Mijn stiefvader. Ik hoorde zijn stem trillen. Hij zat nog vol woede en adrenaline.'

'Wat zei hij?'

Ze leek op te houden met ademen. En ze zei niets.

'Dana, schat. Wat zei hij?'

Ze huiverde heftig. Eén keer. 'Hij zei: "Je hebt je moeder vermoord. Heb je nu je zin?"'

Ethans hand bleef roerloos op haar rug liggen. Dat was precies wat ze de avond ervoor had gezegd. *Ik heb mijn moeder vermoord. Heb je nu je zin?* Hij moest zijn best doen om de woorden uit te spreken. 'Je weet dat je haar niet hebt vermoord, Dana.'

'Heb ik haar met mijn vuisten bewerkt?' Ze sprak nu kalm. Te kalm. 'Nee. Heb ik haar met mijn keukenmes gestoken? Nee. Heb ik haar in een situatie gedwongen die ze niet aankon? Dat heb ik wel gedaan. Daarna heb ik het nog erger gemaakt door hem publiekelijk te vernederen, waardoor hij tot razernij werd gebracht. Ik heb hem haar niet laten vermoorden, maar ik ben er wel verantwoordelijk voor. Ik heb de gebeurtenissen in gang gezet.'

'De gebeurtenissen waren nog voor je werd geboren al in gang gezet, Dana. Je moeder heeft keuzes gemaakt. Jij was een kind.'

'Ik was geen kind meer toen ik haar dwong een keuze te maken.' Nog steeds die onwerkelijke kalmte. 'Maar ik gedroeg me wel als een kind. Hij of ik. Kies maar. Als ze voor hem had gekozen, zou ze misschien nog in leven zijn.'

Hij wist niet wat hij kon zeggen om haar ervan te overtuigen dat ze niet verantwoordelijk was. 'Wat is er daarna gebeurd?'

'Maria is er al die tijd voor me geweest. Ze gaf me de kans om in Hanover House te komen werken. Hield me bij zich in de buurt. Terugkijkend weet ik nu dat dat was om zeker te weten dat het goed met me ging. Maar het werd uiteindelijk...' Ze zuchtte. 'Mijn leven. Maria overleed vlak voor ik afstudeerde. Ze had een zwak hart. Ik dacht dat ze aan haar bureau in slaap was gevallen. Ik denk dat dat de manier was waarop ze wilde gaan. Aan het werk. Ik ging die eerste jaren als directeur van Hanover House verder met mijn studie om mijn master te halen. Ik werd gediplomeerd therapeut. En... dat is alles.'

Dat was bepaald niet alles, wist hij. 'Wanneer ben je begonnen... pasfoto's te maken?'

'Een jaar of zo daarvoor. Maria hobbyde wat met vrouwen helpen een nieuwe identiteit aan te nemen.' Ze draaide zich abrupt op haar rug en keek naar hem op. Fel. 'Ik doe meer dan alleen maar pasfoto's maken, Ethan. Ik doe alles. De paspoorten, de rijbewijzen... alles.'

'Dat vermoedde ik al.' Maar dat ze het hem had verteld bezorgde hem een steek in zijn hart. 'Hoeveel vrouwen heb je op die manier geholpen?'

'Een stuk of twintig, dertig in de afgelopen tien jaar. Het is na 9/11 een stuk lastiger geworden. Maar de computertechnologie is nu ook een stuk beter.'

Hij trok vragend zijn wenkbrauwen op. 'Ben je van plan hiermee door te gaan?'

Ze fronste onzeker haar voorhoofd. 'Ik weet het niet. Waarschijnlijk niet. Ik ben dit keer bijna gepakt.'

Zijn hartslag nam toe toen hij daarover nadacht. 'Mijn god. Als ze je huis doorzoeken...'

'David heeft alles weggehaald. Al mijn gereedschap en het lamineerapparaat.'

Zijn hartslag werd weer normaal, ook al voelde hij een steek van jaloezie bij het horen van de verdrietige genegenheid in haar stem. Hij herinnerde zich de blik in de ogen van de man op de avond dat ze elkaar hadden ontmoet en gisteren opnieuw nadat ze het lichaam van Sandy Stone hadden gevonden. Hunter was verliefd op haar. Je hoefde geen privédetective of rechercheur te zijn om dat te zien. Maar hij dacht niet dat Dana het in de gaten had. 'Dat was aardig van hem.'

Ze slikte. 'Ja, dat was het zeker.'

Hij moest het vragen. 'Dana... hou je van hem?'

'Ja, maar niet op de manier die jij bedoelt. Max en hij en de Hunters hebben me opgenomen. Hebben me bij de familie gehaald. David is net de broer die ik nooit heb gehad. Hij denkt er net zo over.'

Zijn opluchting schitterde als een parel, ook al dacht hij niet dat Dana Hunters gevoelens juist inschatte. 'Mooi.' Hij boog zich naar haar toe om een vluchtige kus op haar lippen te drukken. 'Wat droom je, Dana?'

De blik in haar ogen veranderde in een oogwenk van sensueel bewustzijn in ergernis. 'Je geeft het niet op, hè?'

'Dat zie ik niet als een tekortkoming.'

'Het is... Verdomme, Ethan.' Ze ging verliggen op het kussen en sloeg onder de dekens haar armen over elkaar. 'Ik droom over mij, oké? Dat ik door het bloed loop. Hoor mijn voeten...' Ze vertrok haar gezicht. 'Ik hoor ze soppen. Ik draai altijd haar lichaam om en mijn handen zitten altijd onder het bloed. Maar het is niet altijd haar gezicht. Nadat Evie was aangevallen was het haar gezicht, een heel lange tijd. Soms is het het gezicht van een vrouw die net naar de opvang is gekomen.' Ze zweeg. Sloot haar ogen. 'Gisternacht was het voor het eerst... Het was mijn gezicht.' Ze deed haar ogen weer open en haalde haar schouders op. 'Ik... ik denk dat ik daardoor door het lint ging, doordat ik mezelf daar dood zag liggen.'

Hij likte zijn plotseling droge lippen. 'Dat denk ik ook. En vanavond?'

Haar glimlach was grimmig. 'Weer ondergetekende. Nu weet je alles, Ethan. Elke krankzinnige afwijking die ik heb. Nu moet ik weer gaan slapen. Ik zal mijn best doen om je niet weer wakker te maken.'

Ze probeerde zich om te draaien en hij hield haar tegen. Hij nam bezit van haar mond met een harde, felle zoen. Zijn hart bonkte in zijn borst toen ze van haar kussen omhoogkwam en hem meer dan halverwege tegemoetkwam. 'Dat vind ik niet erg,' zei hij zacht, blij toen haar armen hun klemmende omhelzing van zichzelf loslieten en zich om zijn nek vouwden.

'Ik haat het dat ik zo droom,' fluisterde ze. 'Dat je me zo ziet.'

Kwetsbaar, dacht hij. 'Menselijk?' zei hij in plaats daarvan.

'Ik heb altijd verlangd naar iemand die me vasthoudt wanneer ik droom. Dank je dat je er deze week voor me was. Ik weet niet of ik het wel zo ver zou hebben gered zonder jou.'

En wanneer dit allemaal achter de rug is? wilde hij vragen. Hij deed zijn mond open om de vraag te stellen en deed hem toen weer dicht, omdat hij bang was voor haar antwoord. 'Jij was er ook voor mij. Elke keer dat ik bij jou was... kreeg ik het gevoel dat ik door kon gaan, nog even naar Alec kon zoeken.'

Haar glimlach vervaagde. 'Ik ben bang.'

'Ik ook.' Hij kuste haar voorhoofd. 'Ik ook.'

'Zeg het nog een keer, alsjeblieft.'

'Morgen, schat. Morgen zullen we ze vinden.'

22

Chicago, vrijdag 6 augustus, 04.15 uur

Jane had het afgelopen uur geen woord gezegd. Ze had alleen maar met die angstaanjagende glimlach op haar gezicht achter het stuur gezeten. Evie wierp van tijd tot tijd een blik op haar, maar keek voornamelijk strak voor zich uit. Hun route in zich opnemend, net als Alec had gedaan.

Alec. Waar was hij? In de kofferbak? Niet op de achterbank. Evie was erin geslaagd rond te kijken toen Jane haar dwong voorin te gaan zitten en haar handen opnieuw vastbond, dit keer voor haar lichaam in plaats van op haar rug. Ze had haar enkels stevig bij elkaar gebonden maar de prop uit haar mond gehaald, en dit keer was er ook geen sprake van een blinddoek. Na een vreemde omweg om de stad reed Jane nu in westelijke richting. Dezelfde weg als wanneer ze naar het huis van Caroline gingen.

Caroline. Was alles in orde met haar? Leefde de baby nog? Waren ze in veiligheid?

De auto minderde vaart toen Jane de afslag nam. 'Ik moet benzine hebben,' zei ze. 'Als je het waagt een kik te geven, dan ben je dood. Begrepen?'

Jane bracht de auto tot stilstand en stapte uit om zich uit te rekken. Ze klokte het laatste restje water uit de fles die ze in de bekerhouder tussen hen in had staan. Dichtbij, maar toch zo ver weg. Evie was zo uitgedroogd als ze nog nooit was geweest en ze likte haar lippen voor ze het in de gaten had. Jane lachte zachtjes en gooide de fles in de vuilnisbak voor ze het vulpistool uit de pomp nam. Toen ze klaar was maakte ze aanstalten om weer in te stappen, maar aarzelde toen. Ze ging rechtop staan en keek om zich heen. De weg was verlaten. Ze waren de enige auto hier.

'Ik moet piesen,' kondigde Jane aan. 'Ik blijf maar een minuutje in de winkel. Je kunt niet ver komen in een minuut met je voeten zo bij elkaar gebonden. Ik zal je vinden en dan vermoord ik je. Gesnapt? O, en als je probeert iemand om hulp te vragen, zelfs de man binnen, dan is die ook dood. Dus blijf zitten, dan overkomt niemand iets.' Ze deed alle portieren op slot en stak met stevige pas het parkeerterrein over. Evie keek rond in de auto op zoek naar iets wat haar misschien zou kunnen helpen te ontsnappen.

En verstijfde. Verbijsterd. Jane's mobiele telefoon lag op de stoel. Ze had hem op de stoel laten liggen. Evie wierp een snelle blik in de richting van de winkel, greep de telefoon en belde.

Ze werd wakker van de telefoon. Ethan had zijn hand al naar het lichtknopje uitgestoken en een seconde later hield ze het mobieltje in haar hand en had hij zijn arm om haar heen geslagen. Met trillende handen nam Dana op.

'Ja?'

Een gesmoorde snik. 'Dana, ik ben het.'

O god, o god. Dana's hart begon te bonzen. 'Evie, schat, waar ben je?'

Ethan had de hoteltelefoon al te pakken en was bezig Mia's nummer te bellen.

'Dana, ze heeft me te pakken. Jane heeft me ontvoerd.'

'Ik weet het. Waar ben je?'

'Bij een benzinestation. Die van drie afslagen voor de afslag die we nemen als we naar Caroline gaan.'

'Waar is ze, Evie?'

'Ze is naar de wc binnen. Dana, luister. Ze heeft Erik ook. Maar hij heet Alec. Ik heb geen idee waar hij nu is, maar vanochtend was hij nog in een motel in Gary. Alec zei dat hij een kip en een school heeft gezien. Hij had geen tijd om meer te zeggen. Ga hem zoeken, Dana. Ze heeft hem een overdosis van zijn pillen gegeven en hem onder het bed geschoven. Shit. Ze komt eraan. Ik moet ophangen. Ze heeft je revolver. Ik hou van je.'

De verbinding werd verbroken. 'Evie!' Niets meer. Dana greep de hoorn uit Ethans handen. 'Mia, dat was Evie. Ze is bij een tankstation op ongeveer vijftien kilometer van Caroline's huis.'

'Rustig, Dana. Ik ben ermee bezig.'

'Wácht! Ze weet waar Alec is.' Ethan draaide zijn hoofd met een ruk om en staarde haar aan met een blik vol gepijnigde hoop. Ze knikte naar hem. 'Iets over een motel in Gary en een kip en een school. Ze zei dat Alec haar dat had verteld. Ik wist niet dat hij kon praten.'

Ethan schudde zijn hoofd. 'Ik ook niet.'

'Ik ben ermee bezig,' herhaalde Mia.

'Wácht! Stuur een ambulance naar het motel. Sue heeft Alec een overdosis medicijnen gegeven.'

'Begrepen.' Er klonk een klik toen Mia ophing.

Dana legde de hoorn op de haak en sprong uit bed. 'Sue brengt haar naar het huis van Caroline.'

Ethan greep haar bij een arm. 'Dat is precies de reden waarom jij hier blijft.'

Dana rukte zich los en schudde woest haar hoofd. 'Ik heb twee dagen lang van jou moeten aanhoren dat we ze zouden vinden. Nu hebben we ze gevonden. Ik blijf niet hier zitten duimendraaien. Je kunt hier blijven of je kunt meegaan, maar je houdt me niet tegen, Ethan.'

Hij aarzelde een ogenblik, liet zich toen uit bed rollen en pakte zijn broek. Een ogenblik later stond hij op de deur naar Clay's kamer te bonzen. Dana kwam hun slaapkamer uit terwijl ze bezig was haar shirt over haar hoofd te trekken. Ze wierp een blik op Clay, die daar nog in zijn ondergoed stond.

'Schiet op. We gaan over dertig seconden weg, met of zonder jou.'

Clay trok zijn broek aan en deed al lopend de gulp dicht. Hij stopte zijn pistool in zijn broeksband en greep een overhemd. 'Kom op.'

Ethan hield zijn hand op. 'Wacht. Clay, we denken dat Conway Evie naar het huis van Caroline brengt. Wij gaan daarheen. Ga jij naar het politiebureau. Evie heeft gebeld en Dana verteld waar Alec wordt vastgehouden. Ergens in Gary, Indiana. Mitchell zei dat ze het zou regelen.'

'Ik zorg voor Stan, Randi en Alec,' zei Clay terwijl hij zijn overhemd dichtknoopte. 'Gaan jullie Evie maar zoeken.'

Evie liet de telefoon vallen, net op het moment dat Jane de winkel uitkwam met een fles water en drie pakjes sigaretten in haar handen. Ze probeerde haar ademhaling onder controle te krijgen. Deed haar best om niet schuldig te kijken. Jane stapte in, stak een sigaret op en startte de auto. Vervolgens pakte ze heel kalm haar mobieltje en drukte op een paar toetsen. Ze bestudeerde het scherm.

Ze weet het. Nu gaat ze me vermoorden.

Maar Jane glimlachte alleen maar. 'Dank je. Ze is zo'n achterdochtig type, die Dana van jou. Lastig om uit haar tent te lokken. Maar dankzij jouw naar ik vermoed absoluut geloofwaardige voorstelling vermoed ik dat ze naar ons toe zal komen op precies de plek waar ik haar wil hebben.'

Evie's mond viel open en Jane lachte luidkeels terwijl ze de auto de weg op reed.

Vrijdag 6 augustus, 04.50 uur

Ze waren nog geen kilometer van hun doel verwijderd toen ze de gloed aan de hemel zag. Ethan vloekte zachtjes toen hij het ook zag en Dana's hart stond stil. 'Het huis van Caroline staat in brand.' Ze drukte het gaspedaal in en kwam met piepende remmen in de voortuin tot stilstand. Ze was de auto uit en al halverwege het huis toen Ethan haar met zijn armen om haar middel geslagen tegenhield.

'Laat me los,' gilde ze huilend en zich hevig verzettend. 'Evie is daarbinnen. Ze zal levend verbranden.'

Mia's auto stopte achter hen en ze was er al uit nog voor de wielen stilstonden. Ze hield haar politieradio voor haar mond. 'We moeten hier de brandweer en een ambulance hebben. Nú.'

Een minuut later stopte een SUV met gierende banden, waar Abe uit sprong, die in de richting van het huis rende, maar terugdeinsde vanwege de intense hitte. Mia draaide zich naar Dana. 'Wat doe jij hier, verdomme?' Ze keek naar Ethan. 'Hoe haal je het in je hoofd om haar hierheen te brengen?' Zonder op antwoord te wachten volgde ze Abe met een zakdoek voor haar neus en mond naar het huis.

Ethan pakte Dana bij haar schouders en schudde haar zachtjes door elkaar. 'Waar is Caroline's zoon?'

Dana knipperde met haar ogen. 'Hij is bij de moeder van Max. Daar zijn ze allemaal. We moeten bellen om dat te controleren.'

'Geef me het nummer,' zei Ethan. 'Ik bel wel.'

Ze bleef als gebiologeerd staan kijken naar de hoog oplaaiende vlammen en wachtte tot Ethan zijn gesprek met de moeder van Max zou beëindigen. *Evie is daarbinnen. O God, o God. Laten ze haar alstublieft vinden. Laat haar niet verbranden. Alstublieft.*

'Tom is bij Hunters moeder,' bevestigde hij uiteindelijk. 'Mevrouw Hunter is op weg hierheen. Ik heb tegen Max gezegd dat hij voor alle zekerheid bij Caroline moet blijven.'

De daaropvolgende minuten kropen voorbij. Details drongen met grote helderheid door terwijl Dana worstelde om het hoofd helder te houden. *Evie is daarbinnen. Brandend.* Drie brandweerwagens uit twee verschillende steden, uit Wheaton en uit het nabijgelegen Lawndale, kwamen ter plaatse. Twee brandweermannen trotseerden de vlammen in hun zoektocht naar Evie. De anderen zetten zich aan hun taak om het vuur te doven.

Dana en Ethan konden alleen maar hulpeloos toekijken terwijl huize Hunter kraakte en instortte en verbrandde. Afgetekend tegen de rook zag ze donkere figuren het vuur bestrijden met behulp van slangen uit de brandweerwagen. Mia en Abe stonden dichter bij het huis en hielden hun radio tegen hun oor terwijl ze heen en weer liepen. Dana probeerde zich uit Ethans greep los te maken en wilde naar het huis rennen, toen een van de brandweerlieden tevoorschijn kwam.

Met lege handen.

'Néé!' Ze voelde de kreet in haar schrale keel, maar het geluid ging verloren in het gebrul van de vlammen. 'Ze is binnen.' Ze dook naar voren, bevrijdde zich uit Ethans handen en rende struikelend in de richting van het huis. Ze negeerde zijn kreten dat ze moest stoppen. Ze viel en krabbelde weer overeind. Elke snikkende ademhaling brandde erger dan de vorige.

'Dana, blijf staan!' Ethan was achter haar en greep haar bij haar shirt.

Ze rukte zich los en rende naar de brandweerman, die nu met de tweede man stond te praten, die ook met lege handen uit het huis was gekomen. Ze klampte zich naar adem snakkend aan zijn jas vast. 'Alsjeblieft.' Tranen stroomden over haar wangen en brandden in haar ogen. 'Zoek alsjeblieft nog een keer. Ik weet dat ze daar is.' Ze verkrampte toen ze overvallen werd door een hoestbui. 'Alsjeblieft.'

De mannen keken elkaar aan en keken toen naar Ethan, die voorzichtig haar handen losmaakte van de jas van de brandweerman. 'We hebben helemaal niemand kunnen vinden,' zei de eerste man.

'Weet u zeker dat ze daar is?' vroeg de tweede.

'We weten helemaal niets meer zeker,' zei Ethan grimmig. 'Kom, schat. Laat die mannen hun werk doen.' Hij trok aan haar tot ze zich huilend en naar adem snakkend tegen hem aan liet zakken.

Een derde brandweerman was bezig een slang naar de voorkant van het huis te slepen. 'Wegwezen hier,' riep hij en precies op dat moment deed een enorme klap de grond trillen. Ethan liet het zich geen tweede keer zeggen, tilde Dana in zijn armen en begon te rennen. Haar handen klampten zich vast aan zijn overhemd en ze drukte haar gezicht tegen zijn borst. Ze snikte onbeheerst, hysterisch, en het geluid brak zijn hart.

Ze rukte hulpeloos aan zijn overhemd. 'Ze is daarbinnen, Ethan. Ik weet dat ze daar is. Laat ze alsjeblieft teruggaan.'

Ethan draaide zich om terwijl hij achteruit bleef lopen. Zijn blik richtte zich op de ramen van de bovenverdieping. Als ze binnen was, dan zou ze inmiddels een heleboel rook hebben ingeademd. Een ruit van een van de ramen op de bovenverdieping knapte en er viel een regen van scherven om hen heen. Ethan boog zijn lichaam over het hare en bleef lopen.

'Meneer.' Hij keek over zijn schouder en zag een brandweervrouw dichterbij komen terwijl ze haar helm steviger op haar hoofd drukte. 'Ik ben Stephanie Kelsey, meneer. Ik ben verpleegkundige van het brandweerkorps van Lawndale. Mijn partner daar heeft me gevraagd om voor deze dame te zorgen.'

Kelsey hielp Ethan met vaardige handen Dana op de grond te zetten. Dana verzette zich niet en bleef nu rustig staan terwijl ze naar het brandende huis keek. De tranen stroomden nog steeds over haar wangen. Kelsey duwde Dana's gezicht omhoog en opzij op zoek naar verwondingen. 'Heeft het glas van dat raam haar geraakt?'

'Ik geloof van niet.'

'Ze verkeert in shock.'

Hij keek naar Dana's ogen, die strak op de vlammen gericht bleven. Shock was heel waarschijnlijk. 'Ze heeft de afgelopen dagen een heleboel doorgemaakt,' zei hij. 'Ze is uitgeput.'

'We lappen haar wel weer op. Maakt u zich maar geen zorgen. Deze kant op.' Kelsey leidde hen naar de andere kant van het huis. Ethan fronste zijn voorhoofd. Dit was niet de plek waar de ambulance was gestopt. De haren in zijn nek gingen overeind staan en het was alsof hij een klap met een baksteen kreeg. Toen drong tot hem door hoe slecht de jas van Kelsey paste. En de sportschoenen aan haar voeten.

Een val. Het was een val. *Conway.* Hij kwam glijdend tot stilstand en ontworstelde Dana aan de greep van de vrouw terwijl hij ondertussen zijn wapen uit de broeksband op zijn rug haalde. 'Néé!'

Maar hij was een tel te laat. Dat dacht hij op het moment dat Conway's wapen zilver glansde in het licht van de vuurzee, omhoogkwam en recht op zijn gezicht gericht werd. Een nieuwe klap deed de grond schudden toen er balken in het oude huis naar beneden kwamen. Niemand zou hen hier horen. Niemand zou hun hulpgeroep horen. Of zelfs een schot. Dat zou lijken op het geluid van neerstortende balken. *Verdomme.*

'Dána! Wégwezen.' Hij zag iets wits voor zich flitsen en hoorde Dana een brul geven. Dat gebeurde een fractie van een seconde voor hij door een klap achteruit werd geworpen, en hij op zijn knieën zonk. Er trokken golven brandende pijn vanuit zijn arm door zijn borst. Zijn rechterhand viel open en zijn pistool gleed op het gras.

Hij was geraakt.

Hij was geraakt en het deed pijn. *Verdomme, dat doet pijn.* Zijn linkerhand ging automatisch naar de wond en drukte hard tegen het bloed dat zijn overhemd al had doorweekt.

'Jij!' Hij kon het Dana horen gillen met een stem die hees klonk door de rook.

Hij keek met knipperende ogen op en zag Dana's hand als een bankschroef om Conway's pols geklemd. Haar gezicht was vertrokken van rauwe woede terwijl ze met Conway vocht om het wapen. 'Jij hebt dit gedaan.' De tranen stroomden nog steeds over haar wangen. 'Teringwijf, jij hebt dit gedaan.'

Hij herinnerde zich dat het wapen op zijn gezicht gericht was geweest, maar de pijn zat twintig centimeter lager. Ze had geprobeerd te voorkomen dat Conway hem neerschoot, had kans gezien te voorkomen dat hij in zijn hoofd werd geschoten. Die gedachte drong door de pijn terwijl Sue Dana's arm greep en die op haar rug draaide. Ze zette het wapen tegen Dana's hoofd. De loop die tegen de schedel achter Dana's oor drukte was zilverkleurig. Dana's .38. Hij was neergeschoten met Dana's revolver. Verdomme, het deed pijn.

Sue was bezig haar mee te sleuren. Die gedachte schoot door zijn hoofd en dat stuurde een stoot adrenaline naar zijn benen. Met een enorme brul kwam hij overeind, terwijl hij tegelijkertijd met zijn linkerhand zijn pistool van de grond raapte. Hij dwong zijn voeten in beweging te komen. Struikelde. 'Nee.' Hij perste het eruit terwijl Conway bezig was Dana verder van het huis te slepen. Ze had een arm om haar keel geslagen en met de andere hand hield ze de revolver tegen Dana's hoofd. 'Je krijgt haar niet.'

Zijn blik vervaagde en hij viel op zijn knieën. In het licht van de vuurzee kon hij Dana's ogen zien. Die waren groot en uit haar blik sprak doodsangst. Ze klauwde met haar hand aan Conway's arm. Ze worstelde om weg te komen. Toen schoot haar hoofd met een ruk opzij omdat Conway de revolver harder tegen haar hoofd drukte en ze gaf haar verzet op. Nu liep ze met robotachtige bewegingen achteruit en haar ogen gingen van het brandende huis naar hem.

Hij dwong zichzelf opnieuw te gaan staan en wankelde achter hen aan, maar hij zag alleen maar dat Conway haar naar een witte auto sleurde met zwaailichten op het dak. Ze dwong Dana op de voorbank en liet zich naast haar glijden. Ethan kon het logo van de brandweer van Wheaton op het portier aan de bestuurderskant onderscheiden. De witte auto reed over de grasstrook langs het bos dat het huis van de Hunters omzoomde in de richting van de oprijlaan die naar de hoofdweg leidde.

Help. Hij moest hulp hebben. Plotseling leken de zestig meter naar het huis er wel duizend. Trillend liet hij zijn pistool vallen en probeerde zijn mobieltje te pakken. Zag, alsof hij van een afstandje toekeek, de telefoon uit zijn vingers glippen, die glad waren van zijn eigen bloed. En hij dacht aan Dana's droom. Het bloed aan haar handen. Het gezicht van het lichaam was dat van haar geweest.

Maar niet vandaag. Hij liet zich op zijn knieën vallen en zocht in het droge gras naar het mobieltje. Hij veegde de palm van zijn linkerhand droog aan zijn broekspijp toen hij het vond. Ze zou vandaag niet sterven.

Vrijdag 6 augustus, 05.50 uur

De hemel begon net een beetje te kleuren toen brigadier Elliot van de politie van Wheaton zich meldde. 'Kunt u ons vertellen wat hier allemaal aan de hand is?'

'Geen probleem.' Mia keek achterom toen een auto met piepende remmen vlak achter de brandweerauto tot stilstand kwam. Een lange donkere man sprong eruit en begon hun kant op te rennen. Een lange blonde jongen stapte aan de passagierskant uit. Tom. Hij ondersteunde een oudere dame terwijl ze over de oprijlaan langs de geparkeerde auto's liepen. 'Zo te zien is de familie gearriveerd. Dat is David Hunter, de broer van de man die hier woont. Die jongen is Tom Hunter.'

Elliot keek fronsend naar het huis. 'Dr. Max Hunter. Die ken ik. Hij traint het basketbalteam van mijn zoon. Zijn vrouw is maandagavond aangereden.' Hij draaide zich naar haar toe. 'Dit is met opzet gedaan, rechercheur. We hebben lege jerrycans in het huis aangetroffen. Wat is hier in vredenaam gaande?'

'Ik denk dat ik het meeste wel kan verklaren. Als u even geduld hebt.' Ze keek naar David Hunter, die hijgend naar hen toe kwam rennen. Zijn gezicht was vertrokken van angst. De aarde beefde toen er opnieuw een balk in het huis naar beneden stortte en Hunter greep haar bij de arm.

'Wat is er gebeurd, Mia?'

'We vermoeden dat Conway het heeft aangestoken. Dana heeft ongeveer anderhalf uur geleden een telefoontje van Evie gekregen. Evie had kans gezien Conway's mobieltje te pakken te krijgen toen ze stopten om te tanken. Dana is hier naar ons toe gekomen.' Mia's hart sloeg even over en nog een keer toen het besef tot haar doordrong. En sterker werd. 'O, god. Waar is Dana?' Ze draaide zich met een ruk om en zag Abe, die met de brandweercommandant van Wheaton stond te praten. 'Abe, wáár is Dana?'

Abe keek op, zijn blik onmiddellijk alert, en hij keek om zich heen. 'Ik zie haar nergens.'

Naast haar fluisterde David Hunter: 'O, god.'

De brandweercommandant keek nadenkend. 'Die dame met dat korte rode haar? Ze probeerde mijn mannen weer het huis in te krijgen om naar dat vermiste meisje te zoeken. Haar vriend heeft haar weggehaald.'

Er kwam nog een brandweerman aangelopen, die het vuil uit zijn gezicht veegde. 'Ik zag ze met een medisch hulpverlener meegaan.'

'Beschrijf hem,' beval Mia kortaf.

'Niet hem,' zei de brandweerman. 'Haar.'

De brandweercommandant werd bleek. 'We hebben geen vrouwelijke medisch hulpverleners.'

De brandweerman uit Lawndale aarzelde. 'Wij ook niet.'

'Kut,' siste Mia. 'Welke kant op?' De brandweerman wees en ze was al begonnen te rennen toen haar mobieltje in haar zak overging. Haar bloed stolde toen ze op het scherm keek. 'Waar is ze, Buchanan?'

'Weg. Witte auto. Van de brandweer.'

Mia rende om de hoek van het huis terwijl ze zoekend om zich heen keek. 'Waar ben je?'

'Hoefijzerbaan. Verdomme.' Hij sprak onduidelijk.

Mia keek naar David Hunter, die met haar mee was gerend. 'Hebben jullie een hoefijzerbaan? Waar?' Hunter wees en Mia tuurde door het grijze ochtendlicht en zag Buchanan die over het gras kroop. 'Shit. Hij is geraakt.' Ze draaide zich om en liep achteruit verder. 'Abe, Conway heeft haar meegenomen in een witte auto van de brandweer.'

'We zijn er op weg hierheen eentje tegengekomen,' zei David zwak. 'Draaide de hoofdweg op in westelijk richting.'

Abe was al bezig via de radio om versterking te vragen. Brigadier Elliot rende naar zijn eigen politieauto en de brandweercommandant beval zijn medisch personeel te gaan helpen.

'Rechercheur, wacht.' De brandweerman die hen had zien weggaan met de hulpverlener drong zich door de groeiende groep uniformen. 'Ze droeg volle uitrusting. Met het embleem van Lawndale.'

Mia greep de commandant bij zijn arm. 'Controleer of alle mannen van Lawndale er zijn. Het zou kunnen dat u er een mist.'

Mensen kwamen aangerend, handen duwden hem tegen de grond en knipten zijn overhemd van zijn lichaam. Ethan keek met knipperende ogen op en zag twee verpleegkundigen onderzoekend omlaagturen. 'Bent u nog ergens geraakt?' vroeg er een en hij zag kans zijn hoofd te schudden. Zijn ogen schoten naar links en hij zag Mitchell daar met een ernstig gezicht staan. 'Ze heeft haar, Mia. Gekleed als hulpverlener. Ze heeft me erin laten lopen. Verdomme.'

'Ik weet het, Ethan.'

'Niet praten, meneer,' beval de tweede verpleegkundige.

'Haar meegenomen,' zei Ethan, hem negerend. Hij werd zich volledig bewust van de gebeurtenissen en er welde een snik op in zijn keel. 'Vind haar,' zei hij met schorre stem. 'Ze heeft als een duivel gevochten. Ze heeft mijn leven gered.'

Mia pakte zijn bebloede hand en kneep even. 'Ik zal haar vinden. Dat beloof ik.'

'Achteruit, alstublieft,' beval de eerste hulpverlener. 'Bij drie. Een, twee, drie.'

Ethan kreunde toen hij op de brancard werd gelegd en werd ingesnoerd. Hij voelde tranen uit zijn ogen druppelen. Hij keek op en zag Max Hunter omlaagkijken, terwijl hij naast de brancard mee rende, die over de oneffen grond hobbelde. *Hunter kan niet rennen*, dacht hij dof toen hij aan de wandelstok van de man dacht. Hij knipperde met zijn ogen om ze helder te krijgen. *David Hunter.* Verliefd op Dana. Dat kon hij de man niet kwalijk nemen. Verrekte gemakkelijk, verliefd worden op Dana Dupinsky. *Misschien probeer ik het zelf ook wel een keer.*

'Buchanan!' Davids kreet drong door zijn dwalende gedachten en hij keek op terwijl hij zijn uiterste best deed om scherp te zien. 'Heeft ze haar wat gedaan?' vroeg David. 'Alsjeblieft. Leeft Dana nog?'

'Ze leeft nog.' Ethan snakte naar adem. 'Ik heb geprobeerd haar tegen te houden, maar dat is niet gelukt. Het spijt me, Hunter. Ik heb het echt geprobeerd.'

'Achteruit,' riep de verpleegkundige. 'Een, twee, drie.' Opnieuw een kreun toen hij werd opgetild en in de ambulance werd geschoven.

'Waar brengen jullie hem naartoe?' riep Hunter.

'County. Hij heeft een verschrikkelijk gat in zijn arm. De plaatselijke hulppost kan dat niet aan. Nu aan de kant.' De verpleegkundige ging naast Ethan zitten en trok de deuren dicht. 'Ik ga nu een infuus inbrengen, meneer. U zult er helemaal bovenop komen. U hebt alleen een heleboel bloed verloren.'

Hij klemde zijn kiezen op elkaar terwijl de verpleegkundige zijn schouder inpakte met watten. In gedachten zag hij de doodsbange blik in Dana's ogen terwijl ze werd meegesleurd. 'Ik heb heel wat meer verloren dan dat.'

Vrijdag 6 augustus, 06.05 uur

'Nou, dat was lachen.' Sue nestelde zich met een vrolijk gegrinnik op de bestuurdersstoel van een grijze Ford Taurus. 'Er gaat niets boven een beetje opwinding in de ochtend om je bloed op gang te krijgen.' Ze draaide zich met een glimlach op haar gezicht naar Dana terwijl ze over de snelweg reden, weg van Caroline's huis. Weg van Mia en Abe. En Ethan. 'Zo fijn om je weer te zien, mevrouw Dupinsky.'

Dana zat op de passagiersstoel naar de vrouw te staren die ze een week eerder in haar opvangcentrum had verwelkomd. Ze had Ethan neergeschoten. *Met mijn revolver.* Hij had een hoop bloed verloren, maar toch had hij keer op keer geprobeerd bij haar te komen. *Het komt wel goed met hem*, hield ze zichzelf voor. Ze stopte haar angst in een doosje. *Iemand zal hem al gauw vinden.* Deed het doosje op slot. Hij zou het overleven.

Ik daarentegen misschien niet. Ze hadden de auto van de brandweer aan de kant van de weg achtergelaten en Sue had haar in deze auto geduwd, die ze blijkbaar voor dat doel daar had neergezet. Mia zou er al snel achter komen dat ze weg was en als Ethan nog bij bewustzijn was, dan zou hij hun vertellen over de brandweerauto. Mia zou haar vinden. Uiteindelijk.

Mia zou zoeken, net zoals ze naar Alec en Evie zocht. *Alec.* Hij was hopelijk nog in het motel in Gary en misschien dat de politie hem inmiddels had gevonden. Zo niet, dan zou Dana hun zo veel tijd bezorgen om te zoeken als ze maar kon. Ze zou niet laten merken dat ze alles afwist van Sue en Alec. Ze moest deze vrouw alleen kennen als Jane en haar zoon als Erik.

'Wat heb je met Evie gedaan?' vroeg ze kil en Sue trok een wenkbrauw op.

'Telefoontje gehad, hè? Daar hoopte ik al op. Je bent verrekte moeilijk te vinden.'

'Waar is ze, Jane?'

Sue snoof minachtend. 'Kijk maar achterom.'

Dana gehoorzaamde en draaide zich om om op de achterbank te kunnen kijken. En ze zag niets. Alleen maar een versleten deken op een hoopje. Ze verstijfde. Sue zat haar te jennen. Evie was er niet. 'Is ze dood?' hoorde Dana zichzelf met vlakke stem vragen.

'Nee. Ze ligt waarschijnlijk alleen maar te slapen. Geef haar een por. Hou maar een reünie op mijn kosten.' Toen lachte Sue. 'Sorry. Je handboeien zitten in de weg. Ik zal haar wel een por geven.' Ze stak haar arm uit naar de achterbank en greep in het luchtledige. Het besef drong met onweerstaanbare kracht tot Dana door.

Evie was weg. *Ontsnapt.* Het was nog donker geweest toen ze van auto wisselden en Sue had haast gehad. Ze had niet gekeken. Evie was weg. *In veiligheid.* Een gevoel van triomf maakte zich van haar meester en ze probeerde dat te onderdrukken. Ze trok een woedend gezicht. 'Raak haar niet aan.' *Laat niet tot je doordringen dat ze weg is. Nog niet.*

Sue haalde geamuseerd haar schouders op en legde haar hand weer op het stuur. 'Ik zal gauw genoeg heel wat meer doen dan haar aanraken. En jij ook.'

Wat angst zou zijn geworden werd woede en opnieuw wist Dana dat te onderdrukken. Ze legde een bange klank in haar stem. 'Waar heb je het over?'

'Dat merk je gauw genoeg.'

'Waar is Erik, Jane? Is alles in orde met hem?'

'Alles in orde,' antwoordde Sue opgeruimd. 'Ik zou me maar meer zorgen maken om mezelf, als ik jou was.' Ze draaide zich om. Haar gezicht was plotseling verwrongen tot een frons. 'Maar jij maakt je nooit zorgen om jezelf. Je hebt het veel te druk met je bemoeien met het leven van anderen.'

Dana keek naar Sue's haar, dat nu bruin geverfd was. *Ze is nog steeds van plan de papieren van Beverly te gebruiken*, dacht ze en ze voelde een nieuwe golf van woede opkomen. 'Je hebt iets met je haar gedaan.'

Sue draaide zich naar haar toe en knipperde met haar ogen. Haar bruine ogen, die een opticien het leven hadden gekost. 'Met mijn ogen ook. Ik ben een heel nieuwe ik.'

'Wat ben je met me van plan?'

Sue lachte. 'Het is meer wat jullie elkaar gaan aandoen. Je dode beschermelinge zal worden aangetroffen met een kogel uit jouw revolver in haar hoofd en een kwart kilo uitstekende coke in haar bezit. Jij zal met doorgesneden keel naast haar liggen. Voeg daar je vervalsingsbedrijfje nog aan toe en ik vermoed dat de autoriteiten zelf wel tot de juiste conclusie komen. Dana Dupinsky, vervalser en drugshandelaar die haar opvang gebruikt als uitvalsbasis. Evie en jij hebben de hele week al ruzie – er zijn zo veel cliënten die dat zullen kunnen beamen. Ik denk dat Scarface je in je gezicht snijdt voor ze probeert je keel door te snijden, om jou net zo'n litteken te geven als zij heeft. Jij wordt boos en póéf – ze is dood.'

Dana kon haar alleen maar vol afschuw over wat ze van plan was aanstaren. 'Evie zou me nooit iets doen.'

Sue's tanden glinsterden toen ze grijnsde. 'Natuurlijk niet. Maar ik wel. En ik zal ervan genieten ook. Ik weet nu hoe je iemand de keel moet doorsnijden zodat het slachtoffer in leven blijft. Als je het overleeft zul je vastgeketend aan een ziekenhuisbed wakker worden.' Ze zuchtte wellustig. 'De bewakers zullen dol op je zijn, liefje. Bezit van verdovende middelen, vervalsing, moord. Als je het overleeft, verdwijn je voor heel lange tijd achter de tralies.'

'Je hebt hier goed over nagedacht,' zei Dana met vaste stem en Sue keek tevreden.

'Niet zo veel als ik over andere dingen heb nagedacht,' zei ze. 'Maar voldoende.'

Vrijdag 6 augustus, 06.15 uur

Mia smeet haar autoportier dicht en terwijl ze naar de auto van de brandweer rende hoorde ze Abe achter zich hetzelfde doen. De auto was leeg. Daarachter stond een auto van de plaatselijke politie. Een agent stond met een grimmig gezicht naast het verlaten voertuig. 'Hij is leeg,' zei hij, 'maar we hebben iemand gevonden.'

Mia's hart schoot in haar keel. *Dana.* 'Dood?'

'Bewusteloos. Ze moet haar hoofd hebben gestoten toen ze dat kleine talud af rolde. Ik heb al een ambulance gewaarschuwd.' Mia was al bezig de helling af te klauteren en steentjes vlogen in het rond. De partner van de agent zat geknield op de grond en benam haar het zicht. Toen was ze hem voorbij en liet zich op haar knieën vallen. Ze was tegelijkertijd opgelucht en geschokt.

'Abe,' riep ze. 'Het is Evie.'

Hij kwam met een strak gezicht wat behoedzamer naar beneden. 'Eén gevonden, één verloren,' zei hij. 'Ik heb net bericht gekregen van brigadier Elliot bij Hunters huis. Ze hebben de verpleegkundige van

Lawndale gevonden. Hij is onderweg naar County met een negenmillimeter in zijn borst.'

'Maar Buchanan zei dat ze Dana's revolver heeft.'

Abe ging op een knie zitten en veegde voorzichtig zand en grint van Evie's wang. 'Zoals je zelf al zei, Mia, Conway houdt het zakelijke en het persoonlijke strikt gescheiden. Dana, en met haar ook Buchanan, is persoonlijk.'

Vrijdag 6 augustus, 08.30 uur

Nou, Sue wist nu wel dat Evie ontsnapt was, dacht Dana terwijl haar knieën met een harde klap op de betonnen vloer terechtkwamen. De trap van Sue's voet klopte na tussen haar schouderbladen en Sue's brul van woede dreunde nog in haar oren. Haar kaak deed nog steeds pijn van de klap die Sue een kwartier eerder had uitgedeeld toen ze de stad naderden en Sue een steegje in was gereden om opnieuw van auto te wisselen. Toen was ze erachter gekomen dat de vloer achterin leeg was. Ze had haar vuisten gebald onder Dana's neus gehouden, maar er kwam geen tweede klap – toen. In plaats daarvan had ze haar mond en haar ogen afgeplakt, haar op de vloer van de auto gedwongen en haar hiernaartoe gebracht. Waar dat ook mocht zijn. Ze waren twee trappen af gelopen en door twee deuren gegaan die zwaar klonken toen ze achter hen dichtvielen.

Dana onderdrukte een kreet toen Sue de tape wegtrok die haar ogen bedekte en daarbij een stuk van haar wenkbrauwen meenam. Ze vertrok haar gezicht bij de aanblik van het bergje gebruikte condooms en verroeste injectienaalden op nog geen twintig centimeter van haar knie. Ze keek op naar Sue, die boven haar uittorende. Ze had haar vuisten gebald en haar hele lichaam beefde van woede. *Het gaat nu gebeuren. Nu gaat ze me vermoorden.*

Ze had altijd gedacht dat ze angst zou voelen. Altijd tegen de angst gevochten. Die angst in de doos gestopt en die stevig op slot gedaan. Maar nu, nu ze in het gezicht keek van deze vrouw die met harteloze onverschilligheid al zo veel mensen had vermoord, voelde ze geen angst.

Alleen maar verdriet. Dat welde van diep vanbinnen op, drukte zwaar op haar borst en dreigde haar keel dicht te snoeren. Niet om dit moment, om het nu, maar om alles wat ze zou missen. Caroline. De nieuwe baby. Evie. David en Max en Tom en Phoebe. Haar familie.

En Ethan. Hij had uiteindelijk toch gelijk gehad. Het leven was te kort om het gedachteloos te versjacheren. *Zelfs dat van mij.* Dat... dat overweldigende gevoel van verlies... Ze had er nooit lang genoeg bij stilgestaan om te beseffen dat dit was wat ze elke keer dat ze haar leven in de waagschaal stelde op het spel zette. Ze had zichzelf nooit toegestaan om de winst, de prijs, af te zetten tegen de kosten. Als ze dat wel had gedaan, dan had ze haar leven misschien nog wel elke keer op het spel gezet, maar dan zou ze hebben stilgestaan bij de kosten. Dat zou de prijs uiteindelijk nog veel kostbaarder hebben gemaakt. Dat was wat Ethan bedoelde toen hij het over opoffering had.

Het soort opoffering waar ze vandaag niet toe bereid was.

Dus rechtte ze haar rug en staarde naar Sue Conway, die zichtbaar probeerde zichzelf weer in de hand te krijgen. De vrouw bleef staan met haar armen over elkaar geslagen en haar ademhaling ging wat langzamer. Ze had zichzelf weer onder controle en haar blik was nu alleen maar berekenend. 'Pas toe, pas aan en verbeter,' mompelde ze.

De tatoeage, besefte Dana. Pas toe en pas aan. Dat had Sue zeer beslist gedaan.

Toen glimlachte Sue en Dana kreeg het ondanks de hitte in het vertrek koud. Ze haalde haar mobieltje tevoorschijn en drukte een paar toetsen in. 'Donnie, er is een kleine wijziging in de plannen...' Ze keek geërgerd. 'Natuurlijk krijg je je feestje. Zou ik tegen je liegen? Maar ik ben degene die onze eregast oppikt...' De ergernis werd een fronsende blik. 'Ik heb al gezegd dat ik je niet vertrouw. Ik vertrouw niemand, maar het heeft helemaal niets te maken met vertrouwen. Het is puur logistiek. Ik pik haar op. Neem jij nou maar gewoon de jongens mee en alles wat je hartje verder maar begeert voor je feestje...' Ze keek omlaag naar Dana met die kille glimlach. 'Ik heb alleen maar een extra gang toegevoegd aan het menu, dat is alles. Weet je nog waar ik woonde? Twee gebouwen links daarvan. In de kelder. Tien uur.'

Sue liet de telefoon weer in haar zak glijden en hing een rugzak om. 'Laten we jou maar ergens opbergen waar niemand je kan zien. Op die manier ben je dan een leuke verrassing voor de jongens. Ik moet nog een paar dingen doen voor de feestelijkheden beginnen. En hoe leuk ik het ook vind om je op je knieën te zien, je zult toch moeten opstaan.' Ze sneed het paktouw door waarmee Dana's enkels bij elkaar waren gebonden, greep haar shirt beet en sleurde haar overeind. 'Langzaam lopen en geen geintjes.'

Dana dwong zichzelf te lopen. Haar benen trilden terwijl Sue haar vooruit duwde met haar eigen .38 tegen de onderkant van haar schedel. Ze werd misselijk toen ze begreep wat Sue van plan was. Sue was herhaaldelijk verkracht door die bewaker... Fred Oscola. Ze was van plan Randi Vaughn hetzelfde lot te laten ondergaan. *En ik ben gewoon een extra gang op het menu.*

Vrijdag 6 augustus, 08.30 uur

Haar hoofd... *Pijn.* En het licht... veel te schel. Het deed pijn aan haar ogen, dus deed ze die weer dicht.

'Evie? Schat, doe je ogen open.'

Evie worstelde en deed haar ogen open. Zag Davids gezicht. Bewustzijn drong langzaam door de mist. Hij glimlachte flauw en ze wist dat het nieuws slecht zou zijn. Toch vroeg ze het. 'Dana?'

Davids adamsappel ging op en neer toen hij moeizaam slikte. 'Ze heeft haar. Maar Mitchell en Reagan zijn op zoek. Ze willen met je praten, ze willen weten wat je hebt gezien. Wacht. Ik ben zo terug.'

Hij was een paar minuten later inderdaad terug, met Mia en haar partner in zijn kielzog. Mia boog zich over het bed met een vermoeide glimlach. 'Je bent er weer. Waar heeft ze je gevangen gehouden, Evie?'

Evie kreeg tranen in haar ogen. 'Dat weet ik niet,' fluisterde ze. 'Ze had me geblinddoekt. Ik weet wel dat het er heet was en ik weet ook dat er een paar keer jongeren wiet kwamen roken. Het was in de stad, maar ik weet niet waar. Het spijt me, Mia. Ik belde Dana, maar het was een val.' Tranen biggelden over haar wangen. 'Ze kon Dana niet vinden, dus toen heeft ze mij gebruikt om Dana te lokken.'

Mia klopte op haar hand. 'Hoe heb je weten te ontsnappen, schat?'

'Ze liet me achter in de auto, achterin, op de vloer. Ik heb net zo lang liggen kronkelen tot ik kon gaan zitten en toen heb ik met mijn tanden de deur van het slot gedaan.' Haar hoofd deed pijn. Heel veel pijn. Evie kon een kreun niet onderdrukken en David, die aan de andere kant van het bed zat, pakte haar hand.

'Hoe heb je het portier open gekregen?' vroeg Mia op vriendelijke toon.

'Ze had eerder mijn handen van voren gebonden, omdat ze wilde dat ik haar mobieltje zou gebruiken om Dana te bellen.' Haar lippen trilden en ze kneep ze vastbesloten samen. 'Maar toen ze me daar achterliet bond ze ze weer op mijn rug. Ik moest me helemaal omdraaien om de deurknop te pakken te krijgen. Ik viel eruit, op de grond naast de auto, maar ik wilde niet dat ze het portier zou zien openstaan, dus ik' – ze herinnerde zich het gevoel van triomf toen ze op de grond belandde en de aanblik van de nachtelijke hemel – 'trapte het portier weer dicht.'

'Slim,' mompelde Mia, nog steeds glimlachend. Nog steeds doodmoe. 'En toen?'

'Ik dacht dat ze me zou zien als ze terugkwam, maar ik kon niet wegkomen, omdat mijn voeten ook vastgebonden waren. Dus heb ik me de helling af laten rollen om me te verstoppen, maar die was steiler dan ik had gedacht.' Ze wendde haar blik af. 'Dat was tamelijk stom.'

'Nee, het was tamelijk slim. Je hebt je hoofd gestoten,' zei Mia, 'maar het komt allemaal goed.' Ze gaf een kneepje in de hand die David vasthield. 'Dana zal zo trots op je zijn, liefje. Je hebt het geweldig gedaan. We hebben dankzij jou Alec kunnen vinden.'

Alec. 'Is alles in orde met hem?'

Mia glimlachte verdrietig. 'Dat komt wel. Rust nu maar uit, zodat je klaar bent om hem te zien wanneer het zover is.'

Vrijdag 6 augustus, 08.30 uur

Marsden hing met een bevende hand de hoorn op de haak. 'Dat was ze.'

James hing zijn meeluisterhoorn op. 'Dat weet ik. Tien uur vanavond. Wat heeft die plek ermee te maken?'

'Dat is de kelder van een appartementengebouw in de buurt van waar ze woonde toen ze werd opgepakt. Ze hield zich daar verborgen.'

'En daar zal ze zijn?'

'Zij neemt de eregast mee,' zei Marsden bitter.

Randi Vaughn, geboren Miranda Cook. 'Ik neem aan dat je teleurgesteld bent dat het feest niet doorgaat?'

'Ik verheugde me er wel op, ja.'

James kwam overeind en liet zijn pistool in zijn schouderholster glijden. 'Luister, Marsden, het kan mij niet schelen of je wraak neemt. Naar wat ik heb gehoord, komt die je wel toe. Maar als je het waagt om ook maar één woord tegen Sue Conway te zeggen, dan zul je de zon niet meer zien opkomen. Begrepen?'

Marsdens glimlach was meer dan vals. 'Ja, ik begrijp het.'

James gooide een bundeltje biljetten op tafel. 'Je vindersloon, zoals afgesproken. Bedankt.'

23

Chicago, vrijdag 6 augustus, 10.45 uur

Ethan kwam geleidelijk bij bewustzijn en nam eerst de kleine dingen waar. Het ritmische gepiep van de monitor, de geur van ontsmettingsmiddelen. Het feit dat zijn arm nu alleen nog maar klopte. De verschroeiende pijn was verdwenen. Hij keek recht omhoog in bezorgde zwarte ogen. Clay. Net als de laatste keer dat hij in een ziekenhuis wakker was geworden.

'Ik ben bij je, Ethan. Alles komt goed met je.'

En toen kwam alles in één keer terug. *Dana.* Ethan worstelde om overeind te komen, maar werd met zachte hand teruggeduwd.

'Rustig, maat,' klonk Clay's zachte stem.

Ethan nam Clay's pols in een zwakke greep. 'Dana?'

Clay aarzelde. 'Ze wordt nog steeds vermist.'

Zijn hoofd was wazig. Te wazig om te kunnen denken. Te wazig om zich te verzetten tegen de paniek. 'Hoe laat is het?'

'Kwart voor elf vrijdagochtend.'

Ethan schrok. 'Dat is verdomme al vijf uur.'

'Je bent geopereerd, Ethan,' zei Clay. 'De kogel is dwars door je bovenarm gegaan, maar heeft wel een slagader geraakt. Je hebt vreselijk veel bloed verloren toen je daar lag. Ze hebben die ader weer dicht moeten naaien. Het heeft even geduurd, maar ze zeggen dat je morgen weer op de been bent.'

Ethan knipperde met zijn ogen en Clay's gezicht kwam scherp in beeld. 'Niet morgen. Vandáág.'

Clay schudde zijn hoofd. 'We zullen wel zien, E.'

'Hebben jullie Alec gevonden?'

Clay's uitdrukking werd ernstig. 'Hij is hier. De politie van Gary heeft hem gevonden in een motel in de buurt van een oude school en een restaurant met een kip op het dak. Sue had hem veel te veel fenobarbital gegeven en hij is in coma geraakt. Ze hebben hem hierheen gevlogen.'

Ethan viel terug in de kussens. Het woord betekende een vreselijke klap. 'Coma?'

'Omkeerbaar, Ethan,' zei Clay. 'De artsen zijn bezig zijn bloed te zuiveren. Ze zeggen dat ze goede resultaten hebben behaald bij kinderen met een overdosis fenobarbital. Hij zou over een uur of drie, vier weer bij moeten komen. Randi en Stan zijn nu bij hem. En Ethan, ze hebben Evie gevonden.'

Ethan durfde het bijna niet te vragen. 'Levend?'

'Ja. Ze was bewusteloos, maar ze kwam weer bij vlak nadat ze haar hier hadden gebracht. Mia stond erop dat ze hierheen gebracht zou worden. Ze probeert iedereen bij elkaar te houden.'

'Waar is Mia?'

'Op zoek naar Dana.'

Opnieuw dreigde paniek de kop op te steken en daarmee de behoefte om... iets te doen. Maar hij was nog niet eens in staat zelfstandig zijn hoofd op te tillen. 'Conway zal haar vermoorden,' bracht hij uit. 'Verdomme, Clay. Ze had moeten vluchten. Ik zei dat ze ervandoor moest gaan. Maar ze bleef.' Zijn blik begon weer onscherp te worden en hij deed zijn ogen dicht. 'Conway had de revolver recht op mijn gezicht gericht. Ze stond op het punt om een kogel door mijn kop te jagen, maar Dana greep haar arm.' Woede welde in hem op. 'Waarom is ze niet gevlucht?'

'Misschien...' Clay schraapte zijn keel. 'Misschien dacht ze dat je de moeite waard was om te redden. De verpleegster kijkt vuil naar me, dus ik wacht wel buiten. Rust uit. Ik wacht tot je weer wakker bent.'

Vrijdag 6 augustus, 14.30 uur

'Is er al iets?'

Mia wierp een blik in de richting van haar inspecteur, die met zijn schouder tegen de muur geleund stond naast de stadsplattegrond waar punaises de plekken markeerden waar Sue Conway in de loop van haar ellendige leven was geweest. Inspecteur Marc Spinnelli keek bezorgd, maar zijn blik was zacht. Mia knarste met haar tanden en keek weer naar de plattegrond. Op dit moment had ze helemaal geen behoefte aan bezorgdheid of medeleven. *Op dit moment heb ik er behoefte aan dat al die verdomde punaises zich in de vorm van een pijl hergroeperen en aanwijzen waar Sue Conway met mijn vriendin naartoe is.* Maar dat deden ze uiteraard niet.

'Nee. Het enige wat Evie ons kon vertellen is dat er jongelui kwamen om wiet te roken.'

'Dat beperkt het aardig,' zei Spinnelli droog. 'Mia, je staat te zwaaien op je benen en de zaak wordt te persoonlijk voor je. Ga naar huis en ga slapen. Ik laat Murphy het van je overnemen.'

Mia keek achterom, waar Abe nog ijverig oude dossiers zat door te spitten. 'Abe is er nog, ik ben er nog. Ik blijf, Marc. Maar bedankt.'

Abe keek met een frons op zijn gezicht op. 'Ik blijf maar terugkeren naar die leemte in de tijd – de twee dagen voor Sue's arrestatie waarin niemand wist waar ze was. Het anonieme telefoontje over een bende die een kind gebruikte om drugs te smokkelen kwam op een dinsdag. We weten nu dat de anonieme beller Randi Vaughn was. Mensen van de afdeling Narcotica hebben een buurvrouw gevonden die bezoekers van het appartement aan de hand van een fotoserie kon identificeren als verdachten van drugshandel.'

'Dat was Jackie Williams, de vrouw die gisteren is vermoord,' zei Mia.

'Nou, die woensdag kregen ze een huiszoekingsbevel voor Randi's flat en daar vonden ze stapels lege blikken babyvoeding, maar geen cocaïne. Die avond pakten ze Donnie Marsden en nog zes mannen op in Marsdens appartement, waar ze bezig waren de coke in kleine porties te verdelen. Ze vonden twee blikken babyvoeding die propvol coke zaten, die ze nog niet eens waren begonnen te versnijden. Maar Sue was er niet. Marsden en de anderen hielden vol dat ze niet wisten wie ze was en ook niets afwisten van een baby.'

'Ook al zaten ze midden tussen de blikken babyvoeding,' merkte Spinnelli droog op.

Abe keek hem scheef aan. 'Drugsdealers die liegen? Dat kan toch niet waar zijn.' Hij bladerde in de papieren en vond waar hij naar op zoek was. 'Conway wordt pas twee dagen later gearresteerd. Ze kwam vlak na middernacht op vrijdag binnengeslopen en Jackie Williams belde de politie.'

'Ze had zich verborgen gehouden.' Mia keek met knipperende ogen naar de woorden in het proces-verbaal. 'Waar had ze zich verstopt?'

'Dat is waar ik achter probeer te komen. Het staat niet in het verbaal. Narcotica was bang dat ze een schuilplaats had voor de baby die ze nog niet hadden gevonden – of dat de baby dood was. Ze wilden haar samen met het kind te pakken krijgen. Ze troffen haar aan terwijl ze bezig was het fornuis van de muur te schuiven, maar ze was niet op zoek naar de baby, maar naar geld dat ze had verstopt maar dat was verdwenen.'

'Het is logisch dat ze het geld zou verkiezen boven haar zoon,' zei Mia. 'Sue heeft zich twee dagen lang ergens schuilgehouden – dat is symbolisch. Laten we eens uitzoeken of de agent die de arrestatie heeft verricht zich nog iets herinnert wat ons kan helpen.' Maar voor ze haar telefoon kon pakken ging het mobieltje van Abe over. 'Ik bel wel,' zei Mia terwijl ze het oude dossier pakte. 'Neem jij dat maar.'

Ze liep naar haar stoel, aan de andere kant van hun bureaus, toen Abe abrupt overeind kwam, waardoor zijn eigen stoel wegrolde. 'Je maakt een geintje,' zei hij en hij gebaarde naar Mia dat ze moest wachten. 'We zien je daar.' Hij verbrak met een brede grijns de verbinding. 'Raad eens wie er zojuist probeerde in te breken in de kamer van de Vaughns in het Excelsior? Donnie Marsden, de leider van Sue's drugsbende. Hij had een loper van de hotelkamers. Murphy brengt hem op dit moment hierheen.'

Spinnelli nam het dossier uit Mia's handen. 'Ik zal iemand de agent die de arrestatie heeft verricht laten opsporen. Gaan jullie twee maar eens uitzoeken wat Marsden nu wel weet wat hij toen niet wist.'

Vrijdag 6 augustus, 15.20 uur

Ethan bleef in de deuropening van Alecs kamer staan. Hij was blij met Clay's ondersteunende hand in zijn rug. Hij stond te trillen op zijn benen, maar hij kon blijven staan. Er waren er zo veel die een hoge prijs hadden moeten betalen voor Sue Conway's wraak. Ethan vroeg zich grimmig af hoeveel meer ze nog zouden moeten betalen voor dit voorbij was. Welke prijs hij zou moeten betalen. Dana was nog steeds verdwenen.

Maar Alec was in veiligheid. Evie was in veiligheid. En Ethan wist dat dat precies was zoals Dana het het liefst zou hebben. Ze was niet gewillig meegegaan, had zich niet als een lam naar de slachtbank laten leiden. Of blindelings, alsof het niets te betekenen had. Ze was vechtend en schoppend en schreeuwend meegegaan. Bang. Hij kromp ineen toen er een huivering door hem heen ging en hij moest steun zoeken bij de deurpost. Zijn huid was klam en koud geworden.

'Niet aan denken,' zei Clay zacht. 'Concentreer je voorlopig alleen op het feit dat Alec nog leeft. De dokter zegt dat hij volledig zal herstellen, ook al lijkt het daar op dit moment niet erg op.'

Waar Alec op leek was een kleine geest die in bed lag. Zijn huid was bijna net zo wit als het laken. Overal zaten slangen bevestigd. Maar zijn borst ging op en neer, licht. Stan stond aan een kant van het bed met een ondoorgrondelijke uitdrukking op zijn gezicht. Randi keek op van haar plek aan Alecs bed en wierp Ethan een waterige glimlach toe. 'Je hoort in bed te liggen,' zei ze zacht.

'Dat heb ik ook tegen hem gezegd,' zei Clay. 'Hij luistert niet. Hij wilde niet eens in de rolstoel die ik geregeld had.'

Ethan negeerde hen allebei en schuifelde voorzichtig naar het bed zodat hij zijn arm niet zou stoten, die in een mitella zat. 'Ik moest hem met eigen ogen zien.' Ethans stem klonk zacht. Hij liet zich op een stoel zakken, duizelig van de tocht naar de kinderafdeling. 'Is hij al een keer wakker geworden?'

'Heel even,' antwoordde Randi. 'De dokter zei dat hij nog wel even zal slapen. Ethan...' Haar stem klonk beverig. 'Hoe kan ik je ooit bedanken?'

Ethan keek naar haar op en pakte haar hand. 'Dat heb je net gedaan. Het is goed zo.'

Stan schraapte zijn keel. Zijn woorden klonken geforceerd en hard. 'Dank je, Ethan.'

Dat waren de eerste woorden die Stan tot hem richtte sinds die avond op de steiger in Wight's Landing toen hij hem om hulp had gesmeekt. *Doe het dan voor Richard*, had hij gezegd. *Dat ben je hem wel verschuldigd.* Maar nu hij hier zo zat en het kind zag, besefte Ethan dat het net zo goed ging om wat hij Alec verschuldigd was als om wat hij Richard schuldig was. Hem was een verantwoordelijkheid toebedeeld, die hij had verwaarloosd. Hij was al twee jaar Alecs peetvader, maar hij had die tijd verspild. Hij had beweerd dat Stan hem niet toestond deel uit te maken van Alecs leven, maar dat was een excuus geweest. De waarheid was dat hij de deur naar zijn gevoelens had dichtgesmeten. Tot Dana die weer had geopend.

Ethan keek naar Stan. 'Graag gedaan. Het is tussen ons ook goed zo.'

Alecs ogen gingen knipperend open en werden groot toen hij Ethan naast zijn bed ontwaarde.

Ethan nam voorzichtig een van Alecs magere handen in zijn linkerhand. De botjes in de hand van de jongen voelden aan als dunne takjes. Spijt kreeg de overhand toen hij besefte dat hij niet een-opeen met zijn peetzoon kon communiceren. Hij had twee jaar de tijd gehad. Hij had allang gebarentaal onder de knie moeten hebben. Dat was een fout die hij snel zou goedmaken, want zodra dit achter de rug was zou hij wel degelijk onderdeel worden van Alecs leven. 'Randi, kun je hem voor mij iets vertellen?'

'Natuurlijk.'

'Zeg tegen hem dat ik trots op hem ben.' Hij wachtte terwijl Randi de woorden gebaarde. Alecs ogen schoten naar de zijne, groot en grijs en gejaagd. 'Zeg tegen hem dat Evie ongedeerd is.' Alec liet zich opgelucht terugvallen in de kussens. 'Zeg tegen hem dat Evie ons heeft verteld dat hij tegen haar heeft gesproken en dat dat de reden was dat we hem hebben gevonden. Zeg tegen hem dat Cheryl ook trots op hem zou zijn geweest.' Alecs lippen begonnen te trillen en hij kreeg tranen in zijn ogen, maar hij knipperde ze weg en zijn uitdrukking verhardde. Hij maakte zijn hand los uit die van Ethan en zei in gebarentaal iets tegen Randi.

'Hij wil weten of ze de vrouw met de witte ogen hebben gepakt.' Randi slaakte bevend lachend een zucht. 'Hij noemt haar Die Trut. Daar kan ik hem geen uitbrander voor geven.'

'Vertel maar dat we haar nog niet hebben. Maar dat gaat wel gebeuren. Vraag of ze hem ergens gevangen heeft gehouden behalve in het motel.'

Alec keek en schudde toen zijn hoofd. Gebaarde iets. De blik in zijn ogen was te oud voor zijn gezicht.

'Hij wil weten waarom ze hem heeft ontvoerd. Waarom ze Cheryl en Paul heeft vermoord,' zei Randi. 'Ik wil niet dat hij over Sue te weten komt, Ethan.'

Ethan keek haar onderzoekend aan. 'Hij zal er vroeg of laat toch achter komen, Randi. Maar wanneer je het hem vertelt is aan jou. Op dit moment heeft Dana terugvinden mijn prioriteit.' Hij keek weer naar de jongen, die met een behoedzame blik terugkeek. 'Vraag of hij zich de dame met het korte rode haar herinnert.'

Alec knikte. 'Ze was Evie's vriendin. Ze was aardig,' vertaalde Randi. 'Hoezo?'

'Omdat zij nu ook verdwenen is.' Alecs ogen schoten geschokt van de handen van zijn moeder naar Ethans gezicht. 'Ik moet alles weten wat hij zich herinnert.'

Alec bleef doodstil liggen. Toen kwamen zijn handen langzaam in beweging. En Randi's stem werd dik toen ze hardop de walgelijke dingen opnoemde waar haar zoon getuige van was geweest. 'Ethan, verder weet hij niets. Het spijt me.'

Ethan kneep zachtjes in de arm van de jongen. 'Ik kom je later weer opzoeken.' Hij kwam overeind en keek in Stans strakke gezicht. 'Ik kom hem echt weer opzoeken, Stan. Ik heb dat recht nu meer dan verdiend.' Hij wachtte tot Clay en hij op de gang waren. 'Wil je me straks een dienst bewijzen?'

Clay keek achterdochtig. 'Ik zou zeggen, vraag maar, maar een uur geleden kreeg ik daardoor problemen met de verpleegsters omdat ik een overhemd voor je heb gekocht en je uit bed heb geholpen.'

'Deze zal je niet in de problemen brengen. Als het stof is opgetrokken, wil je dan voor me naar een boekwinkel gaan en een boek over gebarentaal voor me kopen? Het wordt tijd dat ik me ga gedragen als de peetvader van die jongen.'

Clay keek achterom naar Stan. 'Die zal hij nodig hebben. En je zult een goede zijn, Ethan. Ga je dan nu terug naar je kamer en weer naar je bed?'

'Nee, ik ga nu op bezoek bij Evie, daarna wandel ik hier weg om te gaan praten met Mitchell en Reagan en je zegt geen woord wanneer ik dat doe. Sterker nog, je rijdt me daarheen.'

'Ethan –'

Ethan concentreerde zich op het door de gang wandelen. 'Ik meen het. Ik ben niet –'

'Ethan, wacht. Ik krijg net een telefoontje.' Ethan draaide zich om en zag Clay diens mobieltje uit zijn jaszak halen. 'Dat was Mitchell die belde,' zei hij. 'Er is misschien een doorbraak.'

Vrijdag 6 augustus, 15.55 uur

Ze werd wakker door de wekker. Sue drukte geeuwend op de snoozeknop. Deze hotelkamer was niet zo mooi als die ze in het Excelsior had gereserveerd, maar daar wemelde het van de politie. Dit hotel was nog steeds beter dan die plek waar ze het kind had weggestopt. Ze zou over een paar uur naar Gary rijden om hem op te halen en hem verbergen in de kelder waar Miranda aan haar eind zou komen.

Ze voelde een tinteling van opwinding. Ze zou al snel Miranda Cook kunnen zien kronkelen van pijn terwijl ze gedwongen werd dingen te doen met mannen die barstten van jarenlang opgekropte woede waarvan ze zelfs niet had gedroomd dat die mogelijk waren. Zes boze mannen konden heel wat schade aanrichten bij één enkele vrouw. Het was slim om Dupinsky als tweede gang achter de hand te hebben. Als die mannen eenmaal begonnen, zou één slachtoffer niet volstaan. Ze zou hun Dupinsky geven op het moment dat zij Miranda de genadeklap ging geven.

Miranda zou kapot zijn en bloeden, maar bij bewustzijn. Sue zou ervoor zorgen dat ze bij bewustzijn was. Want zodra het Sue's beurt was, zou ze de jongen tevoorschijn halen. Sue hoopte dat hij nog leefde nadat ze hem gedwongen had al die pillen te slikken. Ze wilde nu dat ze zich een beetje had ingehouden, maar op dat moment was ze zo kwaad geweest omdat hij had geprobeerd te ontsnappen... Ze had haar zelfbeheersing verloren. Maar als hij doodging, dan deed dat er niet echt toe. Sue kon zeggen dat het kind leefde en ervoor zorgen dat Miranda dat geloofde. Ze was altijd al in staat geweest om Miranda te laten geloven wat ze maar wilde.

Ze zou het kind ergens neerleggen waar Miranda hem kon zien terwijl ze haar laatste minuten op aarde doormaakte. Ze zou Miranda net zo martelen als ze Miranda's moeder in Florida had gemarteld, met kleine, pijnlijke sneetjes en botverbrijzelende klappen. Miranda zou om genade smeken, maar die zou ze niet krijgen. En dan, als de pijn zo erg was, zo... enorm, dan zou ze Miranda de verpletterendste straf van allemaal toedienen.

Eén kleine pil. Die gegarandeerd snel een einde zou maken aan het leven van een mens. Miranda zou dan de keuze krijgen. Het leven van haar kind op een genadige manier beëindigen of dat van haarzelf op een pijnloze manier. Een ware *Sophie's Choice.*

Als ze Miranda een beetje kende, zou de vrouw die keuze niet maken. Ze zou daar langzaam liggen dood te bloeden terwijl Sue achteroverleunde en toekeek. Maar dat zou ook prima zijn, want misschien nog erger dan de fysieke pijn zou voor Miranda de wetenschap zijn dát ze dood zou gaan en dat de jongen daarna nog steeds naast haar zou liggen. Onbeschermd. Uren, misschien wel dagen. Alleen. Uitgehongerd, uitgedroogd. Zonder zijn medicijnen zou hij toevallen krijgen. De jongen zou sterven en Miranda zou sterven terwijl ze wist dat ze daar absoluut niets tegen kon doen.

Dan, en alleen dan, zou Miranda werkelijk begrijpen wat het wilde zeggen om machteloos te staan.

Het was een goed plan, al zei ze het zelf. Sue sprong veerkrachtig uit bed. Het dutje had haar goedgedaan. Ze zou het vanavond druk krijgen en morgen zou ze naar Toronto rijden, waar ze onder de naam Carla Fenton – een identiteit die de politie op geen enkele manier kon achterhalen – een ticket had gereserveerd voor een vlucht naar Parijs. *En om vier uur vanmiddag ben ik rijk.*

Met het tijdverschil was dat moment nog maar een paar minuten verwijderd. Ze haalde glimlachend haar nieuwe laptop uit haar rugtas, die ze contant had betaald uit de proefstorting van de Vaughns. De laptop was uitgerust met alles wat een rijke vrouw nodig kon hebben, met inbegrip van toegang tot internet, zodat ze gemakkelijk bij haar eigen rekeningen kon zonder op internetcafés te hoeven vertrouwen. En zonder dat ze iedere keer een identiteitsbewijs hoefde te tonen als ze even snel naar haar miljoenen wilde kijken.

Ze was voorzichtig geweest met de ID's die ze had gestolen, dacht ze terwijl ze de laptop opstartte en die met haar telefoon verbond. Ze had nooit werkelijk een van de creditcards gebruikt, dus ze konden de doden niet met haar in verband brengen. De internetcafés vroegen alleen maar om een creditcard als garantie. Ze gebruikten hem pas als je niet contant afrekende en ze had er altijd voor gezorgd contant te betalen. Daarom kon ze nooit worden herleid tot de kinderverpleegkundige of de serveerster. Als Bryce zijn mond zou houden, dan zou ze nooit ergens mee in verband worden gebracht.

Het was bijna vijf uur aan de oostkust. De Vaughns zouden het geld inmiddels op de eerste rekening hebben gestort. Ze ging naar de website van de bank, toetste het rekeningnummer in en daarna *Walter1955*. Die brave papa. *Als hij me nu eens kon zien.* Hij had een lullig karweitje verprutst, een buurtwinkel nota bene. En zij had net een kraak gezet ter waarde van vijf miljoen dollar. En wat nog beter was, Miranda Cook zou eindelijk haar verdiende loon krijgen. Ze zou –

De zandloper hield op met draaien en Sue fronste haar voorhoofd. Het geld was er niet. De rekening was leeg. Ze zouden het inmiddels al moeten hebben gestort. Haar hart begon te bonzen. Misschien wilden ze het losgeld helemaal niet betalen. Verdomme, ze had dat geld nodig. Wilde dat geld. Ze knarste met haar tanden, hard. *Ze zijn me dat geld schuldig.*

Ze opende dwangmatig de tweede rekening, de rekening waar zij als enige van op de hoogte was. *Walter1987.* En verstijfde. Staarde. *Onmogelijk.* De rekening was leeg.

Onmogelijk. Er had meer dan negentienduizend dollar op gestaan. *Het is allemaal verdwenen.*

Ze weten het. Iemand had haar tweede rekening gevonden. Het bloed stolde in haar aderen terwijl haar hersenen op volle toeren werkten. Hoe hadden ze haar gevonden? Hoe hadden ze het geweten? Ze had niemand over die tweede rekening verteld. *Niemand.* Maar toch wisten ze het op de een of andere manier. Haar maag kwam tot rust en ze voelde zich weer kalm. Ze moest het kind gaan halen. Beloofd was tenslotte beloofd. Het kind zou in vijf miljoen stukjes aan de Vaughns worden teruggegeven.

Vrijdag 6 augustus, 16.15 uur

'Wat heeft hij precies tegen je gezegd?' vroeg Ethan terwijl hij steunend op Clay's arm naar de afdeling liep waar de rechercheurs zaten.

Reagan keek op van zijn computerscherm en wisselde een blik met Mitchell. 'Je moedigt hem alleen maar aan, Mia. Hij hoort in het ziekenhuis.'

Mitchell haalde haar schouders op. 'Ze waren hier. Het had waarschijnlijk meer moeite gekost om ze terug te sturen naar het ziekenhuis dan ze een bezoekerspas te geven. Ga zitten, Buchanan, voor je flauwvalt.'

Ethan nam Mitchells stoel. Zijn arm klopte, maar zijn gedachten waren bij dat onderkruipsel dat de politie had betrapt toen hij probeerde in te breken in Randi's hotel. 'Wat heeft Marsden jullie verteld?'

'Niet veel,' antwoordde Reagan. 'Hij had een hotelloper, maar hij wil niet zeggen hoe hij eraan komt.'

'Sue heeft die aan hem gegeven,' barstte Ethan uit.

'Natuurlijk heeft ze dat,' snauwde Mitchell terug. 'Maar hij geeft het niet toe.' Ze verzachtte enigszins. 'Ik weet dat je gefrustreerd bent, Ethan. Maar we doen wat we kunnen.'

'Marsden heeft een advocaat,' voegde Reagan er somber aan toe. 'We kunnen niets met hem.'

Zijn woede laaide op en daarmee het scherpe knauwen van paniek. 'Verdomme. Hij weet iets. Dat moet wel. Geef me vijf minuten met hem en je krijgt alles te horen wat je weten wil.'

Mitchell wierp hem een boze blik toe. 'Beheers je, anders ga je terug naar het ziekenhuis.'

'Rustig aan, E,' zei Clay naast hem zachtjes. 'Deze mensen staan aan jouw kant. Dat staan we allemaal.'

Ethan deed bevend en met bonzend hart zijn best om zichzelf onder controle te krijgen. 'Het spijt me.' Hij legde zijn hand plat op zijn dijbeen. Zijn broekspijp zat onder het bloed en de grasvlekken. Hij weigerde zijn ogen te sluiten, omdat hij elke keer dat hij dat deed Dana voor zich zag die met grote ogen en doodsbang werd meegesleurd. Hij slikte moeizaam en vertrok zijn gezicht toen Clay een steunende hand op zijn niet-gewonde schouder legde. 'Het spijt me,' herhaalde hij. 'Ik...' Hij keek op, recht in Mitchells ronde blauwe ogen. 'Ik blijf haar maar voor me zien... Ze was zo bang.'

Mitchell deinsde even achteruit. 'Ik begrijp het, maar we moeten kalm blijven. Als we dat niet doen, dan vinden we haar niet.'

'Oké. Ik ben kalm.' Dat was niet zo, maar dat zou ook niet gebeuren tot Dana in veiligheid was. 'Die vent, die Donnie Marsden. Hij was toch een van die kerels die al die jaren geleden tegelijk met Conway is opgepakt, hè? Dus dat binnendringen in Randi's hotelkamer was geen toeval, toch?'

Mitchell knikte. 'Klopt.'

'Dus hij maakt deel uit van Sue's plannen.'

'Misschien. Als dat zo is, dan zegt hij er niets over. Op dit moment is inbraak het enige wat we hem in relatie tot déze misdaad ten laste kunnen leggen.'

'Tenzij je hem ergens in de afgelopen week in verband kunt brengen met Sue,' zei Clay. 'Dan is het samenzwering.'

'Ze moet hem hebben gebeld,' zei Ethan. 'Hebben jullie zijn telefoongesprekken nagetrokken?'

'Zijn gegevens van de afgelopen week,' zei Reagan effen terwijl hij een centimeters dikke stapel prints omhooghield. 'Blijkt dat meneer Marsden een bookmaker is. Hij krijgt honderden telefoontjes per week. Nog meer tijdens het basketbalseizoen. We hebben mazzel dat hij deze week alleen maar weddenschappen doet voor honkbal en paardenrennen. We zijn bezig de binnenkomende gesprekken uit te pluizen om eventuele "legale" gokkers van Sue te onderscheiden.'

'Volgens de oude dossiers hield Conway zich twee dagen schuil voor ze haar te pakken kregen,' voegde Mia eraan toe. 'We proberen uit te vogelen waar precies. Dana was ervan overtuigd dat dit allemaal heel symbolisch is, dus misschien dat die schuilplaats iets oplevert.'

'En ten slotte,' zuchtte Reagan, 'hebben we sheriff Moore gevraagd om nog eens een keer bij Bryce Lewis in de gevangenis langs te gaan om te zien of ze iets meer van hem te weten kan komen. Verder zijn we bereid elk idee te omarmen dat ons niet in moeilijkheden brengt bij Interne Zaken.'

Ethan zakte onderuit in Mitchells stoel. 'Sorry, ik weet dat jullie doen wat je kunt.'

'Ethan, ik heb ook in jouw schoenen gestaan,' zei Reagan met een betekenisvolle blik in zijn ogen. 'Te weten dat iemand een persoon had ontvoerd van wie ik hield was verrekte moeilijk. We willen Dana net zo graag terug als jij en we begrijpen wat je op dit moment doormaakt. Maar je moet ons de kans geven ons werk te doen.'

'Ga terug naar je hotel, Ethan,' zei Mitchell op vriendelijke toon. 'Ik beloof je dat we bellen zodra we iets weten.'

Ethan hees zich overeind. 'Oké.' Hij liet zijn blik nog één keer over het bureau van Mitchell gaan, over het dossier dat opengeslagen op haar vloeiblad lag. Toen bleef hij stokstijf staan en zijn hart klopte in zijn keel. 'Clay, kijk eens.'

Clay bekeek de foto's. 'Zijn dit de politiefoto's van Marsden?'

'Kijk eens naar het gezicht, naar de kin.'

'Mijn god,' fluisterde Clay.

Ethan stak met een van pijn vertrokken gezicht zijn hand in zijn achterzak om zijn portefeuille te pakken en sloeg die open. 'Clay, help eens de foto's eruit te halen.' Clay gehoorzaamde en Ethan bladerde door de foto's en stopte toen hij bij een foto van Alec kwam die het jaar ervoor was genomen. Clay trok de foto uit het plastic hoesje en legde die naast Marsdens pasfoto's.

Reagan floot zachtjes. 'Zo te zien hebben Sue en Donnie meer gedaan dan alleen drugs smokkelen.'

Mia bladerde in het dossier. 'In de verklaring die Marsden heeft afgelegd toen hij werd gearresteerd zweert hij dat de baby die Sue gebruikte van een vriendin was. Hij dacht dat de baby van Randi was omdat zij voor Alec zorgde, ook toen al.' Ze keek Reagan aan met een tevreden glimlach. 'Ik durf te wedden dat hij geen idee heeft dat hij vader is.'

Reagan pakte Alecs foto. 'Het maakt misschien helemaal niets uit of hij het weet of niet, maar ik zou zeggen, laten we de man op een sigaar trakteren.'

Mitchell aarzelde op weg naar de deur. Fronste haar voorhoofd. 'Jullie kunnen hier niet alleen blijven.'

'Dan gaan we mee,' antwoordde Ethan.

'Maar hou je mond,' waarschuwde Mia. 'Eén kik en je bent vertrokken. Gesnapt?'

'Ja,' zei Ethan grimmig. 'Gesnapt.'

Gary, Indiana, vrijdag 6 augustus, 16.55 uur

Hij was verdwenen. Sue klemde haar kaken op elkaar terwijl ze langs het kleine motel reed, dat nu was afgezet met geel politielint. De jongen was weg. Hij was die ochtend gevonden. Volgens de bediende die haar sigaretten afrekende in een winkel een eind verderop hadden minstens tien politieauto's het motel omsingeld. De agenten waren gehuld geweest in SWAT-uitrusting. Ze waren weer naar buiten gekomen met het kind en hadden de jongen met een helikopter naar het County General Hospital in Chicago vervoerd.

Sue stopte bij een openbare telefoon, belde County General en koos 'patiënteninformatie'.

'Ik zou graag willen weten wat de toestand van Alec Vaughn is, alstublieft.'

Er volgde een moment stilte. 'Volgens de computer is zijn toestand stabiel.'

'Dank u.' Sue legde nadenkend de hoorn op de haak. Al haar dromen vielen in duigen. Er zou geen sprake zijn van Randi Vaughn uit haar hotel lokken. Er zou geen sprake zijn van wraak. Ze zou er geen getuige van zijn dat Donnie en de jongens Miranda Cook tot pulp zouden beuken. Er zou geen sprake zijn van *Sophie's Choice*. Er zou geen sprake zijn van snijden en botten breken.

Tien jaar. Ze had verdomme tien jaar zitten wachten.

Voor niets. Níéts. Ze had helemaal niets.

Sue slaakte een korte brul van frustratie en draaide haar auto in de richting van Chicago. Ze had nog maar één ding over. Ze had Dupinsky. Donnie en de jongens moesten zich daar maar mee behelpen.

Ocean City, Maryland, vrijdag 6 augustus, 18.00 uur

De advocaat van Bryce Lewis zette vol ongeduld zijn tas met een klap op tafel. 'Als u verder niets te bieden hebt, sheriff, dan zijn we uitgepraat. U verspilt mijn tijd en die van u.'

Lou Moore moest de aandrang onderdrukken om de verdediger te vertellen dat hij... Ze beheerste zich en boog zich voorover om de blik van Bryce Lewis te vangen. 'Bryce, ik heb je hulp nodig. Je zus heeft dat jochie vanochtend voor dood achtergelaten. Ze had hem gedwongen een halve fles van zijn epilepsiemedicijn in te nemen.'

'Mijn cliënt kan er niets aan doen wat zijn zus heeft gedaan sinds ze van elkaar zijn gescheiden.'

'Natuurlijk niet. Maar Bryce, er is iets wat je moet weten over die jongen.' Ze haalde een kopie tevoorschijn van de door Clark County uitgegeven geboorteakte waarin werd verklaard dat Erik Conway levend ter wereld was gekomen en dat zijn moeder Susan Conway was. Vader onbekend. Ze schoof de geboorteakte over de tafel. 'De jongen is de zoon van je zus, Bryce.'

Bryce draaide met een ruk zijn hoofd om en las het certificaat. Hij keek naar zijn advocaat. 'Is dit echt?'

De verdediger pakte het document. 'Het is een gefaxte kopie. Geen idee.'

'Het is echt,' verklaarde Lou. 'Bryce, luister alsjeblieft naar me. De eerste keer dat we elkaar spraken heb ik je reactie gezien toen ik je vertelde over het lichaam van Paul McMillan. Jij bent niet zo kil als zij. Een vrouw heeft geprobeerd dit kind te helpen. Sue heeft vanochtend de vriend van de vrouw neergeschoten en haar ontvoerd. We weten dat ze van plan is die vrouw om te brengen. Ze is er niet in geslaagd je neefje te vermoorden. Dankzij deze vrouw en anderen hebben we hem op tijd gevonden. Maar de tijd begint te dringen.'

'Wat voor deal hebben jullie te bieden?' vroeg de advocaat.

Lou slaakte een zucht. 'Bryce, je bent betrokken bij een moord en een ontvoering.'

'Wacht even,' onderbrak de advocaat haar. 'Als dat kind van zijn zus is, dan is het geen ontvoering.'

Lou's blik week niet van Bryce Lewis. 'Maar mevrouw Rickman is ontvoerd, meegenomen over de staatsgrens en vermoord, Bryce. Jij bent medeplichtig aan dat misdrijf. Ik kan alleen maar aanbevelen je mild te behandelen. De uiteindelijke beslissing is aan de openbaar aanklager. Maar als je ons helpt die vrouw te vinden, dan ben je al een heel eind op weg.'

Bryce kwam stijf overeind. 'Ik zal erover nadenken.'

'Denk niet te lang. We zijn bang dat de dood van de vrouw een kwestie van uren is.'

Bryce' blik was ijskoud. Een week in de gevangenis had deze jongen gehard. 'Ik zei dat ik erover na zou denken.'

Chicago, vrijdag 6 augustus, 17.10 uur

Ethan keek met gefronst voorhoofd door de confrontatiespiegel. Reagan en Mitchell zaten al vijfentwintig minuten met Marsden in de verhoorkamer en ze hadden niet één keer de foto van Alec laten zien of Alec zelfs maar genoemd.

'Waarom beginnen ze niet over Alec?' mopperde Ethan.

'Sst,' siste Clay. 'Omdat ze verdomd goede politiemensen zijn. Dit is een geweldig verhoor.'

'Blij dat u dat vindt,' zei hun inspecteur droog. Spinnelli was een minuut voor het verhoor begon gearriveerd. Aan Spinnelli's linkerkant stond de assistent-hoofdofficier van justitie die Abe Reagan had gewaarschuwd om een eventuele deal in gang te zetten.

Clay keek Spinnelli kalm aan. 'Ik meende het.'

Spinnelli trok een wenkbrauw op, maar hij wendde zijn blik niet af van de ruit. 'Ik ook, meneer Maynard.'

'Clay,' zei Clay.

'Clay. Maar ik blijf voor jou nog steeds inspecteur Spinnelli,' zei Spinnelli, maar zijn snorpunten trilden.

'Begrepen. Meneer,' voegde Clay er met een bewuste aarzeling aan toe. 'Luister, Ethan,' zei hij zacht. 'Mitchell kwakt Marsdens AZT op tafel, hij heeft aids en hij wil niet in de gevangenis doodgaan, oké? Reagan zaagt hem door over de aanklacht wegens gokken, dat betekent heel veel jaar in de bak. Hij staat op het punt om Sue spontaan erbij te lappen. Ze houden de foto achter de hand voor het geval hij een laatste zetje nodig heeft.'

'Ik zou hem graag dat laatste zetje geven,' gromde Ethan. 'Randi heeft hem net zo goed verraden als ze Sue heeft gedaan. Als hij die aids in de gevangenis heeft opgelopen, dan heeft hij nog meer reden om woest te zijn. Hij brak in dat hotel in om het Randi betaald te zetten.' Die gedachte alleen was genoeg om hem misselijk te maken.

'Ja, maar waarom nu?' mompelde Clay. 'Waarom probeerde Marsden vanmiddag om Randi te pakken? Als Sue de zaak op poten had gezet, dan zou ze hem tot na vijf uur hebben laten wachten.'

'Zodra die vijf miljoen zouden zijn gestort.' Ethan liet zijn adem ontsnappen. 'Je hebt gelijk.'

'Ja, dat heeft hij zeker.' Spinnelli bekeek Clay met een kritische blik. 'Je hebt ontslag genomen bij de politie van D.C. Waarom?'

Clay's gezicht verstrakte. 'Dat zijn mijn zaken. Meneer.'

Spinnelli nam hem nog een ogenblik op en knikte toen. 'Dat is redelijk.'

Marsden zat stuurs kijkend onderuitgezakt in zijn stoel terwijl zijn advocaat iets in zijn oor fluisterde. Marsden knikte en de advocaat keek op. 'Over wat voor deal hebben we het?'

'Dat is aan de openbaar aanklager,' antwoordde Mia gladjes. 'Wij sluiten geen deals, we doen alleen aanbevelingen.'

De advocaat fronste zijn voorhoofd. 'Wat voor aanbevelingen?'

Reagan boog zich met samengeknepen ogen voorover. 'Marsden,

we weten waarom je die hotelkamer binnen wilde. Conway en jij hebben een of andere wraakneming gepland. Maar dat wordt je niet ten laste gelegd. Nog niet. Jij gaat samen met Conway het schip in en dat wordt een aanklacht wegens samenzwering, want we wéten wat ze in haar hoofd heeft. We willen Conway meer dan we jou willen. Op dit moment. Maar als we haar eerst vinden...' Reagan haalde zijn schouders op. 'Dan gaan alle aanbevelingen het raam uit. Vertel ons waar ze is en we zullen de openbaar aanklager aanbevelen het bij de aanklacht wegens gokken te houden.'

Marsden schoof schuldbewust heen en weer en zei niets.

Mitchell schoof haar stoel hard tegen de tafel en zowel Marsden als zijn verdediger keek geschrokken op. 'Weet je, ik heb het wel gehad met jullie twee. Als je niet binnen dertig seconden begint te praten, dan doe ik de openbaar aanklager de áánbeveling ontvoering en moord toe te voegen aan de aanklacht.'

Marsden keek met een ruk op. 'Ik heb niets te maken met ontvoering of moord. Ik heb de dame met geen vinger aangeraakt.'

Mitchell boog zich naar hem toe. 'Omdat je daar de kans niet voor hebt gekregen. Maar we hebben het niet over mevrouw Vaughn, we hebben het over de jongen.'

Marsden sprong overeind. 'Ho even. Ik weet helemaal niets van een jongen.'

Mitchell en Reagan keken elkaar lange tijd aan. Mitchell haalde haar schouders op. 'Oké, dan weet je daar niets van.' Ze keek met een dramatisch gebaar op haar horloge. 'Nog vijftien seconden, meneer Marsden.'

'Verdomme, ik weet helemaal niets van een of ander jong.'

'Vijf seconden.' Mitchell haalde opnieuw haar schouders op. 'We zijn klaar. Ik hoop dat u een gevangenisdokter treft die u mag, meneer Marsden. U zult in de nabije toekomst veel tijd met elkaar doorbrengen.' Ze had haar hand al op de deurkruk toen Marsden zich weer op zijn stoel liet ploffen.

'Dat moet het kind van de Vaughns zijn,' snauwde hij. 'Sue zei dat ze Miranda Cook terug naar Chicago zou lokken omdat ze iets had wat Miranda wilde. Ik wist niet dat ze Randi Vaughn heette tot ik in het hotelregister keek. Maar ik heb geen kind gezien.'

Reagan boog zich verbijsterd voorover. 'Waarom blijf je die vrouw beschermen?'

Marsden zuchtte. 'Omdat iemand anders dan jullie haar te pakken zal nemen.'

Reagan knikte. 'Lorenzano?' Marsdens ogen werden groot en Reagan grinnikte. 'We weten een heleboel, Donnie-boy. Dus Lorenzano heeft contact met je opgenomen? Hoeveel heeft het opgeleverd?'

'Vijftienduizend,' mompelde Marsden.

Mitchell ging op de rand van de tafel zitten. 'Met vijftien mille kun je een heleboel AZT kopen. Ik zou misschien wel hetzelfde hebben gedaan. Dus je hebt Sue aan Lorenzano verkocht. Ik neem aan dat hij weet waar ze op dit moment uithangt.'

'Hij weet waar ze vanavond om tien uur zal zijn.'

'En wat gebeurt er vanavond om tien uur, Donnie-boy?' vroeg Reagan.

Marsden staarde naar het plafond. 'Ik en de jongens die Miranda erbij heeft gelapt krijgen elk dertig minuten de tijd om te doen wat we willen.'

Ethan sloeg een hand voor zijn mond en slaagde erin om het geluid van kokhalzen dat hij niet kon tegenhouden in ieder geval te dempen. 'Ze heeft Randi niet,' fluisterde Ethan vol afschuw. 'Ze heeft Dana.'

Mitchells gezicht was als uit steen gehouwen. 'Nou, dat is zo ongeveer het smerigste wat ik in lange tijd heb gehoord. Wat schiet Sue daarmee op?'

'Zij mag het karwei afmaken.'

Reagan trok een wenkbrauw op. 'En wat dacht je dat dat inhield?'

'Haar vermoorden.'

Marsdens advocaat stak een hand op. 'Ik wil nu een openbaar aanklager hier hebben.'

'Dat is mijn teken.' De officier van justitie knikte in de richting van Ethan en Clay. 'Heren.' Dertig seconden later ging de deur van de verhoorkamer open en de aanklager stapte naar binnen. 'U had gebeld?'

Marsdens advocaat keek hem vuil aan. 'Dat is ook toevallig.'

De officier van justitie zette zijn aktetas met een klap op tafel. 'Als hij ons vertelt waar ze is en belooft dat hij alles wat we net hebben gehoord onder ede zal verklaren, dan houden we het bij de aanklacht van illegaal gokken.'

'En wat heb je precies te bieden?' sneerde de advocaat.

'Zeven tot tien jaar. Daarvan moet hij er drie uitzitten. Als hij aan het einde van die drie jaar nog in leven is, komt hij voor de resterende tijd in een werkprogramma. Dat is een verrekte mooi aanbod.'

Marsden keek woedend. 'Het is verdomme een doodvonnis. Drie jaar. Kút.'

Mitchell trok haar stoel dichter bij de zijne. 'Geloof je dat ze dood beter af is dan bij ons? Misschien zou je niet zo aardig zijn als je het andere wist dat wij weten.'

Marsden aarzelde. 'Wat weten jullie nog meer?'

Reagan haalde de foto van Alec uit zijn zak. 'De baby die jullie al die jaren geleden gebruikten om drugs te smokkelen was niet het zoontje van Miranda Cook. Hij was het kind van Sue.'

Marsdens gezicht was een toonbeeld van ongeloof. 'Echt niet. Zelfs Suze zou zoiets niet doen.'

'O, zeker wel, dat heeft ze wel gedaan,' zei Mitchell poeslief. 'En nog heel wat meer ook.'

Marsden bleef roerloos zitten. 'Wat heeft ze gedaan?'

'Nou, ze heeft de afgelopen week de jongen ontvoerd en elf mensen vermoord. En ze heeft het kind voor dood achtergelaten in een motel in Gary, Indiana, met een halve fles fenobarbital in zijn mik. Maar dat is nog niet het ergste, meneer Marsden, in ieder geval niet vanuit uw standpunt bekeken.' Ze boog zich voorover, pakte de foto uit Reagans vingers en legde die voor Marsden neer.

'Komt hij je bekend voor, Donnie-boy?' vroeg Reagan bijtend.

'Dat zou namelijk wel moeten, meneer Marsden.' Mitchell boog zich dichter naar de bevende Marsden toe. Hij had het direct gezien, wist Ethan. 'Hij is uw kind. Ze heeft uw zoon gebruikt om drugs te smokkelen. Ze heeft hem vandaag achtergelaten om te sterven. Ze wil een losgeld van vijf miljoen van de Vaughns. Gelooft u nog steeds dat ze dood beter af is dan bij ons?'

Marsden haalde diep adem. 'Een verlaten appartementengebouw in Central.' Hij keek op naar Mitchell, die al in de richting van de deur rende. 'Leeft hij nog? Mijn zoon?'

'Ondanks Sue Conway,' snauwde Mitchell.

'Ik wil hem zien.'

'Regel dat maar met je advocaat, Donnie-boy,' zei Reagan. 'Kom op, Mia.'

Ethan kwam de achterkamer uit gestormd, met Clay op de hielen. 'Ik ga mee.'

'Je blijft hier,' gromde Reagan. 'Beschermende kleding, Mia.' Toen waren Mitchell en Reagan verdwenen en Ethan bleef bevend achter terwijl hij zich vastklampte aan Clay.

'Waag het niet, Ethan,' waarschuwde Clay.

'Ik ga. Je kunt hier blijven of meegaan.'

Clay sloeg zijn ogen ten hemel. 'Verdomme. Kom op dan.'

24

Chicago, vrijdag 6 augustus, 17.40 uur

Dana werd met een schok wakker toen de buitendeur van de kelder dichtsloeg. Er kwam iemand aan. Ze knipperde met haar ogen in een poging om iets te zien, wat dan ook, maar de duisternis was compleet. Ze had gemerkt dat de muizen in het donker een stuk groter klonken.

Ze had geen idee hoe laat het was, maar vermoedde dat het al later op de dag was, want de hitte was lang niet zo drukkend als die was geweest. Haar spieren deden pijn van het gebrek aan beweging. Ze kon haar polsen en enkels niet bewegen vanwege de plastic boeien waarmee ze was vastgebonden. Ze was moe, ze had het warm en ze had een vreselijke dorst. En naarmate de dag verstreek werd ze steeds banger. Ze probeerde haar angst in toom te houden, maar die werd al snel veel te groot om nog in het doosje in haar hoofd te passen.

De voetstappen kwamen dichterbij. Het waren geen blowende jongeren dit keer. Haar hart begon hard en snel te kloppen. *Laten het niet Sue en haar vriendjes zijn.* Want Randi Vaughn was niet hier. *Alleen ik.* Beelden van wat voor haar in het verschiet lag hadden de hele dag al door haar hoofd gespookt, want je hoefde geen genie te zijn om te bedenken wat Sue voor Randi in petto had. Ze stelde seks gelijk aan macht en straf.

Wat er ook mocht volgen zou erger zijn dan Dana's vreselijkste nachtmerries. Ze zouden haar pijn doen. Dan zouden ze haar doden. Ze zou haar familie en vrienden nooit meer zien. Evie, Caroline, Mia.

Ethan. Ze zou nooit meer zijn armen om zich heen voelen. Hij zou nooit meer haar angsten wegnemen. Hij zou haar nooit meer het gevoel geven dat ze... compleet was. Hij had haar zich compleet doen voelen, besefte ze nu. Fysiek en emotioneel. De avond ervoor had hij het zo bij het rechte eind gehad. Hij was te dichtbij gekomen en ze had hem weggeduwd. Daar had ze nu vreselijk spijt van. Als ze lang genoeg bleef leven om hem terug te zien zou ze dat rechtzetten.

Het licht aan het plafond ging aan en ze knipperde met haar ogen. Een paar seconden later keek ze in het gezicht van Sue Conway, die met een woedende blik in haar ogen dreigend boven haar uittorende. *Geen lenzen*, dacht Dana. *Ze heeft weer blauwe ogen.* Maar er was geen tijd om zich af te vragen wat de reden daarvan was, geen tijd om angst te voelen voor Sue een snelle, harde trap in Dana's ribben plaatste. Ze schoof met haar gezicht naar voren over de smerige vloer. Haar geboeide handen verhinderden dat ze haar val kon breken. Een tweede trap stuurde een felle pijn door haar ruggengraat en een derde in haar dijbeen. Toen bukte Sue zich. Ze greep Dana bij haar shirt en smeet haar tegen de betonnen muur.

Er is iets fout gegaan, was het enige wat Dana door die waas van pijn heen kon denken. Dit was niet de zelfverzekerde Sue die toepaste, aanpaste en verbeterde. Deze vrouw was nog maar één stap verwijderd van een grommend, in de hoek gedreven beest. Vreugde drong door de pijn. Ze moesten Alec hebben gevonden. Zonder hem liep Sue's plan helemaal in het honderd.

De vreugde was van korte duur en maakte plaats voor een nieuwe golf van pijn toen Sue haar vuist op Dana's kaak plantte. Tranen prikten in haar ogen en ze wendde haar gezicht af. Ze kon zich niet verweren tegen de volgende klap. Of de klap daarna. Ze was sinds Charlie niet meer zo in elkaar geslagen. Of sinds haar stiefvader. Ze kon de kreet van pijn niet inhouden toen Sue de tape van haar mond scheurde en een stuk vel van haar lippen meenam.

'Je zult bidden dat je doodgaat,' zei Sue schor. 'Voor ik klaar ben zul je me smeken je te doden.'

Dana haalde diep adem, voor het eerst sinds Sue uren eerder haar mond had dichtgeplakt. *Hoeveel uur? Hoe laat is het?*

'Je moet Alec zijn kwijtgeraakt,' zei Dana en ze smaakte het genoegen Sue's mond even open te zien vallen van de schok. Maar opnieuw was dat genoegen maar van korte duur. Een nieuwe klap op haar kaak dwong Dana even te voelen of haar kaak gebroken was. Maar toch dwong iets haar om de vrouw verder te treiteren. 'Je zou echt een beetje voorzichtiger moeten zijn met je zoon, Sue. Dit is al de tweede keer dat je hem kwijtraakt. Het begint een gewoonte te worden.'

'Wat weet je allemaal?' vroeg Sue op angstaanjagende toon.

Dana dwong haar angst naar de achtergrond en keek haar onbevreesd recht in de ogen. 'Ik weet aardig wat over jou, Sue Conway. Eerlijk gezegd weet ik heel wat meer over jou dan jij over mij.'

'Vertel dan maar,' zei een mannenstem en Dana's blik schoot omhoog, over Sue's schouder, op het moment dat Sue haar tegen de muur drukte en zich naar hem omdraaide.

Een man van eind veertig, misschien begin vijftig, kwam dichterbij met een akelig uitziend pistool in zijn hand. Hij had het voorkomen van een gedistingeerde boef. Zijn grijzende slapen gaven hem een air van waardigheid. In een flits besefte Dana wie hij was en waarom hij hier was.

'Jij bent Lorenzano,' zei Dana en ze zag zijn mondhoeken omhooggaan.

'Dus je weet ook van mij af.' Hij kwam een paar stappen dichterbij, maar hield zijn wapen met vaste hand op Sue gericht. 'Ik heb de hele dag al gewacht tot je zou komen, Sue. Je kunt je voor mij niet verbergen.'

'Ik heb me anders wel verborgen voor je weten te houden, James,' zei Sue, 'tot iemand me erbij lapte. Wie was het?'

'Donnie Marsden.'

Sue deinsde achteruit. 'Smerige klootzak,' zei ze zacht. 'Heeft hij meer dan vijftien mille opgestreken?'

'Nee,' antwoordde James opgewekt. 'Hij was een koopje, maar dat geldt niet voor mij. Bryce heeft me verteld wat je allemaal van plan bent, Sue – een kind ontvoeren, losgeld eisen. Om hoeveel heb je gevraagd?'

'Val dood,' snauwde Sue.

'Vijf miljoen,' antwoordde Dana en Lorenzano leek onder de indruk. Sue wierp haar een blik toe.

'Je staat nog steeds bij me in het krijt voor het opsporen van de moeder van Randi Vaughn,' peinsde Lorenzano. 'En je bent me nog een enorme ziekenhuisrekening schuldig. Ik wil vijfenzeventig procent van die vijf miljoen.'

Sue liet haar blik zakken naar het wapen in zijn hand. 'Vijftig procent,' was haar tegenbod.

Lorenzano leek verrast. Achterdochtig. 'Het verbaast me dat je ook maar met iets zou instemmen.'

'Dat is omdat ze weet dat er niets is,' verklaarde Dana. 'Vijftig, vijfenzeventig of honderd procent van niets is nog steeds niets. En dat is precies wat ze van de Vaughns zal krijgen.'

Sue draaide zich om en keek haar aan met een ijskoude blik die haar de rillingen over de rug deed lopen. 'Hou je kop.'

'Nee, vertel verder,' zei Lorenzano. 'Wie ben je, tussen twee haakjes?'

'Sue's ergste nachtmerrie,' antwoordde Dana kalm. 'Ik ben een bemoeizuchtige maatschappelijk werkster.'

Lorenzano trok zijn zware wenkbrauwen op. 'Een maatschappelijk werkster. Heb je haar een plek bezorgd om zich schuil te houden?'

'Zonder het te weten, ja.'

'En hoe weet je dat er geen losgeld is?' vroeg Lorenzano.

'Omdat de politie haar buitenlandse bankrekening heeft gevonden en elke cent eraf heeft gehaald.'

'Hoe weet je dat allemaal? Ben je wel een maatschappelijk werkster' – zijn ogen werden spleetjes – 'of ben je van de politie?'

'Maatschappelijk werkster. Mijn vriend is privédetective.' Dana keek Sue koeltjes aan. 'En de peetvader van Alec Vaughn.' En opnieuw smaakte ze het genoegen Sue's gezicht geschokt te zien vertrekken.

Lorenzano's grijns flitste wit in zijn gebruinde gezicht. 'Nou, nou. Wat interessant dat onze wegen zich op deze manier kruisen. Maar nu is het tijd voor je om te gaan, mevrouw Maatschappelijk Werkster. Sue en ik hebben nog een paar dingen te verhapstukken.' Hij voelde aan zijn keel. 'Ik moet Sue nog bijbrengen hoe je iemand goed de keel doorsnijdt. Ze had het de eerste keer niet helemaal goed.'

Dana's ogen werden groot toen hij zijn pistool op haar borst richtte. Vervolgens hield ze haar adem in toen er een schot klonk en Lorenzano zich gorgelend op zijn knieën liet zakken terwijl hij geschokt naar zijn borst keek. Er verspreidde zich al een rode vlek over zijn witte overhemd. Een paar seconden later lag hij op zijn rug. Sue stond met Dana's revolver in haar hand vol verachting op hem neer te kijken.

'Klootzak,' zei ze. 'Geen schijn van kans dat ik hem jou laat vermoorden. Je bent het enige wat ik nog heb.' Ze greep Dana bij haar shirt en hees haar overeind. 'Ik heb één avond met jou, maatschappelijk werkster, en als die voorbij is, zit jij in de hel.'

'En dan zit jij in Frankrijk?' spoog Dana. 'Carla Fenton?'

Sue knipperde met haar ogen en glimlachte toen. 'Dankzij jou, ja. Jammer dat je je talent voor liefdadigheid hebt gebruikt. Je had een goed inkomen kunnen hebben als vervalser.'

Het gedender van voetstappen op de buitentrap deed hen allebei opschrikken. 'Fuck,' snauwde Sue en ze richtte Dana's wapen op het plafond. Een tweede schot rekende af met de plafondlamp en hulde hen in duisternis. De .38 werd tegen Dana's slaap gedrukt en Sue's gespierde onderarm vouwde zich om haar hals en kneep tot haar luchtpijp werd afgesloten. 'Eén kik en je bent dood.' Toen sleepte ze Dana dieper de kelder in.

Dana's hart begon sneller te kloppen. De hulptroepen waren gearriveerd.

Vrijdag 6 augustus, 18.00 uur

Ethan wachtte tot de auto tot stilstand was gekomen. Maar ternauwernood. Hij stapte uit aan de passagierskant en liep in de richting van de achterste van de rij politieauto's die bij het leegstaande appartementengebouw langs de kant van de weg stonden.

Ethan bleef zwaar hijgend staan toen hij de laatste auto had bereikt. Hij keek naar het gebouw en zag een stuk of tien mannen en vrouwen in gevechtsuitrusting de plek omsingelen. Hij durfde niet dichterbij te komen. Clay nam de situatie met een kritische blik in ogenschouw en knikte goedkeurend. Dat betekende veel, dacht Ethan. De politie van Chicago wist waar ze mee bezig waren. Ze hadden de situatie onder controle. Ethan begon zijn hartslag ook onder controle te krijgen.

'Ze halen haar eruit,' mompelde hij.

'Natuurlijk halen ze haar eruit,' zei Clay.

'Ze moeten haar eruit halen.' Ethan hoorde zichzelf het herhalen en vroeg zich af hoe vaak hij dat al had gedaan. Maar Clay bleef het antwoord geven dat hij wilde horen.

'Je krijgt haar terug,' zei Clay vastbesloten. 'Ze is een sterke vrouw. Ze redt het wel.'

Ze redt het wel. Dat zou ze ook. Dana Dupinsky was niet iemand die terugdeinsde voor een beetje gevaar. Verdorie, Ethan wilde dat ze eens wat vaker angst voelde. Ze was geen vrouw die er bij het eerste teken van moeilijkheden vandoor ging. Tot dat moment was hij er zich niet van bewust geweest dat dat was waar hij op had gewacht. Een vrouw die volhield. Een die voor hem gemaakt was. Zij deed dat. Zij was dat.

Clay verstijfde en Ethan richtte met een ruk zijn aandacht weer op de in het zwart geklede leden van het interventieteam. 'Wat is er aan de hand? Waarom gaan ze niet naar binnen?'

Clay bewoog rusteloos zijn schouders. 'Ik weet het niet.'

Toen klonk er een schot en Ethans hart stond stil. Het kwam vanuit het gebouw. Waar Dana was. 'O, god, Clay.' Hij greep Clay's arm terwijl het SWAT-team in beweging kwam en de trap af rende naar de kelder van het gebouw.

Er werd een tweede keer geschoten. In het gebouw. En ze wachtten, Clay en hij. Wachtten op actie. Op informatie. Op wat dan ook. Maar ze hoorden helemaal niets.

Wight's Landing, vrijdag 6 augustus, 19.00 uur

Huxley liep achter Lou aan haar kantoor binnen. 'Heeft Lewis ons geholpen?'

'Nee.' Lou wreef over haar voorhoofd. 'Verdomme, Huxley, Dana Dupinsky was zo'n aardig mens. Soms een beetje te veel een Jeanne d'Arc, maar echt heel erg aardig. Ik denk dat Ethan Buchanan en zij een goede kans hadden gemaakt.'

'Je denkt dus dat ze dood is?'

'Als ze haar niet gauw vinden zal dat zeker het geval zijn.'

Dora verscheen met een medicijnflesje paracetamol. 'Gesprek op lijn drie. Het is die sheriff Eastman.'

Lou sprong op de telefoon af. 'Met sheriff Moore. Wat is er gebeurd?'

'Goddelijk ingrijpen,' antwoordde Eastman. 'Lewis wil je uit de goedheid van zijn hart het mobiele nummer van zijn zus geven. Dat is verder het enige wat hij van haar weet.'

'Ik heb een pen, kom op met dat nummer.'

Chicago, vrijdag 6 augustus, 18.05 uur

'Politie!' Mia volgde het arrestatieteam de trap af en door de binnendeuren naar een inktzwarte grot. Er drong geen straaltje licht vanuit de buitenwereld naar binnen. Een van de agenten vond een schakelaar, maar er kwam geen licht. Ze verspreidden zich en zochten dekking achter steunpilaren en alles wat maar groot genoeg was om een lichaam af te schermen. Een andere agent scheen met een zaklamp en vond de plafondlamp. Die was kapotgeschoten. Dus een van de schoten had de lamp geraakt, niet een mens. De zaklamp verlichtte de vloer in een zestig centimeter brede baan en stopte toen hij bij een lichaam kwam dat op de vloer lag.

Mia liet haar adem ontsnappen toen ze zag dat het een man was. 'Dana?' riep ze. Ze bad om een reactie. Gekreun. *Wat dan ook.* Niets. De teleurstelling kwam hard aan.

De leider van het SWAT-team kwam naast haar staan. 'We halen infraroodbrillen,' zei hij zacht. 'Dan kunnen we wat zien.'

Mia keek om zich heen. Haar ogen worstelden met de duisternis. 'Wij blijven hier.'

Dana's ademhaling ging snel en oppervlakkig. *Ik ben gewond.* Haar ribben en rug deden pijn door Sue's trappen en haar gezicht van de klappen. Maar alle pijn viel in het niet bij de koude druk van haar eigen revolver die tegen de onderkant van haar achterhoofd werd gedrukt. Ze waren nu in een hoek achter in de kelder beland en haar wang werd tegen het dunne kippengaas van een opslaghok gedrukt. Gezinnen hadden hier ooit hun bezittingen opgeslagen. Als Mia niet opschoot, zou Dana hier sterven. Sue had op dit punt beslist niets meer te verliezen.

Sue stond achter haar. Haar lichaam was gespannen en haar ademhaling ging geluidloos. Haar vrije hand omklemde Dana's keel. Ze waren in een hoek gedreven. Mia en de overige agenten sloten de enige uitweg af. *Wat onvoorzichtig van Sue*, dacht Dana verdoofd. Een plek kiezen voor haar ultieme wraak met maar één uitgang. *Laten we eens zien hoe ze zich een weg naar buiten toepast, aanpast en verbetert.*

Toen verpletterde Sue's duim plotseling bijna haar strottenhoofd en de revolver werd nog harder tegen haar schedel gedrukt. Ze voelde Sue's adem in haar oor terwijl ze bijna onhoorbaar fluisterde. Maar het dreigement was er niet minder duidelijk om. 'Eén kik en ik blaas je kop eraf. Op je knieën.'

Dana gehoorzaamde bevend. De duim ging van haar strottenhoofd, maar het wapen bleef tegen haar hoofd gedrukt, koud en hard. Er klonk opnieuw licht geruis, dat werd gevolgd door een scherpe klik. De punt van een heel scherp mes nam de plaats van Sue's duim op haar keel in. Een stiletto. Dana kreeg een wee gevoel. Het mes dat Sue had gebruikt om de vingers van die bewaker af te hakken. En om Lorenzano de keel door te snijden. *Dat is wat ze gaat doen. Ze gaat mijn keel doorsnijden.* Dat zou geluidloos zijn, in tegenstelling tot het afgaan van haar .38.

Ze voelde Sue's geluidloze gegrinnik, een licht gewiebel van het mes tegen haar keel. Toen was de scherpe druk verdwenen, maar die kwam bij de plastic boeien rond haar enkels terug. Een, twee, drie halen met het mes en de boeien vielen los.

'Ga staan,' klonk het geluidloze gefluister. Sue's onderarm kwam rond haar hals en aangespoord door de opwaartse druk van de revolver tegen haar hoofd kwam Dana overeind. Ze struikelde aanvankelijk omdat haar voeten gevoelloos waren doordat ze uren niet waren gebruikt. Sue boog zich voorover. 'Lópen.'

Dana gehoorzaamde en liep achteruit door de donkere ruimte. Ze bad dat ze niet opnieuw zou struikelen. Haar ogen begonnen gewend te raken aan de duisternis. Ze waren in een halletje en ze kon net de contouren van de deuren van een lift onderscheiden. Een dienstlift, dacht ze op het moment dat ze naar rechts werd geduwd naar de muur. Naar een andere deur.

Dus er is wel een andere uitgang. Ik had kunnen weten dat Sue niet zo onvoorzichtig zou zijn.

Dat was het enige wat ze kon denken voor Sue haar door die deur duwde. De greep om haar hals verdween toen Sue de deur vastpakte om te voorkomen dat die dichtsloeg. Ze stonden in een trappenhuis en vijf of zes verdiepingen hoger was een zwak licht zichtbaar. 'Lopen,' snauwde Sue en ze duwde haar de trap op. 'Ik ga naar buiten en jij gaat met me mee. Als je ook maar één beweging of geluid maakt dat me niet aanstaat, dan maak ik je af. Heb je dat begrepen?'

Dana knikte kort, maar dat was blijkbaar voldoende.

Mia's kin kwam omhoog toen ze het geluid hoorde. 'Wat was dat?'

Abe kwam geluidloos naar voren. 'Het kwam van achteruit.' Hij boog zijn hoofd om in het microfoontje te praten dat aan zijn kogelwerende vest was bevestigd. 'Dek de achteruitgang. Ze komt misschien die kant op.'

'We zouden die infraroodbrillen goed kunnen gebruiken,' mopperde Mia in haar eigen microfoon terwijl ze achter Abe aan liep en zichzelf bijlichtte met haar zaklantaarn. 'Als ze hier is, dan zijn we een gemakkelijk doelwit met die zaklampen.'

Spinnelli's stem klonk blikkerig in haar oortelefoontje. 'De brillen zijn onderweg. Voor zover we kunnen nagaan is ze nog steeds binnen, Mia. Hou je gedeisd en doe je licht uit.'

Abe en zij schakelden onmiddellijk hun zaklampen uit, maar geen van beiden bleef stilstaan. Dana was ergens daarbinnen. *In leven*, bad ze. *Wees alsjeblieft in leven.*

Hij had buiten bij grotten in de woestijn zitten wachten, klaar om gewapende terroristen te bestormen die stonden te trappelen om hem te doden. De momenten vlak voor zo'n inval waren zenuwslopend geweest. Angstaanjagend. Maar niets vergeleken bij de ogenblikken dat Ethan zijn ogen vast gericht hield op de kelderingang van dat verrekte flatgebouw. Te wachten op een beweging. Een teken van wat er daarbeneden gaande was.

Maar de minuten tikten weg en er kwam niets. Tot een van de mannen in het zwart de trap op kwam gestormd. Naast hem kneep Clay zijn ogen samen. 'Hij haalt nachtzichtapparatuur. Het moet daarbeneden donkerder zijn dan een graf.' Hij schrok toen hij zichzelf dat hoorde zeggen. 'Het spijt me, E.'

Ethan hoorde hem nauwelijks. Hij stond naar inspecteur Spinnelli te kijken, die met een van zorgen gegroefd gelaat alleen aan de kant stond. 'Spinnelli weet wat er gaande is,' zei Ethan vol wanhoop.

'En hij wil op dit moment niet door ons lastiggevallen worden,' zei Clay beslist.

'Hij mag jou, Clay. Probeer eens of hij jou íéts wil vertellen. Ik moet weten of ze nog in leven is of...'

Clay wierp hem een gefrustreerde blik toe. 'Oké.' Hij schudde zijn jasje van zich af, trok zijn pistool uit de achterkant van zijn broeksband en propte ze Ethan in handen. 'Hou deze vast. Ik wil niet dat iemand me neerschiet omdat ik een verborgen wapen bij me draag.'

Ethan keek toe terwijl Clay op Spinnelli toeliep, naar het gebouw wees en vervolgens naar Ethan, en Spinnelli stuurde hem niet weg. Clay was ernstig in gesprek met de inspecteur. Ethans ogen waren strak gericht op Clay. Hij probeerde aan zijn gezicht af te lezen of er nieuws was, goed of slecht, toen Clay's mobieltje overging. Ethan stak zijn hand in Clay's jaszak en klapte zonder te kijken wie er belde de telefoon open. 'Ja?'

'Maynard?'

Ethan knipperde met zijn ogen. 'Sheriff Moore?'

'Ja. Waarom heb je de telefoon van Maynard? Wat is er met hem gebeurd?'

'Niets. Ik houd alleen zijn jas even vast. Hoezo?'

'Ik heb een boodschap voor Mitchell. Ik heb naar haar mobiele nummer gebeld, maar ik krijg steeds de voicemail.'

Ethan kwam abrupt overeind en negeerde de daaropvolgende pijnscheut in zijn arm. 'Reagan en zij denken dat ze Conway in de hoek hebben gedreven. Ze kunnen Mitchell alleen via de radio bereiken.'

'Geef dit dan aan haar door.' Moore ratelde een telefoonnummer af met het kengetal van Maryland. 'Bryce Lewis heeft ons Sue's mobiele nummer gegeven. Bel me als het stof is neergedaald.'

'Bedankt.' Ethans hart begon sneller te kloppen, dit keer van hoop. Als Conway haar mobieltje bij zich had, dan kon het overgaan ervan voldoende zijn om haar af te leiden of haar in ieder geval te lokaliseren in het donker. Zijn arm klopte hevig toen hij in de richting van Spinnelli begon te lopen en ondertussen onhandig Clay's pistool op zijn rug in zijn broeksband stopte.

Toen brak achter hem de hel los.

'Blijf stáán! Ik zei, blijf stáán!'

Ethan hield stil en draaide zich om in de richting van het lawaai. Hij zocht steun bij zijn auto omdat de wereld doorging met draaien. De politie had het gebouw omsingeld, maar alle activiteiten concentreerden zich nu op een uitgang op de begane grond waar twee agenten met getrokken wapen klaar stonden.

Het was Conway. En Dana. Met een revolver tegen haar hoofd, net zoals de laatste keer dat hij haar zag.

Ethans maag draaide om terwijl hij de beelden in zijn hoofd probeerde te verwerken. Conway had Dana stijf tegen zich aan getrokken, met haar arm tegen Dana's keel gedrukt. Dana werd gebruikt als menselijk schild.

Conway bekeek de situatie en snauwde: 'Gooi je wapens weg, anders gaat ze eraan.'

Ethan hield zijn adem in, wachtte voor zijn gevoel een eeuwigheid tot beide mannen langzaam hun wapen lieten zakken en achteruit stapten. Conway rukte Dana naar voren en Ethans hart stond stil. Eén kant van Dana's gezicht zag bont en blauw en haar shirt zat onder het bloed. Haar voeten bewogen merkwaardig en Conway sleepte haar de volgende paar passen voort. 'Gebruik je benen, Dupinsky,' gromde ze. 'Anders jaag ik een kogel door je kop, ik zweer het.'

Dana staarde wanhopig naar de agenten die roerloos bleven staan toen ze langsliepen. 'Maak dit gebied vrij,' eiste Sue. 'Gebruik je radio en zeg tegen iedereen dat ze hier weg moeten.' De hand met de revolver maakte een plotselinge beweging en Dana kromp ineen.

Ethan besefte dat ze hem nog niet had gezien. Dat gold ook voor Conway. Hij deed langzaam een stap achteruit om te voorkomen dat hij hun aandacht zou trekken. Hij hurkte achter zijn auto, haalde Clay's pistool uit zijn broeksband en legde die naast zijn voet. Hij kon ze nog steeds zien. Hij rommelde met Clay's mobieltje, liet zijn blik lang genoeg naar de toetsen gaan om het nummer in te toetsen dat Moore hem had gegeven. Toen liet hij de telefoon vallen, pakte het pistool en kwam overeind.

En verraste Conway volledig. Haar bleekblauwe ogen werden groot en ze sperde haar neusgaten open. Ze drukte haar onderarm steviger tegen Dana's keel. 'Achteruit,' siste ze, 'anders vermoord ik haar. Ik zweer je dat ik haar vermoord waar je bij staat. Ik heb absoluut niets te verliezen.'

Maar ik wel, dacht hij. *Ik heb alles te verliezen.* Dana staarde hem aan, maar hij stond zichzelf niet toe om in haar ogen te kijken. Hij kon zich niet veroorloven om afgeleid te worden. In plaats daarvan keek hij strak in Conway's bleke, blauwe ogen en zei zacht: 'Dana, hou je klaar.'

Een seconde later ging Conway's mobiele telefoon met een scherp geluid over en ze bewoog haar hoofd om te lokaliseren waar het lawaai vandaan kwam. Door die beweging bewoog haar hand met de revolver weg van Dana's hoofd en zwaaide in een reflexbeweging die minder dan een seconde duurde opzij. Een seconde waarin Dana haar schouders vrijmaakte en zich als een dood gewicht liet vallen. Conway's revolver volgde haar baan.

Dana lag buiten adem op het wegdek. Ze had zich opgerold om haar bovenlichaam te beschermen. Trillend van woede richtte Conway de revolver omlaag op Dana's hoofd. 'Achter. Uit.'

In plaats daarvan vuurde Ethan kalm. Eén schot, in haar bovenarm. *Gelijke munt*, dacht hij terwijl ze achteruit wankelde en haar kreet van pijn de lucht doorboorde. Haar hand viel als in slow motion open, de .38 van Dana viel op de grond en de aarde trilde toen niet minder dan tien agenten met getrokken wapen, allemaal gericht op Conway, op hen af kwamen rennen.

Toen raakte alles in een stroomversnelling. Ethan liet Clay's wapen op de kofferbak van zijn auto vallen en zakte op zijn knieën naast Dana. Hij trok haar met zijn goede arm onhandig tegen zich aan. Ze huiverde en drukte met nog steeds vastgebonden handen haar gezicht tegen zijn borst. Hij legde zijn hand in haar nek, drukte haar tegen zich aan en begroef zijn gezicht in haar haar.

Op de achtergrond hoorde hij agenten om medische hulp roepen en iemand die Conway haar rechten voorlas met een stem die luid genoeg was om boven haar gevloek en getier uit te komen. Maar niets van dat alles deed er op dat moment toe. Het enige wat hij wilde horen was Dana's hortende ademhaling. Het enige wat hij wilde voelen was haar hartslag tegen zijn vingertoppen.

En hij bedacht dat ze een week geleden in precies dezelfde situatie hadden verkeerd. Hij had op zijn knieën naast haar gezeten en haar pols gevoeld. Het kringetje was helemaal rond. Juiste plek, juiste moment.

'Gaat het met je?' fluisterde hij in haar oor en ze huiverde opnieuw heftig. Maar ze knikte en duwde haar voorhoofd stevig tegen zijn borst, waardoor er een pijnscheut ijzig door zijn arm trok. Maar de pijn had niets te betekenen. Ze leefde. Dat was het enige wat ertoe deed. 'Kijk me aan, schat.'

Ze hief haar hoofd en keek hem aan met een gekwelde blik. Toen werden haar ogen glazig, omdat ze zich vulden met tranen. 'Ethan,' fluisterde ze. Dat was alles, alleen zijn naam. Het was meer dan genoeg.

Hij vlocht zacht zijn vingers in haar haar en bracht haar ongedeerde wang naar zijn ongedeerde schouder. Drukte een kus op haar hoofd en liet een sidderende zucht ontsnappen terwijl bekende figuren dichterbij kwamen. Reagan en Mitchell. Spinnelli en Clay. Mitchell zag Dana geknield in zijn armen en versnelde haar pas. Ze stopte even om een scalpel te pakken van een van de ziekenbroeders, die de nog steeds tierende Conway op een brancard vastsnoerde. Ze ging op haar hurken naast Dana zitten en sneed met snelle gebaren de plastic boeien los.

'Je moet naar het ziekenhuis,' zei Mia met onvaste stem.

Dana rechtte haar rug en masseerde haar polsen. 'Nee, dat hoeft niet. Ik ben niet gewond.'

'Je hebt...' Mia haalde diep adem. 'Er zit bloed op je shirt.'

'Dat is niet van mij.' Dana keek achterom naar Conway, die naar een ambulance werd gereden. 'Lorenzano stond te dicht bij me toen ze hem neerschoot. Hij wilde me vermoorden, maar zij schoot het eerst.' Ze keek ongerust naar Mia. 'Waar is Evie?'

'Ze is ongedeerd, Dana,' zei Mia. 'Ze heeft een bult op haar hoofd opgelopen toen ze vanochtend ontsnapte, maar ze zou op dit moment al thuis moeten zijn bij Max en Caroline.'

'Mooi. En Randi Vaughn?'

Ethan pakte haar polsen en masseerde die een voor een zachtjes. 'Bij Alec in het ziekenhuis.'

Ze deed haar ogen dicht en liet haar schouders hangen. 'Ze zou...'

'We weten het,' zei Mia zachtjes. 'We waren bang dat ze het met jou zou doen.'

'Dat was ze van plan.' Dana slikte moeizaam. 'Dat was ze van plan.'

'Nou, het is niet gebeurd,' merkte Reagan vriendelijk op. Hij knielde naast haar en bood haar zijn hand. 'Kun je opstaan?'

Samen trokken Mia en Reagan Dana overeind en liepen met haar naar een ambulance, waar een broeder klaarstond om haar te onderzoeken. Clay stak zijn arm uit en Ethan hees zich overeind zonder zijn blik los te laten van haar gezicht.

'Goed gedaan, E,' zei Clay zacht. 'Hoe wist je haar nummer?'

'Lou Moore had het doorgegeven.' Hij keek Clay vanuit zijn ooghoeken aan. 'Ze leek nogal van streek toen ze dacht dat jou iets was overkomen.'

Clay glimlachte. 'Interessant. Ben je van plan om naar Chicago te verhuizen, E?'

Ethans blik was alweer op Dana gevestigd. De ambulancebroeder was bezig het manchet van een bloeddrukmeter om haar arm te doen toen ze merkte dat Ethan stond te staren. Ze wierp hem een scheve glimlach toe. Hij hoopte voor de ambulancebroeder dat ze geen injectie zou hoeven hebben. 'En als dat zo was?'

'Dan zou ik blij voor je zijn.'

'En ons bedrijf?'

'Details, E. Alleen maar details. Jij kunt je computerwerk overal ter wereld doen. We komen er wel uit. Ga nou maar naar haar toe. Je weet dat dat is wat je wil.'

Ethan begon te lopen.

'U zou een röntgenfoto van uw ribben moeten laten maken,' zei de broeder en Dana keek hem fronsend aan.

'Waarom? Jullie doen toch geen gips om gebroken ribben. Die moeten gewoon vanzelf genezen.'

Hij zuchtte alleen maar. 'Ik neem aan dat het ook geen zin heeft om tegen u te zeggen dat die wond boven uw oog gehecht moet worden.'

'Absoluut niet,' antwoordde ze terwijl ze naar Ethan staarde die haar kant uit kwam. Niets of niemand ter wereld kon er beter uitzien dat Ethan Buchanan. *Hij heeft mijn leven gered.*

'Hoe kom je aan die wond, Dana?' vroeg Mia. 'Er lag een heleboel akelige troep in die kelder. Je moet misschien een tetanusprik hebben.'

Het woord 'prik' haalde haar met een schok uit haar gedachten en Dana deinsde achteruit. 'Er wordt niet geprikt.'

Ethan kwam naast haar staan. 'Ze is bang voor naalden,' zei hij meesmuilend.

De ambulancebroeder schudde zijn hoofd. 'Ze lijkt lichamelijk in orde. Ze zou gehecht moeten worden, maar ik zal niet aandringen. Maar ze zou echt een tetanusprik moeten krijgen. Zie wat u kunt doen.' Hij pakte zijn spullen bij elkaar. 'Als u dit formulier tekent waarmee u afziet van verdere behandeling, dan kunt u gaan.'

Hoewel haar hand pijn deed, tekende Dana snel. 'Ik wil hier graag weg.'

'En wij moeten een proces-verbaal schrijven.' Mitchell veegde vuil van Dana's hand en Ethan zag dat haar hand trilde. 'Je bent smerig, meid. Ga naar huis en neem een bad.' Ze liep weg om toezicht te houden op de mensen van de lijkschouwer die waren gekomen om Lorenzano's lichaam op te halen. Reagan keek toe terwijl ze wegliep en omhelsde Dana.

'Ze huilde,' mompelde hij. 'Ze huilt nooit, maar toen ze erachter kwam dat je was ontvoerd, ging ze zitten en huilde als een kind. Bel me als je iets nodig hebt,' zei Reagan terwijl hij wegliep en Ethan en Dana eindelijk alleen liet. Hij bracht haar naar zijn auto en dwong haar voorzichtig zijdelings op de achterbank te gaan zitten met haar voeten op straat. Toen bekeek hij haar naar hartenlust en bestudeerde aandachtig haar gezicht. Zijn mond verstrakte. 'Ze heeft je geslagen.'

'Ze kreeg een slecht humeur toen ze Alec weer kwijtraakte,' antwoordde ze luchtig.

'Heb je ergens anders nog pijn?'

'Ik ben stijf. Ik heb misschien hier en daar een paar blauwe plekken.' Ze nam de mitella met zijn arm en het bloed op zijn broek in zich op. 'Ik denk dat jij de prijs wint voor de ergste verwonding.'

'Valt mee,' beweerde hij en ze schudde glimlachend haar hoofd.

'Stoere jongen.' Ze veegde het vuil van zijn overhemd. 'Ik denk wel dat we gelijkspelen wat vuil betreft.'

Ethan pakte haar linkerhand, toen haar rechter, en inspecteerde die. 'Schoon,' verklaarde hij en ze glimlachte, breder dit keer.

'Ja. Voor één keer in mijn leven zijn mijn handen schoon.' Ze keken elkaar aan en haar glimlach vervaagde. 'Je had gelijk, weet je.'

Hij nam haar kin in zijn hand en raakte zachtjes haar kapotte lippen aan. 'Hoe dat zo?'

'Het is alleen maar een opoffering als je weet wat je te verliezen hebt.'

Hij huiverde bij de gedachte aan wat hij bijna was kwijtgeraakt. 'Wat zou jij verloren hebben, Dana?'

'Mijn familie,' fluisterde ze. 'Mijn vrienden. En jou, Ethan. Ik zou je zo vreselijk gemist hebben.' Ze sloot haar ogen en hij voelde haar trillen. 'Je zei dat je te dichtbij was gekomen. Je had gelijk, Ethan. Ik was niet op zoek naar een relatie. Ik heb zo mijn best gedaan om niet iemand te ontmoeten.' Ze keek op en het kolkte in haar bruine ogen. 'Ik wilde jou niet ontmoeten.'

Ethan schraapte zijn keel, maar zijn stem klonk desondanks schor. 'Dat weet ik nog.'

'Maar ik heb je wel ontmoet en dat was het lot. Nu kan ik mijn eigen weg kiezen.'

'Je hebt al die tijd al je eigen weg gekozen, Dana.'

Ze deed er even het zwijgen toe, dacht na over de diepzinnigheid van zijn woorden. 'Ja, dat is waar. En hoewel ik op bepaalde niveaus goed heb gekozen, heb ik dat op andere niet gedaan.'

'Ik denk dat we dat menselijk noemen. Je hebt mijn vraag niet beantwoord, Dana.'

'Daar kom ik op.' Ze haalde diep adem. 'Dat probeer ik, in ieder geval. Je hebt tegen me gezegd dat we datgene zijn wat ons de meeste voldoening geeft. Weet je nog?'

Hoe zou hij dat kunnen vergeten? 'Dat was vlak voor we voor het eerst de liefde bedreven.'

Ze keek naar hem op met een intense blik in haar ogen. 'Ja. Voor mij komt die voldoening uit het helpen van mensen, Ethan. Je had gelijk. Het was boetedoening. Maar het was ook mijn keuze. Ik hoop dat de boetedoening voorbij is. Maar het is nog steeds mijn weg.'

Hij legde zijn hand op haar wang, liefkoosde met zijn duim haar kapotte lip. Hij moest haar aanraken. 'Het hoeft geen eenbaansweg te zijn, Dana.' Hij hield zijn adem in terwijl hij wachtte.

Ze leunde tegen zijn hand, deed haar ogen dicht. 'Ik hoopte dat je dat zou zeggen. We zijn te ver gegaan om gewoon vrienden te zijn, Ethan. Of we ooit familie zullen zijn... ik weet het niet. Daarvoor is het nog te vroeg.' Ze sloeg haar ogen, vol kwetsbaarheid in de bruine diepten, naar hem op. 'Maar ik wil er wel graag achter komen.'

Hij boog zijn voorhoofd voorzichtig naar haar toe. Voorlopig moest dat voldoende zijn. 'Ik ook. Maar nu heb je familie die zich zorgen om je maakt. Laat me je naar huis brengen, Dana.'

25

Chicago, vrijdag 6 augustus, 20.45 uur

Clay bracht Ethans auto tot stilstand voor het huis van de moeder van Max Hunter. Er stonden niet minder dan tien auto's langs de rand van de straat in de buitenwijk. 'Wil je dat ik op jullie wacht?'

'Als je dat niet erg vindt,' antwoordde Dana. 'Ik ben niet van plan om lang te blijven. Caro en Evie hebben rust nodig en om heel eerlijk te zijn moet ik nodig in bad.'

Clay keek haar grijnzend aan. 'Nou, ik wilde niets zeggen, maar nu je er toch over begint, ja, dat moet je zeker.'

Dana grinnikte. 'Wat was dat ook alweer wat Lou Moore zei over dat discretie het belangrijkste deel is van heldhaftigheid? Ga jij maar eens de hele dag in een sauna zitten omringd door afval, dan zullen we eens zien hoe lekker jij ruikt. Ethan, ga je mee?'

Hij had zwijgend naar haar zitten kijken, alsof hij had zitten wachten tot ze dat zou vragen en opgelucht was toen ze dat deed. 'Jazeker, ik ga mee.' Ethan stapte voorzichtig aan zijn kant uit.

Ze wist dat hij vreselijke pijn in zijn hoofd had. Hij had weer een aanval gekregen toen ze in het politiebureau waren en zaten te wachten tot ze zouden worden ondervraagd. Hij had er niets tegen kunnen doen, aangezien zijn medicijnen ergens bij de hoefijzerbaan van Caroline lagen, waar hij die ochtend op zijn knieën was gevallen. Het was niet te geloven dat er in nog geen dag zo veel kon gebeuren.

Zij tweeën zagen er smerig en bont en blauw als ze waren uit alsof ze rechtstreeks van een slagveld kwamen. Dat was ook zo, nam Dana aan. Mia en Abe hadden hen door de molen gehaald, ze waren geïnterviewd door de pers en onderzocht door hulpverleners en nu was het enige waar Dana aan kon denken een lang, heet bad. En slaap. Ze liet haar blik over Ethans lichaam gaan terwijl hij pijnlijk overeind kwam. En, uiteraard, seks. Ook al was zijn lichaam gekneusd, toch raakte ze opgewonden van hem en ze voelde een steek van schuldgevoel over het verlangen dat de kop opstak. Hij was er te slecht aan toe om vanavond iets dergelijks te ondernemen. Ze moest om zichzelf lachen. *Dat geldt ook voor mij. Maar ik zou het graag proberen.*

Ethan nam de auto's die in de straat stonden geparkeerd in zich op. 'Volgens mij is half Chicago hier.'

'Familie,' verklaarde Dana. 'Ze komen altijd bij een crisis.'

Ethan liep met haar mee naar de voordeur en Dana aarzelde. 'Ik weet niet wat ik tegen Caroline en Max moet zeggen, Ethan. Hun huis is weg. Het was een monumentaal pand. Het was al generaties in de familie.'

Hij klopte met zijn goede hand aan en sloeg zijn arm toen om haar middel. 'Jij hebt hun huis niet in brand gestoken, Dana. Dat heeft Sue gedaan. Denk je bovendien niet dat jouw veiligheid belangrijker voor ze is?'

De deur werd opengedaan door de moeder van Max, Phoebe, die een verraste kreet slaakte toen ze Dana op de stoep zag staan. Dana werd onmiddellijk in een omhelzing genomen die pijn deed aan haar gekneusde ribben. Phoebe begon te huilen en kuste haar en deed alle overdreven dingen die moeders nu eenmaal doen. 'Ik ben zo blij je te zien.' Ze keek met een opgetrokken wenkbrauw naar Ethan. 'Je oorlogsheld,' zei ze en Dana moest lachen.

'Caroline heeft lopen kletsen.'

Phoebe liet Dana glimlachend weer los. 'En winkelen. Het stemt nederig om een vrouw te zien die zowel drie catalogi tegelijk als het teleshopkanaal plundert en dat allemaal telefonisch en online. Dat is iets om trots op te zijn.' Ze stak haar hand uit naar Ethan. 'Leuk je te ontmoeten, Ethan. Je bent altijd welkom in ons huis.' Ze wees naar achteren. 'Caroline zit daar. Met haar winkelhofhouding.'

Het duurde even voor ze achter in het huis waren, omdat Dana door alle Hunters werd begroet met omhelzingen en zoenen en tranen. Ze had wel verwacht dat ze er voor Evie en Caroline zouden zijn, maar ze werd overvallen door de golf van liefde voor haarzelf. Tegen de tijd dat ze in de slaapkamer waren had ze tranen in haar ogen en Ethan wierp haar een blik toe van ik-zei-het-toch.

'Hoeveel is dat bij elkaar, Max?' vroeg Caroline op het moment dat ze de slaapkamer binnenkwamen, waar ze plat op haar rug lag en naar de tv keek die aan het plafond was bevestigd.

'Vier grote en twee normale. Allemaal blauw,' antwoordde Max gehoorzaam.

'Mooi. Luister, Evie, nu moeten we nog witte lakens hebben. Ook vier grote en twee normale.'

Dana's mondhoeken krulden toen Caroline nog meer lakens bestelde, het product dat op dat moment op het scherm werd aangeboden. Evie zat in een stoel naast Caroline's bed. Ze had een verband om haar hoofd en was gekleed in een kamerjas, maar al met al leek er weinig aan de hand te zijn. Dana wachtte tot het moment dat Evie besefte dat ze er was. Opnieuw prikten de tranen in haar ogen toen Evie met een kreet van blijdschap opsprong. Toen had Evie haar armen om haar heen en ze hield haar zo stevig vast dat Dana naar adem snakte.

Maar ze beantwoordde de omhelzing net zo stevig en wiegde Evie waar ze stonden. Toen ze het gevoel had dat ze zou barsten maakte Evie zich los en nam Dana's gezicht in beide handen. 'Je bent er,' zei Evie met onvaste stem. 'Je bent er echt.'

Dana keek haar glimlachend aan. 'Ik ben er. Helemaal heel.' Ze hield Evie op armlengte en bekeek haar met een kritische blik. 'Alles in aanmerking genomen zie je er zelf ook niet slecht uit.'

De helft van Evie's mond ging omhoog. 'Ik heb er beslist wel erger uitgezien.' Ze keek over Dana's schouder. 'Jij bent Ethan Buchanan.'

Ethans hand lag licht op Dana's rug. 'Dat klopt. Leuk je eindelijk te ontmoeten, Evie.'

'Insgelijks, Ethan.' Ze sloeg haar ogen niet neer, maar bleef hem strak aankijken. 'Je hebt haar gered. Dank je wel.'

'Graag gedaan,' zei Ethan zacht. 'Jij ook bedankt. Jij hebt Alec gered.'

Ethan knipperde niet met zijn ogen bij het zien van Evie's beschadigde gezicht en Dana zag Evie's schouders ontspannen. Haar eigen hart sloeg over. Dana vroeg zich af of het mogelijk was om verliefd te worden door zoiets simpels als een directe blik. Maar ze wist dat het helemaal niet simpel was. Het was gewoon fatsoen. Dat was wie Ethan Buchanan was.

Dana hervond haar houding en hield Evie's hoofd schuin zodat ze het verband kon bekijken. 'Ik dacht dat ik een hartstilstand kreeg toen tot me doordrong dat je was weggekomen. Heel vindingrijk.'

Evie trok geamuseerd een wenkbrauw op. 'Ik had in ieder geval niet een heel SWAT-team nodig om me te bevrijden.'

'Alleen maar het hele brandweerkorps van Wheaton,' zei Caroline lijzig vanuit haar bed. 'Kom eens hier, Dana. Ik wil even naar je kijken.'

Dana ging op de rand van het bed zitten en liet zich geduldig bekijken. Caroline nam alles in zich op, beoordeelde elke schram en blauwe plek. Toen begon Caroline's lip te trillen en ze kreeg tranen in haar ogen. 'Ik moest je met eigen ogen zien.'

Dana depte Caroline's natte wangen. 'Ik heb gehoord dat je de dag met vlag en wimpel hebt doorstaan. Geen weeën en de baby is stabiel.'

Caroline lachte beverig. 'Om bij dit alles stabiel te blijven moet deze baby wel de gemakkelijkste van de hele wereld worden.'

'Of de koppigste,' wierp Max tegen. 'Ik wed op dat laatste.'

Dana keek hen beiden grijnzend aan. 'Wat ben je allemaal aan het kopen?'

'Ik moet het hele huis opnieuw inrichten,' antwoordde Caroline met een glinstering in haar ogen. 'En ik heb verzekeringsgeld om dat van te doen. Evie helpt me met het beddengoed en de accessoires. Ik heb de zussen van Max de opdracht gegeven het meubilair te kopen.'

Dana's glimlach vervaagde. 'Het spijt me. Jullie huis...'

'Het is maar een huis, Dana,' zei Max vastbesloten. 'We bouwen wel een nieuw. Waar het om gaat is dat we jullie allemaal terug hebben.' Zijn stem klonk schor. 'Veilig.'

Dana stak over Caroline heen haar arm uit en pakte Max' hand. 'Is er iets gespaard gebleven?'

Hij schudde zijn hoofd. 'Niet veel. Tom en David zijn nu daar en doorzoeken de puinhopen. Wat niet ten prooi is gevallen aan de vlammen is vernietigd door het bluswater.'

'En daardoor heb ik de komende weken niets beters te doen dan plat op mijn rug liggen en shoppen,' zei Caroline gedecideerd. 'O, kijk. Nu zijn de lampen aan de beurt. Wat vinden jullie ervan?'

Dana draaide zich om en keek omhoog naar de televisie. 'Die zijn afzichtelijk, Caroline.'

Caroline glimlachte toegeeflijk. 'Ik vind ze leuk. Evie, laten we er twee bestellen voor de logeerkamer.'

'O, kijk, kookspullen,' zei Evie in een imitatie van Caroline en ze wees grijnzend naar haar laptop. 'Koperen pannen.'

Dana lachte. 'Dat is het teken dat ik weg moet.' Ze drukte een kus op Caroline's voorhoofd. 'Ik kom morgen langs en dan smokkel ik wel een chili dog naar binnen voor je.'

'En daarmee komt er een einde aan alle clandestiene activiteiten,' mompelde Caroline net luid genoeg zodat ze het kon horen. 'We zijn veel te oud voor al dit melodramatische gedoe, Dana. Bovendien moet de peetmoeder van de baby uit de gevangenis zien te blijven.'

Dana's mondhoeken gingen omhoog. 'Jawel, mevrouw.'

Zaterdag 7 augustus, 10.25 uur

Het geluid van de telefoon wekte hem. Ethan tastte kreunend met zijn goede hand naar de hoorn. Zijn rechterarm klopte als een gek en hij had het gevoel alsof elke centimeter van zijn lichaam met een vleeshamer was bewerkt. 'Ja?'

'Met Mia. Leven jullie nog?'

Ethan keek naar de klok. Ze hadden bijna twaalf uur geslapen. 'Min of meer.'

'De naweeën van een adrenalinekick.' Mia klakte meelevend met haar tong. 'Is Dana wakker?'

Hij keek omlaag door oogleden die aanvoelden alsof er zand in was gewreven. 'Min of meer.'

'Nou, zeg maar tegen haar dat ik hier iemand heb die ze wel zal willen spreken.'

Ethan schudde Dana aan haar schouder. 'Wakker worden.'

Ze maakte een grommend geluid. 'Ik wil niet.'

'Het is Mia.'

Dana keek hem woedend aan terwijl ze het haar uit haar ogen streek en de telefoon van hem overnam. 'Hallo?' Haar uitdrukking veranderde onmiddellijk en ze ging overeind zitten. 'Naomi, schat.' Het klonk liefdevol. Ethan zocht in zijn geheugen en herinnerde het zich toen. Naomi was de dochter van Dana's voormalige cliënt. Degene die een week eerder door haar echtgenoot was vermoord.

'Het gaat prima met me, schat. Echt, het gaat prima...' Dana glimlachte. 'Ik wilde je de hele week al komen opzoeken.' Haar glimlach verflauwde. 'Ik weet het, schat. Ik weet wat er is gebeurd...' Ze slikte moeizaam terwijl ze luisterde. 'Ben zal die dromen misschien nog wel een hele tijd houden, Naomi. Kun jij slapen? ... Natuurlijk doe ik dat. Vandaag. Geef me rechercheur Mitchell maar weer, oké?' Ze zuchtte en wreef over haar voorhoofd terwijl ze wachtte. 'Waar zijn ze, Mia?' Ze vertrok haar gezicht. 'Is het een goed pleeggezin? Die kinderen hebben een hel doorgemaakt. Ze moeten mensen in hun omgeving hebben die ze kunnen helpen bij de verwerking. Wanneer kan ik ze zien? ... Prima. Ik zie je over een uur in de hotellobby.' Ze hing op en liet zich met een zucht weer in de kussens zakken.

'De kinderen van Goodman?' vroeg Ethan.

'Ja. Ik denk maar steeds dat dit voor mij allemaal achter de rug is, maar voor hen begint het nog maar net.'

'Je zult ze kunnen helpen erdoorheen te komen,' zei hij zacht.

Ze sloot haar ogen. 'Dat ga ik zeker proberen. Het spijt me, Ethan. Ik weet dat je morgen met Clay naar huis rijdt om de zaken in Maryland te regelen. Ik had de hele dag met jou willen doorbrengen, maar die kinderen maken dit nu al een week of zo door.'

Hij was van plan geweest haar te vragen met hem mee te gaan naar Maryland, maar hij wist dat hij dat nu niet kon doen. 'Zij hebben je ook nodig.'

Ze deed haar ogen open. 'Ook?'

Haar trieste glimlach deed hem pijn. 'Ik heb je gezegd dat ik je nodig heb, Dana. Ik bedoelde niet voor alleen maar een nacht of om me door dit gedoe met Alec heen te helpen.'

Ze keek hem lange tijd ernstig aan. 'Dan denk ik dat we moeten beginnen die details uit te werken die ons in de weg staan, Ethan. Jouw woonplaats en mijn werk.'

Hij voelde een steek van paniek. 'Ik moet in de buurt van Alec zijn. Als Randi ervoor kiest hem in Baltimore te houden, dan moet ik daar wonen. Zou je daar met mij kunnen wonen?'

Uit haar blik sprak besluiteloosheid. Alles wat ze had, iedereen die ze kende, was hier. Dat wist hij. Hij wist wat hij van haar vroeg en wat het haar zou kosten om ermee in te stemmen. Hij verwachtte dat oprecht niet van haar, dus hij was verbijsterd toen ze knikte.

'Ethan, ik werd vannacht wakker.' Ze vertrok haar gezicht. 'Zelfde droom, we waren net weer bij het gezicht van mijn moeder. Maar jij was er, sloeg je arm om me heen en hield me vast.'

'Ik herinner me niet eens dat ik wakker ben geworden.'

'Dat werd je ook niet. Je deed het gewoon automatisch. Ik heb nooit iemand gekend die me het gevoel gaf dat jij me geeft, Ethan. Daar kan ik niet voor weglopen. Van jou.' Ze stak haar hand uit en ging met haar vingers over de stoppels op zijn wang. 'Ik ben je zo veel verschuldigd. Je hebt me gered, maar niet alleen van Sue. Je hebt me van mezelf gered, Ethan. Dat bedoelde Evie gisteren. Dat is wat ik nu bedoel. Wat ik nu wil, is de tijd om uit te zoeken of wat wij hebben voor altijd is. Zoals bij Caroline en Max. Zoals Richard had met zijn vrouw. Als ik naar Baltimore moet verhuizen om daarachter te komen, dan denk ik dat ik dat aan ons allebei verschuldigd ben, denk je niet?'

Hij slikte moeizaam, nederig en geroerd. 'Ja, dat geloof ik ook.' Hij kuste haar mondhoek die nog steeds pijnlijk was van hetgeen ze had doorgemaakt. 'Hoorde ik je nou tegen Mia zeggen dat je over een uur klaar zou staan?'

Haar lichte glimlach werd breed en zijn lichaam reageerde onmiddellijk. 'Nu nog vijfenvijftig minuten.'

'Hoelang duurt het om je echt klaar te maken?'

'Ik heb weinig onderhoud nodig. Wassen en wegwezen. Twintig minuten, hooguit. Dus we hebben vijfendertig minuten, Ethan.' Ze duwde hem met haar vlakke hand op zijn borst op zijn rug. 'En gezien je huidige conditie denk ik dat je mij het werk moet laten doen.' Haar hand ging omlaag en ze grinnikte. 'Nou, misschien niet ál het werk.'

Ethan liet zijn adem huiverend ontsnappen. Boog zijn rug toen ze hem in haar hand nam. 'Mond houden, Dana.'

'Jawel, meneer.'

Epiloog

Chicago, zaterdag 9 oktober, 15.30 uur

Er ging een gejuich op en het geluid deed hem even schrikken, maar toen gaf Tom Hunter hem een zacht duwtje en wees naar het eerste honk. Alec liet de honkbalknuppel vallen, rende zo hard hij kon en bereikte glijdend het honk. Hij kwam trots overeind, klopte het stof van zijn kleren en keek naar het derde honk, waar Ethan stond en zijn duimen naar hem opstak. Het was een feestje met de Hunters, een picknick met een partijtje softbal. Hij kende veel Hunters. De meesten van hen waren hem in het ziekenhuis komen opzoeken. Ze vierden het feit dat er eindelijk een dak op het nieuwe huis van Max en Caroline zat. Ze hoopten op tijd klaar te zijn voor Kerstmis, had Tom hem verteld.

Hem verteld. Caroline's zoon Tom had gepraat en Alec had geluisterd. Hij had een paar woorden geraden, Toms lippen gelezen, maar uiteindelijk had hij het zelf begrepen. Hij had grote stappen gezet met zijn nieuwe logopedist. Geen privélogopedist, zoals Cheryl was geweest. Hij miste haar nog steeds. Maar deze nieuwe mevrouw was bijna net zo goed. Ze werkte op zijn school, de openbare school waar hij vorige maand was begonnen. Hier in Chicago, weer terug in de thuisstad van zijn moeder.

Alec fronste zijn voorhoofd. Zijn moeder. Niet Sue Conway. Randi Vaughn was zijn moeder en zou dat altijd blijven. En Stan Vaughn, ongeacht wat hij ook had gedaan, zou altijd zijn vader blijven. Alec wist wat zijn vader had gedaan. Hij las kranten. Hij wist dat zijn vader een tijdje naar de gevangenis moest. Maar dat was een kleinigheid vergeleken met de pijn in de ogen van zijn moeder toen ze hem vertelde dat zijn vader haar had bedrogen met andere vrouwen en dat ze van hem ging scheiden.

Ze had het zo geregeld met oom Ethan dat ze met z'n allen naar

Chicago konden verhuizen. Een oma die hij niet kende was onlangs overleden en had hun wat geld nagelaten. Genoeg voor een bescheiden eigen huis. Maar ze leken meer tijd door te brengen met Dana en haar familie.

Hij keek toe terwijl Evie aan slag kwam en de knuppel zo goed als ze kon vastpakte. Hij maakte zich klaar om te rennen. Hij begon goed te worden in rennen. Ethan en hij liepen elke dag hard. Hij was nu sterker en sneller. En toen Evie een stootslag gaf rende hij zo hard hij kon en haalde het tweede honk, terwijl Ethan de thuisplaat bereikte, waar Dana hem met een dikke, natte zoen begroette.

Hij was gewend geraakt aan dat gezoen van hen. Ze deden het vaak, vooral vandaag, aangezien ze het feest die dag waren begonnen met de aankondiging van hun verloving. Ethan had het hem die ochtend verteld toen hij zijn moeder en hem kwam ophalen. Had het met zijn handen verteld, in gebarentaal. Ethans gebarentaal ging onhandig, maar hij deed zijn best en volgde 's avonds zelfs lessen aan de plaatselijke middelbare school. Ethan had in twee maanden meer geleerd dan zijn vader... in zijn hele leven. Maar hij wilde nu niet aan zijn vader denken. Tom was aan slag en hij wilde een run op zijn conto hebben.

'Kijk hem nou toch,' zei Dana zacht terwijl ze tegen Ethan aan leunde. 'Hij heeft de tijd van zijn leven.'

Ethan trok Dana tegen zich aan, haar rug tegen zijn borst en zijn armen om haar middel. Hij liet zijn kin op haar hoofd rusten terwijl hij keek naar Alec die klaarstond en wachtte tot Tom de bal uit het veld zou slaan. 'Hij heeft het naar zijn zin,' zei Ethan en bestudeerde Alecs gezicht. 'Ik ben blij dat we dit vandaag hebben gedaan. Stans proces is gisteren begonnen. Alec is een beetje gedeprimeerd.'

Dana zuchtte. 'Waarom heeft Stan niet gewoon een deal gesloten? Dan had hij Randi en Alec die pijn bespaard.'

'Ik heb altijd excuses voor hem proberen te vinden, geprobeerd hem te begrijpen. Maar ik denk dat dat soms gewoon niet gaat.' Hij wist zeker dat Stan schuldig zou worden bevonden. Hij zou waarschijnlijk niet langer dan één of twee jaar naar een gevangenis met licht regime moeten, maar hij zou uiteindelijk toch zijn gezin kwijtraken, eerder door zijn ontrouw dan door zijn financiële oneerlijkheid. Clay's medewerking zou ook Stans veroordeling verzekeren, evenals de garantie dat Clay niet zou worden aangeklaagd. Dat was een enorme opluchting geweest.

Een nog grotere opluchting was de toekomst die Sue Conway onder ogen moest zien. De openbaar ministeries in drie staten – Illinois, Maryland en Florida – wilden de doodstraf voor haar. Maar zelfs als haar ellendige leven gespaard zou blijven, zou ze haar gezicht nooit meer op straat vertonen. Daarin lag enige troost, ook al deed het niets om Dana's en Alecs nachtmerries te voorkomen.

Ethan drukte een kus op de bovenkant van Dana's hoofd. 'Zo te zien hebben Naomi en Ben het ook naar hun zin.' Dana had een verzoek ingediend voor het voogdijschap over Lillian Goodmans kinderen. Ze had geprobeerd ze officieel te adopteren, maar dat hield hun moordzuchtige vader tegen. Die probeerde vanuit de cel zijn ouderlijke rechten te verkrijgen, maar Dana gaf het niet op. Ze was van plan om voor die kinderen te knokken, om hun het leven te geven dat Lillian voor ze had gewild. Het leven waar haar eigen moeder niet voor had geknokt.

'Dat hebben ze zeker. Phoebe heeft ze onder haar hoede genomen alsof het haar eigen kleinkinderen zijn.'

'Daar is ze goed in.' Phoebe had Ethan ook in de Hunter-clan verwelkomd. 'Ze doet me aan mijn grootmoeder denken. Die dol op je zou zijn geweest, tussen twee haakjes.'

Dana draaide haar hoofd om hem aan te kunnen kijken. Ze had een glimlach in haar ogen. 'Dank je.' Ze keek naar haar ring. 'Ik heb hem gisteravond aan Caroline laten zien. Ze zegt dat ik je maar moet houden.'

'Dat is een opluchting,' zei Ethan, slechts half als grap. Hij was een heleboel verschuldigd aan de vrouw die er die avond meer dan twee maanden geleden op had gestaan dat Dana met hem uit eten ging. Die dag in augustus had zijn leven veranderd, had hem Dana gegeven, had hem Alec gegeven. 'Komen ze vandaag nog?'

Dana nestelde zich weer tegen hem aan en het gevoel van haar lichaam tegen het zijne deed dat van hem in de hoogste versnelling schakelen. Dana wiegde even met haar achterste om hem te laten merken dat ze helemaal niets had gemist. 'Waarschijnlijk niet. Het is een beetje te fris voor de baby.'

De baby waarvan Caroline een maand eerder was bevallen. Twee weken te vroeg en gelukkig kerngezond. Caroline en Max hadden het meisje Mary Grace genoemd. Dana vertelde hem dat dat Caroline's naam was geweest voor Dana haar een nieuwe identiteit had bezorgd. Dat de baby Caroline's oude naam droeg, vond Ethan een toepasselijk eerbetoon aan de moed van beide vrouwen. Hij spreidde zijn handen op Dana's buik en vroeg zich af wanneer ze zelf kinderen zouden krijgen. Maar een kind van hen samen of niet, ze waren voorbestemd om een huis vol kinderen te hebben.

'Ik heb vanochtend de makelaar gesproken,' zei hij, er niet zeker van wat opwindender was, het nieuws van de makelaar of het feit dat hij zelf naar de afspraak was gereden. Hij had nu al bijna twee maanden geen aanval meer gehad. Het was wonderbaarlijk wat het uitschakelen van een moordzuchtige maniak vermocht bij het reduceren van het stressniveau.

Dana draaide zich met grote ogen om. 'De makelaar? Waarom heb je niets gezegd?'

'Je had het veel te druk met iedereen je nieuwe ring te laten zien, daarom. De makelaar zei dat we het huis kunnen hebben voor de prijs die we hebben geboden.'

Haar gezicht lichtte stralend op. 'O, Ethan.'

Hij kuste haar lachende mond. 'Binnenkort kun je nog een stuk of zes, zeven pleegkinderen opnemen.' Na een grondige zelfanalyse had Dana besloten een andere levensloop te kiezen. Ze zou niet langer midden in de nacht mishandelde vrouwen ophalen van het busstation. Ze zou niet langer het doelwit zijn van woedende echtgenoten. Ze hadden samen besloten kinderen op te vangen die slachtoffer waren geworden van huiselijk geweld. Ethan dacht niet dat er iemand was die geschikter was voor dat doel dan de vrouw die nu naar hem opkeek met een blik alsof hij er persoonlijk voor zorgde dat de zon opkwam. 'En,' besloot hij, 'ik heb gisteren die nieuwe klant binnengehaald. Hun server is de afgelopen maand drie keer gehackt door een stel pubers, dus ze willen dat ik meteen begin. Het voorschot dekt de aanbetaling van het huis.'

'Ik hou van je, Ethan.'

Dat simpele zinnetje trof hem geweldig, net zoals de eerste keer dat ze het zei, kort na de dag dat hij haar bijna was kwijtgeraakt. Ze had hem in D.C. opgezocht en ze waren samen naar de Eastern Shore gegaan. Hij had haar de plek getoond waar hij was opgegroeid en terwijl de zon onderging over de baai had hij haar in zijn armen gehouden en toen had ze het gezegd. En het was zo natuurlijk geweest om het terug te zeggen. Net zoals het elke dag daarna was geweest en elke dag van de rest van hun leven.

'Ik hou ook van jou, Dana.' Hij gaf haar een duwtje. Alec stond op het derde honk met een hoopvolle uitdrukking op zijn gezicht. 'Jij bent aan slag. Sla hem het park uit, dan kan Alec de thuisplaat halen.'

Dat deed ze en Alec rende en zijn gezicht was één grote grijns terwijl hij over de thuisplaat kwam. 'Het is me gelukt,' riep hij.

'Ja, het is je gelukt.' Ethan sloeg hem op zijn rug. Keek toe terwijl Dana langs de honken rende. *En mij ook.*

Dank aan:

Phyllis Towzey voor het juridisch advies, waardoor mijn helden aan de goede kant van de wet zijn gebleven.

Staci Landers voor de geweldige informatie omtrent privédetectives en politieprocedures.

Marc en Kay Conterato voor, zoals altijd, alle medische zaken en, zoals altijd, omdat ze zulke geweldige vrienden zijn.

Al die fantastische echtgenotes van Amerikaanse militairen die me over hun mannen hebben verteld. Dank voor de offers die jullie voor ons land gebracht hebben.

Mijn kritische partner en beste vriendin Terri Bolyard voor de hulp bij het in elkaar steken van mijn plots en voor al het andere.

De deelnemers aan mijn vierde cursus Creatief Schrijven voor zowel hun geduld terwijl ik dit boek aan het afmaken was als hun geweldige creativiteit, die me blijft inspireren. Jullie zijn voorbestemd voor grootse dingen!

Lees ook van Karen Rose:

Advocaat Thomas Thorne wordt wakker naast een dode vrouw, haar bloed aan zijn handen. Hij heeft echter geen enkele herinnering aan wat er gebeurd is die nacht. Heeft het voorval te maken met het verleden dat hij achter zich gelaten dacht te hebben? Is er iemand die wraak op hem wil nemen?
Zijn vrienden en met name zijn collega Gwyn Weaver zijn ondanks alle bewijslast overtuigd van Thorne's onschuld en zetten alles op alles om dat aan te tonen. Ieder van hen om een heel eigen reden...

'Karen Rose bezorgt je koude rillingen.' – Tess Gerritsen

Paperback, 560 blz., ISBN 978 90 261 5081 4 | E-book ISBN 978 90 261 5082 1
Luisterboek ISBN 978 90 261 5510 9

Lees ook van Karen Rose:

In zijn lange carrière bij de brandweer van Chicago heeft Reed Solliday nog nooit zoiets meegemaakt als de recente uitbraak van woningbranden. De branden zijn heftig, en nemen snel in aantal toe. De brandstichter lijkt bovendien op persoonlijke wraak uit. Want bij elke nieuwe brand zijn mensen van wie Reed en zijn nieuwe geliefde, rechercheur Mia Mitchell, houden het slachtoffer. De dader is uit op dood en vernietiging en lijkt niet te stoppen. De tijd tikt...

'Gruwelijk spannend en voorzien van een flinke dosis romantiek. Rose is een van de toppers binnen het thrillergenre.' – *Telegraaf Vrouw*

Paperback, 496 blz., ISBN 978 90 261 4778 4 | E-book ISBN 978 90 261 4779 1
Luisterboek ISBN 978 90 261 5405 8

Lees ook van Karen Rose:

Het leven van psychiater Tess Ciccotelli wordt beheerst door angst. Iemand bedreigt haar patiënten, dwingt hen tot zelfdoding en zorgt dat het lijkt of Tess daaraan schuld heeft. Tess kan de volledige waarheid niet vertellen, daarmee zou ze haar beroepsgeheim schenden. Ook niet wanneer rechercheur Aidan Reagan haar vraagt een lijst potentiële slachtoffers op te stellen. En zelfs niet wanneer zij zelf in gevaar blijkt te zijn. Maar hoelang houdt Tess dat vol? En tot welke prijs?

'Rose prikkelt de verbeelding door het fantastisch neerzetten van setting en personen en daarbij heeft ze er patent op dat ze je emoties weet te raken.' – Hebban

Paperback, 464 blz., ISBN 978 90 261 4776 0 | E-book ISBN 978 90 261 4777 7
Luisterboek ISBN 978 90 261 5093 7